कारे जहाँ दराज़ है

संस्मरणात्मक एवं आत्मकथात्मक उपन्यास

2

क़ुर्रतुलऐन हैदर की अन्य कृतियाँ

शीशे के घर (प्रथम कहानी संग्रह)
सितारों से आगे (कहानी संग्रह)
यह दाग़ दाग़ उजाला (कहानी संग्रह)
पतझड़ की आवाज़ (कहानी संग्रह)
रोशनी की रफ़्तार (कहानी संग्रह)
स्ट्रीट सिंगर्स ऑफ़ लखनऊ एण्ड अदर स्टोरीज़
मेरे भी सनमखाने (प्रथम उपन्यास)
हाउसिंग सोसाइटी (उपन्यास)
आग का दरिया (उपन्यास)
सफ़ीन–ए–ग़मे दिल (उपन्यास)
आख़िरे शब के हमसफ़र (उपन्यास)
गर्दिशे–रंगे–चमन (उपन्यास)
चाँदनी बेग़म (उपन्यास)
चार नावेलेट (जीवनी–उपन्यास)
सीता हरन (जीवनी–उपन्यास)
दिलरुबा (जीवनी–उपन्यास)
चाय के बाग़ (जीवनी–उपन्यास)
अगले जनम मोहे बिटिया न कीजो (जीवनी–उपन्यास)
क्लासिकल गायक बड़े गुलाम अली ख़ाँ की जीवनी (सह लिखित)
छुटे असीर तो बदला ज़माना था (रिपोर्ताज़)
कोह–ए–दमावंद (रिपोर्ताज़)
गुलगश्ते जहाँ (रिपोर्ताज़)
ख़िज़्र सोचता है (रिपोर्ताज़)
सितम्बर का चाँद (रिपोर्ताज़)
दकन सा नहीं ठार संसार में (रिपोर्ताज़)
क़ैदख़ाने में तलातुम है कि हिन्द आती है (रिपोर्ताज़)
जहान–ए–दीगर (रिपोर्ताज़)
पिक्चर गैलरी (चरित्र विवरण)

कारे जहाँ दराज़ है

संस्मरणात्मक एवं आत्मकथात्मक उपन्यास

क़ुर्रतुलऐन हैदर

अनुवाद

इरफ़ान अहमद

वाणी प्रकाशन

वाणी प्रकाशन
4695, 21-ए, दरियागंज, नयी दिल्ली 110 002

फ़ोन : +91 11 23273167 फ़ैक्स : +91 11 23275710

शाखाएँ

अशोक राजपथ, पटना 800 004, बिहार

कॉफ़ी हाउस कैम्पस, महात्मा गांधी मार्ग, इलाहाबाद 211 001, उत्तर प्रदेश

महात्मा गांधी अन्तरराष्ट्रीय हिन्दी विश्वविद्यालय, वर्धा 442 001, महाराष्ट्र

सुल्तानिया रोड, मोतिया पार्क, भोपाल 462 001, मध्य प्रदेश

www.vaniprakashan.com
marketing@vaniprakashan.in
sales@vaniprakashan.in

KAARE JAHAN DARAAZ HAI-2
by Qurratulain Hyder
Translated by Irfan Ahmad

ISBN : 978-93-89012-49-1
Fiction

प्रथम संस्करण 2020

सम्पूर्ण सेट मूल्य : ₹ 6000

यश प्रिंटोग्राफ़िक्स, नोएडा-201 301 (उ.प्र.) में मुद्रित

वाणी प्रकाशन का लोगो मक़बूल फ़िदा हुसेन की कूची से

बीते युग और आज की यह कहानी मैं अपने भाई सैयद मुस्तफ़ा हैदर की होनहार औलाद नूरुल एन, शहनाज़, नाहीद, जलाल हैदर (तीन बहनें और एक भाई जिन्होंने सी.एस.पी. प्रतियोगिताओं में सफल होकर नया रिकॉर्ड बनाया) और उनसे छोटे अदनान, मनसूर और सज्जाद हैदर के नाम समर्पित करती हूँ। इक्कीसवीं सदी ज़्यादा दूर नहीं। यह बच्चियाँ और बच्चे आज़ादी के बाद जन्म लेने वाली उस नस्ल में शामिल हैं, जो 'कारे जहाँ' (सांसारिक कार्य) सँभाल चुकी है या सँभालने वाली है। हम लोगों ने और हमसे पहले वालों ने दुनिया को अपने-अपने समय के विचार से और अपने-अपने दृष्टिकोण से देखा था। यह नये लोग इक्कीसवीं सदी में पहुँचकर, ऐतिहासिक प्रभावों को शायद हमसे बेहतर तौर पर समझ सकें।

क़ुर्रतुलऐन हैदर

ख़ुदावन्दे अकबर समीअम्बसीरा
ब क़ुदरत अला कुल्लिशैइन क़दीरा
दही मोमिनाँ रा इकराम वाफ़िर
ब जन्नत नईमंव्व मुल्कन कबीरा
ब मिस्ले कलामत कि गुफ़्तन तवानद
व लौ काना बाअज़न लिबाअज़न ज़हीरा
कसे रा कि नामश दही बर ज़मीनश
ब लुत्फे तहासब हिसाबंय्यसीरा
कमाले हुसैनी बसा जुर्म दारद
तुई अफ़्वकुन या लतीफ़न ख़बीरा

ख़ुदावन्द (तू) बड़ा है, देखता और सुनता है। हर चीज़ पर क़ादिर है। मोमिनों को बहुत इकराम (इज़्ज़त) बख़्शता है (उन्हें) नेअमतों वाली जन्नत और बड़ा मुल्क देता है। तेरे कलाम की तरह किसी का कलाम नहीं हो सकता, चाहे कोई एक दूसरे की मदद को ही क्यों न आ जाए। जब तू इस दुनिया में नामवरी बख़्शता है तो अपने करम से उसके हिसाब को आसान कर देता है। कमाल हुसैनी की ख़ताएँ बहुत ज़्यादा हैं (जिसे) तू ही मुआफ़ करने वाला है, ऐ पाक सबकी ख़बर रखने वाले।

अल्लाह के नेक बन्दों ने उसकी तारीफ़ और दुआओं, इबादतों और उसके बन्दों की ख़िदमत में ज़िन्दगियाँ गुज़ार दीं। न दुनिया बदली, न इसके झंझट कम हुए और फ़रिश्ते हैं कि लिखे चले जा रहे हैं। बस, पकड़वा देते हैं, पलट कर मिट्टी के बने इंसान से नहीं पूछते कि मियाँ तुम अशअरिया[1] थे या मोअतज़िला[2] या ला अदरी[3], जबरिया[4] हो या क़द्रिया[5], मोमिन[6] हो या मुशक्किक[7] क्योंकि कोई फ़र्क़ नहीं पड़ता और एक मूविंग फ़िंगर है, जो लिखकर आगे सरक जाती है। क़लम हाथ में दे दिया कागज़ नहीं।

1962 ई. की बरसात में, मोहल्ला सादात सै दरी नहटौर, ज़िला बिजनौर (उत्तर प्रदेश) के वीरान खण्डहर, पुश्तैनी मकान बारिश की झड़ी में धड़ाधड़ गिरते जा रहे थे, जब मेरे ज़हन में ऊपर लिखे ख़्यालात आए जिनका मलफ़ूज़ाते[8]-कमालिया में कहीं ज़िक्र न था।

ग़ैबी फ़रिश्ते ने आवाज़ दी, इन मकानों के वासी जो बड़े पारखी थे, सरहद पार आलीशान बस्तियाँ आबाद कर चुके, रंज न कर। फिर वाक़या नवीस[9] ने तीन सौ बरस पुराने क़िला महमूदपुर (ज़िला मुरादाबाद) को

---

1. धर्म में अबुलहसन अश्अरी के अनुयायी।, 2. मुसलमानों का एक समुदाय, जो क़ुरआन शरीफ़ को प्राणी मानता है और ऐसा मानता है कि अल्लाह का एक होना बुद्धि से ही मालूम हो सकता है इसलिए ईश्वर के संदेश बिना ही बुद्धिमान विद्वान एकेश्वर पर ईमान ला सकते हैं। ख़लीफ़ा मामून रशीद के काल में यह सरकारी धर्म बन गया था।, 3. धर्म का जिन्हें कुछ मालूम नहीं।, 4. जो यह माने कि मनुष्य मजबूर है, कुछ भी करने पर अर्थात पाप या पुण्य करने पर मनुष्य का अधिकार नहीं।, 5. जो यह माने कि मनुष्य कोई भी काम करने या न करने की स्वयं शक्ति रखता है।, 6. जिसका अल्लाह और उसके रसूल मोहम्मद मुस्तफ़ा (स०) पर ईमान और इस्लाम धर्म पर ईमान हो।, 7. जो धर्म के विषय में एक मत न हो बल्कि संदेह में पड़ा रहे।, 8. कमाल नामक बुज़ुर्ग की प्रवचनावली।, 9. वृत्तांत लिखने वाली अर्थात क़ुर्रतुलऐन हैदर।

धराशायी होते देखा। उसके बाद दो सौ बरस पुराने 'बड़े दरबार' नहटौर का दूसरा फाटक गिरा और झील के किनारे खड़ी बूढ़ी पिलखन बारिश और हवाओं के तूफ़ानों की भेंट चढ़ गई। मालूम हुआ कि यू.पी. और बिहार के ज़्यादातर पुराने फ़्यूडल क़स्बों का फ़िलहाल यही नक़्शा है।

आख़िरकार आवाज़ आई, उठ! नहटौर, लाँकड़ी, महमूदपुर, शाहजहानी लश्कर के इन तीन गुमनाम वीरान खेमों की दास्तान लिखा बुनकर! फ्यूडल समाज अपने लोगों को Delusions of Grandeur से ग्रस्त रखकर, अपनी प्राकृतिक उम्र को पहुँच कर किस तरह ख़त्म हुआ। आँख खोल! और इसी मोहल्ला सादात सै दरी में सदियों से दबे कुचले बुनकरों और कारीगरों के नए स्वाभिमान और ख़ुशहाली को ज़रा देख! कि यह नए परिवर्तन का सुंदर प्रतीक है।

मुग़न्नी कुजाई कि वक़्ते गुल... (गाने वाला कहाँ है कि फूलों की रूत...)

'यह परिवर्तन' मैंने बात काटी 'बहुत धीरे-धीरे होता है और अधूरे प्रतीक काफी नहीं। मुझे चीज़ों को जानने की हमेशा टोह रही। मीर साहिब, ख़ान साहिब और नवाब साहिब उच्च श्रेणी के क्यों थे, और अकारण चोट जुलाहा क्यों खाता था, वजह मालूम है। इसके अलावा सरदारी अब भी मौज़ूद है।'

लेकिन सत्य की दूसरी दिशाओं और गहराइयों की तलाश के लिए एक मशअल जला, तहखानों में उतर और समय की अंदरूनी तहें खोल, इस मुश्किल काम को करने का बीड़ा उठा। तो इन खण्डहरों के तहखानों में से प्रवचनावलियों, ऐतिहासिक वृत्तांत और वंशावलियों के ढेर बरामद हुए और हैरत हुई कि ऐतिहासिक समय से इबरानी अरबी परम्पराओं के उत्तराधिकारी नाम और घटनाओं को रिकॉर्ड करने के कितने शौकीन, माहिर और आदी थे।

740 ई. के कूफ़े[1] में हज़रत ज़ैद अलवर्द (Zaid the rose) को, जिनका चेहरा गुलाब की तरह ताज़ा था, शहीद करने से पहले ख़लीफ़ा[2]-ए-वक़्त ने उन से कहा था— 'ज़ैद! तुम बहुत हसीन कहलाते हो, तुम्हारे लिए मौत भी हसीन और गुरलंग (फूलों जैसे रंग वाली) तलाश करूँगा।'

जनाब ज़ैद शहीद (रज़ी०) की औलाद और अधिक प्रासिक्यूशन से बचने के लिए जार्जिया तक तितर बितर हुई, जो केवल एक और ऐतिहासिक संयोग था। सम्भव था कि कुछ बुज़ुर्ग एसटैबलिशमेंट में सम्मिलित हो जाते, तो 750 ई. के बाद उनको बनू अब्बास[3] के प्रासिक्यूशन से बचने के लिए उमवी पार्टी[4] के दूसरे लोगों के साथ स्पेन भागना पड़ता और आज हमलोग रोमन कैथोलिक स्पेनियर्ड होते। यह प्वाइंट ग़ौर करने लायक़ है।

और विद्रोही गुटों में जमे रहने का अंजाम भी ज़ाहिर है। 1216 ई. में इब्ने अस्फ़न्दयार ने तारीख़-ए-तिब्रिस्तान (अनुवाद : प्रोफेसर एडवर्ड जी. ब्राउन) में लिखा था कि 'खलीफा-अल-मुतवक्कल बिल्लाह अब्बासी (847-861 ई.) के अत्यंत अत्याचार से बचने के लिए, सैयद (अली के वंशज) वीरानों और खण्डहरों में सिर छुपाते फिरते थे। उस समय उन्होंने बहुत दूर अलबर्ज़ पर्वतमाला का रुख़ किया।

हज़रत उमर अशरफ़ पुत्र इमाम ज़ैनुलआबिदीन की औलाद ने केस्पियन सागर के तटीय क्षेत्रों तिब्रिस्तान व गीलान पर अपना शासन स्थापित कर लिया। इमाम ज़ैनुलआबिदीन के पुत्र ज़ैद शहीद की संतान के कई लोगों ने, जिनमें सैयद हुसैन अबू अब्दुल्लाह मुहद्दिस शामिल थे, तिरमिज़ को अपना वतन बनाया। अब इन बुज़ुर्ग की संतान में सैयद कमालुद्दीन पुत्र सैयद उसमान तिरमिज़ी ने अगर 1180 ई. में तुर्कमानिया से हिन्दुस्तान की ओर प्रस्थान न किया होता, तो आज हम लोग सोवियत रूस के कम्यूनिस्ट नागरिक होते। यह प्वाइंट भी ध्यान देने योग्य है।

---

1. मुल्क शाम (सीरिया) का एक शहर।, 2. उस समय का बादशाह।, 3. मोहम्मद साहब (स०) के चाचा हज़रत अब्बास के वंशज जिनकी हुकूमतें रहीं थीं।, 4. उमैयद ख़लीफ़ा।

आज लगभग दस वर्ष होते हैं कि इस दास्तान के लिए काम शुरू किया। बूढ़े मामू मेजर सैयद आले हसनैन मरहूम (देहांतः1975 ई.), प्रोफ़ेसर सैयद तहव्वर अली नक़वी (अल्लन मामू), जो हसनैन मामू की तरह इस कहानी का एक पात्र हैं (देहांत : 1969 ई.), फूफी ज़ाद बहन और भाई बेगम फ़ातिमा अलताफ़ हुसैन व सैयद उसमान हैदर (एक और पात्र और सुनी हुई दास्तान सुनाने वाले), मखदूम ज़ादा सैयद मोहम्मद यासीन और उनके अतिरिक्त सैयद तनज़ीम हुसैन ज़ैदी ने कराची से पत्रों के द्वारा दोनों कुनबों और उनकी पुरानी रस्मों आदि के बारे में कुछ महत्वपूर्ण सूचनाएँ दीं।

शाही फ़रमान सैयद शमीम हुसैन ज़ैदी ने, नहटौर में प्रदान किये। नवाब ज़ादा सैयद हिदायत अली ख़ाँ और सैयद हुसैन मेहदी रिज़वी ने प्राचीन दस्तावेजें, महमूदपुर और मुरादाबाद से भेजीं। कुछ तस्वीरें ज़हरा हैदर (इलाहाबाद), सैयद इफ़्तिख़ार हैदर, सैयद अमीर हैदर (नहटौर), प्रोफ़ेसर सैयद मुख़्तार हुसैन नक़वी (अमरोहा), नूरुलएन हैदर, सैयद उस्मान हैदर, सैयद इम्तियाज़ हैदर और हुस्ना लुक़मान हैदर (कराची) ने उपलब्ध कराई।

इन सभी बुज़ुर्गों और सम्बंधियों के बहुमूल्य सहयोग की आभारी हूँ। दास्तान के शेष ऐतिहासिक व सामाजिक विवरणों की जानकारी मेरी अपनी खोज और तहक़ीक़ का फल है।

प्रामाणिक, परन्तु अत्यधिक बैक ग्राउंड मैटेरियल को बेरहमी से एडिट करते हुए कुछ रोचक बातें सामने आईं, उदाहरणतः यह कि ई.ए. प्रिंसिप, जिनके बनाये हुए भूमि के क़ानून में मीर क़ायम अली ने 1857 ई. के बाद पंजाब में सुधार व संशोधन किया। आनरेबल ईस्ट इण्डिया कम्पनी की सिविल सर्विस के वे पहले पूर्वी भाषाओं और विद्या के विद्वान और विशेषज्ञ थे, जिनकी प्रसिद्ध इंग्लिश-संस्कृत वोकैबलरी हेली बरी कॉलेज के प्रकाशकों ने हर्टफ़र्ड में ग़दर से बहुत पहले प्रकाशित की थी।

कहीं-कहीं पर औलिया[1] के वृत्तांत व लोक कथाओं के प्रसंग एक दूसरे को चिन्हित करते मिले। पृथ्वी राज रासो के अनुसार 'बुख़ारी सैयद' भी युद्ध में सम्मिलित थे और मलिक इब्राहीम (कमालुद्दीन तिरमिज़ी के पुत्र) 'निशानची लश्कर शहाबुद्दीन ग़ौरी और उनके साथियों की शहादत का विवरण' विभिन्न प्रसंगों में मौजूद था।

जैसा कि मालूम है कि उसी ज़माने में यूरोप के संत, पादरी, देहात के किसान, शहरों के कारीगर और बेरोज़गार ग़रीब, बच्चे-बूढ़े, मनचले अमीरज़ादे सब अपने-अपने बादशाहों की सेनाओं में भर्ती होकर सलेबी[2] झण्डे और घोड़े उड़ाते मुल्क शाम (सीरिया) की धरती पर पहुँच रहे थे और वहाँ शहीद होकर आसमानी बादशाहत प्राप्त करने में व्यस्त थे। एज आफ फ़ेथ (Age of faith) की इन लड़ाइयों में काम आने वाले सेन्ट, नाइट (Knight), ग़ाज़ी, बादशाह और राजा मध्य युग के पश्चिम व पूर्व के लिए युद्धों के विवरण पत्र, बेलेड और श्रृंखलाबद्ध कहानियों का एक रोमांचित भण्डार उपलब्ध करा गये।

वर्तमान दास्तान, पश्चिमी एशिया से हिन्दुस्तान पहुँचकर, इसी वीरता के युग में शुरू होती है लेकिन सामाजिक दृष्टि से यह युग इसलिए भी अधिक महत्वपूर्ण है कि उसी समय हमारी मिली-जुली संस्कृति, भाषा और साहित्य की जड़ें जमना प्रारम्भ हुईं।

एज ऑफ फ़ेथ की सामाजिक परम्परा और रोमांस में एक नर्तकी चित्रलेखा मिली, जिस पर शहाबुद्दीन ग़ौरी के भाई साहब आशिक़ हो गए थे। और पृथ्वीराज की लड़की सुश्री 'अनिका देवी' से मुलाक़ात हुई, जो अपनी दासियों के साथ 'तालाब एकानेर' पर स्नान के लिए आई। विदेश से नये-नये आए वली उपदेशक मीर कमालुद्दीन तिरमिज़ी को देखा। उनकी शिक्षाओं से प्रभावित होकर 'मन ही मन इस्लाम स्वीकार' किया और उस पवित्र स्त्री का मज़ार ख़्वाजा बख़्तियार काकी (क़ुतब साहब) की ख़ानक़ाह से लगा हुआ 'लाट' के नज़दीक प्रकाशमान और विदित है।

---

1. अल्लह वाले लोग।, 2. क्रास बने हुए अर्थात ईसाई।

जानना चाहिए कि उत्तरी भारत पर तूरानी सैनिक अधिकार के प्रथम चरण में तुर्किस्तान व ईरान के बुज़ुर्ग और मिलिट्री एडवंचरर्स झुण्ड के झुण्ड यहाँ पहुँच रहे थे और इस देश की फ़्यूडल राजपूत सोसाइटी उलट-पलट हो रही थी। इन असुरक्षित और कंपायमान दिनों में मुसलमान और हिन्दू जनता के लिए, इन दरवेशों और तुर्क और राजपूत फ़ौजी सरदारों का कल्चर हीरो और फोक हीरो बनना अति आवश्यक था। इस Traumatic युग की याद देर तक रह जाने वाली है।

मालूम होना चाहिए कि उत्तर प्रदेश के बहुत से बूढ़े हिन्दू, अपने पड़ोसी मुसलमानों को आदत के तौर पर आज तक 'तुर्क' कहते हैं। और सालार मसूद ग़ाज़ी, अमीर हमज़ा (रह०)[1] आदि के अक्ल को हैरान कर देने वाले कारनामे मुसलमान किसान चौपालों और क़स्बों की बैठकों में आज भी श्रद्धा और तन्मयता से सुनते हैं।

उर्दू को आजकल Grass Roots से रिक्त केवल शहरों की भाषा कहा जा रहा है, और यू.पी. और बिहार के उन सैकड़ों अर्धग्रामीण क़स्बों को बिल्कुल नज़रअंदाज़ कर दिया गया है, जो विद्या और साहित्य के केंद्र रह चुके हैं। और जहाँ की जनता भी यही भाषा बोलती है। उससे ज़्यादा यह कि ज़िला बिजनौर, उत्तर प्रदेश का वह अकेला ज़िला है, जहाँ के नब्बे प्रतिशत जनमानस वह उर्दू बोलते आए हैं, जिसे केवल 'खड़ी बोली' नहीं कहा जा सकता। ज़िला मुरादाबाद की बोली कानों में रस घोलती है कि वहाँ की जनता बहुत ही पल्लवित चटख़ारेदार उर्दू बोलती हैं।

अवध और पूरब यानी भाषाओं के इलाक़ों के विपरीत पश्चिमी यू.पी. के क़स्बों में बहुत हद तक वह प्राचीन उर्दू बोली जाती है, जो इस नई उर्दू से भिन्न है, जो शहरों में उन्नीसवीं सदी में बोली जानी प्रारम्भ हुई।

एन्थ्रोपोलोजी की भाषा में जिसे 'कल्चरल पर्सनालिटी' कहा जाता है, भाषा और उसे बोलने का तरीक़ा उसका महत्वपूर्ण भाग है। उत्तर पश्चिमी दोआबे के लोगों की इस कल्चरल पर्सनालिटी की एक हल्की

1. रहमतुल्लाह अलैह (उन पर अल्लाह की रहमत हो)।

सी झलक शायद आपको एक क़स्बे नहटौर की कहानी में नज़र आ सके, हालाँकि यह कहानी केवल प्राचीन इतिहास और क़स्बा नहटौर पर आधारित नहीं, 740 ई. के दमिश्क[1] से प्रारम्भ होकर देस देस होती हुई 1976 ई. तक पहुँचती है।

अप्रसिद्ध यलदरम[2] की ज़िंदगी इस दास्तान का एक महत्वपूर्ण हिस्सा है, उन्होंने नाम, प्रसिद्धि, पुरस्कार और प्रशंसा से बेपरवाह एक ख़ामोश व संतुष्ट लेकिन बेहद रंगारंग ज़िंदगी गुज़ारी। वे एक ऐसे साहित्यिक अग्रगामी और रचनात्मक साहित्यकार थे, जिनको हमारे अधिकतर बड़े आलोचक और साहित्यिक इतिहासकार व साहित्यकार केवल 'तुर्की कहानियों के अनुवादक' कहकर, सरसरी तौर पर बात टाल देते हैं। सच तो यह है कि उर्दू आलोचना व इतिहास लेखन ने मुझे हमेशा आश्चर्यचकित किया। इसके अलावा ख़ुद अलीगढ़ मुस्लिम यूनिवर्सिटी की ओर से इस विश्वविद्यालय के जो भारी भरकम इतिहास अंग्रेज़ी में लिखवाए जा रहे हैं, उनमें यलदरम का ज़िक्र भूले से भी नहीं मिलता। इस दुनिया का दस्तूर ही कुछ ऐसा है।

इस घटनाओं पर आधारित उपन्यास के विभिन्न स्रोतों में स्वर्गीय माताजी का लिखित काग़ज़ों का वह भंडार भी सम्मिलित है, जिसमें से अल्लामा इक़बाल, मौलाना मोहम्मद अली, नवाब नसीर हुसैन ख़याल, शैख़ अब्दुल क़ादिर, मुंशी नारायण निगम, डॉक्टर मुख़्तार अहमद अंसारी और जाने किन किन मशहूर लोगों के पत्र शामिल थे, जो 1947 ई. की तबाही में बर्बाद हो गये। जो शेष रहे गये, उनमें से कई इस दास्तान में शामिल हैं।

बहुत से अध्याय नज़्र सज्जाद हैदर के 'रोजनामचे' और 'अय्यामे गुज़िश्ता' जो तहज़ीबे निसवाँ लाहौर में 1942 ई. से 1947 ई. तक और 'इस्मत' कराची में 1950 ई. से 1965 ई. तक, समय-समय पर प्रकाशित होते रहे और यलदरम नम्बर पत्रिका 'पगडंडी' (जो मुबारज़ुद्दीन मरहूम ने क्रमबद्ध की) से लिये गए हैं।

---

1. सीरिया की राजधानी।, 2. सज्जाद हैदर यलदरम का जीवन। यह लेखिका के पिता थे।

डॉक्टर आबिद रज़ा बेदार, निदेशक खुदा बख़्श ओरिएंटल लायब्रेरी पटना ने शमसुल उलमा मौलवी सैयद मुमताज़ अली मरहूम को एक लेख (जून 1912 ई. के तहज़ीबे निसवाँ में प्रकाशित) और जनाब अकबर अली ख़ाँ अर्शीज़ादा एडिशनल डायरेक्टर रज़ा लायब्रेरी रामपुर, डॉक्टर गोपी चन्द नारंग, डॉक्टर शमीम हनफ़ी और क़मर रईस साहब ने यलदरम के कुछ नायाब लेखों की प्रतियाँ उपलब्ध कराईं।

तारीख़े 'सरकशी-ए-ज़िला बिजनौर', हिन्दुस्तानी संस्करण जो शराफ़त हुसैन मिर्ज़ा ने क्रमबद्ध की है और जो जनाब अर्शीज़ादा ने प्रेषित की है, उसमें सैयद अहमद ख़ाँ का मीरबंदे अली तिरमिज़ी के नाम ख़त मिला जो इस किताब के पाकिस्तानी संस्करण में मौजूद नहीं और न मकातीब-ए-सर सैयद में शामिल है, और जो सम्भवतः सर सैयद का प्राचीनतम (5 मार्च 1858 ई.) प्रकाशित पत्र है। सर सैयद अहमद के दूसरे पत्र जो मीर बन्दे अली के नाम थे बहुत दिन हुए नष्ट हो चुके।

'आजकल' मासिक दिल्ली में 'कारे जहाँ दराज़ है' के कुछ प्रारम्भिक अध्याय प्रकाशित होने के बाद इस पत्रिका के एक पाठक जनाब उबैदुर्रहमान हामिद साहब ने स्वयं ही स्वर्गीय सैयद जलालुद्दीन से सम्बंधित कुछ घटनाएं मुझे टोंक से लिखकर भेजीं। डॉक्टर मोईनुर्रहमान ने अपनी पुरस्कृत नवीन रचना 'मुतालिआ-ए-यलदरम' लाहौर से भेजी।

सरदार ख़ुशवन्त सिंह 'सम्पादक इलस्ट्रेटेड वीकली ऑफ़ इण्डिया' ने (सीताराम की क्रमबद्ध की हुई) रिकॉर्ड्स ऑफ ख़ालसा दरबार की टोह दी। भाई अमीर हैदर और डॉक्टर ज़ोय अंसारी ने कुछ पुराने लेख पढ़े। जनाब जगन्नाथ आज़ाद ने 'ज़िक्रे-इक़बाल' का एक पैराग्राफ़ उपलब्ध कराया। मैं उन सभी मेहरबानों की बहुत आभारी हूँ।

स्वर्गीय चाचा मुश्ताक़ अहमद ज़ाहिदी की पोती और हिन्दुस्तान की एकाकी चित्रकार अमीना अक्स (पुत्री जनाब नूरुद्दीन अहमद देहलवी मरहूम) ने जो स्वयं इस दास्तान में शामिल हैं गर्दपोश (पुस्तक का कवर)

का Assemblage न्यूयार्क से तैयार करके भेजा, जहाँ वे पिछले दिनों अपने बनाए हुए चित्रों की प्रदर्शनी के सिलसिले में गई हुई थीं।

स्लेड स्कूल आफ आर्ट लंदन से प्रशिक्षित और सात भाषाएं जानने वाली अमीना बेगम ने मिर्ज़ा ग़ालिब के अतिरिक्त रूस के एलेसियन और अख़मतोवा के शे'र भी चित्रित किये हैं और उनके चित्रों की प्रदर्शनियाँ मास्को, न्यूयार्क, लंदन, पेरिस, क्राइस्टचर्च (न्यूज़ीलैंड), बैंकाक और नई दिल्ली में आयोजित हो चुकी हैं। कुछ वर्ष पूर्व न्यूयार्क में उनकी 'राग माला सीरीज़' और 'शीराज़ साइकिल' की ख़ासतौर पर बहुत धूम मची और ऐसा होना चाहिए था। बचपन में हम लोगों ने भी यही तय किया था।

पश्चिम में किसी साहित्यकार या कवि का नाम लीजिए। हरबर्ट रीड, वर्जीनिया वुल्फ, शेन ओकेसी, विलियम प्लोमर, स्रावज़बर्ट सेटवेल, एलिज़ाबेथ बूदन, स्पेंडर, एशरवुड, सार्त्र, सिमोन द बोउवा, (जोज़ेफ़ होन हेस्कथ पीयरसन, हरबर्ट गोरमैन आदि प्रोफ़ेशनल जीवनी लेखकों को अनदेखा करते हुए) और उनके लिखे हुए जीवनी लिखने सम्बन्धी साहित्य का ढेर आपको मिल जायेगा।

इस तरह की दर्जनों नवीनतम पुस्तकें हर महीने इंग्लैंड और अमेरिका में छप रही हैं। संयुक्त उपन्यास, राइटर्स नोटबुक और फ़ैमिली सागा इनके अतिरिक्त। हमारे यहाँ साहित्य की इन विधाओं पर बहुत कम ध्यान दिया गया है। विशेषकर फ़ैमिली सागा आजकल इंग्लैंड में बेहद लोकप्रिय है; क्योंकि वहाँ 'फैमिली' ख़त्म हो चुकी है।

हानसूयान, क्रांति से पहले के अपने चीनी संयुक्त परिवार का नक़्शा खींच चुकीं। अमेरिका में अश्कानाज़ी यहूदी परिवारों के क़िस्सों का ज़ोर है। अश्कानाज़ी यहूदी और एंग्लो-सेक्सन ईसाई दोनों समानांतर समाज अपनी-अपनी खोज में व्यस्त हैं। पुनः प्राप्ति का यह प्रयास जब समाज में उथल-पुथल हो, ज़्यादा मेहनत से किया जाता है।

निजी रूप से मेरा अधिकंतर साहित्य प्रोस्तीन LE CHERHE DU TEMPS PERDU गुमशुदा ज़मानों की खोज पर आधारित है।

जैसे-जैसे यह कहानी आगे बढ़ती गई इसने मेरे लिए एक साहित्यिक एडवेंचर का रूप धारण कर लिया। बहुत दिन हुए जब राल्फ़ रसेल ने मुझसे कहा था कि मुझे एक 'लाइफ़ एण्ड टाइम्स' क़िस्म की चीज़ लिखना चाहिए। उस वक़्त इस किताब की कोई कल्पना मैंने नहीं की थी, लेकिन जब लिखने बैठिये तो तकनीक और साहित्य की विधा स्वयं ही बन जाती है। और वास्तविकता कहानी से बहुत अनोखी है। अतः एक 'जीवनियों पर आधारित उपन्यास!'

पाठकों की दिलचस्पी के लिए प्रथम पुस्तक में अपने माता-पिता के और द्वितीय पुस्तक में अपने मित्रों में से अधिकतर साहित्यिक व्यक्तियों की ही चर्चा की है।

पहली पुस्तक 1947 ई. पर समाप्त होती है और दूसरी पुस्तक (चित्रों सहित) 1948 ई. से 1961 ई. और 76 ई. तक की कहानी है। अब अध्यायों की सूची देखिए और फुट नोट्स की अनदेखी न कीजिए। धन्यवाद!

ड्रैगोमेन सज्जाद हैदर के ज़माने के विस्तृत अध्ययन से दिलचस्पी हो तो देखिये ब्रितानवी मिलिट्री अताशियों और ड्रैगोमेन के बड़े अध्याय से पत्र, पब्लिक रिकाड्र्स आफ़िस, लंदन। इसके अतिरिक्त -

The Last of the dragomans by Sir Andrew Ryan (London - 1951)

Dragomania - The Dragomans of the British Embassy in Turkey by Allan Cunningham (London - 1961)

Ref. The Young Turks - 1908-14 by Dr. Feroz Ahmed, Clarendon Press, Oxford, 1969.

—क़ुर्रतुलऐन हैदर

अनुवादक की ओर से

'कारे जहाँ दराज़' है का अनुवाद करते समय इस बात का विशेष रूप से ख़याल रखा गया है कि मूल कृति की आत्मा बनी रहे और पाठक को कठिनता का अहसास न हो। चूँकि इस कृति में फ़ारसी व अरबी शब्दों की भरमार है इसलिए यह प्रयत्न किया गया है कि मूल भावना को आहत किये बिना यथा सम्भव उसका सरलीकरण कर दिया जाए।

'कारे जहाँ दराज़ है' मूलतः तीन भागों में है परन्तु इसका अनुवाद करके पाठकों की सहूलियत को ध्यान में रखते हुए चार भागों में कर दिया गया है। कुर्रातुल ऐन हैदर जी 'कारे जहाँ दराज़ है' को अभी और विस्तार देना चाहती थीं, सम्भवतः उन्होंने कुछ कार्य किया भी था परन्तु वह उपलब्ध नहीं है।

'कारे जहाँ दराज़' है का अनुवाद करते समय इस बात का शिद्दत से अहसास हुआ कि लेखिका की भाषा पर पूरी गिरफ़्त थी, उन्होंने शब्दों का प्रयोग बड़ी सुन्दरता व महारत से किया है।

चूँकि हिन्दी उर्दू दोनों सगी बहनों की तरह हैं, इनमें मुहावरों, लोकोक्तियों आदि में बड़ी हद तक समानता है, इसके अतिरिक्त सांस्कृतिक रूप से भी दोनों भाषाएँ कुछ अधिक भिन्न नहीं है इसलिए अनुवाद करते समय एक सरलता व रोचकता का अनुभव हुआ। मुझे विश्वास है कि इस पुस्तक को पढ़ कर पाठक भी ऐसा ही महसूस करेंगे।

—इरफ़ान अहमद

अनुक्रम

अध्याय पाँच

अध्याय छह

अध्याय सात

अध्याय आठ

अध्याय नौ

अध्याय दस

अध्याय ग्यारह

कारे जहाँ दराज़ है

5
अध्याय

Annapakshi Indian Damask Wall Stencil | Royal Design Studio

ख़ेज़ कर दरबाग़ दराग़ क़ाफ़िला-ए-गुल रसीद

21 जून 1912 ई. देहरादून रेलवे प्लेटफ़ार्म पानी से ताज़ा-ताज़ा धुला था। जिस वक़्त ट्रेन प्लेटफ़ार्म से आकर लगी, स्पिंसर्ज़ रेफ्रेशमेंट रूम के सामने खड़ा हुजूम लपक कर आगे बढ़ा। 'यूरोपियन डिब्बों' से कुछ साहब लोग उतरे। हुजूम उनके बराबर से गुज़रता हुआ एक सेकण्ड क्लास डिब्बे के सामने पहुँचा। ऊँची सुनहरी कुलाहें (शंकु आकार की टोपियाँ), बोस्की की हल्की आसमानी पगड़ियाँ, तुर्की टोपियाँ, मक्खन ज़ीन के सूट पहने तीन अंग्रेज़। उनमें से एक के हाथ में 'इंग्लिश' स्टाइल की पतली कमर वाली, शंकु आकार की नाज़ुक सी फूलों की टोकरी थी, जिस पर गुलाबी रेशम का चौड़ा फ़ीता बंधा था।

पोलिटिकल अफ़सर मिस्टर आर.एच. नबलेट[1] डिप्टी कलेक्टर देहरादून। सरदार साहेबान (अफ़ग़ान) सरदार साहेबान (सिख)। ख़ानबहादुर सैयद ज़िल्ले हुसैन (सर्वे ऑफ़ इण्डिया), जूलियन रिस्ट; ब्रिटिश यहूदी फ़ोटोग्राफ़र ने तीन टाँगों वाले स्टैंड पर कैमरा जमाकर ग्रुप क्रम में किया और तस्वीर खींची।

स्टेशन के बाहर ताँगे, बग्घियाँ और मोटरें खड़ी थीं। एक वक़्त था, जब साहब लोग गाज़ियाबाद तक ट्रेन में आकर बैल ताँगे से देहरादून पहुँचता था और घोड़ों, ख़च्चरों से मसूरी। अब हर तरफ़ रेलों की रेलपेल थी। पहले देहरादून स्टेशन से स्मिथ एण्ड रोडवेल एजेण्ट्स के ज़रिए टमटमें और डाक गाड़ियाँ राजपुर तक के लिए किराये पर ली जाती थीं। अब उसी कम्पनी की मोटरें मुसाफ़िरों को सीधी मसूरी पहुँचा रही थीं।

मोटरों में सवार होकर क़ाफ़िला शहर रवाना हुआ। ईस्टर्न केनाल रोड के किनारे मोहल्ला कर्णपुर आबाद था। उसमें बहुत से जलावतन (देशनिष्कासित) अफ़ग़ान शहज़ादे रहते थे। वहीं झालू ज़ि. बिजनौर के सैयद ज़िल्ले हसनैन साहब का मकान था और असिस्टेंट पोलिटिकल एजेंट नजफ़ अली ख़ाँ की कोठी। 1908 ई. में यलदरम को अमीर याक़ूब ख़ाँ का चार्ज देने के बाद, वह

1. लेखक "1942 ई. में आज़मगढ़ की बग़ावत" यू.पी. के नामवर सिविलियन थे।

अमीर अय्यूब ख़ाँ के असिस्टेंट पोलिटिकल एजेंट की हैसियत से लाहौर भेज दिये गये थे। दोनों भाइयों का फ़िरंगी पोलिटिकल एजेंट लाहौर देहरादून आता जाता रहता था।

सैयद ज़िल्ले हसनैन साहब के मकान की डयोढ़ी के अन्दर उनकी ख़ुशमिज़ाज बीवी और तालीम याफ़्ता (शिक्षित) बेटी सादिक़ा बेगम हार-फूल लिए खड़ी थीं। सैहन (आँगन) में पहाड़ी संगरेज़ों (बजरियों) का फ़र्श था। जगह-जगह गमले रखे थे। दीवार के ऊपर की तरफ़ बर्फ़पोश (हिमाच्छादित) हिमालय जगमगा रहा था। रात को चौदह मील दूर मसूरी का चराग़ाँ (प्रकाश) नज़र आया।

मसूरी 23 जून 1912 ई. : हमारी[1] दो मंज़िला कॉटेज बेल व्यू पहाड़ की चोटी पर है। बेडरूम और उनके आफ़िस के सामने ख़ूबसूरत बाग़ीचा है। आज सुबह भाई बुरहान हैदर से पहली बार मुलाक़ात हुई। भाईजान, आपाजान और उनके चारों बच्चे ड्राइंगरूम में इंतिज़ार कर रहे थे। नन्दोई दुबले पतले से नौजवान हैं। सफ़ेद पतलून, ज़र्द रेशमी क़मीज़, धारीदार टाई। दोनों लड़के सुलतान हैदर और उसमान हैदर और लड़कियाँ ज़ुबैदा और फ़ातिमा ख़ातून बहुत ही ख़ुश नज़र आ रही थीं। चौदह बरस की ज़ुबैदा बेहद हसीन बच्ची है।

चाय पीते-पीते मौसम तब्दील हो गया। अचानक घटा उठी, बादल कमरे में घुस आए, भाईजान ने दरवाज़े और खिड़कियाँ बन्द कीं और मुझसे सिग्रेट पीने की इजाज़त चाही। दो बरस की फ़ातिमा ख़ातून कुर्सी पर खड़ी होकर मुझे बड़े ग़ौर से देख रही थी।

आपा सुग़रा फ़ातिमा बड़ी ननद सास की तरह ह; तालीम याफ़ता (शिक्षित) समझदार, सिवाय पर्दे के किसी पुरानी रस्म की पाबन्द नहीं।

25 जून : आज अमीर काबुल के यहाँ दावत थी। आपाजान नहीं जाना चाहती थीं, ज़ुबैदा को साथ भेज दिया। कुछ ही क़दम पर शाही ख़ानदान की आलीशान कोठी है। ज्योंही उसके बरामदे में हमारी डांडियाँ रखी गईं, अन्दर

1. 'रोज़नामचा' नज़्र सज्जाद हैदर (लेखिका) 'तहज़ीबे निसवाँ' 15 अगस्त 1942 ई.।

से काबुली माऐं पर्दे ले आईं, जो दोनों डांडियों पर तान दिये गये। तब मैं और ज़ुबैदा अन्दर गये। एक बड़े कमरे में दरवाज़ों और खिड़कियों पर भारी रेशमी पर्दे पड़े हुए थे। कुछ ख़ूबसूरत औरतों ने हमारा स्वागत किया। आतिशदान के क़रीब बेइन्तिहा हसीनो-जमील बेगम शानदार लिबास में गाव-तकिये के सहारे बड़ी शान से आसीन थीं।

हमने क़रीब जाकर अस्सलाम अलैकुम कहा; बादशाह बेगम मुस्कुराती हुई उठीं और मुझे गले लगा लिया। बोलीं, हम तो बहुत दिनों से आपके मुनतज़िर (प्रतीक्षा में) थे और अब चार दिन से घड़ियाँ गिन रहे थे। फिर शहज़ादी साहेबा आईं।

बादशाह बेगम ज़ेवर गहनों से लदी हुई थीं, बहुत ख़फ़ा हुईं कि 'आप इतनी सादगी में क्यों हैं, आइए, आपको काबुली दुल्हन बनाऊँ।'

बहरहाल, नज़्र बेगम का बादशाह बेगम ने ख़ूब बनाव-सिंघार किया। शाम को जब दोनों मुमानी-भाँजियाँ घर पहुँचीं, दो अफ़ग़ान दासियाँ ख़्वानों में काबुली जोड़े लिए पहले से हाज़िर थीं। बहुत सख़्त अलिफ़ लैला की दास्तान जैसी घटनाएँ थीं।

यलदरम का काम सिर्फ़ यह था कि रोज़ाना गर्मियों में शिमला और जाड़ों में कलकत्ता, वायसराय बहादुर को अमीर की ख़ैरियत का तार भेज दें। रोज़ सुबह दस बजे अमीर का 'दरबार' लगता था, जिसमें उनके साथी अफ़ग़ान अपनी-अपनी श्रेणी अनुसार बैठते थे। यलदरम को उसमें हाज़िर होना भी ज़रूरी था। उनके पहुँचने पर अमीर याक़ूब ख़ाँ सम्मान देने की ख़ातिर खड़े हो जाते थे। नौजवान अफ़सर बेहद शर्मिंदा होता था और अमीर दोहराते थे, 'रसूल (स०) की संतान का सम्मान ज़रूरी है।'

सैयदों से यह बेपनाह अक़ीदत (श्रद्धा) सिवाय अफ़ग़ानों और पठानों के किसी मुसलमान क़ौम में नहीं पायी जाती, इसकी वजह शायद इस क़ौम की सादगी और दीनदारी (धार्मिक प्रवृत्ति) है (इक़बाल, अफ़ग़ानों के इसी जोशे ईमान और सादगी पर आशिक़ थे)।

जलावतन (देश निष्कासित) बादशाह के इस फ़र्ज़ी दरबार में कौन से बड़े मामले तय होते होंगे। यल्दरम अक्सर अपने दोनों कमसिन भांजों सुलतान हैदर और उसमान हैदर को साथ ले जाया करते थे। गद्दी से उतरने से पहले अमीर काबुल को 'हिज़ मैजेस्टी' का ख़िताब हासिल नहीं था, कमज़ोर पूर्वी शासकों को यह ख़िताब ब्रिटिश फ़ारेन आफ़िस ही से दिये जाते थे।

(बाद में हिज़ मैजेस्टी अमानुल्लाह ख़ाँ, बादशाह अफ़ग़ानिस्तान ने अपने रौब, दबदबे से ब्रिटेन के घमंड का भुर्ता बना दिया) लेकिन यल्दरम, सरदार याक़ूब ख़ाँ का दिल बढ़ाने के लिए उन्हें हमेशा 'योर मैजेस्टी' कहकर सम्बोधित करते थे और वह बेचारा बूढ़ा ख़ुश हो जाता था। पूर्व अमीर ने नौजवान असिस्टेंट पोलिटिकल एजेंट से अंग्रेज़ी पढ़नी भी शुरू कर रखी थी।

देहरादून की तरह मसूरी भी लगभग अंग्रेज़ी शहर था। इसी वजह से ज़िले में अंग्रेज़ कलेक्टर के अलावा डिप्टी कलेक्टर और दूसरे अफ़सर हमेशा अंग्रेज़ नियुक्त किये जाते थे। सड़कों पर सुबह शाम फ़िरंगी बच्चों की कितारें गुज़रा करतीं, जो उन कॉन्वेंट स्कूलों में पढ़ रहे थे, जो यहाँ ग़दर से कई बरस पहले स्थापित किये गये थे। इतवार को सुबह-सुबह गिरजाघरों के घण्टे बजते। पैरासोल (धूप छाता) लगाए बाइबिल संभाले मेमें, डाँडियों और रिक्शाओं में बैठी इबादत के लिए जाती नज़र आतीं। नकचढ़े अंग्रेज़ घोड़े दौड़ाते।

पहाड़ी नेटिव की हालत, मैदानी नेटिव से भी ज़्यादा तबाह थी। गुदड़ी पहने हुए क़ुलियों को साहब 'पहाड़ी फ़ालतू' के नाम से याद करता था। लायब्रेरी बाज़ार में अंग्रेज़, यहूदियों और पारसियों की दुकानें थीं। सिवाय होटल, महाराजाओं और नवाबों की कोठियों के। यह एम्पायर के उत्थान का युग था। तीन वर्ष पहले बिजली की रौशनी आ गई थी। रात भर सारा पहाड़ जगमगाता।

बेल व्यू की ग्लेनर्ड स्टडी के अन्दर, बिजली के लैम्प की रौशनी में यल्दरम रात भर बैठे लिखा-पढ़ा करते। अलमारियों में तुर्की, फ़ारसी, अरबी, अंग्रेज़ी किताबों के भण्डार जमा थे और क़ुस्तुनतुनिया, क़ाहिरा और तेहरान से आने वाले रिसाले और अख़बार। मध्यपूर्व के हालात तेज़ी से बदलते जा रहे थे। कुछ साल में सारा नक़्शा तलपट होने वाला था।

यू.पी. और दिल्ली के ज़्यादातर घरानों की तरह, इस ख़ानदान को भी अपनी भाषा शैली पर बड़ा नाज़ (गर्व) था। अंग्रेज़ी के साथ-साथ दीनयात (धार्मिक अध्ययन) और फ़ारसी, शिक्षा के आवश्यक विषय थे। बच्चों को 'जैक एंड जिल' के बजाय, फ़ारसी के शे'र कंठस्थ थे। बेतबाज़ी (अंताक्षरी) प्रिय कार्य था।

बेतबाज़ी में ज़ुबैदा ख़ातून हमेशा जीत जाती थीं।

एक शाम बाहर मूसलाधार बारिश हो रही थी। गोल कमरे में आतिशदान के सामने कॉफ़ी, सूखे मेवों और शेरोशायरी से दिल बहलाया जा रहा था। आपाजान ने शिकायत की, 'सज्जाद मियाँ पेंसिल से लिफ़ाफ़ों के पीछे, इधर-उधर के काग़ज़ों पर शे'र लिखकर बेपरवाई से फेंक देते हैं। मैं यहाँ आई तो चुन-चुन कर उठा लेती हूँ। इनके वह शे'र न जाने किस तरह सुरक्षित रह गये, जो रिसालों में छप जाते हैं। अब आप सफ़ाई करवाने से पहले रद्दी की टोकरी ज़रूर देख लिया कीजिएगा।'

ज़ुबैदा ने चहक कर कहा, 'मुमानीजान, हमें मामूजान का पूरा मर्सिया-ए-दाग़ ज़बानी याद है। जब दाग़ का इन्तिक़ाल हुआ था, मामूजान बग़दाद में थे। वहीं कहा था, मख़ज़न में छपा था। सुनाएँ? बस पहला शे'र याद नहीं।' उसके बाद ज़ुबैदा ने फ़ौरन खड़े होकर सलीक़े से पढ़ना शुरू किया।'

पास न आए मेरे अब नहीं इसका दिमाग़
फैली है फैला करे नकहते-मुश्के-ततार
मेरे लिए उसके बल अफ़ई व कज़दम के बल
अब न परेशाँ करे, मुझको कभी ज़ुल्फ़े-यार
मैं तो समझता हूँ है ख़ंदा गुल ज़हरे-क़न्द
सोग में हैं सब्ज़-पोश, बाग़ के सब बर्गो-बार
अपने ही जब बाग़ की हो गयी चुप अंदलीब
अपनी नवा-संजियाँ अब न सुनाए हज़ार
तुझको छुपा देगा आज, मेरा यह सैलाने-अश्क
दजला! न तुग़ियानी कर, हद से न बढ़ ज़ेनहार
वास्ता अल्लाह का, ऐ बलग़ाए-अरब

तुमको नबी की क़सम ऐ फ़सहाऐ-ततार
आज ज़रा के लिए, चुप रहो, ख़ामोश रहो
रोने दो दिल खोलकर, दिल में भरा है बुख़ार
तुमको बताऊँ मैं क्या, रोता हूँ क्यों इस तरह
दिल से निकलती है क्यों आहे-हज़ीं बार-बार
आह कि घुटटी में जो अपनी पड़ी थी ज़ुबान
जिस पे मैं दिल से फ़िदा, जिस पे मैं दिल से निसार
शाइर बेमिस्ल आज उस सा जहाँ में नहीं
ख़ाली मकाँ है, मकीं हाय मकाँ में नहीं
किसको सुनाऊँ यहाँ अपनी हज़ीं दास्ताँ
कोई नहीं हम नवा, कोई नहीं हमज़बाँ
नग़माए-बुलबुल बहुत, मीना की क़िलक़िल बहुत
ग़ैर की यह अंजुमन, ग़ैर ही का बूस्ताँ
इनको हँसी से है काम, ऐश से हैं बामुराद
पूछते हैं तेरी क्यों, आँखें हैं यूँ ख़ूँचकाँ
कैसे बताएँ तुम्हें, काहे का है ग़म हमें,
हो गया ख़ामोश आह! बुलबुले-हिन्दोस्ताँ
नाला मेरा दिल ख़राश, आह मेरी नाज़ पाश
तुम हो मगर ना बलद, बहरे हैं कर्रो-बयाँ
ख़ाक़े दकन तूने आह, ले लिए आग़ोश में
भेजे थे क़ुदरत ने दो, उर्दू के जो बाग़बाँ
तेरा भी ऐ शाइरी, दौर था यह आख़िरी
आज तू रुख़सत हुई, हिन्द को करके सलाम
दाग़ नहीं दहर में, दिल है हरेक दाग़-दाग़
शेर का वीराँ है घर, नज़्म का गुल है चराग़

भावार्थः- तातार की कस्तूरी की सुगंध फैलती है तो फैला करे। अब वह मेरे पास न आए, अब वह मुझे नहीं भाती। प्रेयसी के केशों के बल मुझे साँप और बिच्छू के बल की तरह लगते हैं, अब मुझे वह न परेशान करे।

मैं तो यह समझता हूँ कि खिलता हुआ फूल मीठा ज़हर है और बाग़ के सब फल और पत्ते और हरियाली शोकाकुल है।

जब अपने ही बाग़ की बुलबुल चुप हो गई (अर्थात शाइर मिर्ज़ा दाग़ परलोक सिधार गए) तो बुलबुल अपने मीठे गीत न सुनाए।

ऐ दजला नदी अपनी सीमा से आगे हरगिज़ न बढ़, बाढ़ का रूप मत दिखा, मेरे आँसुओं की बाढ़ इतनी प्रचण्ड है कि तू भी छुप जाएगी।

ऐ अरब के विद्वानों, तुम्हें अल्लाह का वास्ता दिलाता हूँ। ऐ तातार के सुन्दर भाषा बोलने वालों, तुम्हें नबी (मोहम्मद स०) की क़सम आज चुप रहो, ख़ामोश रहो। (मुझे) दिल खोल कर रोने दो, मेरा मन बहुत दुःखी है।

तुम्हें क्या बताऊँ इस तरह क्यों रोता हूँ। दिल से दुःख भरी आहें क्यों निकलती हैं। हाय जो भाषा मेरी घुट्टी में पड़ी थी और जिस पर मैं दिल से फ़िदा और न्योछावर था, आज उस भाषा का अद्वितीय कवि (शाइर दाग़ देहलवी) इस संसार में नहीं हाय, मकान तो है लेकिन उसमें रहने वाला नहीं।

मैं अपनी दुःख भरी दास्तान किसे सुनाऊँ, कोई साथ में बोलने वाला नहीं, कोई सहभाषी नहीं।

बुलबुल के नग़में भी बहुत, शराब की बोतल से शराब के उंडेलने की आवाज़े भी हैं, यह महफ़िल पराए लोगों की है और बाग़ भी परायों का है। इनको केवल हँसी ठठोल से काम है, ऐश व इशरत में मस्त हैं। ये पूछते हैं कि तेरी आँखें ख़ून क्यों रो रही हैं। हम तुम्हें कैसे बताएँ कि हमें काहे का दुःख है।

हाय वह हिन्दुस्तान का बुलबल (अर्थात दाग़ देहलवी) ख़ामोश हो गया।

मेरी फ़रियाद तकलीफ़ देने वाली है, हाय मेरे नाज़-नखरे बिखरे हुए हैं लेकिन तुम मेरी स्थिति से परिचित नहीं हो। कोई मेरी दुःख भरी आहें नहीं सुन सकता।

ऐ दकन की धरती तूने उन्हें अपने अन्दर समो लिया, जो उर्दू रूपी बाग़ के बाग़बाँ और उसे सँवारने वाले थे।

ऐ शाइरी तेरा यह आख़िरी दौर था (क्योंकि ऐसी उच्च कोटि की शाइरी हिन्दुस्तान को सलाम करके रुख़सत हो गयी।

आब दुनिया में 'दाग़' नहीं रहे और हर व्यक्ति के दिल को दाग़-दाग़ कर गए। अब शे'रो-शाइरी का घर वीरान है और नज़्मों का दीप बुझ चुका।

मसूरी के पहाड़ की इस तूफ़ानी रात, किसी को मालूम न था कि सिर्फ़ चार साल बाद, परी की तरह ख़ूबसूरत ज़ुबैदा ख़ातून ख़ुद अल्लाह को प्यारी होकर, एक दुःख भरी कविता का विषय बन जाएँगी।

कुछ हफ़्ते बाद आपाजान अपने शौहर और बच्चों समेत नहटौर वापस चली गयीं। शुरू अगस्त में नज़्र बेगम कोहाट रवाना हुईं। कुछ दिन बाद यल्दरम का ख़त पहुँचा ...फूफा जान और हमारी दूसरी बहनें आपसे मिलने मसूरी आई हैं, फ़ौरन पहुँचिए। ग़ुलाम हुसैन को साथ लेकर कोहाट से चले। रास्ते में लाहौर से मौलवी मुमताज़ अली के बड़े बेटे सैयद हमीद अली और बेटी वहीदा बेगम को साथ लिया। नौजवान कारवाँ मसूरी की तरफ़ रवाना हुआ।

मग़रिब (दिन छिपे) के क़रीब हमारी डांडियाँ बेल व्यू के फाटक पर पहुँचीं। यल्दरम बँगले पर हमारे इन्तिज़ार में थे। पहले हमीद अली घोड़े से उतरे, फिर हम दोनों डांडियों से निकलीं। सारे में शफ़क़ की सुर्ख़ी (संध्या समय की लालिमा) फैली हुई थी और हल्की-हल्की फुहार पड़ रही थी, बादलों का रंग सुर्ख़ था।[1]

सीढ़ियों पर यल्दरम की फूफीज़ाद बहनें हमीदा और वहीदा और चचाज़ाद बहन निसार फ़ातिमा इन्तिज़ार में खड़ी थीं।

वहीदा मुमताज़ अली का यल्दरम से पर्दा था। वह बुर्क़े में लिपटी-लिपटाई तेज़ी से ज़ीने के ऊपर चली गईं। छोटी ननदों से मिलने के बाद नज़्र बेगम यल्दरम के फूफा, ख़ानबहादुर सैयद सग़ीर हुसैन को सलाम करने ड्राइंग रूम

---

1. रोज़नामचा।

में गईं। रास्ते में मियाँ से पूछा, 'फूफा जान से किस तरीक़े से मिलूँ, बुज़ुर्ग हैं शायद घूँघट में देखना पसंद करें।'

जवाब मिला, 'हमारे यहाँ घूँघट का रिवाज नहीं और फूफाजान बहुत रौशन ख़याल हैं।'

फूफा जान ने ख़ुद ही सलाम अलैकुम कहा और अशरफ़ी मुँह दिखाई में दी।

प्राचीनता और नवीनता की यह कशमकश क़दम-क़दम पर थी। इन नई रौशनी के नौजवानों को मुस्तक़िल यह फ़िक्र रहती थी कि बुज़ुर्गों को अपने नये तरीक़ों से नाराज़ न करें लेकिन ऐसा लगता है कि बुज़ुर्ग ख़ुद काफ़ी मॉडर्न हो गये थे। हमीदा बेगम, वहीदा बेगम और निसार फ़ातिमा नहटौर के गहरे पर्दे में रहते हुए, ख़ूब पढ़ लिख चुकी थीं। बचपन से 'तहज़ीबे निसवाँ' में लेख लिख रही थीं और अच्छे शे'र कहती थीं।

हमीदा बेगम का रिश्ता, यल्दरम के जवाँ मर्ग (जवानी में मरे) चचा ख़ानबहादुर डॉक्टर कर्रार हैदर के बेटे सैयद निसार हैदर ज़ैदी से तय हो चुका था। वहीदा बेगम की शादी, यल्दरम के मंझले भाई सैयद नसीर हैदर से होने वाली थी। डिप्टी सग़ीर हुसैन के कोई बेटा न था और उनकी तीन लड़कियाँ, उनकी बहुत बड़ी जायदाद की वारिस थीं।

रिश्तेदारों के नहटौर वापस जाने के बाद, वहीदा और मुमताज़ अली बेल व्यू में रह गईं। सैयद हमीद अली का कॉलेज खुलने वाला था, वह लाहौर रवाना हुए।

कलकत्ता से कुछ मेहमान आए। पर्दे की वजह से ज़नाना, मर्दाना खाने, नाश्ते का इन्तिज़ाम नज़्र बेगम को अलग-अलग करना पड़ा। उनके जाने के बाद यल्दरम ने कहा, 'बहुत बुरा मालूम होता था; आप और वहीदा देहाती औरतों की तरह दूसरे कमरे में दुबकी रहीं।

कल से आपको आज़ाद[1] के सामने होना पड़ेगा। आमतौर पर बेपर्दा फिरना आपको मंज़ूर नहीं लेकिन मेरे ख़ास-ख़ास दोस्तों के सामने आपको होना चाहिए।[2]

एक दिन आज़ाद ने मेज़बान ख़ातून से सूई धागा माँगा कि शेरवानी में बटन टाँकना है, उन्होंने कहा, 'लाइए मैं टाँके देती हूँ।' हैरत से फ़रमाया, 'अरे आपको सीना-पिरोना भी आता है। मेरा ख़याल था, सिर्फ़ मज़मून लिखना ही जानती हैं।'

अक्तूबर में मंझले देवर सैयद नसीरुद्दीन हैदर मसूरी तशरीफ़ लाए। निहायत ख़ुशमिज़ाज और दिलचस्प। बड़े भाई के हमशक्ल, ख़ूबसूरत, सफ़ेद रंगत, घुंघराले बाल लेकिन भाई के विपरीत संगीत के रसिया। भाभी से फ़ौरन दोस्ती हो गई।

'सीज़न ख़त्म होने वाला था। छह महीने, पूर्व शाह अफ़ग़ानिस्तान को देहरादून में रखा जाता था। 15 अक्तूबर को सारा क़ाफ़िला देहरादून रवाना हुआ। पहले शाही कारवाँ चला। उसके साथ-साथ बेल व्यू के रहने वाले। आगे-आगे घोड़ों पर दोनों भाई सज्जाद व नसीर, जो बारी-बारी कुरआन शरीफ़ गले में लटकाते। डांडियों में नज़्र बेगम और मिस मुमताज़ अली, पीछे ख़च्चरों पर सामान और नौकर चाकर।

मसूरी और देहरादून के आधे रास्ते पर राजपुर पड़ता है। यहाँ कई फ़िरंगी होटल और 'रोड हाउस' थे, जिन्हें अंग्रेज़ बूढ़ी औरतें चलाती थीं, यहाँ थकान मिटाकर मुसाफ़िर आगे चलते थे। प्रिंस ऑफ़ वेल्स होटल में घंटा भर रुक कर, क़ाफ़िला फूलों भरी दून वैली में प्रवेश कर गया।

---

1. मालूम नहीं कौन से आज़ाद की बात है। यलदरम के तीन दोस्त इसी नाम के थे। एक मौलाना अबुल कलाम आज़ाद। एक वह कलकत्ता वाले नवाब सैयद मोहम्मद आज़ाद, जिनके साहबज़ादे सैयद हसन मोतीलाल नेहरू के सेक्रेटरी रहे। तीसरे बम्बई के मशहूर बैरिस्टर एम.के.आज़ाद, जो इतने ख़ूबसूरत थे कि उनकी तस्वीर के पिक्चर पोस्टकार्ड बिकते थे। जहाँ तक मुझे याद पड़ता है, अम्मा ने शायद बताया था कि यह मसूरी वाले मेहमान, अबुल कलाम आज़ाद थे।,
2. रोज़नामचा 'तहज़ीबे निसवाँ' 1942 ई. 19 सितम्बर व 17 अक्तूबर।

देहरादून में अमीर याक़ूब ख़ाँ की कोठी के बहुत बड़े बाग़ में यल्दरम और उनके घर वालों के लिए तम्बू लगाए गये। क़न्नातों[1] से पर्देदार सैहन बना, बहुत से दरख़्त कन्नातों के अन्दर आ गये। वहीदा मुमताज़ अली दिन भर बाग़ में बुलबुल की तरह चहका करतीं।'

कुछ दिन बाद कर्ज़न रोड, डालनवाला की एक कोठी में मुंतक़िल (स्थानांतरित) हुए, जिसका नाम 'रस्पना' था। मनोहर दृश्यों से भरे और शांत डालनवाला में ज़्यादातर पेंशनयाफ़्ता अंग्रेज़ों और हिन्दुस्तानियों की कोठियाँ थीं। नज़दीक ही पहाड़ी नदी रस्पना शोर मचाती बहती रहती थी। उसके दूसरे किनारे पर तराई के शे'र आकर रात को पानी पीते। उस समय तक गढ़वाल और देहरादून के ज़िले, जंगलों से अटे पड़े थे, जिनमें शेरों, चीतों, हिरणों की बहुत बड़ी संख्या थी। रात के सन्नाटे में शेरों के गरजने की आवाज़ डालन वाला में साफ़ सुनाई देती थी।

देहरादून में कॉन्वेंट और मिशन स्कूलों की बहुतायत थी मगर मुसलमान लड़कियों के लिए एक मदरसा न था। महिलाओं के सुधार के कार्यक्रम चलाने वाले वर्ग की नवयुवती ने कुछ बेगमों को इकट्ठा करके, एक 'अंजुमन हामी-ए-तालीमे निसवाँ' (महिलाओं की शिक्षा का समर्थन करने वाला संघ) क़ायम की। चार-चार आने चन्दा इकट्ठा किया गया। एक दौलतमंद मुसलमान व्यापारी से कोठी मुफ़्त हासिल करके स्कूल खोला। पहले ही दिन पच्चीस लड़कियाँ आ गईं।

कहाँ शानदार जीसस एण्ड मेरी कॉन्वेंट, कहाँ यह ग़रीबामऊ मदरसा, जिसके लिए दस-दस रुपये महीना की बुर्क़ापोश उस्तानियाँ रखी गईं। मदरसों के शुरू होने की इत्तिला बेगम व शेख़ अब्दुल्लाह को अलीगढ़ भेजी। वह निहाल-निहाल (ख़ुश) हो गये।

1. वह कपड़े की दीवार, जो तम्बू के चारों ओर लगाते हैं।

सुल्तान जहाँ मंज़िल

इधर कुछ दिनों से शैख़ मोहम्मद अब्दुल्लाह, नज़्र सज्जाद और कुछ दूसरे पुरुष व महिलाएँ एक आल इण्डिया मुस्लिम लेडीज़ कॉन्फ्रेंस का आंदोलन कर रहे हैं। एक अख़बार ने लिखा है, 'जब से यह तहरीक (आंदोलन) की गई है, बहुत सी गोशानशीन ख़वातीन (एकांतवासी महिलाओं) में एक जोश सा पैदा हो गया है। ख़ुदा न करे बिन्ते नज़रुल बाक़र और उनकी हमख़याल लड़कियों को इसमें कामयाबी हो। यह बेजा (अनावश्यक) आज़ादी का पेशख़ेमा (शुरुआत भर) है।'

लेकिन 'ख़ातून' में लेडीज़ कॉन्फ्रेंस का ऐलान किया जा चुका है। आलिया हज़रत सुल्तान जहाँ बेगम अलीगढ़ तशरीफ़ लाकर, मुसलमान लड़कियों के पहले होस्टल का उद्घाटन करने वाली हैं।

'अलीगढ़ 24 मार्च 1914 ई. - लाहौर, दिल्ली, मुरादाबाद, आगरा, बम्बई, कलकत्ता, मेरठ से बीबियाँ भीड़ की भीड़ चली आ रही हैं। मुसलमान औरतों का इतनी बड़ी तादाद में एक जगह जमा हो जाना, एक यादगार ऐतिहासिक घटना है। बेगम अब्दुल्लाह ख़ुद मेहमानों के स्वागत के लिए स्टेशन जाती हैं। दिन-रात हर ट्रेन से बीबियाँ हैं कि चली आती हैं। सबको गर्ल्ज़ स्कूल की नई इमारत में ठहराया जा रहा है।

हम लोग उन से मुलाक़ात के शौक़ में, बेताब होकर अपने कमरों से निकल आते हैं। बेगम अब्दुल्लाह दिन-रात की मेहनत से इतनी थक गई थीं कि आख़िरी रोज़ स्टेशन पर न जा सकीं। लेकिन जिस वक़्त मालूम हुआ कि दिल्ली से कुछ बेगमात तशरीफ़ लाई हैं, उनको उतरवाने फाटक तक गईं, वहीं ग़श (चक्कर) आ गया। हम लोग फाटक की तरफ़ दौड़े, उन्हें उठाकर लाए। उसके बाद उन्होंने आराम नहीं किया।

28 मार्च 1914 ई. : सरकार-ए-आलिया (नवाब भोपाल) भोपाल से तशरीफ़ ले आईं। आज पहासू हाउस से आकर, आल इण्डिया मुस्लिम लेडीज़ कॉन्फ्रेंस के

दफ़्तर सुलतान जहाँ मंज़िल का उद्घाटन किया, यह इमारत साहबज़ादा आफ़ताब अहमद ख़ाँ की कोशिश और आलिया हज़रत के अतिये (दान) से बनावाई गई है। आज ही एम.ए.ओ. कॉलेज की तरफ़ से स्ट्रेची हाल में, सरकारे-आलिया नवाब भोपाल की ख़िदमत में, एडरेस पेश किया गया।

29 मार्च : हमारी इस सफलता से विद्रोहियों के जिगर फट गये हैं। क्या मनमोहक और ख़ुशियों को बढ़ा देने वाला दृश्य था, जब आलिया हज़रत की अध्यक्षता में, हमारी आल इण्डिया मुस्लिम लेडीज़ कॉन्फ्रेंस का पहला अधिवेशन हो रहा था। बेगम हबीबुर्रहमान ख़ाँ शेरवानी, सेक्रेटरी तजवीज़ (प्रस्तावित) हुईं। बेगम अब्दुल्लाह असिस्टेंट सेक्रेटरी। मेरी प्यारी दोस्त राहीला ख़ातून शेरवानी ने थोड़ी सी देर में, बहुत सी बीबियों को कॉन्फ्रेंस का सदस्य बना लिया।

रात को साहबज़ादा आफ़ताब अहमद ख़ाँ के यहाँ, सरकार-ए-आलिया का डिनर था। मेरी मुँह बोली भतीजी वहीदा मुमताज़ अली, रज़िया मसूदुलहसन, नाज़ली बेगम, हर हाइनेस जंजीरा ज़हरा फ़ैज़ी वग़ैरा के शरीक होने से, यह खाना बहुत पुरलुत्फ़ (रमणीक) हो गया। बाद में कृपा और प्रेमपूर्वक आलिया हज़रत ने कुछ देर ड्राइंग रूम में ठहरकर, हम लोगों को सम्मान प्रदान किया और नसीहत के तौर पर कुछ बातें कीं।

30 मार्च : आज सर सैयद की सम्माननीय बहू महमूद बेगम साहिबा ने मुझे वहीदा और बेगम रज़ा अली वग़ैरह को लंच पर मदऊ (आमंत्रित) किया। उस नये ज़माने के नये लिबासों वाली बीबियों में, महमूद बेगम साहेबा पुरानी दिल्ली के पुर अज़मत (शानदार) लिबास में नुमायाँ (प्रत्यक्ष) शान रखती थीं। मुझको तो बिल्कुल मलिका विक्टोरिया की हमशक्ल मालूम हुईं।

सर सैयद की भतीजबहू नवाब मोहम्मद अली साहेबा ज़ोरदार मर्दाना क़हक़हा लगाती थीं, जिससे कमरा गूँज उठता था। यू.पी. में लिबास और पर्दे में इस्लाह (सुधार) की तहरीक (आंदोलन), उनके ही घर से शुरू हुई है।[1]

1. रोज़नामचा 'तहज़ीबे निसवाँ' 21 नवम्बर 1942 ई.।

हिल्टन लेन

पंजाब जीतने के बाद, ब्रिटिश हुकूमत ने महाराजा रणजीत सिंह के कमसिन बेटे, महाराजा दिलीप सिंह को कुछ समय मसूरी में नज़रबंद रखने के बाद, इंग्लैण्ड रवाना किया था। अफ़ग़ानिस्तान पर विजय प्राप्त करने के बाद, 1833 ई. में सरदार दोस्त मोहम्मद ख़ाँ के पोते, सरदार मोहम्मद याक़ूब ख़ाँ को भी, नार्थेम्बर लैण्डर रेजिमेंट के चार अफ़सरों की निगरानी में लाया गया।

पराजित अमीर को मसूरी के अन्दर घूमने-फिरने की इजाज़त थी। रोज़ाना फ़िरंगी पोलिटिकल एजेंट के साथ, शहसवारी के लिए जाते थे। हिन्दुस्तानी असिस्टेंट, पोलिटिकल एजेंट को इस सिलसिले में शायद भरोसे के लायक़ नहीं समझा जाता था। एक बार उस मर्दे-हुर (आज़ादी के मतवाले) ने फ़रार की, नाकाम कोशिश की।

वह फ़र्ज़न्दे-कोहिस्तान (पर्वत का बेटा), घोड़ा बहुत तेज़ दौड़ाता था। फ़िरंगी अफ़सर को उसका साथ देने में बहुत दिक़्क़त होती। एक बार लायब्रेरी बाज़ार के चौराहे पर पहुँचकर फ़िरंगी अफ़सर ने घोड़ा रोका और किसी दूसरे गोरे से बातचीत करने लगा। पलटकर देखा तो क़ैदी ग़ायब। हड़बड़ा कर घोड़ा दौड़ाया। सरदार याक़ूब ख़ाँ अपने घोड़े को एड़ लगाकर कब के हवा हो चुके थे और 2- राजपुर रोड पर नशेब (तराई) की सिम्त (ओर) उड़े चले जा रहे थे।

पोलिटिकल अफ़सर ने पीछा किया और विंसिंट हिल वापस लाया। अमीर ने मुस्कुराकर कहा कि घोड़ा बेक़ाबू हो गया था। अफ़सर ख़ामोश रहा और हाँपते-काँपते अपने दफ़्तर जाकर हुज़ूर वायसराय को शिमला तार दिया। अगर शाही क़ैदी दोबारा ऐसी हरकत करे तो उसके साथ किस क़िस्म की कार्रवाई की जाए। शिमला से तार आया - Do not hurt one hair of his head लेकिन उसके बाद अफ़ग़ान बादशाह ने फ़रार की कोशिश कभी

न की। अपनी उम्र का एक बड़ा हिस्सा नज़रबन्दी में गुज़ार कर, एक रोज़ परलोक सिधार गये। रूह शायद तीव्र गति से अफ़ग़ानिस्तान के पहाड़ों की सिम्त परवाज़ कर गई।

1913 ई. में कानपुर के मुद्दे के बाद, मुस्लिम राजनैतिक आँदोलन ज़ोर पकड़ चुका था। अमीर के इन्तिक़ाल के फ़ौरन बाद 1914 ई. में मुस्लिम लीग लीडर अली मोहम्मद ख़ान, राजा महमूदाबाद ने गवर्नमेंट से यल्दरम की सेवाएँ अपने लिए हासिल कीं और उन्हें अपना पोलिटिकल सेक्रेटरी नियुक्त किया। 'वह दर हक़ीक़त ऐसे नेक बन्दे थे कि बर्तानवी पोलिटिकल सर्विस के क़ाबिल ही न थे, वर्ना कहीं से कहीं पहुँचते और ऐसी मुलाज़िमत के अहल थे, जिसमें लिखने-पढ़ने का काम हो।'[1] अपने फ़र्ज़े मनसबी (पदभार) के अलावा, अलीगढ़ की बहुत सी ज़िम्मेदारियाँ मुफ़्त अपने सिर ले रखी थीं और उनमें बड़ी ख़ुशी से जान खपाते रहते थे।

ओल्ड ब्वायज़ एसोसिएशन की तरफ़ से 1913 ई. में एम.ए.ओ. कॉलेज का ट्रस्टी नियुक्त किया गया था। राजा साहब महमूदाबाद के लिए सियासी तक़रीरें लिखना यक़ीनन एक दिलचस्प काम होगा। बीवी इस मुलाज़िमत से बहुत नाख़ुश थीं, उनकी समझ में न आता था कि मियाँ किसी बड़े सरकारी औहदे के लिए कोशिश क्यों नहीं करते। 'ज़रा भाई इनामुलहक़ और दूसरे दोस्तों को देखिए; ख़ुद चले चौंतीस साल की उम्र में, किसी राजा की चाकरी करने। यह भी नहीं कि नये-नये कॉलेज से निकले हैं, जो काम मिला कर लिया।'

'राजा की चाकरी? अली मोहम्मद ख़ाँ बहुत पुर-ख़ुलूस (निष्कपट) क़ौमी लीडर हैं। आजकल गोखले, मोती लाल नेहरू, जिनाह, सबने अपने-अपने पोलिटिकल सेक्रेटरी मुक़र्रर कर रखे हैं। यह क़ौमी इत्तेहाद (राष्ट्रीय एकता) की तहरीक का ज़माना है। इस वक़्त इस क़िस्म का काम करना बहुत ज़रूरी है।' मियाँ ने नरमी से समझाया। फिर हस्बे-आदत ख़ामोश हो गये। लेकिन बड़े तअज्जुब में थे कि बीवी इतना सियासी शऊर (राजनैतिक चेतना) रखती हैं, लड़कपन

1. 'सैयद सज्जाद हैदर यलदरम' लेखक मुश्ताक़ अहमद ज़ाहिदी। प्रकाशित मैगज़ीन 'अदीब' दिल्ली 1943 ई.।

से ख़ुद क़ौमी कामों में मसरूफ़ (व्यस्त) हैं और इस वक़्त किसी अनपढ़ स्नोब (Snob) औरत की तरह ख़फ़ा हैं।

'आप सरकारी मुलाज़िमत शुरू ही से न करते, अपने दुलारे 'हसरत' की तरह जेल में बैठे चक्की पीसा करते।' बीवी ने जल भुन कर कहा और सामान-असबाब बाँधने में मसरूफ़ हो गईं। अफ़ग़ान शहज़ादियों से भीगी आँखों से रुख़सत हो, नवजात बेटी फ़लक अख़्तर, आया और नौकरों को साथ ले, देहरादून को ख़ैरबाद[1] कहा।

लखनऊ में राजा साहब की तरफ़ से, हज़रतगंज के क़रीब हिल्टन लेन में कोठी दी गई थी। नया हल्क़ा-ए-अहबाब (मित्र मण्डली) दिलचस्प साबित हुआ। ज़िला जौनपुर के सैयद वज़ीर हसन, आल इण्डिया मुस्लिम लीग के सेक्रेटरी थे और शहर के अन्दर नवाब क़मरजहाँ की हवेली ख़ाक़ान मंज़िल में रहते थे। उनकी और उनके छोटे भाई असग़र हसन जज की बीवी से गहरा बहनापा हो गया।

इनके अलावा क़िदवाई ख़ानदान, शाहिद हुसैन, मुशीर हुसैन शैख़ व बेगम शैख़ हबीबुल्लाह (शैख़ साहब रियासत महमूदाबाद के मैनेजर थे) चौधरी नेमतुल्लाह, चौधरी नबीजान वग़ैरह-वग़ैरह। क़ैसरबाग़ में अवध के ताल्लुक़ेदारों के मकान थे। बहुत से दोस्त बनारसी बाग़, सिकन्दर बाग़ और हज़रतगंज के आसपास रहते थे। लखनऊ नई समाजी, सियासी और साहित्यिक सरगर्मियों का केंद्र बनता जा रहा था।

मियाँ की तरह-तरह की उसूल-परस्तियों की प्रशंसक थीं और इनकी वजह से नालाँ (तंग) भी रहती थीं, मिसाल के तौर पर एक ख़ुफ़िया फ़हरिस्त (सूची) बनी थी। हर महीने तनख़्वाह मिलने पर छोटी-छोटी रक़में बहुत से ज़रूरतमन्द लोगों को, वज़ीफ़े के तौर पर चुपके से मनीआर्डर कर देते थे। ख़ुद को रियासती स्टाफ़ का सदस्य नहीं गिना, लिहाज़ा रियासत महमूदाबाद की बग्घियों और मोटरों को निजी ज़रूरत के लिए इस्तेमाल नहीं करते थे, आदि।

1. विदाई के समय का प्रणाम।

एलियट रोड
कलकत्ता, 5 जून 1914 ई.

प्यारी बहन अल्लाह तुम्हें सलामत रखे!

गो मैं रही रहीने-सितम-हाए-रोज़गार
लेकिन तेरे ख़याल से ग़ाफ़िल नहीं रही।

(हालाँकि मैं संसार के दुःखों में उलझी रही लेकिन तेरे ख़याल की उपेक्षा नहीं की।)

काम धाम की ज़्यादती और परेशानियों के झमेलों और मरज़ की शिद्दत में इस वक़्त भी कमी नहीं है और न पूरी तरह सेहत है। ज़िन्दा हूँ और आप जैसी फ़ख़्र-ए-क़ौम (क़ौम की गौरवशाली) बीबियों के लिए दुआ करती हूँ।

आपने यूनिवर्सिटी फंड के लिए मेरे ख़त में जो कुछ लिखा था, अच्छा लिखा था और जिन लोगों की नज़रों से गुज़ारना था, वह गुज़ारा भी। अब असर चाहे जो भी हो, न रवद मेख़े आहन दर संग (लोहे की कील पत्थर में नहीं जाती)।

बच्ची की पहली सालगिरह मुबारक हो, फ़लक अख़्तर मुबारक और नेक नाम है। अब मेरे बच्चों के नाम सुनिए। आपके भाई का नाम ज़ाहिद है।[1] इसी मुनासिबत (सम्बंध) से मेरे बड़े लड़के का नाम शाहिद[2] हुआ। फिर उस मुनासिबत से मशहूद पर शहीद हुआ। लोगों ने एतराज़ किया तो आपके भाई ने कहा, शहादत जैसी नेमत क्या सबको मिलती है। मेरे भाई अब्दुल्लाह अलमामून सोहरवर्दी ने नाम रखा हसन हुसैन, आप यह सुनकर ख़ुश होइएगा कि मैंने अपने छोटे लड़के हुसैन शहीद[3] को भी आज इक्कीस दिन हुए, तालीम हासिल करने की ग़रज़ से[4] इंग्लिस्तान रवाना कर दिया है।

लड़कों को शुरू से लैटिन, फ्रेंच वग़ैरह सिखाई गई थी। बड़ा लड़का इंग्लिस्तान में क़ानून पढ़ रहा है और कई इब्तिदाई (प्रारंभिक) इम्तिहान अच्छी

1. डॉक्टर शाइस्ता इकरामुल्लाह की फूफी, जस्टिस सर ज़ाहिद सोहरवर्दी की पत्नी।, 2. डॉक्टर शाहिद सोहरवर्दी मरहूम।, 3. हुसैन शहीद सोहरवर्दी मरहूम पूर्व प्रधानमंत्री पाकिस्तान।, 4. शिक्षा ग्रहण करने के उद्देश्य से।

डिवीज़न से पास किये हैं मगर इस छोटे को मैंने सिविलियन बनाने के लिए तैयार किया था। अरबी और इतालवी (इटालियन) भी सीखी। उसने कलकत्ता यूनिवर्सिटी से उपाधि प्राप्त की, उसकी उम्र 19 साल है। मैं सिविल सर्विस में भेजने को थी कि बहीख़्वाहों (शुभचिंतकों) ने सेवा को स्वतंत्रता पर किसी तरह प्रधानता न दी और उसको भी क़ानून पढ़ने के लिए भिजवा दिया।

यूँ तो शिक्षा व कला, जिसने प्राप्त की वह बर्बाद होने वाली चीज़ नहीं मगर इस छोटी उम्र में उसको इतना न पढ़वाती, मगर अंजाम यही था। अब ख़ैर, जिस निय्यत से भेजा गया है, अल्लाहतआला उसमें उसे कामयाब करे।

आपके नाविल 'शम्सा' को हम लोग, हर महीने बड़े शौक़ से पढ़ रहे हैं।
और दुआ
आपकी ख़ैर-तलब (शुभाकांक्षी)
ख़जिस्ता

उस वक़्त क़ानून केवल एक व्यवसाय था, जिसमें हिन्दुस्तानी तरक़्क़ी की ऊँचाइयों पर पहुँच सकते थे, अतः मालदार माँ-बाप अपने बच्चों को मुस्तक़िल लंदन भेजा करते थे। सैयद वज़ीर हसन के बड़े बेटे सैयद अली ज़हीर भी उसी वर्ष बैरिस्ट्री की शिक्षा प्राप्त करने के लिए इंग्लिस्तान रवाना किये जा रहे थे।

गर्मियों में हुज़ूर वायसराय शिमला में रहते थे। अहम सियासी लीडर वहीं जाया करते थे। राजा साहब महमूदाबाद शिमला जाते। दिल्ली और लाहौर की 'सोसायटी' भी वहीं पहुँचती।

ख़ाला मुर्तज़ाई बेगम और सरवत आरा कोहाट से लखनऊ आई हुई थीं। जून के महीने में कुनबा 'सीज़न' के लिए शिमला रवाना हुआ। वहीं 14 जुलाई के दिन सैयद जव्वाद हैदर पैदा हुए। 'बच्चे को देखकर सब को बड़ी हैरत हुई। वह बड़ा मोटा ताज़ा सुर्ख़ो-सफ़ेद रंग, सुनहरी बालों और मामूली वज़न

से दोगुना बच्चा था। दूसरे दिन बेगम वज़ीर हसन देखने आईं। गोद में लेकर कहा, माशाअल्लाह छह महीने का मालूम होता है। मेरा बच्चा 'बन्ने' तो[1] अब ख़ुदा के फ़ज़्ल से पाँच माह का होगा, इतना ही है।[2]

बच्चे के लिए बेगम वज़ीर हसन ने लखनऊ से आया मंगवाई, पंद्रह दिन बाद ख़ाला मुर्तज़ाई बेगम और सरवत आरा पंजाब वापस गईं और शमसुल उलमा सैयद मुमताज़ अली की बेटी वहीदा, जिनकी शादी कुछ दिन पहले मुरादाबाद के सैयद मोहम्मद याक़ूब[3] से हुई थी, बच्चे की देखभाल के लिए मुरादाबाद से शिमला आ गईं।

अगस्त 1914 ई. में जंग छिड़ गई। एक दिन कोहाट से मीर नज़रुल बाक़र का तार शिमला पहुँचा। ख़ाला अशरफ़जहाँ, भाभी मुर्तज़ाई बेगम, बेटी सरवत, बेटे मुस्तफ़ा बाक़र और यतीम भतीजे आले हसनैन को सियालकोट, बहन अकबरी बेगम और बहनोई मीर फ़ज़ल अली के सुपुर्द करके, बैटमैन ग़ुलाम हुसैन के साथ फ्रांस जंग के मोर्चे पर जाते हैं। नज़्र बेगम तार मिलते ही आयीं और बच्चों समेत शिमला से सियालकोट रवाना हुईं।

फूफी अकबरी बेगम के शौहर मीर फ़ज़ल अली नज़्र बेगम के सगे मामू और नानी अशरफ़जहाँ के सपूत, इन दिनों सियालकोट में ज्यूडिशियल रजिस्ट्रार थे। उनका इकलौता लड़का मीर अफ़ज़ल अली फ़ोरमैन क्रिश्चियन कॉलेज में पढ़ रहा था। पापा बंदरगाह कराची से रवाना हुए थे। अख़बारों में समुद्री युद्ध से सम्बंधित वहशत अंगेज़ (घबराहट पैदा करने वाली) ख़बरें शाया (प्रकाशित) हो रही थीं। जब नानी अशरफ़जहाँ सारी दुआएँ वज़ीफ़े कर चुकीं तो एक रात नियमानुसार बाल खोल, नंगे पैर, नंगे सिर सैहन में खड़ी हो फ़रियादी मातम शुरू किया। इसके बावजूद पापा का ख़त, न तार। रोज़ाना जर्मन सबमरीन (Sub Marine) बर्तानवी जहाज़ डुबो रहे थे।

इसी बीच एक दिन घर ही पर क़यामत आ गई।

---

1. सैयद बाक़र ज़हीर। बन्ने, यानी सैयद सज्जाद ज़हीर इनसे कुछ वर्ष बड़े थे।, 2. 'रोज़नामचा' तहज़ीबे निसवाँ, लाहौर, अक्तूबर 1942 ई.।, 3. लेडी मोहम्मद याकूब का 1917 ई. में स्वर्गवास हुआ।

'सियालकोट, 4 नवम्बर 1914 ई. : आज कचहरी से वापस आकर मामू अस्र की नमाज़ पढ़ने जा रहे थे कि अचानक दिल का तेज़ दौरा पड़ा। घर पर उस वक़्त कोई नौकर भी मौजूद न था। हिन्दू पड़ोसी से साधारण सा एक डॉक्टर बुलवाया। सिविल सर्जन को बुलाकर लाने के लिए ओवर कोट पहनकर बाहर निकली कि ताँगा करके छावनी जाऊँ, इतने में पड़ोस का डॉक्टर आ गया।

मामू का मुआयना किया और बरामदे में आकर आहिस्ता से बोला 'बहन जी, शाहजी का हार्टफेल हो रहा है। कुछ ही घड़ियों के मेहमान हैं। सिविल सर्जन आकर क्या कर लेगा।' उल्टे पाँव अन्दर भागा पीछे-पीछे मैं। कुछ मिनट बाद सिर उठाकर कहा, 'बहनजी! शाहजी ने प्राण तज दिये।'[1]

घर में कोहराम मच गया। मोहल्ले टोले वालों को ख़बर हुई, पड़ोस की एक ग़रीब विधवा अंधी-धुन्दी बूढ़ी, जो मीर साहब मरहूम की मुँहबोली बहन थी, शटल कॉक बुर्का सिर पर डाल, लाठी टेकती बरामदे तक पहुँची और वहीं सीढ़ियों पर बैठकर रोने पीटने लगीं। 'हाय मेरे वीरा ...बहन व्याधी पुत्रा नूँ तेरे सुपुर्द करके लाम ते गया सी, तू ख़ुद केड़े लाम ते टुर ग्यों ...वे भरजाई। तू वी जवानी विच राँड हो ग्यों वे ...हाय अब ए हुण कित्थे रुलण गे। इनाँ दा केड़ा वली वारिस होसी, हाय वीरा ...चन्नाँ।'

छुटपुटे की तारीकी (अँधेरे) में यह लर्ज़ाख़ेज़ (कंपकंपा देने वाले) बैन बेहद हौलनाक (भयानक) मालूम हुए।

अन्दर चौदह साल के आले हसनैन हैरान सबके चेहरे तकते रहे। पिछले साल अमरोहा में घर का यही मंज़र था। जब जवान चालीस वर्षीय बाप नामुराद दुनिया से उठ गये थे। आज सर धर (सिर पर हाथ रखने वाले) फूफा भी दग़ा दे गये। ऐसा क्यों होता है?

नानी अशरफ़जहाँ सर्द आँगन में निकल गईं। ललकार कर अँधेरे आसमान को सम्बोधित किया, 'मौला बलिहारी जाऊँ अजल (मौत) ने क्या मुझ निगोड़ी ही का घर देख लिया है? मियाँ तफ़ज़्ज़ुल अली गये, मैं कुछ न बोली।

---

1. 'रोज़नामचा' तहज़ीबे निसवाँ, 28 नवम्बर 1942 ई.।

बी मुस्तफ़ाई गयीं, मैंने आक़ा आपसे शिकायत न की। कहिए तो अब भी सब्र कर लूँ...' उसी वक़्त सात क़ुरआन दरमियान, अल्लाह हज़ारी उम्र करे छोटे दामाद का ख़याल आ गया, उसी रौ में डपट कर एक पुर्सा देने वाली (संवेदना प्रकट करने वाली) मेहमान बीबी से फ़रमाया, 'ए पूछो हमसे मतलब? लूका लगे।'

तुम मुशरिक (अनेकेश्वरवादी) कटो मरो आपस में मगर नागहानी (एकाएक) मुआ (मरा) फ़ौजी बिगुल बजा और अल्लाह रक्खे मियाँ नज़रुल बाक़र ओपची बने, चले फ़िरंगी के दुश्मनों से लड़ने, सफ़शिकन (बहादुर) अली शाह। ऐ बीबी तुमसे क्या छिपाना, चीन मा चीन पहुँच अफ़ीमचियों से वह भिड़ गये। हबशियों, आदमख़ोरों के नरग़े (घेरे) में अब से दूर, अफ़्रीका उन्हें भेजा गया, झप जा लिए बर्मियों से जाकर वह निपटे। बकरे की माँ कब तक ख़ैर मनावे। जान हथेली पर रखे हिन्दुस्तानी और घर भरे चोट्टे गोरों का।'

किसी ने आहिस्ता से कहा, 'नानी चुपकी रहो, जंग का ज़माना है। किसी मुख़बिर ने इत्तिला कर दी, अभी पुलिस आन कर हम सबको चबूतरा दिखलावेगी।'

'झुलसा लगाऊँ, पापोश (जूते) पर मारती हूँ। मैं न दबती सहमती किसी से।'

लोग भूल चुके थे कि ग़दर 1857 ई. में सत्रह वर्षीय अशरफ़जहाँ तवे की सियाही चेहरे पर मल, गोरों से मुक़ाबले के लिए तैयार हो गई थीं। अब फिर उन्होंने ज़ारो-क़ितार रोना शुरू किया। सत्तरी बहत्तरी हो चुकी थीं। एक बार तो आँसू पोंछ सारे घर में जले पाँव की बिल्ली की तरह घूमी-घूमी फिरीं। कमरे-कमरे मोहल्ले वाले मर्द औरतों का हुजूम था।

अन्दर बाहर मर्दाना हो गया था। क़फ़न-दफ़न का बन्दोबस्त किया जा रहा था। मरने वाले शाहजी का बेटा घर पर मौजूद न था। मोहल्ले के बड़े बूढ़ों ने फ़ौरन सारा इन्तिज़ाम अपने हाथ में ले लिया, क़ुरआन ख़्वानी (क़ुरआन शरीफ़ का पाठ) शुरू की जा चुकी थी।

नानी अशरफ़जहाँ आख़िर जाकर, पिछले बरामदे में नमाज़ की चौकी पर टिक गईं, जिस पर मरहूम बेटे की जा-नमाज़ बिछी थी। कोना भी उल्टा

हुआ था। मुरादाबादी लोटे में अस्र की नमाज़ के लिए वुज़ू का पानी मौजूद था। नानी ने लोटे पर हाथ रखा और आँखें बन्द कर लीं। देर तक आहिस्ता-आहिस्ता बड़बड़ाती रहीं, क़ैसर विलियम की भत्ती मैंने खाई, शाह जार्ज की भत्ती मैंने खाई, लाट साहब की भत्ती मैंने खाई।'

सोयम के बाद, बड़े दामाद मीर फ़ैज़ुल अस्करी आकर सबको अपने साथ जहलम ले गये। नज़्र बेगम रोती धोती गईं।

सर्दियाँ शुरू हो चुकी थीं। दिन भर वीरान हवाएँ चलतीं, हिल्टन लेन की कोठी के गिर्द खड़े यूकेलिप्टिस के दरख़्त खड़खड़ाया करते। पायनियर अख़बार जंग के मोर्चे की चिंताजनक ख़बरों से भरा रहता।

आख़िरकार एक दिन सुबह की डाक में पोर्ट सईद, फ़ौजी सेंसर और पंजाब के विभिन्न डाकघरों की मोहरों से लिपा-पुता एक मोटा लिफ़ाफ़ा आ पहुँचा। पापा ने, जिनको ख़बर न थी कि उनके जाते ही घर का घरवा हो गया, लिफ़ाफ़ा बहनोई के नाम सियालकोट भेजा था, जहाँ से वह ज़िला जहलम की किसी तहसील री-डायरेक्ट किया गया। वहाँ सब रिश्तेदारों ने अपने-अपने नाम के ख़त पढ़ने के बाद वही पुलिन्दा हिल्टन लेन, लखनऊ रवाना कर दिया था।

फ़्लाइंग आफ़रीदी के ख़त

बिस्मिल्लाहिर्रहमानिर्रहीम
बहर-ए-क़ुलज़ुम (लाल सागर)
क़रीब नहर स्वेज़
28 अक्तूबर 1914 ई.

मेरी प्यारी नन्हो बन्नो। ख़ुदा तुम्हें हमेशा-हमेशा ख़ुश व ख़ुर्रम रखे। अलहम्दो लिल्लाह ब फ़ज़्ले इलाही तंदुरुस्त हूँ और समुन्दर की हवा ने मेरी सेहत पर बहुत अच्छा असर किया, वर्ना बहुत से आदमियों का दो तीन रोज़ तक ज़रा पतला हाल रहा। ग़ुलाम हुसैन का भी दो रोज़ सिर चकराया। मैं अल्लाह के फ़ज़्ल से हट्टा-कट्टा जहाज़ पर दौड़ता फिरता रहा, कल 29 अक्तूबर को डाक की पहली थैली हिन्दुस्तान रवाना होगी। नहर स्वेज़ से जाएगी इसलिए आज जो है, जहाज पर मारामार ख़त लिख रहा है।

इस वक़्त बयालीस जहाज़ साथ-साथ जा रहे हैं। रात को समुंदर में दीवाली और दिन को अजीब गहमा-गहमी, चार जंगी जहाज़ आगे-पीछे, दायें-बायें चल रहे हैं। अंग्रेज़ों की जीत हो रही है। रोज़ जहाज़ पर ख़बर पहुँच जाती है। हमारे जहाज़ का नाम तारा है।

16 अक्तूबर की शाम हम कराची से रवाना हुए। मैंने चार तार लिख दिये थे कि रवाना किये जावें। ख़ुदा जाने तार वालों ने भेजे या नहीं। एक भाई साहब जनाब फ़ज़्ल अली को सियालकोट, एक अफ़ज़ल सल्लमहू को लाहौर।

मियाँ अफ़ज़ल ने कहा था कि जहाज़ का नाम ज़ुरूर लिखियेगा, सवार होते वक़्त ख़बर न थी। सवार होने के बाद सिवाए तार के और कोई ज़रीया न था, सुबह से शाम तक दौड़ भाग में थक के चूर हो गया था, कुछ खाने को न मिला। रात को बहुत बेहतरीन खाना जहाज़ में खाया। सुबह उठकर

चाय की प्याली और दो टोस्ट। साढ़े आठ या नौ बजे हाज़िरी। एक बजे टिफ़िन, चार बजे चाय, रात के आठ बजे डिनर, रोज़ाना समुन्दर के खारे पानी से नहाता हूँ, कुछ मेरी चमड़ी पर रौनक़ सी आ गई है।

कल एक ख़ल्लासी जंगले के बाहर खड़ा कुछ काम कर रहा था कि समुन्दर में गिर गया, उसी वक़्त कई जहाज़ों पर से छोटी-छोटी कश्तियाँ समुन्दर में उतर पड़ीं, न उसे डूबने दिया, न मरने दिया, निकाल लाए, सब जहाज़ खड़े हो गए थे।

आजकल का नज़ारा देखने के क़ाबिल है। सदियों में भी इस क़दर जहाज़ों को इकट्ठे चलने का मौका न मिला होगा। अल्लाह-अल्लाह! एक-एक जहाज़ के बनाने में क्या बीस-बीस लाख भी ख़र्च न हुआ होगा। कई एक तो बड़ी लागत के जहाज़ हैं। बादशाहों के कमरों की क्या सजावहट होगी, जो जहाज़ के कमरों में नफ़ासत और सजावट बरती है।

इस वक़्त हमारा जहाज़ बड़ा तेज़ चल रहा है। कोई तेरह मील प्रति घंटा की रफ़्तार से लेकिन चूँकि समुन्दर मुतलातिम (उफान पर) नहीं इसलिए मालूम भी नहीं होता कि जहाज़ चल रहा है।

तुम्हारे ख़त तो मुझे मिलने मुश्किल मालूम होते हैं। कैसे मिल सकते हैं। मगर पता बताए देता हूँ, शायद मिल जावें

Care of Presidency Postmaster Bombay
To, S.N. Bakar
Supply Agent
Supply Column
2nd Cavalry Brigade
Indian Expeditionary Force 'A'

आज एक ख़त क़िबला भाई साहब, सैयद मोहम्मद फ़ैज़ुल अस्करी साहब को भी लिखूँगा।

ग़ुलाम हुसैन का चेहरा भी रौनक़ पर आ गया है। समुन्दर की आबोहवा बड़ी तंदुरुस्त करने वाली चीज़ है। बेटी पान का कभी ख़याल भी नहीं आया। मेमों ने कई कमेटियाँ बनाई हैं। उनमें से एक कमेटी ने हमारे जहाज़ वालों को चीज़ें भेजीं तफ़्सील (विस्तार से) सुनो, भिन्न-भिन्न रंगों के हल्के कपड़ों की छोटी-छोटी थैलियाँ दो-दो ख़ानों की, उनमें सूत के और टिन के बटन, सूइयाँ, सफ़ेद और ख़ाकी धागा, किसी में चार पाँच छालिया की डलियाँ, किसी में कुछ, किसी में कुछ। हाँ तम्बाकू की बीड़ियाँ, जो सिग्रेट की तरह पीने की होती हैं, वह सिपाहियों के लिए। कोई तीन मन के क़रीब मुलतान की पैंड खजूरें।

लो, मैं लिख रहा हूँ और सिर पर चोबदार खड़ा है। कह रहा है, 'सर ब्रेक फ़ास्ट इज़ रेडी।'

अब हाज़िरी खा के लिखूँगा।

भैना अक्को[1] ज़रा मेरी बच्चियों और बच्चों का ध्यान रखना। कहीं खिलाने- पिलाने में कंजूसी करो और मेरी उम्र भर की जायदाद भूखी मरे। हाँ तुम्हारा क्या है, तुम अपने मियाँ तक को खाने को नहीं देतीं, मुझ ग़रीब के बच्चों की क्या परवाह करोगी। ख़ुदा को मनज़ूर हुआ और लदा-फंदा सुर्ख़रू आया तो तुम्हें ख़ूब लाद दूँगा पर मेरे बच्चों को खिलाती-पिलाती रहना।

मियाँ मुस्तफ़ा बाक़र! तुम तो अब स्कूल जाते होंगे। अच्छा हम एक बात कहें, अगर मान लो तब। अब तो पापा दूर हैं, उनका कहना ज़रूर मानना चाहिए, दूर जो हुए। सुबह को मक्खन खा लिया करो और दूध पिया करो। चाय न पियो। बस हाँ, मक्खन बहुत सा खाया करना। इतना खाया करो कि फूफी घबरा उठें।

आले हसनैन[2] (अल्लाह उन्हें लम्बी आयु दे) सियालकोट हैं या मुरादाबाद चले गये। अगर मुरादाबाद न गये हों तो तुम्हारे साथ स्कूल में दाख़िल हो गये होंगे और तुम दोनों भाई रोज़ाना मदरसे जाते होंगे। मियाँ

1. अकबरी बेगम बहुत किफ़ायत शिआर (मितव्ययी) थीं।, 2. मीर नज़रुल बाक़र के छोटे भाई सैयद ज़हूर हसनैन का चालीस वर्ष की उम्र में 1913 ई. में इंतिक़ाल हुआ। आल हसनैन उनके कमसिन (अल्पायु) इकलौते बेटे थे। (अध्याय चार)

मेरे आले हसनैन का बड़ा ख़याल रखना। देखना कहीं आज़ुर्दा (दुःखी) न हो। अपनी ख़ुशी उसकी ख़ुशी समझो। वह मेरा बेटा ही नहीं मेरा दिल और जिगर है और मियाँ तुम मेरे बेटे हो, बेटे का काम है कि बाप के दिल और जिगर की हिफ़ाज़त करे।

दोनों जीते रहो हज़ार बरस
हर बरस के हों दिन पचास हज़ार

ऐ मेरी अम्मा की अम्मा बुढ़िया ख़ाला[1] ख़ुदा तुझे हमेशा सलामत रखे और तू अपने शहज़ादे के लिए दुआएँ माँगती रहे। ख़ाला देखो मेरी ख़ुदग़र्ज़ी, हुआ जो कमिश्रेट एजेंट। जीती रहोगी तो दुआएँ देती रहोगी। यह तो मेरी अपनी ग़रज़ है कि ख़ुदा इस क़दर कम से कम जनाब की उम्र दराज़ करे कि जब मैं फ़ातेह व मनसूर (जीता हुआ विजयी) हरा-भरा, लदा-फंदा, लाल-गुलाल वापस आऊँ तो मेरी अम्मा ख़ाला सबसे पहले दरवाज़े पर आकर धाऊँ-धाऊँ रोये और मैं खिलखिलाकर हँसूँ।

जनाब सम्माननीय व आदरणीय भाभीजान (अल्लाह का करम हो आप पर)! मैं क्या अर्ज़ करूँ और किस तरह अर्ज़ करूँ कि मैं गुनहगार आप दोनों बुज़ुर्गों के लिए, अल्लाह रब्बुल आलमीन की दरगाह में हमेशा-हमेशा यह दुआ करता हूँ कि हालाँकि मेरे माँ-बाप का साया सिर से उठ गया मगर उस मेरे मालिक का शुक्र अदा होना नामुमकिन है कि जिसने आप और भाई साहब जैसे माँ और बाप अता फ़रमाए। अल्लाह तआला की नेमतों व फ़ज़्लो-करम का शुक्र अदा करता हूँ।

जनाब मेरी ज़िन्दगी से बेफ़िक्र रहें। मैं पूरे भरोसे से कहता हूँ कि अभी मेरी मौत नहीं आई। इंशाअल्लाह तआला तमाम मुश्किलें काटकर, सही सलामत बफ़ज़्ले-इलाही बख़ैरियत जनाब की ख़िदमत में हाज़िर होकर, क़दमबोसी (पैर चूमने) का शरफ़ (सम्मान) और सआदत हासिल करूँगा। मरने वाली सूरतें ही और होती हैं। भाभी जान, जिस वक़्त सियालकोट से चला हूँ, उस वक़्त तक आपको मालूम नहीं, रेल के सफ़र में और अब जहाज़ पर कितने हाथ मेरे

1. नानी अशरफ़जहाँ बेगम।

वास्ते दुआ और सलामती के उठते रहते हैं। जिसने कभी मेरी शक्ल भी नहीं देखी, वह भी बीमार पड़ा यही कह रहा है, 'शाहजी से कहो, मीर साहब से कहो, मुझे आकर देख जाएँ।'

मैं जाता हूँ, पूछता हूँ, वह कहता है, यह तकलीफ़ है ...अच्छा घबराओ मत, अभी लो, जो ज़रूरत हो लोगों से मिल मिलाकर, उसकी आरज़ू पूरी करने की कोशिश करता हूँ। अगर न हो सके तो पैसे ख़र्च करके।

उस शख़्स को, जिसे इस बात का गर्व हो कि अली[1] का पोता (पौत्र) बने, दूसरों की ज़रूरतें पूरी करने की कोशिश में कब दरेग़ (अफ़सोस) हो सकता है।

नतीजा यह है कि आपके सेवक बाक़र के इस वक़्त जहाज़ पर इतने दुआएँ माँगने वाले हैं कि अल्लाह हर एक को दे। तो क्या ऐसी हालत में कोई यक़ीन कर सकता है कि मेरा बाल भी बाँका होगा?

ग़ुलाम हुसैन की माँ आवे तो उसे यक़ीन दिला दीजिएगा कि अलहम्दोलिल्लाह ग़ुलाम हुसैन बख़ैरियत है।

आह! गुमशुदा इस्लामी निशान देखते जा रहे हैं और हालत जो दिल की उनको देख कर होती है, वह ख़ुदा ही जानता है कि हमारी मिल्कियतें अब दूसरों की सम्पत्ति हैं। जनाब मीर फ़ज़्ल अली साहब की ख़िदमत में तस्लीम अर्ज़ है।

ख़ादिम अहक़र (कमतरीन सेवक)
नज़रुल बाक़र

बिस्मिल्लाहिर्रहमानिर्रहीम
29 अक्तूबर 1914 ई.

लो बेटियों!

लोगबाग जहाज़ पर कह रहे हैं कि आज ईद है। कई मुझे मुबारकबाद दे गये, ख़ुदा जाने है कि नहीं। अगर है तो मैं भी तुम सबको दुआएँ देता

1. हज़रत अली।

हूँ कि ख़ुदावन्द करीम ख़ैरो-आफ़ियत से यह साल और ऐसे सैकड़ों साल ख़ाला नानी, मामू और ताया अब्बा के साये में, अपने-अपने घर ख़ुशो-ख़ुर्रम बसर करो।

जहाज़ आज दोपहर तक नहर स्वेज़ में दाख़िल हो जावेगा, हवा ऐसी तेज़ है कि टोपियाँ उड़ी जाती हैं मगर समुद्र शांत है। जहाज़ तेज़ चल रहा है इसलिए हवा ज़ोर से लगती है।

लो अब जब दूसरी डाक के जाने का वक़्त आवेगा तो इंशाअल्लाह फिर लिखूंगा।

ख़ुदा हाफ़िज़! दुआगो
नज़्रुल बाक़र

बा हीला-ए-अफ़रंगी
बा हमला-ए-तुर्काना
(अंग्रेज़ के बहाने के साथ और बहादुरी से हमला)

1914 ई. - 1920 ई. : हो गई, रुसवा ज़माने में कुलाहे-लाला-रंग (फूलों जैसे रंग वाली, शंकु आकार टोपी)। बाबे आली (बड़े दरवाज़े) के जगमगाते फ़ानूस एक-एक करके बुझते चले जा रहे हैं। जो सिर से पाँव तक बड़े नाज़ो-अंदाज़ वाले थे, आज मजबूर और बेनियाज़।

गिर्दे सलीब गर्दे क़मर हल्क़ा ज़न हुई (यानी चाँद भी ईसाई क्रास का वृत्त करने पर मजबूर है) हवाएँ उनकी, फ़ज़ाएँ उनकी, समुद्र उनके, जहाज़ उनके। बेचता है हाशमी नामूस-ए-दीने मुस्तफ़ा (उच्च वर्ग का मुसलमान दीन, धर्म बेचता है) ईसाई क्रास के पुत्र ले गये ...या तातारियों, अफ़गानियों के पैरोकार। सैयदों के सैयद मौलाना जमाल, पस च बायद कर्द ऐ दरवेशे-सौदाई? (ऐ दीवाने-दरवेश, बस अब क्या करना चाहिए?)

नील के तट से लेकर काशग़र की धरती तक ...हिजाज़ की धरती के क़ाफ़िले में एक हुसैन भी नहीं; हाँ, शरीफ़ हुसैन है, जो शैख़ुल-हिन्द मौलाना महमूदुल हसन की मुख़बिरी भी करता है। कोई शकरी वर्ना के घेरे में घिर गया। कोई आज़ादी का मतवाला मालटा में क़ैद होता है।

आवाज़ आई कि मैं हूँ तैमूर की आत्मा, अगर क़ैद हैं। ख़ाको-ख़ूँ में मिल रहा है, तुर्कमाने-सख़्त-कोश हरम रुसवा हुआ, पीरे हरम की कम निगाही से (मेहनती और बहादुर तुर्कों की हालत यह है कि वह ख़ाको-ख़ून से सने हैं अर्थात् सख़्त तरीन कठिनाइयों में हैं और यह सब इसलिए हुआ कि उनके कुछ सहधर्मी ही उनके ख़िलाफ़ हुए और हरम की रुसवाई, ख़ुद हरम के संरक्षकों की नासमझी के कारण हुई।)

हाँ, मुस्तफ़ा कमाल, इस्मत पाशा, नूर बे, ख़ालिदा ख़ानम।

तातारी जवान कितने होशियार, बुद्धिमान निकले। हिन्दुस्तानी मुसलमान अपने नवजात पुत्रों के नाम अनवर पाशा, कमाल पाशा, जमाल पाशा, मिदहत पाशा रखकर ख़ुश हो लेता है। नाक़ा-ए-मा ख़स्ता व महमिल गिराँ। (मेरी ऊँटनी थक चुकी और महमिल यानी कजावा बहुत भारी है।)

उसमानी (ओटोमान एम्पायर की) फ़ौजों की लाशों के ढेर लग गये। हम तो रुख़सत हुए औरों ने सम्भाली दुनिया।

बग़दाद वाले अनवर पाशा रूस पहुँचे। बालशेविक फ़ौज से लड़ते हुए शहीद हुए।

इन्क़िलाबे-रूस व अलमान दीदा अम, शोर दर जाने-मुसलमाँ (रूस व जर्मनी का इनक़िलाब हमने देखा है, मुसलमान के पास शोर के सिवा कुछ नहीं।)

दुनिया के गर्भ से एक नये सूर्य ने जन्म लिया। अगर उसमानियों पर ग़म का पहाड़ टूटा तो क्या ग़म है। दुनिया में ईमान वाले, सूरज की तरह प्रकाशमान होते हैं।

हमारे मोहम्मद अली चचा (मोहम्मद अली जौहर), चाँद तारे वाली टोपी ओढ़े, फ़रग़ल (रूई का लबादा) डाँटे जामा मस्जिद दिल्ली की सीढ़ियों पर भिकारियों और भूखे फ़ाक़ाकश, मुग़ल शहज़ादों की भीड़ में खड़े कूच का बिगुल बजा रहे हैं। अब रास्ता नापना है। बदहाल बेसरोसामान हिन्दुस्तानी मुसलमान झुण्ड का झुण्ड, दारुल-हरब (ग़ैर मुस्लिमों के देस) से पलायन कर रहा है, परदेस और ज़्यादा भुखमरी फ़ाक़ाकशी, बर्बादी, नाकामी, इधर डूबे-उधर निकले, उधर डूबे-इधर डूबे।

अनगिनत देवबन्दी मौलाना, बुद्धिजीवी इन्क़िलाबी जोशीला राष्ट्रवादी, सिर पे कफ़न बाँध जेल में घुस गया, फाँसी चढ़ा। काबुल, ताशक़न्द मास्को, बर्लिन, अमेरिका फ़रार हुआ। यहाँ और वहाँ भूखों मरा। मुझे है हुक्मे-अज़ाँ लाइलाहाइल्लल्लाह।

बोलीं अम्मा मोहम्मद अली की... (एक कविता की पंक्ति)

हज़ारों हिन्दुस्तानी मुसलमान ख़ुदा रसूल (स०) का आशिक़ फ़िरंगी से मुक़ाबिला करने कूचा व बाज़ार, खेत-खलिहान से निकला। गले में हिमाइल शरीफ़ (क़ुरआन शरीफ़), हाथ में सत्तू की पोटली, (कि हज़रत अली की शक्ति जौ की रोटी पर आधारित है।)

मारा गया, क़ैद ख़ाने में बन्द हुआ, काले पानी भेजा गया। भुला दिया गया, आज गुमनाम है, न है ज़माँ न मकाँ, ला इलाहा इल्लल्लाह।

हिन्दुस्तान मुल्क की मस्जिदों में जुमे के दिन, सुलतान वहीदुद्दीन व सुलतान अब्दुल हमीद पंचम के नाम का अभिभाषण बड़े जोशा ख़रोश और करुणा से अभी तक पढ़ा जा रहा है। अमीरुल मोमिनीन, ख़लीफ़तुल मुस्लिमीन, सुलतानुल मोअज़्ज़म पाइन्दाबाद। जान बेटा ख़िलाफ़त पे दे दो!

हिन्दुस्तान का जनसाधारण ग़ैर मुस्लिम (Non Muslim) 'खिलाफ़त' को ब्रिटेन की मुख़ालिफ़त (विरोध) समझा और सरकार की 'खिलाफ़त' करने मैदाने-अमल (कर्म क्षेत्र) में कूद पड़ा। हिन्दू-मुस्लिम भाई-भाई, हिन्दू-मुस्लिम एकता ज़िन्दाबाद, गाँधी जी की जय।

चुनांचे तेरा फ़ैसला है क्या? अंग्रेज़ के इनाम में दिये हुए सम्माननीय वस्त्र या पैराहने चाक-चाक (जगह-जगह से चिथड़े कपड़े)? तू भी ऐ फ़रज़न्दे कोहिस्ताँ (पर्वत पुत्र) अपनी ख़ुदी...

बले-बले, ख़ूब मी शनासम आग़ा (हाँ-हाँ, मैं जनाब को ख़ूब जानता हूँ।) अमीर हबीबुल्लाह ख़ाँ, अमीर याक़ूब ख़ाँ (मसूरी पहाड़ में, जो क़ैद में रखे गये थे) का भतीजा आउट। अफ़ग़ान बाक़ी कोहसार बाक़ी। हुक्म अल्लाह का, मुल्क अल्लाह का! अमीर अमानुल्लाह ख़ाँ, दरियाओं के दिल, जिससे दहल जाएँ वह तूफ़ान।

हिज़ मैजेस्टी जलालतुल-मिल्लत-वददीन, अमीरुल मोमिनीन अमीर अमानुल्लाह ख़ाँ का, ब्रितानिया के ख़िलाफ़ ऐलाने जंग।

पेशावर छावनी से उड़ने वाले पतले-पतले मच्छरों की तरह भिनभिनाते, ब्रिटिश बम्बार विमान हिरात व काबुल व ग़ज़नी का सब्ज़ा-ए-नौरस (ताज़ा हरा भरा क्षेत्र)।

फ़ोर्थ एंग्लो-अफ़ग़ान वार
शह मात।
न अफ़ग़ानी रहे बाक़ी, न ईरानी, न तूरानी।

मोहम्मद फ़ातेह और सुलेमाने आज़म की सलतनत यूरोप और एशिया और अफ़्रीका के नक़्शों से ग़ायब हुई। क़ाहिरा, जददा, बग़दाद, दमिश्क़, यूरोशलम पर यूनियन जैक अप; हिलाल अहमर (लाल नवचंद्र) डाउन। फ़िलस्तीन पर यूरोपियन सैहूनियों (यहूदियों) के हमले। ऐ फ़िलस्तीनी जवाँ! तेरी दवा न जेनेवा में है, न लंदन में। फ़िरंग की रगे-जाँ पंजाए यहूद में है।[1]

अबे जा! क्या सुनाता है मुझे, तुर्की और अरब की दास्तान।

---

1. रगे-जाँ अर्थात बड़ी नस, जिससे पूरे शरीर में रक्त दौड़ता है। भावार्थ यह है कि अंग्रेज़ की रगे-जाँ यहूदियों के पंजे में है।

नवाब सर हारकर्ट बटलर का लखनऊ

यू.पी. का गवर्नर सर हारकर्ट, ग़लती से लखनऊ में पैदा हो गया था। नेचुरली लखनऊ का ताल्लुक़ेदार था। एक तो उसमें अठारहवीं सदी की जान कम्पनी के किसी अंग्रेज़ 'नबाब' की आत्मा घर कर गयी थी; दूसरे सफ़ेद देव ने कान में फूँक दिया था कि अवध के ताल्लुक़ेदार, जो स्वतंत्रता आंदोलन में घुस गये हैं, उनके लिए ऐसी इंद्रसभा सजाओ कि लाल, बाल, पाल, गोखले, नेहरू, जिन्नाह सब भूल जाएँ। (इस चर्चा योग्य व्यक्ति का बाप भी, एक घाघ प्रबन्ध कुशल था और भतीजा ब्रिटेन का चांसलर ऑफ़ एक्सचेकर बना)।

सर हारकर्ट, अली मोहम्मद ख़ाँ, राजा साहब महमूदाबाद और मोतीलाल नेहरू दोनों का यार-ए-ग़ार था, यानी दोनों से गहरी मित्रता थी। राजा साहब से दोस्ती की वजह से इलाहाबाद छोड़कर, बाद में उसने लखनऊ को सूबे की राजधानी बनाया। 'नवाब बटलर' कहलाता था। राजा साहब ने उसके नाम पर, अपने नये महल का नाम 'बटलर पैलेस' रखा।

उधर हिन्दू-मुस्लिम एकता के नाम पर काँग्रेस और लीग (मुस्लिम लीग) के जलसे साथ-साथ हो रहे थे। 1915 ई. के अधिवेशन के लिए राजा साहब महमूदाबाद सैयद वज़ीर हसन, सैयद रज़ा अली और यलदरम बम्बई गये।

ताजमहल होटल
30 दिसम्बर 1915 ई.

अस्सलाम अलैकुम

मैंने चाहा कि रात को बैठकर ख़त लिखूंगा मगर रात खाने के बाद, लोग आने शुरू हो गये। फिर ख़्वाजा अब्दुल मजीद, वज़ीर हसन और एक हैदराबादी दोस्त मिस्टर असग़र आ गये। हम लोग बरामदे में बैठे थे, इतने में चमकती-दमकती सरोजनी नायडू आ गईं। रात के बारह बजे तक हम लोगों

से शाइराना पुरमज़ाक बातें करती रहीं। उनके लिबास से भी उनके शाइराना ज़ौक़-शौक़ का अंदाज़ा होता है। तुम उनसे मिलकर बहुत ख़ुश होगी।

आज से लीग का वार्षिक अधिवेशन शुरू होगा। कल एक बड़ी घटना यह हुई कि वज़ीर हसन, राजा साहब महमूदाबाद को काँग्रेस के अधिवेशन में ले गये, मैं भी साथ था। अब मेरा ख़याल है, इस्लामी अख़बार राजा साहब पर फिर ले-दे करेंगे।

वज़ीर हसन के बड़े ज़ोर हैं। रज़ा अली, आले नबी[1] सबको ख़ुशामदी, गवर्नमेंट का ग़ुलाम कहते हैं। कहते हैं, जितने बुड्ढे या बुड्ढे ख़यालात के लोग क़ौम में हैं, उन सबको निकाल देना चाहिए।

कांग्रेस के जलसे में पारसी और मराठी महिलाओं का जमघट था। सब एक जगह बैठाई गई थीं और मैंने अख़बारों में पढ़ा कि अधिवेशन शुरू होने से पहले, स्वागत का राग गाती थीं। मैं उस वक़्त पहुँचा, जब सिर्फ़ तक़रीरें हो रही थीं।

सज्जाद

मुस्लिम लीग के इसी अधिवेशन के अवसर पर सरोजनी नायडू ने सर रज़ा अली से कहा, 'मुसलमान जलसों की ख़ुसूसियत और कुछ हो न हो, यह ज़ुरूर है कि आप लोग लिबास बहुत अच्छा पहनते हैं।'

सैयद रज़ा अली ने जवाब दिया, 'सलतनत तो खो चुके, अब लिबास भी अच्छा न पहनें।'

सर वज़ीर हसन मरहूम की छोटी साहबज़ादी, हस्सो बाजी लखनऊ में जापलिंग रोड पर अपनी कोठी नूर मंज़िल में तने-तन्हा (बिल्कुल अकेले) रहती हैं। उनके शौहर का[2] इंतिक़ाल हो चुका है। कुछ साल पहले, एक जवान लड़के

---

1. यह वही आगरा वाले ऑनरेबल आले नबी थे, जिनका पैग़ाम नज़्र बेगम के लिए आया था। अध्याय-4 (मनाज़रा माबैन मौलाना व मिस्टर)।, 2. सैयद नज़ीर हुसैन मरहूम रिटायर्ड पीसीएस सर रज़ा अली मरहूम के साले या बहनोई।

ने ढाका में प्राण त्यागे। बड़े दामाद महाराज अली मोहम्मद ख़ाँ की दूसरी बेगम के साहबज़ादे हैं।

1947 ई. में पाकिस्तान जाते वक़्त, अम्मा हस्सो बाजी के यहाँ कुछ केबिन ट्रंक और बहुमूल्य विलायती बर्तनों के कई सेट रख गयी थीं। उन्होंने जो सामान कुछ दिन पहले देहरादून से मालगाड़ी द्वारा लाहौर भेजा था; सितम्बर के महीने में वह मालगाड़ी, रास्ते में कहीं लुटलुटा गई। बाक़ी सामान 'आशियाना' देहरादून की ज़ब्ती के साथ बर्बाद हुआ। हस्सो बाजी बीस बरस तक, बाक़ी बची अमानत की हिफ़ाज़त करती रहीं।

1967 ई. में मैं लखनऊ गई तो उन्होंने अलमारियों से निकलवा-निकलवाकर चीनी बर्तनों के अम्बार, पिछले सुनसान बरामदे में, मेरे सामने रखवाए। एक केबिन ट्रक ख़ानदान की तसवीरों और पुराने ख़तों से भरा हुआ निकला। केबिन ट्रंक खोलने से पहले, एक टीन के सुर्ख़ डिब्बे पर नज़र पड़ी। डिब्बे के ढक्कन पर 'बोर्टिया सोप गुडविंस मांचेस्टर' लिखा था और नीचे नवाब हारकर्ट बटलर के 'व्हाइट वेज़' हज़रतगंज का लेबल। अंदर एक अतलसी (रेशमी) बो और एक मोतियों का नाज़ुक फ़्रांसीसी बटुआ। हस्सो बाजी एकाएक अपनी वालिदा और नज़्र ख़ाला को याद करके रोने लगीं।

'बूबू और नज़्र ख़ाला उस ज़माने की फ़ैशनेबल सोसायटी की लीडर थीं। नज़्र ख़ाला दिल्ली वाला ग़रारा पहनती थीं, जिसका उन्होंने लखनऊ में चलन किया। बूबू इंग्लिश ड्रेस के ऊपर दुपट्टा ओढ़ती थीं। एडवर्डियन गाओन के स्टाइल का ग़रारा, नज़्र ख़ाला ने ख़ुद अविष्कृत किया था। झालरदार, उसकी कलियाँ गाओन की तरह पुश्त पर होती थीं।

एक तरफ़ बड़ी सी बो (Bow), नज़्र ख़ाला ग़रारे पर ब्लाउज़ पहनकर पेटी लगाती थीं। उनकी देखा देखी इस तरह के बदलाव किये हुए, ग़रारों का फ़ैशन शुरू हुआ, हम लड़कियाँ तंग पायजामे पहनती थीं। मुस्लिम स्कूल में भी ज़्यादातर तंग पायजामे पहने जाते थे। जज करामत हुसैन ने पहले इलाहाबाद में करामत गर्ल्स स्कूल स्थापित करके, अपनी निजी जायदाद की आमदनी पाँच

सौ रुपये माहाना, उसके लिए वक़्फ़ कर दी। वह बड़े क़ौम पर अहसान करने वाले थे लेकिन आज लोग उनको भी भूल चुके हैं। बड़े ज्ञानी और विधि (क़ानून) के विद्वान थे। बाराबंकी के एक बड़े दीनदार (धार्मिक प्रवृत्ति वाले) ख़ानदान से सम्बंधित थे। लखनऊ में जब उन्होंने मुस्लिम गर्ल्स स्कूल खोला, राजा साहब महमूदाबाद ने क़ैसरबाग़ में चौधरी नुसरत अली सण्डीले के एक ताल्लुक़ेदार का मकान, इसके लिए किराये पर दिलवा दिया।

एक नव मुस्लिम अंग्रेज़ बीबी, मिस आमिना पोप हेड मिस्ट्रेस मुक़र्रर (नियुक्त) हुईं। स्कूल में सबसे पहले जो लड़कियाँ दाख़िल हुईं बिट्टन[1] बाजी और मैं, चौधरी नबीउल्लाह की लड़की जन्नत, ख़ुद जस्टिस करामत हुसैन की नवासी (नातिन) सकीना जस्टिस, समीउल्लाह बेग की लड़की किशवर, चचा रज़ा अली की लड़की हाजरा, चौधरी मोहम्मद अली रुदौलवी की चारों लड़कियाँ कज्जन, अल्लन, हुमा, छब्बन। हम सब बोर्डिंग हाउस में दाख़िल किये गये। सिर्फ़ बिट्टनबाजी घर पर रहीं। बाक़ायदा चौपहले पर बैठकर, कहारों और ख़िदमतगारों के साथ आती थीं।

जन्नत बाजी भी डे स्कालर थीं। उनकी एक रिश्ते की नानी सुरक्षा गार्ड के तौर पर, फ़िटन पर रोज़ाना उनके साथ आती थीं। बम्बई से नवाब साहब जंजीरा की लड़की शम्मो बोर्डिंग हाउस में आई थी।

'जिस दिन स्कूल खोला गया, उद्घाटन वाले जलसे में हम लड़कियों ने मौलाना सफ़ी की नज़्म पढ़ी, जो उन्होंने इसी अवसर के लिए लिखी थी। मुझे अब तक याद है।

यह बच्चियाँ हमारी यह बे-ज़बान गायें
उस रास्ते चलेंगी जिस राह हम चलायें

---

1. सर वज़ीर हसन की बड़ी बेटी, सैयद अब्दुल हसन मरहूम रिटायर्ड पीसीएस की पत्नी और डॉक्टर नूरुल हसन वर्तमान शिक्षामंत्री की माताजी।

यह होनहार बेलें नाज़ुक बहुत हैं देखो
बे इलतफ़ातियों (बेहयनियों) से मुरझा के रह न जायें
यह मदरसा सफ़ी है सर्माया-ए-करामत (करामत का सर्माया)
तालीमो-तरबियत से क्यों फ़ैज (फ़ायदा) हम न पायें
फ़य्याज़ियों (उदारता) को सुनकर हम दे रहे हैं दिल से
राजा अली मोहम्मद ख़ाँ आपको दुआयें।

'पहले आठ दस दिन तक लड़कियों के लिए खाने के ख़्वान सजकर, राजा साहब के यहाँ से बोर्डिंग हाउस आते रहे। फिर अपना बावर्ची ख़ाना शुरू किया गया। जज करामत हुसैन के जोशो-ख़रोश का यह आलम था कि बोर्डिंग हाउस का सारा ख़र्च ख़ुद उठाते थे। सिर्फ़ पढ़ाई की फ़ीस ली जाती थी। हालाँकि सब लड़कियाँ ख़ुशहाल घरानों की थीं। होस्टल उन्होंने इसलिए क़ायम किया था कि घरों से आते-जाते में कोई लड़कियों को अग़वा न कर ले।

इसके बावजूद मौलवियों ने मौलाना करामत हुसैन के ख़िलाफ़, कुफ़्र के फ़तवे जारी किये और स्कूल को बदनाम किया। शहर के लौण्डे स्कूल की इमारत के नीचे खड़े होकर, थियेटर की ग़ज़लें गाया करते। इस वजह से हमारा स्कूल क़ैसरबाग़ से निसार अली साहब की कोठी नं. 18 औट्रम रोड शिफ़्ट कर दिया गया।

1916 ई. में नज़्र ख़ाला और बूबू ने अंजुमन तालीमुल मुस्लिमात क़ायम की। इसकी सदस्याएँ मुस्लिम गर्ल्स स्कूल और उसके बोर्डिंग हाउस और बावर्चीख़ाने का बाक़ायदा हर हफ़्ते मुआयना करती थीं।

उसी साल जस्टिस करामत हुसैन का इन्तिक़ाल हो गया। उस वक़्त तक स्कूल में केवल पचास लड़कियाँ थीं, इसके बावजूद मरने से पहले मरहूम बेहद ख़ुश थे कि अल्लाह की मेहरबानी से पचास लड़कियाँ तो हैं।'

फ़्रांसीसी बटुवे में से और भी कुछ ख़त बरामद हुए ... सज्जाद हैदर ने 1898 ई. से तीन साल तक मुझसे अंग्रेज़ी अदब पढ़ा। अपने समकालीन विद्यार्थियों में सबसे ज़्यादा नामवर और बेहद बुद्धिमान थे।

मेरे कॉलेज छोड़ने के बाद 1901 ई. में उन्होंने बी.ए. की उपाधि प्राप्त की लेकिन कॉलेज के अधिकारियों ने उनके बारे में मुझे जो सूचनाएँ भेजी हैं, उनसे ज़ाहिर होता है कि लड़कपन के ज़माने में उनसे जो आशाए संजोई गई थीं, उनको उन्होंने बख़ूबी पूरा किया है। उनका उच्च आचरण और उत्तम प्रकृति और कॉलेज के प्रिंसिपल के उन पर भरोसे का अंदाज़ा इससे होता है कि उन्हें सेंट्रल प्राविंसेज़ के एक मोहम्मडन राजा का निजी शिक्षक नियुक्त किया गया है। सज्जाद हैदर एक तंदुरुस्त व सेहतमंद नौजवान हैं और रोज़ाना बाक़ायदा शहसवारी के आदी हैं।

टी. डब्लू. आरनल्ड
प्रोफेसर ऑफ़ फ़्लास्फ़ी
गवर्नमेंट कॉलेज
लाहौर
23 मई 1902 ई.

नागपुर के इन 'मोहम्मडन राजा' आज़मशाह की चर्चा अध्याय 3 'बेचलर्ज़ लाज की ख़ातून' में की जा चुकी है।

मिस्टर जस्टिस एच.टी. बोडयम, जज मद्रास हाईकोर्ट
अदयार, मद्रास
13 अप्रैल 1902 ई.

जनाब आली!

मुझे यह लिखते हुए बहुत ख़ुशी है कि आपने मोहम्मडन एजुकेशनल कॉनफ़्रेंस के वार्षिक अधिवेशन के सिलसिले में बेहद ख़ुलूस और मेहनत से काम किया। आपने कॉनफ़्रेंस के अग़राज़ो-मक़ासिद (ध्येय व उद्देश्य) के लिए जो पमफ़लेट लिखा वह बेहद अहम और फ़ायदेमंद साबित हुआ और उसे आपने बहुत अच्छी अंग्रेज़ी में लिखा।

आपका मुख़लिस

एच. टयोडर बोडयम[1]

सर थ्योडोर मोरिसन, पूर्व प्रिंसिपल एम.ए.ओ. कॉलेज अलीगढ़ व वर्तमान सदस्य कौंसिल सेक्रेटरी ऑफ़ स्टेट फ़ॉर इण्डिया लंदन की तरफ़ से।

सज्जाद हैदर जिस ज़माने में मेरे शागिर्द थे, मुझे यह अंदाज़ा हुआ कि एक हिन्दुस्तानी अंडर ग्रेजुएट की हैसियत से उनकी अंग्रेज़ी की योग्यता हद से ज़्यादा और ग़ैरमामूली (ज़बर्दस्त) थी। अंग्रेज़ी साहित्य का अध्ययन बहुत विस्तृत है और बहुत अच्छी अंग्रेज़ी लिखते और बोलते हैं।

(सारांश)

थ्योडोर मोरिसन

जीराल्ड गार्डनर ब्राउन, पूर्व प्रोफ़ेसर एम.ए.ओ. कॉलेज अलीगढ़, वर्तमान प्रिंसिपल इंदौर कॉलेज की तरफ़ से।

सज्जाद हैदर ने 1901 ई. में बी.ए. पास किया, उसके बाद क़ानून और एम.ए. के लिए पढ़ा लेकिन इम्तिहान नहीं दिये। 1904 ई. में वह ड्रेगोमेन की हैसियत से ब्रिटिश कौंसलेट जनरल बग़दाद गये, जहाँ इस वक़्त मौजूद हैं। मैं 1899 ई. से 1904 ई. तक बहुत अच्छी तरह उनसे परिचित रहा। एम.ए.ओ. कॉलेज ने अपने पूरे इतिहास में, जो चन्द (कुछ) बेहतरीन विद्यार्थी पैदा किये, वह निःसंदेह उनमें से एक हैं।

---

1. यलदरम ने साल भर पहले बीए किया था और बैचलर्ज़ लाज अलीगढ़ में रहते थे और कुछ दूसरे ओल्ड ब्वायज़ के साथ मोहम्मडन एजुकेशनल कॉन्फ्रेंस के लिए एमएओ कॉलेज की तरफ़ से काम कर रहे थे। इस ख़त से प्रकट हुआ कि मोहम्मडन एजुकेशनल कॉनफ्रेंस ब्रिटिश हुकूमत के इशारे और सहयोग से आयोजित की जाती थी। जस्टिस बोडियम ने मद्रास में कॉन्फ्रेंस के इस वार्षिक अधिवेशन की अध्यक्षता की थी। इन साहब ने मद्रास प्रेसीडेंसी के मुसलमानों की शैक्षिक प्रगति के सिलसिले में बहुत काम किया था और उन कोशिशों ने मद्रास मुस्लिम एजुकेशनल सोसायटी का रूप धारण किया। मोहम्मडन एजुकेशनल कॉन्फ्रेंस के दूसरे अंग्रेज़ अध्यक्ष प्रोफ़ेसर थ्योडोर मॉरिसन हुए, जिन्होंने 1904 ई. के वार्षिक अधिवेशन की अध्यक्षता की, जो लखनऊ में आयोजित हुआ था।

और मेरे ख़याल में 1899 ई. के बाद के सर्वश्रेष्ठ विद्यार्थी हैं। कॉलेज में उनको विशेष तौर पर अच्छी प्रसिद्धि प्राप्त थी लेकिन उनकी वर्तमान नौकरी ऐसी नहीं है, जिसके वह अपनी योग्यता के लिहाज़ से पात्र हैं। वह इस नौकरी से बिल्कुल ख़ुश नहीं हैं और मैं चाहता हूँ, उन्हें ऐसी नौकरी मिले, जिसमें तरक़्क़ी की संभावनाएँ हों। वह बहुत बुद्धिमान नौजवान हैं और ऐसे मनोविनोदी स्वभाव के मालिक हैं, जो हिन्दुस्तान में बहुत ही कम पाया जाता है।'

(सारांश)

एल. टिपिंग, इण्डियन एजुकेशनल सर्विस, कलकत्ता की ओर से।
17 दिसम्बर 1907 ई.

मुझे यह लिखते हुए बहुत ख़ुशी है कि मिस्टर सज्जाद हैदर बी.ए. अलीगढ़ में मेरे शागिर्द थे। उस ज़माने में क्लास रूम और बोर्डिंग हाउस (जिसका मैं संरक्षक था) दोनों में मेरा उनसे वास्ता रहा और उनकी योग्यता और चरित्र ने मुझे बेहद प्रभावित किया। वह एक ग़ैरमामूली[1] तौर पर ज़हीन (बुद्धिमान) नौजवान हैं और उनकी अंग्रेज़ी की क़ाबिलियत भी ग़ैरमामूली है। उनकी साहित्यिक रुचि कला के एक साधारण विद्यार्थी के मुक़ाबले में कहीं ज़्यादा बढ़ी हुई है।

वो सच्चे अर्थों में एक जेंटलमैन हैं और इस वजह से उस्तादों और छात्रों के सर्किल में एक जैसे लोकप्रिय रहे। उनकी योग्यताएँ और एक बेहद उच्च श्रेणी का और उदार चरित्र उनको ज़िन्दगी में बहुत दूर तक ले जाएगा। मुझे आशा है कि उनको दुनिया में वह अवसर प्राप्त होंगे, जिनकी वजह से वह अपनी प्रकृति के अनुसार लोगों की सेवा कर सकें।

लोलियन टिपिंग
पूर्व सीनियर प्रोफ़ेसर और प्रोवोस्ट
एम.ए.ओ. कॉलेज अलीगढ़

पटियाला
11 जून 1915 ई.

अस्सलाम अलैकुम!

---

1. विलक्षण।

आज पटियाला पहुँचा, शाम को सात बजे की गाड़ी से वापस जाऊँगा और अम्बाला में राजा साहब से मिलूँगा। 13 जून को लखनऊ।

ख़लीफ़ा हामिद हुसैन[1] की बीवी हैदराबाद में तीन-चार महीने के लिए आ गई हैं। कहते हैं, उनकी माँ मजबूर कर रही हैं कि औलाद के लिए दूसरी शादी कर लूँ। मैं हिचकिचाता हूँ मगर तलाश में हूँ।

सज्जाद

39, राजपुर रोड
नई दिल्ली
21 मार्च 1916 ई.

अस्सलाम अलैकुम!

आज सुबह छह बजे यहाँ पहुँच गया, आते ही राजा साहब के लिए स्पीच लिखी। दस बजे तक वह तैयार हुई। उसके बाद खाने पर बैठे। खाने के बाद राजा साहब कौंसिल गये, मुझे स्टेशन जाना है।

मिसेज़ वहीद[2] की ख़ैरियत लिखना। भाई आले मुस्तफ़ा[3] फूफी[4], को लखनऊ पहुँचा देंगे, उन्हें लखनऊ शिया कॉलेज के जलसे के लिए आना ही है।

सादिक़ अली ख़ाँ की गाड़ी आ गई। लो, ख़ुदा हाफ़िज़।

सज्जाद

1. देखिए अध्याय-4, मुनाज़रा माबैन मौलाना व मिस्टर।, 2. छोटी भावज और मामूज़ाद बहन बेगम वहीदुद्दीन हैदर।, 3. नज़्र बेगम के कज़न और उनकी चची आल ज़हरा बेगम के छोटे भाई, जो यलदरम के प्यारे दोस्त थे।, 4. अकबरी बेगम।

ऐशबाग़

पेश मंज़र
हिल्टन लेन
31 मार्च 1918 ई.

अस्सलाम अलैकुम!

एक ख़त भेज चुकी हूँ, बच्ची की तरफ़ से सख़्त फ़िक्र है। मियाँ को भेजकर डॉक्टर बुलवाऊँगी। शहर की हालत बहुत ख़राब है। आपकी कोर्ट की मीटिंग किस रोज़ है और अलीगढ़ से कब चलेंगे? पापा की लड़ाई की मीयाद ख़त्म होने में नहीं आती। सारा ज़माना वापस आ रहा है, पापा ही को नहीं आना मिलता।

सियालकोट के एक शख़्स सफ़दर का भाई बसरा और फ्रांस से लौटा है, उसने भाई इनामुल्लाह से पापा के बहुत दुःखद हालात बयान किये हैं कि किसी-किसी दिन सिर्फ़ चाय पर गुज़र करना पड़ी। लोग कहते हैं, पापा फ्रांस में ऐश कर रहे हैं। ख़ुदा करे ऐसा ही हो, उनकी जान को आराम हो।

मच्छरों की बहुतायत है, चूहों की तरह आजकल मच्छर भी ख़तरनाक हैं।

परेशान हाल
नज़्र

ढाई वर्षीय गुलेराना पोलियो में गिरफ़्तार थीं; जिसका शायद उस वक़्त तक इलाज अविष्कृत नहीं हुआ था। बहुत ही ख़ूबसूरत हसीन, सुनहरे बाल, नीली आँखें। टाँगें जवाब देती जा रही थीं। दिन भर चुपचाप बैठी गुड़ियों से खेला करतीं। नानी अशरफ़जहाँ छोटी नवासी (नातिन) सरवत आरा और नवासे मुस्तफ़ा बाक़र समेत बड़े दामाद मीर फ़ैज़ुल अस्करी के यहाँ जहलम से लखनऊ आ गई थीं। मुस्तफ़ा बाक़र को स्कूल में दाख़िल कर दिया था।

मेडिकल साइंस ने आज जैसी तरक़्क़ी नहीं की थी और मुल्क में महामारियों और भयंकर रोगों ने बच्चों और जवानों की मौतों का बाज़ार गर्म कर रखा था। दोस्तों में शमसुलउलमा मौलवी मुमताज़ अली की बेटी, मौलवी मोहम्मद याक़ूब की दुल्हन वहीदा और बत्तीस वर्षीय विलायत अली बम्बोक, ख़ानदान में बड़े भाई सैयद एजाज़ हैदर और बहनोई सैयद बुरहान हैदर सब जवान जवान एक के बाद एक अल्लाह को प्यारे हो गये। छोटे-छोटे बच्चों को यतीम कर गये।

ताऊन, मलेरिया, हैज़ा, मौत का डेरा था। घरों से जनाज़े ऐसे निकल रहे थे जैसे शादी ब्याह के मौसम में बारातें चढ़ती हों। क़ब्रिस्तान और शमशान घाट पर हर वक़्त भीड़ लगी रहती। नानी अशरफ़जहाँ ने 'फुलाँ की भत्ती मैंने खाई' कहना छोड़ दिया था। हक़ दक़ बैठी थीं।

हिल्टन लेन में ठहरे यलदरम के भतीजे मुमताज़ हैदर और यतीम भांजे उसमान हैदर, मुस्तफ़ा बाक़र के साथ स्कूल जाते थे। मुस्तफ़ा बाक़र अपने पापा की फ़्रांस से वापसी की घड़ियाँ गिन रहे थे।

गर्मियाँ शुरू हुईं, लड़कों का स्कूल बन्द हो गया। परिसर में यूकेलिप्टिस के ख़ुश्क पत्ते खड़खड़ाने लगे। लाल पानी के भरे तशले सामने के बरामदे में रख दिये गये थे। जो बाहर से आता पहले उसके हाथ धुलवाये जाते। शाम पड़े जब हवा में ख़ुनकी (ठंडक) आती, खड़खड़ाते कलफ़दार सफ़ेद लहंगे वाली आया बसंती, गुले राना को बाहर सर्व के दरख़्तों से घिरी हरियाली पर ले आती। तीनों लड़के कुछ देर इस बेचारी परी जैसी लेकिन अपंग बच्ची के साथ खेलने के बाद हॉकी, फ़ुटबॉल में व्यस्त हो जाते।

आख़िरी अप्रैल को एक शाम हाकी खेलते खेलते मुस्तफ़ा बाक़र की गेंद दूर बरगद की ओर लुढ़कती चलती गयी। मुस्तफ़ा बाक़र और मुमताज़ हैदर उसके पीछे-पीछे दौड़े। घास में बहुत तलाश किया, न मिली। मुस्तफ़ा बाक़र ने चहक कर बसँती को आवाज़ दी, 'आया तुम्हारा बुढ़वा मंगलवाला उल्लू मालूम होता है, हमारी गेंद ले गया।'

'तौबा करो भैया, तौबा! शैतान के कान बहरे!' बसँती ने गुलेराना की पहियों वाली कुर्सी रविश पर धकेलते हुए जवाब दिया।' उल्लू के कान बहरे कहो 'मुस्तफ़ा बाक़र हँस कर बोले। बसँती ने बता रखा था कि पिछले बुढ़वा मंगल के दिन से सात रोज़ सात रात एक ठो उल्लू बराबर बोलत रहा। जौन किसी मनई का नाम ऊके कान में पड़ जाए ओही रटा करत है। अगले बुढ़वा मंगल से पहले पहले ऊका होंस लेत है। हम बेगम साहब से इतना कहिन, लड़कन की, बिटिया की नजर उतार दीजिए वह मानत ही नाहीं।'

नानी अशरफ़जहाँ बसंती के विचारों से सहमत थीं मगर साइंटिफ़िक ज़माने में उनकी कौन सुनता था।

दूसरे दिन क़यामत की गर्मी पड़ रही थी। सुबह के नाश्ते के बाद मुस्तफ़ा बाक़र और मुमताज़ हैदर दोनों को अचानक उल्टियाँ आना शुरू हुईं। मिनटों में दोनों की हालत ग़ैर हो गई। फ़ौरन बलरामपुर अस्पताल पहुँचाया गया। यूरोपियन वार्ड के एक कमरे में दोनों नौजवान दाख़िल किये गये। नज़्र बेगम और सरवत आरा कुर्सियों पर बैठकर दुआ दुरुद में मसरूफ़ हुईं।

डॉक्टर बार-बार आकर नौजवान मरीज़ों के नाख़ुन देखते। सज्जाद हैदर हैरान और चुपचाप बरामदे में टहल रहे थे। एक अपने जवाँमर्ग (जवानी में मृत्यु प्राप्त) भाई का लड़का दूसरा बीवी का इकलौता भाई। मगर मौत ने रिश्ते नातों का कब ख़याल किया है।

डॉक्टरों ने कमरे में आकर दोनों मरीज़ों के फिर नाख़ुन देखे। उसमान हैदर ने बाहर आकर चुपके से पूछा, 'आप बार-बार नाख़ुन क्यों देखते हैं?'

'अगर हैज़े के मरीज़ के नाख़ुन नीले पड़ जांए तो वह नहीं बचता।' एक डॉक्टर ने जवाब दिया।

दूसरे दिन सुबह तक सैयद मुस्तफ़ा बाक़र के नाख़ुन नीले पड़ चुके थे।

इस जवाँमर्ग के मामू ज़ाद भाई सैयद इब्राहीम हुसैन ख़ाँ वाली-ए-महमूदपुर हकीम साहबे आलम से इलाज करवाने लखनऊ आए हुए थे। बलरामपुर हस्पताल

के नज़दीक एक मकान किराए पर लेकर उसमें टिके हुए थे। वह दोनों पछाड़ें खाती हुई बहनों को अस्पताल से अपने घर ले गये। नमाज़े-जनाज़ा के लिए एक 'जनाब' यानी मुजतहिद को बुलवाया। सियाह शामियाने वाला ताबूत गोरिस्तान (क़ब्रिस्तान) रवाना हुआ।

पसमंज़र

सोलह साल के सैयद मुस्तफ़ा बाक़र रिज़वी उस डरावने शहरे-ख़मोशाँ (क़ब्रिस्तान) में सुपुर्देख़ाक कर दिये गये, जहाँ मीर रमज़ान अली से लेकर मीर मासूम अली तक उनके सारे पुरखे दफ़्न थे। अजी किसे मालूम, कौन थे, क्या थे, किधर गये; अब कहाँ हैं।

एक बूढ़े अँधे भूखे हाफ़िज जी नई क़ब्र के सिरहाने चालीस दिन तक क़ुरआन ख़्वानी के लिए बिठा दिये गये। अव्वल मंज़िल करके (अर्थात दफ़्न करके) जब लोग वापस गये हाफ़िज़ जी ने अपनी लाठी कच्ची मिट्टी में गाड़ दी और हिल-हिल कर क़ुरआन मजीद की तिलावत (पाठ) शुरू कर दी। हाफ़िज़ जी को दिन और रात का अंतर ज्ञात नहीं था। मग़रिब की अज़ान पर उठे। लाठी टेकते क़ब्रों के कतबे टटोलते-टटोलते नज़दीक की पुरानी मस्जिद तक चले गये। नई क़ब्र अकेली रह गई।

सूरज डूबा तो एक दम घुप अँधेरा छा गया। क्या पता इस अँधेरी रात में जब मलिका जहाँ के सियाह मक़बरे के पीछे से सोलहवीं का चान्द उभरा तो नागफनी की झाड़ी के नीचे धंसी काली ग़ार जैसी प्राचीन क़ब्र में से मीर मासूम अली चकलेदार अवध ने झाँका हो। सूरत से पहचान गये नगड़ पोता है। माशाअल्लाह से क्या चाँद सी सूरत पायी है। बनी हाशिम के चान्द अबुलफ़ज़ल अब्बास का साया उस पर क़ायम रहे। बेसाख़्ता बोले 'जियो हज़ारी उम्र हो।' फिर खिसयानी हँसी हँसे। ख़ाक आलूद (मिट्टी में सनी) खोपड़ी के मटियाले दाँत अँधेरे में फ़ासफ़ोरस की तरह चमके।

नौ उम्र लड़का डरकर सहम गया। मगर फ़ौरन शिष्टता से कहा, 'हाव डू यू डू सर?'

झेंपते हुए फ़रमाया 'मियाँ इधर को सरक आओ, इधर जन्नत की खिड़की खुली है।'

'मैं तो अभी-अभी मरा हूँ और आप फ़रमाते हैं हज़ारी उम्र हो।' लड़के ने एक साथ ग़ुस्से से कहा। रुक गया, फिर बोला, 'मरना तो मेरे ख़्वाबो-ख़याल में भी न था। मैं तो अपने पापा की वापसी का इन्तिज़ार कर रहा था। अभी उनका लंदन से ख़त आया है कि मेरे लिए हवाई बंदूक़ ला रहे हैं और बहुत सारी चीज़ें। इतने सारे पिक्चर पोस्टकार्ड भेजे हैं और लिखा है मुझे पढ़ने के लिए लंदन या कैम्ब्रिज भेजेंगे। यह देखिए टेम्स नदी की तस्वीर उन्होंने भेजी है और यह ट्रन्टी कॉलेज का फाटक, यह रहा लेकिन हाथ ख़ाली, सर्द और बे हरकत लड़का रोने लगा।

फ़रमाया, 'कोई नहीं बचने का बेटे, कोई नहीं बचने का।'
'जब मुझे इतनी जल्दी मरना था तो पैदा ही क्यों हुआ था?'
मीर मासूम अली ख़ामोश, क्या जवाब देते।

नगड़ पोते ने फिर आग बगूला होकर कहना शुरू किया, 'मेरे चारों तरफ़ नाग सरसरा रहे हैं और आप फ़रमाते हैं जन्नत की खिड़की। वह बड़े मियाँ हाफ़िज़ जी भी चलते बने मुझे डर लग रहा है।'

'मरते हुए के साथ कोई नहीं मरा करता बेटे।'

'जी...? अब मुझे सुनाई भी कम दे रहा है। कानों में अजीब अजीब सी आवाज़ें गूंज रही हैं। डर लग रहा है। आप कौन हैं?'

'तुम्हारा लकड़दादा; मेरे बच्चे कलमा पढ़ो।'
'पढ़ तो रहा हूँ दादा अब्बा!'
ख़ामोशी

कुछ देर बाद लड़के ने फिर कहा, 'दादा अब्बा मैंने दीनयात (धार्मिक पुस्तकों) में पढ़ा था क़ब्र मुर्दे को भींच देती है वह भी होगा?'

'तुम मासूम हो बेटा कलमा पढ़ो।'

'और दादा, अब्बा अभी क्या मुनकिर नकीर (वे फ़रिश्ते, जो क़ब्र में मुर्दे से सवाल पूछते हैं) भी आएँगे?'

'कलमा और दुरूद शरीफ़ पढ़ते रहो मेरे बच्चे और सब सवालों का जवाब अच्छी तरह देना।'

'जी बहुत अच्छा, मैं दादाजान क्लास में हमेशा फ़र्स्ट आता हूँ। आई मीन, आता था।'

लड़के ने दोबारा रोना शुरू कर दिया।

अचानक आँसू ग़ायब, आँखें शीशा, नगड़दादा, नगड़ पोता, एकाएक दोनों ग़ायब।

पेशमंज़र

'अस्सलाम अलैक या अहले क़बूर!' सैयद इनामुल्लाह शाह ने नई क़ब्र के सिरहाने खड़े होकर फ़ातिहा के लिए हाथ उठाए। मरहूम मुस्तफ़ा बाक़र के फूफीज़ाद भाई मीर अफ़ज़ल अली ने शिया तरीक़े से क़ब्र पर दाहिना हाथ रखकर दुआएँ पढ़नी शुरू कीं। सूरज की तपिश की वजह से आँखें चुंधियाईं जाती थीं। दोनों ख़ुशलिबास नौवारिदों (नव आंगुतकों) के पास भिखारियों की भीड़ लग गई। ताँगा कुछ फ़ासले पर वृक्ष की छाया में खड़ा था। फ़ातेहा ख़्वानी से निवृत्त होकर दोनों नौजवान पगडंडी पर आए।' हिल्टन लेन वापस चलो भाई। मीर अफ़ज़ल अली ने कोचवान से कहा।

घर पहुँचे, भाईजान क़ैसरबाग़ जा चुके थे। अल्लाह ने बड़ा करम किया, उनके भतीजे मुमताज़ हैदर की ज़िन्दगी थी, बच गये। उसी सुबह बलरामपुर अस्पताल से घर वापस आ गये थे। अपने कमरे में लेटे थे। हस्पताल के वार्ड में बराबर के पलंग पर से, उनके प्यारे दोस्त मुस्तफ़ा बाक़र की लाश उठी थी। इस सदमें ने मुमताज़ हैदर और उसमान हैदर दोनों को भौंचक्का कर रखा था। नज़्र बाजी और सरवत आरा अपने कमरे में सहमी हुई बैठी थीं।

'बाजी! इस जगह को ऐशबाग़ क्यों कहते हैं?' मीर अफ़ज़ल अली ने पूछा।

'शाही के ज़माने में हुवाँ बड़ा भारी मेला लगत रहा।' बसंती ने जवाब दिया।

अफ़ज़ल अली ने आहिस्ता से कहा, 'मियाँ की क़ब्र के आसपास, नागफनी की झाड़ियाँ हैं।'

'बाजीजान, एक नाग सरसराता हुआ आया और तांगे के पायदान से सिर पटकने लगा। नामाक़ूल मुजाविर खीसें निकाल कर बोला, अजी हज़्ज़त (हज़रत) यह तो क़ब्रों का रखवाला है। एक रुपया दे जाइये इसे दूध पिलाएंगे।' इनामुल्लाह शाह ने कहा।[1]

दोनों बहनें दहलकर रोने लगीं। दोनों नौजवानों ने रोने चिल्लाने में भागीदारी की। अब इनामुल्लाह ने तख़्त पर से वह कापी बुक उठाई, जिसमें सरवतआरा सिर झुकाए, भाई का मर्सिया लिख रही थीं।

अरमान में थीं बहनें तेरा ब्याह करेंगी सेहरा न दिखाया
बे नामो-निशाँ करके चले जाते हो भैया इंसाफ़ है यह क्या
वो फूल सा चेहरा जो दिखाई नहीं देता, आँखें हुईं ख़ूंबार[2]
बहनें तो तेरे वास्ते करती थीं मुहैया मख़मल के बिछोने
और भा गया तुमको फ़र्शे-ख़ाक पे सोना, क्यों, अच्छा बताओ
मासूम की तुर्बत[3] पे रहे साया-ए-रहमत ऐ ख़ालिक़े अकबर[4]
सदक़े मैं हसन और हुसैन इब्ने अली के जन्नत में जगह दे
हज़रत अली अकबर के तसद्दुक में[5] उसे रख, साये में अली के।

इनामुल्लाह शाह ने कॉपी बन्द कर दी। वहशत-ज़दा होकर (घबराकर) इधर-उधर देखा। नज़दीक ही मेज़ पर सहीफ़ा-ए-कामिला (कोई धार्मिक पुस्तक) रखा था। उसे खोला सरवरक़ (मुख पृष्ठ) पर 'सैयद ज़हूर हसनैन रिज़वी लकड़ा मोहल्ला, अमरोहा के दस्तख़त थे। पृष्ठ पलटते गये। ऐसी हम्द, जो हमारे लिए आलमे बरज़ख़ (परलोक) के अँधेरों को जगमगा दे। रहमत कर उस

---

1. 'अय्यामे-गुज़िश्ता' लेखिका नज़्र सज्जाद हैदर, इस्मत कराची सितम्बर 1957 ई०।, 2. ख़ून छलकाती आँखें।, 3. क़ब्र।, 4. अल्लह।, 5. सदक़े में।

फ़रिश्ते पर, जिसके झिड़कने की आवाज़ से बिजली की कड़क सुनाई देती है और जब उसकी आवाज़ से गरजने वाले बादल चलने लगते हैं और गिरने वाली बिजलियाँ चमकने लगती हैं।

...अपनी उम्र का हिसाब पूरा किया

...कब्र में इम्तिहान लेने वाला मलक रूमान

...मौत के बाद के मरहलों के लिए वह तैयार हैं।

...वो परवरदिगार जिसकी अजीबोग़रीब शान कभी ख़त्म न होगी।

या अल्लाह रहमत नाज़िल फ़रमा मोहम्मद (स.) और उनकी आल (संतान) पर और ज़माने की मुसीबतों की तेज़ धार और शैतान के जाल और बादशाह के ज़ुल्म की सख़तियों से हमें पनाह दे।

इनामुल्लाह पृष्ठ पलटते रहे।

...हमारा पर्दा जो दुनिया में तूने रखा है, उसे आख़िरत (क़यामत) के दिन चाक न करना।

...यह नाचीज़ (तुच्छ) बन्दा, हुक्म मानने वाले ग़ुलाम की तरह मेरे दरवाज़े पर खड़ा, शर्मिंदगी के साथ एक मोहताज फ़क़ीर की हैसियत से सवाल कर रहा है।

...मेरे दिन बिगड़ गये हैं और कर्म का ज़माना ख़त्म हो चला और उम्र की मुद्दत ख़त्म होने को है और उसको यक़ीन हो गया कि अब बग़ैर तेरी मुलाकात के कोई उपाय नहीं और तुझसे भागकर वह कहीं नहीं जा सकता। तो तौबा का ज़रीया ढूँढ़कर तेरी मुलाक़ात को निकला... अब हालत यह है कि कमर को झुकाए और सिर को नवाए तेरे सामने हाज़िर है।

..ऐ वह माबूद (पूजा के योग्य) जो फ़रियादियों की हालत की तस्दीक़ (सत्यापन) में गवाहियों का मोहताज नहीं, ...ऐ परवरदिगार मैं तेरे सामने इतना रोऊँ कि मेरी पलकें गिर जाएँ और इस क़दर आँसू बहाऊँ कि आवाज़ बन्द हो जाए और इतनी देर तेरी हुज़ूरी में खड़ा रहूँ कि पैरों पर वरम आ जाए और

इतना झुकूँ कि रीढ़ की हड्डियाँ बिखर जाएँ और तमाम उम्र ख़ाक फाँक कर बसर करूँ और आख़िर उम्र तक राख का पानी पिया करूँ... तब भी अपने गुनाहों में से, एक गुनाह के मिटाए जाने का मुस्तहिक़ (अधिकारी) नहीं हो सकता।

इनामुल्लाह शाह ने लरज़ कर किताब बन्द कर दी। क़ादियानी थे, चुपके से अफ़ज़ल अली से पूछा, 'यह कौन साहब थे, जो इतना रोते थे?'

'इमाम ज़ैनुल आबिदीन!'

सैयद इनामुल्लाह बे इन्तिहा कमज़ोर दिल के थे। रूमाल निकाल कर ख़ुद ज़ार-ज़ार रोना शुरू कर दिया। सरवत आरा ने चाय बनाकर पेश की, इनामुल्लाह ने नारा लगाया, 'रब्बा, रब्बा! मीर नज़रुल बाक़र की नस्ल ख़त्म हो गई। बहनें फिर बिलक-बिलक कर रोने लगीं। अफ़ज़ल अली ने नज़्र बेगम से कहा, 'बाजी! मामू को हरगिज़ इत्तिला मत भेजना। वह जर्मन की गोली से नहीं मरे; अब मर जाएँगे।'

इनामुल्लाह कमरे में टहलने लगे। बसँती उनके लिए पानी का गिलास लेकर आई। इनामुल्लाह से कोई ख़ून का रिश्ता न था। मगर उस घराने पर जान छिड़कते थे। उनके सगे चचा शमसुल उलमा, प्रोफ़ेसर मीर हसन सियालकोटी (अल्लामा इक़बाल के उस्ताद), नज़्र बेगम, मुस्तफ़ा बाक़र, सरवत आरा के दादा और मीर अफ़ज़ल अली के नाना मीर मज़हर[1] अली के दोस्त थे। इनामुल्लाह के वालिद ने अहमदियत इख़्तियार कर ली थी अर्थात क़ादियानी (अहमदिया) हो गये थे, वह और चौधरी ज़फ़रुल्लाह ख़ाँ, मीर अफ़ज़ल अली के बचपन के दोस्त और क्लास फ़ेलो थे और सियालकोट में इकट्ठे पले बढ़े थे।

तीनों अब लाहौर में रहते थे। मीर अफ़ज़ल अली ने एफ.सी. कॉलेज से एम.ए. किया था। सरवत आरा से मंगनी हो चुकी थी। मुस्तफ़ा बाक़र के तीजे के कुछ दिन बाद, वह दोनों बहनों को नानी अशरफ़जहाँ समेत, अपने बड़े मामू मीर फ़ैज़ुल अस्करी के यहाँ फ़िरोज़पुर ले गये।

---

1. देखिए अध्याय 4, 'फ़्लाइंग आफ़रीदी।'

पंजाब गर्मी में भुन रहा था। सिर के दर्द की मरीज़ सरवत आरा बेगम बीमार पड़ गईं। नज़्र बेगम इलाज के लिए उनको फ़िरोज़पुर से लाहौर लेकर आईं।

'नम्बर 7 रेलवे रोड लाहौर, एक जून 1918 ई. : गर्मी यहाँ भी बहुत है। दोपहर को ताज कॉलेज में होते हैं। भाईजान मुमताज़ अली अपने काम में व्यस्त गर्मी के लम्बे दिन, दोपहर का सन्नाटा, दिल परेशान। कल मैं और सरवत, भाई इनामुल्लाह के साथ लखनऊ वापस जा रहे हैं।

लखनऊ 8 जून 1918 ई. : मिस्टर जिनाह की शादी हो गई, अपनी पारसी दुल्हन समेत, राजा साहब महमूदाबाद के यहाँ मेहमान हैं। इस शादी का एक चर्चा है। जगह-जगह उनकी पार्टियाँ हो रही हैं। आज बेगम वज़ीर हसन के यहाँ दावत है। सुबह आई थीं। मुझसे कहने लगीं; तुम्हारे भाई का चेहलुम (चालीसवाँ) हो चुका। शाम को दोनों आ जाना। दिल बहल जाएगा लेकिन भला हम ग़मनसीब शादी की दावतों में जाते फिरेंगे?'

हकीमुलउम्मत (रह०) और झवाई टोले का नुस्ख़ा

मियाँ मुस्तफ़ा बाक़र के मरने के बाद, उनके स्कूल का रिज़ल्ट आया। आठवीं क्लास में फ़र्स्ट पास हुए थे। हैज़े की महामारी में ऐसी कमी नहीं आई। भतीजे मुमताज़ हैदर तो अल्लाह के फ़ज़ल से अच्छे हो गये लेकिन अब भांजे उस्मान हैदर को कालरा हो गया। मामू मुमानी ने वहशतज़दा होकर, बार-बार उनके नाख़ुन देखना शुरू किये। फ़ौरन गाड़ी भेजकर, झवाई टोले के नामी तबीब (चिकित्सक) हकीम अब्दुल वाली को बुलवाया। हकीम साहब ने कहा, हालत चिंताजनक नहीं है। उनका नुस्ख़ा बंधवाया गया; दवा मामू मुमानी वक़्त पर ख़ुद खिलाते रहे।

उसी हफ़्ते अल्लामा इक़बाल मुस्तफ़ा बाक़र की ताज़ियत (शोक जताने) के लिए लाहौर से तशरीफ़ लाए। रात को उस हवादार बरामदे में उनका पलंग बिछता, जहाँ उसमान हैदर सोते थे। दिन में दो चार बार उसमान हैदर के कमरे में जाकर, अल्लामा उनकी मिज़ाज पुर्सी करते (ख़ैरियत पूछते)।

डॉक्टर इक़बाल को लखनऊ आए दो-तीन रोज़ हुए थे कि अली मोहम्मद ख़ाँ राजा महमूदाबाद ने उनकी ज़बरदस्त दावत की। वहाँ ख़ूब डटकर शाइरे मशरिक़ (पूर्व के कवि) ने लखनऊ का मुरग़्ग़न नवाबी खाना तनावुल फ़रमाया (खाया)। रात के ग्यारह बजे हिल्टन लेन वापस आए, कपड़े तब्दील किये, बरामदे में जाकर अपने पलंग पर सो गये।

रात के ढाई बजे, जो उनके नाला-हाए-नीम-शबी का वक़्त था, (यानी शे'र कहने का समय था) आकाश से जवाब आने की बजाय[1] पेट में उठा ज़ोर का दर्द! बड़ी शिद्दत की मरोड़। स्वीट ने घबराकर रोना शुरू कर दिया। सारा घर सो रहा था। मेज़बानों को ज़हमत न देने के ख़याल से चुपके लेटे रहे। नज़दीक के पलंग पर नौउम्र उसमान हैदर बेख़बर सो

1. अर्थात शे'रो-शायरी के विचार आने की बजाय।

रहे थे। इक़बाल ने आहिस्ता से उठकर ग़ुस्लख़ाने का रुख़ किया। वहाँ से तीसरी बार लौटकर आए। बरामदे की लाइट जलाई। उसमान हैदर के सिरहाने मेज़ पर हक़ीम अब्दुल वाली की दवा का बर्तन रखा था, आप उसकी चौगुनी ख़ुराक पी गये। फिर लेटे रहे।

फिर ग़ुसलख़ाने गये, वापस आकर और दो ख़ुराकें पी लीं।

खड़पड़ से उसमान हैदर की आँख खुल गई देखा कि डॉक्टर साहब अपने बिस्तर के किनारे बैठे हैं। आँखों से आँसू जारी और अपने नाख़ुनों को ग़ौर से देख रहे हैं। मुस्तफ़ा बाक़र मरहूम के नाख़ुन नीले पड़ने का क़िस्सा, इन्हें बताया जा चुका था।

उसमान हैदर हड़बड़ा कर उठ बैठे। बड़े अदब से पूछा, 'डॉक्टर साहब ख़ैरियत?'

भर्राई हुई आवाज़ में जवाब दिया, 'मुझे भी कालरा हो गया, जाकर सज्जाद को जगा दो।'

उस वक़्त तड़के का समय था, पौ फट रही थी। बाग़ में चिड़ियों ने गुंजारना शुरू कर दिया था। बड़ी ख़ुशगवार हवा चल रही थी और बारिश के आने की संभावना थी। उसमान हैदर ने तीर की तरह जाकर, दूसरे बरामदे में मामूजान को जगाया। उस वक़्त डॉक्टर इक़बाल अर्धमूर्छित से अपने पलंग पर लेट चुके थे। मामू ने फ़ौरन आकर इतने महत्वपूर्ण एकाकी मेहमान की यह हालत देखी। हवास खोये हुए, सरपट पैदल फाटक की ओर भागे।

लखनऊ का अंग्रेज़ सिविल सर्जन कर्नल बर्डवुड, नज़दीक ही एबट रोड पर रहता था। उसको जाकर जगाया। कर्नल भागमभाग हिल्टन लेन पहुँचा। इंजेक्शन लगाया, मरीज़ की तसल्ली तशफ़्फ़ी की।

आधा घण्टे बाद अल्लामा को नींद सी आनी शुरू हुई, कर्नल बर्डवुड ने नुस्ख़ा लिखा। मुश्ताक़ बैरा हज़रतगंज से दवा बनवाकर लाया। दो घण्टे बाद

अल्लामा को फिर लूज़ मोशन शुरू हो गये। उस वक़्त तक ड्राइवर आ चुका था। वह हकीम अब्दुल वाली को लेने झवाई टोले गया।

हकीम साहब बौखालाए हुए हिल्टन लेन पहुँचे। कर्नल बर्डवुड की शीशी देखी। फिर नुस्ख़ा लिखने बैठे। अल्लामा ने तकिये से सिर उठाकर नुस्ख़ा देखा, बोले, 'हकीम साहब यह दवाई तो मैं पहले ही आधी बोतल पी चुका हूँ।'

हकीम साहब हक्का-बक्का इक़बाल को देखने लगे। उसमान हैदर वाली बोतल उठाई। उसमें पूरी छह ख़ुराकें कम थीं।

शाइरे-मशरिक़ ने भोलेपन से फ़रमाया, 'हकीम साहब बात यह हुई कि मैंने सोचा यह लड़का कम उम्र है, इसकी ख़ुराक से चार गुना ज़्यादा मुझे खानी चाहिए। तभी फ़ायदा होगा।'

हकीम अब्दुल वाली ने ज़ोरदार क़हक़हा लगाया, 'डॉक्टर साहब आप वाक़ई फ़लसफ़ी (दार्शनिक) हैं। ख़ुदा ने बड़ी ख़ैरियत की। अगर दो एक ख़ुराकें और पी होतीं, लेने के देने पड़ जाते।'

शाम तक अल्लामा की हालत संभल गई लेकिन उनके बीमार होने की ख़बर, शहर में आग की तरह फैल चुकी थी। हिल्टन लेन में लोगों का ताँता बंध गया, राजा साहब महमूदाबाद, मुशीर हुसैन क़िदवाई, जस्टिस समीउल्लाह बेग, सैयद वज़ीर हसन सुबह शाम आकर मिज़ाज पुर्सी करते। हकीम अब्दुल वाली और कर्नल बर्डवुड रोज़ाना आते रहे।

पाँचवें दिन राजा महमूदाबाद ने फ़र्स्ट क्लास का दर्जा रिज़र्व करवा के दो सेवकों के साथ, अल्लामा इक़बाल को लाहौर रवाना किया। ज़्यादातर लखनऊ वाले इक़बाल के श्रद्धावान न थे लेकिन उनकी रवानगी के वक़्त, कई सौ परिस्तारों (चाहने वालों) का हुजूम स्टेशन पर मौजूद था। यल्दरम लाहौर तक उनके साथ गये।[1]

---

1. सैयद उसमान हैदर साहब, कराची से साभार।

तुर्की टोपी और अंग्रेज़ी हैट

'जर्मनी की लड़ाई समाप्ति पर है, हिल्टन लेन में फाटक के सामने से घुड़सवार फ़ौजी दस्ते और तोप गाड़ियाँ गुज़रती रहती हैं, जिन्हें घोड़े खींचते हैं। छह बरस पहले जब बलक़ान की जंग का ज़ोर था और मामूजान जोश में मेरे नानाजान जलालुद्दीन हैदर मरहूम की हवेली बेचकर, बलक़ान फंड में दिये डालने पर तुले बैठे थे; हम लोग बेल व्यू मसूरी में रहते थे।[1] भांजे उसमान हैदर ने कहा, 'हमारे पड़ोस में महाराज भूपेन्द्र सिंह पटियाला के शासक की कोठी थी। उसमें हिज़ हाइनेस की यूरोपियन रानी बिराजमान थीं।'

मेम साहिबा पहले एक मामूली अंग्रेज़ बैंड मास्टर, मिस्टर कम्पो की बीवी थीं। फिर महाराजा की मंज़ूरे-नज़र (प्रेयसी) बनकर, उनके हरम में दाख़िल हुईं। मिज़ाज आसमान पर पहुँच गये। अख़बार बलक़ान की जंग की ख़बरों से भरे पड़े थे। गोरी बददिमाग़ क़ौमों का एक मशरिक़ी (पूर्वी) क़ौम यानी तुर्कों से मुक़ाबला था। 1905 ई. में रूस पर जापान की फ़तेह (जीत) ने हिन्दुस्तानियों को बाग़-बाग़ कर दिया था।

हाँ तरक्क़ी न रुके मुल्के तुलूअ-ए-ख़ावर
सारी दुनिया की है तारीफ़ का सेहरा तेरे सर
मशरिक़ी इज़्ज़तो हुरमत को संभाला तूने
सारे आलम को तहय्युर में है डाला तूने
कहते थे कुछ नहीं इनमें लियाक़त बाक़ी
अब तनाज़-ए- अलबक़ा की नहीं ताक़त बाक़ी
सफ़हा-ए-हस्ती से नापैद हुआ चाहते हैं
क़अरे गुमनामी में यह जल्द गिरा चाहते हैं
अब न जहद और मुजाहिद की तमन्ना रक्खो
अब न आलिम की न ज़ाहिद की तमन्ना रक्खो
अब न महमूद न चंगेज़ न अकबर होंगे

1. देखिए अध्याय पाँच 'ख़ेज़ दर बाग़ दराग़ क़ाफ़िला-ए-गुल रसीद।'

होंगे गर अब तो नेपोलियन व सिकंदर होंगे
अब न कनफ़्यूशियस व सिकया का ज़माना होगा
अब न फ़ाराबी व सीना का ज़माना होगा
हाँ मगर ताअने न थे बर्छियों से कुछ कम
यह मताइन यह शमातत यह सितम और यह ग़म
धूम है धूम कि मशरिक़ का दुलारा उठा
पहलवान एशिया का सबसे प्यारा उठा
माइले जंग है बेजान हुआ जाता है
शर्क़ के नाम पे क़ुर्बान हुआ जाता है।
एक बच्चा है इधर और उधर ख़िर्से-अज़ीम
एक तारे के मुक़ाबिल में है शैताने-रजीम
एक बिजली है कि ख़ीरा है नज़र आलम की
मुद्दई ने भी तो तदक़ीक़े-नज़र कम-कम की
बहरो बर काँप रहे हैं कि यह क्या होता है
कहते हैं यूँ कोई मसरुफ़े दग़ा होता है
क़ालिबे मुर्दा-ए-मशरिक़ में फिर आती है जाँ
हासिद अफ़सुर्दा हैं दुश्मन के ख़ता हैं औसाँ[1]

(ऐ वह देश जहाँ सूर्योदय सबसे पहले होता है, तेरी प्रगति न रूके। सारा संसार तेरी प्रशंसा करता है। पूर्व के आदर व सम्मान को तूने संभाला है। सारे संसार को तूने हैरानी में डाल दिया है।

सब कहते थे कि इनमें कोई योग्यता शेष नहीं, अब इनमें जीवित रहने की शक्ति शेष नहीं रही।

अब यह संसार से समाप्त होने वाले हैं और गुमनामी के गड्ढे में गिरने वाले हैं। अब न जद्दोजोहद और प्रयत्न करने वालों की कामना करो, अब न ज्ञानी और पापों से बचने वालों की कामना करो। अब न महमूद, न चंगेज़ और

1. 'बिज़ी जापान बिज़ी (सार) यलदरम अज़ बग़दाद 'मख़ज़न' लाहौर में छपा।

न ही अकबर होंगे। अब तो बस नेपोलियन व सिकन्दर होंगे। अर्थात पश्चिम का वर्चस्व हो जाएगा। न तो अब कनफ़्यूशियस व गौतमबुद्ध का दौर आएगा, न ही अल-फ़राबी जैसे मेटाफ़िज़िक्स के विद्वान और दार्शनिक होंगे और न अबू सीना जैसे फ़िज़ीशियन, ज्योतिषी और विचारक होंगे।

परन्तु यह कटाक्ष वार्छियों से कम नहीं थे। यह ताअने (कटाक्ष) और किसी के नुक़सान पर ख़ुश होना, यह निर्दयता और यह दुःख।

हर पूर्व का दुलारा और एशिया का सबसे प्यारा पहलवान उठा जो युद्ध करने को तत्पर है। क्षीण शक्ति हुआ जाता है। पूर्व के नाम पर न्यौछावर हुआ जाता है। इधर एक बच्चा अर्थात छोटा सा देश है और उधर बहुत बड़ा भालू। एक नक्षत्र के मामले में हँकाया हुआ शैतान है। एक बिजली है कि जिससे संसार की दृष्टि में चकाचौंध हो गई है; मुद्दई ने भी सूक्ष्म दृष्टि से नहीं देखा।

समुद्र धरती काँप रहे हैं कि यह सब क्या हो रहा है। कहते हैं कि इस तरह कोई धोखा दिया जाता है।

पूर्व के मृत शरीर में फिर जान आ रही है। ईर्ष्या रखने वाला उदास है और शत्रु की बुद्धि भ्रष्ट हो गई है।)

अब 1912 ई. जिस दिन यूरोपियन मोर्चों पर तुर्कों की सफलता की ख़बर आती, हिन्दू क्या, मुसलमान क्या, चुपके-चुपके ख़ुश हो लेते। अलीगढ़ से साहबज़ादा आफ़ताब अहमद ख़ाँ मसूरी आए हुए थे और स्वाय में ठहरे थे। मौलाना मोहम्मद अली भी हफ़्ता भर के लिए, हमारे यहाँ बेल व्यू में मेहमान थे। अक्सर सुबह को साहबज़ादा आफ़ताब अहमद ख़ाँ होटल से टहलते हुए आ जाते और ब्रेकफ़ास्ट हमारे यहाँ करते। उस वक़्त मेज़ पर साहबज़ादा साहब, मौलाना मोहम्मद अली और मामू बलक़ान के युद्ध पर ज़ोर-शोर की टिप्पणियाँ करते। मैं और सुलतान भाई बड़े ग़ौर से उन साहिबान की गुफ़्तगू सुना करते। तुर्की कमज़ोर पड़ चुका था और यूरोपीय शक्तियों के गठजोड़ के मुक़ाबले में हारता जा रहा था।

बेल व्यू के मेहमान तो चले गये मगर तुर्की की संभावित पराजय के समाचार सुन-सुन कर हम दोनों भाइयों का ग़म व ग़ुस्से व जोशो-ख़रोश से बुरा हाल था। मैं उस समय तेरह साल का था। भाई सुलतान हैदर मुझसे दो साल बड़े थे।

उन्हीं दिनों महाराजा भूपेन्द्र सिंह की मेम ने ज़लील करने व मज़ाक उड़ाने के लिए, अपने नौकरों को तुर्की टोपियाँ उढ़ा दीं। शाम के वक़्त वह अपनी डान्डी पर अकड़फूँ के साथ, हवाख़ोरी के लिए निकलती और क़ुली और वर्दीपोश नौकर तुर्की टोपी ओढ़े साथ-साथ चलते। मसूरी की माल पर टहलते अंग्रेज़, यह दृश्य देखकर फूले न समाते।

मैं और सुलतान भाई, महाराज साहब की गोरी मिस्ट्रेस की इस हरकत पर भिन्ना गये। कबाड़ी की दुकान से एक अंग्रेज़ी हैट ख़रीद लाए। उसे बेल व्यू के मेहतर को पहना कर ताकीद की, जब तुम झाड़ू पाट लेकर सड़क पर निकलो, यह हैट बराबर पहने रहना। वह खीसें निकाल कर मान गया।

तीसरे दिन उस आस्ट्रियन औरत का तारबोश पोश मुलाज़िम ख़त लेकर मामूजान के पास बेल व्यू पहुँचा। रियासत पटियाला के क्रेस्ट वाले मोटे लेटर हैड पर लिखा था, 'आपके बच्चों ने भंगी को अंग्रेज़ी हैट पहना कर मुझपर चोट की है।' मामूजान ने ख़त का कोई जवाब नहीं दिया। वह अपने भांजों की इस शरारत से बहुत ख़ुश थे। मेम साहब ने अब कमिश्नर मेरठ डिवीज़न से शिकायत की, जो मसूरी आया हुआ था। कमिश्नर ने एक शाम क्लब में मामूजान से इसकी चर्चा की। मामूजान ने नरमी से कहा, 'मेम साहब ने ख़ुद बड़ी नामुनासिब हरकत की है। अपने नौकरों और क़ुलियों को एक आज़ाद बहादुर क़ौम का नेशनल हेडगीर पहनाकर, वह क्या साबित करना चाहती हैं? मेरे नज़दीक यह एक लेडी लाइक कार्य नहीं है।'

कमिश्नर एक सुलझा हुआ समझदार अंग्रेज़ था। उसने कहा, 'मैं उनके नौकरों की तुर्की टोपियाँ उतरवा दूँगा, मगर आप भी अपने बच्चों को मना कर दीजिए।'

दूसरे दिन मेम साहिब के सेवकों की तुर्की टोपियाँ उतर गईं। जवाब में, बेल व्यू के मेहतर की विलायती हैट भी उसके सिर से ग़ायब हो गई।'

लेकिन मेम साहब को ज़िद चढ़ गई थी। मैं सेंट जॉर्जेज़ कॉन्वेंट स्कूल बारलो गंज में पढ़ता था। उस स्कूल में हर वर्ष केवल दो हिन्दुस्तानी बच्चे कमिश्नर की सिफ़ारिश पर लिए जाते थे। मामूजान ने अपने अंग्रेज़ पोलिटिकल अफ़सर से कहलवा कर, मुझे सेंट जॉर्जेज़ में दाखिल करवाया था।

हिज़ हाइनेस महाराज भूपेंद्र सिंह की मेम ने कमिश्नर से, जो बारलो गंज स्कूल कमेटी का अध्यक्ष था, यह शिकायत जड़ी कि उसमान हैदर बड़ा चंचल उत्पाती लड़का है और अंग्रेज़ लड़कियों को छेड़ता है इसलिए फ़ौरन स्कूल से उसका नाम ख़ारिज कर दीजिए।

कमिश्नर ने शाम को फिर मसूरी क्लब में मामूजान से कहा। इस बार मामूजान बहुत दुःखी मन से घर वापस आए। मुझे बुलाकर नरमी से डाँटा, 'वह तुर्की टोपी और हैट वाला मामला बिल्कुल ठीक था लेकिन लड़कियों को नहीं छेड़ना चाहिए।'

मैंने कहा, अंग्रेज़ बच्चे मुझे ब्लैक मैन, निगर ब्वाय कहकर चिढ़ाते हैं, मैं भी उनको तुर्की ब तुर्की जवाब देता हूँ।

तुर्की टोपी और हैटवाला क़िस्सा, मसूरी की अंग्रेज़ सोसायटी में मशहूर हो चुका था। वह अपनी बेइज़्ज़ती का बदला लेने पर तुले हुए थे। अब जनाब हमारे ऊपर इन्क्वायरी कमेटी बैठी।

कमेटी में तीन महिलाएँ भी शामिल थीं। कमिश्नर मेरठ डिवीज़न की मेम, ख़ुद मेरी मुमानीजान नज़्र सज्जाद हैदर और इंस्पेक्टर ऑफ़ स्कूल्स, जो एक बंगाली हिन्दू महिला थीं। उन बंगाली बीबी की भी सारी हमदर्दी मेरे लिए थी।

अगर मैं क़ुसूरवार होता, मुझे अवश्य सज़ा मिलती लेकिन अंग्रेज़ 'Fair Play' का भी क़ायल था। तहक़ीक़ात पर पता चला कि क़ुसूर मेरा नहीं था। रेलवे वालों के कुछ एंग्लो-इण्डियन बदतमीज़ लड़के मुझे तंग करते थे और लड़कों

के सेक्शन की एक एंग्लो-इण्डियन टीचर, महाराजा पटियाला की मेम के साथ उठती बैठती थीं। उसने मेम साहब के उकसाने पर मेरे ख़िलाफ़ यह फ़ितना खड़ा किया था। उस घटना के बाद, कमिश्नर साहब के हुक्म से वह उस्तानी लीपापोती की ख़ातिर बेल व्यू आई। मामूजान और मुमानीजान से मीठी-मीठी बातें कीं और मुझे क़हर-आलूद (क्रोध भरी) निगाहों से देखा। कुछ दिन बाद उसका तबादला नैनीताल कर दिया गया।

यह 1912 ई. का क़िस्सा था, 1918 ई. में, मैं और बड़े मामूजान एजाज़ हैदर मरहूम के बेटे मुमताज़ हैदर, मामू सज्जाद हैदर के पास हिल्टन लेन लखनऊ में रहने वाले अपने चहीते दोस्त, मुस्तफ़ा बाक़र मरहूम की मौत से बेहद दुःखी थे। कोठी पर अजीब भयानक सी उदासी छायी हुई थी। ब्रितानिया की जीत हुई थी और उसमानिया सल्तनत का ख़ातमा हो चुका था।

एक दिन मैं दोपहर के खाने के लिए स्कूल से लौटा। साइकिल से उतरा ही था कि एक अंग्रेज़ बहादुर नज़र आए, जो हमारी कोठी के विशाल कम्पाउंड में टहलते हुए चले जा रहे थे। मैं समझा मामूजान से मिलने आए होंगे। इतने में मामूजान बरामदे में निकल आए। साहब बहादुर को देखा और आवाज़ दी, 'आप ट्रेस-पास कर रहे हैं, वापस जाइए।'

साहब बहादुर चौंक कर ठिठके। 'आइ एम सॉरी' कहा और अपना सा मुँह लिए वापस लौट गये।

मैं उस वक़्त नेकी की जून में था। मैंने कहा, 'मामूजान उसने आधा रास्ता तो तय कर लिया था, गुज़र जाने दिया होता।'

उन्होंने जवाब दिया - 'आप ज़रा किसी अंग्रेज़ के बंगले से इस तरह ट्रेस-पास करके देखिये तो पता चलेगा। इस क़ौम से किसी हालत में दबकर नहीं रहना चाहिए। अंग्रेज़ से जितना डरो, उतना ही तुम पर रौब जमाएगा। निडर होकर मुक़ाबला करो, सिर्फ़ नर्म ही नहीं, दोस्त हो जायेगा और कभी-कभी निजी तौर पर बेहतरीन दोस्त साबित होगा। अंग्रेज़ों के रौब में तो आना ही नहीं।'

मामूजान ने बाद में यह भी कहा, इतिहास का एक नियम है; ग़ुलाम क़ौम विदेशी आक़ाओं की नई और ताक़तवर संस्कृति से प्रभावित होकर, उसके अधिकतर गुणों को स्वीकार लेती है। एक हद तक उसके कल्चर, तौर तरीक़े अपना लेती है लेकिन कुछ समय बाद, उसकी ग़ुलामी से आज़ाद होने की जद्दोजोहद करती है। अंग्रेज़ों और हिन्दुस्तानियों में भी स्वामी और सेवक का यह अजीबो-ग़रीब Love Hate सम्बंध बना हुआ है।

इस Love Hate सम्बन्ध के उदाहरण मुझे ख़ुद मामूजान के घर में मिलते रहते थे और यही हाल हिन्दुस्तान के उच्च मध्यम वर्ग के घरानों का था, जो पश्चिमी संस्कृति अपना चुके थे लेकिन ब्रिटिश आधिपत्य से छुटकारा भी चाहते थे।

मुमानीजान को महमूदपुर माफ़ी वाले कज़न, नवाब सैयद माशूक़ अली ख़ाँ की शादी, रियासत शमसाबाद की नवाब सल्तनत आरा बेगम से हुई थी। नवाब सल्तनत आरा बेगम के नवउम्र भतीजे, सैयद फर्रुख़ हैदर[1] अपने वालिदे-मोहतरम के साथ लखनऊ तशरीफ़ लाए। अपने आबाई (पुश्तैनी) मकान सआदत गंज में ठहरे। एक दिन हिल्टन लेन, मुमानीजान से मिलने तशरीफ़ लाए। दूसरे दिन उन्होंने मुमानीजान के चचा-ज़ाद भाई सैयद आले हसनैन से कहा, 'अरे मियाँ, नज़्र बाजी तो बिल्कुल मेम साहब हैं।'

'मैं पूर्व की संस्कृति में पला आदमी, उनके यहाँ के अंग्रेज़ी ठाठ-बाट देखकर घबरा गया। वहाँ रफ़तार-गुफ़तार, चलना-फिरना, बोलना-चालना, क़दम-क़दम पर वेस्टर्न स्टाइल और यहाँ उससे दूर का भी वास्ता नहीं। भाई बुरा न मानना, नज़्र बाजी हद से ज़्यादा विलायती हो गई हैं।'

नवाब फ़र्रुख़ हैदर, मेरे और आले हसनैन के हम उम्र थे लेकिन ऐतमादुद्दौला मीर फ़ज़ल अली ख़ाँ, वज़ीरे आज़म अवध के पड़पोते की हैसियत से एक गुमशुदा तमद्दुन (संस्कृति) के आख़िरी नामलेवाओं में से थे और उनका यह रददेअमल (प्रतिक्रिया) बिल्कुल क़ुदरती और जाइज़ था।

1. वर्तमान नवाब शमसाबाद, देखिए अध्याय 2, 'रामगंगा।'

लेकिन अभी ज़माने में मामूजान के बताए हुए, दूसरे ऐतिहासिक नियम का एक उदाहरण यानी गोरे आक़ाओं के प्रतिनिधियों से मुचैटा हुआ। उसका बड़ा लतीफ़ा रहा, मुमानीजान रंजीदा प्रकृति की और निराशावादी थीं। मुस्तफ़ा बाक़र के इंतिक़ाल को ढाई महीने गुज़र चुके थे। हर साल शिमला जाती थीं मगर इस साल रंजो-ग़म में इज़ाफ़ा करने के लिए, किसी सुनसान पहाड़ की तलाश में थीं। सैयद इनाम शाह ने सोलन तजवीज़ किया।

मुमानीजान अक्सर रात को बाज़ाब्ता विक्टोरियन Escritoire के सामने बैठकर, चाँदी की बुलडाग नुमा दवात में क़लम डुबो-डुबो कर बड़ी जिन्नाती लिखाई में रोज़नामचा लिखती थीं। 'मअरका सर्किट हाउस' उसमें यूँ लिखा।[1]

'सोलन : 14 जुलाई 1918 ई. : भाई इनाम मकान की तलाश में मसरूफ़ हैं। हम लोग इस रेस्ट हाउस में एक हफ़्ते से ज़्यादा नहीं ठहर सकते। आज सुबह-सुबह इत्तिला मिली कि लेफ्टिनेंट गवर्नर पंजाब, लाहौर से शिमला जाते हुए यहाँ रुक कर लंच खाएंगे। सुबह से सरकारी अहलकारों ने आकर कहना शुरू किया। सोलन में न किसी से जान पहचान, न कोई अच्छा होटल। शाम को एक डिप्टी साहब तशरीफ़ लाए। बहुत आग्रह किया ख़ुदा के लिए मेरे घर ही चली चलिए लेकिन गवर्नर साहब के लिए सर्किट हाउस ख़ाली कर दीजिए।

चिक़ के पीछे से मैंने जवाब दिया - 'देखिये साहब जब तक कोई अच्छी जगह न मिल जाए, मैं तो यह डाक बंगला छोड़ने की नहीं, गवर्नर साहब आते हैं, आने दीजिए। सिर्फ़ एक कमरा मेरे पास रहने दीजिए, बाक़ी पाँच आप दुरुस्त करवा लीजिए। गवर्नर साहब बारह बजे आएँगे, तीन बजे शिमला रवना होंगे। इन चार घंटों में आपको कोई बाहर नज़र न आएगा। आप समझ लीजिए यह कमरा आपके डाक बंगले में है ही नहीं। उसके बाद जो गुज़रेगी वह हम जानें। आप दख़ल न दीजिए।

1. 'तहज़ीबे-निसवाँ' लाहौर 13 अप्रेल 1943 ई०।

डिप्टी साहब ने हैरान, परेशान होकर भाई इनामुल्लाह से कहा, 'यह तो बहुत ही अजीब मिज़ाज की ख़ातून हैं, ज़िम्मेदारी मेरी है, अब मैं क्या करूँ?' बड़बड़ाते हुए वापस चले गये।

'भाईजान! भाई इनाम ने कहा, 'यह गवर्नर पंजाब का मामला है, बात बढ़ाना नहीं चाहिए।'

'भाई इनाम! मैंने जवाब दिया, 'आप चार दिन के लिए जाइये सियालकोट, बीवी बच्चों से मिल आइए। मैं, जो कुछ गुज़रेगी ख़ुद तनहा मुकाबला कर लूँगी। ये लोग मुझे कमज़ोर हिन्दुस्तानी औरत समझकर तंग कर रहे हैं। अब तो मैं यहाँ से हरगिज़ नहीं जाऊँगी।'

इतने में एक घुड़सवार इंस्पेक्टर पुलिस नाज़िल हुए। मैं कमरे में चिक़ के पीछे खड़ी थी। भाई इनामुल्लाह बरामदे में आराम कुर्सी पर बैठे थे। इंस्पेक्टर साहब ने उनसे फ़रमाया, 'साहब मेहरबानी से उन बेगम साहिबा को मेरा सलाम कहें और यह कि आज रात से पहले-पहले डाक बंगला खाली कर दें, वर्ना अच्छा नहीं होगा।'

मैंने अंदर से जवाब दिया, 'आप भी तशरीफ़ ले जाइये और बंगला खाली करवाने की, जो तदबीर ज़हन में आए कर लीजिए।' यह कहकर, मैंने दरवाज़ा बन्द कर लिया और मग़रिब की नमाज़ शुरू कर दी।

नमाज़ के बाद खाना मंगवाया; नौकरों से कहा, 'दिन का खाना सुबह दस बजे से पहले तैयार करके, ग्यारह से चार बजे तक शहर में घूमो फिरो। ठीक चार बजे आकर चाय देना।'

दूसरे दिन ठीक बारह बजे, लेफ़्टिनेंट गवर्नर पंजाब स्टाफ़ समेत आ गया। चार घंटे तक मुमानीजान के कमरे से लगे हुए कमरों में उसने दिन गुज़ारा। मुमानीजान सरवत आरा, बच्चों और बसँती आया समेत कमरे में क़िलाबंद बैठी रहीं। भाई इनामुल्लाह को भी सोलन की सैर को भेज दिया। एक बजे सर माइकेल एडवायर ने लंच खाया। फिर पौन घण्टे तक बराबर के बेड रूम

में से उसके ख़र्राटों की आवाज़ आती रही। ठीक तीन बजे बाहर मोटरें स्टार्ट होना शुरू हो गयीं।

इतिहास का दूसरा क़ानून यह है कि ग़ुलाम क़ौम अपने तरक़्क़ी याफ़्ता विदेशी आक़ाओं से प्रभावित होकर, अपने पिछड़े हुए समाज में सुधार की कोशिश करती है। हिन्दुस्तान में यह प्रक्रिया राजा राम मोहन राय के ज़माने से शुरू हो गई थी। ख़ुद अपने घर में हम लड़कपन से मुमानीजान और उनकी जागरूक सहेलियों की सरगर्मियाँ (गतिविधियाँ) देखते चले आ रहे थे।

आल इण्डिया मुस्लिम लेडीज़ कॉन्फ्रेंस 1914 ई. में स्थापित हुई। 1918 ई. में उसका चौथा अधिवेशन लखनऊ में हुआ। अब मुमानीजान ने बीवियों की तादाद के ख़िलाफ़ मुहिम शुरू की। लखनऊ कॉन्फ्रेंस में मुमानीजान और बेगम जहाँ आरा शाहनवाज़ ने औरतों से दस्तख़त हासिल किये कि वह किसी ऐसे शख़्स को, जिसकी पहली बीवी मौजूद हो, बेटी न देंगी 'चाहे वह व्यक्ति बादशाह ही क्यों न हो।'

1916 ई. में कांग्रेस और लीग के बीच मुआहेदा हो चुका था। 1918 ई. में अली मोहम्मद ख़ाँ राजा महमूदाबाद को इण्डियन नेशनल लीग कांग्रेस की अध्यक्षता पेश की गई। लीग और काँग्रेस की यह एकता ब्रिटिश हुकूमत की नीति के बिल्कुल विपरीत थी। 'नवाब सर हारकर्ट बटलर ने राजा साहब पर ज़ोर डालकर, उन्हें कांग्रेस की अध्यक्षता स्वीकार करने से रोक लिया। राष्ट्रीय राजनीति से अलग करने के मक़सद से महाराजा और सर का ख़िताब दिलवाया और यू.पी. गवर्नमेंट का होम मिम्बर नियुक्त कर दिया। यानी तुर्की टोपी से, अंग्रेज़ी हैट फिर जीत गया।

जब जोशीली राजनीति न रही, मामूजान महाराजा साहब के पोलिटिकल सेक्रेटरी रहकर क्या करते। सर हारकर्ट, महाराजा की नाक का बाल था। ख़ास तौर पर उस वक़्त उनको ख़ुश करने के लिए, वह जो कहते कर देता लेकिन मामूजान ने आदत के अनुसार, किसी तरह की सिफ़ारिश हासिल नहीं की। महाराजा अली मोहम्मद ख़ाँ ने 1914 ई. में, यूपी गवर्नमेंट से उनकी सेवाएँ

उधार ली थीं, ज़ाब्ते के मुताबिक़ 1918 ई. के आख़िर में, यूपी सिविल सर्विस में शामिल होकर, सुलतानपुर डिप्टी कलेक्टरी का चार्ज ले लिया।

मुमानीजान उनकी इस सादगी और संतों जैसी प्रकृति और तरक़्क़ी के लिए दौड़ भाग न करने की आदत से, एक बार फिर परेशान हुईं। सुलतानपुर पहुँचकर, स्वर्गीय भाई की याद में एक उपन्यास लिखना शुरू कर दिया, जो 'हिरमाँ नसीब' के शीर्षक से लोकप्रिय हुआ।[1]

लाहौर
23 अगस्त 1919 ई.

मेरी प्यारी फूफी! तस्लीम।

खाने के बाद से आपकी तस्नीफ़ (रचना) "भाई की याद में" देख रहा हूँ। उसकी सादगी में इस क़दर दर्द और तासीर है कि कुछ हद नहीं। आपने उसे क़लम बर्दाश्ता (बहुत बेसब्री से) लिखा है मगर फिर भी ख़ूब लिखा। मैं आपकी इंशा पर्दाज़ी (निबन्ध लेखन) को तो हमेशा से मानता हूँ। मगर सच तो यह है कि इतनी उम्मीद न थी कि एक हिन्दुस्तानी औरत इतनी प्यारी चीज़ लिख सकती है और वह भी बग़ैर अंग्रेज़ी नाविलों का अध्ययन किये हुए।

(सारांश)
आपका भतीजा
इम्तियाज़[2]

---

1. सैयद उसमान हैदर साहब कराची से साभार।, 2. सैयद इम्तियाज़ अली ताज मरहूम।

फ़्लाइंग आफ़रीदी की वापसी

गुड ओल्ड मुरादाबाद पिकेडली सर्कस के ट्यूब स्टेशन से निकलकर ट्रेन अचानक सैयद बड़े, सैयद अड़े की दुनिया में वापस पहुँच गई। ख़ानबहादुर सैयद नज़रुल बाक़र रिज़वी फुर्ती से प्लेटफ़ार्म पर उतरे। क़ुलियों से सामान उठवा, फ़ुल बूट पर बेद खटखटाते बाहर आए। दो गाड़ियाँ कीं। एक पर केबिन ट्रंक लदवाए, दूसरी पर ख़ुद सवार हुए, बेटे और नवासों के लिए विलायती तोहफ़ों का संदूक़, सामने की सीट पर रखवा लिया।

गाड़ी चर्रख़चूँ करती, मुग़लपुरा अव्वल रवाना हुई। अपने मरियल घोड़े से भी ज़्यादा दुबला-पतला कोचवान, बाक़ायदा ऊँघ रहा था। दुनिया बदल गई उलट-पलट हो गई। अल्लाह का शुक्र है, मुरादाबाद ज्यों का त्यों है। घर वापस पहुँचने की जल्दी और ख़ुशी में खिड़की से सिर निकालकर आवाज़ दी, 'ज़रा तेज़ हंकाओ भाई मेरे।' कोचवान ने झुककर नवआगंतुक का बड़े ग़ौर से मुलाहिज़ा किया। इत्मीनान से जवाब दिया, 'मियाँ ज़रा दम लीजिए। क्या हवा के घोड़े पर सवार हैं।'

सच्चा जीवन दर्शन शायद यही था, जिससे मुरादाबाद वाले शताब्दियों से परिचित थे। मियाँ ज़रा छुरी तले दम लीजिए ऐसी भी क्या जल्दी है। जो होना है वह होता रहेगा, होकर रहेगा, बेसब्री से फ़ायदा?

टख़-टख़ चलती झिलमिलयों वाली बंद गाड़ी, मुग़लपुरा अव्वल के चौराहे पर पहुँचकर, गवर्नमेंट हाईस्कूल और मस्जिद रुस्तम ख़ाँ के बिल्कुल सामने, 'कोठी डिप्टी क़ायम अली' के सामने रुक गई।

गाड़ी से उतरते ही फाटक के एक स्तम्भ पर नज़र पड़ी, जो ज़रा तिरछा सा हो गया था। कोठी मरम्मत करने लायक़ है। वैसे मियाँ मुस्तफ़ा बाक़र, इसमें आकर कहाँ रहेंगे। इंशा अल्लाह दो साल बाद लंदन, फिर बैरिस्ट्री की प्रैक्टिस के लिए लाहौर।

आनन-फ़ानन में मोहल्ले में ख़बर पड़ गई। महलसरा से बुआ सूसन का लड़का छुटवा दौड़ा आया। मिनटों में अज़ीज़ रिश्तेदारों का मजमा लग गया। दुआ सलाम के बाद, चुपचाप सब मिलकर गाड़ियों से सामान उतरवाने में बुरी तरह व्यस्त हो गये।

'मियाँ आपने तो लिखा था, परसों के पल्ले दिन आवेंगे।' छुटवा ने कहा।

'हाँ बेटे तीन रोज़ पहले ही पहुँच गये और बन्दा-ए-ख़ुदा! मियाँ मुस्तफ़ा बाक़र हमसे मिलने यहाँ आने वाले हैं। कोठी पर सफ़ेदी तो करा दी होती।'

सब चुप; ख़ानबहादुर साहब अपनी धुन में बेद खटखटाते हुए, महलसरा की दिशा में बढ़े। रास्ते में पुश्तैनी इमामबाड़ा नज़र पड़ा। ठिठक कर अंदर झाँका। अर्ध अंधकारमय हाल में मोहर्रम में दिखाई जाने वाली ज़रीहों[1] के नज़दीक, एक साया सा डोल रहा था।

उस परछाईं ने आहट पर नव आगंतुक को देखा, पलटकर जनाब अली अकबर के अलम के सामने रखा चाँदी का शमअदान रौशन किया। दोबारा मुड़कर गरजदार आवाज़ में कहा, 'अस्सलाम अलैकुम'।

'वाअलैकुम अस्सलाम! मिज़ाज शरीफ़? आप?'

'फ़िदवी को आग़ा मशहदी कहते हैं; इब्ने आग़ा कर्बलाई (पुत्र आग़ा कर्बलाई)'

'अख़्ख़ाह! आग़ा कर्बलाई, अल्लाह जन्नत नसीब करे, मरहूम बड़ी खूबियों के बुज़ुर्ग थे।'

'बूट उतार दीजिए, भाई साहब'

अचानक वह सियाहपोश अजनबी, आग़ा मशहदी पुत्र आग़ा कर्बलाई बहुत रहस्यमय मालूम हुआ। अब वह जनाब अली असग़र के सब्ज़ गहवारे के सामने शमअ रौशन कर रहा था। अचानक, जैसे कोई हिज़ मास्टर्स वॉइस फ़ोनोग्राम के रिकॉर्ड पर सूई रख दे; उसने एक प्राचीन आवाज़ में प्रोफ़ेशनल अंदाज़ से, ज़ियारत पढ़वाना शुरू कर दी। अस्सलाम अलैका या इब्ने रसूलुल्लाह।

1. मोहर्रम में दिखाई जाने वाले ताज़िये, अर्थात काल्पनिक क़ब्रें।

फिर उसी दबंग आवाज़ में आग़ा मशहदी पुत्र आग़ा कर्बलाई ने सूचित किया, 'भाई साहब, आपके फ़र्ज़न्दे अर्जुमंद (सम्माननीय पुत्र) मियाँ मुस्तफ़ा बाक़र मरहूम के चेहलुम पर इस इमामबाड़े में, उनकी रूह को सवाब पहुँचाने के लिए मजलिस करवाई जा चुकी है।'

मीर नज़रुल बाक़र मुरादाबाद में महीना भर टिके। नूर के तड़के (प्रभात में) बेद संभाल रामगंगा की ओर निकल जाते। कभी राह में ठिठककर कोठी मीर क़ायम अली की बाहरी दीवार की लखौरी ईंटों को, बेद की नोक से छूकर ज़ेरे लब (दबे होठों से) गिनने लगते।

मासूम अली, क़ायम अली, मज़हर अली, ज़हूर हसनैन, मुस्तफ़ा बाक़र। दरिया किनारे पहुँचकर, क़िला रूस्तमख़ाँ की जर्जर दीवार के साये में एक पत्थर पर बैठ जाते और चुपचाप नदी को देखते रहते। दोनों बेटियाँ नज़्र और सरवत सुलतानपुर से आ गई थीं। जिस रोज़ इन लड़कियों के साथ कोहाट सिधारने वाले थे, सुबह मुँह अँधेरे साहिल पर जाकर, अपने विशेष पत्थर पर बैठ गये। रामगंगा के किनारे मंदिरों में घण्टे बज रहे थे और शंख बजाया जा रहा था। विशाल नदी पर धुंध छायी हुई थी। यह दरिया कुमायूँ के नज़दीक बर्फ़पोश पहाड़ों से निकलकर, शेरों की कछारों के सामने से गुज़रता, दक्षिण पूर्व के हरे-भरे मैदानों की दिशा में रवाँ था।

मीर साहब ने वास्कट की जेब से निकाल कर, ज़ंजीर वाली गोल घड़ी पर नज़र डाली और उठे। गीली रेत पर बने अपने बूटों के निशानों पर वापस चलना शुरू किया। इन निशानों को बेद की नोक से छूते और गिनते गये। सियालकोट, मीराँशाह, वज़ीरिस्तान, पेशावर, नौशहरा, कोहाट में बाग़ और डिपो[1] ख़ुद बनवाया था। सरो के दरख़्त लगवाए। बाग़ में ठंडे और मीठे पानी का चश्मा (झरना) बहता हुआ गिरता।

क़दमों के निशान गिनते हुए आगे बढ़ते गये। चीन, बर्मा, दक्षिण अफ़्रीका, इराक़, मिस्र, फ़्रांस, इंग्लिस्तान, ऐश, वियोग, इज़्ज़त, दौलत।

1. कोहाट, पाकिस्तान में यह बाग़ और डिपो आज तक मौजूद है।

दौलत? जनाब अमीर ने कहा था, 'ख़ुदा की क़सम, दुनिया मेरे नज़दीक़ बकरी की छींक से भी तुच्छ है।'

एकाएक सामने से कुँअर नरेश प्रसाद आते दिखाई दिये। शिवालय में आरती के बाद माथे पर तिलक लगवा, होंठों पर श्लोकों का पाठ करते साहिल की रेत पर ख़रामाँ-ख़रामाँ (शान से) चले आते थे। नज़दीक पहुँचे, पुरानी हिन्दुस्तानी संस्कृति के पले बढ़े दोनों साहेबान झुक-झुककर आदाब बजा लाए। कुँअर साहब ने उदासी भरी आवाज़ में पूछा, 'मीर साहब कल हमने अख़बार नैयरे आज़म में पढ़ा, हुकूमते हिन्द ने जंगी सेवाओं के इनाम के तौर पर, आपको पंजाब के अंदर कई मुरब्बा ज़मीन पेश की है। मगर आपने वापस कर दी। लिखा है, आपने फ़रमाया कि मेरा इकलौता बेटा मर गया। मैं मुरब्बे लेकर क्या करूंगा।

'यह ख़बर दुरुस्त है?'
'जी हाँ, कुँअर साहब, बकरी की छींक।'
'जी?'

'बकरी की छींक भाई साहब' और चीनियों की तरह शिष्टतावश आस्तीनों में हाथ देकर झुके। कुँअर साहब ने और चिंता से उन्हें देखा।

कोहाट 29 दिसम्बर 1918 ई.

अस्सलाम अलैकुम! आपके दोस्त फुलाँ ने जो सिफ़ारिश चाही है, उसके बारे में पापा को सख़्त अफ़सोस है, वर्ना पापा कमी करने वाले नहीं। ग़ैरों को नौकर करवाया है, यहाँ आए तो जनरल नया था। जब तक कई बार मुलाक़ात होकर दोस्ती न हो जाए, किसी दूसरे सूबे के विद्यार्थी के लिए, जिसे जनरल न जानता हो कैसे सिफ़ारिशी ख़त लिख सकता है।

शुरू दिसम्बर में ...का ख़त पापा के नाम आया कि एक ख़त जनरल से लिखवाकर, लेफ़्टिनेंट गवर्नर पंजाब के पास से जाइए, मुझे अपना गोद लिया हुआ (ले पालक) बताइये और कहिए कि मैं बूढ़ा हूँ। एक बेटा था, वह मर गया;

अब यह मेरा बेटा है, इसे ज़रूर डिप्टी कलेक्टरी दो, युद्ध में मेरी सेवाओं के बदले में। ख़ैर! पापा यह सब भी कर लेते मगर इधर वह व्यस्त, उधर जनरल दौरे पर। बारह दिसम्बर की तारीख़ निकल गई।

दिल्ली का सफ़र कैसा रहा? ढाई दिन में किसी जलसे में तो न जा सके होंगे। कांग्रेस और लीग से तो अब आप अलग हैं। कौन-कौन दोस्त मिला? मिस्टर जिन्नाह, मिसेज़ नायडू, अतिया फ़ैज़ी से मिलना हुआ? आजकल तो इनामुलहक़, मुश्ताक़ ज़ाहिदी, अबू मोहम्मद, शाहिद हुसैन, वज़ीर हुसैन, सब का दिल्ली में जमघट होगा और आपके चहीते दोस्त फ़ुलाँ, ख़ूब मोती जान का मुजरा सुनने जाते होंगे। सब हाल लिखिए ज़रा-ज़रा गुले राना अच्छी है। नहटौर का लिखिये ख़दीजा की शादी कैसी रही? पापा, बन्नो और अफ़ज़ल के निकाह की तारीख़ तय करने की फ़िक्र में हैं।

खाक़सार

नज़्र

हिकाय्या-ए-लैला मजनूँ
(लैला मजनूँ की कहानी)

मीर नज़रुल बाक़र के इकलौते भांजे, मीर अफ़ज़ल अली ने स्काच मिशन कॉलेज सियालकोट से एफ.ए. और फ़ोर मेन क्रिश्चियन कॉलेज लाहौर से बी.ए. किया था। बहनोई की शैली से बेहद प्रभावित थे और मख़ज़न में लेख लिखा करते थे।

'मता-ए-हयाते लैला[1] तुम्हें याद होगा, पिछले साल जब अल्लाह तआला ने मुझे बी.ए. में कामयाब फ़रमाकर, तुम्हारे वालिद बुज़ुर्गवार से सुर्ख़रू (सम्मानित) किया था, मैंने बड़ी मन्नतों के साथ तुम्हारे और अपने आदरणीय बुज़ुर्ग की सेवा में एक दरख़्वास्त दी थी, जिसका जवाब युद्ध के किसी दूर-दराज़ अंग्रेज़ी मोर्चे से, मेरी आशाओं के महल पर किसी बम की तरह गिरा था। क्योंकि उसमें लिखा था कि सरकारे-अबद क़रार (हमेशा रहने वाली अंग्रेज़ी हुकूमत) का हक़्क़े नमक (नमक हलाली) हमें मजबूर करता है कि जंग के ख़त्म होने तक, अपनी जान हथेली पर रखे, ग़नीम-रू-सियाह (दुश्मन) के मुकाबले पर अड़े रहें।

ख़ूनख़राबे और युद्ध की हालत से मालूम होता है कि जल्दी ही कामयाबी और जीत का फ़रमान फ़ैसला, अल्लाह के दरबार से हमारे शहंशाहे जमजाह (जमशेद बादशाह जैसा मान रखने वाले शहनशाह) के नाम सादिर (जारी) होने वाला है। बस तुम अक़्लो-होश को क़ायम रखकर, फ़र्मांबरदार (आज्ञाकारी) बच्चे की तरह कॉलेज में दाख़िल हो जाओ और हमारे वापस आने तक एम.ए. की उच्च उपाधि प्राप्त कर लो।

यहाँ तक लिख सका था कि चिक़ उठी, मेरे उसूली दुश्मन, मोहब्बत के जज़्बों से ना-आशना (अनभिज्ञ) मज़हबी जोशोख़रोश के तंग दायरे में घिरा हुआ, अपने सम्प्रदाय को जन्नती और बाक़ी तमाम दुनिया को नरक का ईंधन समझने वाले, खाँसते खंकारते कमरे में आ दाख़िल हुए। सलाम अलैकुम कहकर धम से कुर्सी पर गिर पड़े।

1. 'पयामे क़ैस' लेखक मीर अफ़ज़ल अली 'मख़ज़न लाहौर में छपा।

क़ैसः फ़रमाइए हाजी साहब आपकी तो असलियत ही बदल गई। अभी एक महीना हुआ दर्शन हुए थे तो यह नूरानी चेहरा इस घास फूस से पाक था।

हाजी जोशफ :ख़ुदा से डरो। शरीयत में हँसी ठठ्ठा करते हो। अभी कुछ ही दिन पहले हमारे गाँव की एक नाबालिग़ लड़की को पादरियों ने ईसाई कर लिया। इस घटना से इतना प्रभावित हुआ हूँ कि कर्मों से व सूरत से मुसलमान बनने का तहय्या (निश्चय) कर लिया है।

क़ैस : जज़ाकल्लाह! (अल्लाह तुम्हें इसका नेक बदला दे) शक्ल से तो माशाअल्लाह मुजाहिदीन के वर्ग में शामिल मालूम होते हैं लेकिन आमाल (कर्मों) में भी तब्दीली हुई?

हाजी जोशफ़ : अरे मियाँ दिन भर दुकान में जान खपाता हूँ। नमाज़ बाजमाअत नहीं हो सकती। अकेले पढ़ने में वह मज़ेदारी कहाँ! देखो, आहिस्ता-आहिस्ता पाबन्द हो जाऊँगा। चलो आज अहले हदीस और शियों का 'ख़िलाफ़त' के 'मअरके' के मसअले (मुद्दे) पर मुबाहिसा (तर्क वितर्क) होगा। जनाब मौलवी साहब हमारी तरफ़ से बोलेंगे।

क़ैस : मैं तर्क वितर्क का उसूली तौर से विरोधी हूँ और ख़िलाफ़त का मुद्दा इतना मामूली झगड़ा है कि उसमें समय खपाना बेनतीजा है। ख़लीफ़ा, नबियों पैग़म्बरों की तरह अल्लाह के नियुक्त किये हुए नहीं, सिर्फ़ नवजात मज़हब के प्रबन्धन और बन्दोबस्त का सिलसिला क़ायम रखने के लिए, ख़िलाफ़त क़ायम होती रही है। तेरह सौ साल बाद आने वाली नस्लों पर, अतीत के धार्मिक नेतृत्व का इक़रार या इनकार क्या प्रभाव डाल सकता है।

हाजी जोशफ़ : कॉलेज की तालीम ने आपको इस्लाम से बहुत दूर कर दिया है। लो जी, अगर आज हम अपने मशहूर बुजुर्गों की इज़्ज़त और सम्मान पर जानें न लड़ा दें तो कल को क़यामत में अल्लाह को क्या मुँह दिखाएंगे। अच्छा अगर आप नहीं चलते तो बन्दे का सलाम है।

'हाँ, मैं क्या लिख रहा था। मेरे सारे ख़यालात छिन्न-भिन्न कर दिए। बस हुक्म की वजह से कॉलेज में दाख़िल हो गया हूँ।।

'ऐ लो एक और मुसीबत आई (पहले चग़ताई और उनके बाद एक और सहपाठी 'मज़हरुल इस्लाम'[1] होस्टल के कमरे में दाख़िल होते हैं।)

मज़हरुल इस्लाम : सुनो, आज हम एक ख़ास नेकी के इरादे से तुम्हारे पास आए हैं। देखो तुम दुनिया में बिल्कुल अकेले हो। "सहरा नवर्द" तुम्हारी उपाधि है। हर वक़्त की तन्हाई, तुम्हें ज़्यादा मजनूँ बना रही है। आओ हमारे सिलसिले में शामिल हो जाओ। मेरे पीर से बैअत कर लो (अर्थात् अनुयायी बन जाओ), एक बड़ी मज़बूत बिरादरी मुयस्सर आ जाएगी। आख़िरत के लिए भी कुछ जमा कर लोगे।

क़ैस : सुनो हज़रत, मैं इस्लाम को एक वैश्विक (Universal) मज़हब समझता हूँ। आप लोग इसके दायरे को एक बिन्दु से ज़्यादा विस्तार नहीं दे सकते। (वग़ैरह-वग़ैरह)।

पतरस और इम्तियाज़ अली ताज गवर्नमेंट कॉलेज में पढ़ रहे थे। इनामुल्लाह शाह के नाम, क़ैस ने 'जहन्नुम से ख़त'[2] भेजा और 'जवानामर्ग' के शीर्षक से 'बलाग़तुल्लाह' की फ़र्ज़ी मौत पर फ़लसफ़ियाना मूशिगाफ़ियाँ (दार्शनिक तर्क वितर्क) और मज़ेदार छेड़छाड़ की।

'बलाग़तुल्लाह फ़ितरी (प्राकृतिक) तौर से लोगों में उठने बैठने वाला सिद्ध हुआ था ...उसका तेज़ दिमाग़ कभी किसी समस्या को समझने से आजिज़ (लाचार) नहीं हुआ। मुख़ालिफ़ों में उसे हर आदमी, अपनी रुचि का समझता था। ...दोस्तों पर जान कुरबान करना, उसकी ज़िन्दगी का बेहतरीन पहलू था। ...उसकी पैदाइश ऐसे घराने में हुई, जहाँ उसे होश संभालते ही ज्ञानवर्धक क्रियाकलापों में ख़ुद को फ़ना करने की शिक्षा मिलनी शुरू हो गई थी... उसके चचा[3]

1. 'मज़हरुल इस्लाम के पर्दे में मिर्ज़ा बशीरुद्दीन महमूद अहमद बोल रहे हैं, जो मीर अफ़ज़ल अली के सहपाठी थे और बाद में ख़लीफ़ा सानी (द्वितीय उत्तराधिकारी) अहमदिया मत के बने।,
2. यह लेख 'उर्दू का बेहतरीन इंशाइया अदब' (मकतब जदीद, लाहौर, 1964 ई.) में शामिल है।,
3. शमसुल उलमा मीर हसन सियालकोट (देखिए अध्याय पाँच 'ऐशबाग़')।

हिन्दुस्तान के बहुत बड़े उलमा (विद्वानों) में गिने जाते थे। उस जान हार ने जब आँखें खोलीं तो पहली नज़र फ़िक़ा और हदीस की बड़ी-बड़ी किताबों पर पड़ी। अब वह बजाय खिलौनों के, किताबों के, शीराज़े (फ़ीते) तोड़-फोड़ कर अपना जी ख़ुश कर लिया करता था।

...वह मरहूम तो जो कुछ अपने चचा से ज्ञान की संगोष्ठियों में सुना करता था, जब तक हमजोलियों को सुनाकर अपना मुरीद (अनुयायी) न कर ले, शाइर जैसे इल्क़ाई पैग़ाम्बर की तरह बेक़रार रहा करता था।[1] ...बालिग़ होने पर वह एक ज़माने तक अपने शोध के बल पर, अपने अल्लामा-ए-रोज़गार चचा से भी मुनहरिफ़ (विमुख) रह चुका था।

...अब वह फिर तर्क वितर्क की गोष्ठियों में अपने चचा का दस्तो-बाज़ू (सहायक) बन गया। आह! बिल्कुल उस वक़्त जबकि उसके चचा ने जान तोड़ कोशिश से, उसे इस्लामी धर्म प्रचारक और अपना नायब और उत्तराधिकारी[2] बना लिया था, मौत के नाशनास हाथ ने उसके चचा को रूहानी फ़रज़न्द (आत्मीय पुत्र) और दोस्तों को जाँनिसार यार से हमेशा के लिए महरूम कर दिया।

'मुझे डर है कि यह पंक्तियाँ पढ़ने वाले मेरे बयान से कहीं मरहूम को कठमुल्ला न समझ लें। अल्लाह, अल्लाह, वह तो सिर्फ़ उसकी धार्मिक जिज्ञासा थी। वर्ना वह जीवन के किसी क्षेत्र में असफल नहीं रहा। ...सब से ज़्यादा तल्लीनता, उससे प्रेम यानी इश्क़ के चिंतन में ज़ाहिर होती थी। एक दिन बड़ी निराशा के लहजे में कहने लगा। हिन्दुस्तान में रहकर कामयाब इश्क़ असम्भव है।'[3]

सैयद इनामुल्लाह शाह ने मैट्रिक से आगे पढ़कर न दिया लेकिन बला के ज़हीन (बुद्धिमान) थे। मीर अफ़ज़ल अली के दूसरे दोस्त शमशाद हुसैन, विश्व युद्ध की समाप्ति पर आई.सी.एस. नामज़द हुए। 1930 ई.

---

1. जिस तरह कवि अपनी कविता सुनाने के लिए बेचैन रहता है।, 2. 'बलाग़तुल्लाह' एक यौगिक पात्र है क्योंकि इसमें इनामुल्लाह शाह के अलावा मिर्ज़ा बशीरुद्दीन महमूद की झलक भी प्रकट होती है।, 3. सार 'तख़य्युलात' से लिया गया। नौजवान लेखक ने इसकी एक कॉपी मालिक राम को भी दी थी।

में ज़िला भागलपुर में शिकार खेलते हुए, इत्तेफ़ाक़िया बन्दूक़ की गोली के शिकार हुए। उनकी एक बेटी बद्र बाद में लेडी ज़फ़रूल्लाह बनी। शमशाद हुसैन इनामुल्लाह, चौधरी ज़फ़रुल्लाह ख़ाँ, ये सब नौजवान पक्के अहमदी (अहमदिया सम्प्रदाय के) थे। मीर अफ़ज़ल अली उन सबके साथ, मिर्ज़ा बशीरुद्दीन महमूद के घर छुट्टियाँ बिताने अक्सर क़ादियान जाया करते। 'तख़य्युलात' के सारे निबन्ध उन्होंने अपनी छात्रावस्था में लिखे।

मीर अफ़ज़ल अली ने महमूद ग़ज़नवी पर निबन्ध लिखकर, एफ़.सी. कॉलेज से फर्स्ट डिवीज़न में एम.ए. किया। 1914 ई. में इनके मामू मीर नज़रुल बाक़र के जंग के मोर्चे पर जाने के तुरन्त बाद, उनके पिता मीर फ़ज़्ल अली अचानक चल बसे। कॉलेज छोड़ते ही रोज़ी-रोटी की तलाश में लग गये। चौधरी ज़फ़रुल्लाह के आग्रह पर सरकारी अख़बार 'हक़' के हेड अनुवादक की जगह के लिए दरख़्वास्त दी। यह अख़बार पंजाब सरकार ने युद्ध के प्रोपैगण्डे के लिए जारी किया था। नियुक्ति के पत्र में इन्हें सहायक अनुवादक की नौकरी के लिए आमंत्रित किया गया। पता लगा हेड ट्राँस्लेटर के लिए हकीम अहमद शुजा ने दरख़्वास्त दी थी। वह ले लिए गए। अफ़ज़ल अली बहुत दुःखी हुए। चौधरी ज़फ़रुल्लाह के समझाने से सहायक अनुवादक की नौकरी कर ली।

छह माह के पश्चात हकीम अहमद शुजा ने इस्तीफ़ा दे दिया, अफ़ज़ल अली प्रधान अनुवादक बन गए। "हक़" के अंग्रेज़ देखभाल करने वाले, मिस्टर कबडूल ने युद्ध की समाप्ति पर एक प्रमाणपत्र और मेडल थमाकर एक्स्ट्रा असिस्टेंट कमिश्नर नमज़द करवा दिया। डिप्टी कलेक्टरी उत्तरी भारत के नौजवानों की नीलमपरी थी। (इक़बाल ने 1901 ई० में एक्स्ट्रा असिस्टेंट कमिश्नर की परीक्षा दी थी।)

1920 ई० में पंजाब गवर्नमेंट ने अफ़ज़ल अली की इनकम टेक्स अफ़सर की हैसियत से रोहतक में नियुक्ति की। भाई क़ैस 'तख़य्युलात' सहित सरकारी फ़ाइलों के जंगल में हमेशा के लिए खो गए। फ़र-फ़र अंग्रेज़ी बोलती 'लैला' ने मिसेज़ अफ़ज़ल अली का रुप धारण कर घर संभाला। माँ अकबरी बेगम और दादी अशरफ़जहाँ साथ रहने के लिए रोहतक आ गयीं।

कहाँ तक जीतीं नानी, बहुत जी लीं। बेटे तफ़ज़्ज़ुल अली, फ़ज़ल अली, बेटियाँ मुस्तफ़ाई, मुर्तज़ाई, नाती मुस्तफ़ा बाक़र, भांजे ज़हूर हसनैन, पड़नाती जव्वाद हैदर इतने जनो की भत्ती उन्होंने खाई। 1857 ई० में चौकुआँ मुरादाबाद पर गोरों का आक्रमण उन्होंने देखा। 1920 ई० में जब अल्लह के घर सिधारीं रोहतक में कोठी के बाहर सड़क पर काँग्रेस और ख़िलाफ़त वालों का जुलूस उन्हीं गोरों की औलाद के ख़िलाफ़ नारे लगाते हुए जा रहा था।

आख़िर वक़्त में सुना है नानी अशरफ़जहाँ का बिल्कुल ही दिमाग़ चल गया था। मगर क्या पता उनका ही दिमाग़ बिल्कुल सही रहा हो। दुनिया ही बावली थी। मरने से पहले घर वालों को सचेत करती गयीं, "बीबी! दुनिया के किसी देस में निगोड़े हिन्दुस्तान के अलावा फूट नाम का फल पैदा ना होता। मैं कहे दूँ हूँ, यह हिन्दू-मुसलमान आज भाई-भाई का हुल्लड़ मचा रहे हैं। कोई दिन जाता है, यही निःबख़्ते आपस में कटे मरेंगे, देख लीजो।'

मसनवी माड़े नामा

मोहल्ला सादात सैदरी नहटौर में यह सामने को दरबारे-उज़्ज़ाम का महल ना खड़ा है। अब से दूर ग़दर 57 ई. में बारह टोपी वालों ने, इसमें 'आज़ाद हुकूमत क़ायम करी थी। सद्र मीराँ इम्तियाज़ अली, वज़ीरे-मालियात (आर्थिक मामलों के मंत्री) समझो क़ाज़ी शब्बू वज़ीरे-ख़ज़ाना चौधरी अनूप सिंह और वज़ीरेदिफ़ा (रक्षा मंत्री) इनायत हुसैन यह साहब पेशावरी पठान थे, खूँख़्वार, बीस गज़ घेर की शलवार, तबाहकुन मूँछें। तो बुआ इस फ़्री नहटौर गवर्नमेंट ने ग्यारह महीने तलक, गाँवों से मालगुज़ारी वसूल करी।

दरबारे-उज़्ज़ाम के सैहन में अदालत लगती। बाहर से फाटक पर कैथ के पेड़ की शाख़ पर यह मोटा रस्सा लटका दिया गया था। बाराटोपी वाले जिंस शामत के मारे को चाहते, फ़िरंगी का जासूस क़रार देकर फाँसी दे देते। बावन बरस उधर की मीरख़ानी गर्दी से बदतर समाँ था। ऊपर से आ पहुँचा शेरकोट का माड़े ख़ाँ, हिन्दू-मुसलमान में तलवार चल गई।

22 अगस्त 1857 ई. मिस्टर जार्ज पामर जेन्ट (ज्वाइंट) मैजिस्ट्रेट बिजनौर ने मीराँ इम्तियाज़ अली व दूसरे नहटौर और नगीने के रईसों को शुक्क़ा (ख़त) भेजा, "मालूम होता है, माबैन (बीच में) क़ौमे मुसलमानान व क़ौमे हुनूद-ए-(हिन्दुओं की क़ौम) शहर, तुम्हारे में अंदेशा फ़साद होने का है, इस वास्ते सरकारी फ़ौज अनक़रीब (जल्द ही) वास्ते बन्दोबस्त के भेजी जाती है।"

फ़िरंगियों ने अपने इलाक़ों में जगह-जगह 'डाक बंगले' बनवाए थे, जहाँ डाकगाड़ियाँ ठहरकर आगे चलती थीं। ग़दर की वजह से ख़बर पहुँचाने का सारा इंतिज़ाम दरहम-बरहम हो गया था। पूछो, जेन्ट साहब को हिन्दू-मुस्लिम झगड़े की इत्तिला पहले ही से कैसे हो गयी। क्या वही (अल्लाह का संदेश) आती थी उन पर?

ख़ैर जी, यह तो सब समझने बूझने की बातें हैं। जब हरकारा वह ख़त लेकर नहटौर दाख़िल हुआ, मीराँ इम्तियाज़ अली उस वक़्त बारा

टोपी वालों के सरग़ना बने, दनदनाते फिर रहे थे। उन्होंने हरकारे को मार भगाया। नवाब महमूद ख़ाँ के कमाण्डर माड़े खाँ दरबारे-उज्ज़ाम में मेहमान थे। पिलखनों के नीचे लश्कर की देग़ें खड़क रही थीं। मोहल्ले का बच्चा-बच्चा ओपची बना (ज़िरह-बक्तर पहने) फिरे था।

अब सुनो, कि जब ख़्वाजा साबिर (रह.) कलियर वाले की दरगाह पर, मुसलमान हस्बेमामूल (यथानुसार) सिर धुन रहा था, कुछ फ़ासले पर रुड़की में फ़िरंगी इंजीनियरिंग कॉलेज स्थापित कर चुके थे और उनका गढ़ कप्तान आबपाशी (सिंचाई) की नहरें खुदवा रहा था। नहटौर की गाँगन नदी से भी नहर निकाली गयी और कायस्थ और बंगाली ओवरसियरों की निगरानी में पुल बाँधा जाने लगा। पुल भी अधूरा था कि ग़दर शुरू हो गया। गाँगन किनारे पीडब्लूडी की ईंटों का ढेर पड़ा हुआ था। माड़े ख़ाँ वह सारा ढेर मोहल्ला सादात उठवा लाए। क़िलाबन्दी करी और एक अदद तोप दरबारे-उज़्ज़ाम के फाटक पर लगा, लगे मूँछों को ताव देने।

माड़े ख़ाँ ज़िला बिजनौर के कई मोर्चों पर, इंग्लिश फ़ौजों के ख़िलाफ़ भी ख़ूब लड़े। उनकी शान में मसनवी माड़े नामा लिखी गई, जो नहटौरियों को बहुत दिनों तक ज़बानी याद रही, उसका एक शे'र था -

वह ऐसा लड़ा दर सफ़े-कारज़ार
कि रुस्तम लड़ा और न अस्फ़ंदयार

(वह युद्ध में ऐसा लड़ा कि रुस्तम और अस्फ़ंदयार भी न लड़ा होगा)

1857 ई. की 'जंगे आज़ादी' का हश्र जो हुआ, सो हुआ मगर गाँगन के अधूरे पुल की बाक़ी बची ईंटों से, कुछ आज़ादी के मतवालों ने अपने लिए एक दो मकान ज़रूर बनवा लिए।

अब दोबारा आइए 1919 ई. की तरफ़ को। कहने लगे इश्क़ की जन्तरी में और ज़माने भी हैं। तो सुनिए, 1256 ई. बग़दाद की पराजय, 1492 ई. अन्दलस (स्पेन) की बर्बादी, 1857 ई. मुग़लों का पतन। उन दुर्घटनाओं की तरह, 1919 ई. में उसमानिया एम्पायर की समाप्ति भी, मुसलमानों के लिए

एक दुःखद Traumatic घटना सिद्ध हुई, जिसने अलीगढ़ और आक्सफोर्ड के मिस्टर मोहम्मद अली को मौलाना बना, चान्द तारे की टोपी और फ़रग़ल पहना, हिन्दुस्तानी मुसलमानों के पहले अवामी लीडर की हैसियत बख़्श दी।'

वह भी ऐसा लड़ा दर सफ़े कारज़ार (युद्ध की पंक्तियों में ऐसा लड़ा)। लेकिन तलवार की जगह तक़रीर; क्योंकि हिन्दुस्तानी निहत्थे किये जा चुके थे। यह बड़े रंज ग़म का ज़माना था, जिसमें अतीत के सारे दुर्भाग्य वर्तमान की वेदना से नत्थी होकर, एक लम्बी दुःखभरी कविता बन गये थे।

दिल्ली में बूढ़े ग़रीबी से ग्रस्त मुग़ल शहज़ादे सफ़ेद बुर्राक़ दाढ़ी, सुर्ख़ व सफ़ेद नूरानी चेहरा, सिर पर चौकोर हरे रंग की टोपी, साल के साल मोहर्रम की दसवीं तारीख़ की सुबह (जो इमाम हुसैन के शहीद होने का दिन है), स्वयं रचित मर्सिया जिगर के टुकड़े कर देने वाले अंदाज़ से पढ़ने के बाद, सुनने वालों से दरख़्वास्त करते, 'भाईयों मैं किस ख़ानदान का नाम लेवा हूँ। मेरे बुज़ुर्गों के लिए बख़्शिश (मुक्ति) की दुआ और मेरे लिए ख़ैर की दुआ करना।'

शहज़ादे के यह अलफ़ाज़ सुनकर, मजलिस में उपस्थित लोग (जिसमें पुरानी दिल्ली के कुलीन हिन्दू भी, अच्छी ख़ासी तादाद में शरीक होते थे) ज़ारो-क़ितार रोते।

लेकिन न भूलना कि नानी अशरफ़जहाँ मरहूमा के कथनानुसार, फूट नाम का फल भी सिर्फ़ इसी देश में पैदा होवे है। राजनैतिक, थ्योरिकल, कन्फ़्यूज़न, तकरार, आपस में फूट, अमाँ दूर क्यों जाओ हो 1857 ई. में ख़ुद तुम्हारे बिजनौर के अन्दर, हिन्दू-मुस्लिम बाग़ियों में कम जूता चला? क़स्बे के क़स्बे मलियामेट हो गये। और वहीं पर अस्रे रवाँ (मौजूदा ज़माने) का यह नक़शा हैगा कि मंडावर, शेरकोट, चान्दपुर, ताजपुर, धामपुर, स्योहारा, नगीना, नहटौर के सारे हिन्दू-मुसलमान सूरमा, ज़्यादा से ज़्यादा सरकारी पद हासिल करने की दौड़ में, सिर गाड़ी पैर पहिया किये दे रहे हैं।

राजा साहब ताजपुर ने तो सन् सत्तावन के बाद, इतनी वफ़ादारी दिखाई कि ख़ुद ही क्रिस्टान (क्रिश्चियन) हो गये। उनके पोते ने हाल ही में दो गाँव

एक दिन में बेचकर के, नैनीताल में गवर्नर की ज़बर्दस्त दावत करी ताकि उसकी लड़की के साथ रक़्स (नृत्य) फ़रमा सके। कुजा अस्त फ़िक्रे हकीमे व राए बरहमने (कहाँ है विद्वान का चिंतन और ब्राह्मण की सलाह) कहने लगे।

ग़ज़ियाने-सादाते-नहटौर (नहटौर के सैयद सेनानियों) को भी सरकारी नौकरी शुभ हुई थी लेकिन 1920 ई. ने अजीब दृश्य दिखलाया। ख़ानबहादुर जलालुद्दीन हैदर मरहूम की कम उम्र नातिन फ़ातिमा ख़ातून, दर्जन भर ख़ानबहादुरों के मोहल्ला सादात सैदरी में घर-घर जाकर ख़िलाफ़त फ़ंड के लिए चंदा जमा कर रही थीं। मारे क़ौमपरस्ती के हिन्दी पढ़ रही थीं और उनकी चचाज़ाद, फूफीज़ाद, मामूज़ाद कुआँरी पर्दानशीं बहनें जुमे के जुमे घर के आँगन में जमा होकर, राजनैतिक जलसे और तक़रीरी मुक़ाबले करती थीं।

फ़ातिमा ख़ातून के बड़े भाई उसमान हैदर, मौलाना मोहम्मद अली के वालंटियर बन चुके थे। जब अली बंधुओं (अली बिरादरान), माताजी सहित दौरा करते नहटौर आए। औरतों ने अपने ज़ेवर उतारकर बी अम्मा के हवाले किये। 1857 ई. के ग़दर के दिनों की मशहूर दुआ, 'अंग्रेज़ों का इबादतख़ाना गिरजा' एक बार फिर दोहराई जाने लगी।

1920 ई. से कुछ बरस पहले का क़िस्सा सुनो; गर्मियों के मौसम में मुशीर हुसैन क़िदवाई, सैयद वज़ीर हसन, अली मोहम्मद ख़ाँ, राजा महमूदाबाद और सज्जाद हैदर इलाहाबाद में पंडित मोतीलाल नेहरू के यहाँ कुछ दिन के लिए गये। पहले दिन की बात है, शाम का वक़्त था लेकिन बाहर आग बरस रही थी।

नौजवान सज्जाद हैदर कांग्रेस-लीग एकता के सिलसिले में, राजा साहब महमूदाबाद की एक तक़रीर लिखने में व्यस्त थे। कमरे में उमस थी, इतने में मोतीलाल नेहरू का अल्पायु विलायत पलट बेटा संयोगवश कमरे में आया। बोला, अरे, आप इतनी गर्मी में बैठे हैं और बिजली का पंखा चलाकर बाहर चला गया। यह उसी तरह बैठे अपनी धुन में लिखते रहे। कुछ मिनट बाद एक नौकर आकर कमरे में लौंडर छिड़क गया।

सज्जाद हैदर ग़ुसलखाने में गये, उसे भी लौंडर से महकता पाया। रात को मुशीर हुसैन क़िदवाई ने कहा, मियाँ यहाँ तो ग़ुसलख़ाने भी फ़्रेंच लौंडर से महक रहे हैं।

फिर एकाएक उस सुगन्धित ऐश्वर्यगृह की हवा बदल गई। हवा के रुख़ भी बदलने लगे मगर पुरानी शैलियाँ और तौर तरीक़े न बदले। जवाहर लाल नेहरू, महाराजा महमूदाबाद को उनके अंतिम समय तक 'चचा' कहते रहे।

सर हारकर्ट बटलर ने जवाहरलाल को जेल भिजवाया, मगर पंडित मोतीलाल से दोस्ती का दम भरता रहा। दिसम्बर 1920 ई. में कांग्रेस का वार्षिक अधिवेशन नागपुर में हुआ। इक्कीस वर्षीय उसमान हैदर, मौलाना मोहम्मद अली के हमसफ़र थे, मोती लाल नेहरू, जवाहर लाल, मौलाना अबुल कलाम आज़ाद, उमर सुब्हानी, सरोजनी नायडू और मोती लाल नेहरू के भांजे, जिनका नाम शायद पंडित कैलाश नारायण था। एक रात तुआमे-शब (डिनर) पर सब मौजूद थे; बदलते हुए सियासी हालात की बात निकली। जवाहर लाल ने सरोजनी नायडू और मौलाना आज़ाद को सम्बोधित करके अचानक कहा, साहब! वज़्अदारी (बाँकपन) भी बड़ी चीज़ है।

पिछले दिनों मैं लखनऊ से इलाहाबाद जा रहा था। प्रतापगढ़[1] के स्टेशन पर सज्जाद हैदर साहब मिल गये। वह शायद सुलतानपुर जा रहे थे। स्टेशन पर मेरी वजह से ज़बर्दस्त हुजूम था। सज्जाद साहब दूसरे प्लेटफार्म पर थे। भीड़ के धक्के खाते तेज़-तेज़ चलते आकर बड़ी गर्मजोशी से मिले। मैंने कहा, जनाब मैजिस्ट्रेट साहब अब सी.आई.डी. आपकी मुख़बरी कर देगी। हँस कर फ़रमाया, 'देखा जाएगा।'

मेरा एक पुराना दोस्त आजकल प्रतापगढ़ का एस.पी. है। शायद मेरी वजह से पुलिस के इंतिज़ाम के लिए प्लेटफार्म पर मौजूद था। दूर से यह दृश्य देख रहा था। मेरी नज़र पड़ती तो फ़ौरन आड़ में हो जाता। सज्जाद साहब

---

1. यह घटना सम्भवतः जून 1920 ई. की है, जब अवध के किसान, जमींदारों के अत्याचारों के ख़िलाफ़ आक्रोश प्रकट करने के लिए मार्च करते इलाहाबाद गये थे और उसके बाद जवाहरलाल नेहरू ने प्रतापगढ़ और अवध के दूसरे ज़िलों का तूफ़ानी दौरा किया था।

की ट्रेन का समय तंग हो रहा था, वह ख़ुदा हाफ़िज़ कहकर, अपनी आदत के मुताबिक़ सिर झुकाए तेज़-तेज़ चलते पुल की ओर रवाना हो गये।[1]

यह राष्ट्रीय एकता व संघर्ष का सुनहरा दौर था लेकिन कब तक। एक बार फिर वही हुआ, जो बक्सर में, प्लासी में ख़ुद हमारे लोकल माड़े ख़ाँ के वक़्त में हुआ था। मरते वक़्त नानी अशरफ़जहाँ क्या ग़लत कह गयी थीं।

और जब बोलीं अम्मा मोहम्मद अली की, जान बेटा... तो बाद कुछ मुद्दत के हकीमुलउम्मत (अल्लमा इक़बाल) ने ललकार कर दरियाफ़्त किया।

नहीं तुझको तारीख़ से आगही क्या
खिलाफ़त की करने लगा तू गदाई?
ख़रीदें न जिसको हम अपने लहू से
मुसलमाँ को है नंग वह पादशाई

(क्या तुझे इतिहास की जानकारी नहीं जो तू बादशाहत के लिए भिखारी हुआ जाता है। हम जिसे अपने ख़ून से न ख़रीदें, वह बादशाही मुसलमान के लिए कलंक है।)

लहू के दरिया 1946 ई., 1947 ई. में बहने वाले थे लेकिन 1933 ई. में जब सैयद उसमान हैदर व महमूदा ख़ातून का गुज़र युरोशलम से हुआ। मस्जिद अक़सा के नज़दीक पहुँचे, जार-ज़ार रोना शुरू किया। एक परदेसी का मज़ार नज़र आया—

मुझको दयारे-ग़ैर (परदेस) में मारा वतन से दूर
रख ली मेरे ख़ुदा ने मेरी बेकसी की शर्म

ताजिक मूल का दास्तानगो रईसुल अहरार और सज्जाद हैदर के विद्यार्थी काल का क़िस्सा सुनाने, विक्टोरियन उर्दू उपन्यासकार के भेस में प्रकट हुआ था। दुर्घटनाओं और घटनाओं के अलाव के समाने बैठा यह पीरे जहाँदीदा

1. सैयद उसमान हैदर से साभार।

(संसार देखे हुए बुज़ुर्ग), जिसका दूसरा नाम वक़्त है, अब राजनैतिक टीकाकार यानी पोलिटिकल कमेंटेटर कहला रहा है।

ऐ नयी उर्दू के सरदारो, 1976 ई. आ पहुँचा। ज़माने के दश्ते-क़िपचाक़ में मुख़ालिफ़ हवाओं ने, श्रेष्ठ उर्दू को कब का तबाह, बर्बाद कर दिया लेकिन यह बूढ़ा तुर्कमानी ख़ुरासानी गली कूचों की ख़ाक छानने वाला यानी वीरान ख़ेमागाहों की राख कुरेद कर अपने रुबाब (वाद्य यंत्र) पर, जो कुछ सुनाना चाहता है, उसे ध्यान से सुनते रहो।

6
अध्याय

न सफ़ाहाँ न समरक़न्द

1969 ई. के बहार के मौसम में युनाइटेड रिपब्लिक तुर्कमानिया के शहर इश्क़ाबाद के हवाई अड्डे के छज्जे पर अंगोरों से लदी बेलें फैली हुई थीं और अंदर अंगोरों की बेलों से भरे हुए सहने-चमन की पटरियों पर क़बापोश[1] तुर्कमान और ताजिक लड़कियाँ मसरूफ़-ए-गुलगश्त (टहल रही) थीं। इमारत के ऊपरी बरामदे में ताजिक और तुर्कमान इंजीनियर और वैज्ञानिक औरतें और मर्द चीनी के गोल प्यालों में चाय पी रहे थे उस वक्त इस लेखक को एक नाक़ाबिले फ़रामोश (न भुला देने वाली) तस्वीर नज़र आई।

सुनसान सायबान की एक बेंच पर वह बैठा था। काली क़बा पहने हुए। सिर पर बहुत बड़ी क़राक़ली (क़राक़ली भेड़ के ऊन से बनी टोपी)। वह श्वेत केश वाला शानदार तुर्कमान बूढ़ा शाही अंदाज़ में बेंच पर ख़ामोश बैठा सामने सपाट मैदान और दूर तक फैले क्षितिज को देख रहा था और इश्क़ाबाद से न्युक्लियर साइंस के केन्द्र तिरमिज़ जाने वाले हवाई जहाज़ की प्रतीक्षा में था। वह रफ़ीउश्शान पुरशिकोह (ऊँची शान वाला रौबदार) तुर्कमान या ताजिक बुज़ुर्ग शायद जिसका नाम 'चमन ज़मीन ली' हो, उस ताजिक पीर मर्द (बुज़ुर्ग आदमी) के किसी चचा के बेटों में से था, जो आपको यह कहानी सुना रहा है।

शहर तिरमिज़ से बाहर आमू नदी पर चिंतन मनन की नाज़ुक कश्ती रवाना हुई। और बूढ़े क़िस्सा सुनाने वाले ने रुबाब उठाकर गाना शुरू किया।

नसीमे सहर सर्द है
और ताइरे फ़लक नग़मा ज़न है
दराज़ रेश
ईरानी
मुल्ला की अज़ान

1. आगे से खुला हुआ, एक भाँति का कोट पहने हुए।

और तुलूए आफ़ताब से
दाग़िस्तान मुनव्वर
घोड़े अपने आक़ाओं को देखकर ख़ुशी से हिनहिनाए
जंगजू (लड़ाकू) सरदार जमा हुए
उस वक़्त
क़राबोदाक़ ने[1]
क़ज़ीक़ ख़ोजा[2] से कहा
फ़तह की ख़ुशी में
तुम्हें एक क़िस्सा सुनाऊँ?[3]

(सुबह की हवा सर्द है
और आकाश पर पक्षी कुछ गा रहा है
लम्बी लटों वाले
ईरानी
मुल्ला की अज़ान
सूर्योदय से
दाग़िस्तान रौशन
घोड़े अपने मालिकों को देखकर ख़ुशी से हिनहिनाए
लड़ाकू सरदार जमा हो गये सब
उस वक़्त क़राबोदाक़ ने
क़ज़ीक़ ख़ोजा से कहा
जीत की ख़ुशी में
तुम्हें एक कहानी सुनाऊँ?)

सुनो मेरे ख़ाक़ान! क़ज़लक़ बे ने क्या क़िस्सा सुनाया[4]? आज से पौने बारह सौ वर्ष पहले की बात है। दमिश्क़ में बनू उमय्या के ख़लीफ़ाओं ने सैयदों (हज़रत अली के वंशजों) की जानें अज़ाब में डाल रखी थीं और वह भाग-भाग कर या अरब फ़ौजों के साथ, मारवराउन्नहर आ रहे थे और यहाँ रहकर

1,2. मध्य एशिया का कोई व्यक्ति।, 3. जियो फ्री लुइस दीदे क़ोरक़त नामा के हवाले से।, 4. मध्य युग की ओग़ोर 'दास्तान तराज़ी का अंदाज़।'

दूसरे अरबों के साथ मुल्क शाम (सीरिया) के जंगलों की याद में आहें भरते थे। तुर्किस्तान पर सौ साल से चीन का क़ब्ज़ा था और यहाँ पर तैनात चीनी अफ़सर और सिपाही अपने वतन की याद में आँसू बहाते थे।

एक नौजवान चीनी शाइर सीन शीन ने जो पूर्वी तुर्किस्तान के शहर तरफ़ान में तैनात था, लिखा :-

(ताजिक बूढ़े ने रुबाब छेड़ा)
अजनबी सरज़मीं
बर्फ़पोश (हिमाच्छदित) झील
जहाँ ख़ज़ाँ (पतझड़) में सिर्फ़ जंगली बत्तख़ें नज़र आती हैं
और गर्मियों में झींगुर नहीं गाते
मैं अपने देस से हज़ारों मील दूर हूँ
और इन तीन बरसों में कुछ भी नहीं हुआ
सर्द शिमाली (उत्तरी) हवाएँ
अक्तूबर का बर्फ़पाश (बर्फ़ छिड़कता हुआ) तातारी आसमान
अचानक
जैसे दफ़अतन (एकाएक) बादे बहारी (बसँत की हवा) चलने लगे और
हज़ार हा दरख़्तों पर नाशपाती के शिगूफ़े (कलियाँ) खिल उठें
शिमाल की हवा मसहरी के पर्दों में अपनी राह
तलाश करती है
और समूरी लिहाफ़ और फ़रग़ल
और ज़िरह बक्तर[1] सर्द हो जाते हैं।
सहराई (जंगली) झील के जंगले पर
बर्फ़ की झालर
आसमान पर मुनजमिद (जमे हुए)) सुर्मई बादल
जाने वाले मेहमानों को ख़ेमे (तम्बू) में
शराब पेश करके
हम बर्बत[2] और तिब्बती बाँसुरी बजाते हैं

1. लोहे के जालीदार वस्त्र जो युद्ध में पहनते हैं।, 2. एक वाद्ययंत्र।

उनके जाने के बाद राहें बर्फ से पट गईं
दूर नुक्कड़ पर एक संतरी
तने तनहा चट्टान की तरफ़ मुँह किये
दिन भर खड़ा रहता है
मेरे आँसू
मेरे घोड़े की अयाल पर टप-टप गिरते हैं
और तातारी रेत चेहरे को काटे डालती है
लेकिन एक नौजवान, बग़ैर दौलत कमाए
बग़ैर औहदे हासिल किये
सिर्फ़ सियाही की तख़्ती और मूक़लम (चित्रकार के ब्रुश) पर गुज़र नहीं कर सकता[1]

तुर्कों ने चीनी क़ब्ज़े से मुक्ति प्राप्त करने के लिए, समरकंद में तैनात अरब फ़ौजों से मदद की दरख़्वास्त की, 751 ई. में चीनियों पर अरबों की विजय के बाद, अरबों ने चीनी जंगी क़ैदियों से समरक़न्द में काग़ज़ बनाने का फ़न सीखा। और सुनो मेरे ख़ान! इस साधारण सी अप्रसिद्ध घटना से क्या नतीजा निकला? अरबों ने सारी दुनिया में काग़ज़ फैला दिए और सारे संसार में बड़े-बड़े स्कूल और पुस्तकालय स्थापित कर डाले। समरक़ंद, बुख़ारा ख़ेवा, ख़्वारज़्म, तिरमिज़, नीशापुर, इस्फ़हान, तबरेज़, बग़दाद, दमिश्क़, क़ाहिरा, दिल्ली, मुलतान।

क़रतबा, ग़र्नाता और सीक़लिया के विद्यालयों में पढ़कर, जब पश्चिमी यूरोप और इंग्लिस्तान के विद्यार्थी और शिक्षक वापस जाते, तभी शिक्षित समझे जाते। फिर ऐ मेरे ख़ाक़ान उन मदरसों और पुस्तकालयों में उल्लू बोलने लगे और जाहिलों की क़ौमों को शिक्षित करने के लिए, फ़िरंगी ख़ाने-आज़म ने अपने नये क़ब्ज़ा किये हुए इलाक़ों में नये मदरसे खुलवाए।

यह 1920 ई. है, चीनी शाइर सीन शीन और लम्बे बालों वाले ईरानी मुल्ला दोनों के मुलकों में हंगामे बरपा है। पश्चिमी तुर्क आग़ा पिट गये। हमारे

1. आर्थर वैली 'मंगोलों की ख़ुफ़िया तारीख़ (इतिहास)'।

तुर्किस्तान में सोवियत हुकूमत क़ायम हो रही है और इससे पहले कि मैं बुख़ारा के मदरसे मीर अरब का सनद याफ़्ता (प्रमाण पत्र प्राप्त) मख़्दूम ज़ादा अब्दुल रशीद तिरमिज़ी सोहरवर्दी, नक़्शबन्दी, कामरेड डॉक्टर ए. मख़्दूमोफ़ में तब्दील होकर, तुर्कमान एकेडमी ऑफ़ साइंसेज़ में शामिल हो जाऊँ, कुछ गीत और सुनते जाओ।

इस वक़्त क़राचल के उस पार हिन्दुस्तान में भी तहलका मचा हुआ है। सैयद अहमद ख़ाँ के मदरसे का एक हिन्दू बच्चा, काबुल में 'आज़ाद हिन्द' हुकूमत क़ायम कर चुका है। बहुत से हिन्दू बच्चे और मुसलमानज़ादे पैदल अफ़गानिस्तान, तुर्कमानिया व उज़बेकिस्तान के रास्ते, कामरेड लीनेन से मिलने मास्को की तरफ़ रवाँ हैं।

सब्ज़ाज़ारे-हिन्द (हिन्दुस्तान के हरे भरे क्षेत्र) में सैयद अहमद ख़ाँ के मदरसे को सफ़ेद 'ख़ाने-आज़म' यूनिवर्सिटी का दर्जा देने के हक़ में न था। आख़िरकार उसे यह रुतबा इस वर्ष मिला। हिन्दुस्तानी मुसलमान बड़ा ख़ुश है कि उसने न सफ़ाहाँ (इस्फ़हान), न समरक़न्द बल्कि नया आक्सफ़ोर्ड क़ायम कर लिया। लेकिन उसी बरस समय ने हालात इस तरह पलटे कि कुछ बुद्धिजीवियों ने उसी नये आक्सफ़ोर्ड के मुक़ाबले में, अपने दमादन्द पर अस्थाई लश्करगाह में एक और यूनिवर्सिटी क़ायम कर ली।

अब आगे सुनो ख़्वाजा ख़्वाजगान-ए-चमन ने ज़मीन ली, उसके बाद क्या होता है।

दूसरा काबा

17 दिसम्बर 1920 ई., आलिया हज़रत हर हाईनेस नवाब सुलतान जहाँ बेगम नवाब भोपाल, चांसलर, महाराजा सर अली मोहम्मद ख़ाँ ताल्लुकेदार महमूदाबाद, वाइस चांसलर और सैयद सज्जाद हैदर यलदरम मुस्लिम यूनिवर्सिटी के रजिस्ट्रार नियुक्त किये गये। सज्जाद हैदर की सेवाएँ यूपी गवर्नमेंट से ली गई थीं। यह साहब अलीगढ़ को दूसरा 'काबा' कहते थे। सुलतानपुर से वहाँ पहुँचकर, बड़ी गर्मजोशी और श्रद्धा से नई यूनिवर्सिटी की सेवा में व्यस्त हुए।

अलीगढ़ में तीन ख़सपोश बंगले बराबर-बराबर में बने थे, जिनमें वाइस चांसलर, प्रो. वाइस चांसलर और रजिस्ट्रार ठहर गये।

1921 ई. के अलीगढ़ में एक भी मुसलमान महिला बेनक़ाब न निकल सकती थी। मैंने और बाग़बानपुरा लाहौर की मियाँ फ़ैमिली की बेगम मोहम्मद शरीफ़[1] ने हिम्मत की। फिर नवाब मोहसिनुल मुल्क के भतीजे डॉक्टर हादी हसन, हैदराबाद से शादी करके लाए। हम तीनों ने मुखालिफ़त के तीरों की परवाह न की। शाम पड़े खेतों में टहलना शुरू किया। दिन में क़रीब की कोठियों में जाने लगे। पहले तीन-चार फिर दस-बारह बीबियाँ उसी हिम्मत की हो गयीं।[2]

ग़ैरमर्दों से बेपर्दा मुलाक़ातें। शायद मसूरी में 'हम लोग खाना खाने बैठे ही थे कि खिड़की में से पण्डित जवाहरलाल नेहरू ने झाँका और बोले', ओख़ोह, पुलाव की ख़ुश्बू बाहर तक आ रही है। वह और नौजवान दुल्हन कमला टहल कर आ रहे थे।[3]

अलीगढ़ में गाँधीजी, ख़्वाजा अब्दुलमजीद के यहाँ आकर ठहरे। आल इण्डिया ख़िलाफ़त कमेटी ने कड़ी मेहनत और कोशिशों के बाद जामिया मिल्लिया

1. मियाँ इफ़तिख़ारुद्दीन मरहूम की सास।, 2. और।, 3. 'रोज़नामचा' तहज़ीबे निसवाँ, लाहौर।

इस्लामिया क़ायम किया। ख़ेमों में क्लासें लगीं। मौलाना मोहम्मद अली आत्मीय रहस्य और बेख़ुदी के संकेतों की शिक्षा देते। एक-एक शे'र की व्याख्या करते, रोते, रुलाते और प्रमाण के तौर पर क़ुरआन व हदीस के उदाहरण देते। ख़ुदी इतनी प्रज्वलित हुई कि 'हुज़ूर वायसरायनी साहिबा से मुलाक़ात करके भी ज़रा सी ख़ुशी न होती थी।'

'शिमला।[1] जब सरोजनी नायडू कांग्रेस के अधिवेशन के लिए लखनऊ तशरीफ़ लाई थीं, उनसे कई बार मिल चुकी थी। हालाँकि उम्र में उनसे बहुत छोटी थी मगर वह पहली मुलाक़ात में बहुत मोहब्बत से मिली थीं।'

'मैं और मिसेज़ नायडू[2] इसी तरह खड़ी थीं कि लेडी हरनाम तेज़ क़दम रखती हुईं हमारी ओर आईं और कहा, जल्दी चलिए हर एक्सीलेंसी से मिल लीजिए। वह फ़ौरन जा रही हैं।'

'इस मुलाक़ात की मेरे और मिसेज़ नायडू के दिलों में कुछ ज़्यादा क़द्र न थी मगर मेज़बान की ख़ुशी की ख़ातिर न चाहते हुए भी, उनके साथ हो लिये। वासयरायनी साहिबा के हुज़ूर में पेश किये गये। मिसेज़ नायडू शायद मौसूफ़ा (वर्णित) से हैदराबाद में मिल चुकी थीं। मैं पहली बार मिली, दो-चार औपचारिक बातों के बाद हम लोग वहाँ से उठ आए और लेडी हरनाम सिंह से रुख़सत हुए। मिसेज़ नायडू ने मुझे अपने मनपसन्द नर्गिस के तख़्ते की तरफ़ ले जाकर, रिक्शा में सवार कराया।'

'उसी समय मिसेज़ तैयब अली अकबर नीचे आ गईं। हम दोनों सरोजनी देवी से विदा होकर रिक्शा में रवाना हुए, मिसेज़ तैयब अली अकबर को मैंने उनकी कोठी पर उतारा। ख़ुद अपने होटल पहुँची। रात का अँधेरा फैल चुका था; अंदर गई तो मेज़ पर शाम की डाक के साथ, लेडी ज़ुल्फ़िक़ार का इनविटेशन कार्ड रखा मिला।'

---

1. 'रोज़नामचा' करमख़ुर्दा (दीमक खाया हुआ) तहज़ीबे निसवाँ लाहौर, सन और तारीख़ नामालूम।,
2. बेगम आयशा ग़ुलाम हुसैन बट ने हाल ही में लेखिका को बताया कि यह घटना सम्भवत- 1923 ई. की है।

'...लेडी ज़ुल्फ़िक़ार की कोठी नौबहार में दरीचों से आते हवा के झोंकों और ढलते सूरज की किरणों से कमरा सुगंधित और रौशन हो रहा था। लाहौर की कई मिलने वाली बेगमों से मुलाक़ात हुई। बाग़बानपुरा की मियाँ फ़ैमिली की कुछ महिलाएँ, बेगम डेरा, बेगम साहिबा ममदोट कुछ उस्ताद गवैये और क़व्वाल भी हाज़िर थे।'

बीबियाँ सुन रही हैं क़व्वाली

अकबर ग़रीब (अकबर इलाहाबादी) ग़ैरते क़ौमी से ज़मीन में हमेशा के लिए गड़ चुके थे[1] और जोगिन्दर ने कैसी पते की बात कही। नौबहार के नीचे ज़ुल्फ़िकार अली ख़ाँ का मोटर ख़ामोश था।

सेवा में, नज़्र सज्जाद हैदर साहिबा
नं. 7 रेलवे रोड
लाहौर
रजिस्ट्रार आफ़िस
मुस्लिम यूनिवर्सिटी, अलीगढ़
21 जनवरी 1923 ई.

अस्सलाम अलैकुम

आज इतवार है, मैं घर पर हूँ, मगर आने वालों का ताँता बन्धा हुआ है। अभी ग़ुस्ल (नहा) करके निकला हूँ। ज़ुकाम हो रहा है। आज डॉक्टर अंसारी के पास दिल्ली जाता मगर कौंसिल की मीटिंग है। राजा साहिब आ रहे हैं।

डॉक्टर अंसारी[2] का ख़त आया है कि वह 24 तक दिल्ली में हैं, लिहाज़ा इरादा करता हूँ कि 23 को दिल्ली हो आऊँ। कल इसका फ़ैसला होगा कि अबुल हसन मेरे असिस्टेंट रजिस्ट्रार मुक़र्रर किये जाएँ। 7 फ़रवरी को नेशनल यूनिवर्सिटी का कॉनवोकेशन[3] है। बाहर से बहुत से लोग आने वाले हैं।

सज्जाद

---

1. अकबर इलाहाबादी की एक छोटी कविता है, जिसमें उन्होंने बेपर्दगी के ख़िलाफ़ लिखा है, उसकी पहली पंक्ति है 'अकबर ग़रीब ग़ैरत-ए-कौमी से गड़ गया'।, 2. डॉक्टर मुख़तार अहमद अंसारी।, 3. जामिया मिल्लिया इस्लामिया।

अलीगढ़
12 फ़रवरी 1923 ई.

अस्सलाम अलैकुम

यह तो तुम्हें मालूम ही हो गया होगा कि महाराजा साहब महमूदाबाद ने मुस्लिम यूनिवर्सिटी की वाइस चांसलरी से इस्तीफ़ा दे दिया है। अभी मालूम हुआ है कि यहाँ यह कोशिश हो रही है कि उनकी जगह नवाब मुज़म्मिल उल्लाह ख़ाँ वाइस चांसलर नियुक्त किये जाएँ। तुम फ़ौरन चली आओ 22 को बम्बई जाना है।

सज्जाद

ताजमहल होटल, बम्बई, 27 फ़रवरी 1923 ई.[1]

आज भाई मुर्तज़ा अली ख़ाँ सुबह आ गये। शाम को चाय हमने कमरे में मंगवाली और उसके बाद बाहर निकले, सामने अपोलो बन्दर पर एक शरीफ़ सूरत बुज़ुर्ग तुर्की टोपी और अचकन पहने, हमारी तरफ़ बढ़ते नज़र आए। क़रीब पहुँचकर उनसे लिपट गये। उनके मौलवियाना स्टाइल से मुझे ख़याल हुआ, मेरा बेपर्दा साथ होना, उन्हें बुरा लगा होगा। चुनांचे ज़रा पीछे हट गई। मौलवी साहब ने फ़रमाया, 'अस्सलाम अलैकुम बेगम साहिबा। आप बरसों मेरे रिसाले की मज़मून निगार (निबंधकार) रही हैं, मेरे लिए अजनबी नहीं।'

यह हज़रत शाह दिलगीर थे, आगरा वाले, एडिटर आलोचक। हम लोग एक कश्ती पर बैठकर थोड़ी दूर गये। जब समुंदर के सियाह पानी और मौजों के शोर से बच्चा घबरा गया तो वापस लौटे। बच्चे को सूप पिलाकर सुला दिया। हम चारों ने नीचे जाकर खाना खाया। उसी वक़्त डांस शुरू हो गया। शाह दिलगीर फ़ौरन उठकर भागे।

28 फ़रवरी! ऐवान-ए-रिफ़अत में समुन्दर के किनारे, चाय का इंतिज़ाम था। अतिया बेगम ने कहा, आप अलग बैठकर, फ़ैज़ी रहमान मेरे शौहर से बातें कीजिए, उनके ख़यालात मालूम करके ख़ुश होंगी।

1. 'अय्यामे गुज़िश्ता' लेखिका नज़्र सज्जाद हैदर, 'इस्मत' कराची 1950 ई.।

उस नौ मुस्लिम यहूदी की बातों से सचमुच हैरत हुई। हर-हर तरीक़े से वह साबित कर रहे थे कि इस्लाम ने औरत को सब धर्मों से ज़्यादा अधिकार दिये हैं। रात हो गयी। सामने समुन्दर पर दूर एक जहाज़ गुज़रता नज़र आ रहा था, उसकी रौशनियों को ख़ुश हो होकर देखता हुआ बच्चा वहीं ज़मीन पर सो गया।

ऐवान-ए-रिफ़अत, बम्बई
16 अप्रैल 1923 ई.

मोहतरमा मेरी आदरणीय बहन सलामत

उम्मीद है कि छोटा बच्चा अच्छा होगा। कुछ दिन और आप लोग ठहर सकते, फिर भी ख़ुदा का शुक्र है, बहुत मुद्दत के बाद मुलाक़ात नसीब हुई।

मेरी आरज़ू है, कुछ दिन अलीगढ़ में क़याम करके मेरी मेहरबान करमफ़रमा बहनों के साथ मिलजुल कर, अपनी क़ौम की बच्चियों के वास्ते राह-ए-नजात (मुक्ति की राह) निकाली जाए। ख़ैर यह तो क़िस्सा बहुत लम्बा और जटिल है। ख़ुदा कोई दिन करेगा, उस वक़्त दिल के अरमान पूरे होंगे।

जनाब भाई सज्जाद साहब को सलाम। प्यारे भांजे[1] को दीदा-बोसी (नयन चुम्बन), ख़ाला की दुआ सहित। बेगम ख़्वाजा अब्दुल मजीद को सलाम। हमशीरा (बहन) अपने सभी अलक़ाब और सम्मान के साथ बहुत बहुत सलाम फ़रमाती हैं।

(सारांश)
आपकी मोहब्बती बहन ज़हरा

1. सैयद मुस्तफ़ा हैदर जो 1920 ई. में सुलतानपुर में पैदा हुए थे।

एक ख़ौफ़नाक पिक्चर पोस्टकार्ड

इस्तंबोल

माई डियर सज्जाद भाई, अस्स्लाम अलैकुम

मैं सैयाहत (पर्यटन) पर इधर आया हूँ। बेहद ममनून (आभारी) हूँगा, अगर आप अपने तुर्क दोस्तों के नाम तआरुफ़ी (परिचायक) ख़ुतूत मुझे भेज दें। ख़ासतौर पर रऊफ़ पाशा के नाम, जिनसे आपके पुराने सम्बन्ध हैं। एक ख़त मैंने मोहम्मद अली साहब को भी लिखा है। ख़त के पते पर मेरा नाम मुस्तफ़ा सग़ीर लिखियेगा और यही नाम तआरुफ़ी खतों में भी लिखिये।

वस्सलाम, ख़ाकसार

सग़ीर बेग

मस्जिद सोफ़िया का यह पिक्चर पोस्टकार्ड, जाड़ों की एक धुंध भरी सुबह रजिस्ट्राज़ हाउस में वसूल हुआ। जान मोहम्मद बैरा डाक लेकर सीधा खाने के कमरे में गया, जहाँ नाश्ते की मेज़ पर यथानुसार शोर मच रहा था। फूँस वाले बंगले में एक ज़बर्दस्त लौंढियार पार्टी शिक्षार्थ ठहरी हुई थी। भांजे सुलतान हैदर व उसमान हैदर। भतीजे सईदुद्दीन हैदर। भतीज-दामाद सैयद मोहम्मद आलम। नज़्र बेगम के दो रिश्ते के नौजवान, चचा ग़ज़नफ़र अली नक़वी व तहव्वुर अली नक़वी उर्फ़ लड्डन व अल्लन।

चचाज़ाद भाई आले हसनैन, बहनोई के यहाँ रहने के बजाय, एस.एस. वेस्ट में रहते थे। उसमान हैदर सियासी नौजवान थे और मियाँ सईद हैदर और लड्डन व अल्लन संगीत व स्पोर्ट्स के रसिया। उन सब की गुरु नज़्र बेगम थीं, जिन्हें लौंढार पार्टी ने उनके रौबदार आक्रामक व्यक्तित्व की वजह से सारह बर्न हार्ट की उपाधि दे रखी थी।

साहिबे ख़ाना (घर के मालिक) ने पिक्चर पोस्टकार्ड पढ़ना शुरू किया। उसमान हैदर उनके सामने बैठे थे। रंगीन तस्वीर पर निगाह पड़ी। दरियाफ़्त किया, मामूजान यह कार्ड कहाँ से आया है?'

'ख़ुदा ख़ैर करे, मुस्तफ़ा सग़ीर बेग का ख़त है।' मामूजान ने आहिस्ता से कहा और कार्ड जेब में रखकर दफ़्तर चले गये।

जामिया मिल्लिया इस्लामिया अभी दिल्ली स्थानांतरित नहीं हुई थी। चुनांचे मौलाना मोहम्मद अली का रहना ज़्यादातर अलीगढ़ में होता था। उनका नियम सा बन गया था, रोज़ाना रात को दस बजे पैदल मामूजान के पास आया करते थे। लार्ड हयात जामिया के रजिस्ट्रार थे, वह अक्सर मौलाना के साथ होते।

लार्ड हयात अलीगढ़ की एक दिलचस्प शख़्सियत थे। मशहूर पहलवान मोहम्मद हसन के बेटे छात्रावस्था ही से लार्ड हयात कहलाते थे क्योंकि मिज़ाज के ऐतबार से अंग्रेज़ थे। और मामूजान, अबुल हसन और मसूद टामी की तरह सिर्फ़ रैंकन के सिले हुए कपड़े ही पहनते थे, लेकिन क़ौमी तहरीक (राष्ट्रीय आंदोलन) ने काया पलट दी थी। मौलाना मोहम्मद अली के हमज़ाद (हर समय के साथी) बन चुके थे। रोज़ाना रात को जब मौलाना रजिस्ट्रार्ज़ हाउस तशरीफ़ लाते, लार्ड हयात हाथ में लालटेन लिए आगे-आगे चलते।

जिस दिन इस्तंबोल से यह रहस्यमय कार्ड आया, रात को दोनों साहिबान नियमानुसार हमारे यहाँ पहुँचे, मामूजान के आफ़िस रूम में ये Trio जमता था। कमरे के दरवाज़े अन्दर से बन्द कर लिए जाते थे।

चूँकि मुस्तफ़ा सग़ीर बेग एक संदेहास्पद हस्ती थे, मुझे सुबह से कुरेद लगी हुई थी। उस रात जब मामूजान के दफ़्तर के दरवाज़े अंदर से बन्द हुए, हालाँकि मुझे ऐसा न करना चाहिए था, मैं चुपके से ड्राइंगरूम के अंदरूनी दरवाज़े से लगकर खड़ा हो गया और दराज़ में से झाँका।

'मौलाना मोहम्मद अली ने कुर्सी पर बैठते ही कहा, 'सज्जाद! उस मर्दूद का ख़त तुम्हारे पास भी आया है?'

'मामूजान ने मेज़ की एक ताला लगी हुई दराज़ खोली और उसमें से निकाल कर वह पिक्चर पोस्टकार्ड मौलाना को थमा दिया। मौलाना ने एक ख़त मामूजान के हवाले किया और बोले, 'बदमाश ने दोनों को एक ही मज़मून लिखा

है ...लेकिन तुमसे रऊफ़ पाशा के नाम तआरुफ़ी (परिचय के लिए) ख़त की फ़रमाइश ग़ौर करने लायक़ है।'

'उस बदज़ात ने ख़त लिखने की जुरअत ही कैसे की। क्या हम लोग उसकी हिस्ट्री से वाक़िफ़ नहीं?' मामूजान ने कहा।

'क्या हिस्ट्री, क्या हिस्ट्री शीट', लार्ड हयात ने ग़ुस्से से कहा और कुछ गालियाँ अंग्रेज़ी में।

'मेरा हाथ लगने से किवाड़ में ज़रा सा खटका हुआ। मामूजान ने चौंक कर दरवाज़े की तरफ़ देखा। मैं सरपट भागा और सीधा अपने कमरे में आकर दम लिया।'

कुंदरकी ज़िला मुरादाबाद ने एक ओर सर सैयद रज़ा अली जैसा लायक़ इनसान पैदा किया, बदक़िस्ममती से मिर्ज़ा मुस्तफ़ा सग़ीर बेग भी उसी क़स्बे के रहने वाले थे। गोरे चिट्टे, पढ़े लिखे, तेज़ तर्रार, एम.ए.ओ. कॉलेज की एफ़.ए. क्लास में मामू नसीरुद्दीन हैदर के सहपाठी रह चुके थे। जब मामू नसीर पी. सी.एस. में सेलेक्ट होकर बरेली तैनात हुए, बेग साहब से दोबारा मुलाक़ात हुई। आप तहसील बहेड़ी ज़िला बरेली की तहसीलदार की अदालत में नायब नाज़िर हो गये।

लार्ड कर्ज़न वाइसराय हिन्द अलीगढ़ आए। ओल्ड ब्वायज़ की तरफ़ से डिनर दिया गया। इस डिनर में शिरकत के लिए मुस्तफ़ा सग़ीर बेग बरेली से तशरीफ़ लाए, लाट साहब से मिलने का सम्मान प्राप्त किया। लार्ड कर्ज़न एक घाघ! तुरन्त भांप गया कि किस चलन के आदमी हैं। कलकत्ता वापस जाकर उसने बेग साहब को बुलवा भेजा। ब्रिटेन की सीक्रेट सर्विस की ट्रेनिंग के लिए लंदन चलता किया।

हिन्दुस्तान से वापस जाकर, लार्ड कर्ज़न ब्रिटिश विदेश मामलों के मंत्री बनाये गये। सीक्रेट सर्विस सीधे-सीधे उनके मातहत थी। मुस्तफ़ा सग़ीर बेग ने बड़े 'कारनामे' अंजाम दिये।

मिर्ज़ा साहब की ससुराल ख़ुर्जा में थी। बरसों बाद ख़ानबहादुर नक़ी मोहम्मद ख़ाँ ख़ुर्जवी को उनके दामाद नियाज़ुल्लाह ख़ाँ डिप्टी कलेक्टर ललितपुर ने 1934 ई. में बताया कि जब मिर्ज़ा साहब 'विशेष कार्यों' के लिए लंदन में ठहरे हुए थे, ख़ुर्जा में अपना बंगला बनवाने की ख़ातिर उसका नक़्शा और माडल पेरिस के एक मेसन से बनवाया था और बहुमूल्य फ़र्नीचर का आर्डर लंदन की विभिन्न दुकानों को दे रखा था। तुर्की लोकतंत्र की स्थापना के बाद बेग साहब को ज़हरख़ुरानी से मुस्तफ़ा कमाल पाशा को ख़त्म करने की मुहिम पर अंगोरा भेजा गया।

मिर्ज़ा साहिब एक मालदार हिन्दुस्तानी पर्यटक की हैसियत से तुर्की में उतरे और देश के नये शैक्षिक संस्थानों को भारी दान से नवाज़ना शुरू किया। एक जलसे में अतातुर्क अंगोरा यूनिवर्सिटी के लिए चन्दे की अपील फ़रमा रहे थे। मिर्ज़ा साहब ने फ़ौरन भारी चेक काटकर पेश कर दिया। मुस्तफ़ा कमाल पाशा ने उनका शुक्रिया अदा किया, हिन्दुस्तानी मुसलमानों की तुर्की से बेपनाह हमदर्दी उनके लिए कोई नई बात नहीं थी।

लेकिन रऊफ़ पाशा जो तुर्की इंटेलीजेंस के मुख्य थे, मिर्ज़ा साहब के इतना कुछ दान करने से शक कर चुके थे। उधर बलक़ान युद्ध के ज़माने में मामूजान के नाम तुर्की से हिन्दुस्तान आने वाले ख़त सेंसर किये जा रहे थे। रऊफ़ पाशा ने किसी ख़ुफ़िया स्रोत से मामूजान को मुस्तफ़ा सग़ीर बेग के बारे में ख़त भेजा।

अब यह पिक्चर पोस्टकार्डज़ मिलने के बाद मामूज़ान और मौलाना मोहम्मद अली ने ख़िलाफ़त की अण्डरग्राउंड के द्वारा रऊफ़ पाशा को ख़बरदार किया। कुछ दिन बाद सूचना मिली कि मिर्ज़ा मुस्तफ़ा सग़ीर बेग को गिरफ़्तार करके बर्तानिया की जासूसी के जुर्म में अंगोरा में फाँसी दे दी गई।

क़ैदख़ाने में तुर्की इन्टेलिजेंस मिर्ज़ा साहब आँ-जहानी (परलोकवासी) से काफ़ी कुछ उगलवाने में कामयाब रही थी। उसकी सज़ा के तौर पर उनके आक़ाओं ने मिर्ज़ा साहब की वह सारी दौलत, जो उन्होंने लंदन के एक बैंक में

जमा की थी, ज़ब्त की। उनकी विधवा और बच्चों के लिए पचास रुपये माहाना की पेंशन निर्धारित की गई या उसके बदले दस हज़ार रुपये नक़द।

मिर्ज़ा साहब के दो भाई थे। उन्होंने विधवा भावज को इकट्ठी राशि क़ुबूल करने का मशवरा दिया, जो बहुत जल्द दोनों साहिबान ने इलल्ले-तिलल्ले में उड़ा दी। कुछ मुद्दत के बाद वह दोनों, बेवा, बच्चे सब एक,एक करके मर गये। मशहूर मुस्लिम लीग लीडर मौलाना उमरदराज़ बेग मुरादाबाद में मुस्तफ़ा सग़ीर के पड़ोसी थे। उनके देखते-देखते मिर्ज़ा का घर खण्डहर हो गया। मुस्तफ़ा सग़ीर बेग की तुर्की तमाम हुई।

उन ज़ाते-शरीफ़ (व्यक्ति) के सम्बन्ध में उर्दू में एक दो किताबें लिखी गयीं लेकिन किसी में उनके सही हालात दर्ज न थे। एक किताब में उन्हें पेशावर का बाशिन्दा (निवासी) बताया गया था।

ब्रिटिश इंटेलिजेंस कुछ कम काइयाँ न थी। मामूजान की सर्विस के ख़ुफ़िया रिकॉर्ड पर सब कुछ दर्ज होता जा रहा था।

उसी ज़माने में एक दिन अख़बारों में आया कि जर्मनी ने ओरिएण्ट एक्सप्रेस नामक एक लक्ज़री ट्रेन छोड़ी है, जो एक सौ बीस मील प्रतिघंटा की रफ़्तार से चलती है और बर्लिन से इस्तंबोल तक जाती है।

सुबह ब्रेकफ़ास्ट की मेज़ पर अख़बार पढ़ते हुए मामूजान ने यह ख़बर हम सबको सुनाई और बड़े जोश से कहा, 'बस हम उसी ट्रेन पर तुर्की जाएँगे'।'

मामूजान अपने बाहरी पर्यटन के लिए छह माह की छुट्टी की दरख़्वास्त दे चुके थे। लंदन में अपने ज़माने की मशहूर वेम्बली एक्ज़ीबिशन लगने वाली थी और मुमानीजान को नुमाइश दिखाने के लिए साथ ले जाने का प्रोग्राम बनाया था।

उस ज़माने में फ़ॉरन स्कॉलरशिप, ट्रेवल ग्रांट और अंतर्देशीय कॉन्फ्रेंसों के मुफ़्त निमंत्रण पत्र नहीं होते थे। मामूजान हर चौथे पाँचवें साल पर्यटन के शौक़ में अपना निजी रुपया उड़ा दिया करते थे। उस वक़्त नाश्ता करते-करते ओरिएण्ट एक्सप्रेस की तस्वीर, जो अख़बार में छपी थी। बड़े शौक से हम लोगों

को दिखाने लगे। मैंने सबसे ज़्यादा दिलचस्पी और लालसा प्रकट की; लेकिन मुमानीजान का चेहरा उतर गया। मामू की सेहत अच्छी नहीं रहती थी, इस वजह से वह उनके लगातार पर्यटन से दुःखी और चिंतित रहती थीं।

एक साहब ने, जो हमारे यहाँ मेहमान आए हुए थे, फ़रमाया, भाई सज्जाद! जब रुपया ज़्यादा हो जाता है, उसे इसी तरह फ़ुज़ूलियात में बर्बाद किया जाता है। आप इतनी बार बाहर हो आए हैं, अब फिर जाने की क्या ज़रूरत है।

मामू ने हैरत से उसे देखा यानी सैयाहत (पर्यटन) को कोई व्यक्ति फ़ुज़ूलियात कैसे कह सकता है। मेज़ पर जमा सारे रिश्तेदारों ने भी उनका विरोध किया। सिर्फ़ मैं जो उनकी तबीयत को समझता था, ओरियन्ट एक्सप्रेस में यात्रा की कल्पना से बहुत ख़ुश था लेकिन उसी दिन दिल्ली से पासपोर्ट बनकर आया, उसे देखकर मामूजान का सारा जोशो-ख़रोश सर्द पड़ गया। सिर झुकाए अपने कमरे की ओर चले गये। पासपोर्ट पर से तुर्की का नाम काट दिया गया था।

मामू ने दिल्ली जाकर बड़ी मुश्किल से इजाज़त हासिल की लेकिन रवानगी से पहले अलीगढ़ के अंग्रेज़ कलेक्टर मिस्टर फ़ाउलर ने उनको सलाम भेजा।

मामूजान जब उनसे मिलने गये, उसने कहा, 'यह ख़याल रखियेगा, मुमकिन है तुर्की में आपकी नक़्लो-हरकत की निगरानी की जाए।'

'चेतावनी चिंताजनक थी लेकिन...।'

'मैं क्या बताऊँ, उन पर क्या नशा हुआ था, सेहत उनकी न थी।' मैंने कहा, 'सैयद साहब! सफ़र लम्बा भी है और कष्टदायक भी। कैसे गुज़रेगी, फ़रमाया, टर्की के ख़याल में तबीयत मग्न है। यह शगुन अच्छा है और हर ऐतबार से अच्छा, या यह ख़ाक वहाँ की ख़ाक में मिल जाएगी या फिर देखियेगा कैसा रक़्साँ व शादमाँ (नृत्य करते हुए और प्रसन्नचित्त) वापस आता हूँ।'[1]

1. 'गंज हाय गराँ माया'।

मुमानीजान लंदन रवानगी से पहले, चार वर्षीय मुस्तफ़ा हैदर को उसकी ख़ाला सरवत आरा के पास रोहतक छोड़ने गयीं। वहाँ पहुँचकर बच्चे को एकदम चुप लग गई। मुमानी ने, जिनके चार छोटे-छोटे बच्चे मर चुके थे, दहल कर मामू को ख़त लिखा, 'मैं फ़ौरन विलायत नहीं चल सकती। छब्बू को मेरे जाने के ग़म में चुप लग गई है। वह ज़रा बहल जाए तो दूसरे जहाज़ से आ जाऊँगी; आप जाइए।'

मामूजान ने तार दिया, 'छब्बू मियाँ को साथ लेकर इसी जहाज़ से चलो।'

रोहतक से तार आया, 'बच्चे को ज़ुकाम हो गया है आप जाइए, मैं अगले जहाज़ से बच्चे के साथ आती हूँ।' असहाय मामूजान अकेले ही बम्बई रवाना हो गये।[1]

1. सैयद उसमान हैदर साहब कराची के क़लम से।

दोश रफ़्तम ब तमाशा-ए-ख़राबात-ए-फ़िरंग
(मैं कल अंग्रेज़ों की मधुशाला देखने गया)

एस.एस. क्विएलिया
20 मई 1924 ई.

अस्सलाम अलैकुम!

आज जहाज़ पर पाँचवा दिन है। दूसरे दिन समुन्दर में बहुत हलके थपेड़े थे, महिलाओं को चक्कर आने लगे। खाने के कमरे में कोई महिला न आई, सिवाय एक बुढ़िया बंगालन के, जो इस क़दर मज़बूत थी कि उसके पति को चक्कर आ रहे थे और वह मटन चाँप उड़ा रही थी। दिल्ली के एक साहूकार व्यापारी हमसफ़र हैं, 'गुलाब सिंह बुलाक़ीदास गोटे और कलाबत्तू वाले।' जहाज़ पर पारसी और पारसनें बहुत हैं और वह बुढ़िया बंगालन। ख़ाविन्द सफ़ेद दाढ़ी वाला बुड्ढा है। मेरा ख़याल था पादरी होगा; डॉक्टर निकला।

डिक्सन[1] हैं। मगर वह डिक्सन जो अलीगढ़ में रोज़ाना मेरे घर पर आता था, अब मुझसे कम मिलता है, मैं भी हिन्दुस्तानियों से मिल रहा हूँ, डेक पर बच्चे दौड़ते फिर रहे हैं। माएँ उनके साथ खेल रही हैं। इस दृश्य को देखकर तुम और छब्बूजी याद आए। मगर तुम मारे एहतियात के छब्बू जी को खेलने से रोकतीं।

फ़र्स्ट क्लास पारसनों और हिन्दू बीबियों से भरा पड़ा है। इससे अंदाज़ा होता है कि अब दौलत हिन्दुस्तानियों के पास आ रही है या ज़्यादा सही यह कि अब दौलत का उचित इस्तेमाल इन्होंने सीख लिया है। सेकण्ड और थर्ड क्लास में अरब हैं, ईरानी हैं, हिन्दुस्तानी हैं और एक ख़स्ताहाल अंग्रेज़ मय बीबी बच्चे के, मालूम नहीं कौन है, कोई सोलजर होगा।

छब्बू जी को अब पढ़ाना शुरू कर दो; थोड़ा-थोड़ा खेल के द्वारा और अपनी रवानगी की तैयारी करो।

1. मिस्टर डिकसन; मुस्लिम यूनिवर्सिटी में शायद अंग्रेज़ी के प्रोफ़ेसर थे।

बहर पैमा, दरिया नवर्द
(समुद्र और नदी में घूमने फिरने वाला)
सज्जाद

24 मई 1924 ई.

...अदन आया, लोग जहाज़ से उतर कर शहर देखने गये, मैं न गया, अदन में गर्मी ज़्यादा पड़ती है, डर लगा, कहीं फिर बुख़ार न आ जाए। हम लाल सागर में दाख़िल हो गये, शिद्दत की गर्मी है मगर दिन भर डेक पर हवा चलती रहती है। अदन पर तीन कश्तियाँ मुसाफ़िरों की हमारे जहाज़ पर आईं। औरतें गोरी, अंग्रेज़ी लिबास, उच्च श्रेणी का फ़ैशनेबल सूट मर्द पहने हुए। सिर पर तुर्की टोपियाँ, मैं समझा फ़र्स्ट क्लास के मुसाफ़िर हैं। सब तीसरे दर्जे में गये; यह सब यहूदनें और यहूदी थे।

26 मई 24 ई.

...आज सुबह स्वेज़ पहुँचे; जहाज़ से कोई पचास आदमी रेल द्वारा क़ाहिरा गये। पोर्ट सईद में जहाज़ पर आ जाएँगे। मैं नहीं गया, तबीयत ख़राब है और क़ाहिरा देख चुका हूँ। ख़ुदा हाफ़िज़।

होटल मेट्रोपोल, नेपल्ज़

एक जून, 24 ई.

...पोर्ट सईद से ख़त लिख चुका हूँ। वहाँ हम लोग दो घण्टे के लिए उतरे थे। चार दिन बाद 30 मई को सिसली द्वीप पहुँचे। इस द्वीप को दूर से देखकर 'इक़बाल' ने कहा था 'वह नज़र आता है तहज़ीबे-हिजाज़ी का मज़ार' (वह हिजाज़ की संस्कृति की क़ब्र नज़र आती है) ...इक़बाल पी एंड ओ कम्पनी के जहाज़ से गये थे। हमारा इटालियन जहाज़ वहाँ तीन घण्टे ठहरा। उतरकर शहर कटानिया की सैर की। एक नयी मन को मोहने वाली दुनिया थी मगर भाषा न जानने के कारण गूँगों की तरह फिरते रहे। कल 31 मई सुबह आठ

बजे हमारा जहाज़ नेपल्ज़ पहुँचा। अल्लाह का शुक्र है कि हमारी समुद्री यात्रा समाप्त हुई। दिल्ली के तीनों सौदागर साथ हैं। एक ही होटल में ठहरे।

कल पोम्पेई देखा। शहर के खण्डहर मौजूद हैं। कमरे, उनके अंदर शराब के प्याले, घड़े, रकाबियाँ, दीये, बाहर सड़कें। बेहद ख़ौफ़नाक दृश्य था, वेसुवियस में से अब भी धुआँ निकल रहा है, मगर उसी के नीचे शहर नेपल्ज़ फिर इंसानों ने आबाद कर लिया है और उसमें बिना किसी डर और अंदेशे के ऐशो-इशरत और ज़रपरस्ती (माल-दौलत) में व्यस्त हैं।

कल सुबह दस बजे रोम जाएँगे।

डिक्सन का साथ यहाँ से छूट गया। अब सम्भवतः लंदन में उससे मुलाक़ात हो।

होटल रॉयल, रूम नं. 30

3 जून, 1924 ई.

परसों शाम चार बजे यहाँ पहुँचे। इस होटल के मैनेजर वग़ैरह अंग्रेज़ी बोलते हैं। कल वेटिकन देखा, जहाँ पोप रहता है, क्या अजीब जगह है।

आज सेंट पीटर का गिरजा देखा। यूरोपियन बीबियाँ शिद्दत से बुतपरस्ती में व्यस्त नज़र आईं। सेंट पीटर के पाँव चूमती थीं और आँखों से लगाती थीं।

किल्योपेट्रा और मार्क एन्टनी की मुलाक़ात की एक बड़ी तस्वीर, एक मशहूर प्राचीन चित्रकार की देखी। प्राचीन रोम के देवताओं के बहुत उम्दा अनगिनत बुत यहाँ पर जमा हैं।

दिल्ली के आसारे-क़दीमा (पुरातत्व) से ज़्यादा, रोम के पुरातत्व इंसान को हैरत में डाल देते हैं।

कल सुबह हम यहाँ से पेरिस रवाना हो रहे हैं। रास्ते में जेनोआ जो इटली में है और जेनेवा जो स्विट्जरलैण्ड में है, दोनों को देखने का इरादा है। ख़ुदा हाफ़िज़।

ल्योंस फ्रांस

11-6-24

अस्सलाम अलैकुम!

रोम से ख़त लिख चुका हूँ। यहाँ के मशहूर गिरजे देखे। यहाँ का क़ब्रिस्तान यूरोप भर में उम्दा समझा जाता है। मुर्दे दफ़्न हैं और उनके बुत निहायत उम्दा संगेमरमर के ऊपर खड़े हैं।

जेनोआ से जेनेवा पहुँचे। बेचारा सुलतान जिसे मुस्तफ़ा कमाल पाशा ने नज़रबंद कर दिया है, स्विट्जरलैण्ड में आकर शरणार्थी हुआ है, मैंट्राउक्स में रहता है, उसे भी जाकर देखा, विस्तार से हाल ज़बानी सुनाऊँगा। उसे देखकर बहुत दया आती थी।[1]

स्विट्ज़रलैंड से कल यहाँ आए। हर दूसरे दिन नयी भाषा मिलती है। एक सिक्के की क़ीमत समझ नहीं पाते कि दूसरा अपना सिक्का जमाता है। यहाँ के मामूली से मामूली होटल, हिन्दुस्तान के बढ़िया से बढ़िया होटलों से बेहतर हैं। आज ल्यों में गोटे का एक बड़ा कारख़ाना देखा।

हिन्दुस्तान की औरतें गोटा लचका पहनती हैं, वह यहाँ से बनकर जाता है। इबरत! (सीख लेने लायक़ बात है) दिल्ली के सेठ जो सहयात्री हैं, इसी कारख़ाने से गोटा मंगाते हैं। इसीलिए कारख़ाने के मालिक ने बहुत आवभगत की। अपनी मोटर में ले गया, तीन घंटे तक फिरा के सारा कारख़ाना दिखाया।

होटल मासिलिया
पेरिस

20 जून 1924 ई.

अस्सलाम अलैकुम!

---

1. 3 मार्च 1924 ई. को ख़िलाफ़ते उसमानिया की समाप्ति हुई और सुलतान अब्दुल हमीद जलावतन (Exile) किये गये।

हम इतवार 15 जून ल्योंस से सुबह साढ़े सात बजे चले और 5 बजे शाम पेरिस पहुँचे। दूसरे दिन मैं एक सख़्त मुश्किल में फँस गया। यहाँ ज़मीन के नीचे-नीचे जो रेल जाती है, उसमें किसी जेबकतरे ने जेब से वह लिफ़ाफ़ा निकाल लिया, जिसमें मेरा वापसी का टिकट और दो सौ पाँच पौण्ड का ड्राफ्ट था।

सुबह मुझे मालूम हुआ कि जेब से यह चीज़ें ग़ायब हैं तो पाँव तले से ज़मीन निकल गई। उसी समय दौड़ा-दौड़ा टामस कुक के दफ़्तर गया। यह ड्राफ्ट मैंने बम्बई से लिया था और टामस कुक लंदन से वसूल करना था। ख़ौफ़ यह था कि चोर लंदन जाकर यह ड्राफ्ट पेश करेगा और मेरा बनावटी दस्तख़त करके रुपया प्राप्त कर लेगा।

उसी समय लंदन तार दिया। कल वहाँ से जवाब आया, अभी तक चोर वहाँ नहीं पहुँचा। ख़ुदा का लाख-लाख शुक्र अदा किया, अब वापसी टिकट का मामला बाक़ी। बम्बई जहाज़ के दफ़्तर को लिखा है। इस समय मैं वरसाइलेस जा रहा हूँ।

12 जून

...आज बारह बजे दिन की गाड़ी से हम लोग लंदन जा रहे हैं। शाम को पहुँचेंगे।

थॉमस कुक एंड संस
लडकेट सर्कस
लंदन

23-7-24

...मैं अगले महीने क़ुस्तुनतुनिया जाऊँगा। सर अली इमाम और लेडी इमाम भी यहाँ हैं। कल खाने पर बुलाया था। वहाँ हबीबुल्लाह भी थे।[1] ब्रिस्टल में रहते हैं। मुझसे कहा, अगले इतवार को ब्रिस्टल आना। मिसेज़

1. शैख़ मोहम्मद हबीबुल्लाह मैनेजर रियासत महमूदाबाद, ज़िला बाराबंकी के रहने वाले थे।

हबीबुल्लाह और लड़कों से मिलना; मैंने वादा कर लिया मगर इतवार को बक़राईद थी; मैंने सोचा वोकिंग की मस्जिद में मुसलमानों का अच्छा मजमा होगा। उसे देखना चाहिए। हबीबुल्लाह को क्षमा याचना लिख दी। वह 28 जुलाई को लंदन आएँगे।

बोकिंग की मस्जिद में हिन्दुस्तानी, अंग्रेज़ मुसलमान, तुर्क, अरब, मिस्री, सब थे। ख़्वाजा कमालुद्दीन के लड़के ने नमाज़ पढ़ाई और अंग्रेज़ी में वाज़ (धर्मोपदेश) कहा।

हबीबुल्लाह कहते थे कि लड़की[1] को साथ लाने की वजह से ख़र्च बहुत ज़्यादा हुआ और एक तरह की क़ैद भी रही।

बशीर अहमद[2] और मिसेज़ बशीर अहमद से यहाँ बिल्कुल मुलाक़ात नहीं हुई और सबसे मिलना हुआ। मालूम नहीं वह कहाँ हैं। कैम्ब्रिज और आक्सफोर्ड भी हो आया। आफ़ताब अहमद ख़ाँ से कई बार मुलाक़ात हुई। उनका लड़का[3] पास होकर लेफ़्टिनेंट हो गया। वह आठ अगस्त के जहाज़ से हिन्दुस्तान जा रहे हैं।

हाँ, चार दिन हुए मिस पोप सर अली इमाम के यहाँ मिली थीं। अमेरिका गई थीं, वहाँ से सिर्फ़ एक हफ़्ते के लिए लंदन आई थीं। तुम्हें बहुत पूछती थीं।

पिछले जुमे को मार्गेट गया, मगर दिन भर बारिश होती रही; शाम को वापस आ गया। नुमाइश देखी, बहुत अच्छी है।

यहाँ की ज़िन्दगी हमारे देश की ज़िन्दगी से किस क़दर भिन्नता लिए हुए है। मर्द, औरत सब काम में लगे हुए हैं। सब काम जो मर्द करते थे अब औरतें करती हैं। मज़दूर पार्टी का ज़ोर है। मज़दूर पार्टी की औरतें अब माँग कर रही हैं, क़ानूनी रूप से यह अधिकार मिलना चाहिए कि

---

1. अब तज़ीन फ़रीदी मशहूर पाकिस्तानी महिला लीडर।, 2. मियाँ बशीर अहमद एडिटर 'हुमायूँ'।, 3. बाद में जनरल अनीस अहमद।

बच्चों की संख्या अपने कंट्रोल में रखें। दूसरी औरतें इसके ख़िलाफ़ हैं और कहती हैं; हमारा राष्ट्रीय कर्तव्य है कि देश की तंदुरुस्त आबादी को बढ़ाएँ। यानी ख़ूब बहसें हो रही हैं।

लेडी डॉक्टरों की एक अंतर्राष्ट्रीय कॉन्फ़्रेंस हो रही है। उसमें एक तुर्क डॉक्टर सफ़िया आली ख़ानम भी आई हुई हैं।

आज शाम को मिसेज़ एनी बेसेंट के पब्लिक काम की पचास साला जुबली है। मिसेज़ बेसेंट आई हुई हैं, उनके एशियाई और यूरोपियन प्रशंसकों की ओर से जलसा होगा।

वेम्बली की नुमाइश में हिन्दुस्तानी बहुत आये हैं और कुछ अपने मौजूदा हालात से लंदन का तमाशा बने हुए हैं। लंदन की नुमाइश में एक 'महल-ए-हुस्न' भी है, जो पियर्स सोप कम्पनी की तरफ़ से बनाया गया है।

इतिहास में जो मशहूर हसीन औरतें हुई हैं, उनका लिबास पहनाकर कुछ लड़कियों को बिठा दिया गया है। देखने वालों से प्रार्थना की जाती है, अपनी राय काग़ज़ पर लिखकर देते जाएँ। नम्बर एक, दो, तीन आदि किसको दिया जाता है; मैंने 'किल्योपेट्रा' को नंबर एक क़रार दिया। उसका काग़ज़ लिफ़ाफ़े में बन्द करता हूँ।

यहाँ की ज़िन्दगी के नयेपन और अनोखेपन का जादू बहुत जल्द टूट जाता है। इंसान एक तरह की थकन महसूस करने लगता है और यहाँ की नफ़सी-नफ़सी (स्वार्थ) को देखकर घबरा उठता है।

लंदन

24 जुलाई

...कल शाम उस जलसे में जो मिसेज़ बेसेंट के लिए किया गया था, कई संसद सदस्यों ने, जिनमें कुछ महिलाएँ भी थीं, तक़रीरें कीं। मिसेज़ बेसेंट की तारीफ़ के पुल बाँधे। सर अली और लेडी इमाम भी तशरीफ़ लाए थे।

बेहद अफ़सोस है कि तुम अबतक यहाँ नहीं पहुँच सकीं।

1, ओरमांड मैनशन
ग्रेट ओरमानो स्ट्रीट
लंदन

31 जुलाई 1924 ई.

...मिस्टर व मिसेज़ हबीबुल्लाह ब्रिस्टल से परसों आए; रात का खाना कल उनके साथ खाया। कल मिसेज़ हबीबुल्लाह मेरे सामने आईं। लखनऊ में पर्दा करती थीं, तुम्हें पूछती रहीं। अब तो ख़ूब अंग्रेज़ी बोलती हैं। एक पूरा मकान किराये पर लिया है, मेरा और उनका साथ अब हिन्दुस्तान वापसी के वक़्त होगा। वह वेनिस से जहाज़ पर सवार होंगे। मैं उसी जहाज़ से एक हफ़्ता बाद पोर्ट सईद से रवाना हूँगा।

कल रात के खाने पर महाराजा साहब महमूदाबाद के साले मोहम्मद इलियास ने बुलाया है; वह बैरिस्ट्री का इम्तिहान पास करने वाले हैं।

बाराबंकी से ग़ज़नफ़र का ख़त आया है, इंग्लिस्तान आने वाले हैं; मगर मुझसे मुलाक़ात न हो सकेगी। मैं अगस्त का महीना जर्मनी, आस्ट्रिया, हंगरी वग़ैरह में गुज़ारूँगा। सितम्बर क़ुस्तुनतुनिया और अंगोरा में। 17 अक्तूबर को पोर्ट सईद से इटली के जहाज़ क्रैकोविया में सवार होकर बम्बई रवाना हूँगा। तुम बहरहाल न पहुँचीं। अब इंशाअल्लाह इंग्लिस्तान के दूसरे सफ़र में तुम और छब्बू जी साथ होंगे।

ख़ुदा हाफ़िज़

ओरिएण्ट एक्सप्रेस

सितम्बर 24 ई. में उसी जहाज़ क्रैकोविया से अब्दुर्रहमान सिद्दीक़ी और ख़्वाजा अब्दुल मजीद के भतीजे अब्दुल हमीद यूरोप रवाना हुए। ए. हमीद केमिस्ट्री की उच्च शिक्षा के लिए बर्लिन जा रहे थे, जहाँ ज़ाकिर हुसैन ख़ाँ और सैयद आबिद हुसैन साल भर पहले से शिक्षा प्राप्त करने में व्यस्त थे। डॉक्टर ताराचंद बर्लिन स्कूल ऑफ़ फ़ॉरेन लैंगवेजेज़ में उर्दू पढ़ा रहे थे।

पुराने इन्क़िलाबी, डॉक्टर ग़फ़्फ़ार ख़ैरी, सत्तार ख़ैरी, मौलवी बरकतुल्लाह और यल्दरम के एम.ए.ओ. कालिजेट स्कूल अलीगढ़ के सहपाठी राजा महेंद्र प्रताप भी बर्लिन में डटे, हिन्दुस्तान आज़ाद करने की साज़िशों में मसरूफ़ थे। ये लोग उन सरफिरे नौजवानों में से थे, जो 1914 ई. से पहले से यूरोप और अमेरिका जाकर वतन की आज़ादी के लिए ख़तरों भरी जद्दोजहद करते और जलावतनी (देश निष्कासन) और निर्धनता के कष्टों को ख़ुशी से बर्दाश्त करते थे।

'मेरे प्यारे हम ख़याल भांजे उसमान! इस वक़्त ओरिएण्ट एक्सप्रेस की रफ़्तार बिल्कुल एक सौ बीस मील है। कहीं-कहीं ज़रा कम हो जाती है। रफ़तार का मीटर सामने लगा हुआ है और तुम बहुत याद आ रहे हो, क्योंकि मेरे इस ट्रेन पर बैठने की ख़ुशी सिर्फ़ तुमको थी।'

ओरिएण्ट[1] एक्सप्रेस बहुत जल्द एक रहस्यमय अफ़सानवी और रोमांटिक चीज़ बनने वाली थी, जिसकी पेरिस से क़ुस्तुनतुनिया तक की जादूभरी मुसाफ़िरत से सम्बन्धित उपन्यास लिखे जाते हैं और फ़िल्में बनती हैं।

क़ुस्तुनतुनिया यूनिवर्सिटी में शिक्षा मंत्री ख़ालिदा अदीब ख़ानम की फ़रमाइश पर तुर्की भाषा में एक लेक्चर 'तुर्किया: कल और आज' दिया, जो

---

1. पहले विश्वयुद्ध से पहले उसमानिया साम्राज्य में रेलवे लाइंस की यूरोपियन राजनीति के सम्बन्ध में देखिए पिछले फुटनोट।

पम्फ़लेट के रूप में प्रकाशित किया गया, उसके बाद रेल द्वारा अंगोरा, अफ़यून, मौलाना रूम का क़ोनिया।

दाग़िस्तान टार्स व साइलशिया के सनोबर के वृक्षों में से गुज़रती हुई ट्रेन दक्षिण पूर्वी अनातूलिया के शहर अदाना पहुँची, जहाँ बग़दाद के ज़माने के 'नौजवान तुर्क' दोस्त फ़ख़री, जो अब जनरल फ़ख़री पाशा की हैसियत से मिलिट्री गवर्नर थे।

प्रधानमंत्री रऊफ़ पाशा के विशेष अतिथि की हैसियत से यल्दरम जिस समय अदाना रेलवे स्टेशन पर उतरे, प्लेटफ़ार्म पर फ़ौजी बैंड और स्वागत कमेटी मौजूद पाई। सोचा, कि कोई विदेशी वीआईपी इसी ट्रेन पर यूरोप से आया होगा। उतरकर एक तरफ़ को हो गये। बैंड बजना शुरू हो गया, आशान्वित रहे कि अब यूरोपियन वीआईपी ट्रेन से उतरेगा। जनरल फ़ख़री पाशा ने आगे आने का इशारा किया। अचम्भे से पूछा, 'आपको विश्वास है कि आपको ग़लतफ़हमी नहीं हुई? मुझे कोई और शख़्स समझकर यह धूम धड़क्का कर रहे हैं।'

उसके बाद अदाना मिलिट्री कॉलेज में स्वागत समारोह हुआ। अदाना से हलब, दमिश्क़, बैरूत, 16 अक्तूबर को पोर्ट सईद। सिवाय दो पिक्चर पोस्ट कार्डों के बर्लिन से अदाना तक के सारे पत्र नष्ट हो चुके हैं।

हिन्दुस्तान वापस पहुँचकर विनीतता और विनम्रता के कारण, किसी से अदाना की घटनाओं की बात नहीं की लेकिन 'हमदर्द' के संवाददाता, मुक़ीम क़ुस्तुनतुनिया ने ख़बर भेजी, जो मौलाना मोहम्मद अली ने प्रकाशित की।

लंदन तक हर ख़त में बीबी से पूछते रहे, तुम छब्बू मियाँ समेत कब तक पहुँच रही हो ताकि मैं उसी के लिहाज़ से आइन्दा प्रोग्राम बनाऊँ लेकिन यहाँ हस्बे-मामूल (यथानुसार) ज़बर्दस्त कनफ़्यूजन फैला हुआ था।

रोहतक में मुस्तफ़ा हैदर उर्फ़ छब्बू मियाँ का नज़ला ठीक हुआ तो उनकी ख़ाला सरवत आरा बीमार पड़ गयीं। नज़्रबाजी उनको फ़ौरन सोलन ले गईं। वहाँ मुरादाबाद से चचा ग़ज़नफ़र अली नक़वी उर्फ़ लड्डन मियाँ अपने ब्याह

में ले जाने के लिए आ पहुँचे। तुरन्त उनके साथ रात की गाड़ी से रवाना हुईं। ट्रेन में छबाछब सेहरा लिखा—

नौशा बना ग़ज़नफ़र, चमके फ़लक पे अख़्तर
झुक-झुक के चूमता है क्या माहताब[1] सेहरा

(दूल्हा बना ग़ज़नफ़र चमके गगन पे तारे - झुक-झुक के चूमता है क्या माहताब सेहरा)

सुबह चार बजे चौक लाँकड़ी वाला पहुँचे। नौशा के वालिद डिप्टी असग़र अली के मकान में सब सोये पड़े थे। आँगनों और दालानों में क़तार, अंदर क़ितार पलंग बिछे थे। घटाएँ घिर आई थीं, अज़ान से पहले-पहले सारे घर में जाग हो गई, शादी का हंगामा शुरू हुआ; दूसरे दिन मर्द बारात लेकर रुदौली रवाना हुए। चौधरी मोहम्मद अली की 'गुलरू' (फूल जैसे चेहरे वाली) और फ़र-फ़र अंग्रेज़ी बोलती बेटी ज़हरा को रुख़सत करा के लाए।

नज़्र बाजी वापस सोलन पहुँचीं तो सरवत ने कहा, 'बाजी लाहौर से भाई हमीद अली का तार आया है, मैं इंग्लिस्तान रवाना हो रहा हूँ, फ़ौरन मेरे साथ चली चलिए। फूफा यूरोप में जिस जगह होंगे वहाँ पहुँचा दूँगा।'

झटपट सफ़र का सामान बाँधना शुरू किया कि मुरादाबाद से नौशा मियाँ लड्डन का ख़त पहुँचा। बैरिस्टरी पढ़ने लंदन जा रहा हूँ, तुरन्त साथ चली चलिए। इतने में सरवत आरा फिर बीमार पड़ गयीं, साथ ही ज़ोरदार तूफ़ान आया, सोलन के पहाड़ ढह गये, मकान गिर गये, शिमला कालका रेलवे लाइन बह गयी, सड़कें बन्द हो गयीं।

जब तक रास्ते खुले, मियाँ का ख़त अंगोरा से मिला, फुलाँ (अमुक) तारीख़ को हिन्दुस्तान के लिए रवाना हो रहे हैं, दोनों बहनें वापस रोहतक पहुँचीं।

शाम की चाय पी जा रही थी, मीर अफ़ज़ल अली जो लड़कपन से बहनोई की हीरोवर्शिप करते आए थे, ख़ुश-ख़ुश कमरे में दाख़िल हुए, 'बम्बई से भाईजान का तार आया है। रज़ाउल्लाह साहब के यहाँ दिल्ली पहुँच रहे हैं।'

---

1. चाँद।

कूचा पंडित के अन्दर हवेली शमसुल उलमा मौलवी ज़काउल्लाह मरहूम के आँगन में, उनकी बहू सुलताना रज़ाउल्लाह चबूतरे पर बैठी वुज़ू कर रही थीं। बाहर दीवानख़ाने में इंजीनियर रज़ाउल्लाह (जो मख़ज़न में हास्य लेख लिखा करते थे) और मीर अफ़ज़ल अली बम्बई से आने वाली ट्रेनों के वक़्त देखने के लिए टाइम टेबल के पृष्ठ पलटने में व्यस्त थे। सद्र (बड़े) दरवाज़े पर खटखट हुई; मर्दाने से रज़ाउल्लाह के ज़ोरदार क़हक़हे की आवाज़ आई।[1]

21 अक्तूबर 1924 ई. को अलीगढ़ वापस पहुँचे। रशीद अहमद सिद्दीक़ी ने कहा, 'सैयद साहब यूँ भी तेज़ रफ़तार थे। वापसी पर ऐसा मालूम होता था जैसे पाँव में स्प्रिंग लगे हुए हैं। जिस्म में ताक़त, चेहरे पर ख़ुशी और सुर्ख़ी आ गयी थी। मैंने पूछा, 'टर्की में कोई तब्दीली पाई?' फ़रमाया, 'शुरू से आख़िर तक तबदीली ही तबदीली नज़र आई।'[2]

---

1. 'अय्यामे गुज़िश्ता' 'इसमत' कराची से लिया गया।, 2. 'गंजहा-ए-गराँ माया' लेखक रशीद अहमद सिद्दीक़ी।

जनरल फ़ख़्री पाशा की डोली

1925 ई. में रजिस्ट्रारशिप की पंचवर्षीय अवधि समाप्त होने पर यल्दरम दोबारा रजिस्ट्रार चुन लिए गये। उसी वर्ष जामिया मिल्लिया दिल्ली स्थानांतरित हुआ। तुर्की में लोकतंत्र स्थापित हो जाने से ख़िलाफ़त आंदोलन कमज़ोर पड़ चुका था लेकिन स्वदेशी और खादी का ज़ोर बढ़ता जा रहा था।

नज़्र सज्जाद हैदर कुछ वर्ष से खादी की साड़ियाँ पहन रही थीं। सैयद मुस्तफ़ा हैदर के लिए एक आयरश बुढ़िया मिस कैथलीन चिव गवर्नेस के तौर पर नियुक्त थीं, जो मिस आमना पोप (जो एक नयी-नयी मुसलमान हुई अंग्रेज़ महिला थीं) के द्वारा कहीं से मंगवाई गई थीं। मेहनताना पचास रुपया माहाना, खाना और खादी के फ़्राक। वह ख़ुद एक सख़्त आयरश और हिन्दुस्तान से प्रेम करने वाली बुज़ुर्ग औरत थीं।

साप्ताहिक 'क़ौम'[1]
दिल्ली
20 नवम्बर 25 ई.

हिज़ एक्सीलेंसी फ़ख़री पाशा और बेगम फ़ख़्री पाशा का अलीगढ़ में वुरुद (आगमन)। (जनाब मनज़ूर ज़हरा साहिबा पुत्री ज़हूरुल हस्नैन रिज़वी मरहूम की ओर से)

परसों 14 नवम्बर, दस बजे दिन के हिज़ एक्सीलेंसी अचानक बेख़बर यहाँ तशरीफ़ लाए। अपनी मोटरकार पर, जो उन्हें काबुल से यहाँ लाई है, रजिस्ट्रार साहब की कोठी पर तशरीफ़ लाए, सब मोटर से उतरकर ड्राइंग रूम में बैठे। नौकर ने जो नये रंगढंग की बीबी देखी, नज़्र सज्जाद साहिबा को यह ख़बर दी कि एक सियाहपोश (बुर्क़ापोश) बीबी हैं मगर मुँह खुला है और रंग मेमों का सा है ...फिर तो बेहद ख़ुशी हुई कि एक तुर्क बेगम

1. एडिटर क़ारी अब्बास हुसैन; 1925 ई. में नज़्र सज्जाद हैदर का उपन्यास "वफ़ादार" क़िस्तों में प्रकाशित हो रहा था।

के दर्शन करने को मिले। मगर बड़ी मुश्किल यह थी कि दोनों आपस में बातचीत नहीं कर सकती थीं।

ख़ैर जिस वक़्त तक सज्जाद हैदर साहब मौजूद रहे अनुवाद करते रहे। जनाब फ़ख़्री पाशा तो फ़ारसी जानते हैं ...उसके बाद इशारों में या एक दो फ़ारसी व अंग्रेज़ी शब्दों की मदद से कुछ बातें हुईं। ख़ानम साहिबा ने हिन्दुस्तान के गहरे पर्दे पर बड़ा आश्चर्य और दुःख प्रकट किया और कहा, 'हिन्दुस्तान पहुँचकर आप पहली महिला से मेरी मुलाक़ात हुई है।' नज़्र सज्जाद साहिबा ने कहा, 'आपको लाहौर में बहुत सी शिक्षित बीबियाँ मिलतीं मगर आप तो ख़ामोशी के साथ' होटल में वहाँ का वक़्त गुज़ार कर तशरीफ़ ले आईं।'

लिबास बिल्कुल अंग्रेज़ी स्टाइल का था। फ्राक जिस पर काला लम्बा ओवरकोट और सिर पर, चूँकि सफ़र में थीं, सियाह क्रेब का रुमाल लिपटा हुआ था, जिसको अपने ख़याल में बुर्क़ा समझकर पर्दे के समर्थक ज़रा संतुष्ट हो गये थे। अगर कोई हिन्दुस्तानी मुसलमान बीबी इस तरह यूनिवर्सिटी को देखने आतीं तो यक़ीनी तौर पर हमारी क़ौम के कुलीन लोग पुलिस से ज़लील करायें और परिसर में क़दम न रखने दें और बस चले तो फाँसी दे दें। मगर अब ख़ामोश थे। आली जनाब फ़ख़्री ख़ानम साहिबा बहुत से यूनिवर्सिटी के अधिकारियों के साथ, खुले मुँह मुआयना फ़रमाती फिर रही थीं और कोई दम न मार सकता था।

सुना है कि ख़ानम साहिबा ने ख़ास-ख़ास लोगों से हाथ मिलाए। मैं सोचती हूँ कि उस वक़्त उन साहिबों के दिलों पर क्या गुज़री होगी। शायद दिल और हाथ ख़ुदा के प्रकोप और क्रोद्ध के भय से लरज़ रहे होंगे कि एक मुसलमान महिला का हाथ उनके हाथ में है, जिनके ख़याल में नब्ज़ (नाड़ी) दिखाने के लिए पर्दानशीं का हाथ हकीम के हाथ में देना भी घोर पाप है।

आजकल मैं मुस्लिम यूनिवर्सिटी और गर्ल्स स्कूल देखने के लिए अलीगढ़ आई हुई हूँ मगर अब तक कॉलेज की इमारत नहीं देख सकीं। रात को भी सहम-सहम कर निकलना होता है। मस्जिद तक देखना मुश्किल है, लोग टोकते हैं।

जनरल फ़ख़्री पाशा उन दिनों काबुल में तुर्की के राजदूत थे। अलीगढ़ में उनके असूचित आगमन पर यलदरम ने यूनिवर्सिटी में उनका शाहाना (राजसी) स्वागत करवाया। जनरल साहब ने यूनियन में लेक्चर दिया। नज़्र सज्जाद ने, जो अपनी मेहमाननवाज़ी के लिए मशहूर थीं, सुबहो-शाम यूरोपियन और हिन्दुस्तानी डिशें बराबर-बराबर संख्या में तैयार करवाईं और उनकी चचाज़ाद बहन मनज़ूर ज़हरा ने फ़न्ने तब्बाख़ी (खाना, व्यंजन बनाने की कला) के कमाल दिखाए।

वह तुर्क सिपाही बरामदे में खड़ा चुरुट पीता था कि सामने सड़क पर एक सुर्ख़ पर्दों वाली डोली जाती नज़र आई। सोचा ट्रोपिकल इण्डिया का कोई भारी भरकम पक्षी पिंजरे में चिड़िया घर ले जाया जा रहा है। धावे से एक छलांग भर के 'स्ताप, स्ताप' चिल्लाता फाटक की ओर दौड़ा।

कहारों ने देखा, एक गोरा साहब लाल मूँछों वाला रुकने का हुक्म दे रहा है। घबराकर पालकी फ़ौरन ज़मीन पर रख दी। जनरल, 'मर्सी, मर्सी' कहकर लपका और पर्दा उठाया।

अंदर बैठी बीबी ने जो एक नुकीली मूँछों, नीली आँखों वाली, रौबदाब वाली हसीन सूरत का क्लोज़अप डोली के अंदर देखा तो बजाय 'अजब तेरो कमाल तुर्काना दारी' कहने के दहल कर ज़ोर से चिल्लाईं। तुर्क विजेता उनसे भी ज़्यादा हैरान होकर पीछे हटा। बदहवास सा मकान के अंदर वापस जाकर मकान मालकिन से कहा, '...ख़ानम! तुर्किया के बदतरीन दौर में भी औरतों को पिंजरों में बन्द नहीं किया गया।'

उसके बाद वह पुरुष योद्धा ख़ानम सहित, ताजमहल देखने आगरा रवाना हो गया।

कॉनवोकेशन और सालाना नुमाइश के ज़माने में रजिस्ट्रार हाउस में मेहमानों की बड़ी संख्या के कारण परिसर में तम्बू लगा दिये जाते थे और मिस कैथलीन चिव फिरकी की तरह घूमती थीं। कॉनवोकेशन का समारोह एक शानदार भव्य और जोशीला आयोजन था। नक़ाबपोश चांसलर, वाइस चांसलर प्रो. वाइस चांसलर और रजिस्ट्रार कारचोबी चोग़े पहने हुए जुलूस की शक्ल

में सम्मान से चलते हुए डाइस पर पहुँचते। ख़ुतबा (अभिभाषण) अरबी में पढ़ा जाता, उस भव्य और शानदार नज़ारे से प्रभावित होकर बहुत से उपस्थित जनमानस आँखें भिगो लेते।

लेकिन कॉनवोकेशन के इस समारोह में मौलवियों के हुक्म से महिलाओं का भाग लेना वर्जित था।

सेवा में, जनाब वस्ल बिलगिरामी साहब

एडिटर, माहनामा, 'मुरक़्क़ा' लखनऊ

जनाब एडिटर साहब![1]

मेरा दिल जलना अब बन्द हो चुका है, या इस क़दर जला है कि अब ख़ाक में आग़ लग ही नहीं सकती। मर्दों से उलझना मेरा काम नहीं लेकिन मौलाना साहिबान कमज़ोर बेज़बानों को गालियाँ तक दे देते हैं। क्या आपको पता नहीं कि अलीगढ़ में कॉनवोकेशन के मौक़े पर पर्दे का इन्तिज़ाम नहीं किया जाता? मौलाना हज़रात का कहना है कि अगर बीबियाँ बुर्क़ा पहनकर आएँ तो पुलिस द्वारा निकाली जाएँगी।

इन मौलानाओं के ख़ौफ़ और डर से यूनिवर्सिटी के अधिकारी पर्दे का बन्दोबस्त नहीं कर सकते। इस मुख़्तारे-कुल (सर्वाधिकार सम्पन्न) सम्प्रदाय से उलझना फ़ुज़ूल है। ख़्वाह-मख़्वाह, जमीअतुल-उलमा सदस्यों के दूबदू होकर गुनहगार होना है। वह ख़ुद हमारा आदर करें न करें उलमा सम्माननीय हैं। वह हमारे आज़ादी के शरई (धार्मिक) अधिकारों से अच्छी तरह परिचित हैं, मगर नीतिवश हमारा स्वतंत्र रूप से बराबरी के तौर पर शिक्षा प्राप्त करना नहीं चाहते। मौलाना मसूदुर्रहमान नदवी भी नहीं चाहते।

'मौलाना! आज़ादी से लिखने वाली महिलाएँ नहीं कुछ नक़ाबपोश मर्द हैं, जो बेहूदा लेख फ़र्ज़ी नामों से इस बेज़बान वर्ग (औरतों) पर लानत डलवाते

1. मुरक़्क़ा लखनऊ दिसम्बर 1926 ई. में छपा।

हैं। भाई अख़्तर शीरानी ने 'बहारिस्तान' के नवीन प्रकाशन में इन बुर्क़ापोश हज़रात[1] के नक़ाब उलट दिये हैं।

बहरहाल मौलाना मैं अपने ख़यालात अवश्य प्रकाशित करूँगी, मछलियाँ भी किसी वक़्त पानी से सिर निकाल लेती हैं। हमें यह भी मना है।

वस्सलाम
नज़्र सज्जाद हैदर

पिंजरों से निकलकर इक्का-दुक्का क़ैदी चिड़िया, बी.ए., एम.ए. का इम्तिहान देने अलीगढ़ आने लगी थी और रजिस्ट्रारर्ज़ हाउस के ड्राइंग रूम में बैठकर पर्चे करती थी। नज़्र सज्जाद इनविजिलेटर के तौर पर ख़ामोश पास बैठी स्वेटर बुनती रहती थीं। घड़ी सामने रहती थी। क्या मजाल जो घरेलू मामला समझकर लड़की और कुछ मिनट की इजाज़त माँग ले। अलीगढ़ की पहली एम.ए., हैदराबाद की पाशा सूफ़ी बेगम थीं।

पर्चे यूनिवर्सिटी से बहुत दूर राज़दारी के साथ छपवाए जाते थे। हर साल रजिस्ट्रार साहब इस मक़सद के लिए चुपके से मद्रास या बम्बई जाते। 1925 ई. असिस्टेंट रजिस्ट्रार अबुल हसन पत्नी समेत बम्बई गये; कार दुर्घटना हुई, कई हफ़्ते सेंट जार्ज अस्पताल में दाख़िल रहे। अलीगढ़ वापस आकर गर्मियों की छुट्टियों में छोटे भाई नसीरुद्दीन हैदर के यहाँ देहरादून गये और डालन वाला में एक बड़ी और ख़ूबसूरत कोठी ख़रीदकर उसका नाम 'आशियाना' रखा।

हुकूमत ने इनकम टैक्स के दफ़्तर के लिए, उसका आधा हिस्सा एक सौ पच्चीस रुपये महीना पर ले लिया। आधे हिस्से में भाई शिफ़्ट हो गये। उनकी बच्चियाँ, अज़रा, हुमैरा, ज़हरा अपनी ही उम्र की ख़ाला नफ़ीसा समेत, जीसस एंड मेरी कॉन्वेंट में दाख़िल थीं। काली यूनिफ़ार्म काले मोज़े

---

1. सम्भवतः इसी ज़माने में कुछ साहित्यकारों ने 'ताहिरा देवी शीराज़ी' और 'आमना देवी प्रयागी' के फ़र्ज़ी नामों से उरियाँ नवीसी शुरू की थी। अर्थात नग्नलेखन आरम्भ किया था।

पहन, हैट लगा, स्कूल जाती थीं। पहला सा ज़माना होता, अब तक पर्दे में बिठाल दी गयी होतीं।

इसी गर्मियों के मौसम में मसूरी के स्वाय होटल में कुछ मुसलमान महिलाएँ बालरूम में रक़्साँ (नाचती) नज़र आईं। 'लोग ऐसे ही मुसलमान लड़कियों की शिक्षा और बेपर्दगी के ख़िलाफ़ हैं। बहुत से लोग अपनी लड़कियों को कॉलेजों और स्कूलों से उठा चुके हैं। मुसलमान औरतों को बालरूम में नाचते देखकर सख़्त अफ़सोस होता। आख़िर तफ़रीह के और भी हज़ार तरीक़े हैं। सैर व शिकार, टेनिस, स्केटिंग, गोल्फ़।'

नज़्र सज्जाद हैदर ने लिखा। उनका और उनकी साथी सुधार करने वालियों का सम्बोधन उस वर्ग से था, जो 'टेनिस, स्केटिंग और गोल्फ' के खेल अपना सकता था।

यलदरम यदा-कदा कॉमरेड में तुर्की लोकतंत्र के सम्बन्ध में कालम लिखते थे। 12 नवम्बर 1925 ई. के दिन दिल्ली में 'कामरेड' और 'हमदर्द' की वर्षगाँठ मनाई गयी, जिसमें हकीम अजमल ख़ाँ, डॉक्टर अंसारी और सरोजनी नायडू ने भाग लिया लेकिन देश की राजनीति के धारे तेज़ी से बदलते जा रहे थे।

21 नवम्बर 1925 ई. को मौलाना मोहम्मद अली ने पहली बार, हिन्दू-मुस्लिम शत्रुता पर जामा मस्जिद दिल्ली में भाषण दिया। हालाँकि 'शुद्धि संगठन' के मुक़ाबले में 'तहरीक' तबलीग़ व तंज़ीम का विरोध किया। आज़ादी के संघर्ष के सिम्बल की हैसियत से आल इण्डिया ख़िलाफ़त कमेटी अभी ज़िन्दा थी मगर उसके फ़ंड में रुपया ख़त्म हो चुका था।

मुरादाबाद में जब मौलवी सर मोहम्मद याक़ूब की बहन से क़ाज़ी अब्दुल ग़फ़्फ़ार की शादी हुई थी, दूल्हा मियाँ ने सलामी का सारा रुपया ख़िलाफ़त फ़ंड के लिए मौलाना शौकत अली को भेंट कर दिया था। अब हिन्दुस्तानी मुसलमान तुर्की लोकतंत्र और मुस्तफ़ा कमाल के इश्क़ में मुब्तला हो चुके थे। एक बार मौलवी मोहम्मद याक़ूब, जो वायसराय की एक्ज़ीक्यूटिव कौंसिल के वाइस

प्रेसिडेंट थे, किसी सरकारी काम से लंदन गये; वापसी में मुस्तफ़ा कमाल पाशा के दर्शन की इच्छा लेकर अंगोरा पहुँचे। परिचय के लिए ब्रिटिश प्रधानमंत्री और तुर्की में तैनात ब्रिटिश राजदूत से पत्र प्राप्त कर चुके थे।

अतातुर्क उस ज़माने में बहुत व्यस्त थे और बग़ैर ज़रूरत लोगों से मिलते न थे। मौलवी साहब ने यलदरम को लिखा, 'भाई मेरे, मेरी यह आरज़ू किसी तरह तुम ही पूरी करवा दो।' रऊफ़ पाशा की जगह अब इस्मत अनोनो प्रधानमंत्री थे। यलदरम ने इस्मत अनोनो, जनरल फ़ख़्री पाशा और शिक्षा मंत्री ख़ालिदा अदीब ख़ानम को ख़त लिखे। तीनों ने सर याक़ूब को अपने-अपने यहाँ आमंत्रित किया। इस्मत अनोनो की सिफ़ारिश पर कमाल अतातुर्क ने विशेष मुलाक़ात का गौरव मौलवी साहब को दिया।

'भाई मेरे, ग़ाज़ी मुस्तफ़ा कमाल पूरे बीस मिनट मुझसे बात करते रहे' मौलवी साहब ने ग़ुलामिस्तान-ए-हिन्द (पराधीन भारत) आकर दोस्तों से कहा। दिल्ली में असेम्बली का एक बहुत बड़ा अधिवेशन हो रहा था, जिसकी वजह से सर याक़ूब का घर मुसाफ़िर ख़ाना बना हुआ था। मरहूम अपनी ज़िन्दादिली और शिष्टाचार के लिए प्रसिद्ध थे। सारे मेहमानों को पकड़-पकड़ कर अतातुर्क से मुलाक़ात का किस्सा इस तरह सुनाते जैसे अल्लाह मियाँ से मिलकर आ रहे हैं।

'उनके ज़माने अजीब, उनके फ़साने अजीब। ऐ नये लश्कर के सरदारों याद रखना, ये बड़े प्यारे लोग थे।' ताजिक मूल के दास्तानगो ने ठंडी आह भर कर, बुझते अलाव की चिंगारियों पर फूँक मारते हुए कहा।

चोरों का क्लब

चचा ज़फ़र उमर मरहूम क्या-क्या उपन्यास लिख गये। 'बहराम की गिरफ़्तारी' 'नीली छतरी' 'लाल कठोर' 'चोरों का क्लब'। ख़ुद अलीगढ़ के आसपास देहाती चोरों की एक मंडली क़ायम थी, जिसके सदस्य घुप अँधेरी रातों में यूनिवर्सिटी पहुँचकर कूम्बल (सेंध) लगाते थे।

नज़्र सज्जाद हैदर के यहाँ अलीगढ़ के आठ वर्ष के ठहरने में सात बार चोरी हुई लेकिन अजीब तबीयत पाई थी, रात को ड्रेसिंग रूम का बाहरी दरवाज़ा अक्सर चारों पट खुला रहता था ताकि ताज़ा हवा अंदर आती रहे। उसी ड्रेसिंग रूम में संदूक रखे रहते थे। बारबार चोरियों के बावजूद, उन्हें किसी सुरक्षित कमरे में शिफ़्ट न किया गया।

आख़िरी चोरी में सारे कपड़े निकल गये; केवल रात को पहनने के कपड़े (नाइट सूट) बचा, जो पहने हुए थीं। सुबह को पहनने के लिए मिसेज़ बट ने अपने कपड़े भेजे। ख़ाली सूटकेस कोठी के पीछे खेत में इधर-उधर पड़े मिले।

फिर एक ग्रेजुएट चोर आया।

अमावस की एक ठंडी रात थी, फूँस वाले बंगले पर अजीब तरह का सन्नाटा छाया हुआ था। सारे घर में अँधेरा पड़ा था; केवल आफ़िस रूम में रौशनी हो रही थी। थोड़ी-थोड़ी देर बाद खटखट की आवाज़ आ जाती थी।

साढ़े बारह बजे का समय रहा होगा, जब दोनों नौजवान परिसर में आ धमके। बरामदे में पहुँचकर साइकिलें दीवार से टिकाईं। पायजामे के पाँयचे से क्लिप निकालते हुए एक नौजवान ने कहा, 'बड़े अब्बा यह आधी रात को क्या खड़पड़ कर रहे हैं।'

'भाईजान शायद कोई ताला खोलने की कोशिश कर रहे हैं।' दूसरे नौजवान अल्लन मियाँ ने आहिस्तगी से जवाब दिया। चुपके से खिसक लो, देख लिया तो देर से लौटने पर फिर डाँट पड़ेगी।'

'अमाँ, मुशायरे ही में तो गये थे' पहले नौजवान सैयद सईदुद्दीन हैदर ने खुसर फुसर की।

अचानक अल्लन मियाँ एक छलाँग लगाकर, आफ़िस रूम की ओर लपके। दरवाज़ा अंदर से बंद था। बाहर जाकर खिड़की में झाँका, अंदर एक व्यक्ति मफ़लर में सिर मुँह लपेटे लोहे की अलमारी का ताला तोड़ने की क़ोशिश में बुरी तरह लगा हुआ है। अल्लन मियाँ ने या अली कहकर मुक्के से खिड़की तोड़ी और ग़ड़ाप से अन्दर। चोर से हाथापाई शुरू। यूनिवर्सिटी का दुबला पतला सा छात्र बौखला गया, इतने सईद हैदर भी अंदर कूद आए। दोनों ने मिलकर चोर को रस्सी से बाँधा।

सईद मियाँ ने तेज़ी से अंदर जाकर, बड़े अब्बा का दरवाज़ा ज़ोर से खटखटाया। ख़ामोशी से, घबराकर बड़ी अम्मा के कमरे में झाँका। वह और छब्बूजी दोनों गहरी नींद में थे। बड़ी अम्मा के साथ वाला कमरा मिस कैथलीन चिव का था। बड़ी बी रात को इंजील मुक़ददस का पाठ करके सोती थीं। वह उस वक़्त खुली हुई बड़ी मोटी बाइबल पर सुर डाले सुना रही थीं। सईद मियाँ ने हड़बड़ा कर बारी-बारी सबको झंझोड़ा।

बहुत घबराये से बाहर भागे, साइकिल पर बैठकर डॉक्टर को बुलाने के लिए हवा हो गये। इस बीच अल्लन मियाँ सर्वेंट क्वार्टर्स से नौकरों को जगा लाए; पुलिस बुलवाई।

किसी अनजान व्यक्ति ने, किसी तरकीब से शाम को पेंट्री में पहुँचकर, पानी के उस जग में ख़्वाब आवर सफ़ूफ़ (नींद लाने वाली दवा का चूर्ण) मिला दिया था, जो मक़सूद बैरा खाने की मेज़ पर ले जाने वाला था। उसे यह भी पता था कि घर के नौजवान लड़के सरेशाम ही यूनियन के मुशायरे में जा चुके हैं। डॉक्टर ने कहा, 'अगर यह सफ़ूफ़ ज़रा ज़्यादा मात्रा में पड़ गया होता तो कोई भी क़यामत से पहले न जागता।'

उस लोहे की अलमारी में एम.ए. की वार्षिक परीक्षाओं के पर्चे ताले में बन्द रखे हुए थे।

दूसरे दिन इतवार था, यथानुसार यलदरम के पसंदीदा नौजवान ख़्वाजा ग़ुलामुस्सैयदैन, ख़्वाजा मनज़ूर हुसैन और जलील अहमद क़िदवाई सुबह से आ गये। इस बड़ी घटना पर विचार प्रकट करने के बजाय, इतवार के नियमानुसार उन नौजवानों में से एक से कहा, 'आइये जनाब अब काग़ज़ क़लम लेकर बैठ जाइये' और जैसी कि आदत थी, टहल-टहल कर एक किताब देखते गये और तुरन्त अनुवाद लिखवाना शुरू किया। जलालुद्दीन ख़्वारज़्म शाह 1925 ई. में प्रकाशित हुआ।

आर्कीडिया

सुबह से हल्की हल्की फ़ुहार पड़ रही थी। दिन ढले बादलों की धुंध छंटी; बन्दूक़ संभाले पाँच लम्बे तगड़े शिकारी नाले की पुलिया पर प्रकट हुए। कुछ ही क़दम चलकर एक पुष्पाच्छादित विला के फाटक में दाख़िल हो गये, उनके फ़ुल बूट और चार ख़ाने के पैक कैप और बरसातियाँ पानी में भीगी हुई थीं। पीछे-पीछे एक नौकर मुर्ग़ाबियों का थैला उठाए आ रहा था।

बिल्कुल उसी वक़्त विला के पीछे आरचर्ड की पगडंडी पर चलती चार महिलाएँ बड़ी नफ़ासत से रेशमी छतरियाँ संभाले बाग़ में पहुँचीं ...उन्होंने रेशमी वस्त्र और रेशमी मोज़े और रंग बिरंगे मोतियों और नक़ली पत्थरों से जड़े ऊँची एड़ी के हल्के विलायती जूते पहन रखे थे और चलने में उनके लिबास गीली घास पर सरसराते थे। दूर पहाड़ों पर बारिश की धुंध का सुनहरा ग़ुबार उठ रहा था और हवा में ताज़ा ख़ूबानियों की महक थी।

क़रीब के बंगले में एक बुलटेरियर भौंका।

फ़ज़ा कैथरीन मैंसफ़ील्ड या एलिज़ाबेथ बोदन के अफ़सानों की सी है। अगर आप को यह मालूम न हो कि यह ब्रिटिश दौर का सरहदी शहर एबटाबाद है तो आप बिगुल बजाते सुर्ख़पोश शहसवारों और उनके आगे-आगे लोमड़ियों के पीछे दौड़ते हाउंडज़ की आशा में अवश्य हो सकते हैं और वेबर के संगीत के भी।

लेकिन शिकारी ख़ानबहादुर मीर नज़रुल बाक़र, उनके भतीजे आले हसनैन और ज़हूरुल अस्करी और कज़न लड्डन और अल्लन थे, स्वच्छ महिलाएँ नज़्र ज़हरा, सरवत आरा, मंजूर ज़हरा और उनकी फूफी अकबरी बेगम, जो पड़ोस में मिर्ज़ा सिकन्दर अली और बेगम के यहाँ 'लेडीज़ पार्टी' में कैकम्बर सैण्डविच खाकर और बेलजियन लेस के नेपकिन से उंगलियों की पोरे पोंछ कर वापस आ रही थीं। मिर्ज़ा साहब जो कुछ मुद्दत पहले तक अलीगढ़ में ज्वाइंट मैजिस्ट्रेट

रहे थे, इन दिनों ए बटाबाद में तैनात थे और 25 वर्ष बाद बाज़ीगर ज़माना उन्हें नये राष्ट्र पाकिस्तान का गवर्नर जनरल और प्रेसिडेंट बनाने वाला था।

एक फ़ोर्ड मोटर बाहर आकर रुकी और मकान के मालिक मीर अफ़ज़ल अली घर में दाख़िल हुए।

बादल छंटे, शिकारी लोग हाथ मुँह धो कपड़े बदलकर बरामदे में निकले। ग़ुलाम हुसैन ने कैनवस की कुर्सियाँ बाहर गोल चबूतरे पर रखीं। अकबरी बेगम ने बावर्ची ख़ाने में जाकर मुर्ग़ाबियाँ भुनवाईं; पड़ोस की कोठी से सफ़ेद रेश (सफ़ेद बालों वाले) मेजर कुलदीप सिंह को बुलवाया गया; नौजवान कुआँरी और इंट्रेस की छात्रा मनज़ूर ज़हरा पुत्री ज़हूर हसनैन मरहूम ने काफ़ी बनाकर मेजर साहब को पेश की; इनके बड़े अब्बा मीर नज़रुल बाक़र, जो आज से केवल बीस वर्ष पहले कुँआरी लड़कियों की तस्वीर खिंचवाना महापाप समझते थे, ख़ुशोख़ुर्रम (प्रसन्न चित्त) बैठे चुरुट पीते रहे। बाज़ीगर ज़माना विचारधारा और दृष्टिकोण बदल चुका था।

मेजर कुलदीप सिंह ने मुर्ग़ाबी की एक टाँग सिगार की तरह मुँह में ठूँस कर लड्डन मियाँ से कहा, 'बरखुरदार! अब एक शानदार ग़ज़ल हो जाए' तो अन्दर से हारमोनियम मंगवाया गया। लड्डन और अल्लन दोनों भाइयों ने थियेटर की ताज़ा हिट ग़ज़ल शुरू की

तू वह गुले-ख़ूबी है ऐ जलवा-ए-जानानाँ
हर गुल है तेरा बुलबुल हर शमअ है परवाना

(हे प्रिय तू ऐसा सुन्दर फूल है कि हर फूल बुलबुल की तरह और हर शमअ परवाने की तरह तुझ पर आशिक है।)

यूनानी प्राचीन क़िस्से कहानियों में सांसारिक स्वर्ग को आर्कीडिया कहते हैं, जो प्राचीन यूनान के पहाड़ी ज़िले का नाम था। आर्कीडियन दृश्य यूरोपियन पुनर्जागरण के चित्रकारों के मनपसंद शीर्षक रहे। संतोष और पूर्ण शान्ति की स्थिति के लिए अंग्रेज़ी में एक दिलचस्प शब्द योजना 'होंकीडोरी' प्रयोग में लाई जाती है। यूनानी आर्कीडिया के वासी लगातार होंकीडोरी में रहते थे। इसी हालत

में चबूतरे पर खाने के बाद, सुबह तीन बजे तक क़व्वाली होती रही। चाँद सरो के दरख़्तों के पीछे छुप गया; मीर अफ़ज़ल अली चुपके से तहज्जुद की नमाज़ को चले गये, जो वह नौ बरस की आयु से पढ़ते चले आए थे।

सुबह-सुबह अलीगढ़ से भाई सज्जाद हैदर आ पहुँचे, ड्राइंग रूम के दरीचे पर ख़ूबानी का दरख़्त झुका हुआ था। जिसकी एक शाख़ ज़रा झुकाओ तो अन्दर आ जाती थी। आठ वर्षीय मुस्तफ़ा हैदर ब्रेकफ़ास्ट के वक़्त इस शाख़ को अन्दर खींच लेते और ख़ूबानियाँ तोड़-तोड़ कर सबको दिया करते।

मेहमानों की संख्या ज़्यादा होने की वजह से शाम की चाय के लिए सरवत आरा बेलों से ढके बरामदे में छोटी-छोटी मेज़ें और कुर्सियाँ इस तरह लगवातीं जैसे अंग्रेज़ी होटलों में होती हैं। हर मेज़ पर फूलों से भरी टोकरीनुमा गुलदान धरा होता।

हफ़ता भर बाद भाई सज्जाद हिन्दुस्तानी एकेडमी के वार्षिक अधिवेशन के लिए इलाहाबाद रवाना हो गये। लड्डन, अल्लन, हसनैन, मनज़ूर ज़हरा और नज़्रबाजी ने 'हिन्दुस्तान' वापस जाने की तैयारी की।

पापा यानी बूढ़े मीर नज़रुल बाक़र फ़ौज से सेवानिवृत हो चुके थे। छोटी बेटी और दामाद के पास रहते थे; क्योंकि दामाद उनका सगा भांजा था। और कहाँ जाते! बेटा मुस्तफ़ा बाक़र ज़िन्दा होता तो उसके पास रहते।

जिस वक़्त रिश्तेदार, 'हवेलियाँ' रेलवे स्टेशन रवाना हो रहे थे, सास बहू अकबरी बेगम और सरवत आरा बरामदे के स्तम्भ से लगी आँसू बहाती रहीं। शायद उनकी छठी हिस (चेतना) को मालूम हो गया था कि ऐसा ख़ुशगवार वक़्त दोबारा नहीं आएगा।

फ़रवरी में पापा, बहन और छोटी बेटी के साथ नुमाइश के लिए अलीगढ़ आए। इतवार के दिन शिकार खेलने सिकन्दरा की ओर जाया करते। एक शाम घर वापस पहुँचते ही बरामदे में बन्दूक़ फेंक, बायें बाज़ू को पकड़ कुर्सी पर टिक गये। डॉक्टर ने फ़ालिज का ख़तरा बताया। अज़ीज़ रिश्तेदार और दोस्त मिज़ाजपुर्सी करने अलीगढ़ पहुँचे। शुरू मई में डॉक्टर ने देहरादून जाने की

राय दी, जहाँ ले जाने के लिए इनामुल्लाह शाह को लाहौर तार भेजा गया। देहरादून में आशियाना किराये पर उठा हुआ था। ख़ानबहादुर अख़तर मोहम्मद ख़ाँ ख़ुर्जवी, हाउस एजेंट ने आर्कीडिया नामक कोठी का बन्दोबस्त किया।

ट्रेन दून वैली में दाख़िल हुई, पापा ने कहा, 'सुबहान अल्लाह बेटी, अल्लाह ने क्या हसीन जगह तुम्हें रहने को दी है। अगर अच्छा हो गया तो मैं भी एक कोठी ख़रीद कर यहीं रहूँगा।'

ट्रेन स्टेशन के नज़दीक पहुँची; पापा ने फ़ौजी मुस्तैदी से बाल दुरुस्त किये, टाई बाँधी, कोट पहन कर तैयार हुए ट्रेन स्टेशन पर रुकी। पापा, इनामुल्लाह शाह के सहारे प्लेटफ़ार्म पर उतरे। बहन, दोनों लड़कियों और नौकरों ने नाश्ते और दवाओं की टोकरियाँ उठाईं।

यूनान की प्राचीन कहानियों वाली आर्कीडिया के वासी हमेशा प्रसन्न और ख़ुश रहते थे, यह जानते हुए भी कि मायूसी, दुःख, संताप, बीमारी और नाश (अंत) इंसान का भाग्य है। लेकिन इंसान अफ़सोस से हाथ मलता है तो हाथों से आशा की चिंगारियाँ निकलती हैं।

अंग्रेज़ों ने स्वदेश के देहाती मकानों की तरह हिन्दुस्तान में पहाड़ी बंगलों के नाम भी 'आर्कीडिया' रखे लेकिन मर खप गये। आर्कीडिया करज़न रोड का अंग्रेज़ मालिक कब का क़ब्रिस्तान आबाद कर चुका था लेकिन उसकी स्थापित की हुई PAN की सफ़ेद संगेमरमर की मूर्ति बाग़ के मध्य में अब भी मौजूद थी। कोठी के वर्तमान मालिक रियासत 'नाभा' के एक सरदार जी थे।

अलीगढ़ वाले ख़्वाजा अब्दुल मजीद के ससुर नवाब सरबुलन्द जंग पूर्व चीफ़ जस्टिस हैदराबाद दक्कन, इलाज के लिए आर्कीडिया के पड़ोस में ठहरे हुए थे। ख़्वाजा बेगम उनकी तीमारदारी में व्यस्त थीं। अक्सर सूर्यास्त के समय दोनों बुज़ुर्ग आर्कीडिया के बरामदे में आराम कुर्सियों पर लेटे अपनी बीमारियों के सम्बन्ध में चर्चा करते या एक सुयोग्य देहलवी छात्र अहमद अली[1] की बाग़ियाना गुफ़्तगू दिलचस्पी से सुनते (जो क़रीब की एक कोठी में गर्मियाँ गुज़ार रहे थे)।

1. बाद में लेखक 'अंगारे' ट्वाइलाइट इन डेल्ही आदि।

नज़्र बेगम ने आर्कीडिया में डाक रूम बनवा लिया था। वह इन सबकी तस्वीरें खींचा करतीं और मुरादाबाद और लाहौर से रिश्तेदार आते जाते रहते।

एक रात इनामुल्लाह शाह खाना खाते-खाते बोले, 'बाजीजान वह कोठी कहाँ है? रस्पना जिसमें आप 1912 ई. में रही थीं, चलिए दिखलाकर लाइये, इसी वक़्त।'

'तबीयत में बला की जल्दबाज़ी थी, तुरन्त बाजी के साथ रस्पना पहुँचे; फाटक बन्द था, मेंहदी की बाड़ को जाँचा और छलांग भर के अहाते (परिसर) के अंदर सिर निकाल कर फ़रमाया, 'बाजीजान तशरीफ़ लायें।'

वह भी कूद कर अंदर गयीं, एक कुत्ता भौंका, चौकीदार चोर-चोर ललकारता हुआ दौड़ा। कुत्ते ने सैयद इनामुल्लाह शाह की शलवार का पाँयचा झपट लिया। चौकीदार से फ़रमाया, 'पहले इस मूज़ी (निर्दयी) को भगाओ और साहब को जाकर बोलो, 'आपके पुराने दोस्त, आई.एल. शाह लाहौर से आये हैं।'

चौकीदार ने कहा, 'साहब, मेम साब बाहर गया है।'

अच्छा हमारा सलाम बोलना, अब फाटक खोलो।' बाग़ में जाकर रस्पना को मुलाहिज़ा किया, बाहर निकले; सुरमई करज़न रोड चांदनी में चमक रही थी।

अचानक नज़्र बाजी ने घबराकर कहा, 'भाई इनाम! मेरा ब्रोच, सारा ज़ेवर चोर ले गये; यही एक क़ीमती चीज़ बची हुई थी।'

'बाजीजान, अल्लाह मालिक है' झुककर सड़क पर ढूँढ़ना शुरू किया।'

'अगर उलझ कर बाड़ में गिर गया तो क्या मिलेगा, बाजी ने दुःखी होकर कहा। दोनों मुँह लटकाए आर्कीडिया वापस पहुँचे, इनामुल्लाह शाह ने पापा से कहा, 'पापाजी इंशाअल्लाह सुबह को ब्रोच, बाजी को ज़रूर मिल जाएगा।'

'अब तुम पर भी वही (देववाणी) नाज़िल होने लगी' अकबरी बेगम ने हँस कर पूछा। इनामुल्लाह शाह क़ादियानी थे। सुबह मुँह अँधेरे न जाने किस तरह जाकर ब्रोच ढूँढ़ लाए। क्या अजब है उनके पास भी एक आध फ़रिश्ता आता हो।

पापा की तबीयत संभलती जा रही थी; पड़ोस में नवाब सर बुलंद जंग की हालत अचानक बिगड़ गयी। जिस दिन यूनानी इलाज के लिए उन्हें दिल्ली ले गये हैं, उसके चौथे दिन अख़बार में उनकी मौत की ख़बर आ गयी।

दोपहर को बरामदे में अकबरी बेगम और मुश्ताक़ बैरा पापा को खाना खिला रहे थे। अहमद अली स्टेट्समैन पढ़कर सुनाने में व्यस्त थे। एकाएक उन्होंने अख़बार हाथ से रख दिया; लेकिन शाम तक पापा को पता चल गया। मीर अफ़ज़ल अली का तबादला एबटाबाद, डेरा इस्माइल ख़ाँ हो चुका था। सुबह को पापा ने बेटियों से कहा, 'यहाँ सर्दी बढ़ती जा रही है, मैं डेरा इस्माईल ख़ाँ जाना चाहता हूँ।'

उसी दिन अलीगढ़ से ख़त आया।

11 अक्तूबर 1928

असलाम अलैकुम

नवाब[1] साहब नैनीताल जा रहे हैं। शायद मुझे या अबुल हसन को साथ ले जाएँ, इस बीच तुम पापा को लाहौर पहुँचा आओ। यह जानकर ख़ुशी हुई कि पापा की हालत अब बेहतर है। छब्बूजी की पढ़ाई में छह महीने से गड़बड़ हो रही है। इनका स्कूल खुले एक महीना हो चुका।

अब मेरे छह महीने के सफ़र की बारी आती है। एक मार्च 29 ई. से छुट्टी की दरख़्वास्त दी है। तेहरान व शीराज़ के ख़्वाब देख रहा हूँ।

वक़्त आनस्त कि पुर्सी ख़बर अज़ शीराज़म

सज्जाद

डेरा इस्माईल ख़ाँ रवानगी की शाम पापा कुर्सी पर बिठाल कर आर्कीडिया से बाहर लाए गये। डूबते सूरज की सुर्ख़ किरणों ने आर्कीडिया के चमन में खड़े पैन के मुजस्समे (मूर्ति) को गुलरंग (फूलों के रंग का) कर दिया था। शाम को बसेरा करने वाले परिन्दों की चहकार से बाग़ एकाएक गूँज उठा। चल ख़ुसरो घर आपने...

---

1. नवाब सर मुज़म्मिल उल्लाह ख़ाँ शेरवानी।

फ़्लाइंग आफ़रीदी की रवानगी

नवम्बर 7 रेलवे रोड, लाहौर के ड्राइंग रूम में पापा का पलंग बिछाया गया, रेलवे स्टेशन से घर पहुँचते रात के दस बज चुके थे। मिलने वालों की भीड़ लगी थी और बड़ी चहल पहल थी। पापा चकोथी के शौक़ीन थे। मौलवी मुमताज़ अली से फ़रमाया, 'मौलवी साहब, डॉक्टर होन ने चलते चलते ताकीद की थी कि रोज़ाना रात को गंडेरियाँ खाया करना।'

सैयद इनामुल्लाह सुनते ही हवा हो गये। पौने घण्टे बाद तीन सेर गन्डेरियाँ लिए लड़खड़ाते हुए वापस आये। शलवार के पाँयचे फटे हुए और टख़ने लहू लुहान। फ़रमाया, बाज़ार बन्द हो चुका था गंडेरियों की तलाश में एक अँधेरी गली में जा पहुँचा; वहाँ कुत्ते बहुत थे।

स्टीमर डेरा इस्माईल ख़ाँ की तरफ़ रवाँ था; सिंधु नदी पर तेज़ हवा चल रही थी; जहाज़ पर फ़ोर्ट संडेमन और बन्नू के मुसाफ़िर सवार थे। एक बार फिर सीमांत प्रांत की आनन्ददायक हवाएँ, खुली हवा में उड़ते बाज़, जहाँ तक नज़र आए पानी ही पानी। सिन्धु अपने लम्बे सफ़र में मसरूफ़ थी।

नैया बाँधो कनार-ए-दरिया
पापा को स्टीमर से कुर्सी पर बैठा कर उतारा गया।

मीर अफ़ज़ल अली कोठी रोज़ीटा हाउस में गुले-दाऊदी खिल चुके थे। पापा के बेडरूम के सामने छोटे से बरामदे में सुबह से तेज़ धूप आ जाती थी। सरवत आरा ने अपनी सास अकबरी बेगम से कहा, 'फूफी, अजब उजाड़ सा बरामदा है। देखकर डर लगता है।'

पापा की तबीयत बेहतर होने पर नज़्र बेगम एक दिन सुबह ही सुबह अलीगढ़ के लिए रवाना हुई; पापा उसी बरामदे के दरवाज़े से लगकर खड़े हुए। भूरा ऊनी ड्रेसिंग गाओन पहने हुए एक बार हाथ उठाकर ख़ुदा हाफ़िज़ कहा और अंदर अपने पलंग पर जा लेटे।

बारह मील दूर सिन्धु के किनारे पहुँचते पहुँचते सूरज निकल आया। साहिल (तट) के चायख़ानों की बेचों पर कनटोप और दुगले पहने मुसाफ़िर जहाज़ के भोंपू की प्रतीक्षा में बैठे थे। भाप और कोहरे की वजह से हर चीज़ धुँधली लग रही थी जब जहाज़ चला किनारे पर खड़े लम्बे क़द के अफ़ज़ल अली की पगड़ी का तुर्रा कोहरे में कुछ पलों तक चमकता रहा।

बिस्मिल्लाहिर्रहमानिर्रहीम
डेरा इस्माईल ख़ाँ
17 नवम्बर 1928 ई.

बाजीजानी अस्सलाम अलैकुम व रहमतुल्लाह व बरकातहू।

डॉक्टर विजय दयाल अभी-अभी आये थे। मामू का ब्लड प्रेशर 170 निकला। इत्मीनान दिला गये हैं लेकिन आपको यक़ीन थोड़ा ही आएगा। अब तो मामू ख़ूब मुर्ग़ी मछली खाते हैं। लाख कहो, बाजी वसीयत कर गयी हैं कि गोश्त मत देना, वह कहते हैं सफ़ेद गोश्त का कोई हर्ज नहीं। घड़ियों शिफ़ा उतर रही है (यानी तबीयत ठीक होने पर है)।

ग़ुलामे-अज़ल (सदा का सेवक)
अफ़ज़ल
30 नवम्बर की सुबह पापा ख़त्म हो गये।

बड़े भाई की मौत के दिन से अकबरी बेगम को अपनी ख़ाला अशरफ़जहाँ वाली चुप लग गयी। गुमसुम सारे काम करतीं। अशरफ़जहाँ बेगम की तरह एक आध हुँकारा भर देतीं या इशारों से बात का जवाब दे देतीं। चेहलुम की फ़ातेहा और सवाब (पुण्य) पहुँचाने के लिए मजलिस का सारा प्रबन्ध पूरा करवाने के बाद, वह नमाज़ के तख़्त पर चुपचाप दोनों हाथ गोद में रखकर बैठ गयीं, मानो संसार में जितने काम उन्हें करने थे, सब निपटा लिए।

अकबरी बेगम अपना रोल अदा कर चुकी थीं। पच्चीस तीस वर्ष पहले अपने साहस भर समाज सुधार का बीड़ा उन्होंने उठाया था लेकिन हिन्दुस्तानी

समाज 'गूदड़ का लाल' के दौर से बहुत आगे निकल चुका था दुनिया को अब अकबरी बेगम की कोई ख़ास ज़रूरत नहीं थी।

ख़ानबहादुर मीर नज़रुल बाक़र रिज़वी के चालीसवें के तीसरे दिन ज़ौहर के समय दोपहर में अकबरी बेगम माता अफ़ज़ल अली की हृदय गति अचानक रुक गयी।

नैया बान्धो!

डेरा इसमाईल ख़ाँ के उजाड़ भूरे चटियल क़ब्रिस्तान में ताज़ा-ताज़ा सफ़ेदी वाली दो क़ब्रें बराबर बराबर धूप में चमकने लगीं।

कनार-ए-दरिया!
बिस्मिल्लाहिर्रहमानिर्रहीम
डेरा इस्माईल ख़ाँ
24 जनवरी 1929 ई.

बाजीजानी! अस्सलाम अलैकुम व रहमतुल्लाह व बरकातहू।

वाज़ेह (स्पष्ट) हो कि मैंने मामू का सारा माल व असबाब ख़ैरात कर दिया। कुछ चीज़ें जो बच रही हैं, ज़फ़रुल्लाह ख़ाँ के यहाँ भेज देता हूँ कि अपने गोदाम में सुरक्षित कर लें। वहाँ से आप चाहें तो मंगवा लीजिएगा, वर्ना ज़फ़रुल्लाह को लिख दूँगा कि ख़ुदा रास्ते में दे दें। अम्मा का सामान भी ख़ैरात कर दिया। सरवत को अलीगढ़ भेजकर ख़ुद दौरे पर जाता हूँ।

गुलामे अज़ल
अफ़ज़ल

एक माह बाद चौधरी ज़फ़रुल्लाह ख़ाँ के मकान में चोरी हुई, उनके सामान के साथ दुनियावी माल मीर नज़रुल बाक़र का निकल गया।

बकरी की छींक।

बिया कि नौबते-बग़दाद
(आओ कि अब बग़दादा की बारी है)

एक फ़रवरी 1929 ई. को छह महीने मनज़ूर होते ही सैयद सज्जाद हैदर ने अपने हम-ज़ुल्फ़ (साढ़ू) मीर अफ़ज़ल अली को लिखा कि सरवत आरा को ईरान, इराक़ व तुर्की ले जाने की इजाज़त दे दें। उन्होंने जवाब में तार द्वारा जहाज़ का किराया और सफ़र ख़र्च की राशि भेजी। अब सज्जाद हैदर तो शिया पत्नी और साली को उन्हीं की ख़ातिर कर बुला लिए जाते हैं और बीबी की यह ज़िद कि हरगिज़ नहीं जाऊँगी; पापा मर गये, फूफी मर गयीं, मैं सैर सपाटे करती फिरूँ?

चुपचाप सफ़र का सामान बाँधने में व्यस्त हुए। सैर-सपाटे पर निकलने से पहले हमेशा अपने भाइयों से मिलने जाते थे। मेरठ रवाना हुए, जहाँ मियाँ नसीर व मियाँ वहीद तैनात थे।

पाँचवें दिन डॉक्टर वहीदुद्दीन हैदर का ख़त अलीगढ़ पहुँचा, 'भाभी जान! आपने भाईजान को अकेले सफ़र पर भेजकर सख़्त ग़लती की। यहाँ आते ही बीमार पड़ गये। ज़रा बेहतर होते ही कराची चल दिये। ईरान, मिस्र और तुर्की का प्रोग्राम बनाकर गये हैं और सेहत क़तई इस लायक़ नहीं।

नज़्र बेगम ने हड़बड़ा कर जहाज़ का प्रोग्राम देखा, अभी उसके छूटने में चार दिन बाक़ी थे। तुरन्त एम.एस. वेस्ट से आले हसनैन को बुलवाया। रात की ट्रेन से सरवत और आले हसनैन सहित लाहौर के रास्ते से कराची का रुख़ किया।

तीसरी सुबह कराची पहुँचकर सरवत को लेडीज़ वेटिंग रूम में छोड़ा। आले हसनैन के साथ कीमाड़ी पहुँचीं, मालूम हुआ कि जहाज़ दो बजे बम्बई से आएगा। आले हसनैन बन्दरगाह पर भाईजान को व्यर्थ ही तलाश करते फिरे, फिर रेलवे स्टेशन मैक्लोड रोड वापस आए। सरवत को साथ लेकर एक बजे दोपहर दोबारा कीमाड़ी के फाटक पर पहुँचे सामने से हाजियों के ग़ोल (जत्थे) चले आ रहे थे। अचानक आले हसनैन चिल्लाए बाजी। वह रहे भाईजान!'

एक विक्टोरिया में बैठे चले आते थे, हरे रंग का कम्बल ओढ़े, पाँव में पंजाबी जूते।

अजीब ढंग बना रखा था। बताया अलीगढ़ से बूट पहन कर चले थे; मेरठ में अंगूठा दुखने लगा। (जो गाउट का आमुख था) दिल्ली से पंजाबी जूते ख़रीद कर पहने।

'कमाल है, आप लोग यहाँ क्या कर रहे हैं?'

'हम भी चल रहे हैं साथ'

'पासपोर्ट बनवा लिए?'

'ऐ हे, इसका तो ख़याल ही न आया।'

सकून से कहा, 'अच्छा मैं इन्तिज़ाम करता हूँ लेकिन इस जहाज़ से चलना सम्भव नहीं, अगले से आइयेगा।' विक्टोरिया से उतरकर अंगूठे के दर्द के बावजूद आदत के अनुसार तेज़-तेज़ चलते जहाज के दफ़्तर रवाना हुए। कुछ देर बाद आकर कहा, 'जहाज़ तीन घंटे बाद आएगा। इससे बहरहाल नहीं जा सकते; अगले से इकट्ठे चलेंगे।'

पैलेस होटल रवाना हुए, कराची जिमख़ाना के सामने सर अब्दुल्लाह हारुन के एक रिश्तेदार खड़े थे, उन्होंने पहचान लिया। शाम को लेडी हारून होटल पहुँचीं; सबको अपने घर उठा ले गयीं। वहाँ पहुँचते ही सज्जाद हैदर साहब के दाँत में तेज़ दर्द उठा, बुखार आ गया। हफ़ता भर इलाज के सिलसिले में दोबारा मेरठ वापस लौटे।

मेरठ में छोटे भाई के इलाज से आराम मिला। भाइयों ने आग्रह किया, अलीगढ़ वापस जाएँ। झुंझला कर एक दिन ख़ुद अपना बिस्तर बाँध, रात की ट्रेन से कराची रवानगी का ऐलान किया। आख़िरी रोज़े थे। भावजों ने इलतजा (विनती) की, भाईजान कम से कम ईद करके ही जाइये, ईरान कहीं भाग नहीं जाता; जेठ जवाब में कार का दरवाज़ा खोल, उसमें जा बैठे।

स्टेशन पहुँचकर बेसब्री से रेल की पटरी को देखने लगे। दूर से इंजन की तेज़ रौशनी नज़र आई, फुर्ती से बेंच पर से उठ खड़े हुए। यह हिम्मत

और उत्सुकता देखकर छोटे भाइयों को बेसाख़्ता हँसी आ गई। डॉक्टर वहीद ने कहा, 'ट्रेन अभी बहुत दूर है भाईजान, आप कमज़ोर हैं ज़रा बैठे रहिए।' जवाब में तेज़ी से चलते, जिस जगह सेकण्ड क्लास का डिब्बा रुकने वाला था, वहाँ जा खड़े हुए।

कराची में ईद की वजह से बहुत गहमागहमी थी। पैलेस होटल से दूसरी सुबह सवेरे कीमाड़ी पहुँचे। ठीक दस बजे दूर से जहाज़ आता दिखाई दिया। सूखे धानों पानी पड़ा।

ईरानी बन्दरगाह अबादान में उतरकर सैयद मुस्तफ़ा हैदर को शहर की सैर कराई। बसरे से ट्रेन पकड़कर एक दिन और एक रात की यात्रा के बाद बग़दाद में उतरे। स्टेशन से दो अरबाना यानी बग्घियाँ कीं; दजला के किनारे-किनारे चले क़ाफ़िला मैजेस्टिक होटल पहुँचा।

इराक़ विश्वयुद्ध के बाद से अंग्रेज़ों के आधिपत्य में था। 1904 ई. के बग़दाद के तुर्क अधिकारियों की बजाय इस वक़्त मैजेस्टिक होटल अंग्रेज़ आक़ाओं से भरा हुआ था। कुछ दिन बाद एक पुराने दोस्त नवाब तक़ी हसन लखनवी, जो बग़दाद में व्यापार करते थे, होटल से अपने अत्यधिक पुराने मकान में उठा ले गये, जिसकी सीढ़ियाँ बाक़ायदा दरियाए-दजला में उतरती थीं। वहाँ शानदार ख़ातिरों से दम घबराया। रेल द्वारा क़स्रे शीरीं, मूसल और तेहरान जाने की तैयारी की।

बिल्कुल उसी समय सरवत आरा जो सिरदर्द की पुरानी मरीज़ थीं, बीमार पड़ गयीं। एक दिन बग़दाद की हिन्दुस्तानी अंजुमन ने दावत की। वहाँ एक पंजाबी 'अलीग' मियाँ मोहम्मद इसहाक़ ने झपट लिया और शहर से बीस मील दूर अपने फ़ार्म हाउस पर ले गये। मियाँ साहब बग़दाद में कान्ट्रेक्टर थे और घी, दूध की तिजारत करते थे। सरवत आरा वहाँ भी न संभलीं; तय किया गया कि मैं, आले हसनैन, दोनों बहनें बाद में तेहरान पहुँचें। ख़ुद ईरान के लिए सामान बाँधा।[1]

1. 'अय्यामे गुज़िश्ता', 'इस्मत', कराची से लिया गया पिछले दोनों खण्ड भी 'अय्यामे गुज़िश्ता' से लिए गये हैं।

हमदान
21 अप्रैल 1929 ई.

अस्सलाम अलैकुम!

आज सुबह किरमान शाह से रवाना होकर बख़ैरियत तमाम (सकुशल) रात के दस बजे यहाँ पहुँचा, रास्ता दुश्वार और कठिन रास्तों वाली पहाड़ियों पर से होकर। हमदान एक घाटी में स्थित है। पहाड़ है, जिनपर अब तक बर्फ़ है। हमदान पुराने क़िस्म का शहर है, जिसके मुक़ाबले में बग़दाद पेरिस मालूम होता है। दिन भर घूम फिरकर इसे देख डाला। कल सुबह इंशाअल्लाह तेहरान रवाना हो जाऊँगा।

यहाँ से तेहरान दो दिन का रास्ता है और क़ज़दैन जो रास्ते में पड़ता है, वहाँ न ठहरूँगा। मग़रिब के वक़्त तेहरान पहुँच जाऊँगा।

होटल विक्टोरिया
तेहरान। 24 अप्रैल 1929 ई.

अस्सलाम अलैकुम!

हम तीनों हिन्दुस्तानियों (यानी मैं, शैख़ महमूद और फ़रीदून पारसी) ने इस होटल में क़याम किया, आज पारसी एक दूसरे होटल में ठहर गया। होटलों में आज कल जगह नहीं। आज रज़ा शाह पहलवी की ताजपोशी की सालगिरह है। शहर में जश्न और चराग़ाँ (रौशनी) है। मैं दिन भर उन हज़रत की तलाश में फिरा जिनके नाम अल्लन ख़त लाए थे।

यहाँ ख़ूब सर्दी है। शहर देहरादून की तरह चारों ओर बर्फ़पोश पहाड़ों से घिरा है, यह पहाड़ शहर से बिल्कुल मिले हुए हैं। मगर इन पर आबादी नहीं, हिन्दुस्तानी यहाँ बिल्कुल नहीं मिलते। कोई पुराना जान पहचान का भी नहीं। (अपूर्ण)

7
अध्याय

ऊ ब सहरा रफ़्त
(वह जंगल गया)

'सैयद साहब ने अपने पद और अपनी शानदार लोकप्रियता को निजी प्रगति और लाभ का साधन कभी नहीं बनाया। बड़े पाकीज़ा और निष्पाप प्रकृति के इंसान थे। उनको जोड़-तोड़ बिल्कुल न आता था।'[1]

20 अप्रैल 1928 ई. के 'हमदर्द' में मौलाना मोहम्मद अली ने लिखा था, 'सैयद सज्जाद हैदर की जगह का भी हरीस (लालची) नहीं हूँ और हमदर्द ने तो इस वहशतनाक ख़बर को सुनते ही दुःख प्रकट कर दिया था कि जो एक उच्च कोटि का व्यक्ति अलीगढ़ में साहित्यिक प्रसिद्धि रखता है, उस तक को वहाँ रखना लोगों को गवारा नहीं, तब भी मुझे उनकी तनख़्वाह पर नहीं, उनकी अदबियत (साहित्यिकी) पर रश्क है लेकिन वह अदब के लिए बने थे और हम बेअदबी के लिए।

मा व मजनूँ हम सबक़ बूदेम दर दीवाने-इश्क़
ऊ ब सहरा रफ़्तो मा दर कूचा हा रुसवा शुदेम

(मैं और मजनूँ इश्क़ की किताब में सहपाठी थे; वह जंगल की ओर चला गया और मैं गली-गली रुसवा हुआ।)

मैंने हमदर्द जारी करते समय उन्हें इसकी एडिटरी (सम्पादन) के लिए आमंत्रित किया था, मगर वह स्वीकार नहीं की गयी।

'1929 ई. में रहमतुल्लाह कमेटी की रिपोर्ट प्रकाशित हुई, जिसके बाद सज्जाद हैदर बड़े सम्मान के साथ रजिस्ट्रारशिप से सेवानिवृत होकर, दोबारा ताज़ीराते हिन्द की दुनिया यानी यू.पी. सिविल सर्विस में वापस आ गये।[2]

हरदोई
सितम्बर 1929 ई.
डियर जलील, सलाम मसनून!

---
1. रशीद अहमद सिद्दीकी 'गंजहा-ए-गराँमाया'।, 2. मुश्ताक़ अहमद ज़ाहिदी।

आपसे रुख़सत होकर बख़ैर यहाँ पहुँचा। फिर वही कुंजे क़फ़स (पिंजरे का कोना), फिर वही सैयाद (शिकारी) का घर। (फिर वही पिंजरे का कोना, फिर वही शिकारी का घर)

उर्दू एम.ए. और ऑनर्स का क्लास खुलना, अलीगढ़ की परम्परा के परमानुसार होगा और वह दिन बहुत मुबारक (शुभ) होगा, जब ऐसा हो जाए। रहा आप दोस्तों की यह कोशिश कि मुझे (उर्दू डिपार्टमेंट के लिए) अलीगढ़ दोबारा लाएँ। मुझे इसकी कामयाबी पर शक है। यूनिवर्सिटी के उच्च अधिकारी, मिलाते हैं उसी को ख़ाक में, जो दिल से मिलता है।

आपका चाहने वाला
सज्जाद

जून 1929 ई., अलीगढ़ में सख़्त गर्मी पड़ रही थी। छुट्टियों की वजह से यूनिवर्सिटी सुनसान हो चुकी थी। रजिस्ट्रारर्स हाउस के बाग़ के फूल, पत्ते और पौधे मुरझा गये थे। मध्यपूर्व से लौटकर नज़्र बेगम और सरवत आरा ख़्वाजा, अब्दुल मजीद के यहाँ टिकीं। अलीगढ़ पहुँचते ही दोस्तों ने मिलने के लिए आना शुरू किया। दोपहर की चिलचिलाती धूप में सबसे पहले अब्दुल्लाह बेगम ख़्वाजा, अब्दुल मजीद के यहाँ पहुँचीं, बोलीं, 'आप दोनों ने काली साड़ियाँ क्यों पहन रखी हैं? बाप और फूफी का सोग कब तक मनाएंगी।'

सरवत आरा ने कहा, 'सफ़र के ख़याल से मलगिजी साड़ियाँ पहन ली थीं।'

अब्दुल्लाह बेगम ने ख़्वाजा बेगम से रंग की पुड़िया माँगीं, ग़ुसलख़ाने की बाल्टी में फीरोज़ी पुड़िया घोलकर, दोनों बहनों के सफ़ेद दुपट्टे और साड़ियाँ रंग डालीं।

नज़्र बेगम ने रजिस्ट्रार्स हाउस से सामान और फ़र्नीचर मालगाड़ी में लदवाकर हरदोई भेजा और मय सरवत व ख़्वाजा बेगम सोलन रवाना हुईं।

हाउस एजेंट सरदार गुलाब सिंह ने 'सनी साइड' नामक कोठी का इंतिज़ाम किया। अक्तूबर के पहले हफ़्ते में सोलन से हरदोई पहुँचीं, यहाँ की कोठी में पहले सिविल सर्जन रहता था, कुछ रोज़ बाद जाने वाला था,

वह दो कमरों में शिफ़्ट हुआ, खाना साथ खाया, वेजिटेरियन था। उसका खाना अलग पकवाया जाता।

पड़ोस में अकबर इलाहाबादी के बेटे इशरत हुसैन रहते थे, दूसरी तरफ़ विलायत अली बम्बोक़ मरहूम के चचा मुमताज़ अहमद क़िदवाई की कोठी थी, वह हरदोई में डिप्टी कलेक्टर थे लेकिन उनके काँग्रेसी बेटे रफ़ी अहमद क़िदवाई, पण्डित मोती लाल नेहरू के सेक्रेटरी हो गये थे (मसोली, ज़िला बाराबंकी वालों का यह सारा कुनबा राष्ट्रवादी था।

बम्बोक़ मरहूम की बेटी अनीस फ़ातिमा की शादी, रफ़ी अहमद क़िदवाई के छोटे भाई से हुई थी, कुछ साल पहले जब उनकी लड़की पैदा हुई, घर के अधिकतर सदस्य जेल गये हुए थे, (लड़की का नाम आज़ादी रखा गया) पीछे की तरफ़ सर वज़ीर हसन के भाई सैयद असग़र हसन जज रहते थे। शाम को उनकी लड़कियाँ और सरवत आरा बैडमिंटन खेलतीं। ग़रारे पहने बैडमिंटन खेलती लड़कियाँ, अजीब दृश्य रहा होगा।

मार्च 1930 ई. में यलदरम का तबादला असिस्टेंट रेवेन्यू कमिश्नर के तौर पर पोर्ट ब्लेयर अण्डमान द्वीप हो गया। नज़्र बेगम ने जो बहुत ही सख़्त हाउस वाइफ़ थीं और एक-एक चीज़ सैंतकर रखती थीं, अब घर का सारा अंगड़-खंगड़ मालगाड़ी पर लदवा कर लखनऊ भेजा और उसे चीना बाज़ार गेट में आयशा ग़ुलाम हसन बट के यहाँ रखवाने, लखनऊ रवाना हुईं। अलीगढ़ में ओल्ड ब्वायज़ एसोसिएशन ने यलदरम को विदाई रात्रिभोज दिया, जिसमें सादिक़ हसन सादिक़ ने एक लम्बी नज़्म पढ़ी। जिसका मतला (मुखड़ा) है।

इसलिए है आज मयख़ाने[1] के दर पे जमघटा
एक बड़ी भट्टी के मयकश[2] हो गये हैं एकजा[3]
और अंतिम शे'र
तुर्को-फ़ारस[4] की थी सैयाही[5] जवानी के लिए
अब बुढ़ापे में हवस है काले पानी के लिए

1. मधुशाला।, 2. शराब पीने वाले।, 3. एक ही स्थान पर।, 4. तुर्की और फ़ारस।, 5. भ्रमण।

इसके बाद चीना बाज़ार गेट पहुँचे। चाँदनी रातें थीं, बाहर पलंग बिछते और खाना चबूतरे पर खाया जाता और रात गये तक बातें होतीं। (आयशा ग़ुलाम हसन अलीगढ़ वाले लार्ड हयात की भतीजी थीं) चार दिन बाद नज़्र बेगम सोलन गयीं। ख़ुद कलकत्ता रवाना हुए। बड़े भाई की लड़की सिद्दीक़ा ख़ातून के यहाँ पार्क सर्कस में ठहरे। सिद्दीक़ा बीबी की शादी कई साल पहले सैयद अहमद रशीद देहलवी से हुई थी। कलकत्ता में कार ख़रीदी और काले पानी के लिए जहाज़ पकड़ा।

पोर्ट ब्लेयर

31 मई 1930 ई.

अस्सलाम अलैकुम!

24 की शाम को मैं और अहमद रशीद जहाज़ पर गये। सामान रखवाया; एक जंगली सा नौकर मिल गया था; बीस रुपये महीना और खाने पर उसे जहाज़ पर छोड़ा। शहर वापस गये, खाने के बाद नौ बजे रात को घर से बन्दरगाह रवाना हुए, थोड़ी दूर जाकर सिद्दीक़ा बीबी ने मोटर चलाना शुरू किया। ग्यारह बजे रात के सिद्दीक़ा और अहमद रशीद जहाज़ से वापस गये। सुबह चार बजे एस.एस. महाराजा रवाना हुआ। 28 को 5 बजे शाम यहाँ पहुँचे। बेहद ख़ूबसूरत द्वीप है। समुद्री हवाएँ हर समय चलती रहती हैं, मौसम सुहावना है, रात को कमरे में सोते हैं।

सरदार बलवन्त सिंह जसपाल, जिनसे चार्ज लेना है, जहाज़ पर आए थे, डाक बंगले में ठहराया और चाय भिजवाई, दूसरे दिन अपने घर ले गये। मिसेज़ बलवन्त सिंह थोड़ी-थोड़ी अंग्रेज़ी बोल लेती हैं और बहुत रौशन ख़याल (खुले विचारों की) बीबी हैं।

मिस्टर क्यूवर मद्रासी ईसाई एग्रीकल्चर डिपार्टमेंट के चीफ़, कल अपने घर ले गये; अब इनका मेहमान हूँ। दो जून को जसपाल कलकत्ता जाएँगे, उसके बाद उनके बंगले में शिफ़्ट हो जाऊँगा। दो मंज़िला बहुत बड़ा मकान समुंदर के किनारे पहाड़ी पर स्थित है, मच्छर नहीं हैं। बलवन्त सिंह कल मुझे चार्ज देंगे।

यहाँ एक बहुत बड़ा अंग्रेज़ी क्लब है; उसमें शामिल होना ज़रूरी है; 25 रुपये महीना उसका चन्दा देना होगा।

अब सुनो, 24 मई को कलकत्ता में ज़ाहिदी का ख़त हरदोई होता हुआ बहावलपुर से आया; वह मुझे रियासत में एक अच्छी नौकरी पर बुलाना चाहते हैं। मुझसे पूछा था, तुम मंज़ूर कर लोगे? मैंने कलकत्ता से जवाब दिया कि काश! एक हफ़ता पहले तुम्हारा ख़त आता तो मैं यहाँ आता ही नहीं।

छब्बूजी की शिक्षा का क्या प्रबन्ध हुआ, तुम्हारे गुरदासपुर वाले मुक़दमे का क्या हुआ?

यहाँ पहुँचकर दूसरे दिन चीफ़ कमिश्नर से मिला। काम यहाँ हल्का है मगर दौरा ज़्यादा करना होगा। अंग्रेज़ों की दावतें करना और शराब पिलाना भी ज़रूरी है। अच्छा हुआ, जो तुमने खाने का सेट साथ कर दिया। कुछ फ़र्नीचर बलवंत सिंह से ख़रीद लिया है, बाक़ी तुम आकर ख़रीद लेना।

सज्जाद

26 जून 1930 ई.

अस्सलाम अलैकुम!

कल शाम जहाज़ आया, उससे डाक मिली; एक महीना हम लोग बग़ैर ख़तों के यहाँ रहे। अजीब हालत है; अकेलापन सुनसान मकान, काम बहुत कम है; न कोई ढंग का मिलने वाला, क्लब में शाम को बुड्ढे अंग्रेज़ों के साथ बैठकर शतरंज खेलता हूँ।

ज़ाहिदी का तार आया था कि तुम शिमला में अंडर सेक्रेटरी मुक़र्रर हो गये। मैंने तार दिया कि यहाँ कोई हुक्म नहीं पहुँचा, रज़ा अली को भी तार दिया। मालूम हुआ, ख़बर ग़लत थी। काश! जब हरदोई में था तब नियुक्ति हो गई होती।

मैं खिंचे हुए मन से यहाँ आया हूँ और रिहाई की तरकीबें सोच रहा हूँ। सिविल सर्जन को बतलाया कि शुगर की शिकायत है, यूरोप जाकर इलाज

करवाना चाहता हूँ। उसने कहा कि यूरोप के किसी विशेषज्ञ डॉक्टर से उपचार करवाने की इच्छा प्रकट करो तो मैं छुट्टी की सिफ़ारिश कर सकता हूँ। अगर तुम्हारी राय हो कि मैं विलायत जाने के लिए छुट्टी लूँ तो यह तार दे दो। YES, APPLY मैंने ज़ाहिदी को तार दे दिया है कि मेरे फ़ारेन सेक्रेटरी बहावलपुर नियुक्त होने के सिलसिले में ताज़ातरीन ख़बर क्या है। अगर उनका जवाब आया कि रियासत की तरफ़ से गवर्नमेंट को दरख़्वास्त दे दी गई है तो मेडिकल सर्टिफ़िकेट पर छुट्टी न लूँगा। ख़ुदा करे यहाँ से नजात मिल जाए वर्ना मेरी राय है कि तुम और बन्नो बी फ़ौरन यहाँ चली आओ।

उम्मीद है, छब्बूजी की पढ़ाई बाक़ायदा हो रही होगी, बन्नो को सलाम व दुआ।

सज्जाद हैदर

शिमला कालका रेलवे पर एक नज़ारा[1]

सरवत आरा बेगम उर्फ़ बन्नो, जब सुबह उठकर दरीचे से बाहर नज़र डालतीं, हिमाचल के पहाड़ों पर कोहरा तैरता होता और सामने रेलवे स्टेशन का धुआँ उसी धुँधलके में घुल मिल जाता, यहाँ तक कि धूप निकल आती। सनी साइड के शीशों वाले बरामदे में धूप बहुत जल्द आ जाती थी। बिल्कुल नीचे एक आबशार (झरना) नीली लकीर सा लगता।

'सनी साइड' शिमला कालका रेलवे लाइन की एक सुरंग के ऊपर स्थित थी। रेलवे स्टेशन दो सुरंगों के बीच में था। दूसरी सुरंग के ऊपर मुस्लिम क़ब्रिस्तान था, जहाँ एक छोटी सी क़ब्र में गुलेराना दफ़्न थीं।

रात को ट्रेनें सुरंग में से गड़गड़ाती हुई गुज़रतीं तो सनी साइड का फ़र्श मुरतइश (कंपायमान) हो जाता। सुबह को मक़सूद बैरा चाय की कश्ती लाता, बन्नो बी उठकर बहन के बच्चों की देखभाल में लग जातीं, अपनी ख़ाला मुर्तज़ाई की तरह निःसंतान और बहन की औलाद पर जान छिड़कती थीं। बहुत सदाचारी और मन को मोहने की माहिर और सदा की मरीज़ महिला थीं।

मियाँ डेरा इस्माईल ख़ाँ से ट्रांसफर होकर पेशावर जा चुके थे। अभी तय न कर पायी थीं कि पेशावर जाएँ या आबो-हवा बदलने के लिए पोर्ट ब्लेयर। फ़िलहाल लखनऊ वाले सर वज़ीरहसन के भतीजे अली जव्वाद का रिश्ता, अपनी एक सहेली से करवाने में लगी थीं। सैयद अली जव्वाद लखनऊ से आए हुए थे और 'सनी साइड' में ठहरे हुए थे।

---

1. माथे पे बिन्दी आँख में जादू — होठों की बिजली गिरती थी हर सू
चाल लचकती बात महकती — जैसे किसी ने पी हो दारू
अँखड़ियाँ ऐसी जिनमें हों रक़्साँ — लम्हे में राधा लम्हे में राहू
ऐसी फड़क थी — ख़ल्क़ थी हैराँ
रेल पे आया — कहाँ से आहू
यह नज़्म सबसे पहले सितम्बर 1926 ई. में रिसाला 'सुहेल' में प्रकाशित हुई थी।

सोलन में उन दोनों बहनों की बहुत सी सहेलियाँ मौजूद थीं, सुलताना रज़ाउल्लाह, बेगम ख़्वाजा अब्दुल मजीद, आयशा ग़ुलाम हसन बट और कपूरथले वाले कर्नल असग़र अली की लड़कियाँ क़मरा और अख़्तर। उन दोनों में से एक के शौहर, नजमुल हसन बोलती फ़िल्म 'जवानी की हवा' के हीरो बन गये थे।

सरवत आरा उस दिन सुबह दस बजे के क़रीब, सुलताना रज़ाउल्लाह से मिलने तराई में गईं। वापसी में चढ़ाई पर सांस फूल गयी। घर पहुँचते ही ज़रा दम लेने के बाद, इस परिवार की 'टी पार्टी' के प्रबन्ध में व्यस्त हो गयीं, जिनके यहाँ सैयद अली जव्वाद की बात चल रही थी।

शाम को वह बीबियाँ डगशाई से आईं। उनके जाने के बाद, रात के खाने पर सरवत आरा अली जव्वाद से देर तक बातें करती रहीं। मेज़ के बीचोंबीच गुलाब के फूलों से भरा गुलदान रखा था, दूसरी तरफ़ ख़ुद बैठी थीं। रेलवे इंजन की तेज़ रौशनी दरीचे में से होती मेज़ पर आ पड़ती थी, फिर शांय-शांय करता इंजन आगे निकल जाता।

नीचे सुरंग में से एक ट्रेन तेज़ी से गुज़री, मेज़ लरज़ने लगी। कुछ देर बाद एक और ट्रेन आई, उसके इंजन की रौशनी सामने क़ब्रिस्तान के ऊँचे कतबों (शिलालेखों) पर पड़ी, जो दरीचे में से साफ़ नज़र आते थे।

'तौबा है।' सरवत आरा बेगम ने कहा। यह रेलें जीते और सोते लोगों को तो क्या क़ब्रों में पड़े मुर्दों को भी चैन नहीं लेने देतीं।

चाँद निकला, सारा गोरिस्तान (क़ब्रिस्तान) रौशन हो गया। सरवत ने अली जव्वाद से कहा, 'आइए ज़रा टहलते हुए गुले राना की क़ब्र तक हो आएँ।'

'बन्नो बाजी!' रात के वक़्त कहीं क़ब्रिस्तानों में जाते हैं।'

फिर वह काफ़ी बनाने लगीं। इस बार इंजन की रौशनी में क़ब्रिस्तान से गुज़रते टेलीग्राफ़ के खम्भे चमक उठे।

सरवत आरा बेगम ने कहा, 'मुझे अक्सर ख़याल आता है, वायसराय बहादुर के पास, जो ख़ुफ़िया सूचनाएँ शिमला जाती हैं, यह क़ब्रिस्तान के मुर्दे पहले ही सुन लेते होंगे।'

अली जव्वाद ने क़हक़हा लगाया।

उस वक़्त रात के ग्यारह बजे थे।

पलंग पर लेटने के घण्टा भर बाद, सरवत आरा ने बड़ी बहन को जगाया, 'बाजी, हमें जाने कैसा लग रहा है। अजीब सा।'

नज़्र बाजी ने स्प्रिट एमोनिया के क़तरे दवा में मिलाकर दिये।

सुबह को सूरज सिर पर आ गया। मक़सूद बैरे ने बरामदे में जाकर खंकारा; दूसरे कमरे में जाकर बड़ी बेगम साहिबा ने कहा, 'बन्नो बी अभी तक सो रही हैं, नाश्ते के लिए जगा दूँ?' दोबारा जाकर पुकारा, 'बन्नो बी, बन्नो बी।' हड़बड़ाकर बड़ी बेगम साहिबा को आवाज़ दी और नंगे पाँव डॉक्टर को बुलाने भागा।

दूसरे नौकर-चाकर सौदा-सुलफ़ लेने बाज़ार जा चुके थे। अली जव्वाद हस्बे-मामूल हवाख़ोरी के लिए गये हुए थे। घर पर पूरी तरह ख़ामोशी छा गयी। सूरज बरामदे पर तेज़ी से चमक रहा था। नज़्र बेगम ने छोटी बहन के ऊपर सुर्ख़ कश्मीरी शाल डाल दी और डॉक्टर का रास्ता देखने लगीं। कुछ देर में सरवत आरा बेगम ने आँखें खोलीं, नज़्र बेगम ने जल्दी से कहा, 'बन्नो अभी डॉक्टर साहब आते ही होंगे, घबराओ नहीं, तुम रात थक बहुत गयी थीं।'

बन्नो बोलीं, 'बाजी! खिड़की में एक बुज़ुर्ग बैठे हैं, सब्ज़ (हरा) नक़ाब पहने।'

'कोई भी तो नहीं, खिड़की में सुराही रखी है।' नज़्र बाजी ने जवाब दिया।

बन्नो बी ने फिर आँखें मून्द लीं, ग़ुनूदगी (अर्धनिद्रावस्था) में चली गयीं और फिर न जागीं!

पुराने चिकित्सक डॉक्टर द्वारका नाथ खोसला बरामदे में आये।

अली जव्वाद प्रसन्नचित्त, सीटी बजाते 'सनी साइड' लौटे। उस समय डॉक्टर खोसला और मक़सूद दरीचे में खड़े आँसू बहा रहे थे।

अली जव्वाद ने मक़सूद से कहा, 'तुमको अगर क़ुरआन शरीफ़ पढ़ना आता हो तो बैठकर पढ़ो, मैं अभी आता हूँ।' और अंतिम स्नान करवाने के लिए लद्दाख़ी शिया औरतों को लाने, डॉक्टर खोसला के साथ बाहर चले गये।

दस बजे निश्चित समय पर मोहन लाल भल्ला साहब, छब्बूजी के ट्यूशन के लिए आ पहुँचे। उन्हें नज़्र बाजी ने घड़ों और तख़्तों का बन्दोबस्त करने बाज़ार भेजा। मक़सूद क़ब्रिस्तान के संरक्षक मौलवी साहब से मिलने रवाना हुआ। वहाँ से लौटकर बन्नो बी मरहूमा (स्वर्गीया) की अलमारी के ऊपर रखा क़ुरआन शरीफ़ उतारा, सिरहाने स्टूल पर बैठ गया; पुराना वफ़ादार नौकर रोता जाए, तिलावते-कलामे-पाक (क़ुरआन शरीफ़ का पाठ) करता जाए।[1]

आधा घण्टे बाद सिर उठाकर दरीचे से बाहर नज़र डाली; पहाड़ी मज़दूर सुरंग के ऊपर क़ब्रिस्तान में एक नई क़ब्र खोदने में जुट चुके थे। उनके कुदाल नर्म धूप में चमक रहे थे। 'सनी साइड' पर मौत का सन्नाटा छाया रहा। डेढ़ वर्ष पहले सरवत आरा ने अपनी बीमारी के बाद, चचाज़ाद भाई आले हसनैन को 'रोज़ीटा हाउस' डेरा इस्माईल ख़ाँ से लिखा था, 'मैं अच्छी हूँ, मियाँ ज़िन्दगी मेरी लम्बी है। नानी अशरफ़जहाँ से कम तो जियूँगी नहीं, तुम भी आज़मा लेना।'

मीर अफ़ज़ल अली बिलक-बिलक रोते सोलन पहुँचे, आज हसनैन उनकी वालिदा आले ज़ैहरा बेगम, अल्लन, मुरादाबाद से कलकत्ता मेल में रात को सवार होकर, दूसरे दिन सोलन आ पहुँचे। दोस्त अहबाब लाहौर से आए। 'सनी साइड' मेहमानों से भर गया।

पोर्ट ब्लयेर
8 जुलाई 1930 ई.

30 जून को आठ बजे सुबह तुम्हारा तार पहुँचा, जिससे मैं स्तब्ध रह गया। बन्नो के इन्तिक़ाल की ख़बर इतनी अचानक थी कि मैं समझा, तार में

1. 'अय्याम-ए-गुज़िश्ता' इस्मत से उद्धृत।

कोई ग़लती हुई है। तुरन्त छुट्टी की दरख़्वास्त दी। चीफ़ कमिश्नर ने कहा, 'हालाँकि मुझे तुम्हारे साथ बेहद हमदर्दी है मगर सिर्फ़ इस वजह से कि तुम इस हादिसे के बाद अपनी बीवी की तसल्ली और घर के इन्तिज़ाम के लिए जाना चाहते हो, छुट्टी नहीं दी जा सकती, हाँ डॉक्टरी सर्टिफ़िकेट के मिलने पर छुट्टी मिल सकती है।

चुनांचे अब मेडिकल बोर्ड बैठेगा। उम्मीद है, चार महीने की छुट्टी मिल जाएगी, अगर मिल गई तो पहले जहाज़ से रवाना हो जाऊँगा।

अभी यह नज़्म (कविता) क़लम से बन्नो का मर्सिया (दुःख भरी कविता) बनकर निकली है। उसे नेरंगे-ख़याल में भेज रहा हूँ। मुझे डर है कि इस नज़्म से तुम्हारा ग़म और ताज़ा हो जाएगा; ख़ुदा तुम्हें सब्र दे।

तुम्हारा शरीके ग़म
सज्जाद

27 जुलाई 1930 ई.
अस्सलाम अलैकुम!

7 जुलाई का आले हसनैन का ख़त मुझे परसों के जहाज़ से मिला। बन्नो स्वर्गीया की अचानक मौत के हालात मालूम हुए। मुझे अगर रुख़सत न मिली तो 11 अगस्त के जहाज़ से सरकारी ड्यूटी पर कलकत्ता जाऊँगा। 16 को पहुँच कर तार दूँगा; तुम कलकत्ता आ जाना।

चच्ची साहिबा की ख़िदमत में आदाब

सज्जाद हैदर

नज़्र बेगम कलकत्ता नहीं पहुँचीं। तीन हफ़्ते की छुट्टी पर सोलन आए। अंडमान लौटने से पहले बहन और भाइयों से मिलने मेरठ चले गये। ज़्यादातर रिश्तेदार तीन महीने तक 'सनी साइड' में ठहरे रहे। बरसात के बाद क़ब्र पक्की कराने इनामुल्लाह शाह फिर लाहौर से तशरीफ़ लाए। कतबा (शिलालेख) लाहौर से बनवाकर लाये थे। इस कुनबे के जवान मरे लोगों की क़ब्रें बनवाना, उनकी क़िस्मत में लिखा था।

1918 ई. में मुस्तफ़ा बाक़र मरहूम की क़ब्र ऐशबाग़ में उन्होंने बनवाई थी। अब दिन भर वह और अल्लन मियाँ धूप में छतरियाँ लगाए खड़े मज़दूरों की निगरानी करते। अक्तूबर का महीना आया। सुरंग के ऊपर बिखरी क़ब्रों ने ख़ज़ाँ (पतझड़) की पत्तियों के लिहाफ़ ओढ़ लिए। नज़्र बेगम ने पोर्टब्लेयर के लिए रख़्ते सफ़र बाँधा (यात्रा की तैयारी की)। ख़ुदा हाफ़िज़ कहने के लिए चौधरी ज़फ़रुल्लाह ख़ाँ, इम्तियाज़ अली ताज, डॉक्टर बहादुर अली शाह वग़ैरह सोलन आए।

प्लेटफार्म पर खिलौना जैसी ट्रेन आकर रुकी। हल्की-हल्की बारिश शुरू हो गयी। स्टेशन के दाहिने तरफ़ वाली सुरंग पर दूर 'सनी साइड' नज़र आ रहा था। दूसरी सुरंग के ऊपर क़ब्रिस्तान में सरवत आरा फ़ज़ल अली की ऊँची छतवाली क़ब्र साफ़ दिखाई दे रही थी। एक इंजन सीटी बजाता शांय-शांय करता आकर ट्रेन से लग गया, एंग्लो-इण्डियन गार्ड ने हरी झंडी दिखाई, प्लेटफ़ार्म पर खड़े अज़ीज़ रिश्तेदारों और दोस्तों ने रुमाल लहराने शुरू किये। ट्रेन कुछ दूर चलकर क़ब्रिस्तान के नीचे वाली अँधेरी सुरंग में दाख़िल हुई और धड़धड़ करती दूसरी तरफ़ रौशनी में जा निकली; बन्नो बी का मज़ार एक पल में आँखों से ओझल हो गया।

शिमला कालका रेलवे लाइन पर एक नज़ारा।

सोलन से मुरादाबाद, लखनऊ, लालकुर्ती पहुँच कर छब्बूजी बीमार पड़ गये। अतः कलकत्ता के बजाय इलाज के मक़सद से ओरई पहुँचे, जहाँ डॉक्टर वहीदुद्दीन हैदर मेरठ से ट्रांसफ़र होकर आ चुके थे। ओरई में भतीजे की सेहतयाबी के बाद, उनके छोटे चचाजान उन्हें सैर कराने कालपी ले गये। 'ग़दर से पहले' उन्होंने भतीजे से कहा, 'हमारे नाना मीर बन्दे अली तिरमिज़ी यहाँ तैनात थे।'

कालपी की झील में चारों तरफ़ सरकंडे झुके हुए थे और अबलक़ (चितकबरे घोड़े) और लम्बे-लम्बे बगुले किनारे पर ध्यान-मग्न थे और डॉक्टर वहीदुद्दीन हैदर सोला हैट पहने, बन्दूक़ सम्भाले, कश्ती पर से मुर्ग़ाबियों का शिकार करते थे।

बुंदेलखण्ड के घने ख़तरनाक जंगलों में हर तरफ़ शिकारियों की गोलियाँ सनसना रही थीं। ग़ज़नफ़र अली नक़वी उर्फ़ लड्डन जो इण्डियन पुलिस के

मुक़ाबले में अव्वल आए थे, उस समय ललितपुर के नज़दीक तैनात थे। एक दिन वह नज़्र बाजी को ओरई से सीधे शिकार के कैम्प ले गये। सर्दियाँ शुरू हो चुकी थीं। लड्डन मियाँ की दुल्हन ज़हरा ने इस हफ़्ते दो शे'र मारे थे। रात को शे'र के दहाड़ने की हैबतनाक आवाज़ें कैम्प में आतीं। एक बर्फ़ीली सुबह सिविल सर्जन ओरई का चपरासी डाक लेकर उस जंगल ब्याबान में दाख़िल हुआ।

पोर्ट ब्लेयर

16 दिसम्बर 1930 ई.

अस्सलाम अलैकुम!

मैंने तुम्हें बुलाने के लिए मियाँ वहीद को ख़त लिखा था और उस लिफ़ाफ़े में चेक भी रख दिया था। तुम्हारा तार मिला, मैंने फ़ौरन तार दिया कि मद्रास के रास्ते चली आओ। इस पर तुम्हारा तार मिला कि मद्रास से नहीं आ सकती। अब 8 फ़रवरी को कलकत्ते से आओ। 24 नवम्बर के जहाज़ से चलतीं तो इंतिज़ाम दरहम-बरहम (अस्तव्यस्त) न होता। बेचारे अहमद रशीद का ख़त आया है कि मैं इलाहाबाद से भागा-भागा कलकत्ता पहुँचा लेकिन चचीजान न आईं।

यहाँ मोटर का किराया बहुत ज़्यादा है, इसके अलावा कोई सवारी नहीं। दौरा भी किराये की मोटर पर करना पड़ता है। नई मोटर कलकत्ते में पड़ी है। बहुत क़ीमती और भारी मोटर है। एक गैलन में चौदह मील चलती है। मियाँ नसीर की एक गैलन में तीस मील जाती है। मैंने नसीर को लिखा था, वह इसे ले लें और अपनी मुझे दे दें। तुमने वह ख़त उन्हें भेजा या नहीं? आज जहाज़ का एक और प्रोग्राम मलफ़ूफ़ (लिफ़ाफ़े में बन्द) करता हूँ। अगर सम्भव हुआ तो ख़ुद हिन्दुस्तान आ जाऊँगा।

सज्जाद

एक दिन तीसरे पहर (शाम) के वक़्त लड्डन मियाँ बर्जस पहने घोड़े पर सवार बगटुट शिकारगाह में दाख़िल हुए। घोड़े से उतरकर एक ख़ेमे का पर्दा उठाते हुए आवाज़ दी, 'बाजीजान भाई वहीद का हरकारा आया है। तुरन्त ओरई चलिए। भाईजान पोर्ट ब्लेयर से आ गये।'

ब अबूर दरिया-ए-शोर
(काले पानी के पार)

ताज़ीराते हिन्द (भारतीय दंड संहिता) में सबसे पहले हब्से द्वाम ब अबूर दरियाए शोर (काले पानी की उम्रक़ैद) ग़दर 1857 ई. के जाँबाज़ों के लिए मुक़र्रर की गई थी और एशिया का सबसे बड़ा ज़िन्दाँ (क़ैदख़ाना) सेल्युलर जेल उनके लिए तामीर हुआ था। एस.एस. महाराजा ने जिस वक़्त कलकत्ता से लंगर उठाया और अर्शे पर बैंड ने 'रूल ब्रिटेनिया' बजाया, उस वक़्त जहाज़ के होल्ड में कई दहशतपसन्द राजनैतिक क़ैदियों को मुक़फ़्फ़ल (बन्द) किया जा चुका था।

कुछ दिन बाद क्षितिज पर वह छोटे मोतियों और मूँगे जैसे द्वीप प्रकट हुए; फिर जहाज़ पोर्ट ब्लेयर की जेटी से जा लगा। बैंड ने दोबारा 'रूल ब्रिटेनिया' बजाया।

सरसराते पाम और 'वगोडाटरी' नारियल के झुरमुट और ट्रापिकल पहाड़। स्काटिश प्लांटर्स की नौआबादियाँ (नई बस्तियाँ) पोर्ट कार्नवालिस, आयबरडीन एलफ़िंस्टन हार्बर, रबड़ के जंगल, क़हवा और मनीलासन के खेत, जिनमें हज़ारों क़ैदी बेगार में मसरूफ़ था।

अंडमान मलायायी भाषा के हिन्दूमान का अंग्रेज़ी रूप है। द्वीपों के हनुमान बेचारे बन्दरनुमा वहशी ज़हर भरे तीरों से शिकार खेलने में मसरूफ़ थे और अग्नि के प्रयोग से अनभिज्ञ थे। अंडमान निकोबार का आख़िरी द्वीप डच ईस्ट इंडीज़ से केवल अस्सी मील दूर है।

हमारा कमान जो 'बड़ा बँगला' कहलाता है ऊँचे चोबी खम्भों पर स्थित एक सर सब्ज़ (हरी भरी) पहाड़ी पर झिलमिलाता है। सामने रबड़ के दरख़्तों का झुरमुट है। पहाड़ी पर छालिया और काजू के दरख़्त सरसराते हैं। बरामदे के खाड़ी जैसे दरीचों से समुन्दर नज़र आता है। बाग़ की ढलान पर नीले पर्दों वाली सफ़ेद सरकारी लाँच बन्धी खड़ी है उस पर सवार होकर अब्बाजान

दूसरे जज़ीरों (द्वीपों) के दौरे पर और कभी 'दुमवाला कोट' पहनकर सरकारी आयोजनों में जाते हैं।

निचली मंज़िल में जो चोबी (लड़की के) खम्भों के जंगल पर आधारित है, हथियार बन्द गार्ड के अलावा छोटा सा फ़ायर इंजन और आग बुझाने का अमला मुस्तैद रहता है। हुकूमत हर तरह के इन्तिज़ाम से लैस है। एक तो यह कि भूकम्प अक्सर आते रहते हैं। लकड़ी के बंगलों में आग लग सकती है। दूसरे यह कि क्या जानिए किस वक़्त ग़दर शुरू हो जाए या कोई राजनैतिक दंगाई सरकारी अफ़सरों के बंगलों को आग दिखा दे। पोर्ट ब्लेयर लासलकी द्वारा कलकत्ते से सम्बंधित है। मिस्टर राबर्ट वेगनीज़ अंग्रेज़ रेडियो आफ़िसर अपने केबिन में चौकस बैठा रहता है। पड़ोस के बंगले में एक अंग्रेज़ अफ़सर मिस्टर बर्न रहता है।

बड़े बंगले के आठ सरकारी नौकरों में से अधिकतर पंजाबी किसान हैं, जिन्होंने ज़र, ज़मीन, ज़न (पैसा, ज़मीन, औरत) के चक्कर में क़त्लो-ख़ून किये। अब बड़े दीनदार और नेक मुसलमान हैं। नूर मोहम्मद बैरा पाँचों वक़्त की नमाज़ का पाबन्द है। बर्मी मेहतर सुबह सवेरे-सवेरे सिर पर रुमाल बाँधे पिछले ज़ीने पर सूर्य के साथ साथ प्रकट होता है और बँगले के चोबी फ़र्श को शीशे की तरह चमकाता है।

बरामदे के एक कोने में पुरानी शैली का टेलीफ़ोन रखा है। फाटक पर हथियार बन्द संतरी टहलते हुए बार-बार बन्दूक़ का दस्ता बजाकर आवाज़ देता है। 'हाल्ट हुकम सदर' अर्थात 'हाल्ट व्हू कम्ज़ दियर!'

रात को दूर समुन्दर रूस आईलैण्ड की रौशनियाँ नज़र आती हैं; जहाँ चीफ़ कमिश्नर कर्नल फ़ेरार रहता है और उसकी मेम आए दिन पार्टियाँ देती है, जिनमें भाग लेने के लिए अम्मा लाँच में सवार होकर जाती हैं।

21 जुलाई 1930 ई.

डियर जलील!

अंडमान का द्वीप बहुत बदनाम है, मगर यहाँ ऐश भी है। काले आदमियों के लिए नहीं, जिनकी क़िस्मत में मेहनत ओर मशक़्क़त के सिवा कुछ नहीं, बल्कि अंग्रेज़ों के लिए। उनकी आबादी अलग है, बँगले हैं, हरियाली है, क्लब है जिसमें मेमें और अंग्रेज़ हर तरफ़ नज़र आते हैं, मगर हिन्दुस्तानी कभी-कभी ही नज़र आते हैं। मैं भी उस क्लब में शामिल कर लिया गया हूँ। मगर चूँकि न नाचना आता है न पीना; उल्लू की तरह बैठा रहता हूँ।

मेरी सुस्ती देखिये, अब तक यूनिवर्सिटी से इम्तिहान का मेहनताना और सफ़र ख़र्च वसूल नहीं किया, और मुझे तारीख़ें याद नहीं। अज़मत इलाही को लिखा है, मेरा टी.ए. बिल और मौखिक परीक्षा का बिल बनाकर भेज दीजिए; बड़ा आभारी हूँगा। एक मीटिंग उर्दू डिपार्टमेंट की अटैण्ड की थी, दूसरी बार मौखिक परीक्षा लेने अलीगढ़ गया था।

हाँ, वह नज़्म 'आज तू मायले-मक़सूद हुआ ख़ूब हुआ।' जो सैयदैन की शादी पर लिखी थी, अलीगढ़ मैगज़ीन में भेज दी थी। प्रकाशित हो गयी हो तो मैगज़ीन की एक कापी मुझे भिजवा दीजिए।

ख़ाकसार

सज्जाद हैदर

पोर्ट ब्लेयर में स्कूल नहीं थे। साहब लोग के बाबा लोग पढ़ने के लिए विलायत भेजे जाते थे। छब्बू जी की पढ़ाई लिखाई का हर्ज हो रहा था। ताज़ा पानी अप्राप्य था, जहाज़ पर सोडा वाटर की बोतलें कलकत्ते, मद्रास, रंगून से आती थीं; पानी की जगह पी जाती थीं। न जाने जेल के क़ैदी और बाक़ी सारी आबादी किस तरह गुज़र करती थी।

अण्डमान निकोबार द्वीप समूह की रेवेन्यू कमिश्नरी का 'चांस' छोड़कर एक बार फिर हिन्दुस्तान वापस जाने की दरख़्वास्त दी। ग़ाज़ीपुर तबादले का हुक्म मिलते ही निजी फ़ायर ब्रिगेड, हथियारबन्द गार्ड वग़ैरह ठाठबाट छोड़, पहले जहाज़ से हिन्दुस्तान वापस हुए।

आ गये सज्जाद हैदर काला पानी काट के।[1]

गोरा चाफ्द रोड, अन्टाली पार्क सर्कस में सिद्दीक़ा बीबी का मकान मोती के पर्दों से सुसज्जित और आँगन पाम के गमलों से सरसब्ज़ था। कमरों में मोहम्मडन स्पोर्टिंग क्लब के ग्रुप फ़ोटो लगे हुए थे। बाहर नये मॉडल की नीले रंग और सियाह मडगार्डज़ वाली 'लैण्डो बाडी' आकलैण्ड खड़ी थी, जिसकी आधी छत सामने से खुल सकती थी। खिड़कियों में कटगिलास के गुलदान लगे हुए थे और सीटें सुर्मई मख़मल की थीं। उसे पिछले बरस काले पानी जाते वक़्त ख़रीदा था।

सिद्दीक़ा बेगम के गोरखपुरी ख़ानसामाँ के ज़रीए उसका हमवतन ड्राइवर मँगवाया गया। उस व्यक्ति का नाम बशीर ख़ाँ था। मुरादाबाद से सैयद आले हसनैन का अर्जेंट तार बाजी के नाम पहुँचा। गुरदासपुर में मुक़दमे की तारीख पड़ गई है। जल्दी से जल्दी वहाँ पहुँचिए। बशीर ख़ाँ को मोटर और शाह मुनीर आलम के नाम ख़त देकर ग़ाज़ीपुर रवाना करने के बाद गुरदासपुर जाने का निश्चय किया।

1. सरफ़राज़ हुसैन अज़्मी की नज़्म जो रिसाला 'सरगुज़िश्त' अलीगढ़ में छपी।

गुरदासपुर की पीरज़ादी

नज़्र ज़हरा बेगम के परदादा ख़ानबहादुर मीर क़ासिम अली सी.आई.ई. (लम्बी चौड़ी उपाधियाँ) मुरादाबाद और गुरदासपुर में अच्छी ख़ासी जायदाद छोड़ गये थे। ज़िला मुरादाबाद में उनके दो अदद गाँव जैतपुर और हमीरपुर, ग़ैर लोग खा पी चुके थे। गुरदासपुर की दुकानें, सराय और आम के बाग़, उन (ख़ुदा उन्हें मुक्ति दे और उन पर रहम करे) के दो पौत्रों, मीर फ़ैज़ुल अस्करी और मीर ज़हूर हसनैन मरहूम के तर्के (मृतक से मिली सम्पत्ति) में शामिल थे।

मुरादाबाद और शहर गुरदासपुर की कोठियाँ मंझले पौत्र मीर नज़रुल बाक़र मरहूम की औलाद यानी अब केवल मुसम्मात (श्रीमती) नज़्र ज़हरा बेगम पत्नी सैयद सज्जाद हैदर के हिस्से में आई थीं। गुरदासपुर की कोठी पर ग़ैर लोगों ने दावा दायर कर रखा था। दुकानों पर (जो सैयद आले हसनैन की सम्पत्ति थी) सरदार अच्छर सिंह कब्ज़ा जमाये हुए थे और उन सबसे मुक़दमेबाज़ी मुसम्मात (श्रीमती) नज़्र ज़हरा और सैयद आले हसनैन, बी.ए.एल.एल.बी. का ख़ास मशग़ला था।

लाहौर से मीर अफ़ज़ल अली और सैयद इनामुल्लाह शाह को साथ लिए गुरदासपुर में दाख़िल हुए। स्टेशन से दो तांगों में सवार होकर, दरिया के किनारे एक सुनसान वीरान कोठी पर पहुँचे। मीर अफ़ज़ल अली ने जेब से कुंजी निकालकर मेन गेट का ताला खोला। भाँय-भाँय करते गोल कमरे में, जिसकी नीले थोथे की क़लई सफ़ेद पड़ चुकी थी, नवागन्तुकों की आवाज़ें गूँजने लगीं। अचानक इनामुल्लाह शाह ने नारा लगाया, 'रब्बा, रब्बा, आज मीर नज़रुल बाक़र की औलाद में सिवाय बाजीजान, कोई वारिस इस कोठी का ज़िन्दा नहीं। मुस्तफ़ा बाक़र, बन्नो बाजी, दोनों को तूने उठा लिया। रब्बा वह रब्बा!'

यह फ़रियाद सुनते ही बाजीजान और अफ़ज़ल अली ने ज़ारो क़ितार रोना शुरू कर दिया। ख़ुद रोने-धोने में शरीक हुए।

सज्जाद हैदर जो जज़्बातियत के मामले में अपने नहटौरी ख़ानदान की तरह ही ब्रिटिश और संतुलित थे, चुपचाप तीनों के साथ-साथ एक कमरे से दूसरे ढंढार कमरे में घूमते फिरे। कभी-कभी ठिठक कर दीवारों पर लगे भारी फ्रेमों वाले मटियाले ज़र्द इंग्लिश प्रिंट देखने लगते। डाइनिंग रूम के आतिशदान के ऊपर एक लम्बा चौड़ा लेथोग्राफ़ तरमू घाट के युद्ध का चित्र लगा था, जिसमें घोड़े पर सवार जनरल निकलसन सियालकोट और जेहलम के बाग़ियों का भुर्ता बना रहा है। तारीख़ 12 जुलाई 1857 ई.।

एक साइड-रूम में बड़ी दोआब केनाल के पुराने फ़ारसी और उर्दू के काग़ज़ात का अंबार फ़र्श पर पड़ा था, वहीं पर निकलसन साईं और लारेंस साहब के दौर का टूटा-फूटा फ़र्नीचर अंबार के रूप में मौजूद था। अगर यह सामान, तसवीरें और काग़ज़ात सुरक्षित कर लिए जाते तो आज चण्डीगढ़ म्यूज़ियम में रखे जाने के क़ाबिल होते।

अचानक एक तरफ़ से रहस्यमय खटखट की आवाज़ आई। ईंटों के फ़र्श पर डंडा बजाते, खाँसते खंकारते कमर झुकाये बूढ़े लपूसा सफ़ेद बालों वाले बुज़ुर्ग, किशमिशी रंग का पग्गड़, लम्बा कोट, शलवार, पेशावरी चप्पल गोल कमरे में दाख़िल हुए। करारी आवाज़ में फ़रमाया 'अस्सलाम अलैकुम!' पीछे-पीछे नौकर चाकर खाने के ख़्वान लिए अंदर आए।

'बरख़ुरदार। मैं शाह साहब मरहूम का दोस्त नियाज़मन्द अलताफ़ हुसैन शाह हूँ।' बूढ़े बुज़ुर्ग ने इस तरह कहा, मानो मीर क़ायम अली अभी-अभी दूसरे कमरे से निकल कर आते ही होंगे (मरहूम का 1874 ई. में देहान्त हुआ था) सेवकों ने कमरों की खिड़िकियाँ खोलीं। ताज़ा हवा के झोंकें दाख़िल हुए, शहर के दोनों ओर वह नहरें बह रही थीं, जिनकी खुदाई के प्रबन्ध के लिए मीर क़ायम अली लखनवी 1856 ई. में कानपुर से यहाँ भेजे गये थे।

बड़ी पुरफ़ज़ा (मनोरम) जगह थी, कोई अचम्भे की बात नहीं कि डिप्टी क़ायम अली ने रामगंगा और गोमती किनारे वापस जाने के बजाय सतलुज और रावी को अपनाया। यहीं जिये और यहीं दफ़्न हुए।

बाहर बाग़ के एक कोने में बेरी तले डिप्टी साहब का एक लिपा पुता सफ़ेद मज़ार, हरी चादर से ढका हुआ दूर से नज़र आ रहा था। सब्ज़ झण्डियाँ नदी की हवा में सरसराती थीं। चबूतरे पर जलवा अफ़रोज़ मुजाविर[1] ने हज़ार दाने की तस्बीह झुलाते हुए, बाज़ की सी दृष्टि से अजनबी मेहमानों को ताका। अपनी ओर आता देख आदर स्वरूप खड़े हुए।

दरगाह के इतिहास पर रौशनी डाली, 'प्रकाशमान मज़ार पर मुद्दत तक शामियाना लगा रहा, फिर श्रद्धालुओं ने चन्दा करके कलश का निर्माण करवाया, शाह साहब के विसाले-मुबारक (देहावसान) के बाद जो क़ुरआन ख़्वाँ (क़ुरआन शरीफ़ का पाठ करने वाला) नियुक्त हुआ था, उसकी मौत के बाद वालिद मरहूम नियुक्त हुए। अब यह सेवक इंचार्ज है। हर तरह की मुरादें यहाँ से अल्लाह के फ़ज़ल से पूरी होती हैं, चौथिया जाड़े को आराम, बेऔलाद को औलाद। हिन्दू-मुसलमान सभी यह बरकत वाले बेरी के पत्ते तोड़ तोड़कर ले जाते हैं।

'कमाल है वाक़ई (वास्तव) में।' सज्जाद हैदर साहब ने ख़ुश्की से कहा।

मुजाविर साहब ने, जिनके रिश्तेदार कोठी पर क़ब्ज़ा करना चाहते थे, बात जारी रखी, 'मुर्शिदज़ादे मीर मज़हर अली (ख़ुदा उन पर रहम करे) के मज़ार से भी बरकतें जारी हैं। लोधराँ शरीफ़ ज़िला मुलतान में। मगर क्या अर्ज़ करूँ, मीर क़ायम अली शाह के पोते, मज़हर अली शाह के तीनों साहबज़ादे अविश्वासी और चिंतामुक्त निकल गये। बीबी मुआफ़ फ़रमाएँ, आपके वालिद मरहूम और दोनों चचा एक आध बार यहाँ आए, जायदाद से कोई दिलचस्पी उनको नहीं, इसकी निगरानी हम लोग ही करते हैं।'

'फ़स्ल पर तीनों भाइयों को फल फ्रूट भेज दिया करते थे। जब मेरे अब्बाजी का इंतिक़ाल हुआ तो मैं मुख़्तार बना। इस सारी जायदाद की क़ीमत डेढ़ लाख थी, तीनों भाइयों ने बेची नहीं, मुझसे फ़रमाया, दादा की निशानी हैं पड़ी रहने दो। उस वक़्त ही बेच डालते, आज बीबी इस मुक़दमेबाजी के ख़र्च और दर्दे-सर से बच गयी होतीं।'

---

1. दरगाह का झाड़ू देने वाला।

बीबी जिन साहब से मुक़दमा लड़ रही थीं वह इन मौलवी साहब के रिश्तेदार थे।

मौसम बहुत ठंडा था। शाम को सज्जाद हैदर ज़ुकाम में मुब्तला हो गये। रात होते ही अलताफ़ हुसैन शाह अपने घर से खाने की सीनियाँ उठवाए तशरीफ़ लाए। नज़्र बेगम ने उनसे कहा, 'वाह, दादाजान, हमारे पड़दादा के मज़ार पर सुना है मरीज़ आकर रोगमुक्त होते हैं यहाँ तो लोटा उलटा घूम गया।'

'तौबा तौबा, बेटी! ऐसे अनावश्यक शब्द ज़ुबान से न निकालें। सर्दी की वजह से बरखुरदार को ज़रा सी छींक आई और आपका ईमान डोल गया।'

सज्जाद हैदर ने उन जन्नती बुज़ुर्ग का दिल रखने के लिए कहा, 'दादाजान आप मुझे भी मक़ुद्दस (पवित्र) बेरी का एक पत्ता मंगवा दीजिए।'

'बहुत ख़ूब, अभी लें।' शाह साहब ने कहा और ख़ुश-ख़ुश डंडा टेकते बाहर गये।

दूसरे दिन जुमेरात (गुरुवार) थी, मज़ार पर सुबह से भीड़ लग चुकी थी। नाश्ते के बाद सज्जाद हैदर, अफ़ज़ल अली, इनामुल्लाह और नज़्र बेगम फ़ातेहा पढ़ने बाग़ में पहुँचे, उसी समय बग्घियों में सवार कुछ दौलतमंद औरतें शटलकाक बुर्क़े ओढ़े, चादरें चढ़ाने दरगाह पर हाज़िर हुईं। अलताफ़ हुसैन शाह अपनी टमटम पर तशरीफ़ ला चुके थे माशाअल्लाह उम्र नब्बे साल थी, ए.ई. सी. रह चुके थे। पैंतीस वर्ष से पेंशन पा रहे थे और शहर की ज़ोरावर हस्ती थे। उन्होंने बुर्क़ापोश महिलाओं से फ़रमाया, 'बीबियों ख़ुशनसीब हो, दर्शन कर लो। हमारे पीर साहब के पड़नाती मीर अफ़ज़ल अली शाह और पड़पोती बीबी नज़्र सज्जाद।'

'और पड़पोत-दामाद मीर सज्जाद हैदर शाह।' सैयद इनामुल्लाह शाह ने गम्भीरता से इज़ाफ़ा किया।

महिलाओं ने आगे बढ़कर बेपर्दा पीरज़ादी के पैर छुए, एक बीबी ने इस हक़ीर फ़क़ीर को गोद में उठाया। मुर्शिदज़ादी को साथ लेकर मुजाविर साहब

के हुजरे की तरफ़ चलीं। अंदर जाकर मुर्शिदज़ादी (पीरज़ादी) को पलंग पर बिठाया। ख़ुद नक़ाब उलटकर फ़र्श पर बिछी चटाई पर बैठ गयीं।

नज़्र बेगम ने घबराकर कहा, 'अरे, आप लोग नीचे क्यों बैठी हैं।'

'असी तुहाडे कोल बैठने दे लायक़ आँ?'

नज़्र बेगम तुरन्त आगबगूला होकर उठीं। 'सुनिए मैं पीरज़ादी हरगिज़ नहीं हूँ। और ये साहब जिनकी क़ब्र आप लोग आज पूज रही हैं, पीर वीर बिल्कुल नहीं थे।'

महिलाओं ने भौंचक्के होकर एक दूसरे को देखा।

'ख़ुदा जाने इस मक्कार मुजाविर ने आप लोगों को क्या औलफ़ौल बता रखा है। ग़ौर से सुन लीजिए; मेरे पड़दादा ग़दर से पहले कानपुर में तहसीलदार थे। पंजाब आकर डिप्टी कलेक्टर वग़ैरह हो गये। सरकार की सेवा की और ख़िताब (उपाधियाँ) पाये। किसानों की भलाई के लिए क़ानून बनाए; मगर वलीअल्लाह कहाँ से हो गये। बड़े अफ़सोस की बात है। बड़ी जहालत की बात है। उनकी क़ब्र को नहीं पूजना चाहिए आप लोगों को।'

वे मोमिन (ईमान वाली) बीबियाँ समझ गयीं कि क्रिस्टानों (ईसाइयों) के प्रभाव में आकर पीरज़ादी का ईमान ख़राब हो चुका है। लेक्चर का बिल्कुल नोटिस नहीं लिया और उसी रात खाने के बेहतरीन ख़्वान सजाकर अपने घर से कोठी पर भिजवाए।[1]

1. 'अय्यामे गुज़िश्ता' ('इस्मत' में छपी) से लिया गया।

बिश्नो ख़रोश निहंग ला
(मगरमच्छ की चिंघाड़ सुनो)

मुझ लेखिका पीरज़ादी के लिए सुनते हैं कि हसनैन मामू और अल्लन मामू ने अज़ान व इक़ामत[1] कानों में फूँकी और उम्र छह दिन की थी, जब बीमारी की वजह से रंग नीला पड़ गया; नाम नीलोफ़र रखा गया। तबीब (चिकित्सक) ने एक पहलवान हबूड़न शहर आगरा से बतौर अन्ना मंगवाई, जो ख़ानाबदोश (और सम्भवतः आपराधिक व्यवसाय रखने वाले) क़बीले हबूड़ान में से थी।

कुछ समय बाद ख़ालू मीर अफ़ज़ल अली ने नीलोफ़र निरस्त कर के ज़र्री ताज ताहिरा के नाम पर नाम कुर्रातुल ऐन रखा। वह एक ना आक़बत अंदेश (अंजाम न सोचने वाली) ख़ातून (महिला) थी, जो मारकर कुएँ में फेंके जाने से पहले (तू चू फ़ुलसे माही हैरती चै ज़नी ज़बहरे वजूद बीनिश चू तूती व दम बदम बिश्नौ ख़रोश निहंगला।

(तू जो मछली की खाल के छिलके की तरह हैरानी से मेरे वजूद के समुंदर को देख रहा है। तू तूती की मानिंद हर पल उसे देख और ला लाइलाहा-इल्ललाह के घड़ियाल की आवाज़ सुनता रह।)

क़िस्म के अशआर लिखती थी।

ख़ुदावन्दकरीम ने अपने फ़ज़्लोकरम से Video Taping याद्दाश्त (Memory) अता की। चुनांचे ढाई वर्ष की उम्र से कुछ दृश्य ज़हन में महफ़ूज़ (सुरक्षित) हैं।

एक बहुत बड़ा रौशन कमरा मोटे ऊनी हरे कपड़े की बड़ी मेज़, उस पर काग़ज़ात, सफ़ेद झालरदार फ्राक। अब्बाजान ने उठाकर काग़ज़ों पर बैठाया। अब्बाज़ान की आवाज़ : यह हमारा पेपरवेट है।

---

1. मुसलमानों में बच्चे के जन्म के पश्चात दाहिने कान में अज़ान और बाएँ कान में इक़ामत (अर्थात नमाज़ के लिए खड़े होने का ऐलान)। पढ़ कर फूँकी जाती है।

एक नमी भरे अंधकारमय से ग़ुसलखाने का दरवाज़ा काली। ऐनक पहने शाहिद भाई दाँतों पर ब्रुश कर रहे हैं। 'आपका क्या नाम है?'

'तोता।' (सुनने में आया है कि अहक़र अर्थात लेखिका बेहद बातूनी थी और तोता कहलाती थी। ख़ुद अपना असली नाम यही समझती थी।)

एक बड़ा सा होटल; फ़रकोट पहने अम्मा, डाइनिंग हाल में अंग्रेज़ों की बातों और छुरी काँटों का शोर।

मुरादाबाद। अल्लन मामू की आवाज़, झज्झो झोंटे मामू मोटे, मुमानी खोटी।

नहटौर, दादाजान के मकान का बुर्जी वाला कमरा; तेज़ बिजली की रौशनी। भाभी महमूदा भूरे समूरी कोट में बड़ा सा बटन टाँक रही हैं।

मुरादाबाद; सर रज़ा अली का मकान, रात का वक़्त ज़नानी मजलिस। ग़रीब औरतों का हुजूम। एक मोटी सी लड़की हिस्से बाँट रही है फिर क़हक़हा लगाकर अम्मा से कहती है 'देखा आपने, उन सबको हिस्से दिए, दूसरे दरवाज़े से फिर आ गयीं।' (यह बड़ा दुःख भरा दृश्य रहा होगा।)

अलमोड़ा। 'सूरज हाउस' के नीचे गहरी वादी (घाटी) मैं मुस्तक़िल रोये जा रही हूँ; ग़ुस्सेवर हसनैन मामू उठाकर जंगले से नीचे लटका देते हैं। 'चुप वर्ना नीचे फेंक दूँगा।' आले ज़हरा नानी घिरसवाँ पायजामा, गोरा सफ़ेद रंग, दहलकर दौड़ती हैं। 'हे हे! लौंडिया खड्ड में गिर जाएगी।'

देहरादून। भाई और मैं अम्मा के साथ आकलैण्ड में एक सड़क पर से गुज़र रहे हैं। अचानक अम्मा कहती हैं, 'वह सामने जवाहर लाल नेहरू बैठे हैं, ग़ौर से देख लो।'

दूर बरामदे में एक साहब सिर के पीछे हाथ रखे आराम कुर्सी पर बैठे हैं। हम लोग अहाते की दीवार की तरफ़ दौड़ते हैं। अम्मा भी उतर आती हैं, वह साहब उठकर खड़े हो जाते हैं। हम लोग कुछ मिनटों तक उन्हें देखते रहते हैं। फिर अपने रास्ते चले जाते हैं।

एक रेलवे स्टेशन। रात का वक़्त, ट्रेन प्लेटफ़ार्म पर रुकी खड़ी है; चची वहीदा प्लेटफ़ार्म पर मौजूद हैं। उनका मुसकुराता मेहरबान चेहरा; एक गुड़िया कम्पार्टमेंट की दहलीज़ से अन्दर सरका देती हैं।

लाहौर नम्बर 7 रेलवे रोड। दारुल-इशाअत पंजाब, फाटक के एक तरफ़ शायद 'फूल' 'तहज़ीब' के दफ़्तर, अंदर गलियारा सा, सैहन (आंगन) चमन, अँधियारा सा ड्राइंग रूम, प्यानो, मैं प्यानो के पर्दों पर उंगलियाँ मारती हूँ। दुबले-पतले ऐनक लगाए इम्तियाज़ भाई इशारे से मना करते हैं।

यह दृश्य केवल इतना याद है; बाक़ी 'अय्यामे गुज़िश्ता' से।

नम्बर-7, रेलवे रोड अनारकली के क़रीब शहर के बीच में है। मामू इनामुल्लाह शाह वहाँ आकर बच्चों को बाज़ार ले जाते और ख़ूब अला-बला खिलाते। अहक़रा (लेखिका) बीमार पड़ गयी। भूख बंद, तेज़ बुख़ार, अब बेचारे मामू के हाथों के तोते उड़े। डॉक्टर पे डॉक्टर बुलाकर लाएं। एक नया मरज़ पैदा हुआ; खाना पीना छोड़ दिया, और चुप का रोज़ा।

मौलवी मुमताज़ अली, भाई हमीद अली, इम्तियाज़ अली ताज, इनामुल्लाह, नवाजिश अली शाह सबके सब खाने के लिए ख़ुशामदें कर रहे हैं, यहाँ एक ही जवाब, 'हलक़ नहीं खुलता।' डॉक्टर ने कहा, 'अच्छा चिमटी से हलक़ खोलें?' इशारों से वही जवाब, 'हलक़ नहीं खुलता।'

डॉक्टर साहब चाइल्ड साइकोलोजी से वाक़िफ़ थे, चाल भाँप गये। इधर ख़ाकसार (लेखिका) ने तीन साल की उम्र ही में ताड़ लिया कि डॉक्टर साहब भी काफ़ी चलते पुरज़े हैं। बोले, 'बीबी! बेशक तुम भी मजबूर हो क्या करो, तुम्हारा हलक़ नहीं खुलता और भले लोग ज़बरदस्ती तुम्हें दूध सागूदाना खिलाना चाहते हैं, जिससे तुमको नफ़रत है। हैना? बिल्कुल ठीक!'

कमरे के बाहर जाकर उन्होंने हैरानी भरी आवाज़ में अम्मा और मौलवी साहब से कहा, 'आपको मालूम है उसे सागूदाना बुरा लगता है और आप लोग वही ठुँसाए जाने की ज़िद कर रहे हैं। उसने अपने बचाव की यह तरकीब

निकाल ली। उसे सख़्त भूख लग रही है। आप सिरहाने मेज़ पर अंगूर संतरे और अनार का रस रखकर ग़ायब हो जाइए। और उसे यह भी न मालूम होने पाए कि आप लोगों को पता चल गया है कि उसने फल खा लिए हैं। नेपकिन से ढक कर रखिएगा। मैं फेस क्रीम भेजता हूँ, उससे कहिए ख़ुद होंठों पर लगा ले। यह एक बहाना है। आज ही से खाना शुरू कर देगी और ख़ुद बताएगी कि दवा लगाने से हलक़ खुल गया। अपनी ज़िद पूरी करने और ख़ुद को सच्चा साबित करने के लिए दो दिन से भूखी पड़ी है।'

वह एक बहुत समझदार चिकित्सक था; उसके निर्देश पर अमल किया गया और ख़ातिर-ख़्वाह (दिलपसन्द) कामयाबी हासिल हुई। शाम को इनामुल्लाह मामू आए; मैंने उनसे कहा, 'दवा लगाने से थोड़ा थोड़ा हलक़ खुल गया। इस अजीबोग़रीब मरज़ की ख़बर दोस्तों में फैल चुकी थी। रात को लेडी ज़ुल्फ़िक़ार अली ख़ाँ देखने आईं। नाचीज़ (लेखिका) आईने के सामने खड़ी रिबन लगाने की कोशिश में मसरूफ़ थी। मालूम हो गया था कि मिज़ाजपुर्सी के लिए मेहमान आ रहे हैं। हुलिया दुरुस्त कर लेना चाहिए।

लेडी ज़ुल्फ़िक़ार यह तीव्र बुद्धि देखकर बहुत ख़ुश[1] हुईं। बाहर उनका मोटर दमबख़ुद (सांसें रोके) खड़ा था।

1. 'अय्यामे गुज़िश्ता' 'इस्मत' फ़रवरी 1952 ई. (से लिया गया)।

कोलोनियल सोशल लाइफ़ ईस्ट ऑफ़ स्वेज़

सनसनाते गैस लैंटर्न की सर्द नीलाहट भरी रौशनी में मिस्टर आर.एच. नेबल्ट किनारे वाली प्लेट पर सिर झुकाए बड़ी शान के साथ गंगा की मछली शेफ़ल्ड को छुरी काँटे के ज़रीये खाने में मुनहमिक (व्यस्त) थे। सफ़ेद बुर्राक़ साफ़े की ज़र्द और सुर्ख़ निवाड़ी पट्टी पर एस.एच. का चाँदी का बना मोनोग्राम लगाए, सफ़ेद चिकन पर चौड़ी ज़र्द व सुर्ख़ निवाड़ी पट्टी बाँधे, नंगे पैर दबे पाँव चलते, दूसरा कोर्स सर्व करने के लिए प्लेटें बदलते, अब्दुल मिस्टर नेबल्ट के नज़दीक पहुँचे।

लम्बी मेज़ के दोनों जानिब मैजर गेर्ड (आई.एम.एस.) सिविल सर्जन ज़िला व मिसेज़ गेर्ड, मिस्टर जमील ख़ाँ (इण्डियन पुलिस), साहबज़ादा व बेगम रशीदुज़्ज़फ़र ख़ाँ, मिस्टर व मिसेज़ फ़िलिप मर्फ़ी, मिस्टर अमजद अली मैनेजर ओपियम फ़ैक्टरी व मिसेज़ अमजद अली, मिस हमीदजहाँ बी.ए. (लंदन) इंस्पेक्टर ऑफ़ स्कूल्स, डॉक्टर ज़ुबैदा सालेह, इंचार्ज फ़ीमेल हास्पिटल, डॉक्टर व मिसेज़ सेन राय और साहिबे-ख़ाना व ख़ातून (मकान मालिक व मालिकिन) मौजूद थे। उस वक़्त मौज़ूए-गुफ्तगू (चर्चा का विषय) वह तैयारा (विमान) था, जो कुछ दिन बाद हवाबाज़ी दिखाने के लिए ग़ाज़ीपुर आने वाला था।

मेज़ के बीचोंबीच गुलाब महक रहे थे। एक साइडबोर्ड पर सौस बोट और फ़िंगर बॉल रक्खे थे। फ़िंगर बॉल्ज़ में गुलाब की पत्तियाँ तैर रही थीं। मुद्दतों पहले इसी गहरे ड्राइंग रूम में फ्री मैसन फ़िरंगी अपने रहस्यमय डिनर खाते थे। आम नेटिव आज भी इस कोठी को 'जादूघर' के नाम से याद करता था। बाहर लार्ड कार्नवालिस का अज़ीमुश्शान मक़बरा स्थित था। देहान्त 1806 ई. हैज़ा होने के कारण।

मक़बरे की संगेमरमर की दीवारों पर फ़िरंगी अफ़सरों और नेटिव सिपाहियों की पत्थर की तस्वीरें तोड़ेदार बन्दूकें उलटी किये झुकी हुई थीं। मरमरीं क़ब्र पर मरमरीं (संगेमरमर के) फ़रिश्ते सिर झुकाए साया किये हुए थे। ऊपर कार्नवालिस

के मरमरीं बुत के दोनों जानिब एक हिन्दू और एक मुसलमान नेटिव की मूर्तियाँ खड़ी थीं, नीचे इंसाफ़ की तराज़ू बड़ा सांकेतिक ग्रुप था।

महान विजेता जो बिहार और पूर्वी दोआबे का हमेशा के लिए बन्दोबस्त करता दौरे पर गाज़ीपुर आया था, यहाँ पहुँचकर कालरा (हैज़े) का शिकार हुआ।

1787 ई. में डायरेक्टर गिलक्रिस्ट ने ग़ाज़ीपुर में नील और अफ़यून के कारख़ाने क़ायम किये थे। गंगा की बंदरगाह जो मुग़लकाल में दोआबे की बिहार व बंगाल से दरियाई व्यापार की गुज़रगाह थी, तबाह हुई। इसी घाट से ग़ाज़ीपुर ओपियम फ़ैक्टरी की अफ़यून यूनियन जैक के फ़रैरे उड़ाते जहाज़ों पर लदकर कलकत्ता के रास्ते चीनियों को आलसी बनाने के लिए शंघाई और कैंटन रवाना की जाने लगी।

'जादूघर' के डाइनिंग रूम से लगे गोल कमरे में वह सियाह बानात[1] की स्क्रीन खड़ी थी जिस पर दो आदमी के क़द के कारचोबी चीनी आस्तीनों में हाथ दिये मूँछे झुकाए कनफ़्यूशियस के फलसफ़े (दर्शन) में डूबे हुए थे। जिस स्क्रीन को विजेता ब्रिटिश इण्डियन आर्मी के एक सप्लाई एजेंट मीर नज़रुल बाक़र, 1901 ई. की बक्सर बग़ावत के बाद कैंटन से लाए थे और बक्सर बग़ावत यूँ हुई थी कि निद्रामग्न चीनी संभलने लगे थे।

अब्दुल के बाप दादे डेढ़ सौ वर्ष से ग़ाज़ीपुर के फ़िरंगी अधिकारियों और लाले और नील प्लांटर्स के यहाँ बैरा-गीरी करते आए थे। अब्दुल अपने हमवतन महात्मा बुद्ध की तरह रहस्यात्मक मुस्कुराहट बिखेरते थे। पूर्व देस के अधिकतर निवासियों की तरह किसी को दुःख न देने वाले मासूम शक्ल गोलमटोल चेहरे से अनमिट शान्ति प्रकट होती रहती थी। प्राचीनकाल का गिरजापति पुर, जो पिछले एक हज़ार साल से सैयद सालार मसूद ग़ाज़ी, महमूद ग़ज़नवी के भतीजे के नाम पर गाज़ीपुर कहलाता था।

मुग़ल बादशाहों की दरियाई बन्दरगाह, जान कम्पनी की फैक्टरी का ठौर ब्रिटिश इण्डिया का निर्धनता ग्रस्त, पिछड़ा हुआ ज़िला। अब्दुल और उनके

1. एक प्रकार का मोटा गर्म ऊनी कपड़ा।

पूर्वज सब अपने ऊपर गुज़ार चुके थे और इसी वजह से इतने धीरज रखने वाले और शुक्र करने वाले थे भाग्य के लिखे पर संतुष्ट नज़र आते थे। जान कम्पनी की परम्परा के अनुसार अब्दुल 'सरदार' कहलाते थे, क्योंकि नौकरों के अमले के हेड थे।

भाई क्वीन विक्टोरिया हाई स्कूल की छठी क्लास में दाख़िल थे (जो स्कूल सैयद अहमद ख़ाँ सद्र अमीन ने 'साइंटिफिक सोसायटी' सहित ग़दर के बाद बिजनौर व मुरादाबाद से तब्दील होकर यहाँ आने के बाद क़ायम किया था) जमना पाण्डे महाराज चपड़ासी के साथ स्कूल जाते और वापस आकर आवाज़ देते 'सरदार!' अब्दुल ख़ुशदिली से जवाब देते, 'खरच हो गये।'

जमना पाण्डे आदत मिज़ाज व शक्लो-सूरत के लिहाज़ से 'सरदार' का ब्राह्मण ऐडिशन थे। वही नर्म-नर्म गोल-मटोल गौतमबुद्ध वाली सूरत, नुकीली सफ़ेद मूँछें, वही बातचीत का अंदाज़, सम्माननीय और हृष्ट पुष्ट ब्राह्मण थे। महाराज कहलाए जाते थे। अब्बाजान और अम्मा भी 'महाराज' और 'आप' कहकर उन्हें सम्बोधित करते और किसी ग़लत या छिछोरी हरकत की उनसे आशा नहीं की जाती थी। यह कास्ट सिस्टम के रुतबों का लिहाज़ रखने का प्राकृतिक प्रभाव था।

अब्दुल की तरह ख़ुशमिज़ाज थे और तबीयत में एक तरह की बेपरवाई पाई जाती थी। दौरे के ज़माने में एक बार नाव में शोभायमान दीवार से टेक लगाए बैठे थे, अचानक संतोषजनक मुद्रा में बोले, 'साहब; देखिए सामने एक ठो नाका चला आवत है।'

एक डरावना मगरमच्छ, गंगा का नामी आदमख़ोर! काली लकीर की तरह कुछ दूर पानी में चला जाता था। साहब व बेगम साहब भी इतमीनान से बैठे रहे। अब्बाजान जो अख़बार पढ़ने में मसरूफ़ थे, उसकी एक तस्वीर अम्मा को दिखलाकर बोले, 'विलायत में अब लम्बे बालों का फ़ैशन दोबारा आ गया', इस बीच नाका (मगरमच्छ) ग़ायब हो गया।

सर्दियों में अब्बाजान दौरे पर निकलते, बशीर की बीवी घूँघट निकालकर पिछली सीट पर बैठतीं। महाराज बशीर के बराबर में बिराजते। नवयुवक पंखा

क़ुली दिलीप बाहर फ़ुट बोर्ड पर खड़ा हो जाता और लम्बी यात्राएं इसी तरह खिड़की को मज़बूती से पकड़ कर खड़े-खड़े तय करता। छोलदारियाँ सफ़र का फ़र्नीचर और दूसरे नौकर चाकर बैलगाड़ियों पर जाते।

आम के बाग़ो में कैम्प लगता, ख़ेमों (तम्बुओं) के अंदर पराल बिछाकर उन पर नीली सुर्ख़ धारियों वाली दरियाँ बिछाई जातीं। ख़ेमों की अन्दरूनी ज़र्द और उन्नाबी छींट की दीवारों में चार दरवाज़े और खिड़कियाँ होती थीं। दोहरे पर्दे और चिक़ें ग़ुसलख़ाने की छोलदारी में ज़मीन की ठंडी ठंडी हरी घास पर टब, बाल्टियाँ, हम्माम, कमोड। मेज़ पर सफ़ेद ताम्रचीनी की सिलफ़ची, जग, लोटे, मग्गे, बेडरूम से ग़ुसलखाने तक क़नात की गैलरी।

बाहर खुले आकाश के नीचे ज़मीन में गढ़े खोदकर अस्थाई चूल्हे तैयार किये जाते। दूर आम के दरख़तों के नीचे लालटेन की रौशनी में गाड़ीबान भोरियाँ डालते। कुछ फ़ासले पर अदालती अधिकारियों की छोलदारियाँ लगतीं। इस दृश्य और सौ वर्ष पहले की ईस्ट इण्डिया कम्पनी की कैम्प लाइफ़ में बाल बराबर फ़र्क़ न आया था।

पूर्व और बिहार में जो सूफ़ी संत अपनी परम्पराएं मध्ययुग में फैला गये थे, ख़ानक़ही ग़ाज़ीपुर में उनके ख़ानदान इन शांत हरे भरे और निर्धनता-ग्रस्त गाँवों के अंदर उसी तरह आबाद थे। पुराने ख़ानदानों के बुज़ुर्ग, जिनमें अक्सर वारसी दरवेश थे, बुद्ध भिक्षुओं की तरह नारंजी कफ़नियाँ पहने संगीतमय लम्बी लय में सूफ़ियाना शायरी करते थे। पूर्व गोरखनाथ के सिहदों का देस था। घने बाग़ों में रहस्यमय मठ छिपे हुए थे, जिनके अँधेरे तहख़ानों में फ़ाक़े करके (भूखे रहकर) अपने आप को ख़त्म कर देने वाले महंतों की समाधियाँ छिपी थीं। ज़िले को कर्मनास नदी बिहार के ज़िला शाहाबाद से अलग करती थी और कश्ती पर बैठे-बैठे आप सीधे बक्सर पहुँच सकते थे।

सर्दियों का मौसम दौरे और शिकार का ज़माना था। ग़ज़नफ़र अली नक़वी ऊर्फ़ लड्डन, ललितपुर से ट्राँसफ़र होकर प्रतापगढ़ आ चुके थे। उनके छोटे भाई तहव्वुर अली नक़वी उर्फ़ अल्लन, जो अलीगढ़ से शिक्षा पूर्ण करके

बहाउद्दीन कॉलेज रियासत जूनागढ़ काठियावाड़ में इतिहास पढ़ाते थे, क्रिसमस की छुट्टियों में गाज़ीपुर आए। अम्मा कार चलाना सीख रही थीं। बशीर ख़ाँ ने कहा, 'भैया बेगम साहब का आप सिखला दीजिए हमरी सुनत नाहीं हैं, अपनी मर्जी से चलावत हैं।'

अल्लम मामू ने आदत के मुताबिक़ मुस्तैदी से जवाब दिया, 'हाँ, हाँ, इसमें क्या मुश्किल है, बाजी मैं आपको दो दिन में ड्राइविंग लाइसेंस दिलवा दूँगा।' इसके बाद एक सुबह अम्मा कार लेकर अकेली ही मक़बरा कार्नवालिस रवाना हुईं और इतमीनान से सीमेंट की नालियों पर से गुज़रती मक़बरे इस तरह पहुँचीं कि लार्ड कार्नवालिस ने अपनी क़ब्र में करवट बदली। उसके बाद इसी तौर से प्रतापगढ़ का रुख़ किया, जहाँ से लड्डन मामू शिकार खेलने जंगलों की ओर जाने वाले थे।

प्रतापगढ़ क्लब की मिक्स्ड स्विमिंग पूल में ज़हरा मुमानी बड़ी महारत से तैरती थीं और उनके तीनों बच्चे जिनके नाम सहीब, सलोया और मुज़फ़्फ़र थे, एक्सपर्ट स्विमर थे।

लड्डन मामू की शिकारगाह में कलेक्टर विष्णु सहाय परिवार सहित मेहमान थे। एक रात सारे बच्चों को थोड़ी देर के लिए मचान पर बिठाया गया। उसके बाद ज़हरा मुमानी ने एक अदद शे'र मारा और सुबह को अम्मा ने अपने कोडेक कैमरे से जो अब्बाजान जर्मनी से उनके लिए लाए थे, उनकी तस्वीर खींची जो बिरजस पहने एक पाँव मुर्दा शे'र पर रखे बन्दूक़ संभाले खड़ी हैं। वह तस्वीर अम्मा ने बड़े रौब और शान से सालगिरह नम्बर 'तहज़ीबे निसवाँ' में प्रकाशित करवाई और इस बेपर्दगी पर मुरादाबाद वालों ने पेट भर के एतराज़ किए।

शुरू जनवरी में प्रतापगढ़ से अलमोड़ा जाकर नंदादेवी पर बर्फ़ का नज़्ज़ारा किया गया। मनज़ूर ज़हरा (पुत्री ज़हूर हसनैन रिज़वी मरहूम) नंदादेवी के सामने जिस बंगले में ठहरी हुई थीं, उसका नाम 'सूरज हाउस' था, उनके शौहर सैयद मुख़तार हुसैन नक़वी अमरोहवी गवर्नमेंट कॉलेज अलमोड़ा में पढ़ाते थे।

ग़ाज़ीपुर में फ़रवरी की एक सुबह महाराज डाक लेकर आए और सियाह हाशिये वाला लिफ़ाफ़ा अम्मा को थमाकर चोर सी शक्ल दूसरी तरफ़ देखने लगे। अलमोड़े में मनज़ूर ज़हरा अपनी कज़न सरवत आरा की तरह जवानी में ही अचानक इस दुनिया से कूच कर गयी थीं।

जमना पाण्डे अनपढ़ थे लेकिन लिखने की शैली पहचानने लगे थे। लीजिए, बेगम साहब! ई. आपके बहनोई मिस्टर अफ़ज़ल अली 'इंटमटेस आफीसर पेशावर।' ई. आपके भाई मिस्टर आले हसनैन, वकील मुरादाबाद, मिस हिजाब इस्माईल, मद्रास।

अब्बाजान एक बार अलीगढ़ से मुस्लिम यूनिवर्सिटी के पर्चे छपवाने मद्रास गये थे, वहाँ सैयद मोहम्मद इस्माईल साहब से मुलाक़ात हुई, जो निज़ाम स्टेट सर्विस से रिटायर होने के बाद मद्रास में रहते थे। उनकी बीवी अब्बासी बेगम मरहूमा अपने ज़माने की मशहूर उपन्यासकार थीं। बेटी हिजाब, कहानी लिखने के क्षेत्र में प्रसिद्धि प्राप्त कर चुकी थीं, पर्दा नहीं करती थीं और पश्चिमी तर्ज़ के वस्त्र पहनती थीं।

जिन दिनों अब्बाजान मद्रास में थे, हिजाब इस्माईल का अफ़साना मेरी "नातमाम मोहब्बत" नेरंगे-ख़याल में छप रहा था। अब्बाजान ने अलीगढ़ वापस आकर अम्मा से कहा, मैं इम्तियाज़ के लिए एक बहुत अच्छा रिश्ता तलाश कर आया हूँ। अम्मा ने शमसुल उलमा मौलवी मुमताज़ अली को लाहौर ख़त लिखा। कुछ दिनों बाद ताज व हिजाब में भी ख़तो-किताबत शुरू हो गयी। फिर वह ख़तो-किताबत (पत्राचार) किसी वजह से बन्द हो गयी। ताज की समझ में न आता था कि किस तरह सिलसिला दोबारा जारी करें। उन्हीं दिनों वह 'अनारकली' प्रकाशित करने वाले थे। पतरस बुख़ारी ने मशवरा दिया कि उसे हिजाब के नाम समर्पित कर दें, उन्होंने ऐसा ही किया। हिजाब मान गयीं और पत्राचार फिर शुरू हो गया।

ताज के बहनोई सर मोहम्मद याक़ूब किसी काम से मद्रास गये, वहाँ से ताज को बुलाने का तार लाहौर भेजा। उनके मद्रास पहुँचने के बाद रिश्ता तय

हो गया। इस दौरान हिजाब की अम्मा से भी ख़तो-किताबत जारी थी। अब्बासी बेगम मरहूमा से भी अम्मा की ख़तो-किताबत रह चुकी थी और हिजाब इस वजह से अम्मा को 'ख़ालाजान' लिखती थीं।

आर्कीडिया
वाशरमेन पेट, मद्रास
30 जुलाई 1932 ई.

सभों ने फेर लीं आँखें वफ़ा कहीं न रही
फ़लक फ़लक न रहा और ज़मीं ज़मीं न रही

प्यारी और बहुत प्यारी, मगर किसी क़दर ज़ालिम ख़ालाजान!

अल्लाह करे उम्रे ख़िज़्र (लम्बी आयु) अता हो और ग़ुस्सा अब तक काफ़ूर हो गया हो, आमीन। देखिए, आख़िर आपने भी मुझे ही दोषी ठहराया।

हमको उम्मीद न थी ऐसी जफ़ा से उनकी। मेरी प्यारी बहुत प्यारी ख़ाला-जान! मैं जिस इश्तियाक़ (उत्सुकता) से आपको ख़त लिखती हूँ, उसे आप नहीं जान सकतीं। मैं बख़ुदा आपको सगी ख़ाला समझती हूँ। आप उस ज़माने की बात पूछ रही हैं जब सर याक़ूब यहाँ आए थे। मैंने सुना हमारे दोस्त[1] ने जिनका ख़त आपको भेजा था, आपको मुफ़स्सल (विस्तार पूर्वक) कैफ़ियत (हालत) लिख भेजी है।

इस वक़्त आसमान का रंग न गहरा नीला है न हलका, बल्कि कुछ अजीब बे मज़ा सा रंग है। हवा गीत गा रही है, मैं बरामदे में बैठी हूँ पापा ड्राइंग रूम में बैठे मद्रास मेल पढ़ रहे हैं, नौ दस बिल्लियाँ बरामदे में पड़ी हैं, चार पाँच अन्दर मेरे पलंग पर सो रही हैं। ख़रगोश बैठा घास खा रहा है, तोता नाच रहा है, हिरन और बकरियाँ बैठी आसमान के बे लुत्फ़ रंग पर ग़ौर की निगाह डाल रही है। दो गायें सो रही हैं, बछड़ा चीखें मार रहा है (अभी अभी एक बिल्ली सोते में कुर्सी से गिर पड़ी) मैंने एक ज़र्द रंग का फ़्राक पहन रखा है।

1. ताज।

आपने नहीं लिखा, मौसम कैसा था। क्या हो रहा था; कोई रोमांटिक दरीचा भी किसी कमरे में है या नहीं। किसी खिड़की के आगे कोई पौधा है जिस पर बुलबुल चहचहा सकती है।

दिली मोहब्बत
हिजाब

रौकवुड
23, रेज़ीडेंसी रोड
बंगलौर
5 मई 1933 ई.

मेरी निहायत प्यारी ख़ाला जान!

दर्शन की अभिलाषा! हम लोग बंगलौर आए हुए हैं, निहायत ख़ूबसूरत जगह है। शाइरों की सरज़मीन, ख़ुशरंग प्यारे फूल, राग गाने वाले परिन्दे। आजकल शहज़ादी दुरे शहवार और नीलोफ़र भी आई हुई हैं। मैं पिछले साल उनसे मिली थी। मिसेज़ सुग़रा हुमायूँ मिर्ज़ा मद्रास में रहने-सहने लगी हैं। मुझे मद्रास बहुत याद आ रहा है। इस बार आप गर्मियाँ कहाँ बसर करेंगी? सर मोहम्मद याक़ूब का ख़त आया है, 20 मई को इंग्लिस्तान जा रहे हैं।

मिस्टर इम्तियाज़ अली कलकत्ते गये थे, वहाँ से लिखा था, अगर मौक़ा मिला आपके यहाँ जाएँगे। पंजाब से दक्षिण इतनी दूर है कि ख़ुदा की पनाह! पाँच दिन में ख़त मिलता है। ख़ुदा करे जल्द एयर मेल का इंतिज़ाम हो जाए।

'नेरंगे ख़याल' में चचाजान का एक दिलचस्प ईरानी उपन्यास छप रहा है। बहुत से प्यार क़ुबूल कीजिए; चचाजान को आदाब।

आपकी दूर उफ़तादा (दूर रहने वाली)
हिजाब

(सारांश)

मनज़ूर ख़ाला की बरसी के बाद अगली गर्मियों में उनके इकलौते बड़े भाई सैयद आले हसनैन की शादी का आयोजन मुरादाबाद में हुआ। नवाब सैयद आशिक़ हुसैन ख़ाँ का मकान मेहमानों से खचाखच भरा हुआ था। उस मजमे में पंजाब से आये हुए, लम्बे क़द के ख़ालू अफ़ज़ल अली तुर्रेदार पगड़ी बाँधे सबसे अलग नज़र आते थे।

शाम को आँगन में छिड़काव के बाद गीली मिट्टी की सौंधी-सौंधी ख़ुश्बू हवा में उड़ती। गहनों से गोंदनी की तरह लदी दुल्हन चंदा बेगम झुकी-झुकी लाकर एक पलंग पर बिठाल दी जातीं और घण्टों इसी तरह सिर झुकाए आँखें बन्द किए बैठी रहतीं बेले और चमेली की क्यारियों के नज़दीक घड़ौंचियों पर गजरों और झलझल करते नक़शीन मुरादाबादी कटोरों से ढकी सुराहियाँ और घड़े धीमे-धीमे महका करते।

दालान की नीले शीशों वाली महराबों पर अंगूर की बेलें चढ़ी हुई थीं और एक दर के नीचे अम्मा के एक ननिहाली बुज़ुर्ग शुजा नाना मूँढे पर बैठे सारे हंगामे को सुपरवाइज़ करते थे। उनका रंग-ढंग नवल किशोर प्रेस लखनऊ के पीले ख़स्ता काग़ज़ पर छपे नवाब मिर्ज़ा दाग़ की क़लमी तस्वीर जैसा था। दो भागों में बंटी दाढ़ी, अंगरखा, मख़मली सुनहरी चढ़वाँ जूता।

एक रात चन्दा मुमानी के वालिद नवाब सैयद इब्राहीम हुसैन ख़ाँ की लम्बी ज़र्द मोटर में ठूँस कर बहुत से लोग बारह मील दूर महमूदपुर गये। खेतों पर चटख चाँदनी फैली थी। मोटर का टप गिरा हुआ था। हसनैन मामू ड्राइव कर रहे थे, अल्लन लड्डन मामू उनके साथ बैठे थे और तीनों अलाप रहे थे

पी के हम तुम जो चले झूमते मयख़ाने से

झुक के कुछ बात कही...

धत तेरे की बदमाश अन्धा हो गया है; एक झाँपड़ दूँ सीधा हो जाएगा। कच्ची सड़क पर जो बैलगाड़ी चर्रख़ चूँ करती सामने से आ रही थी। हैडलाइट्स की चकाचौंध से बैल बिगड़ गये। हसनैन मामू ने ब्रेक लगाया, गाड़ीबान ने घबराकर बैलों को धकेला मोटर-नशीन (मोटर में बैठे) नौजवानों ने ख़ालिस

जागीरदाराना अंदाज़ में उसे अच्छी तरह डाँटा। भोली सूरत देहाती बैलों को क़ाबू में लाने की कोशिश करता रहा। कार एक धचके से संगे सुर्ख़ (लाल पत्थर) के क़िले महमूदपुर की ओर बढ़ी।

वह जागीरदारों के लिए चैन व शान्ति का ज़माना था। अम्मा के सैकण्ड कज़न और चन्दा मुमानी के बड़े अब्बा, नवाब सैयद आशिक़ हुसैन ख़ाँ यूपी लेजिस्लेटिव असेम्बली कौंसिल के मिम्बर और मुरादाबाद म्युनिसिपलिटी के चेयरमैन थे; उनकी बड़ी-बड़ी शानदार नुकीली सफ़ेद मूँछें थीं और वह मोहल्ला सादात लाँकड़ी मुरादाबाद में अपने मकान की दूसरी मंजिल पर छपरखट पर लेटे रहते थे और तकिये के नीचे अशरफ़ियों का बटवा रखते थे। उनके बेटे सैयद हामिद अली ख़ाँ संगीतकारों की सरपरस्ती (संरक्षण) करते थे।

उन संगीताकरों में जो रईसों के यहाँ रहते थे एक रामपुर के उस्ताद यूसुफ़ खाँ थे जो बिहार के किसी राजा साहब के यहाँ मुलाज़िम थे। बुढ़ापे की वजह से उनके दरबार से अलग हो चुके थे। अम्मा को जब सितार सीखने का शौक़ चर्राया तो नवाबज़ादा हामिद अली ख़ाँ द्वारा उस्ताद को रामपुर से ग़ाज़ीपुर बुलवाया गया। मेहनताना पचास रुपये महीना और खाना।

'जादूघर' का एक कमरा जो बराबर के लान पर खुलता था उसमें वह रहते थे। सुबह शाम की चाय और दोनों वक़्त का खाना अब्दुल कश्ती सजाकर उन्हें देने जाते थे। शाम को उस्ताद अम्मा की बैठक के कमरे में सितार सिखाते थे, जो बनारस से मंगवाया गया था। उस्ताद उसे हमेशा सितारी कहते थे। 'सितार इससे बड़ा होता है।' वह हमेशा संशोधन करते, शाइर भी थे और अक्सर अपनी ग़ज़लें सुधरवाने के लिए सरदार के हाथ अब्बाजान को भेजा करते थे, जिनसे उनकी मुलाक़ात बहुत कम होती थी।

अब्बाजान को संगीत से बिल्कुल दिलचस्पी न थी, क्योंकि हर इंसान का अपना निजी संगीत अलग है।

दावतों के अवसरों पर उस्ताद, खाने के बाद मेहमानों को शास्त्रीय संगीत से नवाज़ते थे।

उस्ताद यूसुफ़ ख़ाँ एक ग़ैरतमंद और स्वाभिमानी बुज़ुर्ग थे। एक बार की बात है, एक मुसलमान अफ़सर की लड़की की सालगिरह पार्टी थी। उस्ताद बच्ची से बहुत मानूस (लगाव रखते) थे। एक बधाई की नज़्म लिखकर उसके यहाँ पहुँचे। मुलाज़िमों ने अन्दर न जाने दिया। वह चुपचाप बरसाती में खड़े रहे; बहुत देर बाद मालिक मकान ने बाहर आकर उनसे कहा, 'उस्ताद आपकी छुट्टी, फिर कभी आइएगा।'

उस्ताद इस घटना के बाद कई दिन तक ग़मगीन और शर्मिंदा से रहे और अम्मा से कहा, 'मैं एक ग़रीब गवैया हूँ और तकब्बुर (घमण्ड) में मुब्तला लोगों को ख़ुदा से डर नहीं लगता।

दिन भर उस्ताद अपने कमरे में बैठे आराइशे-महफ़िल पढ़ा करते थे और बेहद गप्पी थे। उनके कमरे के सामने लान के दूसरी तरफ़ बशीर ख़ाँ का कॉटेज सा था, जिसमें वह अपनी बीवी के साथ रहते थे। कॉटेज से लगे हुए मुर्ग़ियों के दो ज़मीन-दोज़ (ज़मीन के नीचे) बड़े-बड़े दड़बे थे, जिनकी छत पर जाली लगी थी और मुर्ग़ियाँ शायद सीढ़ियाँ चढ़ती उतरती थीं।

एक दिन उस्ताद भाई को लेकर गामा पहलवान का दंगल देखने गये। फिर ग़ाज़ीपुर में हवाई जहाज़ आया। मक़बरा कार्नवालिस के मैदान में शामियाने के नीचे बहुत सारी अंग्रेज़ मेमें और बाबा लोग इकट्ठे हुए और वह लीमोनेड पीते जाते थे और गोरों का बैण्ड सुनते जाते थे और छोटा सा ज़र्द रंग का हवाई जहाज़ सामने बड़े अदब से खड़ा था और उस पर सवार होकर अब्बाजान ने बनारस तक उड़ान की और दस मिनट बाद बनारस से वापस आ गये।

'यह अंग्रेज़ के कमाल हैं' उस्ताद ने अपने विचार प्रकट किये। क्लब और गोल्फ़ कोर्स उसी हरे-भरे मैदान में था और अक्सर इतवार को अब्बाजान गोल्फ़ खेलने जाते थे, जिस तरह अलीगढ़ में पाबन्दी से गोल्फ़ खेला करते थे।

फिर एक ट्रेन ग़ाज़ीपुर से गुज़री, जिसमें महात्मा गाँधी सवार थे और स्टेशन पर उनके दर्शन के लिए जनता का जमघट और गोरों का बन्दोबस्त

था। और अम्मा जो कुछ समय पहले खादी पहनना छोड़ चुकी थीं, गाँधी जी को दूर से देखने गयीं।

रेलगाड़ी का अपना रोमांस था, ख़ासतौर पर छोटी लाइन की रुहेलखण्ड कुमायूँ रेलवे और अवध तिरहट रेलवे की ट्रेनें जो नन्हे मुन्ने स्टेशनों से गुज़रती उत्तरी यूपी के घने जंगलों, तराई और भाभर के इलाक़ों से कूकू छुक छुक करती पूरब के रहस्यमय वनों में ग़ायब हो जाती थीं। जिस ज़माने में चचा वहीदुद्दीन हैदर किसी दूर दराज़ पूर्वी ज़िले में तैनात थे, उन्होंने अब्बाजान को एक बार पोस्टकार्ड पर सिर्फ़ दो पंक्तियाँ लिख भेजी थीं।

गो वतन से दूर हूँ और छोटी लेन है
पर ख़ुदा का शुक्र है हर तरह चैन है

एक दिन रुहेलखण्ड कमायूँ रेलवे, शायद अवध तिरहट रेलवे पर सफ़र करते फूफीज़ाद भाई सुलतान हैदर ग़ाज़ीपुर पहुँचे। सुलतान भाई, मामू मुमानियों के लाडले, हँसमुख और पहले ज़माने के क़ाबिल मैट्रिकुलेट थे। उन्होंने भाई को पढ़ाना शुरू किया, पढ़ाते में वह भाई के कान ऐंठते तमांचे लगाते, डाँटते और भाई कान सुर्ख़ किये सिर झुकाए बैठे रहते। बड़ों का अदब करने की तरबियत दी गयी थी। मजाल थी कि चूँ भी कर जावें।

गुलाबी जाड़ों की एक पुरसुकून सुबह बशीर ख़ाँ ज़मीन-दोज़ (अण्डरग्राउंड) ख़ाने के किनारे बैठे मुर्ग़ियों को दाना डालते जाते थे और लहक लहक कर अलाप रहे थे। 'बना के क़ालू बला का फंदा लटों की लट में फँसा के मारा।'

भाई गेंद खेलते-खेलते क़रीब पहुँचे और ग़ौर से सुनने लगे और पूछा, 'क़ालू बला का फँदा क्या होता है?'

'बाबा!' बशीर ने गम्भीरता से कहा। 'यह ख़ुदा रसूल की बातें हैं।' और दाना फेंकते रहे। बराबर के बरामदे में काउच पर ज़ुबैदा आपा मुँह में थर्मामीटर लिए लेटी थीं। बरामदे में धूप आ रही थी। अन्दर से आपा हमीदजहाँ और ज़ैनब

ख़ाला आकर उनके पास बैठ गयीं। हमीदजहाँ 'जादूघर' में मेहमान के तौर पर ठहरी हुई थीं। ज़ैनब ख़ाला ज़ुबैदा आपा की हालत पूछने आई थीं। गोरी गोरी सी आपा हमीदजहाँ, अलीगढ़ की अब्दुल्लाह बेगम की भांजी थीं। लंदन से पढ़कर आई थीं, इंस्पेक्टर ऑफ़ स्कूल्स थीं और गाज़ीपुर दौरे पर आई हुई थीं और बाद में उनकी शादी डॉक्टर अन्दलीब शादानी से हुई।

ज़ैनब, अमजद अली अब्बाजान के दोस्त लखनऊ यूनिवर्सिटी के प्रसिद्ध वैज्ञानिक डॉक्टर वली मोहम्मद की लड़की थीं। उन्होंने एज़ाबेला थोबरन कॉलेज से बी.ए. किया था और उनके पति अमजद अली ओपियम फ़ैक्ट्री के मैनेजर थे।

ज़ुबैदा आपा के वालिद मीर विलायत हुसैन ने अब्बाजान को एम.ए.ओ. स्कूल में बड़ी शफ़क़त मोहब्बत से पढ़ाया था। ज़ुबैदा आपा ने आगरा से डॉक्टरी पास की थी और कुछ दिन पहले मीर विलायत हुसैन का ख़त आया था कि वह ट्राँसफ़र होकर ग़ाज़ीपुर आ रही हैं। उनका ख़याल रखें। ख़त मिलते ही अब्बाजान और अम्मा ज़नाना अस्पताल पहुँचे थे, जो बड़ी डिप्रेशिंग जगह थी और ज़ुबैदा आपा के आँगन में उमस बहुत थी। वह एक दुबली पतली हँसमुख और मेहनती लेडी डॉक्टर थीं। उनकी शादी हो चुकी थी और शौहर किसी दूसरे शहर में रहते थे।

फिर ज़ुबैदा आपा को बुख़ार आने लगा और अम्मा उन्हें अपने यहाँ ले आई थीं। यहाँ वह मेहमान कमरे में चुपचाप लेटी रहती थीं और मैजर गेर्ड ने एक दिन अब्बाजान को बताया था कि डॉक्टर सालेह को गेल्पिंग टी.बी. हो गयी है।

मेहमान कमरे की एक दीवार पर एक ब्रिटिश पेंटिंग का बड़ा सा प्रिंट लगा हुआ था, जिसमें अट्ठारहवीं शताब्दी के एक जहाज़ में कप्तान के कमरे के अंदर मेज़ के पास सुर्ख़ चेहरों वाले मोटे मोटे अंग्रेज़ हाथ में मग लिए शराब पी रहे थे और पोर्ट होल में से काला समुंदर नज़र आ रहा था। ज़ुबैदा आपा अपने पलंग पर लेटी-लेटी शायद इस तस्वीर के गोल

रौशनदान में से बाहर देखती रहती थीं, जहाँ डरावना अँधियारा अंजाना समुंदर ठाठें मार रहा था।

कुछ दिन बाद उनके शौहर डॉक्टर मोहम्मद सालेह आगे और ज़ुबैदा आपा बादामी रेशमी साड़ी पहने जिसमें पारसी बेल लगी थी, झुकी-झुकी सी आहिस्ता चलती कार में बैठीं और भवाली रवाना हो गयीं और एक महीने बाद उनकी सुनावनी आ गई।

सर्दियाँ आईं, उसी बरामदे के सामने जहाँ ज़ुबैदा आपा धूप खाती थीं, स्वेट पेनर खुल गये। बरगद के तले गिलहरियाँ दौड़ती फिरतीं और नीलकंठ उड़ते। अपने कमरे के सामने उस्ताद हुक़्क़ा गुड़गुड़ाया करते। बाग़ के गोल चबूतरे के इर्द-गिर्द गुले-आफ़ताब (सूरजमुखी के फूल) खिल गये।

जाड़े निकले चबूतरे पर दोबारा बड़ा पंखा खड़ा किया गया, डिनर के बाद मेहमानों को उस्ताद ने चबूतरे पर बैठकर रात के राग सुनाए और हवा 'रात की रानी' से सुगन्धित हुई। बरसात में जादू घर के ग़ुसलखानों और बरामदों की निचली सीढ़ियाँ घास में इस तरह डूबतीं, जैसे घाट का ज़ीना पानी में गुम हो जाता है।

आवाज़ें, दोपहर के सन्नाटे में सितार सिखाते हुए उस्ताद की आवाज़। दरदा रा दा दा रा; अम्मा की हारमोनियम पर नग़मा सराई। ओ नमकपाश तुझे अपनी मलाहत की क़सम[1]। क्लब में मेजर गेर्ड की पुकार, 'कोई हाए।'

जाड़े। तेज़ सर्द चाँदनी में अमरियों के परे से आती गीदड़ की चीख़, कैम्प, गोधुले के वक़्त चरागाह से लौटते गल्लों की घण्टियों की सुरीली टनटनाहट। रहट का द्रवित संगीत! लकड़बग्घे की ख़ौफ़नाक हँसी। अरहर के शबनम आलूद (ओस से भीगे हुए) खेत में गुज़रती बशीर की बीवी की आवाज़, 'इफ़राते चना इफ़रात' (चने की ज़्यादती है, ज़्यादती है) कूच के समय डाक बंगलों के ख़ाली कमरों की गूँज।

1. ऐ नमक छिड़कने वाले तुझे अपने नमकीनपन की क़सम।

गर्मियों में बाग़ की आवाज़ें : कोयल की कूक, मोर की झनकार, दूर सड़क पर आती ऑकलैण्ड का हार्न, बरसात, मेह की रिमझिम, बौछार, मेंढक, झींगुर, परनालों का शोर, पुरवैया की सनसनाहट। नज़ीर ख़ाँ की आवाज़ : लगाके क़ालू बला का फँदा लटों की लट में फँसा के मारा।

कोई हाए!

मनसूर के पर्दे में ख़ुदा बोल रिया है

दिसम्बर की 23 और रमज़ान के महीने की शायद दसवीं या ग्यारहवीं तारीख़ थी। सहरी के बाद से बाहर लोगों की भीड़ होनी शुरू हो गई। वह मोटरों यक्कों, ताँगों से उतर-उतर कर अर्ध अंधकारमय धुंध-आच्छादित बाग़ की पटरियों पर टहलने लगे। कुछ बरामदे में आ खड़े हुए। सामान दो दिन पहले मालगाड़ी से देहरादून भिजवाया जा चुका था। रुख़सत करने वालों ने ऑकलैण्ड को गजरों और गुलाब गेंदें के हारों से इतना सजाया कि वह पुष्परथ लगने लगी।

चलते समय बशीर की पत्नी ने घूँघट काढ़े रोते-रोते सामने आकर कहा, 'बेगम साहब, हमका जल्दी बुला लीजिएगा।' वह अपने देवर के साथ शाम को गोरखपुर वापस जा रही थीं। सरदार खानसामाँजी, जमना पाण्डे महाराज, रामनारायण चपरासी, त्रिलोचन माली और दूसरे नौकर-चाकर एक क़ितार में खड़े आँसू बहा रहे थे।

उस्ताद यूसुफ़ ख़ाँ उसी सुबह रामपुर वापस जा रहे थे। अपना थोड़ा सा सामान, किताबों का बस्ता टीन का ट्रंक, दरी में लिपटा बिस्तरा, लोटा, ग़िलाफ़पोश तंबूरा और तबला बायाँ एक अंबार के रूप में चने, ख़ामोश एक तरफ़ को खड़े थे। चूड़ीदार पायजामा दस्ली की जूतियाँ, उनाबी मख़मली वास्कट, नुकीली मूँछें, सुरमे से सजी हुई आँखों में आँसू। एक अलविदाई नज़्म कही थी, उसका मलगिजा सा पर्चा चुपचाप आगे बढ़कर अब्बाजान को थमा दिया और वापस अपनी जगह पर जा खड़े हुए।

नज़ीर ने 'या ग़ौस अल आज़म! कहकर हैंडिल से मोटर स्टार्ट की।

फाटक से निकलकर बहुत से लोग दौड़ते हुए दूर तक पीछे-पीछे आए। फिर कोहरे में नज़रों से ओझल हो गये।

बनारस के रास्ते में एक देहाती ने दूसरे से कहा, 'बड़े दिन का मोटर सजा है।'

अम्मा ने बनारस में मुखर्जी मामू के यहाँ रोज़ा इफ़तार किया। पादरी मुखर्जी अलीगढ़ ट्रेनिंग कॉलेज के प्रिंसिपल रह चुके थे और उर्दू में मसीही ड्रामे लिखते थे।

दूसरे दिन सुबह को सारनाथ में अब्बाजान सोलाहैट पहने स्तूपों के नीचे-नीचे, जगह-जगह ठिठक कर पादरी व मिसेज़ मुखर्जी और अम्मा को बुद्ध मत के बारे में बतलाते गये। बशीर ने जो एक वृक्ष के नीचे बैठे दृश्य का अध्ययन कर रहे थे, तुरन्त महात्मा बुद्ध का क्रेडिट ख़ुद ले लिया। 'अरे हमरे ज़िले के तो थे।'

जौनपुर से आगे ज़नानों की टोली ने बीच सड़क पर आकर मोटर रोक ली और 'दफ़' बजा-बजाकर अलापना शुरू किया, 'मनसूर के पर्दे में ख़ुदा बोल रिया है, मनसूर के पर्दे में ख़ुदा बोल रिया है।' अम्मा ने कहा, 'ऐ हे! यह रुहेलखण्डी यहाँ कैसे पहुँच गये, दुखिया मारे।'

अब्बाजान रास्ते भर नेरंग-ए-ख़याल' का जहाज़ी सालनामा (भारी-भरकम वार्षिकी) पढ़ने में मसरूफ़ रहे।

लखनऊ छावनी में दूर से लालकुर्ती की शांत बस्ती दिखाई दी, जो लालकुर्ती नौशहरा वाले कोतवाल मुनव्वर ख़ाँ मरहूम की निजी सम्पत्ति थी। बशीर पड़ाव की मंज़िल पर पहुँचते ही मोहम्मद इब्राहीम ख़ान पुत्र मुनव्वर ख़ाँ मरहूम के कामेडियन मुलाज़िम अलटप्पा की मदद से धूल से अटी मोटर धोने में जुट गये। (अलटप्पा को उनकी बाल्यावस्था में चील उठा ले गयी थी, और वह इतने नाकारा सिद्ध हुए थे कि वापस लाकर छोड़ गयी थी!)

मामू इब्राहीम ख़ाँ और अख़्तर मुमानी के विशाल घर के आँगन में फ़व्वारा चल रहा था और बड़ा अफ़सानवी सा माहौल था।

शाहजहाँपुर सिविल लाइंस में एक फाटक पर तख़्ती, के.बी.एस.डब्लू. हैदर सिविल सर्जन। अब्बाजान ने पहुँचते ही छोटे भाई से सवाल किया, 'आपाजान कैसी हैं?'

फूफीजान जो इलाज के लिए नहटौर से आई हुई थीं, एक रोज़ पहले 25 दिसम्बर की सुबह इंतिक़ाल फ़रमा चुकी थीं।

सैयदा सुग़रा फ़ातिमा पुत्री सैयद जलालुद्दीन हैदर मरहूम जिनकी अरबी और फ़ारसी की शिक्षा चारों भाइयों के साथ हुई थी, अब्बाजान से तीन साल बड़ी और बचपन में उनकी जोड़ीदार रह चुकी थीं। लो एक क़िस्सा और सुनो; एक बार बनारस में नौकर ने उन दोनों से कहा, गमले में पैसे बो दीजिए, रुपयों का दरख़्त उग आएगा।

बाप की जानलेवा ईमानदारी की वजह से कोतवाली में पैसे का बड़ा अभाव था। दोनों बहन भाइयों ने जेब ख़र्च के कुछ आने जोड़-जोड़ कर खत्ती में जमा कर रखे थे। वह जमा पूँजी गमले में दबा दी और रोज़ाना बड़ी उत्सुकता से उसे पानी देने लगे। इस बीच नौकर पैसे कब का निकाल चुका था। दौलत का दरख़्त न उगा, दोनों ने जाकर वालिद से फ़रियाद की और लालच के गुनाह पर एक अदद लेक्चर से लाभान्वित हुए।

सैयदा सुग़रा फ़ातिमा बड़ी होकर बाप, माँ और नानी मरियम ख़ातून की तरह अल्लाह वाली और मुतशर्रा (धर्म के आदेशों की पालन कर्त्ता) बीबी सिद्ध हुईं। साँप के काटे की आमिल थीं और नहटौर में ज़रूरतमंदों को प्रभावशाली तावीज़ और नक़्श लिखकर दिया करती थीं।

शाम की ट्रेन से उनके छोटे बेटे उसमान हैदर आफ़न्दी बहू महमूदा ख़ातून समेत शाहजहानपुर पहुँचे। वह दोनों कुछ दिन पहले तुर्की से लौटै थे और महमूदा ख़ानम पश्चिमी तर्ज़ के फ़्राक में मलबूस थीं।

फूफीजान पठानों के क़ब्रिस्तान में सुपुर्द-ख़ाक़ की गयी थीं। क़ब्रिस्तान के पठान मोहतमिम ने कहा, 'डॉक्टर साहब मेरी बच्ची परसों सख़्त बीमार थी।' कल शाम पत्नी ने मुझसे कहा, 'जो सैदानी बीबी आज यहाँ दफ़्न की गयी हैं, उनके मज़ार की थोड़ी ख़ाक ला दो, मैंने ख़ाक चटाई, लड़की अल्लाह के हुक्म से बिल्कुल भली चंगी है।'

'लीजिए साहब!' डॉक्टर वहीद ने आहिस्ता से कहा, 'बिदअत (अल्लाह के दीन में नई बात प्रचलित करना) यहाँ भी शुरू हो गयी।' मज़ार जल्दी से जल्दी पक्का कराया गया, लेकिन क़ब्र की सतह पर जमी गर्द काली खाँसी के मरीज़ बच्चों को चटाई जाती रही।

अब्बाजान जो हस्बे-मामूल लम्बी छुट्टी लेकर फ़रवरी 1934 ई. में यूरोप और तुर्की जाने का प्रोग्राम बना चुके थे, ग़ाज़ीपुर से चलते समय अचानक उन्होंने हज का इरादा किया।

शाहजहाँपुर से मुरादाबाद पहुँचकर सर मोहम्मद याक़ूब के यहाँ रात गुज़ारी। सुबह अम्मा और मौलवी साहब ने सहरी खाई। मेरठ दाख़िल होकर भांजी फ़ातिमा ख़ातून के 'सिर पर हाथ रखने' सिविल लाइंस गये। वह शाल ओढ़े शलवार कमीज़ पहने फूले-फूले पपोटे जो ख़ानदानी ख़ुसूसियत थी, चारपाई पर धूप में बैठी थीं। उन्हें बतलाया कि हज के लिए जाते हैं।

कहने लगीं, 'मामूजान, अभी अक्तूबर में जब आप अम्माजान मरहूमा से मिलने नहटौर आए थे, आपके जाते ही मैंने उनसे कहा था, मामूजान फिर विलायत जाने के लिए पर तोल रहे हैं। इस बार स्पेन और तुर्की का इरादा है। वह बहुत कमज़ोरी के बावजूद पलंग पर उठ बैठीं और जोश से बोलीं, 'नहीं इंशाअल्लाह इस बार वह हज करने जाएँगे।'

मेरठ छावनी : परेड ग्राउंड पर लेफ्टिनेंट आले हसनैन नम्बर 9 जाट रेजिमेंट का तम्बू। रात को मैस से खाना आया। बैटमैन छुटवा ने अम्मा और मामू के लिए अंगीठी पर सहरी तैयार की। सुबह के धुँधलके में फ़ौजी बिगुल की आवाज़ बुलन्द हुई। गोरों का दस्ता तम्बू के सामने से मार्च करता गुज़रा।

गढ़मुक्तेश्वर के पुल पर मेला चल रहा था। बशीर ने ख़तरनाक पंटून पुल पर से एहतियात के साथ जूँ की रफ़्तार से मोटर निकाली।

फिरोज़ाबाद में कुछ ही दिन पहले बड़ा ख़ूँरेज़ हिन्दू-मुस्लिम दंगा हुआ था। शहर सुनसान पड़ा था। चूड़ियों के राख हुए बाज़ार में से गुज़रते हुए अब्बाजान ने अफ़सोस से सिर हिलाया।

8
अध्याय

कोहसार परी

ग़ाज़ीपुर से देहरादून का सात सौ मील सफ़र तय कर, ठीक आठवें दिन धूल से अटी ऑकलैण्ड डालनवाला में दाख़िल हुई। दोपहर हो चुकी थी और दरख़्तों पर से बारिश के आबशार गिर रहे थे। पोपले मुँह वाले बूढ़े हाउस एजेंट ख़ानबहादुर अख़्तर मोहम्मद ख़ाँ ख़ुर्जवी बिरजस पहने हुए, अपने शादाब बाग़ की भीगी बजरी पर तेज़-तेज़ चलते बाहर तशरीफ़ लाए। दूर से झुककर अम्मा को आदाब अर्ज़ किया।

आशियाने में किसी पंजाबी रियासत के राजकुमार मय स्टाफ़ मुक़ीम थे और दून पब्लिक स्कूल में पढ़ते थे। ख़ाँ साहब ने सर्वे ऑफ़ इण्डिया के ख़ानबहादुर ज़िल्ले हसनैन की ख़ाली कोठी हसनैन मंज़िल की कुंजी अम्मा को पेश की। ज़िल्ले हसनैन साहब ख़ुद मोहल्ला कर्णपुर में रहते थे।

सफ़ेद और ऊदी धारियों वाले भूरे पहाड़ी पत्थरों से बनी हसनैन मंज़िल के अहाते में पहुँच कर नज़ीर ने एक बार फिर पीर दस्तगीर को याद किया और उतरकर मोटर के इंजिन को वफ़ादार घोड़े की गर्दन की तरह थपथपाया।

पानी थम चुका था। अचानक बर्फ़पोश हिमालय धूप में चमक उठा। अहाते की रविशों पर बिछे ऊदे और लाजवर्दी संगरेज़े बारिश में धुले धुलाये, सूरज की शफ़्फ़ाफ़ रौशनी में दमकने लगे। बग्गूगोशे और आलूचे हवा में झूम रहे थे और फूलों पर बड़ी-बड़ी ज़र्द और उनाबी तितलियाँ उड़ती फिरती थीं।

नवाब मुज़म्मिल उल्लाह ख़ाँ की जवाँमर्ग (युवावस्था में मृत्यु प्राप्त) बेटी ज़ाहिदा ख़ातून शेरवानिया[1] ने देहरादून में एक नज़्म कही थी। अब्बाजान को जो ज़.ख़.श. (ज़ाहिदा ख़ातून शेखानियाँ) मरहूमा को 'औरतों का इक़बाल' कहा करते थे, बहुत पसन्द थी। कोहसार परी किस के लिये? मेरे लिए है।

---

1. वफ़ात (मृत्यु) 1923 ई., वह अंदलीब (बुलबुल) जो क़फ़स (पिंजरे) में पैदा हुई, क़फ़स में रही और क़फ़स में ही दम तोड़ दिया।' यलदरम तहज़ीबे निसवाँ, 18 फ़रवरी, 23 ई.।

ज़ौक़े नज़री किस के लिए? मेरे लिए है। मंज़ूर ज़मीं को है मेरी ताज़गी-ए-चश्म सब्ज़े से हरी किस के लिए? मेरे लिए है। है बर्फ़ से मलबूस सरे कोहे सनोबर, चाँदी ये खरी किसके लिए? मेरे लिए है। है किस का तजस्सुस पए-तबरीके बहाराँ? कोयल सफ़री किसके लिए? मेरे लिए है।

वह 31 दिसम्बर का रौशन बर्फ़ानी दिन था और डालनवाला के अंग्रेज़ साल-ए-नौ मनाने की तैयारियों में मसरूफ़ थे। आसपास की कोठियों से मग़रिबी (पश्चिमी) रागों के तह-ब-तह सुर बुलन्द हो रहे थे। बशीर ख़ाँ खाना पकाने वाला ढूंढने निकले और थोड़ी देर में एक ज़िन्दादिल हँसमुख बावर्ची पकड़ लाए, जो 'सफ़र-मीना' अर्थात् SAPPERS AND MINERS के मैस में काम कर चुके थे।

दूसरा मुलाज़िम तीसरे पहर को सुल्ताना रज़ाउल्लाह लेकर आईं। उनके पीछे-पीछे सड़क पर से वायसराय के बॉडीगार्ड के शानदार शहसवार फरैरों वाली संगीनें बुलंद किये गुज़रे। पिछवाड़े की कोठी में साहब लोग ने सन् 1933 ई. को ख़ैरबाद कहना शुरू किया। वह रात गये तक शराबें लुँढाते, शोर मचाते, ग्रामोफ़ोन रिकॉर्डों पर फ़ोक्स टुरुट और वाल्तस नाचते रहे। कोहसार परी दरअस्ल उन लोगों के लिए थी।

बर्फ़ीली चाँदनी रात में हसनैन मंज़िल की नीलगूँ बजरी पर बूटों की चाप सुनाई दी। दरीचे में दो लम्बे साये नज़र आये और फिर सुनहरी कुलाह वाली पगड़ियाँ, फिर एक फ्रेंच कट दाढ़ी, दरवाज़े पर दस्तक। एक अजनबी आवाज़। 'सय्यद साहब। सय्यद साहब। अस्सलाम अलैकुम।'

'वाअलैकुम अस्सलाम। कौन साहब?'

'मैं हाज़िर हूँ। ग़ुलाम मोहम्मद हाज़िर।'

सियालकोट में अम्मा के दादा मीर मज़हर अली के कशमीरी दोस्त, सराय व चायख़ाने के मालिक के पोते। जी.एम. हाज़िर के नाम का बोर्ड 'हाज़िर एन्ड को.' अब हिन्दुस्तान के अहम रेलवे स्टेशनों के बढ़िया रिफ्रेशमेंट रुम्ज़ पर लगा नज़र आता था। देहरादून में वह परेड ग्राउंड्ज़ के नज़दीक रहते थे, जहाँ उनकी

सियालकोटी स्पोर्ट्स गुड्ज़ और जनरल मर्चेंट्स की आलीशान दुकान थी। मीर अफ़ज़ल अली ने 'तख़य्युलात' हाज़िर साहब के बड़े भाई और अपने बचपन के दोस्त ख़्वाजा मोहम्मद इब्राहीम मरहूम के नाम समर्पित की थी।

लालकुर्ती लखनऊ वाले मोहम्मद इब्राहीम ख़ाँ, लाहौर के मौलवी मुमताज़ अली और इनामुल्लाह शाह वग़ैरा-वग़ैरा की तरह हाज़िर मामू का कुनबा भी अम्मा ने अपने माँ बाप से तर्के (पैतृक सम्पत्ति) में हासिल किया था। ज्योंही उन को ख़बर मिली कि अम्मा देहरादून पहुँच गई हैं, कड़कड़ाते जाड़े की रात खाने के नाश्ते-दान भर बड़े बेटे ख़्वाजा मज़हरुल क़य्यूम (जो अलीगढ़ यूनिवर्सिटी में पढ़ रहे थे) के साथ हसनैन मंज़िल पहुँच गये। ऐसी बेलौस (निःस्वार्थ) पुरख़ुलूस (शुद्ध) दोस्तियाँ उस नस्ल के लोगों की थीं। दोस्ती के ज़रिये निजी फ़ायदे का हासिल करना, आज के सोशल ताल्लुक़ात की विशेषता है।

हाज़िर मामू, मज़हर भाई, अब्बाजान और अम्मा आतिशदान के सामने बैठे बातों में मसरूफ़ थे, जब ठीक बारह बजे पड़ोस में मेमों के क़हकहों और प्रसन्नता भरी चीख़ों का शोर बुलन्द हुआ। सन् 1934 ई. आ गया।

हसनैन मंज़िल की सर्द और नम बजरी पर कुर्सी बिछाये धूप में बैठे अब्बाजान अख़बार पढ़ रहे थे। अचानक एक तांगा बिल्कुल उनकी कुर्सी के सामने आन कर रुका। इनामुल्लाह शाह ख़ुशो-ख़ुर्रम, तुर्की टोपी, सियाह शेरवानी, खड़खड़ाती शलवार 'साल-ए-नौ मुबारक भाईजान' का नारा लगाते सवारी से उतरे। एक बाज़ू एक हादसे में खो चुके थे। शेरवानी की एक आस्तीन ख़ाली झूलती रहती थी। उस वक़्त सर ज़फ़रुल्लाह के हमराह लन्दन की सैर करके आ रहे थे।

इनामुल्लाह मामू ने लाहौर से अख़बार 'दौरे-जदीद' जारी किया था, जिसे ख़ुद एडिट करते थे। अपना प्रेस क़ायम कर रखा था, जहाँ से अम्मा का नॉविल 'मज़हब और इश्क़' प्रकाशित किया था और अम्मा, जैसी कि उनकी आदत थी, रॉयल्टी नहीं लेती थीं। इस नॉविल का क़िस्सा एक तहलका-ख़ेज़ (तहलका मचाने वाला) और नाकाम हिन्दू मुस्लिम रोमान पर आधारित था। अम्मा उस

नामवर ख़ानदान से वाक़िफ़ थीं। इस वजह से अपनी फूफी 'वालिदा अफ़ज़ल अली' के नाम से किताब लिखी थी।

इनामुल्लाह मामू ने अब्बाजान के पास बैद की कुर्सी घसीट कर, एक प्याली गर्म पानी की मंगवाई, उसे चाय की तरह पीते गये और जल्दी-जल्दी उस उर्दू टाईप या शायद उर्दू टाईप राइटर के बारे में बतलाने लगे, जो हिन्दुस्तान में जारी करना चाहते थे और चौधरी ज़फ़रुल्लाह जिसे निज़ाम गवर्नमेंट में लगवाने की कोशिश कर रहे थे और उर्दू टाईप अब्बाजान का प्रिय विषय था। घंटे भर बाद, इनामुल्लाह मामू उसी तांगे पर बैठकर स्टेशन चले गये और फिर कभी नज़र न आये। कुछ अरसे बाद, हैदराबाद दकन में अचानक अपने मालिके-हक़ीक़ी से जा मिले (देहान्त हो गया)।

शायद तीसवाँ रोज़ा था। अम्मा पिछले बरामदे में चारपाई पर बैठी 'सफ़र मीना' वाले ख़ानसामाँजी से सौदे का हिसाब ले रही थीं। भाई बरामदे के दर में खड़े बड़ी तल्लीनता से 'चक्की' चलाने में मशग़ूल थे। पिछवाड़े वाली कोठी की छत पर साहब और मेम लोग धूप में ग्रामोफ़ोन रिकॉर्डों की धुनों पर रक़्साँ थे। सुर्ख़ फ़्राक पहने एक नौजवान मेम एक गोरे की कमर में हाथ डाले मुंडेर पर खड़ी हँसती थी। एकाएक अम्मा की चारपाई ज़ोर से हिली। उन्होंने चौंक कर कहा 'अरे ज़लज़ला...।'

उस वक़्त बिहार और पूर्वी यूपी में ख़ौफनाक भूचाल आया।

हसनैन मंज़िल एक ठन्डी और नमी युक्त कोठी थी। हफ़्ता भर बाद, अम्मा ख़ुद मकान की तलाश में निकलीं। एक सुबह करज़न रोड पर पैदल चली जाती थीं कि एक ख़ुश-पोश (सुन्दर वस्त्रधारी) नौजवान सरदार जी मय सरदारनी चहलक़दमी करते (टहलते) दिखाई पड़े। अम्मा ने पंजाबी में उनसे गुफ़्तगू शुरू की और कहा, किसी ऐसी ख़ाली कोठी का पता बताएँ, जिसमें धूप ख़ूब आती हो।

वे सरदार जी बेशतर सिख साहिबान की तरह एक ख़ुश-ख़ल्क़ (ख़ुशमिजाज़) और फ़ौरन दोस्ती कर लेने वाले आदमी थे। बेतकल्लुफ़ी से

फ़रमाया, 'बहन जी। ग़रीब-ख़ाने पर आ जाओ। अपना घर समझो। हमारी कोठी का आधा हिस्सा ख़ाली पड़ा है। किराया बेशक जो चाहे दे देना।' फ़ौरन 'ग़रीब-ख़ाना' दिखाने ले गये, जो दरअस्ल एक आलीशान दौलत-ख़ाना था।

तीसरे दिन अम्मा ने हसनैन मंज़िल से करज़न रोड कूच बोल दिया। सरदार चंचल सिंह पंजाब के एक एबेंस्टी लैंडलॉर्ड थे और बिल्कुल फ़ुरसत से ज़िन्दा थे। दिन भर वह पियानो पर पश्चिमी संगीत की आरम्भिक सरगमें और आसान धुनें ग़लत-सलत बजाया करते और बेहद ख़ुश रहते थे। उनकी झलझल करती कोठी के फ़र्श स्याह व सफ़ेद टाईल के थे। दीवारें शाह बलूत से मन्ढी विलायती दृश्यों से सजी हुई थीं।

अब्बाजान ने हज की तैयारी शुरू की। हसनैन मामू और चन्दा मुमानी मुरादाबाद से आये।

चन्दा मुमानी, जिनकी शादी साल भर पहले हुई थी और उनकी छोटी कुंवारी बहन शाहजहाँ। क़िला महमूदपुर के शदीद परदे में पली बढ़ी लड़कियों को अम्मा ने आनन-फ़ानन देहरादून की बेपर्दा 'फ़ैशनेबुल यंग लेडीज़' में तब्दील कर दिया। शाम को सड़क पर टहलते हुए चन्दा मुमानी घबराकर कहतीं, 'ए हे, बाजी वह मर्दुवा जो सामने से आ रहा है - कहीं सिरसी महमूदपुर का न हो। जा के अब्बा से जड़ देगा।'

'जी ज़रूर सिरसी महमूदपुर से सीधा करज़न रोड ही तो आ रहा है। तुम्हारी जासूसी करने।' अम्मा ग़ुस्से से जवाब देतीं।

हसनैन मामू हमारे बहुत दोस्त थे और तरह-तरह की शरारतें करवाते थे। एक रोज़ बरामदे के तख़्त पर मैं अपना नया 'ओल्ड रोज़' रेशमी फ़्रॉक डाटे बैठी, टेडी बियर से खेल रही थी। पास बड़ी सी क़ैंची पड़ी थी। चन्दा मुमानी कुछ सीते-सीते उठकर अन्दर गईं। मामू ने चुपके से कहा, 'अगर तुम अपना फ़्रॉक यहाँ से इतना काट दो तो अभी इंग्लिश स्टोर्ज़ ले जाकर कैडबरी चॉकलेट खिलायेंगे।'

मैंने इतमीनान से दामन पर क़ैंची चला दी।

फिर फ़रमाया, 'इतना और काट दो तो दो चॉकलेट।' मैं ने ऐसा ही किया। आप ने फ़ौरन आवाज़ दी, 'लो बाजी तुम्हारी लौन्डिया ने नया फ़्राक काट-पीट के बराबर कर दिया।'

अम्मा ने फ़ौरन बाहर आकर मुझ पर गरजना शुरू किया। मैंने इतमीनान से जवाब दिया, 'मामू ही ने तो कहा था।' अम्मा अब उन पर बरसीं, 'बावले को हुश भी तुम ही करते हो।' फ़रमाया, 'बाजी मैं तो किसी चीज़ के लालच में आकर बेवक़ूफ़ी न करने का सबक़ दे रहा था।'

जिस रोज़ सुबह अब्बाजान हज पर जाने के लिए अलीगढ़ के रास्ते बम्बई रवाना हो रहे थे, उन्होंने अम्मा से कहा, 'रात हमने ख़्वाब में आपाजान मरहूमा को देखा। सफ़ेद बुर्राक़ कपड़े पहने बहुत मसरूर (ख़ुश) नज़र आ रही थीं।'

अज़्म-ए-हिजाज़

आराबी तुर्किस्तान जा रहा था। ख़ुदा उसे काबा पहुँचा रहा है। मैं अंगोरा और क़ुस्तुनतुनिया का इरादा दिल में लेकर उठा था। अब काबे की तरफ़ मुँह फेर दिया।[1]

अज़ीज़ रिश्तेदार, मेरे शौक़-ए-सफ़र के हमेशा मुख़ालिफ (विरोधी) रहे। किसी के नज़दीक यह फ़ुज़ूलख़र्ची, किसी के ख़याल में मेरी सेहत इस की इजाज़त नहीं देती मगर मेरी हैरत की इन्तिहा न रही, जब मेरे हिजाज़ जाने के इरादे पर भी मुख़ालिफ़त की आवाज़ें मेरे कान में पड़ीं। देहरादून ने, अहले-वतन ने बेमुरव्वती के साथ मगर पुराने ताल्लुक़ात को निभाकर, अफ़ग़ान सरदारों ने गर्मजोशी से रुख़सत किया।

पुरानी आदत के मुताबिक़ पहले आस्ताना-ए-अलीगढ़ पर हाज़िर हुआ। सर रॉस मसूद ने मुसाफ़िर-नवाज़ी की; 2 फ़रवरी को अलीगढ़ से रवाना हुआ, बम्बई के विक्टोरिया टर्मिनस पर हिजाज़ जाने वालों के सम्बंधी मौजूद थे मगर एक अंग्रेज़ी हैट पहने मुसाफिर को वह आज़िमे-हिजाज़ कब तसव्वुर कर

1. शुक्रे ईज़द मिला यह शरफ़ मुझे
जिससे महरूम थे मेरे अब्बो जद
कर लिया मैंने हज्जे बैतुल्लाह
ये जबीं और बारगाहे समद
देख आया मज़ारे पाके रसूल (स.)
बनके रश्के उवैस ता ब अबद
लेकिन आँ हालत ईस्त हालते मन
कि? और अज़मीर मन नसजद
परतवे नूर और चूँ नीस्त ब क़ल्ब
च शवद गर कसे जबीं सायद

अनुवाद : अल्लाह का शुक्र है कि मुझे यह गौरव प्राप्त हुआ, जिससे मेरे बाप-दादा वंचित थे। मैंने अल्लाह के घर का हज कर लिया है। यह मेरा मस्तक और अल्लाह तआला का दरबार! (अर्थात यह बड़े गौरव की बात है) हज़रत उवैस क़र्नी के लिए हमेशा के लिए रश्क बनकर रसूल-ए-पाक (स.) का मज़ार देख आया। लेकिन मेरा हाल यलदरम है कि मैं उनका ज़मीर हासिल करने लायक़ नहीं। चूँकि उनके नूर (प्रकाश) का साया मेरे दिल पर नहीं है। केवल कोई व्यक्ति अपना मस्तक रगड़ने से यह स्थान प्राप्त नहीं कर सकता।

सकते थे। मेरी तरफ़ किसी ने तवज्जोह न की। मैं अपने दोस्त मोहीउद्दीन ख़ाँ आज़ाद बैरिस्टर के घर की तरफ़ रवाना हुआ, उन्होंने कहा, 'आपको देखिये आप हज को जा रहे हैं।'

तीसरे या चौथे दिन पैर में सख़्त मोच आ गई। चलना दुश्वार हो गया, आज़ाद का फ़्लैट तीसरी मंज़िल पर है, फ़ैसला किया कि अज़ीज़ बुज़ुर्ग[1] जहाँ ठहरे हैं, वहीं जा ठहरूँ। जाफ़र सुलेमान के मुसाफ़िरख़ाने पहुँचा।

यहाँ फ़ज़ा एकदम बदल गई, हर तरफ़ अमामा-पोश नूरानी चेहरे, मुसाफ़िर के बजाए हाजी के लक़ब से याद किया जा रहा था। मेरे दोस्त अब्दुर्रहीम साहब दस्तकार, अंजुमने-इस्लाम के सेक्रेटरी, हज कमेटी के मेम्बर और हाजी हुसैन अली साहब वाइस प्रेसीडेंट आपस में खुसर-फुसर करते हैं और प्रेसीडेंट हज कमेटी की तरफ़ से मुझे इत्तिला मिलती है कि जहाज़े-रहमानी के तुम अमीरुल हज मुक़र्रर किये गये।

2 मार्च सन् 1934 ई. आज तिब्बी मुआएना (मेडिकल चेकअप) है, फ़र्स्ट, सेकन्ड, थर्ड क्लास के हाजी जमा हैं। सब एक टीन की छत वाले हॉल में जमा किये गये। सौ-दोसौ के बैठने के लिए बैन्चें, बाक़ी छह-सातसौ ज़मीन पर उकड़ूँ बिठाये जा रहे हैं।

4 मार्च, रहमानी कल दस बजे रात बम्बई से रवाना हो गया। सुबह को मैंने जहाज़ का जायज़ा लिया। सर निज़ामत जंग बहादुर और बम्बई के काउन्सिल जनरल अफ़ग़ानिस्तान और मसूद अली साहब रिटायर्ड सेशन जज हमसफ़र हैं। इस जहाज़ में और दूसरे जहाज़ों में, जिन पर इससे पहले सफ़र करने का मुझे अवसर मिला, किस क़द्र फ़र्क़ है। जो जहाज़ स्वेज़ को जाते हैं, उनकी साज-सज्ज़ा, सफ़ाई और इन्तिज़ाम और रहमानी की बे-तरतीबी (अव्यवस्था), चपक़लश (लड़ाई-झगड़ा) और गन्दगी देखकर यह गुमान ही नहीं हो सकता कि किसी अंग्रेज़ कम्पनी का जहाज़ है।

---

1. अब्बाजान के ननिहाली रिश्तेदार मौलवी मोहम्मद अली क़ादरी नक्शबन्दी (हाफ़िज मोहम्मद मूसा के पुत्र) प्रधानाचार्य मदरसा आलिया इस्लामिया हमीरपुर, बुंदेलखण्ड, जो फूफीजान के बदले हज के लिए भेजे जा रहे थे।

इस जहाज़ पर शाम को डिनर सूट पहने मर्द और मनमोहक श्रृंगार के साथ लेडीज़ नज़र नहीं आतीं। पियानो और वॉयलिन की आवाज़ नहीं सुनाई देती। इधर-उधर अरबी स्वर में क़िरात (क़ुरआन शरीफ़ की आयतों का पाठ) हो रही है लेकिन सात, आठ सौ आदमी किस तंगी में नमाज़ अदा कर रहे हैं। खड़े होने तक को जगह नहीं।

इन इबादतगुज़ार मुसलमानों को ईसाई संस्थान, ईसाई कप्तान अर्ज़े मौऊद (जिसका वादा किया गया उस धरती) की तरफ़ लिए जा रहे हैं...[1]

1. सारांश 'नेरंगे ख़याल' लाहौर, अप्रैल 1934 ई. से।

रस्पना नदी

एक दाढ़ी वाले बुज़ुर्ग सफ़ेद अहराम[1] बांधे, तांगे पर सवार बग़ैर इत्तिला सरदार चंचल सिंह की कोठी के फाटक में दाख़िल हुए। छड़ी के सहारे उतरकर ज़रा दिक़्क़त से सीढ़ियाँ चढ़े। पाँव के एक अंगूठे पर पट्टी बंधी थी।

शाम को अफ़ग़ान सरदार दस्तबोसी (हाथ चूमने) के लिए तशरीफ़ लाए। सरदार मोहम्मद उमर ख़ाँ ने हाल दरियाफ़्त किया बुज़ुर्ग ने फ़रमाया, 'जहाज़ पर सवार होते ही गठिया का दर्द फिर होने लगा। उसी हालत में हम लाठी के सहारे हाजियों की ख़बरगीरी करते फिरे। दिन में कई बार मुख़्तलिफ़ दर्जों की सीढ़ियाँ चढ़े उतरे। इस वजह से तकलीफ़ बढ़ गई।'

सरदार उमर ख़ाँ ने कहा, 'आपको ख़बरगीरी की क्या ज़रूरत थी?'

'अमीरुल-हज मुक़र्रर किये गये थे।'

हज के तबर्रुकात अफ़ग़ानों को पेश किये। अफ़ग़ान उनको आँखों से लगाते और चूमते और रोते जाते। कुछ रोज़ बाद दाढ़ी मुंडवा, सूट-बूट डाँट छोटे भाईयों से मिलने और गठिया का इलाज कराने शाहजहाँपुर रवाना हुए।

अब्बाजान को जितनी ख़ुशी पर्यटन से होती थी उसी क़द्र अम्मा मकान बदलने से ख़ुश होती थीं। देहरादून में तब्दीली-ए-मकान कोई समस्या न थी। कोठियाँ फ़र्निश्ड, किराये पर उठाई जाती थीं। अब अख़्तर मोहम्मद ख़ाँ साहब ने फ़रमाया उनके दामाद नक़ी मोहम्मद ख़ाँ की कॉटेज रस्पना के क़रीब ख़ाली हो गई है। फ़ौरन वहाँ मुंतक़िल (शिफ़्ट) हो गईं।

ख़ानबहादुर नक़ी मोहम्मद ख़ाँ ख़ुर्जवी कहानियों का ख़ज़ाना अपने पास रखते थे। सम्भवतः पुलिस विभाग में मलाज़िम रह चुके थे और अरसे से पेंशन ले रहे थे। लिखते भी थे और अपनी किताबें 'मज़ाके-सलीम', ज़ौक़े-सलीम

1. वह दो कपड़े जो हज करने वाले हज के दौरान बाँधते हैं।

वग़ैरा अम्मा को दी थीं, जिन्हें वह 'उर्दू अदब की अम्मा हव्वा' कहते थे। जिस तरह बच्चों को हव्वा से डराया जाता है, नये-नये लिखने वाले आप के पुराने अभ्यास और कुशल लेखनी से डरते हैं।

वे क़रीब सर्कुलर रोड पर रहते थे। उनके पड़ोस में बलवन्त सिंह जसपाल की कोठी थी जिनसे अब्बाजान ने पोर्ट ब्लेयर में चार्ज लिया था और वह अंडमान से अब्बाजान की जगह हरदोई भेजे गये थे। उनकी लड़कियाँ शकुंतला, कमला और विमला जीसस एंड मेरी कॉनवेंट में पढ़ती थीं। शकुंतला हम से बड़ी और समझदार थीं। कमला, विमला और मैं मुस्तक़िल खेलते कूदते रहते थे।

कॉटेज से कुछ दूर रस्पना नदी बह रही थी। पड़ोस में अब्दुल्लाह बेगम के बहनोई ख़ानबहादुर मोहम्मद हुसैन रहते थे। उनकी बड़ी बेटी मोहम्मद जहाँ की शादी लाहौर के ख़ानबहादुर मियाँ अब्दुल अज़ीज़ फ़लक पैमा से हुई थी, जो हुमायूँ में 'तय्यूर-ए-आवारा' के शीर्षक से दर्शनशास्त्र से परिपूर्ण और सुंदर गद्यांश लिखा करते थे। उन दिनों मोहम्मद हुसैन साहब की छोटी बेटी हमीदजहाँ भी देहरादून आई हुई थीं जो कुछ अरसा पहले हमारे यहाँ ग़ाज़ीपुर आई थीं। आपा हमीदजहाँ की सबसे बड़ी ख़ाला सिकन्दरजहाँ बेगम भी मौजूद थीं।

शुरू गर्मियों में मैं बीमार पड़ गई। ख़ाला सिकन्दरजहाँ गोरी सफ़ेद, मुग़ल चेहरा मोहरा, सफ़ेद दुपट्टा, सफ़ेद दिल्ली वाला ग़रारा पहने, हाथ में पंखा, दिन भर बड़ी लगन से तीमारदारी करतीं। तीसरे पहर को ख़ाला सुल्ताना रज़ाउल्लाह आ जातीं, जो रस्पना नदी के किनारे रहती थीं। शाम पड़े तक अम्मा के कमरे में उन नफ़ीस देहलवी बेगमात की महफ़िल जमती।

डॉक्टर पूरनचन्द हून ने आबो-हवा बदलने का मशवरा दिया। अम्मा फ़ौरन डोला डन्डा उठा राजपुर पहुँचीं। एक अंग्रेज़ बुढ़िया मिसेज़ चीप मैन के होटल में क़याम किया। मिसेज़ चीप मैन के होटल के पास एक अंधों का स्कूल था, जिसे और भी कई अंग्रेज़ बूढ़ियाँ यसू (जीसस) की ख़ातिर चलाती थीं। उस

स्कूल के बाग़ में ग़रीब अंधी बच्चियाँ चुपचाप बैठी निटिंग करती रहती थीं और मसूरी जाने वाले बेफ़िक्रे दौलतमन्द मुसाफ़िरों की मोटरें उनके पास से ज़न ज़न करती गुज़रा करती थीं।

राजपुर से और अधिक आबोहवा बदलने के लिए अम्मा ने चचा नसीरुद्दीन हैदर के यहाँ अल्मोड़ा जाने का प्रोग्राम बनाया। अब्बाजान अभी शाहजहानपुर में थे। बशीरख़ाँ छुट्टी लेकर गोरखपुर रवाना हुए। हम लोगों ने रेल द्वारा काठगोदाम का रुख़ किया।

जुगनुओं की दुनिया

बैकट हाऊस अल्मोड़ा के बरामदे पर चुराकर खाने के लिए मिसाली खट्टे अंगोरों की बेल फैली हुई थी। बरामदे के नीचे एक घना दरख़्त खड़ा था। लॉन की सरसब्ज़ ढलवान के नीचे माल रोड थी। उस से नीचे बल खाती सड़क पर मोटरें और लारियाँ खिलौनों की तरह रेंगती नज़र आती थीं।

जिस रोज़ हम लोग बैकट हाऊस पहुँचे टांग पर पट्टी बांधे अच्छो बच्चों के कमरे में सफ़ेद पलंगड़ी पर ठाठ से बैठी थी। उसने बड़े रौब से मुझे मुख़ातब किया, 'जनाब हम इतनी ऊँची पहाड़ी से गिरे थे। गिरते गिरते हम एक ख़ौफ़नाक चट्टान पर पहुँचे।'

अच्छो ने जो क़िस्सा सुनाया उससे गुमान हो सकता था कि वह नन्दा देवी से गिरी थी, अब वह एक महीने से पलंग पर चढ़ी सब पर हुक्म चला रही थी और अपने हादसे की वजह से बेहद अहम हो चुकी थी और अपने घुँघराले बाल झटक कर ख़ूब हँसती थी।

चची वहीदा कुछ अरसे के लिए नहटौर गई हुई थीं। बैकट हाऊस पर लड़कियों की अमलदारी थी। सबसे बड़ी अज़रा आपा मैट्रिक की तैयारी कर रही थीं। हुमैरा आपा और ज़हरा आपा को भी मास्टर साहब पढ़ाने आते थे। अच्छे भाई स्कूल में दाख़िल थे। अच्छो और पारे घर पर मास्टर साहब से पढ़ते थे। हमारे तायाज़ाद भाई इम्तियाज़ हैदर कलकत्ता से आये हुए थे और अब्बाजान वग़ैरा की चचाज़ाद बहन फूफी अप्पी घर की देखभाल करती थीं।

बैकट हाउस, कुमायूँ के एक मशहूर अंग्रेज़ की बनवाई हुई कोठी थी। शाम को अज़रा आपा ने मुझसे कहा, अगर आप दोपहर को अच्छो, पारे के साथ बैठकर क़ायदा पढ़ेंगी तो रोज़ रात को परी आकर एक चॉकलेट आपके तकिये के नीचे रख जाया करेगी। अच्छो, पारे जब अच्छे अच्छे काम करते हैं तो वह उन्हें भी इनाम देती है।

सुबह को चॉकलेट मेरे तकिये के नीचे मौजूद थी। शाम को मास्टर साहिबान के जाने के बाद उनके शागिर्दाने-रशीद (छात्र) दरख़्त पर चढ़कर अध्ययन करते।

अक्सर दोपहर को इम्तियाज़ भाई दूसरे बरामदे में ग्रामोफ़ोन बजाते और बड़े ध्यान मग्न होकर एक रिकॉर्ड सुना करते।

बुलबुले-नाशाद ने कुछ इस तरह फ़रियाद की
रोते रोते हिचकियाँ बन्ध गईं सय्याद की

मेहमान नीचे वापस जाते तो इम्तियाज़ भाई, अच्छे भाई और फूफी अप्पी के बेटे भाई बहाउद्दीन एक सुर्ख़ पलंगपोश बाँस से बांधकर माल के रुख़ वाले बरामदे की सीढ़ियों पर खड़े हो जाते। मेहमानों की मोटर या लारी दूर निचले रास्ते पर से गुज़रती दिखाई देती। उस वक़्त यह अलविदाई परचम लहराया जाता।

एक रोज़ पारे मियाँ घास में बड़े ग़ौर से कुछ तलाश रहे थे - 'क्या चीज़ है?' मैंने उत्सुकता से पूछा।

'परी कुन्डल ढूंढ रहे हैं।'

'वह क्या होता है?'

'रात को जो परी आती है उसके क़दमों के निशान जिस जगह पड़ें, वहाँ शबनम नहीं गिरती।'

'आपको कैसे मालूम?'

'अज़रा आपा ने बतलाया है।'

मैं भी तुरन्त परी कुण्डल की तलाश में जुट गयी।

फ़हमीदा की छोटी बहन ज़ुलेख़ा इतनी छोटी थी कि उसे केवल छोटी कहा जाता था। ये दोनों फूफी अप्पी की लड़कियाँ थीं। उस वक़्त हम्मन आपा और भाई बहाउद्दीन छोटी को एक टोकरी में डाले बरामदे में टोकरी

घसीटते फिर रहे थे। एकाएक भाई बहाउद्दीन ग़ायाब हो गये। वह शाम भाई बहाउद्दीन ने अपने कमरे के दरवाज़े अन्दर से बन्द करके किसी रहस्यमय मसरूफ़ियत में गुज़ारी।

शाम के वक़्त बरामदे में अंगूर की बेल के नीचे कार्डबोर्ड की नन्हीं सी गाड़ी नज़र आई जो सिंड्रेला की साफ़ शफ़्फ़ाफ़ चमकदार कोच के नमूने पर बड़ी कारीगरी से बनाई गई थी। गाड़ी में दो मेंढक जुते हुए थे, जो बदमिज़ाजी से उसे घसीटते हुए इधर-उधर फुदक रहे थे।

'जल्दी से अंदर आ जाइए'। अज़रा आपा ने आवाज़ दी।

'क्यों? यह गाड़ी किसकी है?'

'परी आई थी'। जवाब मिला, 'मगर क़ायदा यह है कि किसी आदमज़ाद को परी की गाड़ी नज़र आ जाए तो उसमें जुते हुए लाल फ़ौरन मेंढक बन जाते हैं।'

'क्या इस वक़्त भी वह गाड़ी में बैठी है?' मैंने पूछा।'

'बिल्कुल! क़रीब हरगिज़ मत जाइये' अच्छे भाई ने जवाब दिया।

'परी', पारे मियाँ डपट कर ललकारे।

'क्या हो रहा है'? - अच्छो ने अंदर से पुकारा।

आपा अच्छो'। - मैं उसे बड़े अदब से बाक़ायदा आपा अच्छो कहती थी। 'परी बरामदे में बैठी है, उसकी कोच के घोड़े मेंढक बन गए।'

'कहाँ?' अच्छो पलंगड़ी से उतर कर दरीचे में आई। फ़हमीदा अपना लम्बा फ़्राक पहने छोटे छोटे क़दम रखती उसके पीछे पीछे चली। हम तीनों ने बाहर झांका गाड़ी ग़ायब हो चुकी थी; बड़े बहन-भाई भी ग़ायब थे।

'गप्प!' अच्छो ने गुस्से से कहा और जाकर अपनी पलंगड़ी पर बैठ गई। दो रोज़ बाद उसे चलने फिरने की इजाज़त मिलने वाली थी।

'टंकर टेलर सोल्जर सेलर'। अच्छो ताश के पत्ते बाँटना शुरू करती। हर पत्ते पर मस्ख़री तस्वीरें बनी थीं। यह शायद 'हैप्पी फ़ैमिली कार्ड' कहलाते थे।

फिर खेल अधूरा छोड़कर अचानक 'अव्वल भला भई अव्वल भला सब में कद्दू गोल भला' का नारा लगाती।

दुनिया की हर चीज़ बहुत आनन्ददायक थी। बात का हर वाक्य आमतौर से इस तरह शुरू होता 'ओफ़्फ़ो! इतना मज़ा आया।'

'क्या हो रहा है' कोई बड़ा पूछता।

'मज़े'।

जब बादल कमरों में घुस आते तब भी 'बड़ा मज़ा' आता। 'बड़ा मज़ा' एक साथ और बारम्बार अदा किया जाता था ताकि उसकी अहमियत पूरी तरह ज़ाहिर हो सके।

कभी-कभी रात को हम्मन आपा मुझे गैलरी की दीवार में लगे टेलीफ़ोन के ऊंचे तख़्ते पर चढ़ाकर ख़ुद जुगनू जमा करने बाग़ में चली जातीं। कुछ देर बाद खिलखिलाकर हँसती हुई वापस आतीं, उनके चुने हुए दोपट्टे में जुगनू टिमटिमा रहे होते।

वह जुगनुओं की दुनिया थी।

एक शाम मास्टर साहब का दिया हुआ सबक़ याद न करने की वजह से इत्तिला मिली कि परी ख़फ़ा हो गई है। अच्छो, पारे अपने अपने सबक़ फ़र फ़र याद करने के बाद मुझे जलाने के लिए नवाबों की तरह आंखें बंद किये अपने बिस्तरों पर लेटे पाँव हिला रहे थे।

अचानक अच्छो ने करवट बदल कर एक आँख खोली और ज़ोर से कहा, 'सलाम अलैकुम परी।'

पारे ने उसकी नक़ल की, 'सलाम अलैकुम परी।'

फिर अच्छो उछल कर पलंग पर उकड़ूँ बैठ गई और तकिया उठाया, जिसके नीचे टाफ़ी का पूरा डिब्बा मौजूद था।

मैंने फ़ौरन अपने तकिये के नीचे देखा वहाँ कुछ न था। मैंने बड़े दुःख से रोना शुरू कर दिया। फिर जल्दी से आँसू पोंछ कर अच्छो से पूछा 'कैसी थी परी?'

'बहुत ख़ूबसूरत'

'क्या पहने थी?'

'साड़ी'

'साड़ी में उड़ती कैसे होगी?'

'पर जो हैं'

'टाफ़ी हमें भी दीजिए आपा अच्छो'

'आपा ने मना किया है। आपने पहाड़ा याद नहीं किया। पारे मियाँ तो पूरा शिकवा[1] हिफ़्ज़ कर रहे हैं।'

पारे मियाँ फ़ौरन अपने पलंग पर कूद कर गरजे 'और जनाब वह शमा उजाला जिसने किया।'

दरवाज़े में से फूफी अप्पी ने झांका 'शू-शू! रात हो गई सो जाओ।'

हम तीनों फिर अपने लिहाफों में घुस गए। आतिशदान के शोलों में तरह-तरह की शक्लें बनती रहीं। कुछ मिनट बाद अच्छो ने चुपके से आवाज़ दी 'हम बेहतरीन ख़रगोश बना रहे हैं।' उसने हाथों की परछाईं से दीवार पर ख़रगोश बनाया।

'अब बत्तख़। अब कुत्ता' पारे मियाँ ने इत्तिला दी। मैं भी बड़ी सरगर्मी से उठ बैठी और उस अहम काम में मसरूफ़ हो गई।

सुबह को पारे मियाँ ने सूचित किया, 'आज सिनेमा दिखाया जाएगा'

'वो कैसा होता है?' मैंने व्याख्या चाही 'आपने देखा है आपा अच्छो?'

"जनाब!" अच्छो ने रौब डाला

1. अल्लामा इक़बाल की एक नज़्म।

रात को ख़ाने की मेज़ पर से एकाएक उठकर पारे मियाँ ड्राइंग रूम की ओर भागे जहाँ चचाजान के एक दोस्त प्रोजैक्टर लगाने में व्यस्त थे। फिर पर्दे गिराकर रोशनियाँ बुझाई गईं और अंग्रेज़ों की तस्वीरें दीवार पर उछलने कूदने लगीं। सबने पोर्कपाइ हैट लगा रखे थे और इधर-उधर फुदकते फिर रहे थे। एक खुले दरीचे में से चाँद झाँकने लगा। बाहर पहाड़ों पर बड़ा सन्नाटा पसरा था।

रात को चाँद बहुत बड़ा और बहुत पीला और बहुत सर्द मालूम होता था। रात हिमालय की चोटी पर बैठी बूढ़ी जोगन बर्फ़ के टुकड़ों जैसे तारों की माला जपती थी और दूर जागेश्वर के प्राचीन अंधियारे मंदिरों में दीये टिमटिमाते थे। पहाड़ियाँ जादू की जड़ी बूटियों से महका करती थीं। इस ठंडी ख़ुशगवार शांत दुनिया में सिर्फ़ फूलों, तरोताज़ा फलों, परियों और इंसानों की तरह बातें करने वाले जानवरों की अमलदारी थी।

रात को 'चोर चोर' खेलते हुए अच्छो घास के लंबे डंठल की तलवार मुझे देकर किसी दरीचे में खड़ा कर देती। बाहर अँधेरे में चोर सुर्ख़ ज़बानें निकाले खड़े थे और सुर्ख़ पंखुड़ियों वाले फूल चोरों की ज़बानें थीं। बच्चों की कल्पना अछूती ख़ूबसूरत और अनोखी होती है। मगर हमारे लिए यह हमारी कल्पना थोड़ा ही थी। हक़ीक़त थी।

एक रोज़ हँसमुख और शगुफ़्ता मिज़ाज चचाजान ने कचहरी से वापस आकर अम्माँ से कहा 'शाहजहाँपुर से भाईजान ने इत्तिला भिजवाई है, उनका तबादला इटावा का हो गया, आजकल में ख़त भी आता होगा।'

जब हम लोग देहरादून रवाना हुए और हमारी लारी बल खाते रास्तों से उतरती नशेब (नीचाई) की तरफ़ जा रही थी, उस वक़्त दूर चीड़ के दरख़्तों से ढकी एक पहाड़ी पर सुर्ख़ पलंगपोश का 'परचम' लहराया जा रहा था; फिर वह परचम रफ़्ता रफ्ता एक बिंदु में तब्दील होकर आँखों से ओझल हो गया।

बैकट हाउस में अब उत्तर प्रदेश की नेशनल कैडिट कोर के हैडक्वार्टर्स हैं। उसके बरामदे जाली से ढक दिए गए हैं। सामने जीप गाड़ियाँ खड़ी रहती

हैं। बरसाती और पिछला हिस्सा जर्जर हो गया है। पिछली पहाड़ी पर फ़ौजी जवान नहाने धोने में मसरूफ़ रहते हैं।

लेकिन आप यक़ीन फ़रमाइए कि इस बेरंगो-बू दुनिया में एक ज़माना ऐसा भी गुज़रा है, जब जुगनुओं की रौशनी में इस कोठी के अंदर परी आया करती थी, जिसकी गाड़ी में मेंढक जुते थे और रात को चोर ज़बानें निकाल कर फूलों की झाड़ियों की सूरत में खड़े रहते थे।

और जानना चाहिए कि बचपन की मासूमियत जुगनू की रौशनी की मानिंद टिमटिमा कर इस तरह ग़ायब हो जाती है, जैसे वह ज़माना कभी था ही नहीं।

लेकिन वह बच्चे अंगोरों की बेल में छुपी उस कोठी में शायद उसी तरह मौजूद क़हक़हे लगा रहे हैं; क्योंकि वक़्त एक ऐसा सुरक्षित शिलालेख है, जिसपर वक़्त का कोई प्रभाव नहीं।

ख़ज़ाँ की चाँदनी
(पतझड़ की चाँदनी)

शायद जमना पार से दोपहर की चिलचिलाती धूप में ताजमहल का सफ़ेद चमकीला गोल डला सा नज़र आया। शहर की गलियों में पहुँचकर कोई नवाब फैयाज़ बहादुर थे। उनका पता पूछते-पूछते बशीर ने एक ड्योढ़ी के सामने ऑकलैंड रोकी। एक हबशन ने अंदर से सिर निकाल कर झाँका और उसके दाँत जगमगाए।

सैहन में बहुत सी हबशनें घूम रही थीं। नाम उनके मरवारीद, मर्जान, अलमास और ज़मर्रुद थे। गोया (मानो) दारुलख़िलाफ़ा अकबराबाद से एक हल्का सा ताल्लुक़ अभी बाक़ी था।

नवाब साहब के यहाँ से दूसरे रोज़ इटावा रवाना हुए और जमना के किनारे आबाद एक बोसीदा से शहर में पहुँचे, जहाँ फ़िरोज़शाह तुग़लक़ की बनवाई हुई जामा मस्जिद स्थित थी और सर सैयद के आख़िरी साथी हाजी अलताफ़ हुसैन के इस्लामिया हाई स्कूल में से पढ़ाई के बाद, लड़कों के ग़ोल (झुण्ड) बाहर आ रहे थे।

बशीर शहर-ख़बरू (शहर भर की ख़बर देने वाले) थे। इटावा पहुँचने के दूसरे दिन इत्तिला दी। 'बेगम साब, हमने सुना है, यहाँ मरहटों (मराठों) मुगलों में घमसान का रन पड़ा था। एक मुगल सिपाही ने मुगलन की चुगली मराठन से जड़ दी। बस उसी रोज से मुगल हारने लगे। मुगल एम्पायर बैठ गई। उस बदमास की हियाँ कब्र है। सुना है उस पर बोर्ड लगा है, जोन साहब इधर से गुज़रें, मेहरबानी से चुगलखोर की कबर पर दस जूते मारते जाएँ। हम भी कल जाकर मारेंगे। पचास जूते।'

अम्मा ने झिड़ककर कहा, 'बशीर बावली बातें मत क्या करो। किसी की क़ब्र पर जूते नहीं मारते।' बशीर की बीबी गोरखपुर से आ गयीं।

पछुआ हवा चली। कोरी सुराहियों में रखा पानी ठंडा हुआ और बशीर की बीबी ने बढ़ल का शर्बत तैयार किया।

दिल्ली में हैज़ा फैल गया। उससे बचने के लिए चचा मुश्ताक़ अहमद ज़ाहिदी, चच्ची सहित जो एक ग़ैरमामूली तौर पर (बहुत ही) हसीन मुग़ल ख़ातून थीं इटावा तशरीफ़ लाए। बरसात शुरू हो गई जब झड़ी लगी होती चच्ची ग्रामोफ़ोन पर अपना पसंदीदा रिकॉर्ड बजातीं। 'हक़ के प्यारे ग़ौसुलआज़म देख झूलना झूलें।' चचा आराम कुर्सी पर बैठकर दिल्ली का हफ़्तावार 'नवाए सरोश' और कलकत्ता का 'अलजिहत' पढ़ते और बाहर सब्ज़े पर निमकोलियाँ (निमबोलियाँ) टपटप गिरतीं।

उन दोनों के दिल्ली वापस जाने के बाद, चचा ज़फ़र उमर तशरीफ़ लाए। उनकी एक टांग लकड़ी की थी। इटावे में घी के व्यापारियों के अलावा तवायफ़ों (वेश्याओं) की फ़रावानी (बहुतायत) थी, जो यक्कों पर बैठी बग़ैर आस्तीन के ब्लाउज़ पहने चूड़ियाँ चमचमाती दरगाहों की ओर जाती सड़क पर से गुज़रती थीं। उनको देखकर बशीर की बीबी होंठ पिचकाकर नागवारी से कहतीं 'इफ़राते-तवाइफ़। इफ़राते-तवाइफ़' (वेश्याओं की बहुतायत, वेश्याओं की बहुतायत)।

दीवाली की रात ग़ाज़ीपुर की तरह इटावे में भी बशीर ने अपनी निगरानी में कोठी पर रौशनी करवाई और खाँड के खिलौने और मिट्टी की गुड़ियाँ टोकरे भरकर मेरे लिए आईं।

दोपहर के सन्नाटे में कबूतर लगातार ग़ुटरग़ूँ करते और बकाइन पर बैठी धोबन चिड़ियाँ चुपचुप किया करतीं। शहर की दीवारों पर इण्डियन टी के इश्तिहार लगे थे, जिनमें दो बच्चों की तस्वीरों के नीचे लिखा था 'यह और इसका भाई- पीता है रोज़ चाई।'

इण्डियन टी का एक इश्तिहार; 'हुस्ने हब्श मशहूरे-ज़माना। जम्बू शैदी जम्बू शाना।'

बशीरख़ाँ को बहुत पसंद था, जो ख़ुद भी प्राकृतिक रूप से शाइर थे और ज़्यादातर फ़िक्रे-सुख़न (शाइरी) में खोये रहते थे। एक बार भाई ने उनको 'जलालुद्दीन ख्वारज़्मशाह' का

कोह व सैहरा बर्फ़ानी - जंगल वहशत वीरानी
सर्दी सर्दी बेहद सर्दी - है उरियानी की बेदर्दी

(पहाड़ जंगल बर्फ़ीले, जंगल में घबराहट, वीरानी। बेहद सर्दी, नंगेपन की बेदर्दी।)

कैसे जाएगी पैसे से, पढ़कर सुनाया। बहुत ख़ुश हुए। तेज़ गर्मी पड़ रही थी। फ़रमायाः

गर्मी गर्मी बेहद गर्मी- सुनो इटावे की बेसर्मी
नंगे लोग टहलते हैं- पंखा लेकर झलते हैं

ज़िला इटावा में एक क़स्बा फफूँद था। वहाँ के हास्य-व्यंग के शाइर अहमद फफूँदवी एक उदार प्रेमभाव के और निःस्वार्थी कांग्रसी थे। आधी उम्र जेल में गुज़ारी थी। एक बार वह अपने कुछ हास्यात्मक किताबचे अब्बाजान को दे गए। उनके नाम ने बशीर को बहुत इंस्पायर किया।

भाई इम्तियाज़ हैदर अलमोड़े से आए हुए थे। उन्होंने और भाई ने मिसरा-ए-तरहा तजवीज़ किया, 'बशीर अहमक़ को लग गई फफूँदी आज।'

दोपहर भर बशीरख़ाँ फ़िक्रे-सुख़न में मसरूफ़ रहे। शाम को श्रोताओं से कहा 'सुनिए बाबा अरज करते हैं':

बशीर अहमक़ को लग गई फफूँदी आज
अब किया जाए ई. का कौन इलाज
न तोप है न सिपाही है और न है बन्दूक
गधे पे बैठ के लेने चले हैं ई. स्वराज

बशीरख़ाँ को फोटोग्राफ़ी का शौक़ चर्राया। कैमरा और पर्दे ख़रीदे, शागिर्द पेशे (सर्वेंट क्वार्टर्स) के सामने पर्दे लगाकर हम सबकी तस्वीरें खींचा करते। बीबी को भी फ़ोटोग्राफ़ी सिखला दी थीं। लड़ाई की ख़बरें सुनने का बड़ा शौक़ था। दुनिया के किसी हिस्से में जंग न होती तो उकताकर कहते; अच्छा बाबा हिन्दू मुस्लिम लड़ाई की ख़बरें ही सुना दीजिए। अच्छा किताबों की क़ीमत ही

सुना दीजिए। (फूल के आख़िरी पृष्ठ पर छपती थीं) नन्हीं किताब दो आने, मिनी किताब दो आने, प्यारी किताब दो आने, राख बेगम चार आने, ख़ज़ाने का राज़ चार आने।

बशीरख़ाँ मोटर ड्राइवर हिन्दुस्तान के उन करोड़ों बदक़िस्मत अवाम में से थे जो तालीम से महरूम रखे गए थे। पड़ौस के ज़िला एटा में चचा निसार हैदर ज़ैदी डिप्टी कलेक्टर थे। वह आल इण्डिया मुशायरे करवाते थे और लड्डन मामू एस.पी. थे, जो डकैती के अपराधों की रोकथाम में मसरूफ़ थे। चचा नसीर ने अल्मोड़े में 'बुर्ज' के रसिया ख़ानबहादुर असदुल्लाह काज़मी और प्रोफ़ेसर मुख़्तार हुसैन नक़वी के लिए एक लम्बी नज़्म कही -

लगे फ़रमाने मुझ से चन्द अहबाब — कि हम हर्गिज़ न आएँगे कभी पास
अगर तुम चाहते हो हम से मिलना — तो हो जाओ बुर्ज के तुम भी एक दास
गिनो बस बैठे बैठे सारी गिनती — अठारह, बीस, पैंतालीस उंचास
ब्रज भाषा भी क्या उलटी है भाषा — हुए जो फ़ेल कहते हैं क्या पास
उतरते हैं जो ठड्डों पर तो ऐसे — कि गोया पी के बैठे हों अमलतास
बुर्ज खेले वही जिसको हो करना — सभों का नास अपना सत्यानास

नज़दीक के हरे भरे मैदान में सर्कस आया। पल भर में एक जादू भरी दुनिया वहाँ आबाद हो गई। बशीर अक्सर शाम को हमें तमाशा दिखाने ले जाते। सर्कस ने मुझे बहुत सम्मोहित किया। एक रात मैंने अम्माँ से कहा 'अम्माँ हम सर्कस में नौकर हो जाएँ?'

'ज़रूर! बड़ी होकर थियेटर देखोगी तो कहना थियेटर में नौकर हो जाऊँ, नाचा करूँगी, सिनेमा देखकर कहना एक्टरेस बनूँगी।'

यह हिम्मत-शिकन जवाब सुनने के बाद, ख़ुद गुड़ियों का सर्कस क़ायम कर अपने आप को रिंग मास्टर का औहदा दे लिया।

चच्ची वहीदा अच्छो पारे समेत अल्मोड़े से तशरीफ़ ले आईं। रात को पिछले चबूतरे पर पलंग बिछते और तारों भरा आसमान बहुत नीचा झुका होता। अब्बाजान हम लोगों से कहते, एक तारा घग्गो तारा - दो तारे घग्गे तारे। यह

सम्भवतः नहटौर की कोई पुरानी नर्सरी राइम थी। इटावा की सुर्ख़ पथरीली धरती पर रात को पतझड़ की केसरिया चाँदनी फैलती थी। जब चाँद निकलता होता चचीजान मुस्कुरा कर हम तीनों से कहतीं, आ उतर आ मेरे दिल में साथ लेकर चाँदनी।

अच्छो बहुत प्रैकटिकल मिज़ाज रखती थीं। ज़रा सोचकर फ़रमातीं, 'यह कैसे हो सकता है।'

एक रोज़ अम्माजान और चचीजान दिन भर के लिए कानपुर गयीं अच्छो मेरी दोस्त, दार्शनिक और मार्गदर्शक थीं, जापानी तस्वीरें पानी में भिगोकर दूसरे काग़ज़ पर उतारने में मसरूफ़ थीं, चुपके से बोलीं 'आज बड़े अब्बा कचहरी जाएँ हम लोग चुपके से लगेज कैरियर पर बैठ जाएँगे, बड़ा मज़ा आएगा।'

'बहुत अच्छा आपा अच्छो'। मैं ने फ़रमाँ बर्दारी (आज्ञाकारिता) से जवाब दिया।

जब अब्बाजान मोटर में सवार हुए, हम दोनों उचककर लगेज कैरियर पर बैठ गए। उसकी सलाख़ें थाम लीं, मोटर फाटक से निकली सड़क पर पहुँचकर उसकी रफ़्तार तेज़ हो गई। हम दोनों ने और भी मज़बूती से सलाख़ें पकड़ लीं।

एक राहगीर ने घबराकर बशीरख़ाँ को रोकने का इशारा किया। बशीर ने पीछे मुड़कर देखा, मोटर रोकी, हम लोगों को उतार कर अब्बाजान के सामने पेश किया। 'गजब होता, गिर जातीं, सिर फूट जाते, मर जातीं।'

बशीर दहशतज़दा और अब्बाजान बेहद चिंतित नज़र आए। मुलायमियत से कहा, आप लोगों को इस क़िस्म की ख़तरनाक शरारतें नहीं करनी चाहिए।'

इतवार की शाम अमरियों में गुलदुम (बुलबुल) नग़मासरा हुई। बशीरख़ाँ कुएँ के पास खाट बिछाकर बैठते और ताहिर चपरासी से दास्ताने-लिंधोर सुनते। श्रोताओं में शफ़ीक़ चपरासी, फ़क़ीरा, जो देहरादून से साथ आया था और बशीरख़ाँ की बीबी और हम बच्चे शामिल होते। बशीरख़ाँ मुझसे और अच्छो से इतने ख़फ़ा थे कि उस इतवार को उन्होंने असंतोष स्वरूप दास्ताने-लिंधोर भी नहीं सुनी।

गुलाब पाश

जर्मनी से लौटकर ख़्वाजा अब्दुल मजीद के भतीजे डॉक्टर ए. हमीद ने अलीगढ़ में एक कोठी मसूद मंजिल बनवाई थी जो किराए पर उठती थी। ख़ुद बम्बई में रहते थे (यह कोठी अब मसूद महल कहलाती है और अलीगढ़ आने वाले वी.आई.पी. लोगों के लिए होटल में तब्दील कर दी गई है) सन् 35 ई. में अब्बाजान के अज़ीज़ों की औलादें मसूद मंजिल में रहकर यूनीवर्सिटी और गर्ल्ज़ कालिज में शिक्षा प्राप्त कर रही थीं। माएँ मसूद मंजिल में ठहरी हुईं और वालिद (पिता) लोग ज़िलों में काम से लगे थे। अब्बाजान वग़ैरा के मामू सय्यद इकराम हैदर तिर्मिज़ी पुत्र मीर बन्दे अली तिर्मिज़ी भी मसूद मंज़िल में रहते थे।

उस वक़्त अस्सी बरस की उम्र थी, उनकी वालिदा सय्यदा मरियम ख़ातून सन् 1842 ई.में स्वात बुनेर से बुंदेलखण्ड आई थीं और परनाना सय्यद नूर मोहम्मद को बुख़ारा छोड़े तक़रीबन सवा सौ साल हो चुके थे मगर दादे इकराम हैदर अब तक रंग ढंग और चेहरे मोहरे से बुख़ारी मौलवी और सरहदी पठान मालूम होते थे।

बड़ा सा पग्गड़, घेरदार शलवार, रुई का दुगला, बेहद गोरी रंगत, बगुला ऐसी सफ़ेद दाढ़ी नूरानी चेहरा। अपनी मरहूमा बहन सईद बानो की औलाद से फ़ारसी में खतो-किताबत करते थे और शुद्ध नहटौरी शैली में उर्दू बोलते थे। बंदूक़ हमेशा साथ रहती थी। उनके कमरे में रात भर रौशनी होती रहती। अंगीठी पर ख़ुद चाय बनाकर पीते जाते और बग़ैर ऐनक लगाए अपने बस्ते पर झुके 'तज़किरा औलियाए बुंदेलखण्ड व रुहेलखण्ड' और 'तारीख़े-सादाते-नहटौर' फ़ारसी भाषा में लिखने में व्यस्त रहते।

सुबह के वक़्त दादाजान बंदूक़ संभाले, बराबर के बरामदे में गुड्डे की तरह आ बैठते। सामने आम के दरख़्त में टीन बंधवा रखे थे। बच्चों से चाँदमारी (बन्दूक़ चलाने) की मश्क़ करवाया करते।

अंदर बड़े कमरे के आतिशदान पर दो चान्दनी के गुलाबपोश धरे थे। एक शाम उस कमरे में चाँदनी का फ़र्श करके ज़नाना मीलाद शरीफ़ आयोजित किया गया। दादे इकराम हैदर तिरमिज़ी ने करारी आवाज़ में वाज़ (प्रवचन) कहा और लड़कियों बालियों ने सिर ढाँप एक क़ितार में खड़ी हो: 'बड़ी दूर से आए हुए हैं, तुम पर इतराए हुए हैं, या नबी सलाम अलैका' पढ़ा और आपा अज़रा और आपा तुफ़ैल ने गुलाबपोश उठाकर ठंडा अर्क़े-गुलाब हाज़िरीने-महफ़िल पर छिड़का।

फ़रवरी के महीने में सालाना नुमाइश के लिए और भी रिश्तेदार दूसरे शहरों से मसूद मंजिल में आ गये। बच्चों से घर भर गया, बरसाती में कैनवस की चादर से ढकी चचा नसीरुद्दीन हैदर की कार खड़ी थी। बाहर ख़ेमा लगा था। दोनों जगहें आँख मिचौली के लिए बेहतरीन थीं। अक्सर आपा हम्मन 'द प्रिंस ऑफ़ पेरिस लौस्ट हिज़ हैट' खिलातीं। शाम को नुमाइश की सैर की जाती।

एक शाम नुमाइश के एक पंडाल में इलाहाबाद की मिस आशा कुमारी ओझा ने कथक रक़्स दिखलाया। उत्तरी भारत में हिन्दू कुलीनों की लड़कियाँ इक्का दुक्का पब्लिक में रक़्स करने लगी थीं। जिस वक़्त मिस ओझा थाली के किनारे पर भाव बता रही थीं, सामने की क़ितार में बैठी अम्मा ने ख़ासी बुलंद आवाज़ में इरशाद किया 'बड़े अफ़सोस की बात है एक शरीफ़ज़ादी स्टेज पर खड़ी नाच रही है। ऐसी आज़ादी भी क्या। और भाभी मुझे तो सर्दी लग रही है। घर चलिये।'

देवरानी मिसेज़ वहीदुद्दीन हैदर ने जवाब दिया 'भाभी उनके आमाल उनके साथ। अब आए हैं तो सारा प्रोग्राम देख लें। सर्दी का इन्तिज़ाम मैं अभी करती हूँ।'

उन्होंने नज़दीक बैठी बेगमात से प्रोग्राम के काग़ज़ात लिए, एक साहब से माचिस हासिल की, कुर्सी के सामने मुन्ना सा अलाव जलाया और ख़ुद भी इतमीनान से पैर तापने लगीं।

उसी हफ़्ते ख़ालिदा अदीब ख़ानम हिन्दुस्तान का दौरा करती अलीगढ़ पहुँचीं। अम्मा को सख़्त अफ़सोस हुआ कि इस वक़्त अब्बाजान बहुत दूर इटावा के ज़िले में दौरे पर थे। कहने लगीं 'काश इस वक़्त मेरे बजाए वह यहाँ होते! किसी तरह ऐसा हो कि मैं चली जाऊँ और वह अलीगढ़ आ जाएँ तो मुझे ज़्यादा ख़ुशी हो। बच्चा इटावे में अकेला है।

हम दोनों में से एक का वहाँ होना ज़रूरी है। इत्तिफ़ाक़ की बात दूसरी सुबह इटावे से भाई की बीमारी का तार आ गया। अम्मा फ़ौरन अलीगढ़ से रवाना हुईं, उसी रोज़ शाम अचानक अब्बाजान मसूद मंज़िल पहुँच गए। मालूम हुआ यूनिवर्सिटी ने यूनियन हाल में ख़ालिदा अदीब ख़ानम का परिचय कराने के लिए ख़ासतौर से बुलाया है।

हाल[1] लड़कों से खचाखच भर चुका था। सब बहुत इंतिज़ार में थे। स्टेज के बाएँ तरफ़ का दरवाज़ा खुला पहले वाइस चांसलर और उनके बाद ख़ालिदा अदीब ख़ानम और उनके साथ मामूजान दाख़िल हुए। रौशनदान में से ख़ालिदा ख़ानम पर फूलों की बारिश की गई। चूँकि मामूजान साथ खड़े थे उन पर भी पंखुड़ियाँ गिर रही थीं, उनकी उस वक़्त की तस्वीर नज़रों के सामने है। सिर के बालों पर पंखुड़ियाँ चमकते हुए, सुनहरे फ्रेम की ऐनक और बेहद ख़ुशी से चमकता हुआ गुलाबी चेहरा। मेरी एक नज़र अपने मामू पर थी और एक ख़ालिदा अदीब पर। यह अधेड़ उम्र की तुर्कन ऐसी तरोताज़ा गुलाब थी, जिसके सामने हाल में मौजूद यूरोपियन औरतें (प्रोफ़ेसरों की जर्मन बीवियाँ वग़ैरह) फीके शलजम मालूम हो रही थीं।

लड़कों ने एक ही लय में होकर तालियाँ बजायीं और वाइस चांसलर के शुक्रिये और मामूज़ान की आरम्भिक तक़रीर के बाद, ख़ालिदा अदीब ख़ानम ने तक़रीर शुरू की।

'सज्जाद साहब,[2] ख़ालिदा आदीब और उनकी शुरुआती तहरीरों के बड़े प्रशंसक थे। यूनियन में सज्जाद साहब ने उनका अभिनंदन किया और साथ-

1. 'एक बेहतरीन याद' फ़ातिमा अलताफ़ हुसैन, 'इस्मत' कराची मई, 1964 ई.।, 2. रशीद अहमद सिद्दीक़ी, 'गंज हाए गराँ माया'।

साथ उनके आरम्भिक लेखों और निबन्धों को बड़े सौहार्दपूर्वक सराहा। ख़ालिदा ख़ानम ने फरमाया कि अब वह अपनी पूर्व शैली से ऊब गई हैं और उसे सिर्फ़ जहालत के दौर की यादगार समझती हैं।

सज्जाद साहब ख़ामोश हो गए। बाद में एक मजलिस में उस वाक़ए का ज़िक्र आया तो फ़रमाने लगे 'ख़ालिदा अदीब खानम को क्या मालूम उनकी अय्यामे-जहालत की बातों ने क्या शगूफ़े खिलाए, फिर ग़लत बहस से क्या हासिल। सवाल यह नहीं कि ख़ालिदा ख़ानम को क्या पसंद है, अस्ल यह है कि मैं क्या पसंद करता हूँ।'

ख़ालिदा अदीब ख़ानम वाले जलसे में एक नौजवान विद्यार्थी असरारुल हक़ 'मजाज़' ने 'नज़्रे-ख़ालिदा' सुनाई थी। अब्बाजान ने मसूद मंजिल वापस आकर अपने भतीजे जर्रार हैदर से, जो मजाज़ के क्लासफ़ेलो थे, कहा 'यह लड़का बहुत अच्छा शाइर साबित होगा।'

9
अध्याय

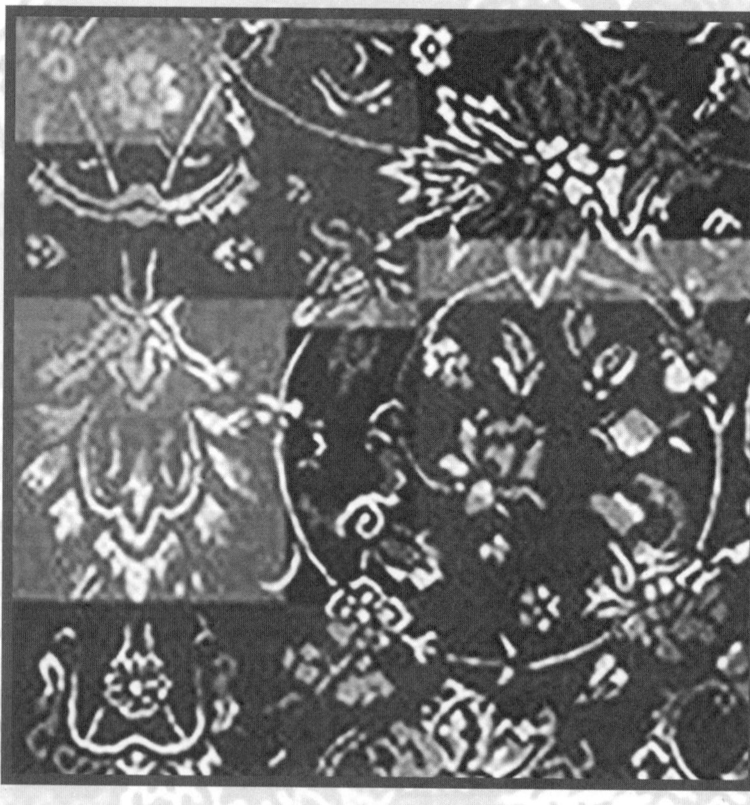

ओल्ड ब्वायज़ लॉज

रख़्शे उम्र (आयु रूपी घोड़ा) अपनी मंज़िलें तय करता तेज़ी से उड़ता चला जाता है। अचानक पता चलता है कि ज़िंदगी बीत गई। सन् 1938 ई. में सरकारी तौर पर छप्पन साल के होकर अब्बाजान रिटायर हुए; अगर शुगर ने सेहत न गिराई होती - अप्रैल सन् 35 ई. में भाई ने गवर्नमेंट हाई स्कूल इटावा से मैट्रिक का इम्तिहान दिया और अब्बाजान ने समय से पहले पेंशन लेली। अम्मा ने हमेशा की तरह माल गाड़ी पर सामान लदवाया, टाउन हाल में ग्रुप फोटो खींचे सुनहरे चौखटों से सुसज्जित विदाई नज़्मों और गोटे के हारों का अंबार एक ख़ाली बरामदे की मेज़ पर जमा हुआ।

गर्मी का मौसम शुरू हो चुका था। मोटर के पहियों के चोबी (लकड़ी के) SPOKES पर मामूल के मुताबिक ख़स लपेटी गई। बशीरख़ाँ ने एक बार फ़िर पीर दस्तगीर को पुकार कर देहरादून जाने वाली सड़क पकड़ी।

साल और शीशम के जंगलों से निकल कर दूर से दून वैली के आसार नज़र आए, देहरादून में दाख़िल हुए। डालन वाला पहुँच कर आशियाना खुलवाया गया, जिसमें पंजाबी नवाब साहब के भांजों भतीजों के जाने के बाद, सेंट्रल इण्डिया के किसी रजवाड़े के लड़के, जो दून स्कूल में शिक्षा प्राप्त करते थे; ठहरे रहे थे। उन योग्य राजकुमारों ने बाग़ के एक कोने में छोटा सा रेलवे स्टेशन, रेल पटरियाँ, सिगनल, केबिन और सुरंगें बनाई थीं और विलायती खिलौने इंजन और ट्रेनें दौड़ाने का शग़ल करते थे, पढ़ते वढ़ते क्या होंगे।

इलाहाबाद बोर्ड का नतीजा निकलने के बाद, हम लोग देहरादून से अलीगढ़ रवाना हुए। ओल्ड ब्वायज़ लाज में मकान की तलाश शुरू हुई। भाई को फर्स्टईयर क्लास में दाख़िल किया गया।

ओल्ड ब्वायज़ लाज के सामने खेल का मैदान, पुख़्ता ग्रैंड स्टैंड और मस्जिद थी। पाँचों वक़्त अज़ान की आवाज़ बुलंद होती। रात को यूनिवर्सिटी का साइरन बजता, सामने सबज़े पर सुर्ख़ बेर बहूटियाँ रेंगतीं। इतवार के रोज़

ख़ानदाने-नहटौर की दर्जन भर लड़कियाँ जो एफ़.ए. और बी.ए. में पढ़ रही थीं, सफ़ेद शलवारें और कॉलेज यूनीफार्म के सियाह बुर्क़े ओढ़े तरोताज़ा घास पर ख़रामाँ खरामाँ चलती ओल्ड ब्वायज़ आतीं। अब्बाजान के मामूज़ाद भाई चचा ग़नी हैदर तशरीफ लाकर इंतिहाई फ़लसफ़ियाना बातें करते।

मूसलाधार पानी बरस रहा था। दिन को मक्खियाँ भिनभिनातीं, रात को मच्छर और 'अल्लाह मियाँ की भैंसें। हर तरफ कीचड़ थी। 'अलीगढ़ इतनी डिप्रेसिंग जगह है, न जाने अब्बाजान को क्यों इतना पसंद है' भाई ताज्जुब से कहते।

भाई को यूनिवर्सिटी जाते हुए कुछ ही दिन हुए थे कि मलेरिया में साहिबे-फ़राश हुए (बिस्तर पर पड़ गए)। मुझे नज़ला हो गया। अम्मा ने ऐलान किया। अलीगढ़ में पढ़ाई मनसूख़ (निरस्त)! हम तो देहरादून वापस जाते हैं।

मसूद मंज़िल में मुक़ीम नहटौरी रिश्तेदारों के अलावा अब्बाजान के दोस्त मिर्ज़ा सरगुज़िश्त, (जो बक़ौल बशीरख़ाँ बहुत 'मज़ाख़िया' आदमी थे) अंग्रेज़नुमा, जैसे सुल्तान हैदर जोश, ख़्वाजा अब्दुल मजीद, ज़फ़र उमर, शेख़ अब्दुल्लाह सबने अम्मा को समझाने की नाकाम कोशिश की। मलेरिया मामूली अस्थाई बीमारी है। आप फिर क्यों उखाड़ पछाड़ करती हैं। लड़के का वक़्त बर्बाद जाएगा। साज़ो-सामान फिर वापस ले जाएँगी। मुफ़्त की ज़ेरबारी (परेशानी)।

इसके अलावा छब्बू मियाँ बचपन में आठ साल यहाँ रह चुके हैं, इस आबोहवा के फिर आदी हो जाएँगे। सज्जाद भाई का इतना अरमान है कि उनकी औलाद अलीगढ़ में पढ़े।

कहने लगीं 'बच्चा यहाँ रोज़ बीमार पड़ेगा, अलीगढ़ हमेशा से वबाओं का गढ़ है। आते ही आते दोनों बच्चे पड़ जाते।'

अब्बाजान ने पहले की तरह एक बार फिर हुज्जत नहीं की, उन्हें मालूम था कि अम्मा को समझाना लाहासिल (व्यर्थ) है।

'अच्छा भाई। ओल्ड ब्वायज़ लॉज से भी चले'। बशीर ने मोटर का हैंडल घुमाते हुए कहा और पलैटों को बिजनौर के रास्ते देहरादून जाने वाली सड़क पकड़ी।

नहटौर में कुछ रोज़ पहले अब्बाजान के फूफा डिप्टी सग़ीर हुसैन का इन्तिक़ाल हुआ था और उनकी कोठियाँ पुर्से के लिए आए हुए अज़ीजों से भरी थीं। बड़े अपनी बातों में मसरूफ़ रहते, बच्चों की बन आई थी। दिन भर बाग़ के दरख़तों पर चढ़ कर आम और कच्चे पक्के फल खाते, हालत तबाह थी। एक सुबह अच्छो बेगम खों खों करती एक रविश पर दौड़ी जा रही थीं, अचानक चचा वहीद ने पीछे से आकर उनकी गर्दन दबोची और फरमाया; 'कहिए आ...'

अच्छो ने मुँह फाड़कर कहा 'आ...'

अब छोटे चचाजान ने मुझे पुकारा और मेरी गर्दन पकड़ी 'कहिए आ...'

'आ...'

चचाजान मकान की तरफ वापस चले गये। शाम को अच्छो ने बड़ी अहमियत से कहा, जनाब आप को मालूम होना चाहिए बरसात के बाद, हमारे टॉंसिल्ज़ का ऑप्रेशन किया जाएगा।

'हमारा भी' मैं ने फ़ौरन नक़ल में दोहराया। हालांकि मुझे किसी ने नहीं बताया था।

'पहले हमारा हलक़ एक मशीन लगाकर खोला जाएगा' अच्छो ने हसबे-आदत अफ़साना-तराज़ी शुरू की। मैं रौब में आकर आँखें फाड़े उसको देखती रही 'फिर जनाब हम जो हैं। हम शीशे की एक मेज़ पर लेट जाएँगे और एक बहोत बड़ा, इतना बड़ा जितना सूरज है। इतना बड़ा बिजली का लैम्प हमारे सिर पर लटकाया जाएगा। हमें छोट चायान (छोटे चचाजान) ने बताया है ' अच्छो ने गप्प हाँकी।

'हमें भी बतलाया है।' मैंने दोहराया

नहटौर में शाह जार्ज पंचम का जश्ने-सिल्वर जुबली मनाया जा रहा था। रोज़ शाम को झील के किनारे आतिशबाज़ी छुटती थी। हमारे कमरे की दीवार पर एक कैलन्डर आवेज़ाँ था, जिसमें एक अंग्रेज़ औरत सुर्ख़ रंग की बाथिंग कोस्टयूम पहने, समुंदर के किनारे चट्टान पर बैठी बीड़ी पी रही थी। नीचे लिखा था 'हमेशा रामजी दास एण्ड को देहली की बीड़ी पियो।'

चचा नसीर ज़िला गढ़वाल के डिप्टी कमिश्नर होकर अल्मोड़े से कोटद्वार चले गए थे। जाड़ों में जब हम लोग टोंसल्ज़ का ऑप्रेशन कराने देहरादून से छोटे चचाजान के यहाँ शाहजहाँपुर आए, चचाजान का तबादला गढ़वाल से बहैसियत कलेक्टर ज़िला शाहजहाँपुर हो चुका था। अब्बाजान ने कहा, सरकार दो सगे भाइयों को एक ज़िले में नहीं रखती। मुमकिन है इन दोनों में से एक को वहाँ से जल्द ट्राँसफ़र कर दिया जाए।

कलेक्टर और सिविल सर्जन की कोठियाँ आमने सामने वाक़े (स्थित) थीं। जाने वाले मिस्टर बनर्जी ने अभी कोठी ख़ाली नहीं की थी। चचाजान और चची वहीदा छोटे चचाजान के यहाँ ठहरे थे। आपा अज़रा, अच्छे भाई, आपा हम्मन, आपा ज़ोहरा अलीगढ़ से और अच्छो पारे नैनीताल कॉन्वेंट से शाहजहाँपुर आन पहुँचे। ऑप्रेशन वाली सुबह अच्छो और मैं, रशीद भाई, छोटे चचाजान और उनके असिस्टेंट सर्जन और ईएनटी स्पेशलिस्ट डॉक्टर कक्कड़ के साथ हस्पताल के कोरीडोर में से गुज़र रहे थे, जिसके दोनों तरफ़ बाग़ था। डॉक्टर कक्कड़ ने दिलासा दिया 'शाबाश बीबी डरना बिल्कुल मत।'

अच्छो ने कहा 'हम बिल्कुल नहीं डरते।'

मैंने हमेशा की तरह तोते की तरह अच्छो की बात दोहराई 'हम भी बिल्कुल नहीं डरते।'

छोटे चचाजान ने अपनी गंभीर आवाज़ में कहा 'ये हमारी बहादुर बेटियाँ हैं'

क्लोरोफॉर्म की अर्धनिद्रा में मैंने देखा, ऑप्रेशन थिएटर के दरीचों के बाहर रौशनबाग़ में तीतरियां उड़ रही थीं और अच्छो और रशीद भाई रविश पर टहलते फिर रहे थे। फिर अँधेरा छा गया।

मेरे फ़ौरन बाद अच्छो का ऑप्रेशन हुआ। जब हम लोग वापस घर पहुँचे हमारी फ़ौरी दिलबस्तगी के लिए बरामदे के नीचे एक नट और एक नक़्क़ाल मुस्तइद खड़े थे, जिन्होंने सिगनल मिलते ही हम लोगों को अपनी कला से आनंदित करना शुरू कर दिया। हमारी हर फ़रमाइश दौड़ दौड़ कर पूरी की जा रही थी। नये खिलौनों के अंबार लगा दिये गये। शाम को डॉक्टर कक्कड़ मय बीबी के देखने के लिए आए। अम्मा और चची वहीदा ने मिसेज़ कक्कड़ को दो बनारसी साड़ियाँ तोहफ़े में दीं।

हम लोग कुछ दिन में ठीकठाक होकर फिर अपने अहम कार्यों में मशग़ूल हो गए। छोटे चचाजान का घर तरह-तरह की दिलचस्पियों का केन्द्र था। बाग़ के दरख़्तों पर कुछ बुद्धिमान बंदर रहते थे, जिनमें से एक रोज़ सुबह काग़ज़ का टुकड़ा उठाकर अख़बार पढ़ने की नक़ल करता। एक बंदरिया शीशे के टुकड़े में अपनी सूरत मुलाहिज़ा करती।

अहाते के पीछे की ओर रेलवे लाइन थी। ट्रेन या मालगाड़ी गुज़रते वक़्त हम लोग भागमभाग वहाँ पहुँचकर झाड़ियों में छुप जाते। एंग्लो-इण्डियन गार्ड आख़िरी डिब्बे के खुले हिस्से में बैठा अक्सर शराब पीता नज़र आता। पारे मियाँ ताक कर उस पर कंकर का निशाना लगाते। वह दाँत पीसकर घूँसा दिखाता।

चचा वहीद कमआमेज़ (कम घुलने-मिलने वाले) और कम सुख़न, चचा नसीर इतने ही शगुफ़ता मिज़ाज और बच्चों के दोस्त थे। अक्सर हमारे साथ स्किपिंग करते। खाने के वक़्त बूढ़े अमीरबख़्श जो ओरई से चचा वहीद के साथ आ रहे थे, मुन्ना सा पीतल का घण्टा बजाते, जो साइड बोर्ड पर रखा रहता था। खाने के बाद पीछे-पीछे दौड़ते 'छब्बू मियाँ ओवलटीन पी लीजिये, प्यारे मियाँ ओवलटीन, अच्छे मियाँ।'

'आपज़रा आतेल' (आपा अज़रा, आपा तुफ़ैल) दूसरी तरफ़ से आपा ज़हरा की आवाज़ आती 'छोट चीयान (छोटी चचीजान) बुला रही हैं।'

दरअस्ल हर वक़्त ऐसी भगदड़ मची रहती थी और सब इस क़दर जल्दी में थे कि बहुत से नामों को छोटा कर लिया गया था। अब्बाजान 'अबीन', चचाजान 'चायान', (वक़्त ज़रूरत ज़्यादा जल्दी हो तो 'चान') छोटे चचाजान 'छोट चायान', चचीजान 'चीयान', आपा अज़रा 'आपज़रा', आपा तुफ़ैल 'आतेल' भाई बहाउद्दीन 'भाई भूदीन' वग़ैरा-वग़ैरा।

एक हैरतअंगेज़ चीज़ यह थी कि बड़े सब कार से या रेल द्वारा मुस्तक़िल सफ़र किया करते थे। इटावे से देहरादून, देहरादून से अलीगढ़, अलीगढ़ से नहटौर, नहटौर से फिर देहरादून, देहरादून से शाहजहाँपुर, फिर वापस देहरादून, और मोहर्रम आ गया तो अम्मा ने देहरादून से मुरादाबाद के लिए सामान लैस किया।

सोहनी

मोहल्ला मुग़लपुरा अव्वल मुरादाबाद में घर-घर रंग बिरंगे बटुवे सिल रहे थे। उनके अंदर 'गोटा' भर के तेरह दिन फाँका जाएगा। हुसैन मामू के भी मामू सैय्यद आले मुस्तफ़ा जाफ़री के मकान की दूसरी मंज़िल पर जहाँ अम्मा रहती थीं, रात के सन्नाटे में दूर नज़दीक से सुरीले नौहों की आवाज़ें आतीं। सुबह को धूप निकलती। आले मुस्तफ़ा मामू और मुनव्वर मुमानी के बच्चों, आलम[1] और मेहर के साथ सैहन में उकड़ूँ बैठकर, मैं गुट्टे खेलती।

जूनागढ़ से अल्लन मामू अशरा मोहर्रम के लिए आ चुके थे। ड्योढ़ी के बड़े फाटक में लगी खिड़की फलाँग कर अंदर आते। दालान में मूढ़े पर बैठकर अक्सर जादू भरी दिलदोज़ धुन में एक फ़ारसी नौहा पढ़ते, जो दूर से कुछ ऐसा सुनाई देता :

फ़रियादे-असग़री बे यू बे यारी हुसैन
व ज़नाला हाए दमबदम दज़ारी हुसैन

कभी मर्दानी मजलिस के बाद, अपनी सुरीली आवाज़ में 'आज शब्बीर पर क्या आलमे-तनहाई है' गुनगुनाते हुए ज़ीना चढ़ते।

ज़्यादातर लोग अनीसिये[2] (मीर अनीस के प्रशंसक) थे। लड्डन मामू की दुल्हन ज़हरा मुमानी बताती थीं कि उनके वालिद के मामू सैय्यद हुसैन ताल्लुक़ेदार रामपुर ने मीर अनीस को मजलिस पढ़ते सुना था और ज़हरा मुमानी के बहनोई लखनऊ वाले बैरिस्टर अख़लाक़ हुसैन जो थे, उनके नाना से एक दफ़ा मिर्ज़ा दबीर ने फ़रमाया था, 'मैं अपने मरासी (मर्सिये) भेजूंगा पढ़ियेगा', उन्होंने साफ़ इनकार कर दिया।

साहब, मैं मीर अनीस के अलावा किसी के मर्सिये नहीं पढ़ता। लोग बेचारे मिर्ज़ा दबीर को न जाने क्यों मुस्तक़िल इगनोर करते थे।

1. कर्नल फ़रोग़ नबी जाफ़री, पाकिस्तान आर्मी।, 2. शाइर मीर अनीस, जो कर्बला के युद्ध की घटनाओ पर कविताएँ (मर्सिये) लिखते थे।

पाँचवीं या छठी की सर्द रात थी। ज़ीने के दरवाज़े की कुन्डी खड़की। मुनव्वर मुमानी ने दुलाई में लिपट बाहर जाकर किवाड़ खोला। एक अधेड़ उम्र की सांवली सी औरत सोज़नी ओढ़े खड़ी सर्दी में सिकुड़ रही थी। बोली, 'बेगम साहब इजाज़त हो तो अंदर आ जाऊँ?'

मुनव्वर मुमानी ने कोई मोहल्ले टोले वाली समझ कर अंदर बुला लिया। वह चाँदनी के किनारे दरी पर सिमट कर बैठ गई। चुपकी बैठी रही। मुनव्वर मुमानी ने पूछा 'क्या बात है कहाँ से आई हो?'

चारों तरफ़ देख कर बोलीं, 'बीबी, इजाज़त हो तो एक नौहा सुना दूँ'

अम्मा और मुमानी उसे डोमनी या मिरासन समझीं। अम्मा ने कहा, 'किसी राग में सुनाओ, सोहनी में सुनाओ।'

'हुक्म' उसने रियासती अंदाज़ में जवाब दिया। ज़रा इत्मीनान से हो बैठी और अलाप के बाद सोहनी में नोहा-ख़्वानी शुरू की। समाँ बाँध दिया। माहिरे-फ़न (कला-कुशल), लयदार औरत थी। नौहा ख़त्म करके फ़ौरन उठ खड़ी हुई। अम्मा और मुमानी ने इनाम दिया। झुककर सलाम किया। अम्मा ने पूछा, कहाँ की रहने वाली हो। ख़ामोश रही। अम्मा ने (जिनकी क्रास कुएशचनिंग की आदत मशहूर थी) दरियाफ़्त किया 'मिरासन हो? मियाँ भी गाता है?'

चुप।

अम्मा ने कहा 'बेवा (विधवा) हो?' चुप

'कुँवारी हो?' चुप

आख़िर ज़रा मुस्कुरा कर कहा, 'बेगम साहब हमारे यहाँ शादी का रिवाज नहीं।'

ऐन उस वक़्त दरवाज़ा भड़ से खुला और अम्मा के एक दिलचस्प रिश्तेदार मीता चचा दाखिल हुए। औरत ने जल्दी से सोज़नी में सिर मुँह लपेटा और झपाक से बाहर।

अम्मा ने कहा 'अजीब सी जुरवा थी।'

'बाजी!' मीता चचा गोटा फाँकते हुए बोले 'आपने जो रुपया उसे दिया है अभी बाज़ार जाकर उसकी कोकीन खा लेगी'

"बाजी यह अपने ज़माने में बरेली की नामी तवाइफ़ थी। आज गली गली भीख माँगती ठोकरें खाती फिरती है। जो मिलता है, उसकी कोकीन खा जाती है।"[1]

हुसैन के तीजे के बाद मुनव्वर मुमानी के शौहर आले मुस्तफ़ा मामू जो बड़ी-बड़ी आँखें शाहाना मूछें, सुर्ख़ व सफ़ेद एक हसीन बुज़ुर्ग थे, मुन्ना सा तराज़ू लेकर अम्मा के सामने अपने कुछ ख़ानदानी जवाहरात तोलने बैठे। महाजन का क़र्ज़ा अदा करने के लिए।

इस काम से फ़ारिग़ होकर उन्होंने एक ठंडी सांस ली और अम्मा के मुक़दमे के काग़ज़ात एक बस्ते से निकाले, मीर क़ायम अली की गुरदासपुर वाली कोठी की मानिंद उनकी मुरादाबाद वाली कोठी की भी अम्मा मालिक थीं। वह अब 'नज़्र बाजी' की कोठी कहलाती थी। उसके किराएदार ने इमारत के अंदर शकर का कारख़ाना क़ायम कर लिया था और किराया न देता था। बड़ी मुश्किल से उसे बेदख़ल किया गया था। मुक़दमा चल रहा था।

शकर की वजह से चींटियों ने हल्ला बोल दिया था। 'बाजी आपकी कोठी की नींव को चींटे खाए जा रहे हैं।' हसनैन मामू ने कहा, जो अम्मा की तरफ़ से मुक़दमा लड़ रहे थे। वाक़ेआ यह था कि अम्मा के फ़ाइनेंशल मुआमलात बिल्कुल मेस (Mess) में थे।

दोपहर के वक़्त सब लोग कोठी के मुआयने के लिए तशरीफ़ ले गए। ग़दर से पहले की बनी हुई इमारत, ऊँची कुर्सी, ईंटों का फ़र्श, ढ़ंढार कमरे।

'यहाँ तो भैंरो नाच रहा है।' मुनव्वर मुमानी ने अफ़सुर्दगी से कहा,

---

1. 'आग का दरिया' में लखनऊ की तवायफ़ (नर्तकी) चम्पाबाई की ज़िन्दगी का आख़िरी दौर इसी धुँधली सी याद पर मैंने आधारित किया था।

अहाते के एक कोने में कुछ ज़ंगआलूद (ज़ंग खाई हुई) मशीनें रखी हुई थीं। एक खाली कमरे में मुझे गुड़िया का ज़र्द रंग का चारख़ाना सूती फ़्राक पड़ा नज़र आया। मैंने फ़ौरन उसे उठा लिया और अम्मा से पूछा 'हम इसे ले लें?'

'ले लो' अम्मा ने तलख़ी से कहा, 'मीर क़ायम अली की जायदाद में से शायद यही चिन्दी तुम्हारी क़िस्मत में लिखी है।'

कोठी के सामने चौराहे के उस तरफ़ हसनैन मामू का मकान था, जिसे अम्मा 'चची की अटारी' कहती थीं। सब लोग मसरुफ़ियत से बातें करते चौराहा पार कर के अटारी पहुँचे। मैंने अंदर जाते ही एक छोटी सी रंगीन चोबी पिटारी परछती पर से उतरवाई और बड़ी एहतियात से गुड़िया का फ़्राक उसमें रख दिया। यह पिटारी मुहर्रम से पहले महमूदपुर में हैदरी मुमानी ने कपड़े की गुड़ियों से भर के दी थी। इस तरह की गुंबदनुमा ढक्कन वाली पिटारियों के अंदर क़िला महमूदपुर में अब भी कपड़े रखे जाते थे।

मिलकियत का यह क़ायदा है कि एक के बाद दूसरी चीज़ की ख़्वाहिश पैदा होती है। इस फ़्राक और पिटारी की हिफ़ाज़त के लिए मकान ज़रूरी था। चुनांचे मैंने गुड़िया के घर की फ़र्माइश की। फ़ौरन छुटवा लपके हुए बाहर गए और मिट्टी का एक ग़रीबा मऊ (मामूली सा) घरवा मय गुड़िया के लिए रांगे के ज़ेवर (जो एक दफ़्ती पर टके थे) अपनी जेब से ख़रीद लाए। अम्मा ने छुटवा को क़ीमत देनी चाही जो उन्होंने नामंजूर की। अम्मा ने मुझे डाँटा। मैंने बे थकान रोना शुरू कर दिया।

हसनैन मामू की अंगनाई पर नीम का दरख़्त साया किये हुए था। आले ज़हरा नानी ने होंठ पिचकाकर छुटवा से कहा 'बस नीम पर के भुतने को मालूम हो गया कि आ गई हैं।'

मैंने फ़ौरन रोना मुल्तवी करके दिलचस्पी से पूछा, 'कौन सा भुतना?'

नानी ने अनजान बनते हुए, मेरी सुनी अनसुनी करके, छुटवा से गुफ़्तगू जारी रखी 'जब ज़रा सी थीं और यहाँ आई थीं, निगोड़े को फौरन मालूम हो

जाता था। उधर उसने डाल पर बैठे-बैठे अंगुली दिखाई इधर इन्होंने रोना शुरू किया। अब फिर बैठा अंगुली दिखा है।'

मैं फ़ौरन बाहर गई और दरख़्त को ग़ौर से देखा। भुतना नज़र न आया मगर उस के वजूद (अस्तित्व) पर यक़ीने-कामिल था। ज़रूर रहता होगा और आज भी आप के पास क्या सबूत है कि वह भुतना नीम पर मौजूद नहीं?

आशियाना

आशियाना, नम्बर 3 अंडर रोड, डालन वाला, सड़क के सिरे पर ईस्टर्न केनाल रोड से कुछ क़दम के फ़ासले पर स्थित था। उसके पहलू में पहाड़ी नहर शोर मचाती हुई बह रही थी। अहाते में सामने आम और लीचियों का घना औरचाई था। बाग़ की एक छोटी बनावटी पहाड़ी पर नीले फूल खिलते थे। दरख़्तों में सुरीले परिंदे आबाद थे।

भाई डी.ए.वी. कालिज के फ़र्स्ट इयर और मैं एक कॉन्वेंट स्कूल की प्राइमरी क्लास में भरती कर दी गई थी। अम्मा को मुस्तक़िल यह वहम रहता था कि अब्बाजान, भाई और मैं जल्द ही बीमार पड़ने वाले हैं। डॉक्टर पूरन चंद हून जो सन् 1928 ई. में आरकेडिया में पापा नज़रुल बाक़र के चिकित्सक रह चुके थे, आए दिन 'चेक अप' के लिए बुलाए जाते।

डालन वाला में अब्बाजान और अम्मा के पुराने दोस्तों की बहुतायत थी। 'नस्तरन' में साहबज़ादा सईदुज़्ज़फर ख़ाँ रहते थे, जो सिर झुकाए सुबह को टहलने निकलते। आगे-आगे साइकिल पर उनकी बेटी हमीदा फ़र्राटे भरतीं, आमिर मुस्तफा ख़ाँ के बाग़ में हिरन पले थे और नीमी रोड पर मौलवी इनायतुल्लाह ने अपने यहाँ बाक़ायदा 'ज़ू' बना रखा था।

चचा इनायतुल्लाह हैदराबाद से रिटायर होकर आ गए थे। अकेले थे और जानवरों और बच्चों से बहुत मोहब्बत करते थे। अक्सर शाम को वह अपनी हिलमेन पर मुझे हवाख़ोरी के लिए ले जाते और मैं रास्ते भर उनसे निहायत बेवकूफ़ी के सवाल करती।

उनके छोटे भाई-भावज यानी चचा रज़ाउल्लाह और सुल्ताना ख़ाला रस्पना नदी के किनारे रहते थे। कुछ फ़ासले पर अनीस फ़ातिमा क़िदवाई (पुत्री बम्बोक़) की कोठी थी और अकबर इलाहाबादी की पोती मुसहफ़ी ख़ाला इम्पीरियल फ़ॉरेस्ट कालिज के इलाक़े में रहती थीं। उनके शौहर का क़ायदा था कि किसी के घर पहली बार जाते थे तो अंदर अपनी बेगम साहिबा का

विस्तृत परिचय कहलवा भेजते थे। जब आशियाना 'काल' करने आए, फ़क़ीरा बरसाती में खड़ा कान खुजा रहा था; फ़रमाया 'जाकर बेगम साहिबा से अर्ज़ करो अकबर इलाहाबादी की पोती, सय्यद इशरत हुसैन साहब की बेटी, नवाब साहब परयावाँ की नवासी तशरीफ़ लाई हैं।'

फ़क़ीरा ने अंदर आकर अम्मा से शार्ट में कहा 'नवाब साहब की परियां आई हैं' - फ़क़ीरा की अक़्ल का यह आलम था कि उन्होंने मिस्टर मीर चन्दानी को हमेशा मिस्टर मच्छरदानी ही कहा।

नहटौर से हमारे फूफीज़ाद भाई सुल्तान हैदर तशरीफ़ लाए। उनके दम से घर भर में चहल पहल हो गई। मीर नज़रुल बाक़र मरहूम के एक सरहदी दोस्त की बेटी मुसलमान से ईसाई हो गई थीं। मिशनरियों के ख़र्च से अमेरिका पढ़कर लौटी थीं। पड़ोस की एक कॉटेज में रहती थीं। निहायत फ़र्बे (भारी-भरकम) थीं। सुल्तान भाई को उनके इस्लाम धर्म छोड़ने का बहुत दुःख था।

उनका बहुत लम्बा नाम, आधा मुस्लिम आधा ईसाइयों वाला था। सुल्तान भाई एक सांस में उनको मिस अज़हर अख़्तर रशीदा सईदा जार्जीना फ्रांसिस्का डगलस स्काट डिमप्लाट फिलिफ़्ट कहते थे और मैं हँस हँस कर बेहाल होती थी। एक सुबह अख़बार पढ़ते हुए उन्होंने अम्मा को सुनाया, 'मुमानीजान ज़रा यह मुलाहिज़ा फ़रमाइये। डायरेक्शन बाई, बाई जद्दनबाई स्टोरी बाई, बाई जद्दन बाई, म्यूज़िक बाई, बाई जद्दन बाई।'

'सुबहानल्लाह रईसे-गोरखपुर' दरवाज़े में खड़े बशीरख़ाँ ने दाद दी 'सुबहानल्लाह रईसे-गोरखपुर जिनका ज़िक्र अवध पंच में भी आता था, अक्सर ग़ाज़ीपुर में हमारे यहाँ तशरीफ़ लाते थे। इटावे वाले अहमद फफूँदवी की तरह उनके नाम ने बशीरख़ाँ को हमेशा बहुत आनन्दित किया।'

सुल्तान भाई के नहटौर वापस जाने के बाद आशियाना पर फिर ख़ामोशी छा गई। जिसे शाम के वक़्त उसके सितार की टन टन डिस्टर्ब करती थी।

एक सुबह, जब ओरचार्ड में एक सैंड पाइपर मुसलसल टीटीटी किये जा रहा था, एक लीची के नीचे खेल में मसरूफ़ थी, बजरी पर तांगा आकर रुका। एक साहब ने आवाज़ दी। मैं भागी हुई गई और आदाब किया। अजनबी ने पूछा 'आप के अब्बाजान-अम्माजान घर पर हैं?'

'जी नहीं, वह चायनाए तिला के यहाँ गए हुए हैं।'

'और भाई?'

'वह कालिज गये'

'आप स्कूल नहीं गईं?'

'हम बीमार हैं इसलिए नहीं गए?'

'आपकी अम्माजान के वहम ज्यों के त्यों बाक़ी हैं।' नवागंतुक ने मुस्कुरा कर कहा। ताँगा बढ़वा कर बरसाती में ले गए। ख़ुद बक्स बिस्तरा उतारा और ले जाकर गैस्ट रूम में रख दिया। बाहर आकर पूछा 'अच्छा जनाब आपको मालूम है हम कौन हैं?'

मैंने 'ना' में सिर हिलाया।

'अभी आपको बताएंगे।'

मजाक़ियापन उनके चेहरे ही से प्रकट होता था। ऐसे लोगों से बच्चे फ़ौरन मानूस हो जाते हैं। मैंने उनकी अंगुली पकड़कर बाग़ की सैर करानी शुरू की। सियाह रंग का डाशंड कहीं से दौड़ता हुआ आया। मैंने इत्तिला दी।

'यह हमारे छोट चायान ने शहजहाँपुर से भिजवाया है। बहुत स्वीट कुत्ता है।'

'अच्छा आपके छोटे चचाजान भी हैं!'

बाग़ के एक गोशे में पुख़्ता गुड़िया का घर बना खड़ा था। मैंने दूसरी इत्तिला दी 'जब हमारे चायान चानसीर यॉं रहते थे, उन्होंने आपज़रा के लिए बनवाया था।'

'आपज़रा कौन?'

'आपा अज़रा'। मैंने समझाया।

'अच्छा आपकी कोई आपा अज़रा भी हैं?'

फिर उन्होंने पूछा, 'आपके अब्बाजान अम्माजान कब आएँगे?'

'पता नहीं, फ़क़ीरा को मालूम होगा।'

'अच्छा आप यहीं खेलिये हम अभी आते हैं।' लंबे-लंबे डग भरते बावर्चीख़ाने की तरफ़ ग़ायब हो गये। वहाँ दौलत मसीह और फ़क़ीरा से कुछ मिस्कौट की। फक़ीरा का नया धुला हुआ साफ़ा बांधे प्रकट हुए। एक साफ़ झाड़न कंधे पर डाल रखा था। मेहमान कमरे में जाकर कोट टाई जूते मोज़े उतार सूटकेस में से एक विलायती गुड़िया निकालकर मुझे इनायत की और बोले, 'अब आप बिल्कुल चुप रहियेगा, हंसिएगा बिल्कुल नहीं वरना गुड़िया वापस ले लेंगे।' फिर नंगे पैर जाकर बरामदे के बाहर खड़े हो गए।

ऑकलैंड बरसाती में दाख़िल हुई। अब्बाजान उतरे, अजनबी ने झुककर लम्बा सलाम किया और कहा, 'हुज़ूर सुना है आप के यहाँ सर्वेंट की जगह ख़ाली है?'

अब्बाजान ने नर्मी से दोहराया 'सर्वेंट की जगह? मालूम नहीं बेगम साहिबा से पूछिये।'

और हस्बे-आदत सिर झुकाए अंदर चले गए। नव वारिद ने फिर फ़र्शी सलाम झाड़ा 'बेगम साहिबा।'

'क्या है?' अम्मा ने हस्बे-आदत तल्ख़ी से पूछा।

'सरकार मुझे अब्दुल कफ़ंगप ख़ाँ वाली-ए-काग़ान ने आपके यहाँ भेजा है'

'ज़रूरत नहीं है भई।'

'हर क़िस्म का खाना पका सकता हूँ - इंग्लिश, फ्रेंच, चाइनीज़'

लफ़्ज़ फ्रेंच से अम्मा ज़रा प्रभावित हुईं 'तनख़ाह क्या लेते हो?'

'पचास रुपये और खाना'

'नहीं भई, साहब की पैनशन हो चुकी है। हम इतनी तनख़्वाह नहीं दे सकते। अंग्रेज़ों के यहाँ जाओ, क्या नाम बतया था? किसने भेजा है?' अब अम्मा ने उनको ज़रा ग़ौर से देखा और चिल्लाईं, अरे सईद के बच्चे शैतान" उस वक़्त मिसेज़ हून आ गईं। अम्मा ने उसी हुलिये में सईद भाई को उनसे मिलवाया, 'यह देखिये मेरे छोटे देवर डॉक्टर वहीद का लड़का है। शरारती अचानक आ पहुँचा और भेस बदलकर जुल दे रहा था। आठ साल बाद देखा, पहचान ही न सकी।

जब हम लोग अलीगढ़ में थे सन् अट्ठाईस तक यह और अल्लन लड्डन, हसनैन, उसमान हैदर सब मिलकर इसी क़िस्म के तमाशे और शरारतें किया करते थे। अब यह इन्जीनियरिंग पास करके बम्बई से लौटा है। मेरे मंझले देवर नसीर की लड़की से मंगनी हो गई है। हाँ वही, आप ने तो उसे यहाँ आशियाने में छोटी सी को देखा था। जब भाई नसीर यहाँ इनकम टैक्स आफ़िसर थे सन् 26 में। अब वह आईटी कॉलेज में एफ़.ए. कर रही है, लखनऊ में कॉलेज हॉस्टल में रहती है। बी.ए. कर ले तो शादी होगी।'

'बड़ी खुशी की बात है जी कि मोहम्मडन लड़कियाँ कॉलेज में पढ़ रही हैं' मिसेज़ हून ने कहा - मोहम्मडन लड़कियाँ काफ़ी कमालात दिखाने लगी थीं। एक शाम भाई सईद सामने के बरामदे में बेद के सोफ़े पर आलती पालती मारे हिल हिल कर ख़ुशू-ख़ुज़ू से (गिड़गिड़ा-गिड़गिड़ाकर) तहज़ीबे निस्वां में से अम्मा को हिजाब इम्तियाज़ अली का मज़मून सुना रहे थे, 'आख़िर वह दिन आया जब मैं प्लैट बन गई सॉरी बड़ी अम्मा! किताबत (लिखने) की ग़लती है, जब मैं पायलेट बन गई।'

हिजाब इम्तियाज़ अली ने हाल ही में लाहौर फ्लाइंग क्लब से हवाबाज़ी का लाइसेंस हासिल किया था।

हिन्दुस्तान और सारे पूर्व में एयर मेल सर्विस भी शुरू हो चुकी थी। बैंकाक, सियाम से डॉक्टर ए. हमीद का पिक्चर पोस्टकार्ड आया 'यहाँ सिपला के एजेंट का इंतिज़ाम कर लिया है' कार्ड पर सिंगापुर की मोहर के साथ 'बाइ

एयर मेल' की वही नीली चिट लगी हुई थी, जो आज तक प्रयोग में है। डॉक्टर हमीद ने बर्लिन से लौटकर बम्बई में दवाओं का एक कारख़ाना क़ायम किया था और अब्बाजान उसके बोर्ड आफ़ डाइरेक्टर्स में शामिल थे। सईद भाई के शाहजहाँपुर जाने के बाद आशियाने पर फिर ख़ामोशी छा गई।

देहरादून में एक साहब डॉक्टर मोहम्मद हुसैन आकर रहे। बेहद छोटे क़द के अबापोश (अरबी वस्त्र), फ्रैंचकट दाढ़ी हंसमुख, पुर ख़ुलूस, बिल्कुल गुड्डा ऐसे मालूम होते बरसों सऊदी अरब में प्रैक्टिस की थी। बीवी अरब थीं, निःसंतान थे। एक विशाल कोठी दो मंज़िला किराए पर लेकर उसका नाम दारुस्सलाम रखा और उसमें इस्लाम की सेवा हेतु मुसलमान लड़कों के लिए एक अदद इंग्लिश पब्लिक स्कूल क़ायम किया।

जितने मुख़्तसर (छोटे क़द के) खुद थे, उससे छोटी बेबी। आस्टिन चलाते हुए आशियाना तशरीफ़ लाए और अब्बाजान से कहा, आप इतने अर्से मुस्लिम यूनिवर्सिटी रजिस्ट्रार रहे हैं, शिक्षा विभाग का ख़ूब तर्जुबा है। देहरा कैम्ब्रिज स्कूल की ऑनरेरी सेक्रेटरीशिप क़बूल फरमाइये। अब्बाजान ने फ़ौरन क़बूल फ़रमाई।

डॉक्टर साहब के जाने के बाद अम्मा ने आगबबूला होकर कहा बस एक मुफ़्त की ज़िम्मेदारी और सर पर ले लीजिए, लेकिन अब्बाजान देहरा कैम्ब्रिज स्कूल में ज़ौक शौक़ से मुनहमिक (तल्लीन) हो चुके थे। एक आक्सफ़ोर्ड ग्रेजुएट अंग्रेज़ मिस्टर मैथ्यूज़ को प्रिंसिपल मुक़र्रर किया। होस्टल की वार्डेनशिप के लिए चचा सत्तार ख़ैरी को अलीगढ़ ख़त लिखा कि फ़ातिमा ख़ैरी को फ़ौरन देहरादून रवाना करें।

सत्तार ख़ैरी बर्लिन[1] से वापस आ चुके थे और कम तनख़्वाह पर अलीगढ़ में जर्मन पढ़ा रहे थे। उन्होंने बीवी बच्चों को फ़ौरन देहरादून भेज दिया।

चची फ़ातिमा ख़ैरी एक टिपिकल सीधी सादी शौहर परस्त मेहनती जर्मन हाउस वाइफ़ थीं। जर्मनी और जर्मन औरतों की तरक्क़ी के मुताल्लिक़ चचा

1. देखिये अध्याय - 6, ओरियन्ट एक्सप्रेस।

उनके नाम से मजमून लिख लिख कर बर्लिन से भेजा करते थे जो चचा के कज़िन अल्लामा राशिदुल ख़ैरी के रिसाले 'इस्मत' में छपते थे। चची मय तीनों बच्चों अब्दुर्रहमान, ज़ैनब और नेमत देहरादून आकर ख़ुश-उसलूबी (अच्छी तरह) से देहरा कैम्ब्रिज स्कूल के हास्टिल का इंतिज़ाम संभालने में मसरूफ़ हो गईं। मौसम बहुत ही ख़ुशगवार होता। वह टहलती हुई आशियाना आ जातीं, वह स्वयं और तीनों बच्चे जो जर्मनी में पैदा हुए थे, फ़र फ़र उर्दू बोलते थे।

नेमत उर्फ़ नीनी अपनी जर्मन गुड़िया एहतियात से बाहों में संभालकर चची के साथ आतीं। मेरे पास बर्तानवी गुड़ियों और फ़ादर टिक ई.सी. फॉर लंदन की प्रकाशित किताबों का ज़बरदस्त अंबार मौजूद था लेकिन नीनी की जर्मन गुड़ियों और जर्मन चित्रांकित किताबों की बात ही अलग थी। जर्मनी औद्योगिक रूप से इंग्लिस्तान से आगे निकल चुका था और इसी वजह से जल्द ही एक आलमगीर जंग (विश्व युद्ध) और छिड़ने वाली थी।

नीनी की बड़ी बहन ज़ैनब ख़ैरी जर्मन मूल लड़की फ्रॉक पहने आत्मविश्वास से साईकिल पर घूमा करतीं अब्बाजान ने फ़िक्रमन्द होकर अम्मा से कहा, 'इस स्कूल में तरह-तरह के बिगड़े हुए नवाबज़ादे आ रहे हैं। बेचारी ज़ैनब का वहाँ रहना ठीक नहीं। चचा को ख़त लिखा कि वह ज़ैनब को अलीगढ़ गर्ल्ज़ कॉलिज के होस्टिल में भेज दें। चचा देहरादून पहुँचे, आशियाना के बरामदे में बैठे, स्वीट और भोले से, ख़शख़शी (छोटी) दाढ़ी अब्बाजान से कह रहे थे, 'मैं बहुत ख़ुश हूँ कि फ़ातिमा को नौकरी मिल गई।'

लेकिन चची फ़ातिमा ख़ैरी की नौकरी ज़्यादा न चली क्योंकि देहरा कैम्ब्रिज स्कूल ही आर्थिक कठिनाइयों के कारण बन्द हो गया।

उस बरसात में टूटकर बारिश हुई। रस्पना शोर करती बहुत ग़ुस्से और ग़ज़ब के आलम में अपने जगमगाते संगरेज़ों पर मुंहज़ोरी से रवाँ थी। पहाड़ियाँ टूट टूट कर गिर रही थीं। अब्बाजान को डबल निमोनिया हो गया। मरते मरते बचे अंग्रेज़ सिविल सर्जन ने ब्रांडी की राय दी। अब्बाजान ने डॉक्टर हून से कहा, 'मैंने सारी उम्र आज तक शराब नहीं छूई अब हज करने के बाद ब्राँडी

उड़ाऊँगा?' इस पर डॉक्टर हून ने कोई मौक़ा अनुसार उर्दू शे'र पढ़ा अब्बाजान ने तो ब्रांडी नहीं चखी लेकिन चन्द रोज़ बाद ग़टाग़ट ब्रांडी पीने वाला बेचारा नौजवान सिविल सर्जन निमोनिया में मुब्तला होकर परलोकवासी हुआ।

अब्बाजान की ख़ैरियत पूछने के लिए क़रीबी अज़ीज़ों ने आना शुरू किया। आशियाना मेहमानों से भर गया। दोनों भाई नसीर और वहीद और कई मामू लोग हसनैन, अल्लन, नवाज़िश मामू और जाने कौन-कौन। अल्लन मामू मेरे लिए बम्बई से रंग बिरंगे रिबन लेकर आये थे।

बहुत ही सुहाना मौसम था। बाग़ की घास पर कच्चे फल गिरे मिलते, हवा में ख़ुशबुएँ तैरतीं, अब्बाजान अच्छे हो गये। मेहमान चले गये। आशियाना पर फिर ख़ामोशी छा गई। उस ख़ामोशी में मैं दिन भर बाग़ में खेलती फिरती।

फ़लक अख़्तर, जव्वाद, शहज़ाद और गुल-ए-राना चार बहन भाई कम उम्र में अल्लाह को प्यारे हुए थे। सुना है, गुल-ए-राना बेइन्तिहा हसीन थीं। जव्वाद हद से ज़्यादा बुद्धिमान। एक बरस की उम्र में सौ तक गिनती सुनाते थे नानी अशरफ़जहाँ मरहूमा कहती थीं। मियाँ जीने की बातें करो। मतलब यह कि जो बच्चा बेहद ज़हीन हो वह जल्दी मर जाता है।

सुल्तानपुर में जव्वाद मियाँ को नींद की माती आया ने रात के वक़्त ग़लती से दूध के बजाए दूध की बोतल साफ़ करने वाली स्प्रिट पिला दी थी। वह चट-पट हो गये। मरने से पहले घरवालों को बुलाकर पलंग के पास खड़ा किया, सबको बारी-बारी सलाम करके आँखे मूंद लीं। गुल-ए-राना को पोलियो और फ़लक अख़्तर और शहज़ाद को थुथकारा (हैज़ा) समेट ले गया, ये चारों मर के हमारे ऊपर बड़ा सितम ढा गये थे।

उनकी मौतों के बाद, अम्मा के दिल में ला-इलाज वहम बैठ चुके थे, एहतियात और परहेज़ करवा-करवा के आजिज़ कर रखा था। आइसक्रीम, शर्बत, बर्फ़, दही बड़े, चाट, अचार, मुरब्बे, खटास ग़रज़ यह कि हर मज़ेदार चीज़ और बहुत से फल सख़्ती से निषिद्ध थे। आशियाना के बाग़ में नाशपाती,

आड़ू, आलूचे वग़ैरा हर क़िस्म के फल मौजूद थे, सिर्फ़ आम की 'बहार' और लीची की 'फ़स्ल' बेची जाती थी। कुछ दरख़्त घर के लिए छोड़ दिये जाते थे। उन पर से भी फल उतरता।

मैं दिन भर दरख़्तों के नीचे अकेली-अकेली खेला करती। ईमानदारी का यह आलम कि चूँकि अम्मा ने मना कर दिया था, ख़बरदार, जो लीची को हाथ भी लगाया, चुनांचे सिर पर देहरादून की मशहूर व मारूफ़ लीचियों के गुच्छे झूला करते, कभी उन्हें चखने का ख़याल तक न आया।

सब बच्चे अपनी काल्पनिक दुनिया में मग्न रहते हैं। मेरी रुचि की फ़ैंटासी यह थी कि एक ग़रीब देहातिन रास्ता भूलकर इधर आ गई हूँ, फिर एक पुटलिया में पत्ते और कंकर पत्थर यानी रास्ते का सामान लेकर बरसाती में पहुँचती और कल्पना करती कि अब यहाँ नौकरी करूँगी। मनौवैज्ञानिक इसी फ़ैंटासी में शायद यह नुकता तलाश कर सकते हैं, लाशऊरी तौर पर (अचेतनावश) खुद को नेमतों से महरूम एक ग़रीब देहाती लड़की समझती थी। इस सिलसिले में पूरबी माली रामभरोसे की लड़की दुलरिया मेरी हीरोइन थी। वह बाग़ में झाड़ू देती, मैं भी झाड़ू देती। वह घास खोदती, खुरपी लेकर मैं भी उसके साथ-साथ घास खोदा करती।

खाने के बाद अक्सर एक चपाती और एक आध आलू चुपके से उठाकर बाहर ले जाती और बाग़ के एक कोने में उकड़ूँ बैठकर एक हाथ पर चपाती और उस पर आलू रखकर दूसरे हाथ से तोड़ तोड़कर इस तरह खाती जैसे दिलरुबा खाती थी। फ़ेंटासी सफर की थी पैदाइश के फ़ौरन बाद से मुस्तक़िल सफ़र कर रही थी और ज़्यादा का शौक़ था छोटी चचीजान ने शाहजहाँपुर में दो मुन्ने से चमड़े के अटैची केस दिये थे। उनमें अपना सामान पैक कर के सफ़र पर निकलती थी और बाग़ के एक हिस्से से दूसरे हिस्से तक जाती थी।

अम्मा को केवल बीमारियों का वहम था। वैसे उन्होंने इन्तिहाई बेख़ौफ़ी और आत्मविश्वास बरतने की तरबियत दी थी। चूँकि वहम आदि के हमेशा से

ख़िलाफ़ थीं, लूलू, हवा से डराने का सवाल ही पैदा नहीं हुआ। मैं रात-बिरात अँधेरे में इत्मीनान से चली जाती। भाई जूता ले के साँप मारने दौड़ते, हम लोग 'डर' की कल्पना ही से नाआशना थे।

आशियाना के सुनसान कोनों खुदरों, जो मानो गोबलिंस (Goblins) और परियों से आबाद थे, मैं तरह-तरह के काल्पनिक एडवेंचर्ज़ में व्यस्त रहती। ख़ुद आशियाना विलायती परियों के घर जैसा 'फ़ेयरी टेल' और पिक्चरलेसिक मकान था। सुर्ख़ छत, चॉकलेट रंग की बाहरी दीवारें जिस पर सफ़ेद धारियों से ईंटों का चिनाओ प्रकट किया गया था, हर कमरा अपने अंदर एक संसार रखता था। ख़ूबसूरत ड्राइंग व डाइनिंग रूम चार बड़े-बड़े बैडरूम चार एक से एक रहस्यमय ड्रेसिंग रूम। पाँच अदद बरामदे बहुत बड़ी बरसाती जिसके अंदर दो मोटरें बराबर बराबर खड़ी हो जाती थीं, सामने का चौड़ा बरामदा जो जंगले की वजह से बहुत कोज़ी मालूम होता, मूंज के फ़र्श, पाम के गमलों और आरामदायक फ़र्नीचर से सजा हुआ था।

बरामदे के साईड रूम्ज़ में एक मेहमान कमरा और एक अब्बाजान की स्टडी थी। पिछले बरामदे के दोनों सिरों पर दो विंग थे जिनमें बरामदों के साथ साथ बावर्चीख़ाने, कूलरी गोदामों और भी कई कमरों की क़ितारें थीं। सैहन के आगे शागिर्दपेशा (सर्वेंट क्वार्टर) था। अक्सर मग़रिब के वक़्त वहाँ से डाशन्ड के बच्चों के भौंकने की बारीक-बारीक आवाज़ आती रहती थी और बहुत अच्छी लगती थी। सारी कोठी मय परदों और क़ालीनों के फ़र्निश्ड थी और इसी तरह किराये पर उठाई जाती थी।

जाड़ों में अब्बाजान के बेडरूम में आतिशदान के सामने मसनद बिछा दी जाती। सुबह का नाश्ता और रात का खाना वहीं खाया जाता था। वह भी बहुत ही कोज़ी जगह थी। अक्सर मैं अपना पेंटिंग बक्स वहीं फैलाकर मज़े से पेन्ट करती रहती थी। एक पेंटिंग बुक में समुंदर और जहाज़ों की तस्वीरें थीं। नीला समुंदर सर्दी में बहुत सर्द मालूम होता।

इंग्लिश कन्ट्री-साईड के दृश्यों में सेब बेहद सुर्ख़ और पत्ते बेहद सब्ज़ मालूम होते थे और बर्फ़ीली सुबहों को जब फ़क़ीरा चाय की कश्ती लेकर

अब्बाजान के कमरे में दाख़िल होते, किसी दूर के कमरे से अम्मा की आवाज़ आती—'Pretty Polly! Pretty Polly.'

एक बर्फ़ीली सुबह आतिशदान के सामने चाय पीते हुए अब्बाजान अख़बार पढ़ रहे थे। उसमें सम्भवतः किसी बूढ़े महाराष्ट्रियन प्रोफ़ेसर की तस्वीर छपी थी, जो अपनी लड़की के साथ निहाल-निहाल (ख़ुशी से) खड़े कैमरे को देख रहे थे। लड़की इंग्लिस्तान से कोई बहुत ज़बरदस्त डिग्री हासिल करके बम्बई लौटी थी। अब्बाजान ने वह तस्वीर अम्मा के सामने सरका कर कहा, 'एक दिन हम भी इन बड़े मियाँ की तरह खीसें निकाले (हँसते हुए) ख़ुश-ख़ुश खड़े होंगे, जब बीबी इंग्लिस्तान से उच्च शिक्षा प्राप्त करके लौटेंगी।'

अम्मा पैदायशी निराशावादी थीं और उन्हें किसी भी प्रसन्नता के विषय पर बर्फ़ डालने का फ़न आता था। बोलीं, 'अपनी जान के लाले पड़े हैं, बेटी की भी जान के लाले पड़े हैं, न जाने ऐसा मौक़ा कैसे आयेगा।'

अब्बाजान ख़ामोश हो गये फिर अख़बार उठा लिया।

मैं चमन में चाहे जहाँ रहूँ

अब्बाजान को ज़िन्दगी में पहली बार अपने निजी मकान में, जो उन्होंने अपनी मेहनत की कमाई से ख़रीदा था, रहने का मौक़ा मिला और वह आशियाना में बहुत ख़ुश थे। लेकिन सिर्फ़ डेढ़ साल गुज़रा था तब अम्मा को यह चिन्ता हुई कि आशियाना घने बाग़ की वजह से बहुत सर्द और ख़न्दूस (नमीयुक्त) है। फिर निमोनिया हो जायेगा कमरे इतने बड़े हैं कि आतिशदानों में कितनी ही लकड़ियाँ झोंको पूरी तरह गर्म नहीं होते। प्लोरसी हो जायेगी।

देहरादून की म्यूनिसिपलिटी ने ऐसा इन्तिज़ाम कर रखा था कि ईस्टर्न केनाल के ज़रीये डालनवाला की हर कोठी में नालियों से आबपाशी की जाती थी। आशियाना के बाग़ में भी पानी की छोटी छोटी नहरें बहा करती थीं जिनकी वजह से बाग़, ऑरचर्ड हमेशा नम और सर सब्ज़ रहते थे। अम्मा का आशियाना पर तीसरा एतराज़ यह था कि डी.ए.वी कॉलेज से बहुत दूर है।

अब्बाजान को नज़ला हो गया, 'अभी निमोनिया हो चुका है।' अम्मा ने ऐलान किया, 'अब यहाँ से जल्द से जल्द शिफ़्ट करना चाहिए।' मकान की तलाश में निकलीं कर्ज़न रोड पर एक अंग्रेज़ बुढ़िया की आधी कोठी बेली लॉज ख़ाली थी; उससे मामला तय करके आ गयीं। बशीर ने दबी ज़बान से कहा, 'बेगम साहब अपना निजी मकान छोड़कर किराये की आधी कोठी में रहना जरा बेफजूल सी बात है।' अम्मा ने डाँट बताई; 'तुम चुप रहो जी।' और सामान बांधना शुरू कर दिया।

अब्बाजान मकान बदलने के सिलसिले में अम्मा के अटल फ़ैसलों के सामने कबके हार मान चुके थे। बशीरख़ाँ ने आकलैंड स्टार्ट करते हुए आहिस्ता से कहा, 'कहीं नहीं है ठिकाना मेरा जमाने में, न आशियाने के बाहर न आशियाने में।'

बैली लॉज शिफ़्ट होने के एक महीने के अंदर-अंदर अम्मा ने कर्ज़न रोड पर पूरी कोठी ढूँढ़ निकाली।

नम्बर 20 कर्ज़न रोड, बाग़ में दरख़्त न होने के कारण बिल्कुल ठंडी नहीं थी वहाँ शिफ़्ट होने के तीन चार रोज़ बाद सन् 36 ई. ख़त्म हो गया। नये साल की सुबह फ़क़ीरा चाय की कश्ती लेकर बेडरूम में आये। भाई ने पूछा, 'फ़क़ीरा आज कौन सा साल है?' फ़रमाया, 'सन् चौंतीस।'

भाई ने कहा, 'अरे बेवक़ूफ़ आज से सन् 1937 ई. आ गया है।'

बेनियाज़ी से जवाब दिया, 'अच्छा आ गया होगा।'

आतिशदान में आग सुनहरे शे'र की तरह गरजती रहती। अख़बार, रिसाले, पढ़ते पढ़ते अब्बाजान, अम्मा और भाई ख़बरों के मुताल्लिक़ बातें करते, उनमें कुछ नाम बहुत रहस्यमय और जादू भरे मालूम होते। 'हब्शा का रास तफ़ारी', 'समरक़न्द', 'यारक़न्द', 'काशग़र', 'मेहदी सूडानी', 'मराक़श' और इक़बाल के कुछ अशआर, जो अब्बाजान गुनगुनाते उन्हें सुनकर फुरैरी सी आती 'वह तेरे शोहदा पालने वाली दुनिया, इश्क़ वाले जिसे कहते हैं बिलाली दुनिया।' और 'हम तो रुख़सत हुए औरों ने संभाली दुनिया' और अम्मा कभी-कभी गुनगुनातीं, 'तरब्लस के शहीदों का है लहू इसमें।'

और 'बैटाविया', 'बार्सिलोना', 'तर्सबैन' जहाँ की आवाज़ें रात को वायरलैस सैट पर आतीं और अम्मा के ड्रेसिंग रूम में एक पाउडर का डिब्बा रखा था जिस पर गुलाब का फूल बना था और 'वॉटर ऑफ रोज़ेज़' की शीशी पर गुलाब का डन्ठल। एक साइडरूम को अम्मा ने अपनी स्टडी बनाया था; उसमें ख़ूब धूप आती थी। बराबर के बरामदे में दोपहर के वक़्त अफ़ग़ान सरदार मोहम्मद उमर ख़ाँ आकर अब्बाजान के साथ शतरंज खेलते थे। और डाक से फूल (लाहौर) पयाम-ए-तालीम (दिल्ली) और पुष्पा (बम्बई) आया करते थे।

और भाई नीला बैरे ओढ़कर आसिफ़ा मुमानी के छोटे भाई सैयद मोहम्मद नवाब के साथ टेनिस खेलने की जल्दी में तेज़ी से खाना ख़त्म करते तो अम्मा कहतीं, हवासिलों (एक जलीय पक्षी) की तरह मत खाओ। चबा चबा कर खाओ मिसेज़ सिम्पसन चबा चबा कर खाती हैं, बादशाह से तख़्त छुड़वाया।

एक रोज़ अम्मा अपनी स्टडी में दीवान पर दिन भर लेटी साड़ी के पल्लू से मुँह छुपाए रोती रहीं। गुजराँवाला से स्याह हाशिये वाला लिफ़ाफ़ा आया था उनके ताया और ख़ालू मीर फ़ैज़ुल अस्करी दुनिया से रुख़सत हुए जो मीर नज़रुल बाक़र, ज़हूर हसनैन और अकबरी बेगम के बड़े भाई थे। सन् 1857 ई. में पैदा हुए थे और सन् 1937 ई. तक अम्मा को जब पंजाब से ख़त भेजते थे तो लिफ़ाफ़े पर भतीजी के नाम के बजाए 'अन्दरून महल सराय सैयद मोहम्मद सज्जाद हैदर ज़ैदी सल्लमहू तूलउमरहू' लिखते थे।

मार्च 1937 ई. में भाई ने इण्टरमीडिएट का इम्तिहान दिया। शुरू अप्रैल में हसनैन मामू, अल्लन मामू, लड्डन मामू मुरादाबाद से नम्बर 20 कर्ज़न रोड आये। एक सुबह तीनों मामू साहिबान मय होनहार भांजा भांजी बराबर के बरामदे में पलंगों पर आड़े तिरछे लेटे हुए हुल्लड़ हंगामा कर रहे थे।

अल्लन मामू ताज़ा फ़िल्मी गीत 'ओ दिलरुबा कहाँ तक ज़ुल्म-ओ-सितम सहेंगे' अलाप रहे थे। सामने एक कार आकर रुकी और हिजाब इम्तियाज़ अली उतरीं। बरामदे का दृश्य देखकर हैरान नज़र आईं। मामू साहिबान हड़बड़ाकर उठ खड़े हुए, झुक-झुककर आदाब अर्ज़ किया, अल्लन मामू ने कहा, 'ओ माई गॉड' और छलांग भर के अंदर भागे। जा के अम्मा से कहा, 'बाजी बाजी वह आई हैं, उफ़ मेरे माबूद! ओ बुलन्द आसमान! हम लोगों को जंगली ख़याल करती होंगी, वह आई हैं, साहिल-ए-कैबास से ख़ातून रूही।'

हिजाब इम्तियाज़ मसूरी जाते हुए तशरीफ़ लाई थीं। उसी रोज़ शाम को मसूरी से किसी आफ़त ज़ाहिदी का तार आया। रात को चचा मुश्ताक़ अहमद ज़ाहिदी के बेटे आसिफ़ अपने आर्टिस्ट दोस्त सैयद मोहम्मद ओयामा समेत आन पहुँचे। आसिफ़ को तार वालों ने ग़लती से आफ़त कर दिया था लेकिन ओयामा नाम ही जापानी था। अल्लन मामू ने फिर जाकर अम्मा से कहा, 'बाजी वह आये हैं, कोई दलाई लामा हैं और दूसरे वही आफ़त ज़ाहिदी।'

फिर हम लोग ऑकलैण्ड में लद-फन्द कर मसूरी गये। अमीर अहमदख़ाँ राजा महमूदाबाद भी मसूरी आये हुए थे। देहरादून वापस आकर तीनों मामू

साहिबान अपने अपने ठिकाने की तरफ़ रवाना हुए। अब्बाजान ने अम्मा से कहा, 'जिन्नाह साहब और राजा साहब मुस्लिम लीग को दोबारा ज़िन्दा करने का प्रोग्राम बना रहे हैं। राजा साहब ने मुझसे कहा है कि उनके लिए काम करूँ पोलिटिकल।'

अम्मा ने ग़ुस्से से कहा, 'यूँ फ़रमाईये कि फिर चले राजा की चाकरी[1] करने। पहले बाप की अब बुढ़ापे में बेटे की कीजिये।'

अब्बाजान ने कहा, 'बात यह है कि मैं ख़ाली बैठे-बैठे उकता गया हूँ। एक मशग़ला रहेगा।'

'सेहत का यह हाल, पैसे की आपको ज़रूरत नहीं, यह वक़्त आपका आराम का है या नौकरी का? फिर पेन्शन ही क्यों ली थी? राजा साहब तो आप को बहुत चचा चचा कहते हैं। आपकी हालत उनको नज़र नहीं आई; रोज़ के बीमार नौकरी करवाने की सूझी!'

'फिर वही नौकरी, अरे साहब! मुस्लिम लीग का काम है लखनऊ में रहेंगे वहीं छब्बूजी यनिवर्सिटी में दाख़िल हो जायेंगे।'

'हरगिज़ नहीं मेरी तो जूती जाती है लखनऊ।'

'अच्छा तो जो पहले का प्रोग्राम है वही सही, तुर्की चलो।'

'फिर तुर्की? अब इतना लम्बा सफ़र करने की हालत है आपकी?'

अब्बाजान ने कुछ देर चुप रहने के बाद कहा, 'मैं तुर्की भी न जाऊँ तो आख़िर क्या करूँ?'

अम्मा ने अपने बहनोई मीर अफ़ज़ल अली को हालात से आगाह किया, 'तुम्हारे भाईजान फिर चार महीने के लिए तुर्की जाने पर तुले बैठे हैं। बताओ क्या करूँ?'

अफ़ज़ल ख़ालू का जवाब आया

बिस्मिल्लाहिर्रहमानिर्रहीम

---

1. देखिये अध्याय - 5, 'हिलटन लेन'।

रेस्ट हाऊस स्यालकोट छावनी
22 अप्रैल 1937 ई.

प्यारी बाजीजान, अस्सलाम अलैकुम वरहमतुल्लाह व बरकातुहू। आपका ख़त मिला। मेरी सलाह यह है कि आप इस्तख़ारा कीजिए, शियों की तरह तस्बीह के दानों पर नहीं, बल्कि दिल में। सात रोज़ तक हर वक़्त दिल में दुआ करती रहें, चाय पीते में भी सैर में भी, जब पलंग पर सिर मुँह लपेट कर पड़ी हों तब भी। कि ऐ ख़ुदा तू सज्जाद साहब का और बच्चों का और मेरा मुहाफ़िज़ हो, क्योंकि हमारा सिवाय तेरे और कोई नहीं। बस यह दुआ या इस क़िस्म की जो दिल के अंदर से निकले और अर्श फाड़ दे, आप सात रोज़ तक हर वक़्त करती रहिए। बस यह बात तो यूँ ख़त्म हुई।

अब सामान की तरफ़ देखिए। मोटर चार महीने बन्द रहकर ठीकरा हो जायेगी; उसे फ़ौरन बेच दीजिए। साठ सत्तर रुपये माहवार ख़र्च बचाईये। फिर थकी मांदी बुढ़िया को इतने सामान की क्या ज़रूरत है जो सफ़र करने लगो तो रखने की जगह नहीं। बस तमाम सामान राहे-ख़ुदा में दे दो कि दिन रात की फ़िक्र से बचो, आप कहेंगी, बच्चों के लिए इकट्ठा किया है वह फिर कब इतना सामान बना सकेंगे।

यह सब ग़लत है। अगर बच्चे परवान चढ़े तो अपनी ज़रूरत का सामान ख़ुद मुहैया (उपलब्ध) कर लेंगे आप इस मुसीबत की जड़ को काटती जाइये। सिवाय तह होने वाले क़ालीनों और दरियों के सब बेच जाएँ। जब हिन्दुस्तान वापस आएँ, मामूली सादा सामान पेंशनियों वाला ख़रीद कर, छोटी सी कोठी में गुज़र कर लीजिए। इस तरह ज़िंदगी बड़ी आसानी से गुज़रेगी।

अपने को हल्का कीजिए भारी न करती जाइए, जो जायदाद किराये पर है, उसे किराये पर ही रहने दें और उसका बाक़ायदा हिसाब रखें और इन्टर फिन्टर में सफ़र करें। बच्चों को सख़्त जाटों वाली ज़िंदगी गुज़ारने की आदत डालिये, तभी तो दुनिया का मुक़ाबला कर सकेंगे।

शायद यह सफ़र भाईजान की सेहत के लिए अच्छा हो इसलिए भाईजान की मर्ज़ी के मुताबिक़ चल पड़िये। जब इस तरह अपने आप को ख़ुदा पर फेंक देंगी वह ख़ुद आपकी हिफ़ाज़त करेगा।

ग़ुलाम-ए-अज़्ल अफ़ज़ल

लेकिन मई के पहले हफ़्ते में अब्बाजान ने अम्मा से कहा, ...राजा साहब का आग्रह है कि फ़ौरन लखनऊ पहुँचो। मुस्लिम लीग का वार्षिक अधिवेशन होने वाला है, तुर्की अगले साल चलेंगे।

अम्मा ने गुस्से में होकर जवाब दिया, 'मुस्लिम लीग का दिन रात का काम जलसे, दौरे आप को हल्कान कर देंगे। आप जाइये शौक़ से लखनऊ। लड़के को हॉस्टल में डाल दीजिये लड़की को भाई नसीर के यहाँ अलीगढ़ भेजिये या जो चाहे कीजिये मैं लाहौर जाती हूँ और सामान बाँध कुछ दिन बाद अफ़ज़ल ख़ालू के यहाँ लाहौर रवाना हो गईं।

जरस-ए-ग़ुंचा की सदा

लाहौर जाते वक़्त अम्मा सामान पैक कर के आशियाने के गोदाम भिजवाती गई थीं। मेरी गुड़ियों, खिलौनों और परियों की कहानियों की किताबों को भी दो बड़े सन्दूकों में भर कर आशियाना रवाना किया जा चुका था। अपने उस अज़ीज़-तरीन माल असबाब के अचानक ग़ायब हो जाने का मुझे हद से ज़्यादा सदमा था और मैं हैरान परेशान नम्बर 2 कर्ज़न रोड के ढन्डार कमरों में मारी मारी फिर रही थी। अम्मा अलीगढ़ के लिए मेरा सूटकेस भी पैक करती गईं थीं। उनके लाहौर जाने के कुछ दिन बाद भाई दोबारा मसूरी चले गये अपनी बीबी को इस दौरान में बशीरख़ाँ गोरखपुर पहुँचा आये थे।

जून की एक उजाड़ सी सुबह अब्बाजान ने बिस्तर बंद सूटकेस ऑकलैंड के लगेज कैरियर पर बंधवाये। फ़क़ीरा ने धारों रोना शुरू किया; ख़ानसामाँ जी भीगी आँखों से जाकर पुलिया पर उकड़ूँ बैठ गये। मोटर, नम्बर 20 कर्ज़न रोड के फाटक से निकली।

आशियाना ख़ाली पड़ा था, उसके सामने से गुज़रे। डालन वाला से बाहर आये। दून वैली को पीछे छोड़ा, शाम पड़े रूड़की पहुँच कर नहर के किनारे डाक बंगले में क़याम किया। डाक बंगले के ख़ानसामाँ ने चाय बनाई, रात हो गई, ख़ानसामाँ ने खाना तैयार करके मेज़ पर रखा। सुबह को नाश्ते के बाद अब्बाजान शेव करने में मसरूफ़ हुए। मैंने फ़र्श पर बैठकर बड़ी कोशिश से उनके जूतों पर पॉलिश किया। बशीर ख़ाँ मोटर का कोई कल-पुर्ज़ा ठीक कराने शहर ले गये। दोपहर के खाने के लिए मोटर के कारख़ाने के मालिक ख़ानसाहब ने अब्बाजान को अपने यहाँ आमंत्रित किया।

ख़ानसाहब का बहुत बड़ा मकान था। उनकी बहू तंग पायजामा पहने घूंघट काढ़े सैहन में खड़ी देग़ में खिचड़ा घोट रही थीं। एक कमरे में तख़्त ही तख़्त बिछे थे और दीवारों पर सिनेमा एक्ट्रेसों की रंगीन तस्वीरें लगी थीं जिनकी साड़ियों पर अबरक़ लगी थी। सविता देवी, मिस गौहर, देविका रानी।

खाना खाकर मैं बशीर ख़ाँ के पास बाहर भाग गई। कुछ फ़ासले पर एक दोमंज़िला मकान था। एक औरत सफ़ेद ब्लाऊज़ सफ़ेद पेटीकोट पहने घने बाल कन्धों पर छटकाये दरवाज़े से निकली। गली में बिछी खाट पर लेट गई। एक आदमी बुझी बुझी सी आँखों वाला खाट के क़रीब ज़मीन पर उकड़ूँ बैठा मुट्ठी सी बनाई और सिगरेट पीने लगा। फिर वह औरत टहलने लगी।

मैंने बशीर ख़ाँ से कहा, 'अरे अरे देखो यह औरत साड़ी पहनना भूल गई ऐसे ही बाहर आ गई।' बशीर ख़ाँ ने खुले इंजिन पर से सिर उठाकर उसे देखा और माथे पर सिलवटें डालकर मुझसे कहा, 'बीबी आप अन्दर जाइए।'

बाज़ार की दीवारों पर 'शोख़ दिलरुबा' फ़िल्म के इश्तिहार लगे थे और बड़ा वीरान बेरंग सा शहर था या शायद सारी दुनिया ही बेरंग और उजाड़ सी थी।

क़रौल बाग़ दिल्ली चचा मुश्ताक़ अहमद ज़ाहिदी अपनी ज़र्द रंग की कोठी कौशिक के बरामदे में आराम कुर्सी पर आधे लेटे अख़बार पढ़ रहे थे। धूल भरी ऑकलैंड फाटक में दाख़िल होते देखकर लपके हुए बाहर आये।

चची के कमरे में चांदनी के फ़र्श पर कूचा पंडित से आई हुई कुछ बुर्क़े वाली औरतें बैठी पान बना रही थीं। डाइनिंग रूम में रेडियो सैट के ऊपर भाई नूरुद्दीन अहमद और उनकी अंग्रेज़ बीवी बर्था उर्फ़ बल्ली (इस्लामी नाम बिल्क़ीस) की बहुत बड़ी तस्वीर लगी हुई थी। वह दोनों नहर सआदत ख़ाँ पर रहते थे। शाम को चचा की नवासियाँ (नातिनें) क्वीन मेरी स्कूल से पढ़कर लौटीं। जमीला, नसीमा, हसीना उर्फ़ चुन्नी। हम लोगों ने बाग़ में ख़ूब 'ऊँचा नीचा टीला' खेला और दूसरे रोज़ चची के साथ शम्सी के तालाब गये।

मैरिस रोड अलीगढ़ चचा नसीर नूर मंज़िल के बरामदे में बैठे अच्छे भाई से बातें कर रहे थे। गर्द आलूद (धूल में अटी) ऑकलैंड फाटक में दाख़िल हुई, 'अरे भाईजान आ गये' कहते हुए बाहर लपके। चचाजान इसी साल शाहजहाँपुर से रिटायर होकर रियासत टोंक में 'वज़ीर-ए-माल' मुक़र्रर हुए थे और कुछ दिन के लिए राजपूताना से अलीगढ़ आये हुए थे, जहाँ मैरिस रोड पर नूर मंज़िल के आधे हिस्से में चची वहीदा, बच्चों की तालीम के सिलसिले में रहती थीं।

रात के खाने के बाद वायरलैस सैट पर ख़बरें सुनकर अब्बाजान और चचाजान, चचीजान पिछले बरामदे में आ बैठे। देहरादून का घर इस तरह एकाएक ब्रेकअप हो जाने की वजह से, वह तीनों बहुत दुःखी नज़र आते थे, लेकिन हम बच्चों को उन मामलों का कुछ होश न था। मैं, अच्छो, पारे, हमेशा की तरह खेलने में मशग़ूल थे, वह अमावस की रात थी और बाग़ में एक हरे रंग की हरीकेन लालटेन रौशन थी।

'भाभीजान की ज़िद के सामने', चचाजान कह रहे थे, 'किसी की नहीं चल सकती उनको समझ।ना व्यर्थ है।'

'आप अब इनको स्कूल में दाख़िल कर दीजिये' अब्बाजान ने भावज से कहा।

कुछ देर बाद चचाजान की आवाज़ आई, 'भाईजान, टोंक में वालिद मरहूम का मक़बरा अब तक तो अच्छी हालत में है, चार दरवाज़ों में से एक मरम्मत चाहता था हम कत्बे (शिलालेख) की इबारत भी नक़ल करवा लाये हैं ताकि ये लोग पढ़ें।'

चचीजान ने हम लोगों को पुकारा; हम दौड़ते हुए पहुँचे। अब्बाजान ने जेब से पढ़ने की ऐनक निकाल कर एक काग़ज़ पर नज़र डाली। फिर उसे चचीजान की तरफ़ सरका दिया। चचाजान ने मुझसे कहा, 'पढ़िये, यह भाई ऐजाज़ हैदर मरहूम के अश्आर हैं।'

मैंने उसे ध्यान से देखा, 'यह जने क्या लिखा है।'

'यह फ़ारसी है जनाब हम पढ़ सकते हैं।' अच्छो ने हमेशा की तरह रौब डाला और आहिस्ता-आहिस्ता पढ़ना शुरू किया।

'आँ सरज़ी करम मस तज मअज़्ज़ो जल ...और जने क्या ...मअदन ख़ल्क़ो मुरव्वत मअदन सिदक़ो सफ़ा बूदाज़। आले रसूल व औलादे अली ज़ी क़ुव्वत बा शुजाअत साहिबे जूदो सख़ा। ठहर जाइए; हाँ, चारशंबा बूद सुबह बस्त व यक अज़ माहे सोम।'

'कर्द अज़ दारेफ़ना रहलत सूए दारुलबक़ा।' आपा ज़हरा ने आकर आगे पढ़ा। वह फ़ारसी में परफ़ैक्ट थीं।' साल व सलश दर दिले एजाज़ ईं इलहाम शुद; बर जाललुद्दीन हैदर रहमत आल अबा।'

अच्छो ने एक लम्बा सांस लिया, अब्बाजान ने कहा, 'अब आप आगे चलिए।'

अच्छो ने फिर कमर कसी।

'आँ फ़र्ख़े बिजनौर आमद अज़ मशरिक़ ब मग़रिब चूँ सबा। अज़ नौबहार औ गुलज़ारे टोंक अज़ सर शगुफ़्त। यक रोज़ बेश अज़ बस्तम रमज़ान शबे यौमुल ख़मीस वक़्ते कि मान्दे दायमा बेदारो आबिद ख़ुश न ख़फ़्त। ओफ़्फो! बड़े अब्बा हम नहीं पढ़ते। यह बहुत मुश्किल है।'

यहाँ पर यह सब फ़ारसी अरबी पढ़नी पड़ेगी। यह सोचकर मेरे औसान ख़ता हो गये। नूर मंज़िल में जिसे देखो पढ़ाई में व्यस्त था। आपा हम्मन एफ.ए. कर रही थीं। उनकी शादी सन्दीले के जरी अहमद सैयद से तय की जा रही थी, जो उसी साल इण्डियन ऑडिट एंड एकाउन्ट्स के मुक़ाबले में आ गये थे और जल्द ही रज़्मिक जाने वाले थे।

दूसरे दिन अब्बाजान से मिलवाने के लिए उनको यूनिवर्सिटी से बुलवाया गया। अब्बाजान ने उनको बहुत पसंद किया, 'बहुत क़ाबिल पढ़ा लिखा नौजवान है।' उन्होंने बाद में ख़ुशी से इज़हारे-ख़्याल किया।

मेरी जरी भाई से बहुत गहरी दोस्ती हो गई। आपा हम्मन का उनसे सख़्त पर्दा था।

तीसरे रोज़ अब्बाजान लखनऊ जाने के लिए तैयार हुए। मुझसे कहा, 'अब आप ख़ूब जी लगाकर पढ़िये, देखिये अज़रा बीबी कितनी क़ाबिल हैं।'

बशीर ख़ाँ ने अपनी गोल टोपी सिर पर रखी और मोटर का हैन्डिल घुमाया। उनकी आँखें नम थीं। अब्बाजान के सवार होने के बाद या ग़ौस कहकर, मोटर स्टार्ट की जो धूल उड़ाती नूर मंज़िल के फाटक से निकल गई।

आपा अज़रा एज़बेला थोबरन कॉलेज से आ चुकी थीं और अब बी.ए. फाइनल में थीं। दोपहर को उन्हें दर्शनशास्त्र पढ़ाने एक साहब, जिनका नाम मुदस्सिर था, यक्के पर सवार होकर नूर मंजिल आते जितनी देर वह ड्राइंग रूम में बैठकर पढ़ाते आपा बहैसियत शैप्रून फ़र्श पर बैठी पान चबाया करतीं।

मुदस्सिर साहब कहते, 'कायनात किस ने बनाई?' ख़ुदा ने, ख़ुदा को किसने बनाया? ज़हने इन्सानी ने[1] और ज़हने इन्सानी को किसने बनाया। तरक़्क़ी हुई और तरक़्क़ी।

मुदस्सिर साहब अब बहुत ज़माने से यू.एन.ओ. न्यूयार्क में एक्सपर्ट साइकेट्रिक के पद पर कार्यरत हैं।

जुलाई में गर्ल्ज़ कॉलेज खुला। अच्छो डबल प्रमोशन लेकर सातवीं क्लास में आ गई। आपा ज़हरा दसवीं जमाअत में थीं वह दाख़िला करवाने मुझे प्रिंसिपल के पास ले गईं।

प्रिंसिपल कौन अब्दुल्ला बेगम यानी आला बी जो सफ़ेद बुर्राक़ कुर्ता दुपट्टा ग़रारा पहने अपने दफ़्तर में बैठी थीं। फिर एक उस्तानी ने एक ख़ाली क्लास रूम में ले जाकर इम्तिहान लिया। हिसाब में क़तई कोरी निकलीं तीसरी क्लास में दाख़िला हुआ। चन्द रोज़ बाद क्लास टीचर ने आपा ज़हरा से कहा, अंग्रेज़ी उर्दू के लिए पाँचवीं जमाअत में भेजा जा सकता है, लिहाज़ा पांचवीं और तीसरी जमाअतों में एक ही समय शिक्षा प्रारम्भ हुई।

अगस्त की एक शाम झुटपुटे के वक़्त में अच्छो, पारे, रम्मी मियाँ और फूफी अप्पी की बच्चियाँ फ़हमीदा और ज़ुलेख़ा नूर मंज़िल की छत पर खेलकूद में मसरूफ़ थे। मुंडेर के नीचे नज़र पड़ी देखा हसनैन मामू खड़े हैं। हम सब सरपट नीचे भागे।

---

1. यह कलमा-ए-कुफ़्र है। ज़हने-इंसानी ने ख़ुदा को नहीं बनाया बल्कि ख़ुदा अर्थात अल्लाह ने आसमानों, ज़मीन और उसके दरमियान की हर वस्तु को बनाया, सारा Universe उसी ने बनाया और वह सब कुछ बनाने पर क़ुदरत रखता है।

हसनैन मामू बरामदे में चचाजान से कह रहे थे, 'भाईजान, यह अफ़ज़ल भाई का तार आया है लाहौर से।'

'ख़ैरियत तो है?' चचाजान ने घबराकर पूछा।

तार में लिखा था, 'फ़ौरन अलीगढ़ जाओ और बीबी को लेकर लाहौर पहुँचो।'

चचाजान ने कहा, 'ख़ुदा नख़्वासता भाभी या अफ़ज़ल भाई बीमार हैं? क्या बात है? फ़ौरन ले जाइये।'

मेरा एक महीने में तीसरी जमाअत के हिसाब से और पहाड़ों से नाक में दम आ चुका था। बहुत ख़ुश हुई; मगर नूर मंज़िल की मज़े की तफ़रीहें छोड़ देने को भी हरगिज़ दिल नहीं चाह रहा था। चचीजान ने उदास होकर मेरा सामान बाँधा।

लाहौर के प्लेटफ़ॉर्म पर मीर अफ़ज़ल अली खड़े मुस्कुरा रहे थे। हसनैन मामू ने हड़बड़ाकर दरियाफ़्त किया, 'भाईजान सब ख़ैरियत है?'

'अल्लाह का करम है।' इतमीनान से जवाब दिया।

रास्ते में हसनैन मामू ने फिर पूछा, 'भाईजान, इस तरह अचानक क्यों बुला लिया?' लौंडिया अच्छी ख़ासी स्कूल में दाख़िल हो गयी थी। पढ़ रही थी।'

'बात यह है।' अफ़ज़ल ख़ालू ने मुँह लटकाकर जवाब दिया। 'कि मैंने पिछले इतवार को एक फ़िल्म देखी थी।'

'फ़िल्म?'

गेयर बदलते हुए जवाब दिया। 'हाँ, उर्दू फ़िल्म, वाहियात सी कहानी थी, मगर उसमें एक बच्ची थी, बिल्कुल बीबी और आख़िरी सीन में वह बच्ची मोटर के नीचे आकर मर गयी।'

घर पहुँचने के बाद अम्मा ने हसनैन मामू से आहिस्ता से कहा, 'तुम्हें मालूम है अफ़जल हमेशा के कमज़ोर दिल के हैं। जब से दिल का रोग लगा है, बर्दाश्त करने की ताक़त बिल्कुल नहीं रही। यह फ़िल्म देखते जाएँ और

ज़ार-ज़ार रोएँ। मुझसे कहा, बीबी को फ़ौरन बुला लीजिए। कहीं वह भी मर न जाए। मैंने कहा, 'आले हसनैन को तार दे दो।'

नम्बर 18 वारिस रोड के दरवाज़ों पर ख़स की टट्टियाँ लग चुकी थीं। सख़्त गर्मी पड़ रही थी; अफ़ज़ल अली एडिशनल कमिश्नर इनकम टैक्स सुबह को दफ़्तर चले जाते। छब्बो ख़ाला के कमरे में पंखे के नीचे फ़र्श पर लेटकर ये सारे चचेरे बहन भाई दिन भर गप्पें हाँकते। 1930 ई. में सरवत ख़ाला का सोलन में इन्तिक़ाल हुआ था। अफ़ज़ल ख़ालू ने अपने बड़े मामू मीर फ़ैज़ुल असकरी की बेटी शबीह ज़हरा उर्फ़ छब्बो जी से निकाह कर लिया था।

मीर फ़ैज़ुल असकरी ने मुर्तज़ाई बेगम मरहूमा के अलावा और भी दो शादियाँ सूबा-ए-सरहद में की थीं। दूसरी बीबी की बेटी ख़ुर्शीद ज़हरा ज़िला झंग के किसी रईस-ए-आज़म से ब्याही थीं। ख़ुर्शीद ख़ाला शलवार के बजाय लाँचा पहनती थीं और माँ से मिलने इन दिनों लाहौर आई हुई थीं। तीसरी पत्नी जिन्हें बेबे जी कहा जाता था, बेइन्तिहा हसीन महिला थीं। उनकी लड़कियाँ शबीह ज़हरा और तशबीह ज़हरा और फ़ैज़ ज़हरा माँ पर गयी थीं। ये तीनों और इनके भाई फ़ैज़ुल अस्करी, ज़हूरुल अस्करी और हसन अस्करी पंजाबी लिबास पहनते थे लेकिन आपस में उर्दू बोलते थे और अपने आपको अपनी मुरादाबादी दधियाल से आइडेंटिफ़ाई करते थे।

अफ़ज़ल ख़ालू की बीवी ख़ाला शबीह ज़हरा, जो छब्बो जी कहलाती थीं, अपने भांजे मुस्तफ़ा हैदर को बहुत चाहती थीं और अपने उर्फ़ पर भाई का पुकारने का नाम छब्बू जी उन्होंने ही रखा था। बिना फ्रेम की चौकोर ऐनक लगाती थीं और ज़रा तगड़ी थीं। गुलाब के फूल जैसी रंगत थी।

मामू हसन अस्करी हाईस्कूल में पढ़ रहे थे। शाम को एक मास्टर साहब घर पर ट्यूशन करने आते थे। मुझे भी उनके सामने बिठाला गया कि पहाड़े याद करवाते रहें। मास्टर साहब एक उदास सूरत ग़रीब नौजवान थे। हसन मामू को पढ़ाने के बजाय ज़्यादातर उनको उर्दू अशआर सुनाया करते थे। कभी पढ़ाते-पढ़ाते चौंक कर कहते—

नाकर्दह गुनाहों की भी हसरत की मिले दाद
ग़ालिब अगर उन कर्दह गुनाहों की सज़ा है।
जने बेचारे पर क्या गुज़री थी।

एक कमरे में ग्रामोफ़ोन रखा था और गोसाईं, देवकीनंदन, मिस चंचल कुमारी, मिस तमंचा जान, इनायत बाई ढेरों वाली और मुख़्तार बेगम के रिकॉर्ड। एक दोपहर हसन मामू ने एक रिकॉर्ड पर सूई रखी। क़व्वाल बच्चे की दिल हिला देने वाली आवाज़ बुलँद हुई; 'मोहम्मद, मोहम्मद पुकारे चला जा।' छब्बो ख़ाला जो पास ही क़ालीन पर लेटी थीं, करवट बदल कर आँसू पोंछने लगीं। मैंने घबराकर हसनैन मामू से पूछा, 'ख़ाला रो क्यों रही हैं?'

'नज़्र बाजी के और मेरे बड़े अब्बा मीर फ़ैज़ुल अस्करी थे ना, वह छब्बो जी के अब्बा थे। कुछ दिन हुए उनका इन्तिक़ाल हो गया। अल्लाह जन्नत नसीब करे। उन्हें यह क़व्वाली बहुत पसंद थी।' हसनैन मामू ने आहिस्ता से बताया।

लाहौर बड़ी चहल पहल का शहर था। अनारकली, माल रोड लॉरेंस गार्डेन, शालामार बाग़, जहाँगीर का मक़बरा। हिन्दुओं, सिक्खों और मुसलमानों के रंगारंग हुजूम। सारी औरतें रेशमी कपड़े पहनती थीं। छब्बो ख़ाला की ईसाई 'चूड़ी' यानी मेहतरानी हमेशा रेशमी सूट में होती थी। शहर की दीवारों पर 'करनाल शॉप' भ्राताँ जी दी हट्टी' और 'कविराज हरनाम दास बी.ए.' के इश्तिहार चिपके थे।

अनारकली में नवाज़िश अली शाह के बड़े भाई डॉक्टर बहादुर का मकान था। नीचे सड़क पर एक दिन काले लहंगे और सफ़ेद कुर्ते दोपट्टे पहने पंखियाँ संभाले गोरी-गोरी बूढ़ी हिन्दू महिलाओं का जुलूस जा रहा था।

ताज और हिजाब बहावलपुर रोड पर रहते थे। सुनसान सी जगह, सड़कों पर भैंसो का तवेला। इम्तियाज़ भाई जिनको लड़कपन से स्टेज और सिनेमा का शौक़ था। अब बाक़ायदा फ़िल्म निर्माता बन चुके थे। अपने नाटक 'सुहाग का दान' की फ़िल्म लाहौर में बनाई थी, जो फ़ेल हो गई थी। उसके सेट का राजसिंहासन ड्राइंग रूम में रखा था। एक सुसज्जित ताक़ में उनकी शादी की

(जो 1935 ई. में हुई थी) तस्वीर और वह नज़्म फ्रेम में लगी रखी थी, जो अब्बाजान ने उस मौक़े पर कही थी।

क़ैसो लैला को सिखायेंगे यह दर्से उलफ़त
उनको तफ़सीरे रहो-रस्मे वफ़ा आती है।

(लैला-मजनू को ये प्रेम करने की शिक्षा देंगे। उन्हें वफ़ा करने की व्याख्या करनी आती है।)

अफ़ज़ल ख़ालू सितम्बर के महीने में अट्ठारह नम्बर से वारिस रोड की लेन के अंदर एक चौकोर दरों वाली नई कोठी में शिफ़्ट हुए। सबसे पहले क़ुरआन शरीफ़ और पानी की सुराही नये घर में ले जाई गई। ख़ाला फ़ैज़ ज़हरा श्रीनगर से वापस आने वाली थीं। उनके लिए एक बेडरूम उनाबी पर्दों और उनाबी क़ालीन से सजाया गया।

ख़ाला फ़ैज़, छब्बो ख़ाला की सबसे छोटी बहन थीं। लाहौर ट्रांसफ़र होकर आने से पहले अफ़ज़ल ख़ालू अम्बाला में थे, जहाँ से पिछले साल उन्होंने ख़ाला फ़ैज़ के निकाह की अधोलिखित सूचना अम्मा को आशियाने भेजी थी।

बिस्मिल्लाहिर्रहमानिर्रहीम

अम्बाला, 19 मार्च सन् 36 ई.

प्यारी बाजीजान!

अस्सलाम अलैकुम व रहमतुल्लाह व बरकातुहू

फ़ैज़ अब बीस साल की है। पेशावर में नवीं जमाअत में थी; बारात में मर्द औरतें कुल बीस आए थे। मेरी तरफ़ से बाहर मर्दों के स्वागत के लिए लाहौर से पंद्रह-बीस अफ़सर आ गये थे। उनके अलावा नवाज़िश, बहादुर भाई मरातिब, अंदर अम्माजान मोहम्मद शाह की, मिसेज़ शमशाद हुसैन[1] और उनकी दो ब्याही लड़कियाँ। अन्दर खचाखच मेहमान भरे थे।

---

1. चौधरी ज़फ़रुल्लाह ख़ाँ की सास। देखिये अध्याय-5, हिकाय्या लैला व मजनूँ।

अम्माजान मोहम्मद शाह की सब रस्में अदा कर रही थीं। हमारी तरफ़ से मलमल के थान और लट्ठे का जोड़ा उन्होंने दूल्हा के वालिद मरहूम के नाम इसरार (आग्रह) से दिलवाया। मैं बहुत हँसा कि शादी पर मुर्दे भी शियों में कपड़े लेते हैं। निकाह के बाद शमशाद मरहूम की लड़की ताहिरा जो कैप्टन अहमद से ब्याही हैं और इक़बाल जो कैप्टन नज़ीर[1] की बीवी हैं दोनों ने आग्रह किया कि दूल्हा को अंदर लाओ कि दुल्हन के हाथ में अँगूठी पहनाए। ग़रज़, दूल्हा फ़िरंगी चाल औरतों में फँस गया। आधा घण्टे तक ताहिरा और इक़बाल अंग्रेज़ी में बातें करके दूल्हा पर रौब डालती रहीं।

असग़र अप्रैल में फ़िलासफ़ी (दर्शन शास्त्र) का इम्तिहान देगा।

कुछ समय पहले फ़ैज़ ख़ाला लाहौर से रुख़सत होकर माह-ए-असल (हनीमून) मनाने 'बाई कार' कश्मीर चली गयी थीं। जल्द ही वापस आने वाली थीं।

सितम्बर की एक सुहानी सुबह ख़ालू असग़र हुसैन और फ़ैज़ ख़ाला वारिस रोड पहुँचे। 'काशनी सूट' पहने फ़ैज़ ख़ाला ने झुककर अपनी वालिदा बेबे जी के पैर छुए जो पंजाब का दस्तूर था। ख़ाला फ़ैज़ बिल्कुल परी थीं। गुजराँवाला के बाशिन्दे (निवासी) सैयद असग़र हुसैन एक बेहद स्मार्ट और ख़ूबसूरत नौजवान थे। मनोविज्ञान उनका ख़ास विषय था। अक्सर वह अम्मा से बातें करते हुए कहते, 'बाजीजान ...हमारी साइकोलोजी यही कहती है; बाजीजान हमारी साइकोलोजी की रू से...।'

अफ़ज़ल ख़ालू निःसंतान थे। एक पेशावरी नौजवान सरदार मोहम्मद असलम ख़ाँ को बेटा बनाया था। वह अपनी माँ और बहन बीबी गुल के साथ रहते थे। उनका पोर्ट्रेट ड्राइंग रूम में रखा था। वह ख़ुद इण्डियन आडिट एण्ड एकाउन्ट्स के मुकाबले में कामयाब होकर पोस्टिंग पर जा चुके थे। मीर अफ़ज़ल अली एक दिल-आवेज़ (मनमोहक), दोस्तों से मोहब्बत करने वाले, परिवार का ध्यान रखने वाले और हँसमुख स्वभाव के इंसान थे।

नौ बरस की उम्र से लगातार तहज्जुद की नमाज़ पढ़ रहे थे। रोज़ाना अख़बार 'अलफ़ज़्ल' पढ़ते थे। अपने पुश्तैनी धर्म असनाशरिया (बारह इमामों

1. अब पाकिस्तानी जनरल नज़ीर अहमद।

को मानने वालों) पर क़ायम थे लेकिन पश्चिम में इस्लाम के प्रचार के लिए हर महीने क़ादियान[1] चन्दा भेजते थे। एतराज़ करने वालों को जवाब देते थे कि अगर किसी शिया या सुन्नी जमाअत ने इस तरह सारी दुनिया में इस्लाम के प्रसार का बीड़ा उठाया होता तो मैं उसे चन्दा देता। लेकिन आप हज़रात ने सिवाय आपस में लड़ने के और क्या किया है?

अम्मा का कोई जवाब नहीं था। एक रात खाने की मेज़ पर अचानक एनाउंस किया, 'बरसात का ज़माना है, बच्चा लखनऊ में जने क्या अला-बला खा रहा होगा। वह बटलर पैलेस में कढ़ी और दहीबड़े उड़ाते होंगे। कालरा (हैज़े) का मौसम है; मैं जाती हूँ लखनऊ। अफ़ज़ल मियाँ तुम सुबह दफ़्तर जाते ही अपने भाईजान को तार दे दो।'

चौथे दिन अब्बाजान ख़ुश-ख़ुश लाहौर आ पहुँचे।

लखनऊ रवानगी से एक दिन पहले हम लोग मालरोड से गुज़र रहे थे। चौराहे पर बत्तियाँ हरी से लाल हो गयीं। अफ़ज़ल खालू ने ब्रेक लगाकर अब्बाजान से कहा, 'देखिए भाईजान हमारे लाहौर में ट्रैफ़िक लाइट्स लग गई हैं। बिल्कुल उसी वक़्त मुझे एक सफ़ेद बिल्ली सड़क पर नज़र आई; मैंने फ़ौरन उसकी फ़रमाइश की। ख़ालू फ़ौरन कार एक तरफ़ ठहराकर बिल्ली की तरफ़ लपके, वह ग़ायब हो गयी। कुछ मिनट में न जाने किस तरह उसे पकड़ लाये।

'अगर यह कुछ दिन लाहौर में रह गयीं, अफ़ज़ल अपने लाड़ प्यार में बिल्कुल बर्बाद कर देंगे।' अम्मा ने बिगड़कर कहा।

मग़रिब के वक़्त मोमिनपुरा क़ब्रिस्तान में अम्मा और छब्बो ख़ाला एक तरफ़ खड़ी होकर फ़ुसर-फ़ुसर रोती रहीं। अब्बाजान और अफ़ज़ल ख़ालू ने नाना फ़ैज़ुल अस्करी मरहूम के मज़ार पर फ़ातेहा पढ़ी। अफ़ज़ल ख़ालू दिन छिपे की रौशनी में दोनों हाथ अलग-अलग उठाए आसमान की तरफ़ निगाह किये फ़ातेहा पढ़ रहे थे। शुरू नवम्बर में छब्बो ख़ाला का घबराहट भरा ख़त अम्मा के नाम लखनऊ में पहुँचा। 'बाजीजान, अफ़ज़ल बहुत सख़्त बीमार हैं।'

---

1. देखिये अध्याय पाँच, "हिकाय्या-ए-लैला मजनूँ"।

चराग़ फूलों के जल रहे हैं

बिस्मिल्लाहिर्रहमानिर्रहीम

7. बी. वारिस रोड

लाहौर, 17 नवम्बर सन् 1937 ई.

प्यारी बाजीजान। अस्सलाम अलैकुम वरहमतुल्लाह व बरकातहू। आपका 15 नवम्बर का ख़त मिला। आप तो यूँ ही घबरा गयीं। मैं अब अच्छा हूँ। चारपाई पर उठकर बैठ जाता हूँ। खाना अपने हाथ से खाता हूँ। 16 जनवरी तक नौकरी पर चला जाऊँगा; फ़िक्र न करें और बच्चों को छोड़कर फ़ौरन आने का इरादा न करें।

दिसम्बर में मुस्तफ़ा हैदर और ऐनी जानी को साथ लेकर आना। और जब तशरीफ़ लाएं तो बस एक छोटा सा बिस्तरा और एक सूटकेस हर एक का हो। सितार और बाजा तो बिल्कुल न लाएं और लोटे सब घर में बन्द करती आएँ और सैदानी बीबी बस अपना 'नमाज़ी लोटा' साथ लाएँ।

ग़ुलामे अज़ल

अफ़ज़ल

बिस्मिल्लाहिर्रहमानिर्रहीम

लाहौर 20 नवम्बर 37 ई.

बाजीजान। अस्सलाम अलैकुम व रहमतुल्लाहि व बरकातहू! मैं बिल्कुल अच्छा हूँ। कुर्सी पर बैठा ख़त लिख रहा हूँ। एहतियात के तौर पर चलता फिरता नहीं कि कहीं हार्टफेल न हो जाए। छुट्टी एक महीने की और ले ली है। छब्बूजी की कॉलेज की छुट्टियाँ दिसम्बर में शुरू हों तो कम सामान जैसे बुक़ची बग़ल में दबाक़र चल पड़ें। जैसे मामू फ़ैज़ुल अस्करी पेंशन के बाद चला करते थे। वर्ना नौकरी के दिनों में आपके सितार की तरह उनका हुक़्क़ा और तम्बाकू और कोयलों के बक्स उनके साथ होते थे।

सीधी सादी ज़िन्दगी और कम सामान में इंसान को आराम रहता है। ज़्यादा सामान हो तो सबसे ज़्यादा क़ीमती चीज़ गुम हो जाती है। जैसे आप बहुत सामान लेकर चलें तो मामू ज़हूर हसनैन की बड़ी सी तस्वीर आग़ा मीर भाई से देहरादून के स्टेशन पर गुम हो गयी।

कल ज़फ़रुल्लाह आ रहा है। एजाज़ अहमद भी साथ होंगे। डॉक्टर लतीफ़ को दिल्ली से मुआयने के लिए ला रहे हैं। असग़र दिल्ली में हैं। उनका कमरा और बड़ा ग़ुसलख़ाना ज़फ़रुल्लाह के लिए और उनके बाद आपके लिए लैस हो रहा है। बस इसके बाद दिसम्बर में थोड़े से सामान और दोनों बच्चों के साथ तशरीफ़ ले आएँ।

ग़ुलामे अज़ल
अफ़ज़ल

24 नवम्बर को छब्बो खाला का तार लखनऊ पहुँचा, 'अफ़ज़ल की हालत नाज़ुक है।'

नम्बर 7 बी, वारिस रोड पर अजीब सा सन्नाटा छाया हुआ था। सर्दियों की गहरी धुंध में लोग छोटे-छोटे गुट बनाये हरियाली पर मौजूद थे। अंदर अपने कमरे में अफ़ज़ल ख़ालू पलंग पर आँखें बन्द किये लेटे थे। छब्बो ख़ाला शाल में लिपटी गुमसुम पाँयती बैठी थीं। हमेशा की तरह उनके बालों की एक लट चेहरे पर झूल रही थी। मेहमानों की ज़्यादती की वजह से बावर्चीख़ाने में देग़ें इस तरह खड़कती थीं मानो शादी का घर हो।

महलसरा मुरादाबाद में 1903 ई. में जब पाँच वर्षीय अफ़ज़ल अली की सुन्नतों का समारोह आयोजित किया गया था तब भी इसी तरह देग़ें खड़की थीं।[1]

एक रात मैंने बेबे जी के कमरे के एक कोने में बैठकर गिड़गिड़ाकर दुआ माँगी, 'अल्लाह मियाँ, मेरे ख़ालू जान को अच्छा कर दीजिए। अल्लाह मियाँ।'

1. देखिये अध्याय चार, 'महलसरा'।

बेबे जी आतिशदान के सामने क़ालीन पर बैठी हुक़्क़ा पी रही थीं। ख़ुदा को पाँच मिनट की मोहल्लत देने के बाद मैंने उनसे पूछा, 'बेबे जी क्या अल्लाह मियाँ ने दुआ सुन ली होगी?'

वे बोलीं, 'हाँ बेटी, वह रब्बे करीम मासूम बच्चों की आवाज़ सुन लेता है।'

घर में बराबर लम्बी लम्बी नमाज़ें पढ़ी जा रही थीं। मीर अफ़ज़ल अली एक सर्वप्रिय इंसान थे। लाहौर की सुन्नी मस्जिदों में जुमे की नमाज़ के बाद उनके लिए दुआएँ की गयी थीं। क़ादियान में दुआएँ की जा रही थीं। मुरादाबाद में आले ज़हरा नानी ने मिन्नतें मानीं और फ़रियादी मातम किया।

अफ़ज़ल ख़ालू को ख़ून की उल्टियाँ आनी शुरू हो गयीं, उस दिन तीसरे पहर (शाम) को कुछ मेहमान बीबियाँ बराबर के बरामदे में बैठी विचार विमर्श कर रही थीं, 'हमारे मीर साहब पर किसी दुश्मन ने जादू कर दिया है।'

'सुना मैंने भी यही है। फ़ुलाँ साहब की बीवी ने कराया है। उनके ख़ाविन्द (पति) इस औहदे (पद) की ताक में थे तरक़्क़ी मीर साहब को मिल गयी।'

'ऐसे नमाज़ी, परहेजग़ार, नेक बन्दे का कलेजा कट कट कर निकल रहा है।'

'आपा जी, जादू का असर तो हुज़ूर-ए-पुरनूर पर भी हो गया था। हम तुम किस गिनती मे हैं।'

मैंने अपने यहाँ जादू टोने का ज़िक्र कभी नहीं सुना था। कुछ समझ में न आया। अन्दर जाकर अम्मा को इत्तिला दी। 'अम्मा बाहर वह बेगम क़ुरैशी, जो बैठी हैं, वह कह रही हैं, ख़ालू पर किसी ने जादू कर दिया है। वह कैसे होता है?'

अम्मा ने गरज कर डाँटा, 'ऐसी बेअक़्ली की ख़ुराफ़ात न सुनो न आकर मुझसे सवाल करो।'

अगली सुबह शायद सात बजे कड़ाके की सर्दी में अफ़ज़ल ख़ालू के कमरे का एक दरवाज़ा खुला देखकर मैं चुपके से अन्दर चली गयी। ख़ालू

के सिरहाने हसनैन मामू अल्लन मामू (दोनों एक दिन पहले लाहौर पहुँचे थे) छब्बो ख़ाला, अम्मा, फ़ैज़ ख़ाला, और असग़र ख़ालू सब जमा थे। मैं दबे पाँव जाकर बिल्कुल तकिये के पास खड़ी हो गयी। ख़ालू पर ग़ुनूदगी (मूर्छा) छाई हुई थी।

अचानक उन्होंने आँखें खोलीं और ज़ोर से आवाज़ दी, 'इनामुल्लाह'! इनामुल्लाह, ख़ालू के ड्राइवर का नाम था। मैं उसे बुलाने तीर की तरह बाहर भागी; आसपास नज़र न आया तो शागिर्दपेशे तक दौड़ी गयी। वहाँ भी न मिला तो वापस आई। उस वक़्त तक कमरे में कोहराम बर्पा हो चुका था।

ख़ालू की मुँहबोली बेटी बीबी गुल, सरदार असलम ख़ाँ की बहन ने बाल खोल सिरहाने खड़े हो, पश्तो में बैन करने शुरू किये। एक मेहमान बीबी चील की तरह छब्बो ख़ाला की तरफ़ झपटीं। आतिशदान पर से एक भारी चीज़ उठाकर उनकी चूड़ियाँ छनाछन तोड़ डालीं।

अफ़वाह फैली कि सर ज़फ़रुल्लाह ख़ाँ दिल्ली से आ गये हैं और जनाज़े को जन्नतुल बक़ी, क़ादियान ले जाना चाहते हैं। हसनैन मामू ने फ़ौरन ऐलान किया, हम सब की गवाही में, अल्लाह जन्नत नसीब करे भाईजान मरहूम ने वसीयत की थी कि उनकी तजहीज़ व तकफ़ीन (अंतिम संस्कार) उनके बाप दादा के तरीक़े पर करवाई जाए।

ज़वाल (सूरज ढलने) से पहले-पहले लाहौर शहर के एक शिया मुजतहिद (धर्म गुरु) ने आकर लान पर जनाज़े की नमाज़ पढ़ाई। जुलूस जिसमें मुसलमान-हिन्दू-सिख, ईसाई शामिल थे, मोमिनपुरा रवाना हुआ। मीर अफ़ज़ल अली अपने बड़े मामू मीर फ़ैज़ुल अस्करी के पहलू में सुपुर्द-ख़ाक कर दिये गये।

उस रात मरने वाले के कमरे में तिल धरने को जगह न थी। सोगवारों (शोकाकुलों) का मजमा फ़र्श पर ख़ामोश सिर झुकाये बैठा था। अचानक किसी ने ऊँची आवाज़ में दरियाफ़्त किया। 'भाईजान मरहूम ने मरते वक़्त इनामुल्लाह को आवाज़ दी थी?'

'मैं तो वहीं खड़ी थी', ख़ाला फ़ैज़ ने शाल के कोने से आँसू पोंछते हुए जवाब दिया। 'भाईजान आँखें खोलकर अचानक इस तरह बोले जैसे कोई सामने आ खड़ा हो और उसे देखकर हैरत से उसका नाम लें।'

'इनामुल्लाह शाह भाई अफ़ज़ल के बड़े चहीते दोस्त थे। क्या पता उनकी रूह भाईजान को लेने आई हो।' किसी और ने विचार प्रकट किये।

सोयम (तीजे) के दिन अब्बाजान लखनऊ से पहुँचे। फ़ौरन मोमिनपुरा गये। बिल्कुल उसी जगह खड़े होकर फ़ातिहा पढ़ी जहाँ तीन महीने पहले अफ़ज़ल ख़ालू ने उनके साथ खड़े होकर, नाना फ़ैज़ुल अस्करी की क़ब्र पर फातिहाख़्वानी की थी।

जब दार्शनिक और दरवेश मिज़ाज (संतों के स्वभाव के) मीर अफ़ज़ल अली के मंझले मामू मीर नज़रुल बाक़र और वालिदा अकबरी बेगम का 1939 ई. में डेरा इस्माईल ख़ाँ में इन्तिक़ाल हुआ। वह अम्मा को अलीगढ़ लिखा करते, 'मैंने मामू और अम्मा का सारा सामान ख़ैरात कर दिया, दुनिया फ़ानी (नश्वर) है, कोई चीज़ बाक़ी रहने वाली नहीं। माल व असबाब का कभी ग़म न कीजिए।'

'कुछ महीने पहले देहरादून अम्मा को लिखा था 'सामान और मोटर फ़रोख़्त कर दीजिए। थकी मान्दी बुढ़िया को इतने सामान की क्या ज़रूरत है। बस तमाम चीज़ें राह-ए-ख़ुदा में दे दो कि दिन-रात की फ़िक्र से बचो।'

मीर अफ़ज़ल अली एडिशनल इनकम टैक्स कमिश्नर लाहौर ने मरते वक़्त मकान जायदाद बैंक बैलेंस कुछ नहीं छोड़ा।

बी. वारिस रोड से रिश्तेदार और यार दोस्त एक-एक करके रुख़सत हो रहे थे। कोठी का सामान बन्धना शुरू हुआ। कुछ दिन बाद नये किरायेदार मकान देखने के लिए आए ...एक सुबह उनके फ़र्नीचर के ठेले आकर फाटक पर खड़े हो गये। जिस रात हम लोग लखनऊ वापस जा रहे थे, बेबे जी एक ख़ाली कमरे में आतिशदान के सामने बैठी नीली फूलदार क़मीज़ पहने सुर्मई

शाल में लिपटी, हुक़्क़ा गुड़गुड़ाती बार-बार दोहरा रही थी, 'अल्लाह बड़ा बेनियाज़ है, अल्लाह बड़ा बेनियाज़ है।'

पैंतालीस वर्षीय मीर अफ़ज़ल अली अप्रसिद्ध विद्वान व लेखक 'तख़य्युलात' की जीवन कहानी समाप्त हुई।

एक बार रेडियो पाकिस्तान लाहौर से सैयद इम्तियाज़ अली ताज मरहूम ने 'उर्दू के गुमनाम अदीब' के सिलसिले में मीर अफ़ज़ल अली के सम्बन्ध में एक तक़रीर ब्रॉडकास्ट की थी।

डॉक्टर आशिक़ हुसैन बटालवी (जो ज़िला गुरदासपुर के निवासी हैं) के बुज़ुर्ग (पूर्वज) मीर क़ायम अली, मीर मेहदी अली, मीर मज़हर अली, मीर फ़ैज़ुल अस्करी और मीर नज़रुल बाक़र से बहुत अच्छी तरह परिचित थे। मेरे पूछने पर जून 1968 ई. में डॉक्टर आशिक़ हुसैन बटालवी ने लंदन से लिखा कि उन्होंने मीर अफ़ज़ल अली मरहूम के मुताल्लिक एक मज़मून 1953 ई. में लिखा था जो रिसाला 'अदबी दुनिया' लाहौर में प्रकाशित हुआ था। वह उन्होंने अपने लेखों के संग्रह में शामिल किया है जो लाहौर से प्रकाशित होने वाला है। वह किताब भी मुझे आजतक नहीं मिली।

पाकिस्तान बनने के कुछ समय बाद तक भी मीर अफ़ज़ल अली की किताब पंजाब यूनिवर्सिटी के एफ़.ए. उर्दू पाठ्यक्रम में शामिल रही थी। 1964 ई. में मकतबा जदीद लाहौर ने एक संकलन 'उर्दू का बेहतरीन इंशाई अदब' शीर्षक से प्रकाशित किया जिसमें मीर अफ़ज़ल अली का एक मज़मून शामिल है। किताब के क्रमबद्ध करने वाले को लेखक के सम्बन्ध में कुछ पता नहीं, कौन थे, कब पैदा हुए, कहाँ रहे, कब मरे।

कुछ अदीब (साहित्यकार) ऐसे बदक़िस्मत भी होते हैं।[1]

1. मीर अफ़ज़ल अली के सम्बन्ध में देखिये अध्याय पाँच 'हिकाया-ए-लैला मजनूँ'।

10
अध्याय

अमीर जमा हैं अहबाब

आदरणीय उपस्थित गण![1]

हिन्दुस्तानी एकेडमी ने मुझे इस सभा का अध्यक्ष बनाकर अपनी तौहीन की और मुझे सम्मान दिया। इस तौहीन के लायक़ आप हैं, इस सम्मान के मैं योग्य नहीं!

हिन्दुस्तानी एकेडमी इस सूबे (राज्य) की दो भाषाओं की प्रतिद्वन्दता और कशमकशों को दूर करने के लिए बनी थी। क्या इस प्रतिद्वन्दता और कश्मकश में कोई कमी आई? मैं समझता हूँ कि नहीं! दो साल पहले ही की बात है कि दो ज़बर्दस्त हस्तियों ने इस एकेडमी में दो विरोधाभासी विचार प्रकट किये थे।

मौलाना अब्दुल हक़ ने फ़रमाया था : 'मैं इस वक़्त इसके (यानी हिन्दुस्तानी एकेडमी के कामों पर कोई टिप्पणी करना नहीं चाहता लेकिन कारफ़रमाओं की ख़िदमत में इतना अर्ज़ करना चाहता हूँ कि जब एकेडमी ने 'हिन्दुस्तानी' का लक़ब (नाम) इख़्तियार किया है और हिन्दुस्तानी के रिवाज का बीड़ा उठाया है तो क्यों अब तक कुछ किताबें ऐसी क्रमबद्ध नहीं कराई गयीं और कोई पत्रिका प्रकाशित नहीं की गयी, जो हिन्दुस्तानी भाषा में हो और उसी तरह बिना किसी बदलाव के दोनों लिपियों में लिखी जा सकें।

...इससे भी ज़्यादा फ़ायदेमंद काम जो एकेडमी कर सकती है वह यह है कि वह ऐसी भाषा में रीडर्स तैयार कराए, जो दोनों लिपियों में लिखी जाएँ और स्कूलों में जारी की जाएँ। इससे वह दोरंगी जो इस वक़्त इस सूबे के स्कूलों में पाई जाती है, ख़ुद ब ख़ुद उठ जाएगी ...हिन्दुस्तानी के रिवाज का सबसे बड़ा माध्यम स्कूल हो सकते हैं। जब भाषा एक हो जाएगी तो लिपि का झगड़ा स्वयं ही समाप्त हो जाएगा। अभी भाषा ही एक नहीं, लिपि की बहस कैसी!

1. खुतबा-ए-सदारत (अध्यक्ष का अभिभाषण) छठा अधिवेशन, उर्दू विभाग हिन्दुस्तानी एकेडमी, इलाहाबाद, मार्च 1938 ई.।

उसी दिन और उसी स्थान पर डॉक्टर गंगानाथ झा ने हिन्दी विभाग के अध्यक्ष के तौर पर फ़रमाया था

'जब तक हम ज्ञान की स्थित में हैं, इख़्तिलाफ़ (भिन्नता) मानना ही पड़ेगा। और उसी के अनुसार काम भी करना होगा। ...सरकारी आर्डर्स को जिनके अनुसार इन सूबों में हिन्दी और उर्दू का एकीकरण करना टेक्स्ट बुक कमेटी का सबसे बड़ा फ़र्ज़ था, उस वक़्त से संगठित करने की कोशिश को ख़ुद और परम्परागत तरीक़े से देखता और भुगतता रहा।

इस तजुर्बे से यह उसूल मेरे दिल में जगह कर गया कि मामूली बोलचाल में 'मैं खाता हूँ, मैं जाता हूँ' आदि के इस्तेमाल तो एक तरह के हैं और एक तरह के होते रहेंगे लेकिन निबन्ध लेखन और रचना की प्रक्रिया में सामंजस्य बिल्कुल नामुमकिन है। नामुमकिन ही नहीं बल्कि बर्बाद कर देने वाला है और इन भाषाओं का इत्तेहाद (संग़ठन) उसी वक़्त मुमकिन होगा जब पानी के कुल धारे तत्व के अथाह सागर में विलीन हो जाएँगे। जिस आदमी के दिल में यह नियम स्थान ग्रहण कर गया था उसे दोनों भाषाओं के संगठित करने वाली संस्था को देखकर आश्चर्य होने लगा, अपने नियम पर संदेह होने लगा....

लेकिन कुछ ही दिनों, महीने से भी कुछ कम में यह दिखाई दिया कि हिन्दी और उर्दू के दोनों धारों का प्रयाग पर संगम नहीं हो रहा है और दोनों धारे साथ साथ मगर अलग-अलग चल रहे हैं और चलाए जा रहे हैं। दोनों भाषाओं में अलग-अलग किताबें तैयार हो रही हैं और आख़िर में इस इदारे (संस्था) के आर्गन तिमाही रिसाले (पत्रिकाएँ) भी अलग-अलग निकल रहे हैं।

आगे चलकर इर्शाद फ़रमाते हैं : 'आज हिन्दुस्तानी एकेडमी के अंदर उर्दू और हिन्दी के अलग अलग इजलासों को देखकर और उससे अपने उसूलों का समर्थन पाकर मैं कितना ख़ुश हूँ, मैं कह नहीं सकता।' जैसा हुआ है वैसा ही होना भी चाहिए था। यही मुनासिब था और यही मुनासिब (उचित) है।'

आपने देखा और आपने ग़ौर फ़रमाया! उन दोनों बुज़ुर्ग हस्तियों के कथनों में क्या अंतर है? मेरे नज़दीक फ़र्क़ ज़ाहिर है।

एक आरज़ू बयान कर रहा है, दूसरा हक़ीक़त! जिसे वह अपनी आरज़ू के सह-लगाम पाता है। सच्चाई यह है कि उर्दू और हिन्दी के रास्ते बिल्कुल अलग-अलग हो गये हैं। डॉक्टर गंगानाथ झा फ़रमाते हैं, यही मुनासिब था और यही मुनासिब है। डॉक्टर अब्दुल हक़ को रास्तों के अलैहदा होने से इनकार है नहीं, मगर वह कहते हैं कि दोनों भाषाओं को एक ही रास्ते पर डाल देना चाहिए।

इन दो शाहराहों[1] (राजमार्गों) को देखकर हमारे क़ाबिले-ताज़ीम (सम्माननीय) और इत्तेहाद-पसंद (एकीकरणवादी) अध्यक्ष डॉक्टर तेजबहादुर सप्रु ने निराशाजनक विचार प्रकट किया कि अगर यही लैलो-नहार (रात-दिन) हैं तो वह दिन दूर नहीं कि एक दूसरे की भाषा समझने के लिए हिन्दू मुसलमानों को एक-एक अनुवादक साथ रखना पड़ेगा। जब इत्तेहाद (संगठन और एकता) की संभावना को इन शब्दों में व्यक्त किया जाएगा कि इन भाषाओं का इत्तेहाद उसी वक़्त मुमकिन होगा जब पानी के कुल धारे वजूदे मुतलक़ (पूर्ण तत्व) के बहरे बेपायाँ (अथाह सागर) में विलीन हो जाएँगे, तो कोई आश्चर्य नहीं कि उर्दू के उग्रपंथी भी यह कहें कि उर्दू को आसान करने की कोशिश बेफ़ायदा है बेफ़ायदा ही नहीं घातक है। उसे अगर बाज़ार की ज़बान (भाषा) से ऊपर उठाना है तो उसे फ़ारसी व अरबी के उन शब्दों से मालामाल करना होगा, जो उच्च विचारों को प्रकट कर सकें।

मगर मैं कहता हूँ कि यह बिल्कुल नामुमकिन है कि आप उर्दू को हिन्दी से और हिन्दी को उर्दू से बिल्कुल बेनियाज़ कर दें, जब तक आप एक देश में रहते हैं, एक दूसरे के हमसाये और पड़ोसी हैं, यह मुमकिन नहीं कि एक दूसरे के समाज, एक दूसरे की भाषा या दूसरे शब्दों में एक दूसरे की रफ़्तार व गुफ़्तार से प्रभावित न हों। जब यहाँ पहुँचकर मुसलमानों का लिबास, खाना

1. प्रथम विश्व युद्ध की तबाहकारी के बाद यह रौशन ख़याली निराशा में बदल गयी; जिसने एलियट से वेस्ट लैण्ड लिखवाया। बाद की आर्थिक मंदी और दूसरे विश्वयुद्ध ने पुरानी अक़्लपरस्ती और रौशन ख़याली को तबाह कर दिया और बहुत से पश्चिम वाले एक बार फिर पुराने विचारधारा वाले धर्म, आत्मीयता व सूफ़ीवाद में शरण ढूँढ़ने लगे।

पीना, जीवन शैली, यहाँ तक कि मज़हबी रस्मों में स्थानीय (मुक़ामी) रंग आया, स्थानीय प्रभाव की झलक दिखाई देने लगी, तो भाषा पर तो बहुत जल्द असर होता है और हिन्दुओं ने भी इसी हद तक बल्कि इससे भी ज़्यादा मुसलमानों का असर क़बूल किया, और यह असर एक दूसरे पर पड़ता रहेगा जब तक कि आप दोनों क़ौमों के दरमियान एक लोहे की दीवार खड़ी न कर दें।

अब तो दोनों एक जगह रहते सहते हैं। जब मुसलमान हिन्दुस्तान में दाख़िल भी न हुए थे, उस ज़माने में भी एक दूसरे की भाषा और साहित्य से ऐसे बेगाना न थे जैसा कि आमतौर पर ख़याल किया जाता है।

एक ज्ञानपूर्ण और तहक़ीक़ात (शोध) से परिपूर्ण लेख में जो पण्डित बृजमोहन दत्तातर्य ने अलीगढ़ में पढ़ा था, यह सिद्ध किया था कि फ़ारसी का पढ़ना हिन्दुओं में मुसलमानों के यहाँ आने से पहले ही जारी था, यह बात अलग कि आम न हो; और हिन्दुस्तान के हिन्दू राजा, इससे पहले कि मुसलमान यहाँ हमलावर होते, काबुल और मध्य एशिया की इस्लामी सल्तनों से फ़ारसी भाषा में ख़तो-किताबत करते थे और हिन्दू दरबार के हिन्दू मुंशी उन ख़त पत्रों को फ़ारसी भाषा में लिखते थे।

हिन्दुस्तान व अरब के सम्बंध में मौलाना सैयद सुलेमान नदवी साहब ने बताया है कि दक्षिण भारत में अरब व्यापारियों और अरब जहाज़रानों की बदौलत मुसलमानों और वहाँ के हिन्दुओं में सांस्कृतिक व व्यापारिक सम्बंध मुसलमानों के हिन्दुस्तान में विजेता की हैसियत से दाख़िल होने से पहले ही स्थापित हो चुके थे। इसी तरह फ़ारसी भाषा का 'बुत' अस्ल में 'बुद्ध' है, यानी हज़रत गौतम बुद्ध का मुजस्समा, (मूर्ति) और यह तो आप भी देख रहे हैं कि नेपाल जो कभी मुसलमानों के क़ब्जे में नहीं रहा, वहाँ भी शमशेर जंग राना, बबर जंग राना, तेग बहादुर राना जैसे नाम बता रहे हैं कि मुसलमानों की ज़बान (भाषा) का असर, उनके सियासी असर की सीमाओं से बाहर पहुँच गया था।

ऐसी हालत में मैं नहीं जान सकता कि उर्दू जो केवल मुसलमानों की भाषा नहीं यद्यपि इसमें फ़ारसी असर ज़्यादा है वह महज़ (केवल) मुसलमानों

में सीमित होकर रह जाएगी, या हिन्दी को मुसलमान न समझ सकेंगे। आख़िर अब भी तो हिन्दी ठुमरियों और गानों को मुसलमान सुनते हैं और उनका आनन्द लेते हैं। उर्दू का प्रभाव हिन्दुओं और मुसलमानों पर कमोबेश होगा; हिन्दुओं पर कम मुसलमानों पर ज़्यादा। इसी तरह हिन्दी का असर हिन्दुओं और मुसलमानों पर होता रहेगा, मुसलमानों पर कम, हिन्दुओं पर ज़्यादा।

मगर जब जानबूझ कर यह कोशिश की जाए कि दोनों भाषाएँ इस क़दर अलैहदा और एक दूसरे से दूर हो जाएँ कि मेल की संभावना ही न शेष रहे, लिपि तो अलैहदा है ही, शब्द भी 99 प्रतिशत अलग हों तो फिर भविष्य की ओर से निराशा प्रकट की जाए तो कोई आश्चर्य की बात नहीं।

उर्दू से उन अलफ़ाज़ (शब्दों) को निकालने की कोशिश जो इसके शरीर और आत्मा में समा गये हैं, नाख़ुन को माँस से जुदा करना है।

मौलाना सैयद सुलेमान नदवी ने जो पिछले साल लखनऊ की हिन्दुस्तानी कॉनफ्रेंस के अपने अध्यक्ष अभिभाषण में इरशाद फ़रमाया था; कहा था कि उर्दू ने जिन फ़ारसी अलफ़ाज़ को अपना लिया है उनको उन्हीं अर्थों में, और वैसे उच्चारण और इमला के साथ इस्तेमाल करना चाहिए जिन अर्थों और उच्चारण व इमला के साथ उर्दू में वह प्रचलित हो गये हैं।

मौलाना ने इसके उदाहरण भी दिये हैं, मिसाल के तौर पर मुराद, अस्ल, मशकूर, मसालिहा (मसाला) इसी तरह संस्कृत के शब्द जिस तरह उर्दू में या हिन्दुस्तानी में प्रचलित हैं, उनको छोड़कर असली संस्कृत के उच्चारण के साथ उनको बोलने की कोशिश को भी ठीक तौर पर साहित्यिक पाप ठहराया है।

उन फ़ारसी अलफ़ाज़ से जिन्हें हम फ़ारसी समझकर फ़ारसी में इस्तेमाल करते हैं, ईरान वाले उन पर चौंकते हैं और हमारी हँसी उड़ाते हैं। यानी वह शब्द फ़ारसी नहीं रहे। हमने उर्दू में उन्हें दूसरे अर्थ दे दिये हैं, और अब वह शब्द बिल्कुल हमारे हो गये हैं। आप उनको अपनी भाषा से निकाल दीजिए, तो आपके यहाँ से निकलकर वह शब्द बिल्कुल बेघर हो जाएँगे क्योंकि फ़ारसी या अरबी उन्हें उन अर्थों में स्वीकार नहीं करेगी।

उदाहरणतः इन दो शब्दों को लीजिए जिनको फ़ारसी में इस्तेमाल करने में, जबकि वह ईरान में सफ़र करते हैं, हिन्दुस्तान वाले ठोकर खाते हैं।

	असली अर्थ	उर्दू में
तकलीफ़	फ़र्ज़ (कर्तव्य) जिम्मेदारी	ज़हमत (कष्ट)
ख़फ़ा	गला घोंटना	नाराज़ होना

यह न समझिए हमने शब्दों के अर्थ बदल दिए; ईरानियों ने भी ऐसा किया है, मसलन (उदाहरणतः) नाख़ुशी, हम अस्ल अर्थ 'नाराज़ी' में इस्तेमाल करते हैं। ईरानियों ने नाख़ुशी को बीमारी के अर्थ दे दिए हैं।

इस सिलसिले में एक लतीफ़ा (मज़ेदार बात) अर्ज़ करूँ; बग़दाद में एक नौजवान ईरानी, जो हिन्दुस्तान में रह चुके थे मुझसे तारीफ़ के तौर पर कहने लगे कि हिन्दुस्तानियों के कैरक्टर का इससे पता चलता है कि 'तकलीफ़' यानी फ़र्ज़ और उत्तरदायित्व (ज़िम्मेदारी) को ज़हमत (कष्ट) समझते हैं और इससे बचते हैं। मैंने कहा 'ड्यूटी' कम ऐसा होता है कि आराम की चीज़ हो, लेकिन अगर कोई ड्यूटी को आराम की चीज़ न कहे तो इससे यह नतीजा निकालना ग़लत है कि वह इससे बचता है।

इसके बरअक्स ईरानियों के आपसी मेल मिलाप की आदतों और उनकी हिम्मत व बहादुरी का इससे अंदाज़ा होता है कि लफ़्ज़ 'तेग़' तलवार के अर्थों से घटकर और उतर कर 'उस्तरे' के अर्थों में रह गया है! ईरानी 'उस्तरे' को शमशीर (तलवार) के बराबर घातक हथियार समझते हैं।

एक ही लफ़्ज़ उर्दू में एक अर्थ देता है और दूसरी भाषा में बिल्कुल दूसरे अर्थ! उसकी पुरलुत्फ़ (मज़ेदार) मिसाल आपकी ख़िदमत में पेश करता हूँ। 'ज़रीफ़' व 'मतीन' दो लफ़्ज़ हैं, 'ज़रीफ़' हम उस शख़्स के लिए इस्तेमाल करते हैं जिसकी तबीयत में मज़ाक़ व शोख़ी हो। 'मतीन' हम गम्भीर प्रकृति के व्यक्ति को कहते हैं; लेकिन एक तुर्की अख़बार में एक जूता बेचने वाले के इश्तहार मैंने देखे, जो कहता है कि उसके जूते निहायत 'ज़रीफ़ व मतीन' हैं! क्या समझे आप? एक ही वक़्त में ये जूते आपसे मज़ाक़ भी करेंगे और निहायत

गम्भीरता से भी पेश आएँगे। लेकिन इश्तहार देने वाले का यह मतलब नहीं। वह तो यह ऐलान कर रहा है कि उसके जूते 'ज़रीफ़' यानी ख़ूबसूरत भी हैं और 'मतीन' यानी मज़बूत भी।

एक और लफ़्ज़ का क़िस्सा अर्ज़ करूँगा जिसमें कोई मज़ाक़ का पहलू नहीं मगर जिसने एक मौक़े पर एक बेख़ुदी की कैफ़ियत मुझ पर तारी कर दी। 'अर्सा' का लफ़्ज़ हमारी भाषा में 'समय' के लिए इस्तेमाल किया जाता है। 'आप से बहुत अर्से से मुलाक़ात नहीं हुई।' इस्तंबोल में एक ज़मीन के प्लाट पर एक तख़्ती लगी हुई थी जिसपर लिखा था, 'यह अर्सा बराए फ़रोख़्त है।' यह पढ़ते ही मुझे दाग़ का शे'र याद आ गया, और मैंने मज़े लेलेकर उसी जगह पर उसे पढ़ा—

अर्सा-ए-हश्र में अल्लाह करे गुम मुझको
और फिरो ढूँढ़ते घबराए हुए तुम मुझको।

यह जो आम शिकायत की जाती है कि आजकल उर्दू लिखने वाले जान जान कर अजनबी और सख़्त अरबी फ़ारसी अलफ़ाज़ अपनी तहरीरों में ठूँसते हैं और रोज़मर्रा के सीधे सादे शब्दों को अपनी शान के ख़िलाफ़ समझते हैं, यह एक हद तक ठीक है। मगर मेरा ख़याल है कि एक ज़िन्दा और तरक़्क़ी करने वाली ज़बान (भाषा) हमेशा नये नये अलफ़ाज़ अपने अंदर जज़्ब (करती) रहती है। इसको बिल्कुल रोकने की कोशिश करना ख़तरनाक होगा। अब यह मज़ाके-सलीम (दुरुस्त सलीक़े) पर और हिन्दुस्तानी एकेडमी की आज्ञाओं पर निर्भर करता है कि लिखने वाला कौनसे लफ़्ज़ इख़्तियार करे और उन्हें रिवाज देने की कोशिश करे।

नॉन कोऑप्रेशन के ज़माने में अख़बारों और तक़रीरों में 'अद्म तआवुन' (असहयोग) और 'मुक़ावमत मजहूल' (नामालूम मुक़ाबला) पढ़ने और सुनने में आते थे। मुक़ावमत मजहूल, लाहौलावला क़ुव्वत! सिवाय इसके कि Resistance of Passive का एक भौंडा सा अनुवाद कर दिया था। मक्खी की जगह मक्खी मार दी, मगर सुनने वाला ख़ाक नहीं समझा कि यह मुक़ावमत मजहूल क्या

बला है! मैं अब भी कहता हूँ कि अगर ज़हन में Passive Resistance के शब्द पहले से न हों तो कोई अरबी-दाँ (अरबी का ज्ञानी) भी इसके वह अर्थ नहीं बता सकता, जिसके लिए 'मुक़ावमत मजहूल' घड़ा गया। बहरहाल मुक़ावमत मजहूल अपनी मौत मर गया मगर 'अद्म तआवुन' (असहयोग) ज़िन्दा व क़ायम है।

इसी तरह मंदूब, मबऊस, नुमाइन्दा, तीन लफ़्ज़ निकले, ये उर्दू में Delegate या Representative के अर्थों में नये लफ़्ज़ थे। मंदूब और मबऊस का इस्तेमाल इस कदर कम है कि न होने के बराबर है, मगर नुमाइंदा चल पड़ा है। 'एक्टिंग' की जगह 'अदाकारी' ने ली है और यह अच्छा लफ़्ज़ है।

यानी अच्छे ख़ासे लफ़्ज़ छोड़कर नये लफ़्ज़ महज़ इसलिए कि वह शानदार हैं, लिए जा रहे हैं 'नाज़रीन' लगभग मर ही चला है, उसकी जगह 'क़ारईने-कराम' ने ले ली है, 'हीरो' को छोड़कर 'बतल' को रायज (प्रचलित) करने की कोशिश की गई मगर 'शुक्र है कि इसमें कामयाबी नहीं मिली।

मैंने एक उसूल बनाया है, या यूँ कहिए कि यह मेरा एक नज़रिया है, अरबी के जो शब्द फ़ारसी के ज़रीए हम तक पहुँचते हैं, उर्दू उन्हें हज़्म कर लेती है। मगर जो अलफ़ाज़ सीधे सीधे अरबी से लिए जाते हैं उसे पचा नहीं पाती। फ़ारसी भी हाफ़िज़ व सादी की नर्म व शीरीं (मीठी) फ़ारसी, न कि आजकल की कर्कश ईरानी अब तो फ़ारसी के लिए अरबी के लफ़्ज़ का इस्तेमाल भी निषेध है, चुनांचे 'बतल' 'फ़काहात' 'शज़रात' हज़्म न हो सके। इस बात पर ग़ौर करना भी दिलचस्प है कि नेपाल में शमशेर जंग, तेग़ बहादुर, बाबर जंग तो चला, सैफ़ुल-मुल्क व ज़ग़ीमुददौला न चला।

यह इलज़ाम भी ग़लत है कि हिन्दी के लफ़्ज़ जान बूझ कर निकाले जा रहे हैं। समाज, (सोसायटी के अर्थों में) प्रचार, चुनाव, शान्ति, जो पहले इस्तेमाल न होते थे, अब मुसलमानों के लेखों में मिलते हैं। बल्कि मैं तो कह सकता हूँ कि हिन्दू लिखने वाले फ़ारसी के प्रचलित और विशेष व सामान्य वर्ग के लोगों की ज़बान पर चढ़े हुए अलफ़ाज़ के साथ अधिक असहयोग करते हैं।

और यह बात कि मुसलमानों की उर्दू में फ़ारसी शब्द अपेक्षाकृत अधिक मिलते हैं और हिन्दुओं की ज़बान में संस्कृत के; क़ुदरती बात है। जिस लिट्रेचर और भाषा से जो व्यक्ति अधिक प्रभावित हुआ है, उसकी लेखनी और संवाद में उसकी झलक पायी जाएगी।

पारसियों की गुजराती, हिन्दुओं की गुजराती से एक हद तक भिन्न होती है। पारसियों की गुजराती में फ़ारसी और उर्दू के अलफ़ाज़ ज़्यादा होते हैं। 'जामे-जमशेद' जो पारसियों का मशहूर अख़बार है और गुजराती में प्रकाशित होता है अगर आपके सामने पढ़ा जाए तो आप इसमें बहुत से शब्द ऐसे पायेंगे जिन्हें हम बोलते और लिखते हैं। अख़बार का नाम ही फ़ारसी है 'जाम-ए-जमशेद'!

'साँझ वर्तमान' जो हिन्दुओं का बड़ी तादाद में प्रकाशित होने वाला गुजराती भाषा का अख़बार है उसमें फ़ारसी और उर्दू के शब्द कम हैं, वजह यह है कि बावजूद इसके कि पारसियों ने गुजराती भाषा अपना ली है लेकिन उनमें एक बड़ी संख्या अब भी फ़ारसी पढ़ती है और उसके बोलने लिखने में उसका प्रभाव काफ़ी दिखाई देता है।

इसी तरह क़ाज़ी नज़रुल इस्लाम जो बंगाल के नौजवान शाइरों में बेहद शोहरत व लोकप्रियता प्राप्त कर रहा है, कहा जाता है कि उसकी शायरी में गुलो-बुलबुल, ज़ुल्फ़ो-काकुल, साग़र व शराब और इसी क़िस्म के और फ़ारसी अलफ़ाज़ बड़ी तादाद में आते हैं। सिर्फ़ देखना यह चाहिए कि जान-जान कर और तास्सुब (तरफ़दारी) से तो शब्दों का इस्तेमाल नहीं किया जा रहा है? अगर बेसाख़ता (बेधड़क) ज़बान पर आता है तो ठीक है।

यह कोशिश कि हिन्दी से फ़ारसी के अलफ़ाज़ यानी विदेशी शब्द निकाल दिये जाएँ तो नेशनलिस्ट शराब के नशे का परिणाम है। ईरान और तुर्की के क़ौम परवर (राष्ट्रवादी) भी इसी नशे से बदमस्त हैं। फ़ारसी से अरबी अलफ़ाज़ को देश निकाला मिल रहा है। तुर्की में इसका ज़ोर है कि फ़ारसी और अरबी दोनों को निकाल दो। मेरा ख़याल है कि तुर्कों और ईरानियों की यह कोशिश

कामयाब होती नज़र नहीं आती। शुरू शुरू में तो मैंने देखा कि ऐसी तुर्की लिखी जाती थी जिसका समझना क़तई दुश्वार था।

मगर अब मैं देखता हूँ कि फिर वही मामूली तुर्की है जिस में फ़ारसी के लफ़्ज़ भी हैं और अरबी के भी। हिन्दी के इस नवीन राष्ट्रवादी आन्दोलन का क्या हश्र होगा, इसके सम्बंध में इस समय कोई अंदाज़ा नहीं लगाया जा सकता, मगर मेरा दिल गवाही देता है कि यह शिद्दत, यह अलगाववाद क़ायम नहीं रहेगा।

इस मौक़े पर ख़ालिदा ख़ानम अदीब की राय का नक़ल कर देना उचित होगा। ख़ालिदा ख़ानम अपने मुल्क में भी सख़्त क़िस्म की नेशनलिस्ट हैं और हिन्दुस्तान की सैयाहत (पर्यटन) के बाद जो उन्होंने किताब (इनसाइड इण्डिया) लिखी है और जो अभी प्रकाशित हुई है, उसको पढ़कर मालूम होता है कि उनकी हमदर्दी तमामतर हिन्दुस्तान की नेशनलिस्ट तहरीक (राष्ट्रवादी आंदोलन) के साथ है और अक्सर उन्होंने मुसलमानों को मूरिदे-इलज़ाम (आरोपी) ठहराया है। उनके ख़यालात यह हैं।

उन्होंने अपने किसी मुसलमान दोस्त के ख़त का अंश दिया है जिसमें उसने लिखा था -

'आपके जाने के बाद, नेशनलिज़्म ने भाषा के मुआमले में मुसलमानों को सख़्त चोट पहुँचाई है। यह ऐतिहासिक घटना है कि उत्तरी भारत की सारी वह भाषाएँ जो बोली जाती हैं, अपनी तरक़्क़ी और प्रगति के लिए मुसलमानों की हिमायत की अहसान-मंद हैं।

लेकिन नेशनलिज़्म ने यह फ़ैसला किया है कि तमाम विदेशी शब्द राष्ट्रीय भाषा से निकाल दिये जाएँ और इसी राष्ट्रीय भाषा का नाम 'हिन्दुस्तानी' क़रार दिया जाए और नेशनलिज़्म ने यह भी फ़ैसला किया है कि न केवल टेक्निकल शब्द-योजना (उक्तियों) के लिए बल्कि रोज़मर्रा के अलफ़ाज़ के लिए संस्कृत को स्रोत व शब्द भंडार क़रार दिया जाए। वह संस्कृत जो कभी देश में बोली नहीं गयी।'

इस गद्यांश के बाद, ख़ालिदा ख़ानम अपनी राय देती हैं।

'मैं उस मुल्क की हूँ जो शुद्ध भाषा का समर्थक है और इस आधार पर मुझे हिन्दुओं का तरफ़दार होना चाहिए था। मगर मैं उनकी तरफ़दार नहीं हूँ, इसकी वजह यह है कि शुद्ध भाषा मैं उसे समझती हूँ, जिसमें लिखने की भाषा जहाँ तक हो सके उस भाषा से क़रीब लाई जाए, जो बोली जाती है, टेक्निकल उक्तियों के बारे में मैं इंटरनेशनल यानी अंतरराष्ट्रीय एकता की समर्थक हूँ।'

आगे चलकर वह फ़रमाती हैं :

'हिन्दू जिन शब्दों को (अरबी व फ़ारसी के शब्दों को) विदेशी क़रार देते हैं, वह विदेशी नहीं रहे; जिन शब्दों का इस्तेमाल एक हज़ार वर्षों से हो रहा है उनकी जड़ कहीं की हो, हिन्दुस्तान वाले उनसे अजनबी संस्कृत शब्दों की अपेक्षा ज़्यादा आशना (परिचित) हैं।'

मैं उनके मूल शब्द आपकी इजाज़त से पढ़कर सुना देना चाहता हूँ (इस मौक़े पर आपने (उन्होंने) किताब से अंग्रेज़ी इबारत पढ़ी, जिसका अनुवाद अभी गुज़र चुका है।)

साँझी भाषा का हल मेरे नज़दीक यह नहीं कि एक ऐसी भाषा बनाई जाए जो न आज की सख़्त उर्दू हो और न आजकल की सख़्त हिन्दी। क्योंकि जब ऐसी रीडरें तैयार की जाती हैं तो दोनों तरफ़ से उन पर एतराज़ शुरू हो जाते हैं। उर्दू वाले कहते हैं कि साँझी भाषा के पर्दे में हिन्दी को रिवाज दिया जा रहा है। हिन्दी वाले कहते हैं कि यह तो वही उर्दू रही। मेरे नज़दीक इस मुश्किल का हल यह है कि हर विद्यार्थी को उर्दू और हिन्दी दोनों भाषाएँ सीखने पर मजबूर किया जाए। फिर आहिस्ता आहिस्ता ख़ुद बख़ुद एक घुलीमिली भाषा पैदा हो जाएगी।

अलीगढ़ यूनिवर्सिटी ने उर्दू के एम.ए. के पाठ्यक्रम में इसी उसूल को ध्यान में रखकर हिन्दी का एक अनिवार्य पर्चा भी रखा है। मुझसे एक साहब

ने कहा (मैं नहीं जानता यह कहाँ तक सही है, क्योंकि वहाँ का पाठ्यक्रम मेरी नज़र से नहीं गुज़रा) और इसी को नज़ीर (दृष्टांत) क़रार देकर लखनऊ के हिन्दी एम.ए. के पाठ्यक्रम में उर्दू का पर्चा शामिल किये जाने की भी माँग की गई थी, मगर उसे माना नहीं गया। अगर यह सही है तो इस ग़लती की तलाफ़ी (भरपाई) होनी चाहिए।

शायद यह कहा जाए कि विद्यार्थी पर कितनी भाषाएँ सीखने का बोझ डाला जाएगा। इसका मेरे पास यह जवाब है कि उर्दू और हिन्दी दो विभिन्न मूल की भाषाएँ नहीं हैं। दक्षिण अफ़्रीक़ा में डच और अंग्रेज़ी और कनाडा में फ़्रेंच और अंग्रेज़ी दो या बिल्कुल अलग अलग भाषाएँ हैं तो कोई कारण नहीं कि उर्दू हिन्दी जो वास्तव में एक ही भाषा हैं, क्यों साथ-साथ न चल सकेंगी।

हिन्दू लेखकों से मेरी दरख़्वास्त है कि वह ऐसी उर्दू लिखें जैसी प्रिय आदरणीय मुंशी दया नारायण निगम साहब, पण्डित कोल, पण्डित ज़ुत्शी लिखते हैं। मुसलमान ऐसी लिखें जैसे सैयद सुलेमान नदवी मौलवी अब्दुल हक़, हसन निज़ामी, डॉक्टर ज़ाकिर हुसैन लिखते हैं। काश! मुंशी प्रेमचंद जैसे रचनाकार हममें पैदा हों, जिनकी भाषा पर गिरिफ़्त उर्दू और हिन्दी दोनों भाषाओं पर समान थी और जिन्हें उर्दू और हिन्दी अपना सबसे बड़ा साहित्यकार गिनने की होड़ में लगी हैं।

एक हद तक यह मसअला पुराना (Out dated) हो गया है; मैं देख रहा हूँ कि जब से हिन्दुस्तानी एकेडमी क़ायम हुई है, उसके हर सालाना (वार्षिक) जलसे में हर ख़ुत्बा-ए-सदारत (अध्यक्ष के अभिभाषण) में इसके सम्बंध में विचार प्रकट किए गये हैं।

सर तेज बहादुर सप्रु, मिस्टर सच्चिदानन्द, मौलवी अब्दुल हक़, मौलाना सैयद सुलेमान नदवी, डॉक्टर गंगानाथ झा, एकेडमी में और एकेडमी के बाहर फ़ैसलाकुन बात के तौर पर, पण्डित नेहरू निहायत क़ाबिलियत मगर निहायत ठंडे दिल से इस समस्या के हर पहलू पर नज़र डाल चुके हैं लेकिन समस्या

इतनी अहम है कि हमारे विद्वानों की सारी तवज्जोह इसकी तरफ़ है; फिर भी कोई माक़ूल हल, ऐसा हल जिसे आम राय ख़ुशी से क़बूल कर ले नज़र नहीं आता। तो फिर इस गुत्थी को सुलझाने का मैं क्या दावा कर सकता हूँ। लेकिन अपनी बिसात भर कोशिश मैंने भी की।

हज़रात! हिन्दुस्तानी एकेडमी की शैक्षिक और साहित्यिक सेवाएं प्रशंसनीय हैं। इस कम समय में उसने बहुत कुछ किया है, लेकिन काम की शुरुआत ही है और इस वक़्त ही अगर अपना पूरा प्रोग्राम पूरे ध्यान से सुनिश्चित कर लिया जाए तो बेहतर है।

हमारी भाषा के लिए यह दौर दौरे-तर्जुमा (अनुवाद का ज़माना) है। उसमानिया यूनिवर्सिटी हो या अंजुमन तरक़्क़ी-ए-उर्दू, हिन्दुस्तानी एकेडमी हो या कोई और जमाअत, दूसरी ज़बानों के उच्च श्रेणी के लेखकों की किताबों के अनुवादों से वह बेख़बर नहीं। यही नहीं कि बेख़बर नहीं बल्कि उनकी कोशिशों के ज़्यादातर हिस्से का आधार उमदा किताबों के अनुवाद कराने या ऐसे लेखों और निबन्धों के क्रमबद्ध करने पर हो जो किसी प्रामाणिक अच्छी पुस्तक या उच्च श्रेणी के लेखक पर है और इसे कार्यान्वित करने का यह तरीक़ा सही भी है। रचना का दौर अनुवाद के दौर के बाद आता है।

पहले अपनी ज़बान के ख़ज़ाने उन जवाहरात से भर लीजिए, जो आपको आसानी से मिल सकते हैं, फिर नई खदानों की तलाश में निकलिएगा लेकिन मैं देखता हूँ कि इस पर ज़्यादा ज़ोर दिया जाता है कि साइंस और फ़लसफ़े (दर्शन शास्त्र) की किताबों का ही अनुवाद किया जाए। बेशक उनका तर्जुमा (अनुवाद) बेहद ज़रूरी मगर दूसरी भाषाओं के साहित्य से हमें बेख़बर नहीं रहना चाहिए। इंसानी रूह की तड़प और उस तड़प से जो सोज़ो-गुदाज़ (मार्मिकता) क़ौमों में पैदा हुआ है, वह हमें साहित्य में ही मिलता है।

सैयद हुसैन बिलग्रामी मरहूम ने अलीगढ़ में एक लेक्चर के दौरान किस क़दर सही फ़रमाया था कि अरबों ने यूनानियों के ज्ञान व कलाओं, विज्ञान, बोध व दर्शन, तर्कशास्त्र व चिकित्साशास्त्र को अपनी भाषा में स्थान देकर उनके

दिमाग़, उनके गोश्त पोस्त को ले लिया, मगर उनके लिट्रेचर की अनदेखी करने की वजह से यूनान की रूह, यूनान के दिल तक उनकी पहुँच नहीं हुई। यूनान की ख़ुश्की और बलूसत तो उनमें आ गई, मगर यूनान की लताफ़त (नरमी, पाकीज़गी) हुस्न व सौंदर्य के इश्क़ की विलायत से वह दामन बचाकर निकले चले गये। इसलिए वह एक बड़ी नेमत से महरूम रह गये।

यूरोप जब मध्ययुग के ख़्वाब से जागा तो इंसानियत परस्ती की लहर इस लिट्रेचर के अध्ययन से उसमें दौड़ गयी। इस लिट्रेचर को उसने Humanities के बड़े उपयुक्त नाम से याद किया। इसलिए मेरी अर्ज़ है कि आप साहित्य के अनुवाद की अहमियत को मामूली नज़र से न देखें और यूनान और प्राचीन रोम का लिट्रेचर हमारी भाषा में मुंतक़िल (स्थानांतरित) होना चाहिए।

जिस साहित्य ने बायरन को यूनान का ऐसा आशिक़ बना दिया कि उसने इसके लिए अपनी जान दे दी, वह कुछ जादू अपने अंदर रखता होगा। बायरन ही क्या, इंग्लिस्तान के और यूरोप के कुल शाइरों कुल अदीबों (साहित्यकारों) को इसी साहित्य से इलहाम[1] हुआ है।

मिल्टन, कीट्स, शेली की शाइरी में यूनान व रोम के साहित्य से प्रभावित अंशों को निकाल डालिए तो फिर क्या रह जाता है? मक़सद यह है कि होमर, वर्जिल, हीरोडाट्स सोफ़ोक्लस और दूसरे उच्च श्रेणी के साहित्यकारों की रचनाएँ हमारी भाषा में सीधे-सीधे आनी चाहिए।

मैंने सीधे-सीधे (Directly) जानबूझकर कहा। मुझे हँसी आती है जब मैं पढ़ता हूँ कि रूसी, फ़्रांसीसी साहित्य के शाहकारों के अनुवाद उर्दू में हो रहे हैं। जब देखिए तो मतलब यह है कि मैक्सम गोर्की, टॉलस्टाय, चेख़ोब अनातोल फ्रांस के जो अनुवाद अंग्रेज़ी में हुए हैं, उनमें से कुछ किताबें या कुछ फ़साने (कहानियाँ) उर्दू में किये गये हैं। यानी अनुवाद का अनुवाद!

यह कहने की ज़रूरत नहीं कि बेहतरीन तर्जुमा (अनुवाद) मूल रचना की ख़ूबियों का धुँधला सा नक़्श होता हैः यह नक़्श और भी धुँधला हो जाता है जब वह किसी अनुवाद का अनुवाद हो। एकेडमी को इस क़ायदे की सख़्ती से

1. ख़ुदा की तरफ़ से मन में आई कोई बात।

पाबन्दी करनी चाहिए कि वह किसी अनुवाद को स्वीकार न करे, जब तक वह मूल भाषा से उर्दू में न किया गया हो। अफ़सोस है कि उर्दू में ख़ुद हिन्दुस्तान की दूसरी भाषाओं के साहित्य के अनुवाद अंग्रेज़ी से किये जाते हैं।

टैगोर ने अपनी रचनाओं के अंग्रेज़ी अनुवाद ख़ुद किये हैं। अतः यह कहा जा सकता है कि वह अनुवाद नहीं हैं उनकी रचनाएँ हैं। इसलिए टैगोर की अंग्रेज़ी रचनाओं का अनुवाद करना उचित है लेकिन बंकिम चन्द्र और दूसरे बंगाली लेखकों की जो किताबें उर्दू में अनुवाद हुई हैं, मेरा ख़याल है कि वह उनके अंग्रेज़ी अनुवादों से उर्दू में अनुवाद की गयी हैं।

ग़ज़ब ख़ुदा का! मैंने अलिफ़लैला का एक अनुवाद देखा जो अंग्रेज़ी से किया गया था। मेरी विनती है संस्कृत साहित्य के अनुवाद भी उर्दू और संस्कृत के विद्वान उर्दू में करके हमें दें।

उर्दू के पुराने उस्तादों (गुरुओं, कवियों आदि) के कलाम को और कई जो उस्ताद थे भी नहीं, उनको उस्ताद बनाकर पेश करना और उनके सम्बंध में आलोचनात्मक लेख लिखना और उनकी एक जैसी और उनकी एकान्तवास की ज़िन्दगी, ऐसी ज़िन्दगी जो हंगामा और तूफ़ानों से दूर रही हो, जिनके कलाम ने समकालीनों के जीवन या आइन्दा नस्लों पर कोई प्रभाव डाला हो तो हालाँकि यह भी बहुत संदेहास्पद है मगर जिनकी ज़िन्दगी ने बिल्कुल कोई असर न डाला, ऐसी ज़िंदगियों के हालात जुस्तुजू और छानबीन करके ढूँढ़ना एक दिलचस्प मशग़ला है।

आपके आग्रह से मैं यह भी मान लेता हूँ कि उर्दू अदब की ख़िदमत है, मगर हिन्दुस्तानी एकेडमी का क्या यही असली मक़सद होना चाहिए? उसके रिसाले 'हिन्दुस्तानी' को मौलाना फ़ज़लुल हसन हसरत मोहानी के 'उर्दू-ए-मोअल्ला' का द्वितीय चिन्ह नहीं होना चाहिए। ज़रूरत है कि इस क़िस्म के मज़ामीन (लेख) ज़्यादा छपें, जैसे मौलवी नईमुर्रहमान साहब या डॉक्टर सिद्दीक़ी ने लिखे हैं।

हज़रात! हिन्दुस्तानी एकेडमी ने एक कमेटी इस मक़सद से क़ायम की थी कि वह इस समस्या पर ग़ौर करे कि एक साँझी भाषा को किस तरह जन्म

दिया जा सकता है? इस कमेटी ने 13 नवम्बर 1931 ई. को अपना अधिवेशन आयोजित किया और अपनी रिपोर्ट तैयार की। एकेडमी की कौंसिल में 7 मार्च 1933 ई. को यह रिपोर्ट पेश हुई और कौंसिल ने रिपोर्ट से सहमति जताते हुए यह रिज़ौल्यूशन पास किया कि एकेडमी एक ऐसी डिक्शनरी शाया (प्रकाशित) करे, जिसमें उर्दू हिन्दी के सभी वह शब्द हों, जो रोज़मर्रा की बोलचाल में इस्तेमाल किये जाते हैं।

16 जनवरी 1937 ई. को मौलाना सैयद सुलेमान नदवी ने अपने ख़ुतबा-ए-सदारत (अध्यक्षता अभिभाषण) में यह तजवीज़ (प्रस्ताव) पेश की कि ऐसे आसान हिन्दी शब्दों का एक लुग़त (शब्दकोष) फ़ारसी लिपि में लिखा जाए और उनके पर्यायवाची हिन्दुस्तानी शब्द लिखे जाएँ ताकि वह आसानी से हिन्दुस्तानी में शामिल हो सकें। मेरी दरख़्वास्त इससे ज़्यादा है। एक मुकम्मल हिन्दी डिक्शनरी फ़ारसी लिपि में छापी जानी चाहिए। हिन्दी शब्दों को ब्रैकेट्स में देवनागरी अक्षरों में भी लिख दिया जाए। मगर अर्थ व व्याख्या सब फ़ारसी लिपि और हिन्दुस्तानी में हो।

हज़रात! जब तक आप लेथो के शिकंजे से अपने अखबारों, अपनी किताबों को मुक्त नहीं करेंगे मेरी राय में उर्दू पूरी तरक़्क़ी नहीं कर सकती। आप लेथो द्वारा किसी किताब या किसी अख़बार को लाखों की तादाद में छाप ही नहीं सकते। कुछ हज़ार कापियों के बाद हर्फ़ (अक्षर) उड़ने लगते हैं। इसके अलावा किताबत (Composing) इतनी तेज़ी से नहीं हो सकती, जितनी तेज़ी से टाइप कम्पोज़ किया जाता है। फिर हर वक़्त आपको यह आसानी है कि छपते-छपते आप किसी इबारत को निकाल सकते हैं, बढ़ा सकते हैं, घटा सकते हैं।

अख़बार की तैयारी और एडिशन में इस आसानी को बड़ा दख़ल है। अख़बार छप रहा है, आपके पास ख़बर आई। आप प्रेस रोक कर, अख़बार के किसी पैराग्राफ़ को निकाल कर वरना जैसा कि आम क़ायदा है (Stop press) की जगह में जो पहले ही से इसी मक़सद के लिए ख़ाली रखी जाती है, उस ख़बर को छाप सकते हैं। कापियों की, किताबत की ग़लतियों के दुरुस्त करने में जो देर लगती है, यही उसे रद्द करने व छोड़ देने के लिए काफ़ी है।

इन तमाम आसानियों और ख़ूबियों की वजह से सिवाय हिन्दुस्तान के और हिन्दुस्तान में भी सिवाय उर्दू के कहीं अख़बार लेथो में नहीं छापे जाते। ईरान, मिस्र, तुर्की, अरबिस्तान और तो और अफ़ग़ानिस्तान, हिजाज़, इन तमाम मुल्कों ने लेथो की छपाई एक दम बन्द कर दी। इन मुल्कों की सारी किताबें टाइप में छपती हैं।

लेकिन हमारा हिन्दुस्तान, मैंने ग़लत कहा, हमारी उर्दू अभी पत्थर ही के ज़माने में है, इससे आगे नहीं बढ़ी। हिन्दुस्तान की सभी ज़बानें, बंगाली, मराठी, गुजराती, तेलुगु, मलियालम, कन्नड़ अपने अख़बार और अपनी किताबें टाइप में छापती हैं। इल्ला-माशाअल्लाह हमारी उर्दू! सिन्धी तक जो इसी लिपि में लिखी जाती है, जिसमें उर्दू। उसके तमाम अख़बार और किताबें टाइप में छपती हैं।

सबसे बड़ी रुकावट जो टाइप के छापे की राह में समझी जाती है, वह यह है कि उर्दू के पढ़ने वाले टाइप के छापे के पढ़ने के आदी नहीं। न मालूम यह दलील किन साहब ने ईजाद की है। मैंने तो किसी को नहीं देखा कि टाइप के पढ़ने में उसे कोई ग़ैरमामूली (बहुत ज़्यादा) दिक़्क़त महसूस हो। जब मौलाना अबुलकलाम आज़ाद ने 'अलहिलाल' टाइप में प्रकाशित करना शुरू किया, तो क्या टाइप की वजह से उसकी इशाअत (प्रकाशन) उसकी लोकप्रियता, उसकी माँग में किसी क़िस्म की कमी आई? वह हज़ारों की संख्या में हाथों हाथ बिका और अब भी आँखें उसे ढूँढ़ती हैं और जैसा कि 'सा'दी[1]' ने कहा 'मिस्ले काग़ज़ ज़र मी बरन्द' (सोने के वरक़ की तरह ले जाते हैं।)

अंजुमन तरक़्क़ी-ए-उर्दू का रिसाला 'उर्दू' या रिसाला 'साइंस' या हमारा 'हिन्दुस्तानी' इस वजह से कम नहीं बिकता कि वह टाइप में छपता है। इन रिसालों की इशाअत (प्रकाशन) सिर्फ़ इसलिए महदूद (सीमित) है कि पब्लिक अभी इलमी (ज्ञानपूर्ण) रिसालों की क़द्र ही नहीं करती।

मौलाना मोहम्मद अली मरहूम ने हमदर्द टाइप में निकाला, वह हाथों हाथ लिया गया। लोग एडिटर की शख़्सियत और लेखों के आकर्षण व

1. शेख़ सा'दी एक कवि और बुज़ुर्ग थे।

दिलचस्पी को देखते हैं, टाइप व लेथो को नहीं देखते। जब इस वजह से मजबूर होकर कि काफ़ी टाइप उनके पास मौजूद न था; मरहूम मौलना ने 'हमदर्द' लेथो में छापना शुरू किया तो ख़रीदारों की तादाद में कोई बहुत ज़्यादा इज़ाफ़ा नहीं हुआ।

गवर्नमेंट गज़ट, सरकारी रिपोर्टें और ऐलान टाइप में प्रकाशित होते हैं, यहाँ तक कि सम्मन और सफ़ीने (लिखित सामग्री आदि) गाँव वालों और कम पढ़े लिखे आदमियों तक के पास टाइप के छपे ही जाते हैं। लोग उन्हें पढ़ते हैं और पढ़ने के आदी कर दिये गये हैं।

लेथो के हिमायती और उसके शैदाई अक्सर यह कहा करते हैं कि उर्दू नस्तालीक़ (साफ़ और सीधे अक्षरों) में लिखी जाती है और नस्तालीक़ लेथो ही में छप सकता है। यह ठीक है कि अच्छा नस्तालीक़ टाइप अभी नहीं बन सका है और मेरा ख़याल है कि बन सकता भी नहीं। इसके दायरे, इसकी नोक पलक इतने जोड़ तोड़ माँगते हैं कि उनको टाइप में ढालना और उन टुकड़ों को सीमित संख्या में रखना बस से बाहर है।

लेथो के समर्थक कहते हैं कि जब नस्तालीक़ का अच्छा टाइप नहीं बन सकता तो लामुहाला (हर हालत में) उर्दू, नस्ख़ (प्राचीन अरबी लिपि) में छापी जायेगी और ख़ूबसूरत और दीदाज़ेब (देखने में सुन्दर) लगने वाली नस्तालीक़, जिससे हिन्दुस्तानी ने इतनी तरक़्क़ी की है एकदम ख़त्म हो जायेगा।

यह एतराज़ सही है मगर फ़न्ने-ख़त्ताती (लिखने की कला) व ख़ुशनवीसी जो ख़ुद ही एक फ़न्ने-लतीफ़ (Fine Art) की हैसियत, हिन्दुस्तान व ईरान में हासिल कर चुका था, वह कब का रुख़सत हो चुका। लेथो ने उसके गले पर छुरी फेर दी। यह ख़याल ग़लत है कि लेथो से ख़त्ताती व ख़ुशनवीसी क़ायम है। नस्तालीक़ की एक बिगड़ी हुई शक्ल अब भी मौजूद है।

बस इतना है कि ख़ुशनवीस यह चाहता है कि उसका ख़त साफ़ पढ़ा जा सके। रोज़ाना अख़बारों की इशाअत (प्रकाशन), कातिब (लिखने वाले) से जल्दी जल्दी लिखने की माँग करती है। ऐसी हालत में प्रेस का ख़ुशनवीस उन मशहूर ख़ुशनवीसों का क्या मुक़ाबला कर सकता है जो एक-एक अभ्यास का

काग़ज़, एक-एक टुकड़ा लिखने में महीनों लगा देते थे और जो अपनी उंगलियाँ नर्म करने के लिए हफ़्तों हाथों पर हलुवा बाँधते थे। अब तो 'काता और ले दौड़ी[1]' पर अमल है। इसके अलावा नस्तालीक़ अपनी जगह ख़ुशनुमा है, मगर 'नस्ख़' अच्छा नस्ख़ भी कुछ कम दिलरुबा नहीं। नस्ख़ क़ुदरती तौर पर टाइप में अच्छा ढल सकता है।

यही वजह है कि उन मुल्कों ने भी जो नस्तालीक़ इस्तेमाल करते थे 'नस्ख़' को अपना लिया। ईरान में तो नस्तालीक़ पैदा ही हुआ। वहाँ के ख़त्तात (लिखने वाले) नस्तालीक़ में जो कमाल दिखा चुके हैं, वह हिन्दुस्तान के बहुत कम ख़ुशनवीसों को नसीब हुआ और अब भी इस फ़न के माहिर वहाँ मिलते हैं। इन तमाम बातों के बावजूद ईरान ने नस्तालीक़ को छोड़कर अपनी किताबें, अपने अख़बार सभी टाइप में छापने शुरू कर दिये हैं।

ईरान के बाद अफ़ग़ानिस्तान को देखिए, यह दक़ियानूसी मुल्क भी छपाई में मॉडर्न और जिद्दत-आशना (आधुनिक) है। वहाँ भी किताबें और रिसाले नस्ख़ टाईप ही में प्रकाशित होते हैं। मैंने देखा है वहाँ का मशहूर रिसाला, मुजल्ला 'काबुल' उमदा टाइप में छपता है।

तुर्की ने टाइप सबसे पहले क़बूल किया था और वहाँ का नस्ख़ टाइप मेरी राय में तमाम दूसरे मुल्कों के टाइपों से ख़ूबसूरत व ख़ुशनुमा और फ़न के लिहाज़ से मुकम्मल था। तुर्कों की अभिरुचि सौम्य है। सुन्दरता व श्रृंगार की चेतना (Aesthetic Sence) हमसे ज़्यादा बढ़ी हुई है। इसीलिए उनका टाइप भी ख़ूबसूरत था। हाय, 'इस्तंबोल' के हसीन टाइप के वह हसीन हुरुफ़ (सुन्दर अक्षर) न मालूम अब क्या हो गये होंगे? सम्भवतः उनका सीसा गला के रोमन अक्षर ढाल लिए होंगे। काश! वह ख़रीद कर यहाँ मँगा लिया जाता।

मुझे हैरत है कि मौलाना अबुल कलाम आज़ाद जैसे स्वच्छ अभिरुचि वाले व्यक्ति ने 'अल हिलाल' उसी टाइप में छापा जो आमतौर पर हिन्दुस्तान में प्रचलित है। वह इस्तंबोल या मिस्र का टाइप मँगा सकते थे।

---

1. एक मुहावरा है, जो जल्दबाज़ी में अव्यवस्थित कार्य करने के लिए प्रयोग किया जाता है।

हमारा टाइप सबसे बदतर और गिरा हुआ है। अगर यहाँ के लोग इस टाइप को देखकर टाइप के छापे को नापसन्द करें और लेथो को वरीयता दें तो कोई आश्चर्य नहीं। रिसालों में अब तस्वीरों का रिवाज हो चला है, मगर होता क्या है कि अलग पृष्ठों पर तसवीरें ब्लाक से छापी जाती है और उनके नीचे इबारत टाइप में होती है और वह रिसाले के अंदर विभिन्न पृष्ठों के बीच में लगा दी जाती हैं। किसी पृष्ठ पर जिस पर लेथो की छपी इबारत हो, उम्दा ब्लाक की तस्वीर नहीं हो सकती।

यह कोशिश बेकार है कि उम्दा नस्तालीक़ टाइप का अविष्कार हो। बरसों से हैदराबाद वग़ैरह में इस पर रुपया और समय बर्बाद किया जा रहा है। वह मेहनत अगर नस्ख़ के टाइप के रिवाज पर की जाती तो फ़ायदेमंद होती।

मौलाना सुलेमान नदवी से मुझे शिकायत है कि 'मआरिफ़' और दारुल मुसन्निफ़ीन की किताबें वह टाइप में क्यों नहीं छापते। इस तहरीक (आंदोलन) का सरदार उनको होना चाहिए। 'जामिया मिल्लिया' दिल्ली के प्रेस में जो टाइप है मेरी राय में वह उस टाइप से जिसमें कि 'एकेडमी' की किताबें वग़ैरा इस वक़्त छप रही हैं, बहुत बेहतर है। मेरे ख़याल में एकेडमी का रिसाला और तमाम किताबें उस टाइप में छपनी चाहिए।

हज़रात! एक चीज़ जो प्रत्यक्ष रूप से सच्चाई है आपका ध्यान चाहती है। हमारी छपी हुई किताबों में ऐराब (उच्चारण चिन्हों) ज़बर, ज़ेर, पेश का इस्तेमाल ज़्यादा होना चाहिए। हमारी लिपि पर यह दोष लगाया जाता है कि उस पर जो इबारत लिखी जाती है उसको सही पढ़ने के लिए यह ज़रूरी है कि पढ़ने वाला इबारत के शब्दों के सही उच्चारण को पहले से जानता हो; और इसी को दूर करने के लिए ऐराब (उच्चारण चिन्हों) का आविष्कार किया गया है।

मगर हमने इस ज़रूरी चीज़ का इस्तेमाल बिल्कुल छोड़ रखा है, और इसकी वजह से अच्छे पढ़े-लिखे आदमी इबारत के पढ़ने में ग़लतियाँ करते हैं।

मैं यह नहीं चाहता कि लफ़्ज़ के हर अक्षर पर क़ुरआने-करीम की आयतों की तरह उच्चारण चिन्ह लगाये जाएँ। न इसकी ज़रूरत न इसकी मोहलत है। मगर उन हुरूफ़ (अक्षरों) पर लगा देने से जिन्हें तलफ़्फ़ुज़ (उच्चारण) की कुंजी कहना चाहिए, इबारत के सही पढ़ने में बहुत मदद मिलेगी।

उदाहरण के तौर पर यह वाक्य लीजिए, 'मौलाना अब्दुल हक़ ने फ़रमाया।' इसमें 'मौलाना पर किसी उच्चारण चिन्ह की ज़रूरत नहीं। 'अब्दुल हक़' 'ऐन' पर ज़बर और दाल (द) पर पेश (उ की मात्रा) और 'हाय' (ह) पर ज़बर (अ की मात्रा) काफ़ी है; यानी तेरह अक्षरों के वाक्य में केवल तीन पर ऐराब (उच्चारण चिन्ह) लगाने की ज़रूरत है।

मिसाल के तौर पर 'हिन्दुस्तानी' की किताबों के इश्तिहार में छपता है; 'सोल एजेंट किताबिस्तान' यह सोल (Sole) और सिविल (Civil) भी पढ़ा जा सकता है। अब अगर वाओ 'व' पर साकिन (निष्क्रिय Motionless) का चिन्ह लगा दिया जाए तो सोल, सिविल नहीं पढ़ा जाएगा।

हज़रात! एक और ख़याल मैंने बार-बार आपके सामने पेश किया है जब ऐकेडमी क़ायम हुई, उसकी शुरुआत ही में यानी 9 दिसम्बर 1938 ई. को मैंने एक रिज़ोल्यूशन रोमन अक्षरों को प्रचलित करने के सम्बन्ध में पेश किया था। फिर पिछले वर्ष लखनऊ में हिन्दुस्तानी ऐकेडमी के उर्दू सेक्शन में इसके मुताल्लिक़ मैंने एक मक़ाला (निबन्ध) पढ़ा। अब फिर आपको बहकाने और आपके सिर दर्द का कारण बनने के लिए मैं उसी राग को अलापता हूँ।

लेकिन इस दफ़ा मेरी हिम्मत बढ़ी हुई है। हिन्दुस्तान की इस अज़ीमुश्शान जमाअत के सद्र (अध्यक्ष) ने (जिसके हाथ में इस मुल्क के सात राज्यों की हुकूमत की लगाम है) 'हरिपुरा काँग्रेस' के प्लेटफ़ार्म से इस समस्या पर इज़हारे ख़याल फ़रमाकर कहीं से कहीं पहुँचा दिया। मिस्टर 'सुभाष बोस' रोमन हुरूफ़ के रिवाज के समर्थक हैं।' यह आवाज़ सारे मुल्क में गूँज रही है। इस मसले पर जो कमज़ोर आवाज़ें कमज़ोर आदमियों की तरफ़ से उठती थीं उनको कोई

सम्मान नहीं दिया जाता था लेकिन जब एक बड़े गिरजा के बड़े आर्गन की पुर-अज़मत आवाज़ से वही लय निकल रही है तो मुझे यक़ीन है कि वह अक़ीदत और एहतराम (आदर) से सुनी जायेगी।

मैंने जो पिछले वर्ष कहा था, वही अब भी कह सकता हूँ। केवल शब्द बदल सकता हूँ। इसलिए मैं यह मुनासिब समझता हूँ कि जो मक़ाला मैंने पिछले वर्ष पढ़ा था उसको बतौर ततिमा या परिशिष्ट (Appendix) के इस ख़ुत्बे (अभिभाषण) के साथ शमिल कर दूँ।

लेकिन निहायत मुख़तसर (संक्षिप्त) तौर से यह अर्ज़ कर दूँ कि मैं यह नहीं कहता कि 'टर्की' की तरह क़ानूनन 'हिन्दुस्तानी' का फ़ारसी हुरूफ़ या नागरी अक्षरों में लिखना बन्द कर दिया जावे और हर शख़्स मजबूर कर दिया जाए कि वह रोमन में लिखे।

नहीं! मेरी अर्ज़ यह है कि मौजूदा (वर्तमान) फ़ारसी ख़त और नागरी ख़त जारी रहे, मगर साथ ही उसके 'रोमन' को भी रिवाज देने की कोशिश की जाए और उर्दू हिन्दी की किताबें और अख़बार इन हुरूफ़ (अक्षरों) में भी छापे जाएँ ताकि मुल्क के उस तबक़े (वर्ग) तक जो हिन्दुस्तानी ज़बान बोलता और समझता है मगर फ़ारसी या देवनागरी लिपि से अज्ञानता के कारण उसे पढ़ नहीं सकता, हमारे साहित्य की पहुँच हो सके।

बात की समाप्ति पर मैं उर्दू और हिन्दी के सर्वव्यापी प्रभाव के सम्बन्ध में अर्ज़ करना चाहता हूँ। इसमें तो कोई शक नहीं कि वह भाषा जिसे उर्दू कहिए या हिन्दी या मेलमिलाप वाले तरीक़े से 'हिन्दुस्तानी' इस मुल्क के एक बड़े हिस्से पर छाई हुई है और छापी जाती है और मेरा विश्वास है कि हिन्दुस्तान में भाषाओं का भी फ़ेडरेशन (Federation) होगा, और यह दो फ़ेडरेशन होंगे। पंजाब, सिंध और सीमा प्रान्त उर्दू के फ़ेडरेशन में शामिल होंगे। यहाँ उर्दू हाकिमे-आला (सर्वोच्च शासक) होगी।

मक़ामी-हुकूमते ख़ुद-इख़्तियारी (Local self government) पंजाब में पंजाबी को सिन्ध में सिन्धी को, सूबा-ए-सरहद (सीमा प्रान्त) में पश्तो को दी

जायगी बलूचिस्तान के मुताल्लिक़ मैं कोई राय क़ायम नहीं कर सकता कि वह इस फ़ेडरेशन में शामिल होगा भी या नहीं।

दूसरा हिन्दी का फ़ेडरेशन होगा। इसमें मध्य भारत के सूबे, महाराष्ट्र, बम्बई शामिल होंगे। हमारा सूबा और बिहार हिन्दी के फ़ेडरेशन में शामिल होगा। मगर उर्दू का फ़ेडरेशन यहाँ छाया रहेगा और मुमकिन है भाषाई अराजकता (Linguistic Anarchy) रहे। जिस तरह बलूचिस्तान के सम्बन्ध में मैं कोई राय नहीं दे सकता, बंगाल के मुताल्लिक़ भी मैंने कोई राय क़ायम नहीं की। बलूचिस्तान का उर्दू के फ़ेडरेशन में शामिल होना इसलिए संदेहास्पद है कि वहाँ भाषा और बोली के बारे में कोई अहसास, कोई जागरूकता नहीं।

बंगाल की हालत इसके बिल्कुल विपरीत है। वहाँ ख़ुद्दारी (आत्मस्वाभिमान) का अहसास इस क़दर तेज़ है कि बंगाल हिन्दी के फ़ेडरेशन में शामिल होना अपनी शान के ख़िलाफ़ समझेगा।

दक्षिण भारत इन दोनों फ़ेडरेशनों से बिल्कुल आज़ाद रहेगा। मिस्टर गोपालाचार्य दक्षिण भारत में हिन्दी को रिवाज देने की कोशिश कर रहे हैं मगर 'एन्टी हिन्दी कॉनफ्रेंस' की स्थापना ने उन्हें सिद्ध कर दिया होगा कि वह दक्षिण भारत में हिन्दी को रिवाज नहीं दे सकते। इसकी वजह यह है कि हालाँकि हिन्दू धर्म की वजह से हिन्दू समाज का प्रभाव वहाँ हावी है और संस्कृत साहित्य वहाँ श्रद्धा और शौक़ से पढ़ा जाता है लेकिन चूँकि वहाँ की भाषाएँ द्राविड़ी हैं वह अपने को हिन्दी से बिल्कुल अलग और दूर पाती हैं। लिपि, शब्द, व्याकरण, हर चीज़ अलग है।

सीमान्त प्रान्त के उस बदनाम 'एन्टी हिन्दी सर्कुलर' ही को लीजिए जिसकी वजह से अख़बारों के सैकड़ों कालम सियाह हुए और सैकड़ों प्रोटेस्ट रिज़ोल्यूशन पास हुए, नतीजा क्या हुआ? सरहद में न हिन्दी रही न उर्दू; वहाँ की असैम्बली के एक नेशनिलस्ट मिम्बर ने यह रिज़ोल्यूशन असेम्बली में पेश कर दिया है कि वहाँ की मातृभाषा पश्तो है लिहाज़ा वहाँ शिक्षा का माध्यम पश्तो ही हो।

मैंने जो यह कहा कि सूबा-ए-सरहद (सीमांत प्रान्त) पंजाब और सिन्ध में संभवतः उर्दू कामयाब होगी यह इस बुनियाद पर कहा कि वहाँ के बाशिन्दे (निवासी) (मैं अधिकतर लोगों का ज़िक्र कर रहा हूँ।) जिस लिपि में अपनी-अपनी भाषा पढ़ते लिखते हैं वह वही लिपि है जिसमें उर्दू लिखी जाती है।

इसके अलावा उनकी ज़बानों में फ़ारसी अरबी अलफ़ाज़ उसी अनुपात में शामिल हैं, जिस अनुपात से उर्दू में। इसलिए वह उर्दू को हिन्दी की अपेक्षाकृत अपनी भाषा के नज़दीकतर पायेंगे। इसी आधार पर मध्य भारत के सूबों, बरार, बम्बई, महाराष्ट्र के लोग हिन्दी को अपनी ज़बान के क़रीबतर पायेंगे।

तात्पर्य यह है कि हर जगह जहाँ हिन्दी कामयाब होगी वहाँ समझना चाहिए कि उर्दू भी कामयाब होगी। इसी तरह जहाँ उर्दू ने घर कर लिया वहाँ हिन्दी भी दाख़िल होगी। मद्रास का रहने वाला जो तेलुगु या कन्नड़ या मलियालम बोलता है, जब हिन्दी बोलने और पढ़ने लगेगा तो क्या वह उर्दू नहीं समझेगा।

मैंने आपका बहुत वक़्त लिया, लेकिन मैंने सोचा कि जब आपने मौक़ा दिया है तो क्यों न इस मौक़े से फ़ायदा उठाऊँ। फिर ऐसा मौक़ा हाथ आए न आए; दिल की भड़ास तो निकाल लूँ।

अमीर जमा हैं अहबाब, दर्दे दिल कह दे
फिर इल्तिफ़ाते दिले दोस्ताँ रहे न रहे।

उर्दू हिन्दी के लिए रोमन हुरूफ़ का इस्तेमाल

यह समस्या हिन्दुस्तानी एकेडमी के सामने पहली मर्तबा पेश नहीं की जा रही है। इससे पहले भी 1925 ई. में मैंने एकेडमी की कौंसिल में एक रिज़ोल्यूशन पेश किया था कि एकेडमी की प्रकाशित सामग्री उर्दू-हिन्दी के अलावा रोमन स्क्रिप्ट में भी छापी जाया करे। एकेडमी ने उस वक़्त इस तजवीज़ (प्रस्ताव) को मुस्तरद (निरस्त) कर दिया। लेकिन थोड़े ही दिनों बाद यह मसअला दूसरी जगहों पर प्रभावशाली व्यक्तियों की ओर से उठाया

गया और प्रेस में और लेक्चरों और लेखों निबन्धों द्वारा जनता के सामने काफ़ी प्रत्यक्ष रूप में आया।

एक मुद्दत तक इलाहाबाद के एक बड़े अख़बार 'लीडर' में यह बहस छिड़ी रही और प्रोफ़ेसर शेषाद्री ने क़ाबिलियत के साथ और ज्ञानपूर्ण तरीक़े से इसकी हिमायत में लेख लिखे। सम्भवतः शान्ति निकेतन में भी इसके समर्थन में एक मज़मून पढ़ा गया। हालाँकि वह मेरी नज़र से नहीं गुज़रा। और सबसे आख़िर में जवाहरलाल नेहरू जैसी आदरणीय और लोकप्रिय हस्ती ने भी अपनी जीवनी में इसी पर विचार प्रकट कर इसकी अहमियत को दोबाला कर दिया।

उस वक़्त जो यह समस्या एकेडमी की कौंसिल के सामने एक मामूली शख़्स की तरफ़ से पेश हुई थी, इसकी हंसी उड़ाई गई थी। लेकिन मैं उम्मीद करता हूँ कि शायद अब के यह कांफ्रेंस इस पर गम्भीरता से विचार करे।

मैं शुरू ही में यह अर्ज़ कर दूँ कि मैं उग्रपंथ का पैरोकार नहीं और शायद इस वजह से मैं सौ रान्दा व ज़ाँ सौ दरमान्दा हूँ। अगर मैं यह कहता हूँ कि अरबी और देवनागरी अक्षरों का इस्तेमाल बिल्कुल छोड़ दिया जाए और ज़बर्दस्ती रोमन अक्षरों को रिवाज दिया जाए तो शायद लोग भड़कते और शिद्दत से मेरी मुख़ालिफ़त की जाती और जैसा कि मुख़ालिफ़त का अक्सर परिणाम निकलता है, कुछ बहुत समर्थन करने वाले भी मुझे मिल जाते। पहली बार भी मैंने साफ़ तौर पर यह कह दिया था कि मैं यह नहीं चाहता कि अरबी और देवनागरी अक्षरों में किताबें छापना एकदम बन्द कर दिया जाए और अब भी यही कहता हूँ।

और साफ़ तो यूँ है कि हमारे मुल्क में ख़ुशक़िस्मती से यह मुमकिन भी नहीं। यह बातें तो वहीं हो सकती हैं जहाँ 'डिक्टेटरशिप' है जहाँ किसी निरंकुश शासक का हुक्म चलता है। टर्की और सोवियत रूस में इस तरह के अहकाम (Orders) लागू किये जा सकते हैं और किये गये हैं। कम से कम मैं तो इस क़िस्म की 'डिक्टेटरशिप' का हिन्दुस्तान के लिए आरज़ूमंद नहीं।

रस्मुलख़त (लिपि) की जंग इन सूबों में कमोबेश तीस पैंतीस साल से जारी है। रस्मुलख़त के साथ ज़बान की जंग भी जारी है। मगर यह अरबी वर्णों और देवनागरी वर्णों और उर्दू भाषा और हिन्दी भाषा की जंग थी।

मैदान में एक छोटा सा बच्चा और कूद पड़ा है और वह रोमन स्क्रिप्ट है। यह आशा करना कि अरबी और देवनागरी अक्षर हिन्दुस्तान से उठ जाएँगे, या इसकी कोशिश करना बिल्कुल व्यर्थ है। दो बड़ी क़ौमों के मिले जुले समाज, उनकी संस्कृति और सभ्यता, इतिहास व परम्परा के यह शब्द वाहक हैं। जिन क़ौमों के पास ऐसा अज़ीमुश्शान इतिहास और ऐसी परम्परा न हों, ऐसा मालामाल साहित्य न हो, वह आसानी से भाषा छोड़ सकती है, अपनी लिपि छोड़ सकती है, अपनी मुआशरत छोड़ सकती है।

सहरा-ए-अफ़रीक़ा के ज़ूलो और बाँटू (आदिवासी क़बीलों) को जो अक्षर चाहे सिखा दीजिए, जो भाषा चाहे उनकी भाषा क़रार दे दीजिए। हालाँकि वह भी अपनी ज़बान ख़ुशी से छोड़ने पर तैयार न होंगे। लेकिन हम कैसे छोड़ दें? और हक़ीक़त यह है कि जब तक क़ुरआन शरीफ़ अरबी अक्षरों में और पवित्र वेद देवनागरी अक्षरों में सुरक्षित हैं किसी के दिमाग़ में यह बात नहीं आ सकती।

देवनागरी और अरबी हुरूफ़ (अक्षर) प्राचीन सभ्यता व संस्कृति की यादगार हैं और अपनी-अपनी जगह पर इंसानी इर्तक़ा (मनुष्य की प्रगति) का आला नमूना है। वह इंसानी आवाज़ को क़ैद करने और ज़ाहिर (प्रकट) करने के ऐसे ही अजीब और मुकम्मल तरीक़े हैं जैसे कि रोमन हुरूफ़! मुकम्मल और बे ऐब रस्मुल ख़त (लिपि) न अरबी हुरूफ़ है न देवनागरी और न रोमन। इन तीनों में उनकी ख़ास ख़ूबियाँ और ख़ास ऐब मौजूद हैं।

नागरी लिपि बशर्ते यह कि सभी मात्राओं के साथ लिखी जाए तो आसानी से पढ़ी जा सकती है। इसके लिए यह ज़रूरी नहीं कि पढ़ने वाला तहरीरशुदा लफ़्ज़ को पहले से जानता हो तो सही सही पढ़ सके। मगर वह बहुत देर में लिखा जाता है। इसके विपरीत अरबी रस्मुलख़त मुख़्तसर

नवीसी (संक्षिप्त लेखन) का एक उम्दा नमूना है। यह मुख़्तसर नवीसी उस वक़्त से शताब्दियों पहले अविष्कृत हुई जबकि पिटमैन के दिमाग़ में शॉर्टहैंड का ख़्याल पैदा हुआ। मगर इसके अलफ़ाज़ को सही पढ़ने के लिए उन अलफ़ाज़ का जानना ज़रूरी है।

ऐराब (उच्चारण चिन्ह) इस ऐब को दूर कर देते हैं, मगर ऐराब से इस के तेज़ लिखने में फ़र्क़ आ जाता है। इन दोनों रस्मुल ख़तों की क़सीदा ख़्वानी (प्रशंसा गीत) के बाद भी अगर मैं रोमन रस्मुल-ख़त की हिमायत करता हूँ तो क्यों? इसलिए कि मौजूदा हालात में हिन्दुस्तानी भाषा को रिवाज देने का यह बेहतरीन माध्यम है।

इस्लाम जहाँ गया, अपने अक्षर साथ लेता गया। जिस देश को इसने जीता, या जहाँ वह फैला वहाँ की भाषा पर इसने गहरा असर डाला। कई मुल्कों ने तो इस्लाम के साथ अरबी भाषा को भी अपना लिया है, जैसे मिस्र और उत्तरी अफ़्रीक़ा। अक्सर ने अक्षर ज़रूर लिये। ईरान, अफ़ग़ानिस्तान, सिन्ध, बलूचिस्तान, कुर्दिस्तान, तुर्किस्तान, और शायद जावा व सुमात्रा वह मुल्क हैं जिन्होंने अपनी ज़बान तो न छोड़ी लेकिन मज़हब के साथ अरबी रस्मुल-ख़त को इख़्तियार कर लिया। शायद चीन ही वह मुल्क है जहाँ अरबी रस्मुल-ख़त ने वहाँ के मुसलमानों में रिवाज न पाया।

हिन्दुस्तान की आर्य क़ौम ने अपने जीते हुए मुल्कों और उनमें जो उनके प्रभाव में आए अपने रस्मुलख़त को मनवा लिया। इस महाद्वीप के विभिन्न सूबों में, जिनमें से हर एक अपनी जगह पर एक मुल्क है, रस्मुलख़त-देवनागरी, उसकी बदली हुई शक्ल का एक रस्मुलख़त हो गया। जुनूबी हिन्द (दक्षिण भारत) की ज़बानों, लिट्रेचर और कई तरह की लिपियों ने भी उस क़ौमी असर को महसूस और क़बूल किया। तेलुगु और कन्नड़ लिपियों ने अपनी-अपनी अलग हैसियत क़ायम रखी लेकिन देवनागरी रस्मुल-ख़त का असर उनमें भी नुमायाँ (प्रत्यक्ष) है।

अब इस वक़्त एक और लिपि का सर्वव्यापी प्रभाव तमाम भारतीय उपमहाद्वीप पर छाया हुआ है। यह लिपि रोमन लिपि है। बंगाली, सिन्धी, पश्तो,

तलंगी, कन्नड़ी, गुजराती, मराठी बोलने वाला अपनी भाषा अपने अक्षरों में पढ़ता है लेकिन उसका शिक्षित वर्ग दिन ब दिन बढ़ती तादाद में रोमन अक्षरों से लामुहाला वाक़फ़ियत पैदा करता है। हिन्दुस्तानी ज़बान की पहुँच उस वर्ग तक रोमन अक्षरों के माध्यम से निहायत आसान हो गयी।

बम्बई के पारसी और इस प्रेसीडेंसी के और शहरों के रहने वाले कलकत्ते और बंगाल के बड़े शहरों के रहने वाले हिन्दुस्तानी ज़बान से, जिस तरह कि वह आमतौर पर बोली जाती है आमतौर से परिचित होते हैं। इसके अलावा हिन्दी भजन और ठुमरियाँ और ग़ज़लें हिन्दुस्तानी ज़बान को मुल्क के कोने कोने में पहुँचाती हैं मगर बम्बई और बंगाल और दूसरे सूबों के हिन्दुस्तानी समझने वाले लोग देवनागरी या अरबी रस्मुलख़त नहीं जानते और इसलिए आमतौर से उर्दू-हिन्दी के अख़बार और किताब नहीं पढ़ सकते।

अंग्रेज़ी के विश्वव्यापी असर की वजह से उन्हें रोमन हुरूफ से वाक़िफ़यत होती है, उन से यह आशा करना तो ज़्यादती होगी कि वह अरबी या देवनागरी अक्षर सीखें लेकिन अगर रोमन अक्षरों में किताबें छपी हों तो बिना किसी मेहनत व मशक़्क़त के उन्हें पढ़ सकेंगे, एक ज़माना था कि अंग्रेज़ हिन्दुस्तानी ज़बान और उसके लिट्रेचर से अच्छी तरह परीचित थे। यहाँ तक कि उनमें से कुछ ज़हीन और बुद्धिमान हज़रात तो शेरो-सुख़न (शेरो-शायरी) का ज़ौक़ भी रखते थे।

चुनांचे उर्दू के तज़किरों में ऐसे यूरोपियन हज़रात के नाम भी मिलते हैं जो उर्दू में अच्छी नज़्म व नस्र (गद्य व पद्य) लिखने पर क़ादिर थे लेकिन ग़दर के बाद से जो हिन्दुस्तानियों से मेलजोल की पॉलिसी एकदम ख़त्म कर दी गई और जनता पर रौब और सफ़ेद नस्ल की श्रेष्ठता और बरतरी क़ायम रखने के लिए उनसे पूरी तरह अलैहदगी इख़्तियार की गई उसका नतीजा यह हुआ कि हिन्दुस्तानी भाषा और लिट्रेचर का पढ़ना अंग्रेज़ों में कम हो गया।

तो इस मुल्क में रहने की वजह से ज़िन्दगी की ज़रूरतें उन्हें मजबूर करती हैं कि वह देशवासियों की भाषा नौकरों के द्वारा ही सीखें। इस वर्ग के लिए भी हिन्दुस्तानी किताबों का रोमन में छपना फ़ायदेमंद होगा।

रोमन वर्णमाला का रिवाज बग़ैर किसी बाक़ायदा रिज़ोल्यूशन के पास करने के पहले ही से हो रहा है, इस मामले में ईसाई मिशनिरियों की मदद के बहुत शुक्रगुज़ार हैं, वह इंजील मुक़द्दस और कलीसा के भजनों की किताबें रोमन वर्णमाला में भी छापते हैं, हिन्दुस्तानी फ़ौज के सिपाही रोमन वर्णमाला सीखते हैं और फ़ौजी हुक्मनामे और परेड के क़्वाइद उन हुरुफ़ में पढ़ते हैं।

हिन्दुस्तानी एकेडमी की आधारशिला से इस वक़्त तक अच्छी अच्छी रचनाएँ एकेडमी की तरफ़ से उर्दू और हिन्दी में प्रकाशित हुई हैं। उनमें से एक किताब तो ऐसी है जो तनहा अपनी ज़ात से एकेडमी के वजूद का बेहतरीन नतीजा है। मेरा इशारा अल्लामा सैय्यद सुलेमान नदवी की किताब 'अरब व हिन्द के ताल्लुक़ात' की तरफ़ है। मैं चाहता हूँ कि यह किताब हर तालीमयाफ़ता (शिक्षित) हिन्दुस्तानी के अध्ययन से गुज़रे और मेरी आरज़ू तो यह है कि वह लेखक के अल्फाज़ में ही ज़्यादा तादाद में पढ़ी जाए और इसका बेहतरीन तरीक़ा यह होगा कि उसका एक रोमन एडीशन भी छापा जाए।

अरबी लिपि की तब्दीली के लिए बहुत सी कोशिशें की जा रही हैं और बहुत सी की जा चुकी हैं। वह कोशिशें सराहनीय हैं जो उसकी असली शक्ल को ख़त्म किए बग़ैर उसे आसान कर दे। इन सब कोशिशों में सबसे ज़्यादा कामयाब कोशिश पंजाब में डॉक्टर हालराइड और उनके साथियों की है जिन्होंने ऐसी अच्छी तब्दीलियाँ कीं कि वह पंजाब के शिक्षा विभाग के द्वारा पंजाब में और वहाँ से बग़ैर किसी ख़ास जद्दोजोहद के तमाम हिन्दुस्तान में जारी हो गईं।

मिसाल के तौर पर नून ग़ुन्ना (जिस अक्षर के उच्चारण के लिए नाक से आवाज़ निकालते हैं) को बग़ैर नुक़्ते के लिखना, हाय मख़लूत 'छ' 'झ' दो चशमी से लिखना थे, थी के अंतर को 'ये' 'यी' से प्रकट करना वग़ैरा।

मगर कुछ तज़वीज़ों में ऐसी उपच की जाती है कि बिल्कुल एक नई वर्णमाला ईजाद करने के समान होती है। उदाहरणतः हाल में मिर्ज़ा अज़हम बेग़ चुग़ताई साहब की एक तजवीज़ पढ़ी, जिसमें वह रोमन हुरुफ़

को अपनाते हैं और उन पर अरबी ऐराब (उच्चारण चिन्ह) लगाते हैं। मैं नहीं समझता कि इसमें कौन सी ख़ास आसानी पैदा हुई। इससे तो बेहतर यही है कि रोमन हुरूफ़ अपने Consonants और Vowels समेत ले लिए जाएँ और उनमें बहुत छोटी तबदीलियाँ कर दी जाएँ।

चुनांचे तुर्कों ने यही किया है, उन्होंने समान स्वर वाले अक्षरों में से सिर्फ़ एक वर्ण को रख लिया है बाक़ी को निकाल दिया। मिसाल के तौर पर V और W में ऐसा बारीक फ़र्क है कि हम लोग उसे अदा नहीं कर सकते। तुर्कों ने 'व' के लिए V ले लिया और W को छोड़ दिया। इसी तरह Ch मिलकर जो कहीं "च" कहीं "श" की आवाज़ देते हैं, उन्होंने "C'' के नीचे एक कामा (Comma) लगाकर उसे 'च' करार दे दिया आदि।

मेरे ख़्याल में उर्दू हिन्दी के लिए Huntarian System बहुत काफी है और ज़्यादा फेरबदल की ज़रूरत नहीं वरना 'शुद परीशाँ ख़्वाबे मन अज़ कसरते ताबीर हा।' (मेरे सपने उनके परिणामों की बहुतायत के कारण बिखरे हुए हैं) का मामला हो जाएगा।

ज़र्द गुलाब की बेल

'बारूदख़ाना गोलागंज' अजीबोग़रीब पता है "अस्सलाम अलैकुम मुमानीजान! दोनों बड़ी और छोटी' भाई सुल्तान हैदर बाहर से कड़के, ख़ादिम हुसैन ने बावर्ची ख़ाने में सिर निकाल कर कहा 'आहा सुल्तान मियाँ तेरी आवाज़ मक्के और मदीने!' सुल्तान भाई ने पहले अपनी पनदनिया लबे-सड़क बरामदे के किनारे पर रखी बिस्तरा बक्सा अंदर को सरकाया फिर उचक कर ख़ुद चढ़े सीढ़ी क्यों इस्तेमाल करते छोटी चचीजान फ़ौरन ख़ुश ख़ुश कमरे से निकलीं, भाई और रशीद भाई यूनिवर्सिटी जा चुके थे, ख़ादिम हुसैन खाना पका रहे थे, अम्मा मकान की तलाश में बादशाहबाग़ गई हुई थीं।

जब अम्मा जून सन् 37 ई. में इस्ट्राइक कर के देहरादून से लाहौर चली गयी थीं अब्बाजान ने मुझे अलीगढ़ पहुँचाया था। जुलाई में भाई मसूरी से उतर कर सीधे लखनऊ आ गये थे, जहाँ उनके और चचा वहीद के छोटे बेटे रशीद हैदर के लिए बारुदख़ाने में एक मकान किराए पर लिया गया था।

दोनों भाई यूनिवर्सिटी में दाखिल हो चुके थे। मकान पर चचा वहीद के पुराने मुलाज़िम ख़ादिम हुसैन यानी मेजर डोमो थे और ज़्यादा देखभाल के लिए छोटी चचीजान हर हफ़्ते 'बाई कार' उन्नाव से आती रहती थीं जहां छोटे चचाजान का शाहजहाँपुर से तबादला हो चुका था।

अब्बाजान क़ैसरबाग़ में राजा साहब महमूदाबाद के यहाँ रहते थे, शुरू अक्तूबर में लाहौर से आनकर अम्मा मामू इब्राहीम ख़ाँ के यहाँ लाल कुर्ती में ठहरीं, फिर बशीर ख़ाँ के साथ ट्रेन से देहरादून गईं, आशियाने के गोदामों से फ़र्नीचर निकलवा कर लखनऊ के लिए बुक कराया। वापस आकर अफ़ज़ल ख़ालू की बीमारी की इत्तिला पर दोबारा लाहौर गईं। उनके इन्तिक़ाल के बाद लख़नऊ लौटकर बारुदख़ाने में उतरीं। अब बशीर ख़ाँ उनको कोठी की तलाश में रोज़ाना बादशाह बाग़ के इलाक़े में घुमा रहे थे।

शाम को घर आईं और कहा 'मकान ढूँढ़ते-ढूँढ़ते हाबू हो गई आज जा के एक कॉटेज मिली है'

सुल्तान भाई बोले 'मुमानीजान आपको तो राजा साहब ने कोठी दी होगी, सन् चौदह में उनके बाप ने दी थी हिल्टन लेन में।'

'दी है, झाल पाल पंद्रह कमरे। बनारसी बाग़ से आगे यूनिवर्सिटी से बारह पत्थर बाहर बच्चा रोज़ साइकिल पर इतनी दूर आया जाया करेगा हल हो जाएगा, मैं तो नहीं रहती जंगल बियाबान में जा के। मियाँ मैं तो देहरादून में भी आशियाना छोड़कर किराए की कोठियों में रहती फिरी इसी मारे कि बच्चे के कालिज के क़रीब रहूँ।'

नम्बर 1, राय बिहारी लाल रोड तक़रीबन लबे सड़क छोटा सा बरामदा छः सात कमरे छोटा सा अहाता मोटरख़ाने (गैरेज) के सामने जंगल जलेबी का दरख़्त बशीर ने ऑकलैंड गैरेज में खड़ी की और बददिल और उदास से, मकान देखते फिरे एक ड्रेसिंग रूम की खिड़की पर ज़र्द गुलाब की बेल फैली हुई थी बशीर ख़ाँ ने जो बड़ी जनसूचनाएँ रखते थे, फ़रमाया 'चीनी गुलाब है' लेकिन ग़ाज़ीपुर इटावा और आशियाना देहरादून के बाद यह मामूली कॉटेज।

ज़िंदगी का यह नया दौर उनको न भाया। कुछ अरसे बाद अम्मा से कहा, छुट्टी लेकर गोरखपुर जाना चाहते हैं और भीगी आँखों से 'ख़ता क़ुसूर माफ़' करवाकर चले गए फिर वापस न आए।

अम्मा अफ़ज़ल ख़ालू की दुखदायी बेवक़्त मौत की वजह से हद दर्जा ग़मज़दा थीं। सुल्तान भाई उनका दिल बहलाने के लिए मज़े मज़े की बातें किया करते। रोज़ सुबह को कुर्सी पर आलती-पालती मारकर पायनियर अख़बार सुनाते, वह नज़र कमज़ोर होने की वजह से ख़ुद कुछ नहीं पढ़ती थीं, हमेशा दूसरों से पढ़वाकर सुनती थीं। लेखों में भी इमला बुलवाती थीं।

एक रोज़ भाई ने कहा, 'सुल्तान भाई चलिए आप को अंग्रेज़ी सिनेमा दिखा लाएँ' शाम को ऑकलैंड में जिसे बशीरख़ाँ के जाने के बाद भाई ख़ुद चलाते थे, सुल्तान भाई को हज़रतगंज ले गए।

शुरू फ़रवरी का ज़माना था। सुलतान भाई कम्बल ओढ़े इत्मीनान से अंग्रेज़ों और मेमों की भीड़ चीरते टिकट घर के सामने पहुँचे। डिबिया से पान निकाल कर खाया डपटकर अंग्रेज़ी में एंग्लो-इण्डियन लड़की से कन्सेशन टिकट की फ़रमाइश की। लड़की ने हैरत से दाढ़ी वाले वृद्ध को देखा।

भाई ने आगे बढ़कर कहा, 'आप यूनिवर्सिटी में अरबी के रिसर्च स्कालर हैं' फ़िल्म का पहला सीन ही निहायत दर्जा वाहियात निकला बा-आवाज़े-बुलंद फ़रमाया 'लाहौलावलाक़ुव्वत, बड़ा अफ़सोस है छब्बू मियाँ लेकिन मैं आपको ऐसी अनैतिक फ़िल्म देखने की इजाज़त नहीं दे सकता' बाँह पकड़ कर उठाया और ख़ाली हाथ घर वापस ले आए।

सुल्तान भाई ने जिस सख़्तगीरी से ग़ाज़ीपुर में भाई को पढ़ाया था, अब मुझे पढ़ाना शुरू किया लेकिन कुछ दिन बाद उन्हें नहटौर वापस जाना पड़ा। अब्बाजान को मेरी तालीम की फ़िक्र खाए जा रही थी। नया ड्राइवर मुलाज़िम रख लिया था। एक रोज़ अम्मा को बताए बग़ैर चुपके से करामत हुसैन गर्ल्ज़ कॉलेज ले गए (उसी मदरसे के शुरुआती दौर सन् 1916 ई. वग़ैरा में अम्माँ और लेडी वज़ीर हसन उसके इंतिज़ामात में जी और जान से लगी रही थीं)

एंग्लो-इण्डियन प्रिंसिपल मिस माइलज़ चमड़े का फ़राक पहने अपने दफ़्तर में बैठी थीं। पेंसिल से बनी बारीक भौंहें सुनहरे बाल सुर्ख़ लिपिस्टिक।

'यह मेरी लड़की है, अलीगढ़ गर्ल्ज़ कॉलेज में पाँचवीं क्लास में ले ली गई थी' अब्बाजान ने इस फख़्र से बताया गोया (मानो) अलीगढ़ में पीएचडी कर रही थी 'लेकिन हिसाब में कमज़ोर है।'

मिस माइलज़ मुझे अपने साथ कॉलेज के अंदर ले गईं। मैं उनके साथ इस तरह चली, जैसे बकरा क़साई के साथ चलता है। यहाँ भी एक ख़ाली क्लासरूम में एक उस्तानी ने हिसाब का टेस्ट लिया। आधे घंटे बाद मुझे लेकर मिस माइलो के दफ़्तर पहुँचीं, अब्बाजान सब्र से बैठे अख़बार पढ़ रहे थे। उस्तानी ने मिस माइलज़ से कहा, 'तीसरी क्लास में लिया जा सकता है।'

अब्बाजान का चेहरा उतर गया। चूँकि डाँटते कभी नहीं थे, बहुत नरमी से कहा 'वाह जनाब आपने तो हमें भी मात कर दिया हम तो एफ.ए. तक रियाज़ी (गणित) घसीट ले गए थे।'

मिस माइल्ज़ ने कहा, 'मैं स्पेशल क्लास में ले सकती हूँ बाक़ी मज़मून पाँचवीं ले हिसाब के लिए तीसरी में जाना होगा।'

पीर (सोमवार) के रोज़ 'मुस्लिम स्कूल' की खड़खड़िया पर्दापोश लारी ने फाटक पर हार्न बजाया, एक सफ़ेद बालों वाले वृद्ध ड्राइव कर रहे थे। मुसलमान क़ौम अपनी लड़कियों के पर्दे का किस क़दर बंदोबस्त करती थी और कितनी सावधान थी। मुस्लिम स्कूल की दोनों लारियों के ड्राइवर सत्तर सत्तर बरस के रहे होंगे, जाने इस बुढ़ापे में ड्राइव किस तरह करते थे।

अंदर बैठकर मेरा दम घुटने लगा। दूसरे रोज़ से बाहर बड़े मियाँ के पास बैठी लेकिन स्कूल लारी से ज़्यादा पड़कन सिद्ध हुआ, क्लास में हिसाब के सवाल। लखनव्वा ग़रारे और तंग पायजामे पहने लड़कियाँ, सब उर्दू बोलें और फ़्राक और अंग्रेज़ी का मज़ाक उड़ाएँ। ड्रिल करनी भी किसी तरह न आई सिर्फ़ दो हफ़ते बाद मैंने अब्बाजान से कहा, 'हम मुस्लिम स्कूल नहीं जाएँगे' अब्बाजान बहुत दुःखी नज़र आए, अम्मा बाग़-बाग़ हुईं।

अब्बाजान मुस्लिम स्कूल में पढ़ाना चाहते थे ताकि उर्दू की बुनियाद पक्की हो, अम्मा कॉन्वेंट पर अड़ी थीं कॉन्वेंट स्कूलों में हिसाब भी वाजिबी होता था। किस्सा-ए-कोताह (सौ बातों की एक बात) मुस्लिम स्कूल से नाम कटवाया गया। सेंट ऐगनेसस का रुख़ किया गया। घर पर क़ुरआन शरीफ़ पढ़ाने के लिए एक मौलवी साहब मुक़र्रर किए गए, इटावा में भाई को जो मौलवी साहब दीनयात और क़ुरआन शरीफ़ पढ़ाने आते थे, वह इस्लामिया हाई स्कूल के पुरानी शैली के मुदर्रिस थे।

एक मरतबा उन्होंने भाई से कहा था, 'हम नेक सीरत आदमी, तुम्हारी वालिदा सामने खड़ी थीं। हम ख़ुद ही हट गए।' लखनऊ वाले मौलवी साहब नदवे[1] के एक हँसमुख ग़रीब तालिब-इल्म (विद्यार्थी) थे। यह बहुत मॉडर्न निकले।

1. नदवातुल उलमा एक मदरसा है।

बड़े शौक़ से रेडियो सुनते और बरामदे में पड़ी अंग्रेज़ी किताबें उठाकर पढ़ने लगते। बग़दादी क़ायदा शुरू कराने से पहले उन्होंने मुझसे पूछा 'बेटा आप लोग वलद्दुवाल्लीन पढ़ते हैं या वलज़्ज़ुवाल्लीन?'

मैंने कहा, 'मालूम नहीं, जो आपका जी चाहे पढ़ा दीजिए।'

दरअस्ल यह ज़ुआद और दुआद का मामला हमारे यहाँ बहुत दिलचस्प था और ज़रा व्याख्या चाहता है।

उन्नीसवीं सदी के अंतिम अर्धशतक में पश्चिम में प्रगति की थ्योरी नये विज्ञान और विवेकवाद और मज़हब में सामंजस्य पैदा करने की जो कोशिशें की गयी थीं सर सैय्यद और उनके साथी उनसे बहुत प्रभावित हुए थे। पश्चिम में एवोल्यूशनरी नेचरल थ्योलोजी का ज़ोर हुआ। यहाँ सर सैय्यद और उनके साथी भी नेचरी कहलाए, वहाँ बाइबल यहाँ क़ुरआन शरीफ़ को 'ऐन क़ानून-ए-फ़ितरत के मुताबिक़' साबित किया गया। अक़्ल से ऊपर की बातों और करामात को पश्चिम ने ज़ोर शोर से रद्द किया। यही रवैया हिन्दुस्तानी सुधारकों का रहा। प्रगति की थ्योरी मुसलसल तरक़्क़ी के नज़रिये पर आधारित थी। पश्चिम में साइंस तेज़ी से आगे बढ़ रहा था।

उन्नीसवीं सदी के अंतिम वर्षों और शुरुआती बीसवीं सदी तक पश्चिम के विद्वान इंतिहाई उम्मीद-परस्त रहे। उनकी दुनिया निरंतर प्रगतिशील थी। अच्छे विचारों और तरक़्क़ी का यही जोश और वलवला हिन्दुस्तान के सुधारकों ने अपनाया। अब्बाजान और अम्मा हिन्दुस्तान की इस बुद्धिजीवी, सुधारवादी नस्ल से ताल्लुक़ रखते थे। (अब्बाजान नौजवानी के ज़माने में पहले सम्भवतः Agnostic थे फिर ख़ुद को पक्का नेचुरी कहते थे और मध्ययुग के मोअतज़िला[1] विद्वानों की अक़लियत परस्ती के प्रशंसक थे) अब्बाजान इतिहासकार और दानिश्वर थे।

अम्मा बहुत ज़्यादा पढ़ी लिखी नहीं थीं लेकिन तहरीके-सर सैय्यद की तरबियत-याफ़्ता (प्रशिक्षण की हुई) और लड़कपन से मज़हब में सुधार की ढिंढोरची रही थीं, लिहाज़ा इन दोनों के दरमियान शिया सुन्नी तकरार का सवाल

1. इस शब्द की व्याख्या पहले कर दी गई है।

ही पैदा नहीं होता था। इसके अलावा ददिहाल ननिहाल दोनों जगह कई रिश्तेदार दोनों फ़िरक़ों के मिले जुले पाए जाते थे। यह झगड़ा सिर्फ़ शहर लखनऊ की ख़ासियत था। शाह वलीउल्लाह की तहरीक पश्चिम की एवोल्यूशनरी नेचुरल थ्योलोजी और सर सय्यद की नवीकरण व धार्मिक सुधार सब ने मिलजुल कर अब्बाजान अम्मा की नस्ल को प्रभावित किया था। उनके दोस्तों के विचार इसी क़िस्म के थे।

अम्मा भी करामात व करिश्मों को नहीं मानती थीं। कभी हमारे घर पर नज़र व नियाज़ कूंडे वग़ैरह नहीं हुए नमाज़ रोज़े की सख़्ती से पाबंद थीं और मोहर्रम की मजलिसों में दूसरों के यहाँ जाकर शिरकत करती थीं लेकिन मातम को 'धड़ाधड़ पीटने' के नाम से याद करती थीं। अब्बाजान को सूफ़ियाए कराम की बुद्धिमत्ता और ह्यूमनिज़्म से शुरू से दिलचस्पी थी। आख़िर उम्र में ख़ासतौर से हज करने के बाद सम्भवतः वह पुराना नेचुरल थियोलोजी वाला रवैया भी छोड़ चुके थे।

बहरहाल इस माहौल में हमारी चंद रोज़ा दीनी तालीम का आग़ाज़ हुआ। अब्बाजान और अम्मा की रवादारी का अजब आलम था। अम्मा कहती थीं, बच्चों को सुन्नी दीनयात पढ़वाइये। अब्बाजान कहते, अगर वह शिया दीनियात भी पढ़ लेंगे तो क्या ग़ज़ब हो जाएगा लेकिन अम्मा ने छोटी चचीजान से जो उन्नाव से आई हुई थीं कहा, 'भाभी लड़की को अपनी नमाज़ सिखला दीजिए' उन्होंने बख़ुशी सिखला दी हालाँकि दुआएँ-क़नूत[1] पर पहुँचकर मैंने इस्ट्राइक कर दिया कि बहुत लम्बी थी।

अब नदवा के हँसमुख नौजवान मौलवी साहब ने कलाम मजीद शुरू करवाया। कुछ रोज़ बाद मैंने उलझकर अब्बाजान से कहा, 'मौली साहब जने क्या पढ़ाते चले जा रहे हैं, हमारी कुछ समझ ही में नहीं आता।'

अब्बाजान अपने विद्यार्थी काल में मज़मून लिखा करते थे कि नमाज़ तक उर्दू में पढ़ी जाए। मैंने कहा, 'हम बड़े हो जाएँ तो क़ुरआन शरीफ ख़ुद पढ़ लेंगे।'

1. एक दुआ है, जो इशा की नमाज़ में वित्र में पढ़ी जाती है।

'कामचोर को सौ बहाने' अम्मा ने फ़ौरन डाँट पिलाई 'बैठ कर पढ़ो' चुनांचे मैंने अपनी चौड़े नीले रिबन वाली छज्जेदार तिनकों की हैट दोबारा सिर पे जमाई (बजाए दोपट्टा) और अलिफ़ लाम मीम शुरू किया।

लेकिन अब मौलवी साहब ही ग़ायब हो गए। कई हफ़्ते बाद अम्मा को अमीनाबाद में मिले। दाढ़ी मूँछ साफ़ साइकिल से उतर कर कहा 'बेगम साहिबा मौलवी-गीरी से बीवी बच्चों का पेट नहीं पलता टाइपिंग सीख रहा हूँ, सेक्रेटेरिएट में क्लर्की मिल जाएगी, बिटिया क्या पढ़ रही है?'

'जैसी रूह वैसे फ़रिश्ते मुल्ला बेदीन निकल गए शागिर्द डंडे बजा रही हैं' अम्मा ने जवाब दिया। मौलवी साहब ने क़हक़हा लगाया सलाम करके पैडल पर पाँव मारते हवा हो गए।

देहरादून से मेरी गुड़ियों और फ़िरंगी परियों की कहानियों की किताबों के संदूक़ आ चुके थे और मैं उनमें बेतरह मशग़ूल हो चुकी थी।

यूपी लेजिस्लेटिव असेंबली के अधिवेशन के लिए बेहद प्यारी कुलसूम भाभी मुरादाबाद से मेहमान आईं जो मुरादाबाद वाले नेत्रहीन भाई शाहिद हुसैन की ग्रेजुएट बीवी थीं। अब्बाजान बेहद गर्व से उनका परिचय कराते 'कुलसूम शाहिद हुसैन एम.एल.ए.।'

अम्मा हस्बे-आदत हिन्दुस्तान भर में फैले हुए दोस्तों की औलाद की शादियाँ करवाने में मशग़ूल हो गईं। एक मुँह बोले भाई सैय्यद रज़ा हुसैन हेड मास्टर इस्लामिया हाईस्कूल अजमेर, सम्भल ज़िला मुरादाबाद के रहने वाले थे, उनकी लड़की रज़िया दिलशाद के नाम से तहज़ीबे-निसवाँ में मज़मून लिखती थीं और फर्स्ट डिवीज़न में बी.ए. पास किया था। अम्मा से ख़तो-किताबत की अम्मा ने कहा कि यह लड़की बन्ने के लिए बिल्कुल मुनासिब है लेडी वज़ीर हसन और अम्मा का नज़रिया था कि लड़का कम्युनिस्ट हो गया है, जेल जाने पर तुला रहता है, शादी होगी, राहे-रास्त (सीधे रास्ते) पर आ जाएगा।

'हम नज़्र ख़ाला से बहुत मोहब्बत करते थे। हमें उनकी याद अपने बचपन से है। उस वक़्त वह पर्दा करती थीं और हम उस वक़्त इतने छोटे थे कि हम

उनके सामने जा सकते थे। हमारे तीन बड़े भाई थे और वह उनसे नहीं मिल सकते थे। लम्बी छरेरी गोरी चिट्टी ग़रारा पहने और दोपट्टा ओढ़े वह घंटों हमारी अम्मा से बातें किया करती थीं।

कितनी तरक़्क़ी पसंद थीं, ये बीबियाँ तालीमे-निस्वाँ और मुसलमान औरतों के अधिकारों के लिए कितना कुछ उन्होंने किया फिर जब हम ज़रा बड़े हुए और उर्दू पढ़ने लगे तो सबसे पहले जो उपन्यास पढ़े उनमें नज़्र ख़ाला के 'आहे मज़लूमाँ' और 'अख़्तरुन्निसा बेगम' थे फिर ख़ातून के पुराने नम्बर और लाहौर वाले तहज़ीब को भी पढ़ते थे। उस वक़्त मुझे मालूम हुआ कि नज़्र ख़ालाजान बिन्ते नज़रुल बाक़र के नाम से पहले लिखा करती थीं।

रज़िया के वालिद खानबहादुर रज़ा हुसैन साहब ने नज़्र ख़ाला को अपनी बहन बनाया था। उनके ज़रीये हमारा रिश्ता हुआ फिर जब अजमेर से मंगनी के लिए इमाम ज़ामिन वग़ैरा हमारे घर आया और नज़्र ख़ाला ख़्वान में सब सामान (मिठाई फूल अंगूठी) लेकर आईं और उन्होंने ही मुझे अंगूठी पहनाई इमाम ज़ामिन बाँधा और मुबारकवाद दी हमारी दावते वलीमा में सज्जाद हैदर साहब ने एक छोटी सी नज़्म लिखी थी, अफ़सोस कि उसकी कोई नक़ल मेरे पास नहीं है।

उस नज़्म में मेरे कम्यूनिज़्म का भी बड़ा प्यारा जिक्र था। सब लोग ख़ूब हंसे वह भी हम से बड़ी मोहब्बत करते थे और हमारी उनकी बड़ी लंबी चौड़ी सियासी और फलसाफ़ियाना बहसें होती थीं। कैसे अच्छे लोग थे।'[1]

कोलाबा, बम्बई, गर्मी का मौसम, सन् 1938 ई.

'भाई सज्जाद' मटिया बुरुज कलकत्ता के नवाबज़ादा मुर्तज़ा अली ख़ाँ, जो अब्बाजान के बग़दाद के ज़माने के दोस्त हैं, समुंदर के रुख़ अपने बरामदे में बैठे, ऐनक माथे पर सरका, अख़बार मेज़ पर रख, बात शुरू करते हैं 'लीग ने अपना प्रोग्राम भी कांग्रेस से मिलता-जुलता रखा, सारे पुराने कांग्रेसी भी इसमें

1. अक्तूबर 67 ई. में नज़्र सज्जाद हैदर की मृत्यु पर सज्जाद ज़हीर के शोकपत्र से लिया गया।

शामिल हो गए, ख़लीक़ुज़्ज़माँ ने अंदर-ख़ाना रफ़ी क़िदवाई से बातचीत भी कर ली। मगर साहब कुछ वह खिंचे-खिंचे रहे, कुछ हम खिंचे-खिंचे।'

भाई सज्जाद सिग्रेट पीते हुए समुंदर को देख रहे हैं।

'और इतने नवाबों को भरते जा रहे हैं क्या उन लोगों को सिर्फ़ इसलिए आगे रखा जा रहा है कि उनकी दौलत लीग के काम आ सके। राजा साहब महमूदाबाद का क्या सिर्फ़ यही रोल है?'

'अमीर अहमद ख़ाँ एक बेहद ज़हीन और जोशीले नौजवान हैं। दूसरे नवाबों से बहुत अलग, अपने बाप से भी अलग, कंबल बिछाकर ज़मीन पर सोते हैं, जौ की रोटी खाते हैं।'

'ओ हो हो हो आइडियालिज़्म का सियासत से क्या ताल्लुक़?'

सामने से एक याट गुज़रती है, जिस पर कुछ अंग्रेज़ और मेमें सवार हैं।

'देखा तुमने' मुर्तज़ा अली ख़ाँ पाइप से समुंदर की तरफ़ इशारा करते हैं, 'उनको ज़रा जो परवाह हो और भाई मेरे, जब तक बर्तानिया का साया सर पे सलामत है।'

'मेमसाब!' गवानी बैरा आकर अदब से अर्ज़ करता है 'रिज़र्व बैंक से मिस्टर लुक़मान हैदर का फ़ोन आया है' अम्मा उठकर अंदर चली जाती हैं।

'चचीजान' दूसरे सिरे पर नौजवान सैयद लुक़मान हैदर कह रहे हैं 'आप लोग मुर्तज़ा अली ख़ाँ साहब के यहाँ इतने दिन तो रह लिए कल सुबह मैं और हुस्ना आप लोगों को लेने आ रहे हैं।'

शीरीं कॉटेज, कॉलेज रोड, माटुंगा, छोटे से सिटिंग रूम में नौजवानों का मजमा, पड़ौस की नामवर गाने वाली फ़िल्मस्टार अपने शौहर से पिट कर आई थी और ग़म ग़लत करने के लिए अपना ताज़ा 'हिट' गाना सुनाने में मसरूफ़ थी।

बेगम जलालुद्दीन हैदर कमरे में झाँक कर तसबीह फेरती झुकी-झुकी बावर्चीख़ाने की तरफ़ चली गयीं।

गाने वाली के जाने के बाद, दादीजान ने अम्मा से कहा 'दुल्हन ऐसी औरतों से पर्दे का हुक्म आया है।'

आपा हुस्ना की एक सहेली ने हँसकर जवाब दिया 'ख़ाला यह बेचारी तो अब गृहस्तन की तरह रहती है और ऊँचे दर्जे की फ़नकार (कलाकार) है।'

'फ़नकार क्या बंटी? पख़निया, पात्र, रामजनी तो मालूम है यह फ़नकार आज ही सुना, ग़ज़ब ख़ुदा का शरीफ़ज़ादियाँ बैठी फ़नकारों से गाना सुन रही हैं। वह लुकमान मियाँ के दोस्त अल्लाह रखे मोटे ताज़े सैय्यदज़ादे ठुमके लगा रहे थे और वह चड़बाँक ख़ुदाईख़्वार बैठी तबला बजा रही थी।'

'अब तो शरीफ़ज़ादियाँ सिनेमा में काम कर रही हैं' अम्मा ने अफ़सोस से कहा।

'दुल्हन तुम ही आज़ादी आज़ादी चिल्लाती फिरो थी एक दफ़े घर में बैठने वालियों का पर्दा उठ गया तो उठ गया।' दादी जान बोलीं।

'मैंने यह थोड़े ही कहा था कि शरीफ़ों की बेटियाँ एक्ट्रेस बन जाएँ।'

'भिन्नो एक बारी हिजाब खुला तो खुला, दीदों का पानी ढलते देर ना लगती।'

अब्बाजान लीग की मीटिंग से लौटकर आए सौतेली वालिदा के सामने अदब से बैठ गए। उनकी माँ सईद बानो की जवाँमर्गी के बाद उनके वालिद ने जब फतेहगढ़ में तैनात थे, इन से निकाह कर लिया था। शिया पठानज़ादी थीं, बेइन्तिहा गोरी, भोलीभाली, सफ़ेद बुर्राक़ कपड़े, तंग पायजामा, लावलद (बेऔलाद) थीं। मायका कब का ख़त्म हो चुका था।

सारा रंडापा मरहूम शौहर के बेटों भतीजों के यहाँ काट दिया सौतेले बेटे उनको माइंदर या अम्मा कहते थे और बेहद अदब व तकरीम से पेश आते थे। पिछले अक्तूबर नहटौर में आपा हुस्ना और लुक़मान भाई की शादी हुई थी, दादी जान उनका घर जमाने बम्बई आई हुई थीं।

अब्बाजान हर साल सिफ़्ला के बोर्ड ऑफ़ डाइरेक्टर्स की मीटिंग के लिए बम्बई आते थे। उस साल राजा साहब के साथ लीग वर्किंग कमेटी के अधिवेशन के लिए आए थे। लखनऊ वापस जाने के कुछ रोज़ बाद राजा साहब के साथ फिर दौरे पर निकल खड़े हुए।

ट्रेन में
14 अक्तूबर सन् 1938 ई.

अस्सलाम अलैकुम! एक अक्तूबर को मुरादाबाद पहुँचा, राजा साहब रज़ा अली के यहाँ ठहरे थे। कल मैंने आले हसनैन के यहाँ खाना खाया, आज शाम को 7 बजे लाहौर पहुँचेंगे, कल सुबह कराची रवाना होंगे।

सज्जाद

लाहौर
5 अक्तूबर 1938 ई.

प्यारी बाजीजान, अस्सलाम अलैकुम!

रात नौ बजे भाईजान तशरीफ़ लाए, उनके आने से किस क़दर ख़ुशी अफ़ज़ल मरहूम को होती थी, क्या बताऊँ। समझते थे ईद का चाँद हमारे घर में आ गया है। मुझ बदनसीब से मिलने की ख़ातिर भाईजान ने कुछ घंटों के लिए इतनी तकलीफ़ उन्होंने उठाई। अल्लाह उन्हें क़ायम रखे हमारे सर पर! सुबह नौ बजे कराची तशरीफ़ ले गये। बुआजी की कार पर स्टेशन भेजा।

आपकी छब्बो

शादमाँ, कराची
10 अक्तूबर 1938 ई.

अस्सलाम अलैकुम; हम लोग अब्दुल्लाह हारून के यहाँ आकर उतरे। उन्होंने नया मकान बनवा लिया है। लेडी हारून तुमको पूछती थीं; 1-4 तक यहाँ जलसे हैं। कल मुसलमान छात्रों का जलसा है, जिसके प्रेसिडेंट

राजा साहब होंगे। तीस रुपये अम्मा के नाम मियाँ निसार हैदर को बरेली रवाना कर दो।

सज्जाद

लखनऊ रेडियो के पहले स्टेशन डायरेक्टर ने अब्बाजान और अम्मा को तक़रीरों के लिए आमंत्रित किया। अम्मा ने कहा 'मैं तो पंद्रह मिनट की क़ैद की पाबन्द नहीं हो सकती। पंद्रह मिनट तक तो मैं बात की शुरुआत ही करूँगी; और जब तक दिल चाहेगा बोलूँगी।'

स्टेशन डायरेक्टर ने कहा, 'रेडियो पर वक़्त की पाबन्दी ज़रूरी है।'

'मुझे नहीं चाहिए आपका आल इण्डिया रेडियो।'

ब्रॉडकास्ट के तुरंत बाद खड़े-खड़े नक़द भुगतान हो जाता था। अब्बाजान अपनी पहली टाक का मुआवज़ा लेकर घर आए, अम्मा बहुत ख़फ़ा हुईं।

'रुपये लेने की क्या ज़रूरत थी?' ख़ुद सारी उम्र अपनी अत्यधिक प्रकाशित पुस्तकों की रायल्टी नहीं ली थी और पब्लिशरों को माला-माल किया था।

अब्बाजान ने जवाब दिया, 'सरकारी महकमा है, उन्होंने कोई मेरे ऊपर निजी अहसान थोड़ा ही किया है।'

आपको चाहिए था उनसे कहते कि यह रुपया ख़ैरात कर दो। या तुम्हारा रेडियो स्टेशन नया नया खुला है उसी में लगा दो।'

उस साल अल्लामा इक़बाल और कमाल अतातुर्क ने इन्तिक़ाल किया। अब्बाजान कई दिन तक गुमसुम रहे। एक सुबह रेडियो पर मौलाना शौकत अली की मृत्यु की ख़बर आई। अब्बाजान उसी वक़्त कमरे में दाख़िल हो रहे थे। सकते में आकर दरवाज़े में खड़े के खड़े रह गये।

अलफ़्रेड ख़ानसामाँ जो देहरादून से अलीगढ़ भी साथ गये थे अब लखनऊ बुलवा लिए गये थे। सफ़ेद बालों वाले नूर अली बैरे ग़ाज़ीपुर के अब्दुल का लखनवी एडिशन थे। उनको 'ख़ालिके-बारी' कंठस्थ थी और काफ़ी गप्पी थे।

शक्ल से अली बाबा मालूम होते थे। इस्तंबोल से तुर्क मेहमान आये हुए थे जो अस्कंदरिया के गवर्नर रह चुके थे। काले स्कर्ट ब्लाउज़ पहने उनकी बीवी बहुत उदास सूरत थीं। मियाँ वर्तमान हुकूमत में प्रकोप का शिकार थे या क्या क़िस्सा था।

बहरहाल अब्बाजान उन तुर्कों के आने की वजह से निहाल-निहाल थे। रात को खाने की मेज़ पर अब्बाजान और ये लोग मुस्तक़िल तुर्की बोलते और बर्चोक़ करते रहते। उसमानी दौर के तुर्क सब अरबी जानने वाले हुआ करते थे। नूर अली जो पिछले विश्वयुद्ध में किसी अंग्रेज़ फ़ौजी के साथ इराक़ हो आए थे, एक दिन बूढ़े तुर्क के हाथ धुलाते हुए अरबी की टाँग भी तोड़ते रहे, और मुस्तक़िल 'बुक़रा' 'बुक़रा' कहे जायें। बाद में मैंने बड़े भयत्रस्त होकर पूछा, 'नूर अली, आप अरबी में क्या कह रहे थे?'

संजीदगी से जवाब दिया, 'कल'।

अब्बाजान के कमरे में लैटिन लिपी में छपे ताज़ा तुर्की अख़बारों और रिसालों का अंबार रहता था। अदयाँश और जम्हूरियत, हुर्रियत वग़ैरह-वग़ैरह जिनका स्तर हिन्दुस्तानी पत्रिकाओं से कहीं बेहतर था। बिल्कुल विलायती अख़बार मालूम होते थे। मैंने एक संडे एडिशन में एक कार्टून स्ट्रिप देखा, जो तुर्की जाने बग़ैर समझ में आ गया, उसे ट्रेस करके अटकल से ख़ुद ही डायलाग लिखकर नीचे बड़े स्टाइल से इज़ाफ़ा किया।

'तुर्की से दैनिक जम्हूरियत, अनक़रा।' चुपके से फूल में रवाना कर दिया। फूल की वार्षिकी में वह कार्टून छप गया। उसके बाद अब्बाजान या अम्मा को दिखाए बग़ैर 'फूल' में मज़मून भेजने शुरू कर दिये; वह फ़टाफ़ट छपने लगे, एक वापस न आया।

अमीनाबाद पार्क में नुमाइश लगी 'लालकुर्ती वालों' के साथ घूमते हुए एक पान वाले की दुकान के सामने रुके, सब ने पान ख़रीदे, एक पान मैंने भी खाया। लखनऊ में लौंग के बजाय कोके यानी छोटी कीलें लगाते थे। जो गिलौरी मैंने नोशजान की उसमें एक की बजाय दो कीलें जड़ी थीं।

जब पेट में जाकर चुभनी शुरू हुईं तब याद आया, सब लोग हड़बड़ाकर डॉक्टर की तलाश में दौड़े। क़रीब डॉक्टर अब्दुर्रहमान का मतब था जिसे वह बन्द करके घर जाने वाले थे। उन्होंने कहा, 'रूई के सैण्डविच खिलाइए; सुबह तक देखिए वर्ना ऑप्रेशन करना पड़ेगा जो काफ़ी ख़तरनाक साबित हो सकता है।'

सुबह को मेडिकल कॉलेज में एक्सरे लिया गया। दो अदद कीलें आँतों में मौजूद थीं, जिनमें से एक टेढ़ी हो गयी थी और ख़ूब चुभ रही थी।

रात को अब्बाजान को अर्जेंट तार दिया गया था, जो दिल्ली गये हुए थे। उनका जवाब आया, भाटिया को दिखाओ, मैं फ़ौरन आता हूँ। सर्जन भाटि लखनऊ में मौजूद नहीं थे। दूसरा तार दिया गया कि डॉक्टर जोशी को लेकर आएँ।

यूरोपियन वार्ड में कमरा लिया गया; डॉक्टर के साथ छात्र भी आए। बड़ी दिलचस्पी से इस ख़तरनाक केस का हाल सुनने लगे। एक नर्स ने हिन्दुस्तानी फ़िल्मों की नर्सों वाली अदा से सिर हिलाकर रंजीदा आवाज़ में कहा, 'बेचारी बच्ची।'

ऑप्रेशन की तैयारी की जा रही थी कि डॉक्टर अब्दुर्रहमान के बताए हुए रूई के सैंडविच काम कर गये। अब्बाजान को तीसरा तार दिया गया।

दिल्ली से लौटकर अब्बाजान ने अम्मा से कहा, 'राजा साहब बता रहे थे, कीलें तो हम लोग अक्सर पान में खा जाते हैं कुछ नहीं होता।'

'जी ज़रूर, राजा साहब की तो सारी उम्र कीलें, सेफ़्टी पिनें, रेज़र ब्लेड ख़ाते ही गुज़री है। अच्छा दूसरी बात यह कि मैंने फ़ैज़ाबाद रोड पर बहुत उम्दा कोठी ढूँढ़ ली है। पहली तारीख़ को वहाँ शिफ्ट हो जाएँगे, अपनी किताबें काग़ज़ात पैक करवा लीजिए।'

फूल बन

तुर्की 'गुलख़ाने' की तरह हिन्दी भाषा का 'फूल बन' यानी बाग़ भी एक ख़ूबसूरत लफ़्ज़ है। नम्बर 21, फ़ैज़ाबाद रोड, आई.टी. कॉलेज और पुलिस लाइंस से आगे, करामत हुसैन गर्ल्स कॉलेज के रास्ते में एक नई नकोर नये स्टाइल की कोठी थी, जिसके निर्माण में उसके मालिक बाबू रामस्वरूप सिंह ने ख़ुश-ज़ौक़ी (रिच टेस्ट) का सबूत दिया था।

अम्मा ने गोरखपुर पोस्टकार्ड डाला। अब वशीर ख़ाँ के मर्तबे के मुताबिक (स्तर के अनुरूप) कोठी मिल गयी है; वापस तशरीफ़ ले आवें। उनका कलकत्ता से रोता पीटता मअज़रत नामा (क्षमा याचना पत्र) आया कि एक फ़ोटो ग्राफ़र की दुकान पर बहुत अच्छी तनख़्वाह पर नौकर हो चुके हैं। बशीरख़ाँ के जाने से हमारे बचपन का एक बेहतरीन अध्याय समाप्त हुआ।

नम्बर 21 में सामने और पीछे तीन अदद लान थे। अम्मा ने फ़ौरन माली रखा और बहुत जल्द बाग़ लहलहा उठा। अब्रे नौबहार घिर कर आया तो फूल खिल उठे और तीतरियाँ प्रकट हुईं और अमरूद और शहतूत और अंजीर के दरख़्तों में परिन्दों ने चहकारना शुरू कर दिया। हो गयीं क्यारियाँ हरी जैसे रुत पलट चली।

उसी फ़ैज़ाबाद रोड पर बाराबंकी में अब्बाजान के फ़र्स्ट कज़न सैयद निसार हैदर ज़ैदी की कोठी, नम्बर 21 से ठीक पंद्रह मील के फ़ासले पर स्थित थी। इतवार के दिन चचा निसार जो बाराबंकी में डिप्टी कलेक्टर थे, चची हमीदा समेत अपनी सुरमई शेव (शेवरलेट) पर लखनऊ आते, जहाँ उनके बेटे सैयद जर्रार हैदर ने लालबाग़ में मकान लेकर चौधरी नेमतुल्लाह की ट्रेनिंग में वकालत की प्रैक्टिस शुरू कर रखी थी। टोंक से चचा नसीर और चची वहीदा तशरीफ़ लाते। चचा वहीद और छोटी चचीजान उन्नाव से आती रहती थीं।

अप्रैल 1939 ई. में भाई बी.ए. का इम्तिहान देकर मसूरी रवाना हुए। आशियाने में किरायेदार थे। देहरादून पहुँचकर अम्मा ने 'सीज़न' भर के लिए

कर्ज़न रोड पर एक मनोरम कोठी किराये पर ली जिसका नाम 'दून हैवन' था। दो साल पहले अम्मा कर्णपुर वाले ख़ानबहादुर सैयद ज़िल्ले हुसैन की मैट्रिक पास नातिन आसिफ़ा बेगम से अल्लन मामू का ब्याह करवा चुकी थीं।

गर्मियों की छुट्टियों में अल्लन मामू आसिफ़ा मुमानी और नवजात नादिरा समेत जूनागढ़ से देहरादून आए हुए थे और अपनी ससुराल कर्णपुर में ठहरे थे।

जब दून हैवन की हरियाली पर बारिश की परियाँ रक़्साँ (नृत्यशील) होतीं और मैं प्रोफ़ेसर मिर्ज़ा मोहम्मद सईद की भांजी अहमदी के साथ बरामदों में 'घर-घर' खेलने में मशग़ूल होती, सुगंधित पानी से लदे हवा के झोंके नर्म बादलों की तरह कमरों से गुज़रते। अल्लन मामू किसी कमरे में पलंग पर लेटे-लेटे मल्हार अलापना शुरू कर देते। बरामदे के हरे जंगले पानी की फुहार से भीग जाते।

कमरे ठंडे, बाहर दरख़्तों की सरसराहट, किताबों के पृष्ठ नम, रौशन रंगीन तस्वीरें, सर फ़िलिप सिडनी, बलनहम की लड़ाई, आयरिश परियों की किताब 'A Pass word to Fairy Land' ...और बूढ़ी एक आँख की जमादारनी छींट की शलवार पहने, पीठ पर एक हाथ रखे, झुकी-झुकी कमरों में उसी तरह झाड़ू देती, जैसे आशियाने में दिया करती थी।

शाम को हम सब आसिफ़ा मुमानी के छोटे भाइयों और मामूज़ाद बहनों के साथ जाकर परेड ग्राउँड पर नुमाइश में सर्कस मुलाहिज़ा करते।

अम्मा हाई ब्लडप्रेशर में मुब्तला हो गयीं और डॉक्टर हून को हर तीसरे दिन आना पड़ा। विभिन्न शहरों से अब्बाजान के ख़त दून हैवन आते रहे।

कौशिक, करौल बाग़
नई दिल्ली
18 अप्रैल 39 ई.

अस्सलाम अलैकुम!

मैं कल अलीगढ़ जा रहा हूँ। वहाँ कोर्ट की मीटिंग है, शाम को लखनऊ रवाना हो जाऊँगा।

लखनऊ
22जून 39 ई.

मैं कल लाहौर से वापस आया। आज छब्बू मियाँ को मसूरी आम भिजवाऊँगा। दो दफ़ा लिख चुके हैं। कल ख़ूब बारिश हुई; हवा ठंडी है, 30 जून को बम्बई जाना है। 30 को मेरी तक़रीर रेडियो पर है, उसे कोई दूसरा व्यक्ति पढ़ देगा। आँधी से हमारी कोठी पर जो बाँस लगे थे वह गिर पड़े, तार भी गिर गया। ऐनी बीबी की पढ़ाई का क्या हो रहा है।

बम्बई
5 जुलाई 39 ई.

कल हुस्ना बीबी के यहाँ खाना था। मोहम्मद अब्बास, आसिफ़ फैज़ी, बेगम आसिफ़ फ़ैज़ी भी आये थे। अतिया फ़ैज़ी अमेरिका गई हुई हैं। आज आसिफ़ के साथ ज़हरा फ़ैज़ी से मिलने जाऊँगा। मुर्तज़ा अली ख़ाँ का मकान अब एक मंज़िला बंगला है, इसलिए चढ़ना उतरना नहीं पड़ता।

लखनऊ
24 जुलाई 39 ई.

प्यारी ऐनी बीबी। अपनी अम्माजान की ख़ैरियत का हर रोज़ एक कार्ड लिख दिया करो। मैंने कालरा का टीका लगवा लिया है। मेरे माथे पर कार बंकल निकल आया है। मियाँ वहीद ने कहा है, परेशानी की बात नहीं है। वह ख़ुद ऑप्रेशन करेंगे।

दुआ लिखने वाला
अब्बाजान

लखनऊ

27 जुलाई 39 ई.

प्यारी ऐनी बीबी दुआएँ! तुम्हारी अम्माजान का ख़त छब्बू जी के नाम पहुँचा। वह मसूरी से बख़ैरियत वापस आ गये और यूनिवर्सिटी जाना शुरू कर दिया है। मैं कार बंकल के ऑप्रेशन के लिए कल रायबरेली जा रहा हूँ। तुम लोग देहरादून से वहीं पहुँच जाओ।

डॉक्टर वहीदुद्दीन हैदर ने जो उन्नाव से तब्दील होकर रायबरेली आ चुके थे घर के बरामदे में मेज़ बिछाकर कार बंकल का ऑप्रेशन किया जिसके बाद बड़े भाई सिर पर पट्टी बाँधकर मज़े से चलने फिरने लगे।

छोटे चचाजान के यहाँ हर शहर में साल के बारह महीने कोई न कोई दूर नज़दीक के रिश्तेदार इलाज के लिए ठहरे रहते थे। उन दिनों भाई सुलतान हैदर नहटौर से आए हुए थे। दोनों वक़्त हस्बे-मामूल खाने की मेज़ पर महफ़िल जमती। बाहर बाग़ में मोर झंकारते। दोपहर के समय जब सब सो जाते और घर पर ख़ामोशी छाई होती मैं बेतहाशा लम्बे चौड़े ठंडे ड्राइंग रूम के दरवाज़े अन्दर से बन्द करके ग्रामोफ़ोन बजाती।

कमला झरिया : ऐ दिल तू इस गली में पामाले-नाज़ हो जा।

अख़्तरी फ़ैजाबादी : दीवाना बनाना है तो दीवाना बना दे।

उमराव ज़िया बेगम : यसरब को जाने वाले मेरा सलाम ले जा।

कल्लन क़व्वाल : सिवा ख़ुल्द से भी है शाने-मदीना

इनके अलावा न्यू थियेटर्स, प्रभात और बम्बई टाकीज़ के रिकॉर्ड जो बम्बई से सईद भाई लाकर रख गये थे। एक रिकॉर्ड में देविका रानी नाज़ुक-नाज़ुक बारीक सपाट आवाज़ में गातीं : माईं ने एक माला गूँथी है, अँसुवन की माला गूँथी है और नसीम बानो भर्राई हुई मोटी सी सदा लगातीं : ज़िंदगी ई. ई का साज़ भी क्या साज़ है ए ए।

यहाँ तक कि आला बी की बेटी ख़ुर्शीद आपा तक गाती थीं: फुलवा दिल सजन तुम मेरो मन भौंरा। और एक रिकॉर्ड मिस इक़बाल पुतली का था: 'जश्ने-जुबली शहा मुबारक हो।'

पेंटरी की एक अलमारी में अमेरिकन ट्रु स्टोरी मैगेज़ीन का अंबार रखा था। चूहे की तरह मैं उसमें भी लगी रहती। जो मुश्किल अलफ़ाज़ समझ में न आते किसी से दरियाफ़्त करके फिर पढ़ना शुरू कर देती।

एक इतवार को दोनों भाई अपनी एक चचाज़ाद बहन अज़ीज़ा खातून से मिलने शहर जा रहे थे। रास्ते में एक पुल पर से गुज़रते हुए छोटे चचाजान ने मुझसे कहा, 'देखिए इस जगह हमारे चचाजान मरहूम डॉक्टर कर्रार हैदर घोड़े से गिरे थे। दिमाग़ में चोट आई फ़ौरन ख़त्म हो गये। आपके जो चचा निसार हैदर ज़ैदी बाराबंकी मैं हैं, उनके वालिद।'

अब्बाजान ने कहा, 'मामू इकराम हैदर ने चचा मरहूम की वफ़ात का क़िता तारीख़ कहा था।'

फ़ारसी से अनुवाद : मसीहे ज़माँ नामी डॉक्टर थे जो ख़ानबहादुर का ख़िताब रखते थे। हिन्दुस्तान में नेत्र चिकित्सक के रूप में चंद्रमा के समान उनका नाम रौशन था। बड़ा दुःख है कि युवावस्था में उनका देहांत हो गया। उनकी स्मृति में यह तारीख़ी क़ितआ (पंक्तियाँ) कही गयी हैं। 'सफ़ी-ए-इरम मीर कर्रार हैदर।'

छोटे चचाजान ने कार स्टार्ट कर दी और डिस्ट्रिक्ट अस्पताल की ओर बढ़ते हुए अम्मा और छोटी चचीजान से कहा, 'आइए आपको वह मकान दिखलाएँ जहाँ हम लोग स्कूल की छुट्टियाँ गुज़ारने अलीगढ़ से आकर चचाजान मरहूम के यहाँ रहा करते थे।'

बाहर गाड़ी रोककर असिस्टेंट सर्जन के पी.डब्लू.डी. रेगुलेशन ज़र्द मकान पर नज़र डाली। छोटी चचीजान ने कहा, 'What a quiet sad place' और छंगली (कनिका अंगुली) की नोक से आँख का गोशा ख़ुश्क किया।

छोटी चचीजान बड़ी ग़ैरमामूली (महान) ख़ातून थीं। शादी के बरसों बाद अपने शौक़ और मेहनत से अंग्रेज़ी सीखी थी। जिस ज़माने में चचा वहीद लार्ड विलंगडन के आनरेरी चिकित्सक थे। चची फ़ातिमा सुग़रा पुत्री सैयद इकराम हैदर तिरमिज़ी साल में एक बार वाइस रीगल लाज नई दिल्ली डिनर खाने जाती थीं और वहाँ अंग्रेज़ी में बातचीत करती थीं।

किसी ग़ैरमुस्लिम दोस्त के घर पर नमाज़ का वक़्त आजाए फ़ौरन इतमीनान से सोफ़े की पुश्त या दीवार थपथपा तयम्मुम[1] कर नमाज़ शुरू कर देती थीं। उसके बाद ऊँची एड़ी के पम्प शू पर खटखट करती बाहर आकर अक्सर ख़ुद ड्राइव करती हुई रवाना हो जाती थीं।

आज 'वीमेंस क्लब' के दौर में यह नतीजा निकाला जा सकता है कि हिन्दुस्तानी औरतों को हालाँकि शताब्दियों तक क़ैद में निष्क्रिय रखा गया लेकिन अवसर मिलते ही वह अपनी प्राकृतिक योग्यताएँ काम में ले आईं।

3 सितंबर की शाम अब्बाजान, अम्मा, छोटी चचीजान और सुलतान भाई बाहर लान पर बैठे हुए थे। अहाते में कहीं दूर मोर झंकार रहे थे, फाटक के खम्भों पर कार की रौशनी पड़ी; छोटे चचाजान क्लब से वापस आ रहे थे।

कार ड्राइव पर रोककर एक क्यारी फलाँगते हुए वह सीधे हरियाली पर आ गये और अब्बाजान को आवाज़ दी; 'भाईजान जंग शुरू हो गयी।'

अब्दुल सत्तार ख़ैरी फ़ातिमा ख़ैरी समेत नैनीताल में नज़रबन्द किये गये। आरोप था कि जर्मनी में हिटलर से मिला करते थे और फ़ासिस्ट थे।

सन् चौदह की लड़ाई के वेटर्न मीर नज़रुल बाक़र मरहूम के दोनों भतीजे कैप्टन आले हसनैन, पायलट आफ़िसर ज़हूरुल अस्करी और भतीज-दामाद कैप्टन असग़र हुसैन जंग के मोर्चे पर रवाना हुए। पेट्रोल राशनिंग शुरू हो गयी।

1. मिट्टी के पाक डले से वुज़ू के कर्तव्य पूरे करना।

दिसम्बर में बच्चों का एक स्पेशल प्रोग्राम ब्रॉडकास्ट किया गया, जिसकी तस्वीर आल इण्डिया रेडियो ने अपने नये साल के मुबारकी (बधाई) के कार्ड पर छापी। मैं जो बच्चों के प्रोग्राम की एक वेटर्न ब्रॉडकास्टर थी, सफ़ेद फ़्राक पहने, दूसरे बच्चों के साथ 'चाचा' (शौकत थानवी) 'आपाजान' (अर्श मुनीर) और 'बुद्धू' (ग़ुलाम क़ादिर फ़रीद) के क़दमों में बड़ी अक़ीदत से बैठी।

फ़रवरी में अब्बाजान बहुत मसरूफ़ नज़र आये। अपने कमरे में दरीचे के सामने मेज़ पर बैठे मुस्लिम लीग के लाहौर सेशन के लिए अंग्रेज़ी किताबचे और राजा साहब की तक़रीर लिखने में मशग़ूल रहे। सेशन में साथ जाने के लिए आपा अज़रा अलीगढ़ से आयीं। गर्मियाँ शुरू होने वाली थीं और फ़ैज़ाबाद रोड पर इमली के दरख़्तों के नीचे धूल उड़ती थी।

मई के महीने में हम लोग फिर बम्बई गये और आपा हुस्ना लुक़मान के यहाँ माटुंगा में ठहरे।

जब हम लोग लखनऊ वापस जा रहे थे और ट्रेन प्लेटफ़ार्म पर खड़ी थी, मैं कम्पार्टमेंट की खिड़की में से हुजूम का नज़ारा करती रही और सामने कुछ फ़ासले पर ग्रे सूट में दुबले पतले लम्बे क़द के जिनाह साहब और अब्बाजान प्लेटफ़ार्म पर टहल रहे थे।

लखनऊ वापस पहुँच कर अब्बाजान गाउट का इलाज कराने के लिए सहारनपुर रवाना हुए जहाँ चचा वहीद का रायबरेली तबादला हो चुका था। और उनके बड़े बेटे, वह सईद भाई जो एक दफ़ा आशियाना आए थे और भेस बदला था और जिनकी शादी आपा अज़रा से होने वाली थी, बहादुराबाद ज़िला सहारनपुर में नहरों के हेड वर्क्स पर इंजीनियर थे।

पी.ओ., बहादुरगढ़
6 जून 1940 ई.

अस्सलाम अलैकुम!

कल सुबह वहीद, मिसेज़ वहीद, रशीद, रम्मी और मैं मोटर से देहरादून रवाना हुए। रास्ते में मोटर फ़ेल हो गया। वापस आकर हरिद्वार से रेल में

सवार हुए। एक बजे दिन देहरादून पहुँचे, सीधे आशियाना गये, वहाँ मालूम हुआ आशियाना 3 जून से किराये पर उठ गया; मगर किरायेदार ने जो डेरा ग़ाज़ीख़ाँ के हिन्दू हैं सामने का बरामदा और बराबर का कमरा हमें दे दिया। वहाँ बैठकर खाना खाया जो मिसेज़ वहीद साथ लाई थीं। फिर हाज़िर साहब के यहाँ गये। मज़हर ने मोटर दिया।

मैं सरदार उमर ख़ाँ को देखने गया जो बहुत बीमार हैं; इलाज के लिए भी पैसा नहीं है। शाम की गाड़ी से बहादुराबाद लौटे; कल लड्डन दौरे पर आ रहे हैं। हरिद्वार के इंस्पैक्शन हाउस में ठहरे हैं।

तुम बेचारे रज़ा इमाम के इन्तिक़ाल पर महारानी के पास न पुर्से के लिए गयीं न पुर्से का ख़त लिखा।[1] चीना बाज़ार गेट के अंदर एक पुरानी कोठी में एक नहटौरी रिश्तेदार ख़ानबहादुर अहमद हुसैन रिटायर्ड डिप्टी कलेक्टर रहा करते थे। अब्बाजान की सहारनपुर से वापसी पर एक दिन वह फ़ैजाबाद रोड आए और बातों-बातों में ज़िक्र किया कि उनकी छोटी बेटी ज़हरा अगले वर्ष बनारस यूनिवर्सिटी से प्राईवेट तौर पर मैट्रिक की परीक्षा देंगी। वहाँ लड़कियों को छूट है कि गणित की बजाय कोई दूसरा विषय ले लें।

अब्बाजान ने बड़ी दिलचस्पी से और दूसरी जानकारियाँ लीं। चचा अहमद हुसैन ने फ़रमाया कि एक कायस्थ मास्टर साहब पृथ्वीसिंह श्रीवास्तव ने दो साल से एक प्राइवेट स्कूल खोल रखा है, जिसमें वह लड़कियों को इस इम्तिहान के लिए पढ़ाते हैं। अब्बाजान ने उन्हें बुलवा भेजा। दूसरे रोज़ ही मास्टर साहब तशरीफ़ ले आए। दुबले पतले, पुर ख़ुलूस, विश्वसनीय और सभ्य शिक्षक थे। अब्बाजान ने मेरे दाख़िले के मुताल्लिक़ उनसे तय करके इतमीनान का सांस लिया।

अम्मा ने कहा, 'बग़ैर हिसाब का झोझरा मैट्रिक, बिल्कुल वाहियात होगा; और यह लड़का तो है नहीं जो ओवर एज हो जाएँगी। चार, पाँच साल बाद सीनियर कैम्ब्रिज कर लेंगी तो क्या ग़ज़ब हो जायेगा। आख़िर ऐसी भगदड़ क्या

1. अम्मा चूँकि राजा साहब महमूदाबाद से ख़फ़ा थीं कि वह अब्बाजान से काम क्यों करवा रहे हैं। उनके यहाँ बिल्कुल आती जाती नहीं थीं।

पड़ी है।' मास्टर साहब बताकर गये कि बनारस में मैट्रिक में लड़कियों के लिए हिन्दुस्तानी क्लासिकल म्यूज़िक भी एक आप्शनल सबजैक्ट है। मेरा ख़ुशी के मारे बुरा हाल था। अम्मा ने बात जारी रखी, 'मान भी लें कि उन्होंने अगले साल मैट्रिक पास भी कर लिया तो कौन से कॉलिज में दाख़िला होगा। हर जगह कम से कम उम्र चौदह साल है।'

अब्बाजान ने कहा, 'इम्तिहान के फ़ार्म में जन्म तिथि आगे बढ़ा देंगे।'

अम्मा ने कहा, आपकी जो बात है, निराली है, दुनिया लड़कियों की उम्र घटा कर लिखवाती है आप बढ़ाकर लिखवाएंगे।'

'हम तो ज़रूर बिलज़रूर मास्टर साहब के स्कूल में पढ़ेंगे।' मैंने ऐलान किया और म्यूज़िक भी लेंगे।

मजबूरन दूसरे दिन अम्मा ने लाटूश रोड जाकर बड़ा सितार और तंबूरा ख़रीदा। 16 जुलाई की सुबह छह बजे जब बड़ी सुहानी हवा चल रही थी और बादल घिरा खड़ा था, मास्टर साहब के स्कूल में दाख़िल हुई।

संगीत के नेत्रहीन उस्ताद सूरजबख़्श श्रीवास्तव शाम को मैरिस कॉलेज में पढ़ाते थे, दिन में हमारी क्लास लेने आते थे। म्यूज़िक की क्लास में कई लड़कियाँ मुसलमान थीं, जिनमें मशहूर फ़ारसी शाइर अज़ीज़ लखनवी की पड़पोती अज़ीज़ बानो दाराब (जो शाइरी भी करती थीं) बहुत सुरीली आवाज़ पायी थी। नाचीज़ की (मेरी) आवाज़ बेहद वाजिबी थी लेकिन मास्टर सूरज बख़्श फ़रमाते थे, बस तुम सितार और थ्योरी में बहुत ज़्यादा नंबर ले जाओगी, क्लास में रोज़ाना तंबूरा मैं छेड़ती थी और तान पलटे लगाती थी।

मास्टर साहब ने एक खटारा फ़ोर्ड खरीद ली थी, उसकी सीटें निकलवा कर लकड़ी की बेंचें लगवाई थीं; अजीबोग़रीब मोटर थी लेकिन चमत्कार यह था कि ख़ूब चलती थी सब्ज़ी मण्डी से अजीज़ बानो दाराब को लेकर फ़ैज़ाबाद रोड पहुँचती, दूर फाटक पर हार्न बजता, बावर्चीख़ाने के खुले कोरिडोर से ग़ुलाम हुसैन आवाज़ देते, 'बुइया, आपका छकड़ा आ गया।' और पिछले बरामदे के तख़्त पर रखा ग़िलाफ़पोश सितार और किताबों का बस्ता उठाकर सिर झुकाए फाटक की ओर चल पड़ते।

मैं जल्दी-जल्दी नाश्ता ख़त्म करके, सरपट उनके पीछे दौड़ती।

फ़ोर्ड धुआँ छोड़ती आगे बढ़ती और बनारसी और नरही से लड़कियों को लेती चर्रख़ चूँ करती लाल बाग़ पहुँच कर दम लेती। यह मोटर हम लोगों के लिए रोल्ज़ राइस का दर्जा रखती थी और जब लोग उसका मज़ाक़ उड़ाते, हम लोग मास्टर साहब से वफ़ादारी के मारे उसकी तरफ़दारी में अपनी जानें लड़ाने को तैयार रहते थे। 'मास्साब' का स्कूल एकाकी लाजवाब विद्यामंदिर था।

दोपहर को ग़ुलाम हुसैन साइकिल के हैंडिल पर नाश्तेदान लटकाए घर से स्कूल आते।

ग़ुलाम हुसैन जो नाना नज़रुल बाक़र मरहूम के ख़ानाज़ाद (घर के पाले हुए) मुलाज़िम थे। कुछ पहले सियालकोट से लखनऊ आये थे, वह एक ख़िज़ाब शुदा सुर्ख़ मूँछों वाले मेहरबान बुज़ुर्ग थे। कुलाहदार पगड़ी शलवार और लम्बा कोट पहनते थे। वह अम्मा को बीबी मुझे बुइया और अब्बाजान को साहब के बजाय आफ़ताब मियाँ कहते थे, जो ख़िताब जून 12 ई. में नानी अशरफ़जहाँ बेगम मरहूमा ने अब्बाजान को दिया था।

वह पाईन बाग़ के सिरे पर बनी नौकरों की कॉटेज में बड़े सम्मानपूर्वक रहते थे। उनको नौकर नहीं समझा जाता था। सुबह-शाम चाय और दोनों वक़्त का खाना अम्मा अपने हाथ से निकाल कर कश्ती में उनके लिए सजाती थीं, जिसे वह पिछले बरामदे के तख़्त पर बैठकर खाते थे और एक तरह के मैजर डोमो थे। जब अब्बाजान की गाउट (गठिया) की तकलीफ़ बढ़ जाती, वह तशला नीचे रखकर अब्बाजान के पाँव के अंगूठे की मरहम पट्टी करते।

ग़ुलाम हुसैन नाना पापा के बैटमैन की हैसियत से चार बरस फ़्रांस में बसर कर चुके थे और इंग्लिस्तान यूरोप और मध्य पूर्व के शहरों की सैरें की थीं। बड़े बुद्धिमान आदमी थे, उर्दू ख़ूब लिखते-पढ़ते थे और अंग्रेज़ी लिखना जानते थे।

ग़ुलाम हुसैन अम्मा के माँ-बाप के घर की आख़िरी यादगार थे। वह उनकी बहुत ख़ातिरें करती थीं। उन्हें 'पुकार' फिल्म देखने का शौक़ चर्राया। अम्मा उन्हें ख़ुद सिनेमा दिखाने ले गयीं। दिसम्बर की एक ठंडी शाम स्कूल के सामने

ऑकलैण्ड का सुरीला हार्न बजा, मैं बाहर गयी। ग़ुलाम हुसैन मेरा शरबती रंग का ओवरकोट, जिसके कालर पर फ़र लगी थी, संभाले फाटक पर खड़े मूँछों में मुस्कुरा रहे थे। कहा, 'बीबी पुकार का मैटिनी शो देखने जा रही हैं; आप भी चलिए।' और फ़िल्म देखकर बड़े खुश हुए।

भाई बी.ए. आनर्स के बाद गणित में एम.ए. कर रहे थे और शाह मोहम्मद सुलेमान के साथ जो उनके क्लास फ़ेलो थे, साइकिल पर घूमा करते थे। अक्सर शाम को लेडी वज़ीर हसन, उनकी बेटियाँ, बिट्टन बाजी हस्सो बाजी, बहुएँ और देवरानी बेग़म असग़र हुसैन जज और उनकी लड़कियाँ या लालकुर्ती वाले आ जाते या अम्मा उनके यहाँ चली जातीं।

ज़िन्दगी पुरसुकून और ऐश से गुज़र रही थी मगर उसमें हर दूसरे महीने तूफ़ान उस वक़्त बरपा हो जाता था, जब अब्बाजान राजा साहब के साथ मुस्लिम लीग के सिलसिले में दौरे पर निकलने की तैयारी करते। अम्मा चिल्लाना शुरू करतीं, 'सेहत गिरती जा रही है और रोज़ सफ़र, रोज़ सफर। किसी दिन ट्रेन ही में न जाने क्या हो जाए; ज़रा फ़िक्र नहीं।'

अब्बाजान चुपचाप अमीर ख़ाँ या ग़ुलाम हुसैन से सामान बँधवाने में मसरूफ़ रहते। ख़ुदा हाफ़िज़ करके रवाना हो जाते। अम्मा अपने कमरे में बैठी चीख़ती चिल्लाती रहतीं। गुलाम हुसैन अंदर आकर कहते, 'बीबी, आफ़ताब मियाँ हमेशा के सैलानी बन्दे हैं; सफ़र में बेहद ख़ुश रहते हैं, आप क्यों बेकार ग़ुस्सा करती हैं। अल्लाह मालिक है ख़ैरियत से वापस आएँगे।' अब्बाजान दूसरे शहरों से पाबन्दी के साथ अपनी ख़ैरियत की इत्तिला भेजते रहते।

कौशिक, क़रौल बाग़
दिल्ली
28 सितम्बर 1940 ई.

अस्सलाम अलैकुम! मैं आज यहाँ पहुँचा, मुश्ताक़ अहमद ज़ाहिदी के यहाँ ठहरा हूँ। राजा साहब मरीना होटल में हैं। जमाल मियाँ सनी[1] हबीबुल्लाह[2]

1. जमाल मियाँ फ़िरंगी महली।, 2. शैख़ मोहम्मद हबीबुल्लाह के बेटे, अतिया शाहिद हुसैन के पति। शैख़ हबीबुल्लाह बहुत समय से ताल्लुक़ा महमूदाबाद के मैनेजर थे। उसके बाद लखनऊ यूनिवर्सिटी के उपकुलपति नियुक्त हुए।

वग़ैरह उनके साथ हैं। सब परसों मेरठ जाएँगे, वहाँ से सहारनपुर, मुज़फ़्फ़रनगर और देहरादून।

बम्बई

25 नवम्बर 1940 ई.

आज मैं हुस्ना बीबी के साथ अतिया फ़ैज़ी के यहाँ गया। ज़हरा बेगम बहुत बीमार हैं, मैं ख़त लिखकर लीग की मीटिंग में जा रहा हूँ। रात को अली ख़ाँ के यहाँ खाना है; रात ही को लखनऊ रवाना होने का इरादा है।

बम्बई

26 नवम्बर 1940 ई.

...कल रात रवाना होना चाहता था मगर वर्किंग कमेटी का काम ख़त्म नहीं हुआ। आज एक और मीटिंग है, रात को चलूँगा, कल से मेरे पाँव के अंगूठे की तकलीफ़ बढ़ गई है। मैंने चलना फिरना बन्द कर दिया है। डॉक्टर अब्दुल हमीद अपनी मोटर भेज देंगे, उसमें कम्पनी तक जाऊँगा[1] और वापस आ जाऊँगा। उसके बाद शाम तक कहीं नहीं जाऊँगा, सीधा स्टेशन जाऊँगा।

मेरी राय में तुम 30 को डिनर के दावतनामे जारी कर दो, मेरा इन्तिज़ार मत करो, मैं मियाँ वहीद के पास तीन दिन सहारनपुर ठहरूँगा।

लखनऊ में भाई नये माडल की 'डी.के. डब्लू' अप्रूवल पर घर लाये, अब वह बरसाती में खड़ी दमकती रहती। ऑकलैण्ड जो अब भी बहुत मज़बूत थी, मोटरख़ाने में सुस्ता रही थी।

मार्च के महीने में 'मास्साब' के स्कूल की लड़कियों के साथ इम्तिहान देने बनारस गयी, ग़ुलाम हुसैन साथ थे। बनारस में विनायक राव पटवर्धन ने गायकी का इम्तिहान लिया।

1. सिपल - 1. (सम्भवतः यह शब्द सिपला हो)

अम्मा की लड्डो फूफी (अल्लन मामू की छोटी बहन) जो एक बेहद सुन्दर और फ़ैशनेबल महिला थीं, उनके पति जौनपुर के ख़ानबहादुर सैयद अली ज़ामिन उन दिनों रियासत रामनगर के दीवान थे; और उनके घर के रास्ते में कश्तियों का पुल पड़ता था; और शहर में एक जगह सुर्ख़ रंग की वह कोतवाली थी जहाँ एक ज़माने में दादा जलालुद्दीन हैदर रहा करते थे और बड़ी सख़्त गर्मी पड़ रही थी।

मद्रास
13 अप्रैल 41 ई.

अस्स्लाम अलैकुम, मैं ख़ैरियत से हूँ, पहले टेलचरी के लिए रवाना होने वाले थे जहाँ राजा साहब मोपला कानफ्रेंस की अध्यक्षता करने वाले हैं। मगर अब मुस्लिम लीग का अधिवेशन 15 दिन तक होगा, उसके बाद टेलचरी जाएँगे।

मरियम मंज़िल, पटना
23 अप्रैल 41 ई.

हम लोग कल सुबह एक क़स्बा है बिहारशरीफ़, जहाँ हिन्दू-मुस्लिम दंगा हुआ है, वहाँ जाने वाले हैं। वहाँ से कलकत्ता जाएँगे। ऐनी बीबी का नतीजा (रिज़ल्ट) तार द्वारा, अगर मालूम हो, इस पते पर इत्तिला दो। केयर डेपुटी मेयर कलकत्ता। बनारस से लौटने के बाद अप्रैल में हम लोग आपा अज़रा सईद भाई की शादी के लिए अलीगढ़ गये। अलीगढ़ से भाई मसूरी चले गये। हम लोग लखनऊ वापस आए और अब्बाजान फिर दौरे पर निकले।

मरियम मंज़िल पटना
22 मई 41 ई.

कल शाम हम लोग पटना पहुँच गये। अमीर ख़ाँ[1] यहाँ पहुँच गये। मालूम नहीं ऐनी बीबी का नतीजा आया या नहीं। हम लोग लेडी अली इमाम के यहाँ परसों तक हैं, उसके बाद कलकत्ता जाएँगे।

---
1. नौकर।

कलकत्ता

29 मई 41 ई.

अस्सलाम अलैकुम! तुम फ़ौरन नीचे लिखे पते पर ख़त लिखो। मैं हर रोज़ मुतवक़्क़ो (आशान्वित रहता) हूँ कि ऐनी बीबी का तार आता होगा।

C/o M.A.H. ISPHAHANI

5, CARMAC STREET

CALCUTTA

यहाँ के अख़बारों में बनारस यूनिवर्सिटी के नतीजे प्रकाशित नहीं होते। इसफ़हानी साहब के यहाँ मिर्चों का खाना पकता है, मेरे लिए बग़ैर मिर्चों का पकाया जा रहा है। फ़िक्र मत करो और छब्बूजी की ख़ैरियत लिखो।

देहरादून वाले हाज़िर मामू के दूसरे बेटे ख़्वाजा नाज़िरुल क़य्यूम लखनऊ आए हुए थे और चार बाग़ रेलवे स्टेशन पर अपने रेफ़्रेशमेंट रूम में ठहरे थे। एक दिन सुबह मैं गुसलख़ाने में मुँह धो रही थी। पिछले बरामदे से नाज़िर भाई की आवाज़ आई, 'फूफी जी! रिज़ल्ट आ गया।'

मैं मुँह पर साबुन लगाए लगाए बाहर भागी, नाज़िर भाई ने अख़बार हवा में लहराया। स्टेशन पर ज्यों ही बनारस-इलाहाबाद की ट्रेन आकर लगी, नाज़िर भाई अख़बार झपट कर भागते आये थे।

'उर्दू में डिस्टिंक्शन और बनारस यूनिवर्सिटी के इतिहास में दूसरी सबसे कम उम्र कंडिडेट।' नाज़िर भाई ने अख़बार हमें पढ़कर सुनाना शुरू किया। अब्बाजान को कलकत्ता तार देने फ़ौरन वापस भागे।

अब्बाजान के लखनऊ आने पर सामने के लान पर ज़बर्दस्त गार्डन पार्टी का आयोजन किया गया, जिसके लिए हसनैन मामू और चन्दा फ़ैज़ाबाद छावनी से आए। कुछ दिन बाद अब्बाजान नैनीताल चले गये।

चीना पार्क, नैनीताल
20 जून, 41 ई.

अस्सलाम अलैकुम! कल काठगोदाम से नैनीताल तक मियाँ वहीद का साथ हो गया। वह शिफ़ाखानों के इंस्पेक्टर जनरल से मिलने जा रहे थे। मैं नैनीताल से वापसी में दो दिन के लिए नहटौर जाऊँगा।

सज्जाद

पिलखन की छाँव

सावन भादों के झाले पड़े और झील हाथी छुबाव हुई। मगर लड़के बाले तैराकी के मुक़ाबलों से बाज़ न आते। परले किनारे बाँस के झुण्ड में छिपी मीराँ अबरार अली की कोठी और टेनिस कोर्ट, इस सिरे पर मस्जिद मीर बन्दे अली तिरमिज़ी और मोहल्ला सादात सैदरी। एक तरफ़ कश्तियों का बेड़ा। सदियों में नक़्शा बदल जाता है। कमल खिले, सिंघाड़े की बेलें बोई गयीं। बन्दर की ज़ात पानी से डरने वाली, पर इधर फ़स्ल तैयार हुई उधर इस चालाक क़ौम ने किनारे से हाथ बढ़ा-बढ़ा सिंघाड़े नोचे, अपने सिरों पर कीचड़ थोप, उसमें सिंघाड़े उड़से और पिलखनों पर चढ़कर ग़ायब।

झील, ख़ानदान की साँझी जायदाद है। फ़स्ल उतरने पर सैयद जलालुद्दीन हैदर, मरहूम के छोटे भाई सैयद हुसैन हैदर मीर-ए-मोहल्ला (मोहल्ले के मुखिया) बड़ी पिलखन तले चारपाई पर बैठकर बिरादरी में सिंघाड़े बंटवाते हैं। साल में एक बार मोहल्ला माहीगीराँ के मछुआरे जो धींवर कहलाते हैं, बुलवाकर सौली मछली पकड़ी जाती है। उसे भी दादे हुसैन हैदर तक़सीम करते हैं।

घर-घर लज़ीज़ (स्वादिष्ट) सौली की हाँडी चढ़ती है, जिसे बगड़[1] की रोटी से खाया जाता है। बगड़ की रोटी चने का साग, देग के उड़द, मिट्टी की हाँडी में पके रतालू, अपने कोल्हू का ताज़ा-ताज़ा रस।

यादश बख़ैर (उसकी याद की ख़ैर रहे) सैयद सादुल्लाह आलमगीरी अर्श आशियानी की नगड़पोती शरीफ़ुन्निसा सैयद जलालुद्दीन हैदर की अम्मा थीं। शरीफ़ुन्निसा बेगम की भावज ज़ैनब ख़ातून को अल्लाह ने औलाद से ना नवाज़ा। वह भी सिकन्दरपुर की ज़मींदार थीं। वहीं पर उन्होंने चपटे गुम्बद वाली मस्जिद बनवाई थी। दादी ज़ैनब की जायदाद की आमदनी उनकी पाँच नन्दों की औलाद दर औलाद में बँटा करती है। ग़ल्ला पकने पर उसकी छोटी-छोटी थैलियाँ भी सैयद हुसैन हैदर तक़सीम करते हैं।

1. दूध में चावल।

अनाज की भूसी और गन्ने के छिलकों (खोई) से खाना पकता है। ग़रीब घर वालियाँ और ख़ुशहाल कुनबों में असीलें बाँदियाँ सुबह चार बजे से उठकर चक्की पीसती और दूध बिलोती हैं। फ़ज्र की नमाज़ के बाद गर्मियों के मौसम में मर्द और लड़के-बाले ख़रबूज़े और तरबूज़ उड़ाने गाँगन की तरफ़ निकल जाते हैं।

गलियों में डोलियाँ चल रही हैं। घर के कामकाज से निपट कर रात के खाने के बाद औरतें चादर ले, या बुर्क़े ओढ़कर एक दूसरे के घर मिलने मिलाने जाती हैं। एक लड़का लालटेन और डंडा लिए आगे-आगे चलता है। क़स्बे में बिजली आने से पहले मस्जिद बन्दे अली में हर घर से हफ़्तावार सरसों और मिट्टी के तेल और चराग़ों की बत्तियाँ जाती थीं।

झाड़ू, पंखे, चटाइयाँ, बधने, मोअज़्ज़न (अज़ान देने वाले व्यक्ति) की रोटी हर घर से मुक़र्रर है। धोबी, भिश्ती, नाई, हलालख़ोर सबको तनख़्वाह की बजाए रबी व ख़रीफ़ की फ़स्लों पर अनाज दिया जाता है। भिश्ती जुमे की दोपहर को रोटी ले हैं, हलालख़ोरनी (मेहतरानी) रोज़ाना।

जुमेरात (गुरुवार) की शाम ख़ानदानी (पारिवारिक) क़ब्रिस्तान का मुजाविर और उसकी बीबी घर-घर पहुँच कर आवाज़ देते हैं। झुटपुटे के वक़्त ड्योढ़ी पर मुजाविर की आवाज़ अचानक याद दिलाती है कि 'क़ज़्ज़ाक़ अजल का लूटे है दिन रात बजाकर नक़्क़ारा।' उस शाम सबके घरों में सामर्थ्य अनुसार रोज़मर्रा से बेहतर खाना पकता है, जो मुजाविर को भेंट में दिया जाता है।

नहटौर की आधी सादात बिरादरी ज़ैदी तिरमिज़ी, सुन्नी है आधी शिया। क़स्बे के सबसे मालदार ज़मींदार, सैयद इक़बाल मेहदी, नौनिहाल मेहदी और ग़दर वाले मीराँ इम्तियाज़ अली के पोते मीराँ अबरार अली सब शिया मज़हब हैं लेकिन मोहर्रमों में सबसे ज़्यादा शानदार रौशन चौकी दादे ग़ुलाम हैदर के एक दामाद के घर से ही उठती है।

बाली[1]! यह अक़ीदों (श्रद्धा) का मामला अपनी-अपनी समझ की बात है। डिप्टी सग़ीर हुसैन मरहूम के घर के पिछवाड़े मोहल्ला मियाँ साहेबान में हाफ़िज़ मियाँ मोहम्मद अमीन, ख़लीफ़ा शाह बुलाक़ की दो सौ बरस पुरानी काई लगी दरगाह है; उसके हरे भरे अहाते में बरगद तले उन रोहेले नजीबाबाद के अमीरों की क़ब्रें मौजूद हैं, जो बाद मरने के नजीबाबाद से लाकर इन बुज़ुर्ग की पायंती दफ़्नाए जाँ थे।

हाफ़िज़ साहब के सज्जादानशीं मियाँ साहेबान से हमारी कुछ क़राबतदारी भी है। उनके उर्स में हम लोग नहीं जाते। क्योंकि मियाँ साहेबान ठहरे बरेलवी! (हालाँकि शादी से पहले हमारे दूल्हा, मुक़ल्लद हों या ग़ैर मुक़ल्लद (अनुयायी हों या न हों) मियाँ के मज़ार पर सलाम करने ज़रूर जाते हैं।) और इधर काफ़ी दिनों से हमारे यहाँ से उलमा-ए-देवबन्द (देवबन्दी विद्वानों) का प्रभाव खत्म सा हो गया है।

देवबन्द से एक न एक मौलाना नहटौर आकर हर साल क़स्बे की जामा मस्जिद और उसके बाद हमारी बड़ी पिलखन के नीचे वाज़ (धार्मिक उपदेश) फ़रमाते हैं। औरतें खिड़कियों और छतों पर से सुनती हैं।

एक दफ़े एक देवबन्दी मौलाना ने पिलखन तले फ़ना व बक़ा (मृत्यु व अनश्वरता) पर बड़ा ही मोअस्सर (प्रभावपूर्ण) वाज़ कहा था।

कहने लगे, 'लालक़िले के अन्दर तिलावते-क़लामे-पाक (क़ुरआन शरीफ़ के पाठ) में सूरा-ए-यासीन पढ़ना जुर्म की हद तक मना था क्योंकि यह सूरा बन्दे की जान निकलते समय पढ़ी जाती है। मगर लालक़िले के रहने वाले फ़ना हो चुके; यासीन शरीफ़ बाक़ी है।'

यह सुनकर नैन मामू बहुत रोये। उनका असली नाम तो था सैयद मोहम्मद हसनैन, नैन-नैन कहलावें थे। हमारे कुनबे की शिया शाखा के एक बुज़ुर्ग थे; एक ज़माने में बहुत अमीर थे, ज़मींदारी फुज़ूल कामों और ख़ुराफ़ात में उड़ा दी। अब नहटौर से धामपुर तलक एक निहायत फटीचर ताँगा चलाते

1. ज़िला बिजनौर में छोटी बहनों, पुत्रियों या दूसरी अपने से छोटी बच्चियों, औरतों को प्रेम व सम्मानपूर्वक कहा जाता है।

थे। बहुत सीधे सादे और ख़ुशदिल, बावज़्अ (अपने तौर तरीक़े पर क़ायम रहने वाले) आदमी थे।

धामपुर स्टेशन पर उतरने वाले दूर नज़दीक के रिश्तेदारों की मजाल न थी कि नैन मामू की मौजूदगी में किसी और ताँगे में सवार हों या घर पहुँचकर उन्हें किराया अदा करे। फूफा बुरहान हैदर, अल्लाह करवट करवट जन्नत नसीब करे बहुत ख़ुशमिज़ाज नौजवान थे। नैन मामू के साथ तरह-तरह के मज़ाक़ करें, वह हँसते रहते थे बुरा न मानते थे। एक दफ़े फ़ातिमा ख़ातून ने उनसे पूछा, 'नैन मामू, अब्बाजान मरहूम आपको इतना छेड़ते थे, आप कभी नाराज़ न हुए।'

आबदीदा होकर (आँखों में आँसू लाकर) फ़रमाया, 'बाली! मैं उससे नाराज़ होता? वह तो यारों का यार था, वह दिल्लगी करे था, मैं भी दिल्लगी करूँ था, पर वह जवान ही चला गया।' इतना कह के सूरते-इलाही पढ़ते हुए ताँगा हँका दिया। खचाखच सवारियाँ लाद सिकन्दरपुर की तरफ़ को बढ़ गये, जहाँ बूढ़ा पीर और सालार मसूद ग़ाज़ी की छड़ियों का मेला भर रहा था।

लो अब पुरबियों की ज़बान में एक नज़्म सुनो जो भाई निसार हैदर ज़ैदी ने तफ़रीह में लिखी थी -

चल ए री सखी देखन को चलें होवत है मेला छड़ियन का
तू खाट पे अपनी ऐंडत है घर घर है रुक्का छड़ियन का
सुनते हैं कमिस्नर आएँगे और केक फरूट उड़ाएंगे
सब डाक बंगेला जाएँगे रौनक पे जलसा छड़ियन का
कहीं पे बासन माटी के हैं कहीं पे कपड़े छापे के
कहीं पे मटका सीरे का कहीं पे छेना छड़ियन का
चली कबूली मेले को और लगी भुनाने धेले को
फिर हाँक के बोली ठेले को चल झूलें झूला छड़ियन का
ससुराल से पत्तर आया है मालिक ने मुझे बुलाया है
यह ढेरोनन में अबके बरस भेजा है संदेसा छड़ियन का

इकबाल मियाँ का दौरा है, तहसील में जिनका सोहरा है
यह डाँडा उनका बाजत है क्या छेड़ें बाजा छड़ियन का।

क़बूली जो एक धेला लेकर छड़ियन के मेले जाती है, अपने भाई बन्दों की तरह मोहल्ला सादात की एक झोंपड़ी में रहती है। सादात, क़ाज़ियान अफ़ग़ानान, शैख़ान, ख़्वाजाज़ादगान, मौलवियान, तीरगराँ, नूरबाफ़ाँ, कलालाँ, कायस्थाँ, चौधरियाँ, मोहल्लों में ग़रीबों की कमी नहीं।

ख़ुशहाली कुछ ही घरानों तक सीमित है। जुलाहे, छीपी, तीरगर यानी आतिशबाज़ी बनाने वाले, धोबी, चमार, मरासी वग़ैरह-वग़ैरह ने हमारी पुश्तैनी ज़मीन के टुकड़ों पर झोंपड़ियाँ डाल रखी हैं, उनसे किराये की बजाय ज़रूरत के वक़्त बेगार ली जाती है। हर साल गर्मियों में उन झोंपड़ियों में आग लग जाती है। झील से घड़े भर भर के मोहल्ले वाले आग बुझाने की नाकाम कोशिश करते हैं; उसके बाद ये बेचारे फूँस और सरकन्डे जमा कर करके अपने घरौंदे फिर खड़े कर लेते हैं।

'कमीनों' में किसी की औरत मर जाए या भाग जाए या नापसन्द हो तो बाज़ार में बाक़ायदा उसकी ख़रीदोफ़रोख़्त होती है। जुमे के दिन गाँगन के नज़दीक अमरियों पर जो पैठ लगती है उसमें औरतें बेची जाती हैं। 'कमीन' अपनी पसंद की जुरवा ख़रीद लाते हैं। अच्छी न लगे तो अगली पैंठ में ले जाकर बेची, दूसरी ले आए। उम्र और शक्ल के लिहाज़ से कमीन औरतें बीस से पचास रुपये तक में मिल जाती हैं।

सुल्तान सिंह उर्फ़ सुलताना डाकू बिजनौर का बाशिन्दा (निवासी) और अपने समय का रौबिन हुड था। आज से पंद्रह बीस साल पहले उसने आफ़त जोत रखी थी। अमीरों के धुएँ उड़ा दिए। सुनते हैं क़स्बे के सफ़ेदपोश मुफ़लिसों (निर्धनों) या 'कमीन' ग़रीबों में से कोई बेटी की शादी या क़र्ज़े की नालिश की मुसीबतों में मुब्तला होता तो रात के ओरे में झोंपड़े के मोखे में से रुपये की थैली छन्न से गिरती, देने वाला नज़र न आता। उसे फाँसी लगने के बाद नौटंकी की टोलियाँ गाँव गाँव 'सुलताना डाकू' नामक नाटक दिखलाती फिरती थीं।

जब से ब्रिटिश का राज स्थापित हुआ ज़िला बिजनौर के प्रसिद्ध उद्योग सिसक रहे हैं या दम तोड़ चुके हैं। गाँधीजी, अली बँधु (मौलाना मोहम्मद अली व शौकत अली) और जवाहर लाल नेहरू ने कहा, आज़ादी मिलते ही समानता व ख़ुशहाली का राज होगा तो यह न समझना कि ग़रीब ग़ुरबा इतने भोले हैं जितना उनको समझते हो। 1857 ई. में यह लड़े भिड़े। काँग्रेस और ख़िलाफ़त में यह जी जान से कूद पड़े। कू ब कू (गली गली) आवाज़ें बुलँद होतीं

इलाही आबरू रखना मेरे तुर्की जवानों की
दयारे मुस्तफ़ा ख़ैरुलवरा के पासबानों की।

गाँधीजी की अहिंसा से अलग एक रास्ता इन्क़िलाबियों ने दिखलाया। ये उस पर चल पड़े। इसके लिए बड़े दिल गुर्दे की ज़रूरत थी क्योंकि यह रास्ता बड़ी भारी क़ुर्बानियाँ माँगता था।

तो आज से बारह पंद्रह बरस उधर जब अशफ़ाक़ुल्लाह और भगत सिंह का शोर मचा हुआ था, बिजनौर के कुछ सिरफिरे इन्क़िलाबी पार्टी में शामिल हो गये।

प्यारे पढ़ने वालो! शायद तुमको याद हो ग़दर 57 ई. में हमारे नहटौर में बारह टोपी[1] वालों की ख़ुफ़िया जमाअत बनी थी जिन्होंने ग्यारह महीने दरबार-ए-उज़्ज़ाम में आज़ाद हुकूमत चलाई। 'बारह टोपी वाले' दरअस्ल लाल क़िले दिल्ली के बारह आक़िलों (बुद्धिमानों) की कौंसिल का नाम था, जो मिर्ज़ा इलाहीबख़्श, नवाब फ़ाज़िल बेग, हकीम अहसनुल्लाह, नवाब नबी बख़्श, महबूब अली ख़ाँ, ख़्वाजासरा, मिर्ज़ा जाम बेग, राजा दीनानाथ वग़ैरह पर आधारित थी। लिहाज़ा नहटौरियों ने भी अपनी एमरजेंसी कौंसिल का नाम बारह टोपी वाले रखा था।

1926 ई. के नहटौर की इस इन्क़िलाबी पार्टी में बारह आदमी शामिल थे। लाल क़िला दिल्ली वाले मुदब्बिर (प्रबन्ध कुशल) बड़े-बड़े अमीर थे। दरबारे उज़्ज़ाम नहटौर वाले छोटे मोटे जागीरदार। मगर यह नये इन्क़िलाबी सारे के

---

1. देखिये अध्याय - प्रथम, 'ग़दर 1857 ई.' और अध्याय पाँच, 'मसनवी माड़े नामा'।

सारे मोहल्ला मौलवियाँ नहटौर के ग़रीब कारीगर हैं क्योंकि मौलवियों की जमाअत सैयद अहमद बरेलवी से लेकर उलमा-ए-देवबन्द तक स्वतंत्रता संग्राम में पंक्तिबद्ध आगे-आगे रही है।

कानपुर के 'बाबा ख़िज्र' उन इन्क़िलाबियों के लीडर थे। काफ़ी अर्से नहटौर में रूपोश रहे। उनमें से एक मिस्त्री मुबारक हुसैन पहले बहुत ख़ुशहाल थे, अपनी लारी चलाते थे, फिर लारी अहरार पार्टी को देकर ख़ाँ अब्दुल ग़फ़्फ़ार ख़ाँ के बुलाने पर पेशावर चले गये। लाहौर में भगत सिंह से मिस्कोट करी। 29 ई में बरेली और पीलीभीत और अकोड़ा में रेलवे लाइन उखाड़ी, पुलिस ने फ़ैर (फ़ायर) किया, भाग निकले। नूरपुर में पुलिस स्टेशन जलाया; हेड कांस्टेबल शाकिर हुसैन की मदद से जेल से फ़रार हुए।

कहने का मतलब यह कि मिस्त्री मुबारक हुसैन और उनके साथियों[1] ने ज़िन्दगियाँ इसी जद्दोजोहद के लिए वक़्फ़ कर दीं। घरबार तबाह कर लिये। फिर मालूम हुआ कि इन्क़िलाब फ़ेल हो गया। 'यह जानता तो आग लगाता न घर को मैं।'

और आज 1941 ई. में मोहल्ले के लड़के-बाले पिलखन तले जमा होकर गा रहे हैं; 'कश्कोले गदाई लेके फिरा, मुस्लिम है तो मुस्लिम लीग में आ।' नक़्शा ही बदल गया मियाँ!

---

1. मिस्त्री अहमद हुसैन और अब्दुर्रज़्ज़ाक (चान्दपुर) मिस्त्री मसीतुल्लाह (बिजनौर) मिस्त्री नन्हें (नजीबाबाद) सूफ़ी अब्दुर्रहीम, शैख़ इस्माईल, मौलवी रहमतुल्लाह, हाफ़िज़ अब्दुल लतीफ़ (नहटौर) मिस्त्री अल्लाह दिया (मुरादाबाद) आदि। मिस्त्री मुबारक हुसैन नहटौर में बड़ी ग़रीबी और गुमनामी में ज़िन्दा हैं।

ब एवज़ पानसद अशरफ़ी मोहम्मद शाही मय घरेलू शाइरी

हरे-हरे बाँस कटा मोरे बाबुल, मैं का मँढा छवाऊँ रे। सैयद जलालुद्दीन हैदर साहब मरहूम व मग़फ़ुर के मकान की डयोढ़ी में उनका मियाना (डोला) रखा है। अन्दर सरवरी मरासन की पाटदार आवाज़ बुलन्द हुई। आसपास झील किनारे के हरे बाँसों का मंढा तैयार किया जा रहा है। यानी जो हिन्दू विवाह मंडप का इस्लामी रूप है। इस मंडप का फ़र्श दूल्हा की बहनें अपने हाथ से लेपेंगी और यहीं लड़का दूल्हा बनाया जायेगा।

बहनोई, फूफा या फूफीज़ाद भाई सेहरा बाँधेंगे, मरासी ज़बानी वंशावली सुनाएगा। दुल्हन के घर जाने से पहले दरगाह हाफ़िज़ मोहम्मद अमीन पर दूल्हा हाज़िरी देगा। धार्मिक घरानों में मेहतरों के बैंड के बजाय दफ़ (ढपली) बजती है।

अब दुल्हन का फ़ोटोग्राफ़ देखो। अभी बीस पच्चीस साल तक कुँआरी बालियाँ न माँग काढ़ें थीं, चुने हुए दोपट्टे और मेंहदी की मनाही थी। सीधे तंग पायजामे पहनती थीं। अरेब यानी आड़े पायजामे पहनना भी ऐब समझा जावे था क्योंकि यह तवायफ़ों (नर्तकियों) का पहनावा था। लो बुआ देखते देखते नहटौर में आड़े पायजामे, पंजाबी शलवारें, हिन्दुस्तानी साड़ियाँ सभी चल पड़ीं।

जब विदेशी कपड़ों की होलियाँ जलीं, मियाँ उसमान हैदर ने अपने क़ीमती सूट जला दिये। बी फ़ातिमा ख़ातून को उनकी मुमानी नज़्र सज्जाद ने 1926 ई. में उनकी शादी का तोहफ़ा खादी का जोड़ा दिया। भाभी वहीदा भी खादी पहन रही थीं। मियाँ सबके सरकारी नौकर, बीवियाँ स्वदेशी।

दुल्हन का जोड़ा हमारे यहाँ का ख़ास है, तले ऊपर चार दोपट्टे। राँगे की एक ख़ास नमूने की छपाई के सुर्ख़ टोल का दुपट्टा सबसे ऊपर। उसके नीचे दूसरा दुपट्टा कुसुम रंग का जो रहनी खेलने वाले दिन रंगा जाता है, उसके

नीचे बारीक लाल रंग के। चारों को मिलाकर किनारे पर सरासरी टाँकी जाती है। काली निवाड़ की पट्टी पर बारीक सफ़ेद मोतियों का जाल। बीच में एक बालिश्त पर सोने की सात या ग्यारह टिकलियाँ तूरानी स्टाइल की। सामने चार उंगल चौड़ी मोतियों की झालर।

दुल्हन की इक्कीस चोटियाँ गूँथी जाती हैं; यह भी तूरानी फ़ैशन है, पुराने ज़माने से चला आता है। निकाह के सुर्ख़ टोल के चोले पर क़ैंची नहीं लगाई जाती। थान से फाड़ कर सात सुहागिनें उसे सीती हैं। बारात आने पर दुल्हन का सक़्क़ा (पानी भरने वाला) घोड़े के क़दमों पर पानी की लगन उंडेलता है; नेग शगुन लेकर छोड़ता है।

सुबह चार बजे दुल्हन की बहनें भावजें बरी का जोड़ा ब्यौंतती हैं। फ़ज्र की नमाज़ के बाद बाजे वाले 'मंढा जलाते हैं' शाम को मिट्टी की प्लेटों में सारी बिरादरी का खाना होता है।

दहेज़ में छुरी, चाक़ू, सरोता (काटने वाली चीज़ें) और चिमटा, फूँकनी (खटपट करने वाली चीजें) नहीं दी जातीं। रुख़सती के वक़्त बुज़ुर्ग मर्द श्रेणी और मान के अनुसार बारी-बारी सिर पे हाथ रखकर दुआएँ देते हैं और वह बिना थके रोती है। मरासनें गाती हैं 'नीम तले से पलकिया जो निकली बीरन ने खाई पछाड़ रे।'

दूल्हा के यहाँ पहुँचकर दुल्हन का हाथ संदल (चंदन) के पानी में डाल कर दीवार से लगाया जाता है, फिर वह घर के चारों कोनों में वही पानी छिड़कती है। ख़ास हिन्दू रस्म।

मकान के बाहर तीरगर आतिशबाज़ी छोड़ते हैं, भाँड नक़लें दिखाते हैं और इनाम में 'सीधा' यानी आटा, चावल, और कच्चा गुड़ पाते हैं। मरासनों और 'कमीनों' को दूल्हा और दुल्हन के घरों से हर रस्म के बाद साबित काले उड़द की दाल और रोटी दी जाती है। पिलखन के नीचे देग़ें गाड़कर नाई खाना तैयार करते हैं और हर रीति और रस्म के बाद मज्जो नाइन बिरादरी में हिस्से बाँटने निकलती है।

लक्ष्मी मालन जो जुमे के जुमे घरों में मेंहदी और रीठे आँवले लाती है, शादी के अवसरों पर बेहद हसीन सेहरे और हार गूँथती है। उसका माली किसी अपराध की सज़ा में 'कालेपानी' भेज दिया गया। उस सतवंती ने पाकदामनी से सारी उम्र जजमानों की सेवा में व्यतीत कर दी।

हलाल ख़ोरनें दूल्हा के यहाँ 'बधाई' डालती हैं और ढोलक की थाप पर कड़े से कड़ा बजाकर नाचती हैं। चौथी के दिन दुल्हन के सगे और रिश्ते के भाई उसको मायके ले जाने के लिए आते हैं। दुल्हन सीधे के नाम से मिठाई लेकर ससुराल वापस जाती है। हर मेवे की फ़स्ल पर धड़ियों और मनों के हिसाब से आम, ख़रबूज़े, दुल्हन वाले उसकी ससुराल भेजते हैं, जो ज़रा-ज़रा सा हिस्सा करके सारी बिरादरी में बाँटे जाते हैं।

पहले रमज़ान में लड़की का बाप बेचारा कई मन रोटी और दो तरह का सालन बेटी की ससुराल भेजता है, वह बिरादरी में तक़सीम किया जाता है। लड़की दोनों 'जलते चान्द' मोहर्रम और शबबरात, मायके में देखती है।

सादाते नहटौर का अपना ख़बरनामा (अख़बार) 'मुरक़्क़ा-ए-नहटौर' हाजी ख़लील अहमद लखनऊ से हर महीने प्रकाशित करते हैं। उसमें ख़बरों के अलावा 'हाउस पोयट्री' छपती है। भाई सज्जाद हैदर, भाई नसीरुद्दीन हैदर, भाई निसार हैदर ज़ैदी, आपा निसार फ़ातिमा, वहीदा बेगम पुख़्तागो (परिपक्व) शाइर हैं। नई पौध में फ़ातिमा ख़ातून, अज़रा, नफ़ीसा ख़ातून अच्छे ख़ासे शे'र कह लेती हैं। जन्म, शादी, ब्याह और मृत्यु का क़ितआते तारीख़ के द्वारा पता लगाने का दस्तूर है। उर्दू सभ्यता मूल रूप से शायरी की सभ्यता है।

मई 1926 ई.। मियाँ उसमान हैदर की शादी हल्की फुल्की संगीतमय शाइरी का दौर। भाई सज्जाद ने लिखा।

गुलरेज़ हैं दश्तो-दमन, गुलपाश है सहने-चमन
हर सू तरब जलवा-फ़िगन, सूफ़ी भी क्या है शोख़ो-शन
दैरो-हरम से नाराज़न, आए हैं शैख़ो-बरहमन
याँ जो भी है गुल-पैरहन, रंगीं-बयाँ, रंगीं-सुख़न

हाँ मुतरिबा बर्बत बिज़न साक़ी मेरा अज़ पा फ़िगन
ज़ाहिद से कह दो यह सुख़न, है फ़स्ले गुल तौबा शिकन
गर चाहे ऐशे जानो तन, मयख़्वारों का सीखे चलन
एक दुश्मने ईमानो-दीं, सानी नहीं जिसका कहीं
मज़हब है जिसका ग़ैज़ो-गीं, ऐसा शक़ी एक नाज़नीं
वहशत फ़ज़ा क़हर आफ़रीं, चंगेज़ जिसका ख़ोशा चीं
ख़ूँरेज़ जिसकी आस्तीं, क़ातिल की सी जिसकी फबन
ख़ंदाँ व ख़ुश आया यहाँ मसरूर था और शादमाँ
रूख़ पे मुसर्रत थी अयाँ, लब पे ख़ुशी की दास्ताँ
तीरो तबर तेग़ो-सिनाँ, रखकर हुआ सज्दा-कुनाँ
करने लगा विर्दे-ज़बाँ, शुर्क़े ख़ुदाए-ज़ुलमनन
जब शादियाँ हों हर तरफ़, जब रंजो-ग़म हों बर-तरफ़
ख़ुशियाँ खड़ी हों सफ़ ब सफ़, हर शख़्स हो जब ज़र-बकफ़
है बाइसे-इज़्ज़ो-शरफ़, गर छोड़ दूँ अपना शग़फ़
लूँ हाथ में मैं चंगो-दफ़, क्या ख़ूब है मुतरिब का फ़न
इस शहर के बरना व पीर, मुफ़लिस हों वह या हों अमीर
हैं ख़ुश लिक़ा रौशन-ज़मीर, दिलदार दिलबर दिलपज़ीर
हैं क़ल्ब उनके मुस्तयज़ मेहरो-वफ़ा उनका ख़मीर
पुर-लुत्फ़ उनकी दारूगीर दिलचस्प उनका वह बज़न
यह सब तो एक अफ़साना था, तखय्यिइल का काशाना था
रिन्दाना थी तर्ज़े-अदा, दिल में है अर्ज़े-मुददआ
गो सबसे सुन ली वाह वा, है अब मगर वक़्ते-दुआ
मक़बूल हो निज़्दे-ख़ुदा, मक़सद नहीं शेरो-सुख़न
कहते हैं सब गिर्दूं-नशीं, जिन्नो-मलक व हूरो-ईं
हो आज तुम उलफ़त गुज़ीं, उसमान हैदर आफ़रीं
ऐ क़ैस के तीनत गुज़ीं, एक लैला-ए-महमल नशीं
घर में तुम्हारे हो मकीं, बाइफ़्फ़तो-बा इल्मो-फ़न

जंगल, टीले फूलों भरे हैं, बग़ीचों में फूल बिखरे हुए हैं, हर तरफ़ ख़ुशियाँ ही ख़ुशियाँ हैं और इस समय सूफ़ी भी चंचल हैं।

मन्दिर-मस्जिद से शैख़ व ब्राह्मण भी नारे लगाते आए हैं, मानो जो भी है फूलों के वस्त्र धारण किये हुए और हँसी-ख़ुशी और मनमोहक बातें कर रहा है। ऐ गाने वाले साज़ (बर्बत) उठा मेरा साकी अपने हुस्न से मानो सब पर हमला आवर है। ज़ाहिद (पापों से बचने वाले) से कह दो कि फूलों की ऋतु तौबा तोड़ने वाली है यदि कोई जिस्मो-जाँ का ऐश चाहे तो मदिरा पीने वालों का चलन सीखे।

एक दीन-धर्म का दुश्मन (अर्थात सुन्दर व्यक्ति) जो अद्वितीय है, जिसका दीन-धर्म क्रोध से भरे रहना है, ऐसा निर्दयी सुन्दर और मनमोहक, घबराहट फैलाने वाला ज़ोरावर, चंगेज़ भी जिसका अनुचर है। जिसकी आस्तीन ख़ूँरेज़ है, जिसकी साज-सज्जा क़ातिलों जैसी है।

यहाँ मुस्कान भरे और प्रसन्नचित्त आया, मगन और ख़ुश था। चेहरे पर प्रसन्नता प्रकट थी, होंठों पर आनन्दमय कहानियाँ थीं। तीर, तबर, तलवार, भाला रख कर अल्लाह के सामने शीश नवा दिया और अहसान करने वाले (अल्लाह) का शुक्रिया अदा किया।

जब हर तरफ़ ख़ुशियाँ ही ख़ुशिया हों, जब दुःख-रंज समाप्त हो जाएँ, जब पंक्तिबद्ध प्रसन्नताएँ खड़ी हों, जब हर व्यक्ति माल-दौलत वाला हो, यह सम्मान व गर्व की बात है कि अपनी यह प्रवृत्ति छोड़ दूँ और हाथ में वद्ययंत्र ले लूँ। गायन का कौशल भी क्या अच्छी चीज़ है। इस शहर के नौजवान और बूढ़े, निर्धन व धनवान सुन्दर हैं, ज्ञानी हैं, मनमोहक, मनपसन्द मन को भाने वाले उनके दिल नर्म, उनकी प्रकृति में मेहरबानी और वफ़ादारी है। इनकी पकड़-धकड़ प्रेमपूर्ण है, इनका आक्रमण (मारकाट) दिलचस्प है।

यह सब तो एक कहानी थी, विचारों का एक छोटा सा घर था।

यह तौर तरीक़ा और शैली तो शराबियों जैसी थी लेकिन मन की बात यह है हालाँकि सबसे वाह-वाह सुन ली लेकिन अब प्रार्थना का समय है, जो

अल्लाह के दरबार में मान ली जाए। मेरा उद्देश्य शे'रो शाइरी करना नहीं है। आसमान के जिन्न, फ़रिश्ते, बड़ी आँखों वाली हूरें आदि कहते हैं कि उसमान हैदर आज तुम मोहब्बत पसन्द करने वाले हो। ऐ क़ैस (मजनूँ) की सी प्रकृति रखने वाले तुम्हारे घर में, महल में बैठने वाली लैला सम्मानपूर्वक ज्ञान और कुशलता से रहे।

जुलाई 29 ई.। भाई एजाज़ हैदर मरहूम की परी जैसी बच्ची आयशा सिद्दीक़ा ख़ातून शादी होकर परदेस जा रही थी। ग़ैरों में ब्याही गयी, दूल्हा सैयद अहमद रशीद की दादी सर सैयद अहमद ख़ाँ की नज़दीकी रिश्तेदार थीं। वालिद सैयद मोहम्मद मीर मरहूम सैयद महमूद मरहूम के दूधशरीक भाई; मेरठ में बालिश्टर (बैरिस्टर)

इस्मत का दुर, हया का सदफ़, इलमो-फ़न का फूल
गौहर यमन का ऐसा न बाग़े-अदन का फूल
सदक़े मैं उस शरफ़ के कि है बिन्ते-फ़ातिमा
पाकीज़ा सीरती में है वह यासमन का फूल
ऐ सर्वे-बाग़े-हज़रत-ए-मीरे-जिनाँ मक़ाम
हम आज तुमको देते हैं अपने चमन का फूल

(स्मिता व लाज का मोती, ज्ञान व कला का फूल। न यमन का मोती ऐसा, न अदन के बाग़ का फूल ऐसा। मैं उस सम्मान के वारी कि फ़ातिमा की बेटी पवित्र चरित्र में चमेली के फूल जैसी है।

ऐ जन्नत के सरदार (स०) के बाग़ के सरो हम आज तुम्हें अपने चमन का फूल देते हैं।)

दूल्हा के चचा, सज्जाद हैदर ने कहा

दूल्हा के बहनोई इलाहाबाद के बालिश्टर मोहम्मद हुसैन ने झट खड़े होकर फ़ौरन जवाब दिया।

एजाज़-ए-हैदरी[1] का निराला है यह असर
गुलचीं[2] को साथ ले गया, उसके चमन का फूल
पहला मिसरा (पंक्ति) याद नहीं आ रहा पर दूसरा था -
'बुलबुल को मेरे ले गया तेरे चमन का फूल'

शादी के मुशायरे के लिए साग़र निज़ामी ने लिखा, 'उरूस का अलविदाई गीत।'

मेरी आज़ादियों के ज़माने गये ...ज़मज़मे[3] ...वलवले[4] ...चहचहे ...हो चुके ...अस्सलाम ऐ वतन, ऐ ज़मीने वतन आसमाने वतन ...तेरी गोदी में पलकर हुई मैं जवाँ ...शादमाँ[5], कामराँ[6], ज़ौफ़शाँ[7] ...तेरे फूलों से महका मेरा गुलसिताँ ...नग़मा ख़्वाँ[8] ...नग़मा ज़न ...मैं तो होती हूँ रुख़सत तेरी बज़्म से ता क़यामत इलाही तू यूँ ही रहे, पुरअमाँ[9] ख़ंदाज़न[10]।

सिद्दीक़ा ख़ातून बिजनौर से ज़रा दूर दिल्ली ही जा रही थीं मगर परदेस ब्याहे जाने का क्या हंगामा था।

चचा सज्जाद ने फ़रमाया -

बद्र ख़ानद-ए-अग़यार ग़ज़लख़्वाँ रफ़्तम
नकहत अफ़शाँ चू दमे बादे बहाराँ रफ़्तम

अनुवाद : मैं ग़ज़ल पढ़ता हुआ रक़ीबों के दर पर गया, ऐसी खुश्बूएं फैलाता हुआ जैसे बहार की ख़ुशगवार हवा।

क़स्बे के कायस्थों, त्यागी ब्राह्मणों और चौधरियों की शादियों में भी उर्दू फ़ारसी सेहरे कहे जाते हैं। बात यूँ है कि सेहरे, मुबारकबाद की नज़्में, क़सीदे, और तारीख़ के क़ितअे ज़बान के खेल खिलौने हैं। सीमाब अकबरबादी ने भाई सग़ीर हुसैन मरहूम की बच्ची नफ़ीसा की मियाँ इताअत हुसैन से शादी की तारीख़ खड़े-खड़े निकाल दी।

1. हज़रत अली की करामात का प्रभाव (सम्भव है कि इससे लड़की के पिता एजाज़ हैदर तात्पर्य हो।), 2. माली, 3. तराने, 4. उमंगें, 5. ख़ुश, 6. सफल, 7. रौशनी फैलाने वाली, 8. नग़मे गाने वाली, 9. शान्त, 10. मुस्कुराती।

कहा अक़्द का साल सीमाब ने
बिनाए नफ़ासत बराए इताअत

डिप्टी सग़ीर हुसैन मरहूम के पाईं बाग़ में यूकेलिप्टिस के दरख़्तों और गुलाब की झाड़ियों की बहुलता है। शादियों के मुशायरों के लिए शाइर हज़रात बाहर से बुलाए जाते, मर्दानी कोठी में ठहरते। एक दिन सुबह सवेरे डिप्टी साहब की नवासी भाई नसीरुद्दीन हैदर की कमसिन बच्ची ज़हरा, खेलती कूदती बाग़ में पहुँची, फूँस के समर हाउस में साग़र निज़ामी बैठे चाय पी रहे थे ...ज़हरा बीबी ने बहुत से फूल तोड़कर गुलदस्ता पेश किया।

ज़हरा के गुलदस्ता पेश करने पर

जिस तरह देती है शब को शाम क़ुर्से-माहताब
जिस तरह नूरे-सहर देता है नज़्रे-आफ़ताब
जिस तरह बुलबुले-रंगीं को दे तश्ते-शमीम
जिस तरह दे सुबह को अफ़सुर्दा नकहत नसीम
शम्‌आ बख़्शे गोशा-ए-तारीक को जिस तरह नूर
हूर जैसे दे फ़रिश्ते को सुबूही-ए-तहूर
पेशकश माहे-मुनव्वर को ब अंदाज़े-हिजाब
दे सुरैया जिस तरह अपने सितारों का रुबाब
जिस तरह मुर्शिद को तालिब दे अमानत रूह की
जिस तरह अल्लाह बख़्शे आदमी को ज़िन्दगी
बिल्कुल ऐसे ही मुझे ज़हरा ने गुलदस्ता दिया
रंगो बू का सर्रे-ख़ामोश और पुरबस्ता दिया
दिल में रख लूँ रूह की ख़लवत में फैलादूँ उसे
या नसीमे-आह से कुछ और महका दूँ उसे

जिस प्रकार साँझ का समय संध्या को चन्द्रमा की गोल टिकिया देती है। जिस तरह सुबह की रौशनी सूर्य को भेंट देती है। जिस तरह ख़ूबसूरत बुलबुल को सुगंध की थाली दे। जिस तरह समीर सुबह को निचोड़ी हुई सुगंध दे। जैसे

अँधेरे कोने को दीपक ज्योति प्रदान करे। जैसे हूर फ़रिश्ते को पवित्र मदिरा दे। जिस तरह कृत्तिका नक्षत्र चन्द्रमा को शर्माकर अपने सितारों की सारंगी दे। जैसे पीर बुज़ुर्ग को शिष्य अपनी रूह की अमानत दे। जिस तरह आदमी को ज़िन्दगी मिल जाए। ऐसे ही ज़हरा ने मुझे गुलदस्ता दिया। रंग व सुगंध का बन्धा हुआ ख़ामोश सुर दिया, इसे अपने दिल में रख लूँ; रूह की तनहाई में फैला दूँ या समीर की आह से इसे कुछ और महका दूँ।

भाई निसार हैदर ज़ैदी की बेटी हुस्ना कुनबे की पहली ग्रेजुएट लड़की ...1937 ई. में अलीगढ़ से बी.ए. किया। उसी साल अक्तूबर में सैयद इकराम हैदर तिरमिज़ी के पोते सैयद ग़नी हैदर के सपूत सैयद लुक़मान हैदर से नहटौर में ब्याही गईं। दुल्हन के नाना डिप्टी सग़ीर हुसैन की ज़नानी कोठी में जिगर मुरादाबादी की बेगम शीराज़न ने ब्याह के गीत अलापे।

बाहर मर्दानी कोठी में यथानुसार मुशायरा हुआ। सीमाब अकबराबादी ने रिसाला 'शाइर' का बाक़ायदा हुस्ने ज़हरा नम्बर प्रकाशित किया। उसमें ख़ानदान के बच्चे-बच्चे ने फ़ुलाँ हैदर फ़ुलाँ नहटौरी के नाम से तबअ आज़माई की (अर्थात शेरो-शायरी की)। मोहल्ला कायस्थान के शाइरों ने लम्बे लम्बे सेहरे कहे।

नहटौरी कायस्थों की शादियों का एक दिलचस्प गीत
अरे मोरे अंगनवा बेला की बहार
डिप्टी भी बैठे कलेक्टर भी बैठे
बैठे सबसे सुन्दर मियाँ हमार।

लेकिन एक बात पर ग़ौर कर लो, हिन्दू मुसलमान कुलीन मर्द आपस में मिलते जुलते हैं, उनकी औरतें एक दूसरे के लिए बिल्कुल अजनबी और एक दूसरे की मिली जुली सामाजिक शैली तक से नावाक़िफ़ हैं। सिर्फ़ नौकरपेशा औरतें, कुम्हारनें, मालिनें, मनिहारियाँ, हिन्दू-मुस्लिम ज़नानख़ानों में आती जाती हैं।

सैयद जलालुद्दीन हैदर मरहूम अपने मकान की दूसरी मंज़िल ही के चारों कोनों पर अपनी चार बहुओं के लिए बुर्जी-नुमा कमरे बनवा गये थे। उनमें से

एक बुर्जी की अलमारी में दस्तावेज़ें और वसीयतनामे ताले में बन्द हैं। सत्रहवीं अट्ठारहवीं शताब्दी में क़िस्मत नामे (बंटवारे के काग़ज़ात) क़ाज़ी सरकार-ए-सम्भल और मुग़ल सूबेदारों की मोहरों के साथ फ़ारसी भाषा में लिखे जाते थे। मलिका टूरिया के इश्टाम पेपर पर लिखा एक वसीयतनामा उर्दू भाषा में :

मन कि सैयद बन्दे अली वलद सैयद इमाम बख़्श मरहूम व मग़फ़ूर, मुतवतन क़स्बा नहटौर ताल्लुक़ा ज़िला बिजनौर का हूँ ...जो ...जायदाद ...कसीरूल औलाद व मुख़तलिफ़ अल अज़्दवाज ...ब बाइसे ज़ईफ़ुल उमरी व पीरी निक़ाहत और नातवानी ज़्यादा तारी होने वाली है, लिहाज़ा एहतमाल ग़ालिब है कि शायद होशो हवास कामिल बजा न रहें।

पस ब नज़रे-दूरअंदेशी हाले-मर्दमाँ ज़माना मुखतलिफ़ देखकर तहरीरे-क़िरतासेहाज़ा वाजिबा ...कि हर एक शख़्स ख़ासियत जुदागाना व मिज़ाज अलाहदा अलाहदा रखता है ...पस हक़रसानी हक़दारान-आली-क़द्रे-मरातिब नाम बनाम जुदागाना मवाफ़िक़ अक़्ल अपनी के करता हूँ।

चुनाँचे मकानात-ए-अंदरूनी हवेली कलाँ व दीगर हवेलियात ब तामीरे पुख़्ता ब हमा जहत मुरत्तब व मुसक़्क़फ़ व चाह व बाग़ाते अंबा व अराज़ी शोर व बंजर व हंजर व चरागाह व तालाब व सराय व ज़ेवर तिलाई कुंज, चम्पाकली, कंठमाला, हलक़ा हाए बीनी, बुलाक़, बाज़ूबन्द, पौहँची चौहे दती, जुगनू, आरसी, नौ नगे, मगर हैकल, माला हाए अशरफ़ी, सिक्का कलमा, सिंगारपट्टी, ज़रूफ़ नुक़रई व मिसी व दोशाला जात...

सैयद बन्दे अली
साकिन क़स्बा नहटौर, सरकार सम्भल
मुज़ाफ़ ब सूबा, मुस्तक़र अलख़िलाफ़ा
अकबराबाद
स्टाम सिक्का कलदार
20 जनवरी 1874 ई

मैं कि सैय्यद बन्दा अली पुत्र सैय्यद इमामबख़्श मरहूम व मग़फ़ूर (जिन पर अल्लाह ने रहमत की और बख़्श दिया) वतन क़स्बा नहटौर ताल्लुक़ा ज़िला बिजनौर का हूँ... जो... जायदाद... अधिक संतान व विभिन्न पत्नियाँ... उम्र के लिहाज़ से कमज़ोरी, बुढ़ापा, क्षीण शक्ति और दुर्बलता अधिक होने वाली है। अतः सम्भव है कि पूरे होश व हवास बाक़ी न रहें।

बस दूरदृष्टि से संसर के लोगों का हाल बदलते देखकर इस काग़ज़ पर यह तहरीर ज़रूरी... कि हर व्यक्ति की प्रकृति अलग व मिज़ाज अलग-अलग हैं। बस हक़दारों का नाम-बनाम उनकी हैसियत के हक़ देने के लिए अपने विवेकानुसार (तहरीर) करता हूँ। चुनांचे बड़ी हवेली के अन्दर के मकान और अन्य हवेलियाँ जो हर ओर से भलीभाँति पक्की और छत पड़ी हुई हैं और कुआँ और आम के बाग़ और कल्चर, बंजर-हंजर ज़मीन और चरागाह, तालाब व सराय और गहने सोने के कोनों वाले चम्पाकली, कण्ठमाला, हसली, बुलाक़, बाज़ूबन्द, पहुँची, चौहेदली, ज़ुगनू, आरसी, नौनगे, मगर, हैकल, अशर्फ़ियों की मालाएँ, सिक्का कलमा, सिंगारपट्टी, चाँदी व ताँबे के बर्तन, दोशाले...

सैय्यद बन्दे अली
निवासी क़स्बा नहटौर, सरकार सम्भल
सूबा राजधानी अकबराबाद से संलग्न
स्टाम्प सिक्का कलदार

नुक्ता ग़ौर करने लायक़ इसमें यह है कि अंग्रेज़ी अमलदारी में यह ख़याल परस्त बुज़ुर्ग अब तक सरकारी क़ाग़ज़ात पर मुग़लकाल का 'सरकारे सम्भल, मुज़ाफ़ ब सूबा दारूल खिलाफ़ा अकबराबाद' लिख रहे थे।

और बीसवीं सदी में पहुँचकर सिर्फ़ कुछ साल उधर तक हमारे ख़ानदान में निकाहनामे पर मेहर 'ब एवज़ पानसद अशरफ़ी मोहम्मद शाही' लिखा जाता था।

एक सीधी सादी जन्नती क़ौम के यह लोग काल्पनिक 'सरकार सम्भल दारुल ख़िलाफ़ा अकबराबाद' में रहते थे। और लड़कियों का मेहर मोहम्मद

शाह रंगीले बादशाह ग़ाज़ी की काल्पनिक अशरफ़ियों का बाँधते थे, जबकि उन में से बहुत से पाँच हज़ार रुपया चेहरा जार्ज शिशम (जार्ज षष्टम) अदा करने की हैसियत न रखते थे और शायरी करते थे, जिसमें 'रगे-गुल से बुलबुल के पर बाँधते थे।'

अब नहटौर से कोल (अलीगढ़) चलकर नयी रौशनी का सिनेमा देखते हैं। अप्रैल 1941 ई.

चै रोज़ मुसर्रत ...वक़्तश रसीद

फ़ारसी से अनुवाद : कैसी ख़ुशी का मुबारक दिन है जो ख़ुदा के फ़ज़्ल से हमें हासिल हुआ। मेरा जिगर गोशा और आँखों का नूर सईद, उसकी शादी है या ईद का दिन है। इस ज़मीन पर ज़हरा (सितारा) इस तरह आई जैसे रक़्क़ासा चमकती हुई चल रही है। मैंने पूछा तुम्हारा क्या हाल है? मैं भी क्यों न नये ज़माने का नृत्य करूँ। मैं गाऊँ नाचूं और इस पर फ़ख़्र करूँ कि अल्लाह ने मुझे ऐसी सूरत में पैदा किया रक़्क़ासा की सूरत में। मुझे फ़ख़्र होना चाहिए मेरी रूह में जो नग़मा व गीत सराइयत (लीन) किया हुआ है और मेरे ही नृत्य से मस्ती व इश्क़ पैदा किये गये हैं। मैं और चंग व बर्बत और नै, और उनके तरह-तरह के साज़। और मैं हूँ और एशो-इशरत के ये सारे सामान! उनको उपयोग में लाने का समय आ गया।[1]

चरा मन न रक़्सम ब तर्ज़े जदीद (मैं कभी क्यों न नये ज़माने का नृत्य करूँ) दुल्हन बी मायों के कमरे में बैठी अपनी सहेलियों के साथ आसमान में थेगली लगा रही हैं। यह तो भिन्नो (बहन) अलीगढ़ आन कर देखा। लंका में जो निकला बावन गज़ा। दुल्हन कह रही हैं अमीरी ग़रीबी अल्लाह की तरफ़ से नहीं। दौलत बराबर-बराबर बँटनी चाहिए।

दूसरी अफ़लातून की मौसी बोलीं अंग्रेज़ मुसल्लह (सशस्त्र) इन्क़िलाब के ज़रीए ही निकलेगा। एक साहबज़ादे ने फ़रमाया, जब तक मौलवियों, पण्डितों का तसल्लुत (आधिपत्य) है जनता तरक़्क़ी नहीं कर सकती।

1. यल्दरम की ओर से।

क़िस्सा यह है कि सर सैयद के कॉलेज में आजकल बाग़ियाना बातों की बड़ी शोरिश है। मौलाना मोहम्मद अली के दिनों में कम हंगामे हुए थे लेकिन अब चर्चा ही दूसरी है। 'समाजी इंसाफ़' 'आर्थिक बराबरी' तौबा-तौबा। अल्लाह वह वक़्त न लाए जब हमारे यहाँ के छीपी, धुने, भड़भूजे हमसे बराबरी का दावा करने लगें। सुनते हैं मीरख़ानी गर्दी और ग़दर में यह भी हुआ था। हमारी रईयत (आश्रितों) ने 'गोरा दल' के साथ मिलकर जब मौक़ा मिला ख़ूब हाथ रंगे।

अमीर निशाँ अलीगढ़ में भाई नसीरुद्दीन हैदर की बड़ी बेटी अज़रा जो मायों बैठी हैं, बी.ए. में माशाअल्लाह सारी यूनिवर्सिटी में फस्ट (फ़र्स्ट) आईं। बी.टी. भी पास कर लिया। अज़रा बी के छोटे भाई अच्छे मियाँ छोटी बहन ज़हरा, ख़ालाज़ाद भाई जर्रार हैदर बैठकर चीन जापान की उड़ाते हैं। औल फ़ौल। ज़मींदारों के वह खिलाफ़, मुस्लिम लीग से उन्हें लिल्लाही बुग़्ज़, ब्रिटिश की सरकार से उन्हें ख़ुदा वास्ते का बैर। मैंने कहा, भय्ये अल्लाह का शुक्र अदा करो। चैन की बंसी बजाते हो। जर्मन वाला या रूस वाला आन पड़ा, आफ़त आ जाएगी।

आज सुबह की बात है। डाक में लाहौर से एक नये फ़ैशन की साहित्यिक पत्रिका आई। अल्लाह रक्खे! भाई बहाउद्दीन अज़रा बी को दे गये। उनकी बड़ी अम्मा मायों के कमरे में मौजूद थीं। बोलीं, 'अज़रा मैं तो अब आँखों से कुछ पढ़ नहीं पाती, तुम कोई अच्छा अफ़साना हो तो पढ़कर सुना दो।'

अज़रा ने पढ़ना शुरू किया, 'रामू क़ुली ने दो दिन के फ़ाक़े के बाद जब अपनी झोंपड़ी में...।'

'आगे चलो।' बड़ी अम्मा ने उकता कर कहा।

अज़रा बी ने पृष्ठ पलटे, 'अच्छा सुनिये, यह अहमद नदीम क़ासमी का अफ़साना है। यह बहुत अच्छा लिखते हैं, पंजाब के ग़रीब किसानों के मुताल्लिक़ सुनिये।'

उनकी बड़ी अम्मा कुछ देर चुपकी बैठी सुनती रहीं। फिर बोलीं, 'किसान लड़की के मक्खन जैसे पाँव, बेचारी किसान लड़कियों के पाँव धूल में अटे होते हैं बीबी।'

'बड़ी अम्मा।' अज़रा बी ने पलकें झपका कर कहा, 'आप फ़्यूडल दौर की अदीबा (साहित्यकार) हैं, यह अवामी अदब (लोक साहित्य) है।'

'अज़रा तुम मुझसे बावली बातें मत किया करो।' उन्होंने जवाब दिया और उठकर देवरानी का हाथ बँटाने बाहर चली गयीं।

अमीर निशाँ में लड़की वाले रहते हैं। बारात मसूद मंज़िल से आवेगी। भाई-भाई आपस में समधी। सारे रिश्तेदार दोनों तरफ बँट गये हैं। लड़के वाली समधनों की पिटाई के लिए फूलों की छड़ियाँ तैयार की जा रही हैं।

हालाँकि अब मोहम्मद शाही काल्पनिक अशरफ़ियों के बजाय मेहर बहुत दिनों से सिक्का रायजुल-वक़्त (प्रचलित मुद्रा) का बंधता है।

सईद मियाँ को कई वर्ष इन्तिज़ार करना पड़ा, अज़रा बीबी पढ़ लें तो ब्याह हो। दूल्हा दुल्हन के बड़े अब्बा ने जो नज़्म कही उसमें इस तरफ़ बड़ा खूबसूरत इशारा था। पिछले बरस टोंक में निकाह के वक़्त पढ़ा। मक़्ते (आख़िरी शे'र) पर पहुँचे।

उनका नसीब कामगार, उनका ज़माना साज़गार
ग़ुंचा व गुल खिलें हज़ार, उनके चमन में हो बहार

तो महफ़िल में मौजूद लोगों की आँखों में आँसू आ गये। भाईजान तहतुल्लफ़्ज़ (बिना गाकर) पढ़ते हैं। यहाँ मसूद मंज़िल में दावत-ए-वलीमा पर यही नज़्म ख़ुशगुलू (मधुर स्वर वाले) रम्मी मियाँ से पढ़वाई, जिन्होंने जिगर साहब के तरन्नुम में सुनाकर समाँ बाँध दिया। लो प्रसाद के तौर पर तुम भी सुन लो कि अब अज़रा बी सईद मियाँ के बड़े अब्बा (ताऊ) की दास्ताने-हयात जल्द ही ख़त्म होने वाली है।

आज चमन में है बहार, गुल भी हैं और गुल अज़ार
मुझसे ख़तीब शाख़सार यह कह रही है बार-बार
निकलेंगी कैसी हसरतें, दिल में है उसकी काहिशें
उस पे करूँगा नालिशें, शैख़े-हरम हो होशियार
किसको ख़याले-इज़्ज़ो-जाह, किसको ख़याले-रस्मो-राह
मैं तो हूँ रिन्दे-बेपनाह, छेड़ो न मुझको ज़ेनहार
तौबा शिकन है मयफ़रोश, चार तरफ़ है नाओ-नोश
शरए-मुबीं का किसको होश, क्यों न हूँ मैं भी मयगुसार
आज है मुझको इन्तिज़ार, हसरते-दीद-ए-रूए यार
ऐ कि सितम तेरा शिआर गाह ज़महर याद आए
राहते-जाने-बेक़रार, आ कि मुझे भी हो क़रार
अब नहीं ताबे-इंतिज़ार, कुछ तो हो अहद उस्तवार
गर्चे रहा मैं ग़म बदोश, आह न की रहा ख़मोश
काबा-ए-दिल सियाह पोश, क्या कहूँ क्या था हाले-ज़ार
शुक्र कि आज आ गया, खाना-ए-दिल बसा गया
रूह पे मेरी छा गया, आज तो मैं हूँ बख़्तयार
आज सईद है सईद, आज है उसका रोज़े-ईद
गुंचा-ए-आरज़ू दमीद, नख़्ले-मुराद बार दार
बिन्ते नसीर-ए-नुक्ता दाँ, साहिबे इल्मे-बेकराँ
माया-ए-नाज़ दुख़्तराँ, इल्मो-हया की ताजदार
आज है उनका अज़दवाज, अर्श पे गुफ़्तगू है आज
मिलकर वफ़ा का तख़्तो-ताज, उनको मिला बईं-क़रार
गुलशने-दहर में बसें ता ब अबद वह ख़ुश रहें
देख के उनको सब कहें होते हैं ऐसे बख़्तयार
उनका नसीब कामगार, उनका ज़माना साज़गार
ग़ुंचा-ए-गुल खिलें हज़ार, उनके चमन में हो बहार

(आज चमन में बहार है। फूल भी हैं और फूलों जैसे गालों वाले ख़ूबसूरत भी। मुझसे वृक्षों का सम्बोधन करने वाला बार-बार कह रहा है। हसरतें कैसे निकलेंगी, उसके दिल में निम्नताएँ हैं। उस पर मैं नालिशें करूँगा, अर्थात दावा करूँगा, धर्मगुरु होशियार हो जाए।

सम्मान और रूतबे का किसे ख़्याल, रीति-रिवाज़ की किसे परवाह। मैं तो अत्यधिक मदिरा-पान करने वाला हूँ, मुझे कोई हरगिज़ न छोड़े। मयफ़रोश (मदिरा बेचने वाला) तौबा तोड़ देने वाला है। चारों ओर खाने-पीने का माहौल है। धर्म का पालन करने का किसे होश है, क्यों न मैं भी मदिरापान करूँ।

आज मुझे इन्तिज़ार है और अपने प्रिय के मुख-दर्शन की कामना है लेकिन तेरी प्रकृति में मेहरबानी नहीं निर्दयता है। ऐ मेरी बेक़रारी को क़रार देने वाले आजा कि मुझे सुकून मिल जाए। अब इन्तिज़ार करने की शक्ति मुझमें नहीं, कुछ तो क़ौल व क़रार की पाबन्दी हो।

हालाँकि मैं दुःखों में घिरा रहा, फिर भी मैंने आह नहीं की। क्या बताऊँ मेरा क्या हाल था, ग़म से तेरे वियोग से दिल में अँधेरा था। बड़ा शुक्रिया कि तू आ गया मेरा उजड़ा दिल बसा गया। मेरी रूह पर छा गया। आज मैं बड़ा सौभाग्यशाली हूँ।

आज सईद है सईद, आज तो इसका ईद यानी ख़ुशी का दिन है, आरज़ूओं की कली खिली हुई है और मुरादों के वृक्ष पर फल ही फल हैं।

अत्यधिक ज्ञानी सूक्ष्म बातों को जानने वाले नसीर (सैय्यद नसीर हैदर) की पुत्री, बेटियों में गौरवशाली, ज्ञान व लज्जा का मुकुट धारण किए हैं, आज इनका विवाह है, आकाश पे इनकी चर्चा है। इस बन्धन से इन्हें वफ़ा का तख़्तो-ताज मिला। संसार की पुष्पवाटिका में वह बसें और सदा ख़ुश रहें। इनको देखकर सब कहने लगें कि सौभाग्यशाली ऐसे होते हैं। उनके भाग्य में सफलताएँ हों और संसार इनकी कामनाओं के अनुरूप रहे। इनकी कलियाँ, फूल खिलते रहें, इनके चमन में बहार हो।)

बुलबुल के कारोबार

नं. 21, फ़ैज़ाबाद रोड
लखनऊ
10 जुलाई 41 ई.

डियर ज़फ़र उमर, तुम्हारा ख़त मिला। तुम कभी-कभी इस क़िस्म की चीज़ अतीत की यादों में से माँगते हो। आज का पायनियर पढ़कर बेधड़क यह अशआर क़लम से निकले।

पढ़ने से कुछ ग़रज़ न पढ़ाने से वास्ता
उस्तादे जामिया को हवस-इज़्ज़ो-शाँ[1] की है
भाई को ठूँस दूँ कि भतीजे को ठूँस दूँ
अब अपने बाद फ़िक्र उन्हें ख़ानदाँ की है
कहता है 'सरगुज़िश्त' लतीफ़ा नया सुनाओ
महफ़िल में आज धूम तुम्हारी ज़बाँ की है
हो जामिया में रोज़ नया मअरका[2] तो क्या
हमको तो याद फ़स्ले-गुल (बहार) इस गुलसिताँ की है
जो लाला-ए-चमन[3] था हुआ आज दाग़े-दिल[4]
दर अस्ल यह असास[5] मेरी दास्ताँ की है

अलीगढ़ में उन दिनों विज्ञान विभाग के एक बुजुर्ग प्रोफ़ेसर का एक कम उम्र लड़की से दूसरी शादी का भी बहुत चर्चा था। प्रोफ़ेसर साहब की पहली बीवी बहुत दुःखी थीं। वह एक साहिबे-दीवान शाइरा और भोलीभाली अल्लाह वाली औरत थीं और सबको उनसे बहुत हमदर्दी थी।

अब्बाजान और अम्मा निजी रूप से उन्हें नहीं जानते थे लेकिन ये दोनों सारी उम्र औलाद की ज़्यादा संख्या के विरुद्ध ज़ोर-शोर से लिखते रहे थे। अब्बाजान ने 'सरगुज़िश्त' में एक छोटा सा नाटक 'सरसरी इंसाफ़' इस घटना के सम्बंध में प्रकाशित किया।

1. इज़्ज़त व शान।, 2. लड़ाई।, 3. फूल।, 4. दिल का दाग़।, 5. बुनियाद।

सरगुज़िश्त, अलीगढ़
तारीख़ 27 जुलाई 1941 ई.
बिरादरम सज्जाद, सलाम

24 जुलाई का सरगुज़िश्त पढ़कर मौलाना अब्दुल माजिद दरियाबादी ने एक ख़त भेजा है, जो अगले संस्करण में दर्ज होगा। और एक शे'र मेरी और आपकी नज़्र किया है। मगर न एक ग़रीब बीवी का दिल टूटता न यह शोर शराबा होता। मौलाना का ख़त लिफ़ाफ़े में बन्द है। तुम्हारा जवाब चंचलता से भरा होना चाहिए।

मैं तीस जुलाई की शाम को डाक गाड़ी से लखनऊ पहुँचूँगा। मिसेज़ सज्जाद को सलाम, बच्चों को दुआ।

तुम्हारा ज़फ़र उमर।

लखनऊ
एक अगस्त 41 ई.

एक ओल्ड ब्वाय की दुआ एक ओल्ड ब्वाय के लिए

वह फ़ातहे-क़ुलूब दिलों का वह हुक्मराँ
परचम ज़फ़र का खोल के होता है फिर रवाँ
हिन्दोस्ताँ के बाद है फ़तहे-दकन का अज़्म
नुसरत तुम्हें नसीब हो अहमद सईद ख़ाँ
अल्लाह ने किया है तुम्हें साहिबे-नुफ़ूज़!
और शाह ने किया है रिआया का पासबाँ
कोशिश यह हो कि ख़ल्क़े-ख़ुदा का रहे ख़याल
और यह न हो तुम्हारी जबीं शह का आस्ताँ!
सौंपी गई हैं तुमको दकन की मुक़ददरात
अब उसको ख़ारज़ार बनाओ कि गुलसिताँ
हो मेअदलत असास सियासत मदार का
निसफ़त-म-आब बनके करो सह्र कारियाँ

लाज़िम है क़लअ-क़मअ करो अहले-जौर का
औरों के वास्ते हो ख़ता-बख़्शो-मेहरबाँ
दिलदारो-दिलनवाज़ो-करम गुस्तरोज वाज़
ज़रपाशो-सीमपाशो गोहरबार-ए-गुलफ़िशाँ
हो ग़लग़ला दकन में कि याँ आ गया वज़ीर
हक़-कोश, हक़-शनास, बहीख़्वाह क़द्र दाँ

(वह दिलों को जीतने वाला, वह दिलों पर राज करने वाला जीत का फरैरा खोलकार फिर खाना होता है।

उत्तरी हिन्दुस्तान के बाद दक्षिण को जाने का इरादा है। तुम्हें अहमद सईद खाँ कामयाबी हासिल हो। तुम्हें अल्लह ने योग्य बनाया और बादशाह ने जनता की सुरक्षा का भार सौंपा है।

कोशिश यह करना कि अल्लाह के बन्दों अर्थात जनता का ख़याल रहे (उनकी भलाई का विचार मन में न रहे।) यह न हो कि तुम बादशाह के सामने माथा झुकाओ।

तुम्हें दकन का भार सौंपा गया है। अब इसे काँटो भरा बनाओ या फूलों भरा (अर्थात वहाँ के लिए कल्याणकारी कार्य करो या लापरवाही करो)। राजनीति की धुरी न्याय की नींव पर हो। ऊँचे दर्जे पर बैठकर ऐसे काम करो कि सब को मोह लो।

ज़रूरी है कि ज़ुल्मों-सितम करने वालों का उन्मूलन करो एवं औरों के वास्ते मेहरबान रहो और उनकी ख़ताएँ बख़्श दो।

मेहरबान, उचित नीति वाले दिलदार दोस्त सोना-चाँदी बिखेरने वाले, मोती बरसाने वाले, फूल छिड़कने वाले। दकन में यह शोर मच जाए कि जहाँ एक वज़ीर (मंत्री) आ गया है, जो सच्चाई को बर्दाश्त करने वाला, हक़ बात को पहचानने वाला, कल्याणकारी और क़द्र करने वाला।)

आपा अज़रा की शादी के बाद ...अलीगढ़ से फ़ैज़ाबाद छावनी ...जहाँ कैप्टन एस.ए. हसनैन के तेज़ सब्ज़बाग़ पर भारी सुर्मइ घटाएँ झुकी रहती थीं,

चन्दा मुमानी की बड़ी बहन मुनव्वर मुमानी मुरादाबाद से आई हुई थीं। रात का खाना बरामदे में दस्तरख़्वान बिछाकर खाया जाता और आम की बालटी पास भरी रखी रहती।

मामू के एक दोस्त इण्डियन मेडिकल सर्विस के मैजर वहाजुद्दीन अहमद मिर्ज़ा चन्दा मुमानी के मुँह बोले भाई बैचलर थे। अम्मा ने फ़ौरन उनके लिए रिश्ते तजवीज़ करने शुरू कर दिये।

16 जुलाई को इज़ाबेला थोबरन कॉलेज खुलने वाला था। हसनैन मामू के ख़ानाज़ाद मुलाज़िम बुआ सूसन मरहूमा के बेटे छुटवा के हमराह लखनऊ।

जून के महीने में अब्बाजान दाख़िले के लिए मिसेज़ दास के पास ले गये थे। वह एक गोरी चिट्टी नुक़रई बालों वाली शानदार महिला और आई.टी. कॉलेज की पहली महिला प्रिंसिपल थीं। अब्बाजान ने चार साल पहले जिस फ़ख़ के साथ मुस्लिम स्कूल की मिस माइल्ज़ से कहा था, 'अलीगढ़ में पाँचवीं क्लास में थी' इससे ज़्यादा फ़ख़ और ख़ुशी के साथ बनारस़ यूनिवर्सिटी का सर्टिफ़िकेट मिसेज़ दास के सामने पेश किया।

मिसेज़ दास ने मुंडिया हिलाकर ऐनक के पीछे से सर्टिफ़िकेट पर नज़र डाली और ड्रामाई अंदाज़ से सिर पकड़ लिया। अब्बाजान ने घबराकर उन्हें देखा। 'हमारे कॉलेज में दाख़िले की कम से कम उम्र सोलह साल है।'

मैंने अब्बाजान को इतना मायूस और पज़मुर्दा कभी नहीं देखा था। वह भौंचक्के से मिसेज़ दास को तकते रहे। उस नेक ख़ातून ने अब्बाजान का रंग बदलता हुआ चेहरा देखकर कुछ पल की ख़ामोशी के बाद कहा, 'आपकी बच्ची ने हाईस्कूल में असाधारण सफलता प्राप्त की है।'

अब्बाजान हैट संभालकर कुर्सी से उठे और मुझे चलने का इशारा किया। मिसेज़ दास ने फ़ार्म उनके आगे सरका दिया।

'इसका मैं क्या करूँ?' अब्बाजान ने अफ़सुर्दगी से पूछा

'बैक डेट'

अब्बाजान ने असमंजस से कहा, यह नियम के विरुद्ध नहीं होगा?'

'This is an exceptional case' 'मिसेज दास ने मुस्कुराकर कहा। उस वक़्त उनके गिर्द नूर का हाला (प्रकाश वृत्त) था और बैक ग्राउंड में यीशू मसीह के फ़रिश्ते अपने चाँदी के पर फड़फड़ा रहे थे। अब्बाजान ने जल्दी से हिसाब लगाकर 20 जनवरी 1927 ई. लिख दिया। हिसाब में हमेशा से कमजोर थे; सोलह साल अब भी नहीं बने। मिसेज़ दास ने देखे बग़ैर फ़ार्म बेद की ट्रे में डाल दिया और मुस्कुरा कर मुसाफ़हे (हाथ मिलाने के लिए) हाथ बढ़ाया।

फ़ैजाबाद से लौटकर 16 जुलाई की सुबह ग़ुलाम हसनैन के साथ तेज़-तेज़ क़दम उठाती ख़ुश-ख़ुश कॉलेज पहुँची।

फ़र्स्ट इयर क्लास में पोर्ट ब्लेयर और देहरादून वाले सरदार बलवंत सिंह जसपाल की सबसे छोटी लड़की विमला के अलावा फ़ैज़ाबाद वाले मेजर वहाज मिर्ज़ा की भांजी मेहर जबीं, नहटौर की हमीदा जैदी, अनीस अहमद अब्बासी, (सम्पादक दैनिक 'हक़ीक़त') की लड़की सईद बानो और क़ाज़ी अज़ीज़ुद्दीन बिलग्रामी की भतीजियाँ क़मर और अख़्तर दाख़िल हुई थीं।

हाजी ख़लील अहमद बानी (एक आना फंड लखनऊ की मस्जिदों की मरम्मत के लिए) व सम्पादक 'मुरक़्क़ा' नहटौर की लड़कियाँ जमीला व शकीला थर्ड इयर में, मुरादाबाद वाले भाई शाहिद हुसैन की कज़न किशवर अहमद चौधरी मोहम्मद अली रुदौलवी की एक नातिन तलत अहमद की क्लासमेट थीं। ख़ाँ अब्दुल ग़फ़्फ़ार ख़ाँ की लड़की मेहर ताज और मिसेज़ विजय लक्ष्मी पण्डित की लड़की चंद्रलेखा किसी सीनियर क्लास में पढ़ती थीं। ये सब होस्टल में रहती थीं। कुछ लड़कियाँ भोपाल और हैदराबाद दकन से आई थीं।

उर्दू मिर्ज़ा अली हसन और फ़ारसी सैयद मुर्तज़ा हुसैन पढ़ाते थे।

उर्दू क्लास में मेहरजबीं और सईद बानो और मैं साथ बैठते थे और कापी पर लिख लिख कर लगातार एक दूसरे से गप्पें हाँकते थे। थ्योरी यह थी कि

उर्दू इतनी आती है, पढ़ने की क्या ज़रूरत है। टेस्ट में हम तीनों को सबसे ज़्यादा नम्बर मिलते।

बाक़ी सारे विषय स्वीट अमेरिकन बुढ़ियाँ पढ़ाती थीं।

भाई ने यूनिवर्सिटी यूनियन की प्रेसिडेंटशिप का इलेक्शन लड़ा। ऑकलैंड पर लाउडस्पीकर लगाए, उनके वर्कर लड़के सारे में घूमा करते। एक दिन पण्डित नेहरू हमारे कॉलेज आए और हिन्दुस्तान के प्राचीन जुग़राफ़िया (भूगोल) पर रौशनी डाली कहने लगे अगर तुम लोग लखनऊ से नैनीताल जातीं तो जहाज़ पर बैठकर समुद्र में से गुज़रना पड़ता।

लालकुर्ती छावनी में मामू इब्राहीम ख़ाँ के बेटे मोहम्मद अय्यूब ख़ाँ अलीगढ़ से बी.ए. कर के घर आ चुके थे। उनके प्यारे दोस्त राज़ मुरादाबादी अलीगढ़ से साथ आए थे। राज़ भाई जिगर साहब के शागिर्द थे। 'सिराजुद्दीन ख़ाँ आरज़ू पर रिसर्च कर रहा हूँ।' उन्होंने अब्बाजान से कहा, हालाँकि रिसर्च विसर्च कुछ नहीं कर रहे थे। मुस्तक़िल ग़ज़लें कहा करते थे, जिन्हें तरन्नुम से सुनाते थे'—

मेरे पैकर में सरापा तू ही तो है तो फिर
मेरी फ़ितरत में मज़ाक़े-बन्दगी काहे को है।

टिपिकल मुरादाबादी और अलीगढ़ी थे। दिन भर गप्पें हाँका करते और बेहद स्वीट थे।

छावनी में दिलकुशा बाग़ के अन्दर सिर्फ़ एक कोठी थी, उसमें रज़िया सज्जाद ज़हीर के बड़े भाई यानी अम्मा के एक और मुँह बोले, भतीजे मोईन हसन कन्टोनमेंट अफ़सर रहते थे। उनकी शादी अम्मा जज मसूदुल हसन की लड़की अतिया से तय करवाने में मसरूफ़ थीं।

एक शाम मोईन भाई ने मेरे मैट्रिक पास करने की ख़ुशी में दावत की। अम्मा, मजाज़, राज़ भाई और सोज़ शाहजहाँपुरी को ऑकलैंड में बिठा कर दिलकुशा ले गयीं। मजाज़ को पहले वार्निंग दे दी थी कि शराब पीकर न आएँ।

खाने के बाद, बाहर चाँदनी रात में मजाज़ ने 'अन्धेरी रात का मुसाफ़िर' पढ़ी। इस मिस्रे पर पहुँचे, 'ख़ुदा सोया हुआ है, अहरमन महशर बदामाँ है।'

अम्मा ने कहा, 'मियाँ अब भी वक़्त है तौबा कर लो।' एक मोर घने बाग़ से निकला; चान्द के नीचे हरियाली पर कुर्सियों से ज़रा दूर खड़ा हो गया। ग़ौर से सुनता रहा। फिर बरगद के अंधियारे झुण्ड में वापस चला गया।

बम्बई
26 अगस्त 1941 ई.

अस्सलाम अलैकुम; कल मुस्लिम लीग की मीटिंग में सर सिकन्दर हयात ने मुआफ़ी माँग ली और 'जंग' की कौंसिल से इस्तीफ़ा दे दिया, आज फिर मीटिंग है। ईरान के मुताल्लिक़ रिज़ोल्यूशन पास किया जाएगा।

सज्जाद

15 जनवरी 42 ई. के दिन एस.एच. चब स्टेशन डायरेक्टर ने अब्बाजान को याद दिलाया कि 'सात मुसन्निफ़ एक अफ़साना' के लिए अपनी कहानी लिखें। यह एक दिलचस्प सिलसिला रेडियो पर जारी था, जिसमें एक साहित्यकार अपनी कहानी अधूरी छोड़ता था और दूसरा उसे आगे बढ़ाता था।

भाई गणित में एम.ए. करने के बाद इण्डियन रेलवेज़ की इम्पीरियल सर्विस की प्रतियोगिता में बैठे, चुन लिए गये और कलकत्ते रवाना हुए।

भाई एक अत्यंत बुद्धिमान और जोशीले राष्ट्रवादी थे, जो भयंकर और अंदेशों से भरी विशेषताएँ हैं। जमालपुर में एक शाम अंग्रेज़ अफ़सर से किसी बात पर झड़प हो गयी। भाई ने आग बगूला होकर उसे एक अदद तमाँचा रसीद किया। फ़रमाया, 'मैं इसी वक़्त इस्तीफ़ा देता हूँ।'

अंग्रेज़ के दफ़्तर से निकले और सीधे भागते चले गये। सामने से एक मालगाड़ी गुज़र रही थी। उसके एक डिब्बे का हैंडिल पकड़कर उससे लटक गये। रात भर उसी तरह हैंडिल पकड़े पकड़े सफ़र किया। घर वापस पहुँचे, कुछ दिन बाद खद्दरपोश हुए। अब्बाजान का कलकत्ते से ख़त आया।

24 मई. 42 ई.

...मैं कलकत्ता से सीधा हैदराबाद जा रहा हूँ। सालार जंग के पते पर अपनी ख़ैरियत का तार दो।

अम्मा ने अपने ब्लडप्रेशर की खैरियत के बजाय परेशान कर देने वाला तार भेजा 'छब्बू जी जमालपुर से इस्तीफ़ा देकर आ गये।' अम्मा इतनी अच्छी नौकरी छोड़ने पर सख़्त ख़फ़ा थीं लेकिन अब्बाजान लखनऊ वापस आकर हस्बे आदत ख़ामोश रहे। सरदार बलवंत सिंह जसपाल की बड़ी लड़की शकुंतला ने जो यूनिवर्सिटी में एल.एल.बी. कर रही थीं एक अंग्रेज़ी पत्रिका 'न्यू लाइफ़' का विमोचन किया था। भाई उसमें मज़मून लिखा करते थे, अंग्रेज़ी बहुत अच्छी लिखते थे। अब्बाजान ने अम्मा से कहा '

'छब्बू जी सरकारी नौकरी के सीधे सुरक्षित रास्ते पर चलने के बजाय पत्रकारिता आदि की तरफ़ तवज्जोह दे रहे हैं, उन्हें मना करना बेकार है।'

'इम्पीरियल सर्विस छोड़ दी। सफ़र के लिए अपनी सेलविन मिलती। फ़ुलाँ-फ़ुलाँ अभी से अपनी लड़कियों के लिए कहलवा रहे हैं। अख़बार की नौकरी करेंगे? इसमें दो सौ रूपल्ली भी नहीं मिलतीं। आपके लाड-प्यार ने उसे बिगाड़ा। कभी किसी बात पर नहीं टोका, बच्चा ख़ुदसर (ज़िद्दी) हो गया। खद्दर पहने सड़कों पर मारा-मारा फिर रहा है। अब तो समझाइये।'

अब्बाजान हँसने लगे, 'मेरा समझाना ला हासिल (व्यर्थ) होगा। इस उम्र में अपने दौर के मुताबिक़ मैंने भी यही सब किया था। उन्हें इस ज़िन्दगी का तजुर्बा कर लेने दो और खादी आन्दोलन के ज़माने में तुमने भी तो बरसों खद्दर पहनी थी।'

अम्मा बड़बड़ाती रहीं। अब्बाजान उठकर, अफ़ग़ानिस्तान के भ्रमण के लिए पैंकिंग में व्यस्त हो गये।

शहरे नौ - काबुल
30 सितम्बर 42 ई.

अस्सलाम अलैकुम! कल बख़ैरियत यहाँ पहुँच गया। रास्ता बड़ा ख़राब था। अब्दुल हकीम साहब का मेहमान हूँ। मौसम अच्छा है; इस वक़्त तक सर्दी ज़्यादा नहीं हुई। दो दिन बादल रहा, एक हफ़्ता यहाँ रहूँगा उसके बाद ग़ज़नी और हिरात। पेशावर से सीधा सहारनपुर जाऊँगा, फिर लखनऊ।

यहाँ इस्माईल हिकमत बक से मिला जो लखनऊ आये थे। बीवी और लड़का भी यहाँ हैं। कल उन्होंने दावत की थी। एक और तुर्क सलाहुद्दीन बक और उनकी ख़ानम। सलाहुद्दीन यहाँ मेडिकल कॉलेज के प्रिंसिपल हैं, हिन्दुस्तान हो आए हैं, बारह बजे रात तक कल उनके यहाँ हिन्दुस्तान की ख़बरें रेडियो पर सुनीं।

यहाँ एक साहब ख़ानबहादुर सिकन्दर ख़ाँ अंग्रेज़ी दूतावास में सेक्रेटरी हैं। उन्होंने कल लंच पर बुलाया है।

दो पिक्चर पोस्टकार्ड। 'अज़ मनाज़िर मशरिक़ी क़िस्मती अज़ बाग़ शाही जलालाबाद।' 'क़स्रे सलतनती दिलकुशा, काबुल।'

(मनाज़िर मशरिक़ी क़िस्मती की ओर से; बाग़ शाही जलालाबाद से। कस्रे सलतवती दिलकुशा, काबुल।)

एडरेस, मिस क़ुर्रातुल ऐन हैदर
नम्बर 21, फ़ैज़ाबाद रोड, लखनऊ, यू.पी., इण्डिया।

अल्लन मामू के सबसे छोटे भाई किशवर अली नक़वी यूनिवर्सिटी में पढ़ते थे, बेहद हसीन, सफ़ेद रंगत, घुँघराले बाल, चारख़ाना कोट, सफ़ेद पतलून पहने साइकिल पर आकर पिछले बरामदे से अम्मा को आवाज़ दिया करते थे। 'अरे भई बाजी।' एक शाम किशवर मामू घबराये हुए आए, तीर की तरह अम्मा के कमरे में पहुँचे और कहा, 'बाजी! अभी अभी मैंने छब्बू जी को मंकी ब्रिज पर देखा; जुलूस में शामिल नारे लगाते चले जा रहे थे। धड़ाधड़ गिरफ़्तारियाँ हो रही हैं, किसी तरह उनको मना कीजिए।

'जाकर अपने भाईजान को तार दो, फ़ौरन वापस आयें।' अम्मा ने बौखलाकर कहा और अटैची केस खोलकर काबुल का पता तलाश करने लगीं। (कुछ ही दिन बाद नौजवान किशवर मामू टाइफ़ाइड में मुब्तला हुए और उसी बलरामपुर अस्पताल में जहाँ 1918 ई. में नौजवान मुस्तफ़ा बाक़र को मौत आई थी, राही-ए-मुल्के अदम (परलोक पथिक) हुए।

जब तक अब्बाजान काबुल से लखनऊ पहुँचे-पहुँचे, भाई अगस्त आन्दोलन को छुट्टी देकर मुस्लिम लीग में शामिल हो चुके थे।

अब उन्होंने मुस्लिम लीग का एक अंग्रेज़ी पर्चा प्रकाशित करना शुरू किया। 'वी (V) फ़ोर विक्टरी' की तरह 'वी फ़ोर पाकिस्तान' के बैज बनवाए। दो तीन संस्करणों के बाद वह पत्रिका बंद हो गयी और प्रेस के बिल आने शुरू हुए। उसके बाद पायनियर के एडिटर एस.एन. घोष ने भाई को सब एडिटर नियुक्त कर लिया और उन्होंने बड़े ज़ौक-शौक़ से पायनियर के दफ़्तर जाना शुरू कर दिया।

सर मोहम्मद याक़ूब फ़ैज़ाबाद रोड आए। तुर्की टोपी, शेरवानी, गोरे चिट्टे, चेहरे पर ख़ुशी। देर तक ड्राइंग रूम में बैठे अब्बाजान और अम्मा से बातें करते और क़हक़हे लगाते रहे। 24 नवंबर को इत्तिला मिली कि उनके भी प्राण पखेरू उड़ गये। अब्बाजान ने 'हमदमे-देरीना'[1] के शीर्षक से नज़्म लिखीः

ऐ दोस्त दिया साथ न अहबाब[2] का तुमने
यह शर्ते-रिफ़ाक़त[3] थी हमें छोड़ गये तुम
याक़ूब सा अब कोई न आएगा दोबारा
शीरीं सुख़न[4] दोस्त नवाज़ अंजुमन आरा[5]
अहबाब परस्ती[6] का नमूना थे तो तुम थे
अहबाब-फ़रामोशी[7] को शरमाओ तो आकर

1. पुराना मित्र।, 2. मित्र, 3. मित्रता की शर्त, 4. मृदुभाषी, 5. महफ़िलों की रौनक़, 6. मित्रों से प्रेम करना, 7. मित्रों को भुला देना।

बेकार है बेकार है इख़लासो-मोहब्बत[1]
कोई न हो गामज़ने-जादा-ए-उल्फ़त[2]
वह मुद्दई-ए-राहबरी-ए-राहे-मोहब्बत[3]
कहता था ज़माना कि वफ़ा उसकी है ख़सलत[4]
यूँ छोड़ चला जैसे शनासा[5] ही न था वह
इस तरह गया जैसे कि आया ही न था वह।

नं० 3, बहावलपुर रोड
लाहौर
एंक दिसम्बर 42 ई.

प्यारी ख़ालाजान! भाई याक़ूब[6] का इतना शॉक पहुँचा है कि क्या बताऊं! मेरा यह हाल है कि ऐसी ख़बरें सुन ही नहीं सकती। इम्तियाज़ बाहर जाते और तयशुदा वक़्त से देर में आते हैं तो दुर्घटना के ख़याल से काँप जाती हूँ। मेरे कपूरथला के सफ़र का हाल पढ़ लिया होगा। वहाँ मुझे आपकी बीमारी और तार का ख़याल बेचैन रखता था। आइए, कुछ दिल बहलाने की बातें करें।

इस वक़्त रात के सवा सात बजे हैं। सर्दी, आपकी महबूब सर्दी ख़ूब पड़ रही है। चमन के कमरे में कुशन चेयर पर नीमदराज़ (आधी लेटी हुई) हूँ और लिख रही हूँ। सामने आग के नारंजी शोले भड़क रहे हैं। यासमीन डाइनिंग रूम में खाना खा रही हैं और ताज नमाज़ पढ़ रहे हैं।

मेरी एक बिल्ली अभी कमरे में आ गई है। हाय! बिल्लियाँ तो मेरी जान हैं। जब इम्तियाज़ मद्रास आये थे और मेरे यहाँ लंच पर ठहरे तो उन्हें बड़ा

1. प्रेम और विनम्रता।, 2. प्रेम पथ पर चलने वाला, 3. प्रेम पथ पर चलने और चलाने वाला, 4. प्रकृति, 5. परिचित, 6. स्वर्गीय सर मोहम्मद याक़ूब, क़ाज़ी अब्दुल ग़फ़्फ़ार के साले और इम्तियाज़ अली ताज के बहनोई थे और 1935 ई. में उन्होंने और अम्मा ने ताज और हिजाब की शादी कराई थी।

ताज्जुब हुआ था कि जब मेरी इक्कीस बिल्लियों को खाना खाते देखा था। अब मेरे पास अट्ठारह बिल्लियाँ हैं। बड़ी चोर और लालची बिल्लियाँ हैं लेकिन मुझे वही बिल्ली बेहद प्यारी लगती है जो सबसे ज़्यादा चोर और बदसूरत हो। आपकी तीन बिल्लियों के रंग क्या हैं?

बताइए तंदुरुस्ती के लिए कब लाहौर आएँगी और कुछ दिन शोख़ बनी रहेंगी? बीमारी को भूल जाइए। दिली मोहब्बत, ख़ुदा करे चचा अफ़ग़ानिस्तान से बख़ैरियत घर पहुँच गये हों। वह भी अजीब सय्याह (सैलानी) वाक़ेअ हुए हैं। (सारांश)

आपकी हिजाब

क्या क़ाफ़िला जाता है तू भी जो चला है

जाड़ों में इक्कीस नम्बर का बाग़ ख़ुशरंग (सुन्दर रंगों वले) अंग्रेज़ी फूलों से लहलहा उठता था, सामने के लॉन के तीन तरफ़ और पिछले बाग़ में सुर्ख़, उन्नाबी, गुलाबी और ज़र्द और सफ़ेद गुलाब के बड़े-बड़े फूलों पर सुबह-सुबह शबनम के क़तरे जगमगाते। बाहरी बरामदे की सुर्ख़ सीढ़ियों पर पाम, क्रोटन और तरह-तरह की किस्मों की फ़िरन के गमले रखे थे और दरों में कूँडे लटके हुए थे।

जब माली उनमें पानी देता बरामदे का सुर्ख़ फ़र्श ऊपर से गिरती बूँदों से झिलमिलाने लगता। सुबह को हर कमरे के गुलदानों में पाबन्दी से ताज़ा फूल सजाए जाते। ड्राइंग रूम के चारों कोनों में स्टैंड़्स पर पाम के और भी गमले पीतल की बालटियों में रखे हुए थे। दोपहर के गहरे सन्नाटे में बाग़ की सीमेंट की ऊँची नाली में से पानी बहने की आवाज़ आती जो हौज़ में गिरता रहता, जिसके बराबर लगी पानी की मशीन एक जैसी आवाज़ से धड़धड़ाती।

इतवार की सुबहों को आई.टी. कॉलेज के होस्टलों में रहने वाली लड़कियाँ मिलने आतीं और ढेरों गुलाब तोड़कर ले जातीं। उनके जाने के बाद मैं साइकिल चलाने का अभ्यास करती।

अब्बाजान वक़्त से बहुत पहले पैदा हो गये थे। एक रोज़ मैं फाटक से लेकर मोटरख़ाने तक की लम्बी सड़क पर साइकिल चला रही थी। बरसाती में निकल आए, दो मिनट बाद अपने कमरे में गये फिर हाथ में एक मक्खन ज़ीन की सफ़ेद पतलून लिए बाहर आए। जब मैं साइकिल पर सवार बरसाती में से गुज़री, कहने लगे, 'साइकिल आपको हमेशा पतलून पहनकर चलानी चाहिए। यह लीजिए, इसे दर्ज़ी से अपने लिए ठीक करवा लीजिए।' उस वक़्त तक शब्द 'स्लेक्स' भी शायद प्रचलित नहीं हुआ था।

अक्सर सुबह-सुबह अब्बाजान के कमरे या ग़ुसलख़ाने से उनके गुनगुनाने की आवाज़ आती। वह आमतौर से इक़बाल के अशआर होते। एक दफ़ा बताया,

'अपने आरम्भिक दौर में इक़बाल अपना कलाम प्रकाशित कराने से पहले हमें पढ़ने के लिए भेज दिया करते थे।'

मैं मुस्तक़िल तरह-तरह के सवाल किया करती, 'सूफ़ी लोग कौन होते हैं? आजकल भी होते हैं? आजकल कौन हैं?'

'महाराजा किशन प्रसाद। वह नमाज़ भी पढ़ते हैं और पूजा पाठ भी करते हैं।'

'ईसाई तीन ख़ुदा क्यों मानते हैं?'

'तीन ख़ुदा तो क़ुस्तुनतुनिया के एक बादशाह के वोट के ज़रीये तय किये गये थे। युनिटेरियन ईसाई एकेश्वरवादी हैं।'

'अब्बाजान लोग दुनिया में क्यों रहते हैं? यह सब पढ़ना लिखना डिग्रियाँ लेना, यह सारा अंगड़ खंगड़, फिर मर जाते हैं। जंगल में चले जाना चाहिए।'

'वाह जनाब, दुनिया में रहना बहुत ज़रूरी है।'

'अब्बाजान, अल्लाह मियाँ दुनिया बनाने से पहले क्या करते थे?' वग़ैरह-वग़ैरह

अब्बाजान पैदायशी भविष्यवादी थे और मुझे उस वक़्त इतनी अक़्ल नहीं थी कि पैदायशी अतीतवादी हूँ। एक दिन नाश्ता करते हुए अब्बाजान भाई से कहने लगे, 'बहुत जल्द इंसान चान्द पर भी पहुँच जाएगा। हम तो ज़िन्दा नहीं होंगे मगर आप लोगों के सामने ही साइंस बेहद तरक़्क़ी कर लेगा। फिर जनाब आप और बीबी दिल्ली में ब्रेकफ़ास्ट कीजिएगा लंदन में लंच और चान्द पर डिनर।'

'एक ही दिन में?' मैंने आंखें फाड़कर पूछा।

अब्बाजान कभी कभार नमाज़ पढ़ लेते और बहुत ख़ुश होकर कहते, 'आज हमने नमाज़ पढ़ी।' आरामकुर्सी पर बैठकर सिग्रेट पीते हुए कभी-कभी ख़ुद-बख़ुद कह उठते, 'अच्छा साहब।' शायद अल्लाह मियाँ को मुख़ातब करते थे।

अम्मा ने परहेज़ करवाकर उन्हें परेशान कर रखा था। फिर वह सफ़र पर निकलते और दूसरे शहरों में अपने छोटे भाइयों के घर जाकर भावजों से उन तमाम पसंदीदा ख़ानों की फ़रमायशें करते, जो अम्मा ने बरसों पहले से निषिद्ध कर रखे थे।

तरह-तरह के लोग घर पर आते; विद्वानों में सैयद आले रज़ा, अली अब्बास हुसैनी, लड्डन मामू के ससुर चौधरी मोहम्मद अली रुदौलवी (बातचीत करने का हुनर और मृदुता जिन पर ख़त्म थी) और जने कौन-कौन।

मुस्लिम गर्ल्स कॉलेज की प्रिंसिपल मिस रौशन जहाँ साइकिल पर आया करतीं। महीने में एक दो बार अख़्तर मुमानी ख़ानदान समेत लालकुर्ती छावनी से अपनी लम्बी ज़र्द रंग की मोटर पर आतीं। अम्मा उनके साथ हिन्दुस्तानी सिनेमा देखने जाया करतीं। अब्बाजान को सिनेमा देखने का क़तई शौक़ नहीं था। एक बार अम्मा ने चिढ़कर उनसे कहा, 'आपका बस चले तो जंगल में आराम कुर्सी बिछाकर बैठे रहें और ऊपर दरख़्त पर उल्लू बोल रहा हो।'

31 दिसम्बर 42 ई. की शाम हम लोगों ने चीना बाज़ार गेट में आयशा ग़ुलाम हसन के यहाँ गुज़ारी। 'लीजिए साहब ...ज़िन्दगी का एक साल और ख़त्म हुआ।' अब्बाजान ने जज ग़ुलाम हसन बट से कहा, 'इंसान की प्राकृतिक उम्र 62/63 साल होती है, हम उस उम्र को पहुँचने वाले हैं।'

ज़िन्दगी के विभिन्न युग एक के बाद एक फ़र्राटे से बीत जाते हैं। 1930 ई. में अम्मा, अब्बाजान आयशा ग़ुलाम हुसैन के यहाँ सामान रखकर अंडमान गये थे। केवल बारह वर्ष पहले और दिसम्बर 42 ई. की उस रात वह सुदूर अतीत लग रहा था। लेकिन उस दौर की यादगार वफ़ादार ऑकलैंड बाहर बरसाती में खड़ी थी। अंदर महागुणी के आतिशदान के सामने जज व बेगम ग़ुलाम हुसैन और अब्बाजान अम्मा बेफ़िक्री से बातें कर रहे थे। बड़ा अमन शान्ति का व सुरक्षित समय था।

नये साल के दिन अब्बाजान और अम्मा सैयद अली ज़हीर की लड़की सकीना की शादी में गये। कुछ दिन बाद गाओट की तकलीफ़ फिर बढ़

गई। ग़ुलाम हुसैन बीवी की बीमारी की इत्तिला पर सियालकोट वापस जा चुके थे। अमीर ख़ाँ रोज़ाना रात को पाँव के अंगूठे की मरहम पट्टी करते। अलीगढ़ में कोई कॉन्फ्रेंस होने वाली थी, उसके सम्बन्ध में नवाब मुर्तज़ा अली ख़ाँ का ख़त आया।

छतरी वाला बंगला, माहिम
बम्बई - 16
23 जनवरी 43 ई.

भाई सज्जाद!

कॉनफ़्रेंस कब है; अख़बार से मालूम होता है 12 फ़रवरी को अलीगढ़ में होगी। तुम भी चलो तो लुत्फ़ रहेगा। पहली जनवरी से चार तक शिकार पर रहा। अच्छे शिकार हाथ आए; बामुराद फिरा। क्या कही है; बेज़ुबानों की जान ली और उसे तहसीले मुराद (कामना की पूर्ति) समझा।

लीग का जलसा दिल्ली में (होना) क़रार पाया है। ईस्टर की छुट्टियों में होगा। मालूम हुआ है टर्किश मिशन लखनऊ नहीं जाएगा। तुम्हें तो बड़ी निराशा हुई होगी। अलीगढ़ भी शायद न जाए। यह तो बहुत बुरा होगा, मुसलमानों का एक स्कूल न देखा तो क्या सिर्फ़ क़िलेबन्दियाँ देखने आये हैं। बहरहाल तुम निश्चित रूप से उनसे मुलाक़ात कर लोगे। मैं बम्बई में मिलने की कोशिश करूँगा और यह किरामन कातिबीन (मनुष्य का हर समय का हिसाब किताब लिखने वाले फ़रिश्तों) के हाथ में है।

तुम्हारा
मुतर्ज़ा

छह महीने पहले हसनैन मामू फ़ैजाबाद छावनी से ट्रान्सफ़र होकर लखनऊ आ चुके थे और दिलकुशा की उसी कोठी में रहते थे, जिसमें पहले भाई मोईन हसन रहा करते थे। अलीगढ़ से वापसी पर अब्बाजान ने इतवार के दिन सुबह-सुबह हसनैन मामू को बुलाने के लिए अमीर ख़ाँ को साइकिल पर

दिलकुशा भेज दिया। दोपहर के वक़्त मामू मुमानी आ पहुँचे। अब्बाजान अपने कमरे में बैठे थे, अब्बाजान ने इतमीनान से कहा, 'आईए-आइये जनाब; हमने आपको इसलिए बुलाया है।'

'ठहरिये, ज़रा सामने से जाफ़री साहब को बुलवा लें। आप दोनों की गवाही में वसीयतनामा लिख दें।' चन्दा मुमानी ने फ़ौरन रोना शुरू कर दिया। अम्मा अन्दर आईं और पूछा, 'क्या हो रहा है?'

भाईजान के दुश्मन, शैतान के कान बहरे, वसीयतनामा लिखवा रहे हैं।' चन्दा मुमानी ने कहा। यह सुनते ही अम्मा ने भी रोना शुरू कर दिया।

अब्बाजान हँस पड़े और कहा, 'इसमें रोने की क्या बात है।'

हसनैन मामू भी बहुत ग़मगीन नज़र आए। यह मंज़र देखकर अब्बाजान ने कहा, 'अच्छा फिर सही।' बात आई गई हो गई।

छोटे चचाजान दो दिन के लिए सहारनपुर से आए। नई दवाएँ तजवीज़ (Advice) कीं। दोनों भाई रात गये तक बरसाती में पलंग बिछाए हँसते-बोलते रहे।

शुरू अप्रैल की एक शाम ट्रेनिंग कॉलेज में मुशायरा था। अब्बाजान मुझे भी साथ ले गये थे। हफीज़ जालंधरी स्टेज पर चहक रहे थे। शे'र पढ़ते जाते अब्बाजान को मुख़ातब करके, 'सैयद साहब यह मुलाहिज़ा कीजिये। सैयद साहब, अर्ज़ है।' कहते जाते।

भाई के लिए नहटौरी कुनबे एक सिलसिला जनवाणी का जारी था। आख़िर मार्च की एक शाम अम्मा ने अब्बाजान से कहा, 'आपके यहाँ नहटौर में अब तक इतनी रीति रस्में होती हैं। वह लोग कहते हैं बरी के साथ इक्यावन मटकियाँ मिठाई की आईं।'

अब्बाजान ने प्रसन्नता भरे स्वर में जवाब दिया, 'हम मिठाई चान्दी की इक्यावन मटकियों में ले जाएँगे।'

नहटौर के एक रिश्तेदार चचा ग़ुफ़रान अहमद पेंशन-याफ़्ता फ़ॉरेस्ट रेंजर एक Eccentrcic (विलक्षण) बुज़ुर्ग थे, जो अपनी साइकिल पर अंग्रेज़ी रिसालों का अंबार, फ़ोटोग्राफ़ी का सामान लादे फ़ौजी वर्दी पहने और हैट पर डाइनामो लगाए, कभी-कभी हमारे यहाँ आया करते थे। 7 अप्रैल की सुबह चचा ग़ुफ़रान आ पहुँचे और अब्बाजान की तस्वीरें खींचने का आग्रह करने लगे। अब्बाजान उसी वक़्त ग्रे रंग का सूट पहनकर बाहर जा रहे थे। लॉन में पड़ी एक कुर्सी पर बैठ गये। चचा ग़ुफ़रान ने तस्वीरें उतारीं।

गर्मियाँ शुरू हो चुकी थीं। 10 अप्रैल की शाम मग़रिब (दिन छुपने) के वक़्त अब्बाजान पिछले बरामदे में बैठे थे। दूर डाइनामो की रौशनी नज़र आई। चचा ग़ुफ़रान फाटक पर आते थे। उनके हैट की रौशनी बावर्ची ख़ाने के रास्ते तक पहुँचती थी। चचा ग़ुफ़रान अंदर आए। तस्वीरें बनाकर ले आए थे। लिफ़ाफ़ा अब्बाजान को दिया। उन्होंने कहा, 'कॉन्टैक्ट प्रिंट्स हैं। इस वक़्त हमें साफ़ कुछ नहीं मालूम होगा सुबह देखेंगे।'

चचा गुफरान से बातें करते रहे और किसी बात पर खिलखिलाकर हँसे। फिर क्षमा चाहकर कपड़े बदलने अपने कमरे की तरफ़ चले गए।

अब्बाजान शैख़ मोहम्मद हबीबुल्लाह के यहाँ के डिनर से दस बजे के क़रीब घर वापस आए। रोज़ाना रात को तल्लीनता से रेडियो के बहुत क़रीब बैठकर ख़बरें सुना करते थे। जाड़ों में कम्बल सिर से ओढ़कर सोफ़े पर बैठ जाते थे और नौ बजे की न्यूज़ ध्यान से सुनते थे। उतनी देर तक अमीर ख़ाँ या ग़ुलाम हुसैन दरवाज़े में बैठे रहते थे।

अब्बाज़ान रेडियो बन्द करके गैलरी में से होकर अपने कमरे में चले जाते। अमीर ख़ाँ ड्राइंग रूम के दरवाज़े और दरीचे बन्द करके चटख़नियाँ लगाते फिरते। यह नियम बरसों से जारी था।

दस अप्रैल की रात जब अब्बाजान घर वापस आये, ख़बरें ख़त्म हो चुकी थीं। ड्राइवर ने बरसाती में कार रोकी। अब्बाजान सीढ़ियाँ चढ़े, ड्राइंग रूम में झाँका फिर कहा, 'ओहो बीबीसी की ख़बरों का वक़्त भी निकल

गया।' और अपने कमरे की ओर चले गये। उसी वक़्त ड्राइवर कार बढ़ाकर अब्बाजान के दरीचे के नीचे से गुज़रता मोटरख़ाने की ओर चला गया। हेड लाइट्स की रौशनी पिछले बाग़ में लगे होली होक्स के फूलों पर पड़ी। इंजन बन्द होने और गैराज का फाटक बन्द करने की परिचित आवाज़ें सुनाई दीं। उसके बाद सन्नाटा छा गया।

होली होक्स की क़ितार के बाद चबूतरा था, जिसके एक सिरे पर अब्बाजान के ग़ुसलख़ाने का दरवाज़ा खुलता था। अब्बाजान के कमरे के बराबर अम्मा का बेडरूम था और उसके बराबर में मेरा कमरा। उन दोनों कमरों के दरवाज़े पिछले बरामदे में खुलते थे, जिसका फ़र्श सुर्ख़ रंग का था।

रात के दो बजे कोई भारी चीज़ गिरने की आवाज़ आई, मेरी आँख खुल गई। अम्मा उस वक़्त तक अपने कमरे से निकलकर अब्बाजान के कमरे तक पहुँच चुकी थीं, जो उनके ग़ुसलख़ाने के बराबर में था। उन्होंने अब्बाजान के कमरे के दरवाज़े पर ज़ोर से दस्तक दी। अन्दर से कोई आवाज़ नहीं आई। अम्मा ने मुझे पुकार कर कहा, 'अमीर ख़ाँ को बुलाओ जल्दी।' मैं अपने कमरे से निकलकर फ़ौरन बाहर भागी। चाँदनी रात थी, मैं बीच की पटरी पर से सरपट दौड़ते हुए, जिसके दोनों तरफ़ तेज़ सुर्ख़ गुलाब चान्दनी में नहा रहे थे, शागिर्दपेशे की कॉटेज पहुँची और अमीर ख़ाँ को जगाया।

वह आँखें मलते दौड़ते हुए साथ आए। ग़ुसलख़ाने के दरवाज़े को धक्का देकर ज़ोर से खोला। अन्दर अब्बाजान फ़र्श पर बेहोश पड़े थे। अमीर ख़ाँ ने बेसाख़ता रोना शुरू कर दिया। उठाकर कमरे में लाए और मसहरी पर लिटाया, भाई का गोल कमरा बाहरी बरामदे के सिरे पर था। मैंने तीर की तरह जाकर उन्हें जगाया। वह नंगे पाँव डॉक्टर को बुलाने भागे। अम्मा और अमीर ख़ाँ अब्बाजान के हलक़ में संतरे का अर्क़ टपकाते रहे जो बाहर बह गया।

कुछ देर में एक अजनबी बंगाली डॉक्टर आ पहुँचा, जो फैज़ाबाद रोड पर रहता था। अम्मा नाइट सूट में थीं। उन्होंने जल्दी से अपने कमरे में

जाकर हरी जार्जेट की साड़ी, जो एक कुर्सी पर पड़ी थी, लपेटी (इस साड़ी पर सियाह पत्तों वाले बड़े-बड़े सुर्ख़ गुलाब उन्होंने ख़ुद छपवाए थे) उलटे पाँव अब्बाजान के बेडरूम में आईं। अब्बाजान को अब हिचकियाँ लग चुकी थीं और मूर्छा की स्थिति में थे।

डॉक्टर ने अलग में जाकर भाई से कहा, "Diabetic Comma" इतने में अब्बाजान ने दो तीन हिचकियाँ और लीं, ख़त्म हो गये।

भाई और मैं हवास खोये हुए, जज सईदुद्दीन जाफ़री को जगाने के लिए नंगे पाँव बाहर भागे। इलाहाबाद के रिटायर्ड जज जाफ़री सड़क पार सामने की कोठी में रहते थे। एक निहायत ख़ुशमिज़ाज इंसान थे और उनकी पंजाबी बीवी पुराने समय की आई.टी. कॉलेज की ग्रेजुएट थीं। दोनों अक्सर हमारे यहाँ आया करते थे। उस वक़्त सुबह के तीन बजे थे, चान्दनी फीकी पड़ने लगी थी।

जज जाफ़री परिवार सहित मकान के बाहर मच्छरदानियाँ लगाए सोए हुए थे। जज साहब के पलँग के क़रीब जाकर, हम लोगों ने रोते-रोते कहना शुरू किया, 'जज साहब ...जब साहब ...उठिये जल्दी ...अब्बाजान का इन्तिक़ाल हो गया।'

अब पौ फट रही थी (प्रभात का समय था) और लोग आते गये। चन्दा मुमानी दाहड़ें मारकर रोती फ़ैज़ाबाद रोड पहुँचीं। हसनैन मामू, मामू इब्राहीम ख़ाँ और जज सईदुद्दीन जाफ़री ने कफ़न-दफ़न का सारा इन्तिज़ाम अपने हाथ में ले लिया।

मोटरख़ाने में अब्बाजान नहलाए गये। बरसाती जो हमेशा मुझे उजाड़ सी लगती थी, उसमें जनाज़ा रखा गया। मजमा बढ़ता गया जनाज़ा फाटक से निकला, ऐशबाग़ रवाना हुआ। फ़िरंगी महल के एक मौलाना ने जनाज़े की नमाज़ पढ़ाई। चमने-ख़ास में सुपुर्दे-ख़ाक किया गया।

दोपहर का समय था। सारे मर्द क़ब्रिस्तान गये हुए थे। औरतें मुख़तलिफ़ कमरों में इकट्ठी थीं। सामने का बरामदा सुंसान पड़ा था। वहाँ से एक परिचित

गरजदार आवाज़ आई, 'सैयद साहब अस्सलाम अलैकुम मैं ग़ुलाम मोहम्मद हाज़िर, हाज़िर हुआ हूँ।'

मैं चिक़ उठाकर बाहर गयी, 'अब्बाजान का तो इन्तिक़ाल हो गया।' मैंने सहमी हुई आवाज़ में कहा। हाज़िर मामू ने भौंचक्के होकर मुझे देखा। वह कुछ देर पहले देहरादून से आए थे।

नज़दीकी रिश्तेदारों ने दूसरे शहरों से पहुँचना शुरू किया। तीसरी सुबह बाहरी बरामदे में से किसी के रोने की आवाज़ आई।

सईद भाई बहादुराबाद से आकर उतरे थे और अब्बाजान के दरीचे के बाहर ठिठक कर आँसू बहा रहे थे। मैंने पीछे से जाकर देखा; दरीचे में से सामने की दीवार पर अब्बाजान के कपड़े और टाइयाँ खूंटियों पर टंगी नज़र आ रही थीं और एक गहरे हरे रंग की गोल पोर्कपाई, एक सोला हैट, एक तुर्की टोपी।

सईद भाई दरीचे में कोहनियाँ रखकर, उन चीज़ों पर नज़रें जमाए रोते जा रहे थे। कुछ वर्ष पहले जब आशियाने में आए थे तो ड्राइवर का भेस बदलकर इतना हँसाया था; उसके बाद अब दूसरी दफ़ा आए थे।

टोंक राज और सहारनपुर से चचाजान और छोटे चचाजान तशरीफ़ लाए। दोनों भाइयों ने अपने अपने मिज़ाज के मुताबिक सदमे का असर क़बूल किया था। जब छोटे चचाजान डॉक्टर वहीद पहुँचे, मैं खाने के कमरे की बे विंडो में रखी चिलमची में हाथ धो रही थी। चचा वहीद ने ख़ामोशी से आकर सिर पर हाथ रखा और अपनी गम्भीर आवाज़ में शार्ट में कहा, 'बहादुर बाप की बहादुर बेटी हो।' चचा नसीर ज़ारो-क़ितार रोते घर में दाख़िल हुए।

अम्मा का ब्लड प्रेशर बहुत ऊँचा हो गया था और वह साहिबे-फ़राश (बिस्तर पर) थीं। चन्दा मुमानी घर का इन्तिज़ाम कर रही थीं। चालीस दिन तक वह फिर्की की तरह ग़रारा सरसराती, गोदाम की कुंजियाँ सम्भाले मेहमानों की देखभाल और ख़ातिर मुदारात में मसरूफ़ रहीं; घर अब अच्छा

ख़ासा क्लब बन गया था। रोज़ाना शाम को स्थानीय शोक जताने वाले आकर इधर-उधर ग्रुप बनाकर बैठ जाते, गप्पें हाँकते और चन्दा मुमानी चाय की कश्तियाँ सजवा-सजवा कर उन्हें भेजतीं सिर्फ़ लेडी सुलेमान सफ़ेद सूती साड़ी में उदास सूरत एक तरफ़ को खामोश बैठी रहतीं; आले ज़हरा नानी ने मुरादाबाद से सफ़ेद रंडसाला भिजवाया; हसनैन मामू उसे लेकर आए और अम्मा के पास पलंग पर बैठकर खूब रोये।

अब्बाजान के सन्दूकों में से उनके बढ़िया गर्म सूट, कालर, डिनर सूट, ओवरकोट और दूसरे कपड़े निकाले गये। ज़्यादातर कपड़े यतीम ख़ाने भिजवा दिये गये। अम्मा के फूफा वजीह और शानदार ख़ानबहादुर सैयद अली ज़ामिन बनारस से आकर अम्मा के पास आकर बैठे और कहा

जो ज़िन्दा है वह मौत की तकलीफ़ सहेगा
जब अहमदे मुर्सिल[1] न रहे कौन रहेगा।

'क्या जाने वाले को पहले से मालूम हो जाता है?' अम्मा ने कहा। अभी मरने से चार दिन पहले की बात है, मेरे साथ मोटर पर क़ैसर बाग़ के चौराहे से गुज़र रहे थे, अचानक बोले, बहुत सा आटा और जिंस मंगवाकर घर में रख लो। मैंने ताज्जुब से पूछा, 'इसकी क्या ज़रूरत है?' कुछ जवाब नहीं दिया।

फाटक पर अब्बाजान के नाम का बोर्ड 'सैयद सज्जाद हैदर यलदरम पी.सी.एस. (रिटायर्ड)' चार कीलों से जड़ा हुआ था। हाल ही में न जाने कब उसकी दो कीलें निकल गई थीं और टेढ़ा हो गया था, जैसे अब गिरा। किसी को ठीक करने का ख़याल न आया था। नहटौर की एक रिश्तेदार खुर्शीद ज़ैदी जो निशातगंज में रहती थीं और यूनिवर्सिटी में क़ानून पढ़ती थीं, सोयम (तीजे) के दिन कहने लगीं, 'पिछले हफ़्ते यूनिवर्सिटी जाते हुए मेरी नज़र इस तिरछे बोर्ड पर पड़ी, हौल आया (घबराहट हुई), मैंने नज़दीक जाकर उसे ठीक करने की कोशिश की मगर कीलें गिर चुकी थीं।

1. हज़रत मोहम्मद (स०)।

दरीचे के नीचे अब्बाजान की डाइनिंग टेबल थी, उसकी दराज़ में मनीआर्डर फ़ार्म रखे थे। अब्बाजान सारी उम्र हर महीने की पहली तारीख़ को कई ज़रूरतमंदों को अलग-अलग राशि भेजा करते थे। किसी को मालूम न था कि किसे क्या भेजते हैं। सईद भाई अपने बड़े अब्बा की उस मेज़ के सामने बैठकर मुख़तलिफ़ काग़ज़ों पर पेंसिल से लिखे हुए अशआर इकट्ठे करने में मसरूफ़ रहे। एक किताब के अन्दर आख़िरी सैयाहत (पर्यटन) का मुड़ा तुड़ा मामूली सा बस का टिकट निकला।

अफ़ग़ान मोतर सर्विस
तारीख़ रफ़्त ...1321 नम्बर मोतर ...सीत पेश
अज़ काबुल इला पेशावर हामिल मकत यक चौकी
नशेमन दारद ...हदूद दो ...बजाय ...मोतर
गुज़ाश्ता बतवानन्द...

लेटर पैड के नीले काग़ज़ पर 'ग़मज़दा दोस्त' (मुश्ताक़ अहमद ज़ाहिदी) के नाम :

न मरने की करना कभी आरज़ू
शिकस्ता न कर अपना जामो-सुबू
बचाता है जाँ को हरेक जानदार
वह बदबख़्त हो या कोई कामगार
वह बुलबुल कि जो है असीरे-क़फ़स
उसे भी है जीने की अज़बस हवस
उधर देखो है एक शेरे-ज़बाँ
वह सुलताने-सहराए-वहशत-निशाँ
उधर है इक आहूऐ-चालाको-तेज़
वह आँखें रसीली हवा में हो
झपटता है आहू पे शेरे ज़वह

वह आहू चला जैसे तीर अज़ कमाँ

...ग़रज़ ज़ाहिदी यह नसीहत सुनो

जियो गर्चे जीने में ग़म ही सहो

मगर कर रहा है जो यह वाज़ो-पन्द

नहीं खुद नसीहत पे वह कारबन्द

वह दुनिया से नौमीदो बेज़ार है

ग़मो-रंज का उस पे अंबार है

शबो-रोज़ सुब्हो-मसा तल्ख़ काम

खुश देह उमे ज़िन्दगी का इनाम

दूसरे काग़ज़ पर कुछ दिन पहले के मुशायरे की सदारती नज़्म

क्यों मुझको किया है सद्रे मजलिस

क्यों मुझको अता हुई यह जागीर

जब देखिए तख़्त पे हूँ बैठा

मिंबर पे हो जैसे वाइज़ पीर

माना कि है मेरा नाला दिलकश

है दिल में तड़प ज़बाँ में तासीर

है तोसन तब्अ शोख़ो तर्रार

चाल उसकी कड़ी कमान का तीर

लेकिन नहीं शायरी का दावा

हाँ नस्र में कुछ किया है तहरीर

यह शोख़ी-ए-महज़ है वगर्ना

क्या हेच मदाँ की हेच तहरीर

हूँ शाहिद-ए-शे'र का मैं शैदा

बस इसलिए है मेरी यह तौक़ीर

सद शुक्रज़ सभी नौजवानाँ

यह क़स्रे-अदब शुद मस्त तामीर
इस बज़्म में एक अदीबे-कोहना
क्यों लाए हैं आप बहर-ए-तशहीर
रस्म अस्त कि शायक़ीने-तहरीर
आज़ाद कुनिन्द बन्दा-ए-पीर

मुख़तलिफ़ कागज़ के टुकड़ों परः
ग़म का ख़याल छोड़कर पायाने-ग़म नहीं
दुनिया में कौन है जिसे रंजो-अलम नहीं
रख याद तेरा वक़्त भी नापायदार है
आसमाँ पे शफ़क़ सुर्ख़ ज़मीं पे लाला
रायगाँ यूहीं तो ख़ूने-शहीदाँ होता है
काश! मालूम हो मुझको कि मिली क्यों यह हयात
सारे आलम का अलम और यह छोटी सी बिसात
अपनी हस्ती में तो शायद न मिले उनसे नजात
लाख कोई कहे मुझसे कि है आलम में नशात
कौन करता है यक़ीं

दस्तो-पा अपने ही जब हो गये अपने ग़म्माज़
तू ही ऐ ख़ाक़ छुपाले हमें होकर फ़य्याज़
अब तो इस आलमे-इसयाँ की हवा है नासाज़
हमसे ख़ाली हो कहीं जल्द यह दुनिया की बयाज़
ले अजल जाने हज़ीं

(अपना जीवन रूपी मदिरा पात्र तोड़ मत। कभी मृत्यु की कामना न कर। कोई अभागा हो या भाग्यशाली, सभी अपनी जान बचाते हैं। वह बुलबुल जो

पिंजरे में क़ैद है, उसे भी जीवन प्यारा है। उधर एक ख़ौफ़नाक शेर जो जंगल का राजा जिसे देखकर घबराहट होती है। उधर एक तेज़-चालाक हिरण है, वह ख़ौफ़नाक शेर हिरण पे झपटा और हिरण अपनी जान बचाकर ऐसे भागता है जैसे धनुष से बाण छूटता है। अतः ज़ाहिदी की यह नसीहत सुनो; जियो चाहे जीने में दुःख ही सहे जाएँ। अर्थात जीवन से भागना नहीं चाहिए बल्कि स्थिति का सामना करना चाहिए।

परन्तु जो उपदेश दे रहा है और नसीहत कर रहा है, वह स्वयं नसीहत पर अमल नहीं करता और संसार से मायूस और दुःखी है। दुःखों और रंज का उस पर जमघटा है। रात-दिन सुब्हो-शाम सख़्तियों में है। जीवन माई का अच्छा पुरुसकार है।

मुझे इस सभा का अध्यक्ष क्यों बनाया। मुझे यह जागीर क्यों प्रदान की गई। जब देखा उच्च स्थान पर बैठा हूँ, जैसे धर्मगुरु उपदेश मस्जिद में उच्च स्थान पर बैठकर अभिभाषण पढ़ता है। माना कि मेरी फ़रियाद मन को आकृषित करती है। उसकी चाल कड़े धनुष का तीर और वह चंचल प्रकृति का तेज़तर्रार है किन्तु शायरी का दावा नहीं है अपितु गद्य में कुछ लिखा है। यह तो बस चंचलतावश है वर्ना अज्ञानी का क्या मामूली लेख। मैं शायरी रूपी प्रेयसी पर आसक्त हूँ, बस इसीलिए मेरा यह सम्मान है।

बहुत शुक्र है कि नौजवानों के प्रयत्न से साहित्य का यह महल तामीर हुआ।

इस सभा में शोहरत प्रसिद्धि के लिए आप एक पुराने साहित्यकार को क्यों लाए हैं।

रस्म तो यह है कि लेखन के रसिया बुज़ुर्ग आदमी को आज़ाद कर देते हैं।

विभिन्न काग़ज़ के टुकड़ों पर

दुःख संताप का विचार छोड़कर दुःख ग़म का परिणाम नहीं। संसार में कौन है जो दुःखी न हो। याद रख तेरा समय भी स्थाई नहीं है। अर्थात सदा एक सा समय नहीं रहता दुःख भी कुछ समय के लिए ही है। आकाश पर संध्या

की लालिमा धरती पर सुर्ख़ फूल जिसके अन्दर सियाह धब्बा होता है। शहीदों का ख़ून यूँही तो बेकार जाता है। काश मुझे मालूम होता कि मुझे यह ज़िंदगी क्यों मिली। सारे संसार का दुःख और मेरा यह छोटा सा अस्तित्व। अपने जीवन में तो मुझे शायद इन दुःखों से मुक्ति न मिले, चाहे मुझसे कोई लाख कहे कि संसार में ख़ुशी है। कौन विश्वास करता है।

अपने हाथ-पाँव ही जब अपनी चुग़ली खाने लगे। ऐ धरती तू ही उदारता से हमें छिपा ले। अब तो इस पापी संसार की हवा ठीक नहीं। अब इस संसार-पुस्तिका से हमारा नाम कट जाए।

मृत्यु, इस दुःख भरी जान को ले ले।)

जहाँ फूल खिलते हैं

सज्जाद हैदर[1] की कब्र पर अक़ीदत (श्रद्धा) और मोहब्बत के दो फूल रज़ा अली की तरफ़ से।

मूनिस है बाद मर्ग किसी का जहाँ में कौन
दो फूल भी लहद पे कोई धर न जाएगा

(मरने के बाद संसार में कौन किसी का दोस्त है। कोई क़ब्र पर दो फूल भी न रखेगा।)

सज्जाद हैदर की मौत इस दर्दनाक हक़ीक़त की याद दिलाती है कि अलीगढ़ में इल्मी मज़ाक़ (शैक्षिक अभिरुचि) की कभी क़द्र न हुई। ...सज्जाद हैदर रस्मों और बन्धनों के पाबन्द न थे ...शादी के मामले में भी उन्होंने एक उच्च श्रेणी की शिक्षित महिला से शादी की, जो शिया ख़ानदान में पैदा हुईं और ख़ुद भी शिया हैं। रवादारी अजीब नेमत है। सज्जाद हैदर ख़ुद सुन्नी थे और पत्नी शिया। मगर दोनों निहायत ख़ुशो-ख़ुर्रम और साम्प्रदायिक विघ्नताओं से दूर और सुरक्षित रहे। अपनी संतान को भी जो बहुत नेक है, बहुत अच्छी शिक्षा दिलाई।

...सज्जाद मरहूम से मेरी आख़िरी मुलाक़ात एक जनवरी 43 ई. को लखनऊ में हुई। मेरे दोस्त सैयद मोहम्मद सिब्तैन साहब वकील प्रतापगढ़ के लड़के की बारात आई थी और पिछली रात मेरे अज़ीज़ सैयद अली ज़हीर बैरिस्टर की लड़की से जो माशाअल्लाह ख़ुद भी बी.ए. हैं, निकाह हुआ था। एक जनवरी की दोपहर की दावत में बहुत से दोस्तों की भीड़ थी, सज्जाद हैदर भी शरीक थे, सेहत अच्छी न थी। बहुत दिनों के बाद मुलाक़ात हुई। दो ढाई घंटे तक बहुत मज़ेदार बैठक रही।

---

1. 'सैयद सज्जाद हैदर यलदरम', सर सैयद रज़ा अली द्वारा 'जामिया', जुलाई 1943 ई. दिल्ली में छपे मज़मून का सारांश।

सर वज़ीर हसन और ख़ानबहादुर सैयद असग़र हसन भी मौजूद थे। देर तक अलीगढ़ की पुरानी बैठकों की बातें होती रहीं। ज़माना बड़ी तेज़ी के साथ बदल रहा है; फिर भी हमारी सोसायटी का अब तक यह हाल है कि जहाँ दस भले ज़ौक़ के आदमी जमा हो जाते हैं वहाँ शेरो-सुख़न की बात होनी लाज़िमी (ज़रूरी) है।

कुछ हफ़्ते पहले सर मोहम्मद याक़ूब की मौत पर मैं एक मज़मून सरगुज़िश्त में लिख चुका था। इस मज़मून की जो तारीफ़ बातों के बीच सज्जाद हैदर ने की उसे मैं भी कभी नहीं भूलँगा। कहने लगे, 'तुम्हारा मज़मून मैंने पढ़ा और मैं उससे हद दर्जा मुतास्सिर (प्रभावित) हुआ हूँ। मैं याक़ूब मरहूम के मर्सिये में उन हालात का ज़िक्र करूँगा जो तुमने अपने मज़मून में लिखे हैं।' दुनिया अजीब जगह है, अफ़सोस कि इस क़दर जल्द वह वक़्त आ गया कि मर्सिया लिखने वाले का ही मर्सिया कोई और लिखे। सज्जाद की किस-किस ख़ूबी का तज़किरा किया जाए।

अलीगढ़ के दूसरे दौर में बड़ी मुश्किल से कोई और शख़्स ऐसा मिलेगा जिसकी ज़ात में इतनी सर्वव्यापकता हो, जो सज्जाद हैदर की ज़ात में मौजूद थी। मरहूम ने दोस्तों का बड़ा हल्क़ा छोड़ा है, जिनमें से बहुत सों की सज्जाद के बाद यह हालत हो गई है :

तुम्हारे बाद यह हाल है हम-सफ़ीरों[1] का
इस आशियाँ[2] में सदा[3] दी उधर पुकार आए

'जहाँ फूल खिलते हैं और गुलाब की खुशबू शाम के साये में फैलती है, ऐसी वादी के ख़ामोश गोशे (कोने) में, जहाँ न दबदबा (रौब) हो, न दग़दग़ा (भय), ज़िन्दगी बसर करने का लुत्फ़ है। जहाँ फूल खिलते हैं और यह प्रदूषित और तर व सर्द दुनिया हँसने लगती है। जब फ़रिश्ता गुल-ए-शब्बू (रात की रानी) के मुँह को खोलता है और बादलों को रंगीन करता है, उस वक़्त बहार के मौसम में एक शाम को मर जाने का मज़ा है।

1. साथी परिन्दों की आवाज़ें।, 2. घोंसला।, 3. आवाज़।

'जिस वक़्त हल्की-हल्की हवा चलती है और वादी की सतह के ज़मर्रुदी (हरे रंग के) टीलों और ज़मर्रुदी पहाड़ियों के आँचल पर बादलों का साया इस तरह आता है, जिस तरह फ़रिश्ते आसमान से उतरते हैं और मेरी रूह को तलाश करते हैं, उस वक़्त मेरी रूह चाहती है कि फूलों में से निकलकर बादलों में जा मिले। और मेरा दिल यह चाहता है कि उसी पहाड़ियों के आँचल में उन्हीं सरो के दरख़्तों के साये में मेरे जिस्म को दफ़्न कर दें और अगर मैं इस क़ाबिल हूँ तो मेरे लिए रोने वालों के आँसू (कि यही मेरी ज़िन्दगी भर की नेकियों पुण्य कर्मों का नतीजा होंगे) इस हँसते खेलते दरिया में, जो इस वादी में बहता है मिल जाएँ, ख़त्म हो जाएँ। '(जहाँ फूल खिलते हैं। हिकायात व इक़्तबासात)'[1]

'दुनिया की ख़ुशी में नेकी और भलाई में इज़ाफ़ा नहीं होगा मगर रंज और दुःख में कमी हो जाएगी। एक मोहब्बत भरा वजूद दुनिया से उठ जाएगा। गंदगी व कमीनापन, ऐशो इशरत की जंग जारी रहेगी मगर दुनिया के लिए कुढ़ने वाला एक दिल ग़ायब हो जाएगा।' (मेरे बाद)

मोहब्बत का एक क़र्ज़ा अदा करना चाहता हूँ, यह जानते हुए कि वह अदा नहीं हो सकता। बीते हुए ज़माने की याद को जगा रहा हूँ। यह जानकर कि वह ज़माना वापस नहीं आ सकता। महफ़िल-ए-देशब (बीते कल की रात) के टूटे हुए जामो मीना के टुकड़े समेट रहा हूँ। इस यक़ीन के साथ कि अब वह मेरी पहुँच से बाहर है।

आख़िरी दफ़ा 42 ई. के आख़िर और 43 ई. के शुरू में सत्रह साल बाद लखनऊ में मुलाक़ात हुई थी। मैंने उनको बहुत कमज़ोर और ज़ईफ़ पाया। मेरा पहला सवाल उनसे यही था, 'सज्जाद क्या तुम बीमार हो?' और अपनी इस ज़ेरे-लब मुसकुराहट के साथ (जिसकी लज़्ज़त से उनके सब ही अहबाब आशना थे) उनका जवाब था, 'अरे कुछ भी नहीं भाई, थोड़ी सी शुगर है सो मैं उसका

---

1. क़ाज़ी अब्दुल ग़फ़्फ़ार के एक लम्बे निबन्ध का सारांश जिसके आरम्भ में उन्होंने यलदरम के ऊपर लिखे टुकड़े पेश किये थे।

इलाज यूँ करता हूँ कि जी भर के मिठाई खाता हूँ, परहेज़ और एहतियात से बीमारी की ख़ातिरदारी नहीं करता।'

लखनऊ में यह कुछ हफ़्ते इस तरह गुज़रे कि हम दोनों घण्टों उनकी कोठी के ख़ामोश बरामदे में बैठे बातें किया करते थे। अलीगढ़ की, साहित्यिक और शेरो शायरी की। गुज़रे हुए और गये हुए दोस्तों की। इस मुलाक़ात से कुछ दिन पहले नवम्बर 42 ई. में उनके अज़ीज़ तरीन दोस्त सर मोहम्मद याक़ूब के लिए अपने ख़ालिक (अल्लाह) का बुलावा आ चुका था।

21 दिसम्बर 42 ई. को वह मुझे लिख रहे थे, 'तुम्हें मैं ताज़ियत-नामा[1] (शोक पत्र) क्या लिखूँ। हमदमे-देरीना की याद में ताज़ियत भी है और दोस्तों को छोड़कर चले जाने वाले दोस्त के नाम एक पैग़ाम भी। सर मोहम्मद याक़ूब की क़ौमपरस्ती की नहीं अहबाब परस्ती (यार दोस्तों से मोहब्बत) की याद मुझे तड़पा रही है। तुम्हारा सज्जाद।'

जो शिकवा मरहूम (सज्जाद) ने अपने हमदमे-देरीना[2] से किया था, अब उनके दोस्त ख़ुद उनसे कर रहे हैं।

यूँ छोड़ चला जैसे शनासा ही न था वह
इस तरह गया जैसे कि आया ही न था वह।

मैं अगर शाइर होता तो शायद यही सब आज सज्जाद मरहूम के लिए लिखता लेकिन मैं कितना ही लिखता रहूँ, कितना ही लिखता रहूँ, वह क़र्ज़ा कभी अदा नहीं कर सकता, जो एक अज़ीज़ दोस्त, एक बेमिसाल अदीब और एक नाज़ुक ख़याल विचारक का मुझे अदा करना है। इस क़र्ज़े को मैं क़र्ज़ा सिर्फ़ इसलिए नहीं समझता कि सज्जाद मरहूम उर्दू भाषा में एक नयी और प्रगतिशील और बहुत ही मनमोहक शैली के आविष्कारक थे इसलिए वह श्रद्धांजलि के अधिकारी हैं बल्कि ज़्यादातर इसलिए कि उनकी साहित्यिक रुचि से मेरी साहित्यिक प्रवृत्ति ने अपने कार्यों के प्रारम्भ में बहुत कुछ हासिल किया था।

---

1 क़ाज़ी अब्दुल ग़फ़्फ़ार मरहूम सर याक़ूब मरहूम के बहनोई थे।, 2. देखिये पिछला अध्याय।

...जिस ज़माने में सज्जाद मरहूम के लेख 'मख़ज़न' में प्रकाशित हो रहे थे मैं उनको बार-बार पढ़ता था और सच तो यह है कि उनके ज़हीन नक़ूश (विचार) चुरा-चुरा कर उनसे अपने मज़ामीन (लेखों) को सजाता था...

आख़िर 42 ई. और शुरू 43 ई. की वह मुलाक़ातें मेरी नज़रों में फिर रही हैं। लखनऊ से कुछ हफ़्तों के लिए यह कह कर रुख़सत हुआ था कि वापस आकर तुमसे बहुत सी बातें करनी हैं लेकिन जब वापस आया तो मालूम हुआ कि सज्जाद मेरा इन्तिज़ार न कर सके। वह तीन चार दिन पहले ही एक दिन सुबह को इस फ़ानी दुनिया (नश्वर संसार) से मुँह मोड़कर आसूदा-ए-ख़्वाब (चिर निद्रा मग्न) हो गये।

...अनुवादों में भी और उनके स्वयं रचित अफ़सानों में भी ग़ालिब की तरह उन्होंने अलफ़ाज़ की नई नई तरकीबें ईजाद (अविष्कृत) कीं। एक नया अस्लूबे-बयान (बात कहने की शैली) ईजाद किया और दो दो चार लफ़्ज़ों के स्वयं रचित सम्मिश्रण में बयान करने की शक्ति की तेज़ी को केंद्रित कर देने का नया अंदाज़ इख़्तियार किया।

सज्जाद एक प्रगतिशील साहित्यकार थे। क्या यह कोई अनोखा दावा है? बेशक तरक़्क़ी पसंदी (प्रगतिशीलता) के उचित अर्थ के अन्दर सज्जाद की लेखनशैली प्रगतिशील थी। उन्होंने उर्दू साहित्य को तुर्की साहित्य की प्रगतिशील प्रवृत्तियों से प्रभावित करके पुरानेपन की ज़ंजीरें तोड़ दीं। न केवल निबन्ध लेखन के एतबार से बल्कि अर्थों के एतबार से भी उन्होंने अपने पढ़ने वालों को तरक़्क़ी पसंदी का पैग़ाम दिया।

उनके अफ़सानों के सारे विषय भी ऐसे ही हैं और भाषा की तरक़्क़ी व सभ्यता के सम्बंध में वह पुराने रास्तों से हटकर आगे बढ़ना चाहते थे। यह रूझान उस ख़ुत्बा-ए-सदारत (अध्यक्षता अभिभाषण) से भी पूरी तरह ज़ाहिर होता है जो उन्होंने हिन्दुस्तानी एकेडमी इलाहाबाद की छठी कॉनफ़्रेंस में पढ़ा था...

मौलाना मोहम्मद अली जौहर सज्जाद को बहुत चाहते थे। 'हमदर्द' जारी करने से पहले सज्जाद से बहुत आग्रह किया कि उस अख़बार के सम्पादन की

ज़िम्मेदारियाँ संभाल लें लेकिन सज्जाद की तबीयत का रूझान अख़बार नवीसी और उससे सम्बंधित क्रियाकलापों की खींचतान से बहुत दूर थे। उनकी फ़ितरत ज़िन्दगी का कोई ख़ामोश गोशा चाहती थी, जहाँ वह अपने अफ़कार (चिन्तन) की दुनिया बसाकर 'बैठे रहें तसव्वुरे-जानाँ किये हुए।[1]'

लेकिन दुनिया सितमगार और सितमज़रीफ़ है। जिन हंगामों से दूर भागा करते थे, उनसे बदतर पाबन्दियों में मुब्तला हो गये। बजाए इसके कि साहित्य की हुकूमत में, जो उनकी सच्ची हुकूमत थी, उनका सिक्का चलता। वह नौकरी के चंद खोटे सिक्कों के लिए 'मजमूआ-ए-ताज़ीराते हिन्द (भारतीय दंड संहिता के संग्रह) की दुनिया में बन्द कर दिये गये। ग़ुलाम मुल्कों का यही सबसे बड़ा दुःख होता है कि हिरण अस्तबल में बाँधे जाते हैं।'

'मौलाना मोहम्मद अली मरहूम ने अपने एक मज़मून में इस वाक़िए का ज़िक्र करते हुए कहा कि सज्जाद अख़बार नवीसी (पत्रकारिता) की दुनिया में क़दम रखने पर आमादा न हुए। लिखा था, वह अदब के लिए वज़्अ किये (बनाए) गये, हम बेअदबी के लिए।'

मा व मजनूँ हमसबक़ बूदेम दर दीवान-ए-इश्क़
ऊ ब सहरा रफ़्त व मन दर कूचा हा रुसवा शुदेम।

(प्रेम की पाठशाला में मैं और मजनूँ सहपाठी थे। वह जंगल की ओर चला गया और मैं गली कूचों में रुसवा हुआ।)

कूचा व बाज़ार में मोहम्मद अली का वह 'रुसवा' होना और चाकरी के लक़ोदक़ सहरा (सुनसान जंगल) में सज्जाद के कारवान-ए-अदब का लुट जाना हमारी भाषा के इतिहास की दो बड़ी दुर्घटनाएँ हैं, जिनसे इन्क़िलाबी हिन्दुस्तान का इतिहासकार इबरत हासिल (सीख अर्जित) करेगा।

वह आख़िरी मुलाक़ात मुझे याद आती है। एक दिन कहने लगे, क्यों भाई! यह क्या बात है कि 'उर्दू ज़बान के लिए अब कोई दूसरा प्रेमचन्द पैदा नहीं होता?' मैंने कहा, 'कोई प्रेमचन्द हो या इक़बाल हो या टैगोर हो यह क़िस्म

1. ग़ालिब के शे'र की एक पंक्ति।

तो सिर्फ़ एक ही बार पैदा हुआ करती है। क़ुदरत शहकारों को पैदा करने में कभी फ़य्याज़ न (मुक्त हस्त) थी।'

एक ग़मगीन और थकी हुई मुस्कुराहट के साथ कहने लगे, 'ऐ काश!' और ऐ काश!' कहकर रुक गये। मैं जानता था कि इसके बाद वह क्या कहते। उसके बाद गुफ़्तगू का रुख़ बदल दिया।

बहरहाल मेरे पास सज्जाद की आख़िरी यादगार उनकी वही ग़मगीन और थकी हुई मुस्कुराहट है जो उस दिन शाम को मैंने उनके होंठों पर देखी थी। 'सैले-ज़माना' को मुख़ातिब (सम्बोधित) करते हुए उन्होंने एक दफ़ा लिखा था...

'बहे जा ...बहाए जा ...न तुझमें सलामती न तेरे किनारे में सलामती, मिटे हुओं को मिटाए जा, तैराकों को डुबो, डुबकियाँ लगाने वालों को ग़र्क़ कर! बेहतर यही है कि अनगिनत घास फूँस के तिनकों की तरह जो मुझसे पहले आए और बाद में आएँगे, बहे जाऊँ...! बस ऐ सैले-ज़माना बहे जा बहाए जा। इस अथाह और तटरहित सागर में इस विशाल समुद्र में, इस हमेशा से ठाठें मारने वाले अटलाँटिक में, अब या जब तेरा दिल चाहे मुझे गिरा दे।

सज्जाद[1] के लेख या कहानियों में आपको लेखक की निजी ज़िन्दगी का ज़रा सा हाल भी मालूम न हो सकेगा। उनकी वैचारिक 'शक्ति ऐसी ज़बर्दस्त और प्रकृति की नवीनता का यह ज़ोर था कि उनको अपने निजी माहौल को काम में लाने की ज़रूरत न पड़ती थी। और अगर वह काम में लाते भी होंगे तो इस ख़ूबी से कि जो तस्वीरें वह हमारे सामने पेश करते थे वह उनकी कल्पना का परिणाम मालूम होती थीं।

उन्होंने हमेशा अपनी निजी ज़िन्दगी को अपनी पब्लिक या सरकारी ज़िन्दगी से बिल्कुल अलग रखा। वह कचहरी और दफ़्तर में पदाधिकारी और लेखों और कहानियों में हमेशा सज्जाद हैदर रहे। वह प्राकृतिक रूप से गम्भीर थे मगर घमण्ड उनके पास तक न फटकता था। उनकी ज़िन्दगी कुछ नामवर शख़्सियतों

1. मुश्ताक़ अहमद ज़ाहिदी के एक निबन्ध से लिया गया 'अदीब' दिल्ली में सितम्बर 43 ई. में छपा।

की ज़िन्दगी से वाबस्ता रही। उनकी तहरीरें, लेख, कई बार कुर्सी-ए-सदारत से नश्र (प्रसारित) की गईं और अख़बारों में तारीफ़ के साथ प्रकाशित हुईं।

मगर बड़े-बड़े क़ौमी जलसों में जनाबे सद्र अपनी तक़रीर पढ़ते थे तो किसी को कानों कान यह न मालूम हुआ कि इस तक़रीर का लेखक यह एक कमज़ोर से जिस्म का व्यक्ति है, जो एक गुमनाम इंसान की तरह इस मजलिस के एक कोने में बैठा इधर-उधर देख रहा है। मानो इस तक़रीर से उसका कोई वास्ता ही नहीं।

अपने आपको गुमनामी में रखना 'बड़ा आदमी' कहलाने से भागना और 'बड़े आदमियों' की सोहबत छोड़कर बेतकल्लुफ़ गुमनाम दोस्तों के साथ वक़्त गुज़ारना और उनके साथ सुन्दर आचरण में ख़ामोशी से हिस्सा लेना, सज्जाद हैदर की ऐसी ख़ुसूसियत थी, जो बहुत कम इंसानों में देखने में आई है।'

'सैयद सज्जाद हैदर यल्दरम।[1] कैसी ख़ुशगवार, कैसी मेहरबानियों और मोहब्बत की यादें वाबस्ता (जुड़ी हुई) हैं इस नाम से। मेरे अलीगढ़ कॉलेज के रहने के दूसरे ही साल मुस्लिम यूनिवर्सिटी क़ायम हुई और उसके पहले रजिस्ट्रार सज्जाद हैदर साहब मुक़र्रर हुए। नाम व शोहरत से वाक़िफ़ था और ख़ानदानी ताल्लुक़ात, जो उनके साथ रहे थे, जानता था। मेरे वालिद मरहूम ख़्वाजा ग़ुलामुस्सक़लैन से उनको बहुत श्रद्धा थी और उन्हें वह अपना 'गुरु' मानते थे।

चचा आदरणीय ख़्वाजा ग़ुलामुल सिब्तैन उनके क्लास फ़ेलो और दोस्त रहे थे और भाइयों की तरह प्रिय थे। ख़ुद मिला तो पहली ही मुलाक़ात में उनके 'फ़ितराक का नख़चीर' (सम्मोहन का शिकार) था। उनकी मेहरबानी और मोहब्बत और गर्मजोशी ने अपने आलिंगन में ले लिया ...उनकी प्रिय यादों को एक बड़ा सर्माया समझता हूँ। जब क़यामत में आमाल नामा (कर्मपत्र दाहिने हाथ में दिया जाएगा (ख़ुदा करे ऐसा हो) तो मुझे यक़ीन है कि नेकियों के रजिस्टर में एक इंदराज (Entry) यह होगा कि इस शख़्स ने सज्जाद हैदर की क़द्र और उनसे मोहब्बत की थी...

---

1. 'एक दिलकश शख़्सियत (व्यक्तित्व) ख़्वाजा ग़ुलामुस्सैयदैन मरहूम द्वारा।

सज्जाद हैदर की ज़ात में एक अच्छे इंसान और अच्छे साहित्यकार का एक हसीन संगम था। उनमें चाहने और चाहे जाने की योग्यता थी, जो क़ुदरत कम लोगों को देती है। उनमें एक ख़ास ख़ुलूस और गर्मजोशी थी, जिसकी तपिश अजनबियत को पिघलाती है और तकल्लुफ़ के पर्दे उठा देती है।

वह होनहार नौजवानों, अदीबों, शाइरों की बहुत हिम्मत बढ़ाते थे, जो हर योग्य को ढूँढ़ निकालते थे और उसको बनाने, सँवारने में दिलचस्पी लेते थे और उस रिश्ते में उम्र या अफ़सरी का ख़याल कभी पर न मार सकता था। उनकी गुफ़्तगू एक तरफ़ शिक्षा व साहित्य के शौक़ को उकसाती, उनकी नई दिशाओं में दिलचस्पी पैदा करती और दूसरी तरफ़ ऐसी विशेष हास्य और चंचलता से सुनने वालों के दिलों में ये कैफ़ियत पैदा करती कि 'ऐ वक़्त तू ख़ुश कि मा ख़ुश कर दी'

(ऐ वक़्त तू ख़ुश रह कि तूने मुझे ख़ुश कर दिया)

कभी-कभी अपनी दिलचस्प यादें और तजुर्बे मज़े ले ले कर सुनाते। एक दफ़ा सरकारी मुलाज़िमत के दौरान उनकी नियुक्ति अंडमान द्वीप समूह के एक उच्च अधिकारी के रूप में हुई। इस द्वीप में ज़्यादातर वह लोग आबाद थे, जिनको बड़े अपराधों के कारण उम्र क़ैद की सज़ा मिली थी। वहाँ यह लोग या उनकी औलाद ही नौकरों का काम करती थी।

कहते थे, 'एक दफ़ा मैंने दरयाफ़्त किया तो यह मालूम हुआ कि मेरा बावर्ची ज़हरख़ुरानी के अपराध में सज़ायाफ़्ता है और मेरा नाई गला काटने का अपराधी।' मगर इस दिलचस्प दरयाफ़्त का उन पर कोई प्रभाव न पड़ा। मुझे यक़ीन है कि सज्जाद हैदर की शराफ़त, इंसानियत और आचरण की दिलनवाज़ी से प्रभावित होकर यह जुर्मपेशा 'मसाहिब' (साथी) भी आज्ञाकारी होते होंगे।

...मेरा मक़सद तो सिर्फ़ यह है कि एक ऐसी नस्ल को, जिसने सज्जाद हैदर को नहीं देखा, उनके व्यक्तित्व के आतिशदान पर अपने हाथ गर्म करके, उनके आचरण की सच्चाई से सीधे-सीधे लाभान्वित नहीं हुई, एक हल्की सी झलक दिखा दूँ। उस सज्जन पुरुष की जिसके व्यक्तित्व में मोहब्बत, ख़ुलूस

और विनम्रता का दीप प्रकाशमान था। एक ऐसा दीप जिसकी इस ज़माने में क़ीमत बढ़ जाती है और माँग कम हो जाती है।

...सज्जाद हैदर में शुरू से आख़िर तक बहुत कम तब्दीली हुई। यह उनके व्यक्तित्व व आचरण का बहुत अहम और शानदार पहलू है। उन्होंने ज़माने की बहुत सी करवटें देखीं और बर्दाश्त कीं। ऐसी करवटें जो मामूली व्यक्तियों को सिरे से उलट पलट कर सकती थीं लेकिन उनमें कला का ऐसा विश्वास और आशाओं का ऐसा दीप जलता था कि उनको बदलने की आवश्यकता ही न महसूस हुई। राजनीतिक कर्तव्य भी उनके सुपुर्द हुए और प्रशासनिक और साहित्यिक भी लेकिन वह शुरू से आख़िर तक शरीफ़, शाइर और साहित्यकार रहे।

मुस्लिम यूनिवर्सिटी के शुरुआती दौर में सज्जाद हैदर उसके रजिस्ट्रार रहे। उन्होंने महाराजा महमूदाबाद साहबज़ादा आफ़ताब अहमद ख़ाँ, नवाब सर मुज़म्मिल उल्लाह ख़ाँ डॉक्टर सर ज़ियाउद्दीन, सबके साथ काम किया। उनमें से हर एक का ढँग अलग था और उन सबसे अलग सज्जाद हैदर का था। उन्होंने काम सबके साथ किया साज़िश किसी से न की। मेरे नज़दीक यही एक बात यलदरम की शराफ़त और आचरण की परिपक्वता की सबसे मज़बूत दलील है।

...कई ऐतबार से सज्जाद हैदर शुरू से आख़िर तक नौजवान रहे। महिलाओं की शिक्षा, उर्दू टाइप, शाइरी की शैली में नये तज़ुर्बे और इसी तरह की और बातों में आरम्भिक आयु से ही प्रगतिशील सिद्ध हुए थे।

एक फ़ारसी पत्रिका 'ईरान शहर' नामक बर्लिन से टाइप में प्रकाशित होता था। इसकी पहली प्रति सज्जाद साहब को मिली। सज्जाद साहब अपनी कोठी से दफ़्तर आ रहे थे। सीलबंद बहुत सारे लिफ़ाफ़े, काग़ज़ात एक आध अख़बार व रिसाले बग़ल में दबाक़र एक रिसाला पढ़ते चले जा रहे थे।

मैं उनसे कोई बीस बाईस क़दम पीछे आ रहा था। उसकी ख़बर सज्जाद साहब को न थी। सज्जाद साहब का चलने का अंदाज़ ख़ास था; ख़ुद हल्के

फुल्के थे। रफ़तार उससे भी ज़्यादा हल्की-फुल्की। बराबर-बराबर किसी क़दर छोटे-छोटे क़दम रखते थे, निगाह नीची लगभग लम्बवत। दस बारह क़दम चलकर एक ज़रा सा रुक जाते थे और ठीक सामने एक उचटती सी नज़र डालकर फिर गर्म रफ़्तार हो जाते।

इस पर उनके एक बेतकल्लुफ़ दोस्त ने एक वाक्य जड़ दिया था, 'सज्जाद तुम तो चलने में साँप को भी शर्माते हो, वह भी चलते चलते रूक जाता है, सिर उठाकर इधर-उधर देखता है और फिर चल देता है।' इस वाक्य से बहुत ही आनन्दित हुए और कहने लगे, 'साँपों में रहकर सिर्फ़ साँपों की चाल आई, इसकी तारीफ़ न करोगे?'

इसी अंदाज़ से चले जा रहे थे कि एकाएक-एक लिफ़ाफ़ा सरक कर ज़मीन पर आ गिरा; सज्जाद साहब को बिल्कुल ख़बर न हुई। मैंने उठा लिया, कुछ दूर ही आगे बढ़े थे कि दूसरा लिफ़ाफ़ा गिरा, वह भी मैंने उठा लिया। बाबुल इल्म के क़रीब पहुँचे कि तीसरे लिफ़ाफ़े ने भी जुदाई दे डाली, वह भी मैंने अपने क़ब्ज़े में किया।

सज्जाद साहब बराबर रिसाले के अध्ययन में खोये रहे। सैयद साहब के पीछे पीछे मैं भी यूनिवर्सिटी आफ़िस पहुँचा। आफ़िस पहुँचकर उन्होंने बचे हुए लिफ़ाफ़े सम्बन्धित लोगों के हवाले किये। मालूम हुआ तीन लिफ़ाफ़े गुम हैं, चौंक पड़े और थोड़ी देर तक बड़ी चिन्ता में रहे। मैंने तीनों लिफ़ाफ़े कुछ देर बाद वापस किये। सैयद साहब फ़रमाने लगे, 'आप भी कमाल करते हैं, फ़ौरन क्यों न दे दिये। उस वक़्त मुझ पर क्या गुज़र गयी।'

मैंने कहा, 'आप अध्ययन में लीन थे, मैंने दखलंदाज़ी करना उचित न समझा।' मेरा यह कहना था कि सब कुछ भूल गये। फ़रमाया, ख़ूब याद दिलाया, यह मुलाहिज़ा फ़रमाइए, 'ईरान शहर' है। टाइप में कितना सुथरा छपा है। कैसे अच्छे और जानदार मज़ामीन (लेख) और नज़्में हैं। ईरानी वतन परस्तों ने बर्लिन से प्रकाशित किया है। काश! उर्दू में ऐसा पाकीज़ा और आकर्षक

टाइप रिवाज पा जाए और जनाब बात तो यह है कि जब तक आप बुते संगी[1] (पत्थर की मूर्ति से रिश्ता न तोड़ेंगे, उर्दू का प्रकाशन रुका रहेगा।)

मैंने कहा, 'सैयद साहब। बुते संगी तो हमारे शे'रो-अदब में एक दर्जा भी है। बुते आहनी[2] (लोहे की मूर्ति में क्या रखा है। जैसा कि लोग कहते हैं, हर्फ़ पढ़ना पड़ा है टाइप का।'

किसी क़दर सख़्त लहजे में फ़रमाया, 'यही तो सितम है, आप सब का अब यही काम रह गया है कि अच्छी भली बातों में भुस मिला देते हैं। अकबर ने ख़्वाह मख़्वाह टाइप की मिट्टी पलीद कर दी।'

मैंने अर्ज़ किया, 'सैयद साहब, अकबर ने कहीं भुस नहीं मिलाया है सिर्फ़ भुस में चिंगारी दिखाई है।'

हँसे, फिर फ़रमाया, 'और जनाब भी तो कुछ दूर नहीं खड़े हैं।' सैयद साहब अपने आप पर कभी फ़ख़्र करते नहीं सुने गये। दूसरों पर बड़ी फ़य्याज़ी (दिल खोलकर) से फ़ख़्र करते पाये गये। एक सच्चे आर्टिस्ट और अदीब की तरह वह पदाधिकारियों के रौब में कभी नहीं आए। लेकिन कला की प्रशंसा करने में बड़े खुले दिल के थे।

सैयद साहब को मैंने शायद ही कभी 'तुम'से किसी को सम्बोधित करते सुना हो। उन्होंने अपने पद और अपनी उच्च कोटि की लोकप्रियता को निजी श्रेष्ठता और लाभ का माध्यम नहीं बनाया।

उनको मैंने क्रोद्ध में आपे से बाहर न पाया और हँसी दिल्लगी में उनके मुँह से ऐसे शब्द न सुने जो शिष्टता पर बोझ हों। यलदरम जैसे कढ़े हुए आदमी बहुत कम देखे गये हैं। वह सब आचरण उनमें रचे बसे हुए थे, जो संस्कृति की जान व दुरुस्त हैं। उन आचरणों को इस आनन्द और आसानी से बरतते थे, जैसे एक तंदुरुस्त सांस लेता है या एक हसीन अपने हुस्न का वाहक होता है बग़ैर किसी इरादे या तकल्लुफ़ के।

---

1. यहाँ तात्पर्य लेथो से है।, 2. यहाँ तात्पर्य टाइप से है।

यलदरम में रस्मी तकल्लुफ़ बिल्कुल न था। उनकी बेतकल्लुफ़ी में दोस्ताना और शरीफ़ाना शान पाई जाती थी। वह उसी हद तक तकल्लुफ़ करते थे, जिस हद तक शराफ़त और सलीक़े का तक़ाज़ा होता था और बेतकल्लुफ़ भी इस हद तक होते थे, जिस हद तक बेतकल्लुफ़ी समाज के सौंदर्य का बड़ा तत्व समझी जाती है।

सज्जाद हैदर उन लिखने वालों में थे जिनका क़ायल न होना कम समझ होने का प्रतीक है। कम लोग ऐसे देखे गये हैं जिनकी लेखनी और व्यक्तित्व में इस दर्जे तक समान रंग और बराबरी (Balance) हो। वह हमसे जुदा हो गये लेकिन हम और हमारे बाद आने वाले कभी उनसे जुदा न होंगे। मुझे यक़ीन है, जन्नत में उन्हें वह रंगीनियाँ और तरो- ताजग़गियाँ नसीब होंगी, जिनकी सिर्फ़ झलकियाँ उनकी तहरीरों में हमको नसीब हैं।'[1]

'...मुझे मिज़ाज के ऐतबार से गम्भीर नज़र आते थे लेकिन जब गुफ़्तगू करते तो एक ख़ुशगवार मुस्कुराहट उनके नाज़ुक ख़दोख़ाल (चेहरे मोहरे) को दिलआवेज़ी (मनमोहक रूप) से रौशन कर देता था। गुफ़्तगू में वक़्फ़े (ठहराव) भी होते थे लेकिन लहजे में बेतकल्लुफ़ी की गूँज और ताल्लुक़ात की गर्मजोशी झलकती रहती थी। एक उदास अंदाज़ से सिर पीछे कुर्सी से टिकाकर, नर्म मुस्कुराहट के साथ ऊपर देखते हुए, चुपचाप कुछ सोचना और फिर एकाएक संभल कर प्यार से कोई बात शुरू कर देना, उनकी एक ऐसी तस्वीर है, जो कल्पना की दृष्टि से किसी तरह ओझल नहीं होती।'

मुझे आज इस एकाकी साहित्यकार के उठ जाने का ही सदमा नहीं बल्कि मेरा दिल एक ऐसे प्यारे बुज़ुर्ग की जुदाई के दाग़ का ग़म भी महसूस कर रहा है, जिसकी शफ़क़त मेरे लिए हमेशा दिली ख़ुशी व नाज़ का कारण बनी रही '...ज़हरा', 'सालिस बिलख़ैर', 'ख़यालिस्तान', 'हिकायात व असासात', 'जलालुद्दीन ख़्वारज़्म शाह', 'जंगो-जदाल', 'पुराना ख़्वाब', 'आसेबे-उलफ़त' और दूसरे अफ़साने प्रकाशित हो चुके हैं। नज़्में प्रकाशित नहीं हुईं।

1. इम्तियाज़ अली ताज 'तहज़ीबे निसवाँ' लाहौर 24 अप्रैल 1943 ई.।

आख़िरी मुलाकात में फ़रमाते थे कि मुझसे नज़्में कुछ ख़ास रिश्तेदारों और क़रीबी दोस्तों के ताल्लुक़ात ही ने कहलवाई हैं। इसी मुलाक़ात में एक ड्रामा 'तारिक़' लिखने का ख़याल ज़ाहिर फ़रमा रहे थे।

बचपन[1] से सैयद सज्जाद हैदर यलदरम व नज़्र सज्जाद हैदर साहिबा का नाम सुनते आए थे। मज़ामीन और अफ़साने पढ़े थे मगर मुलाक़ात हुई लखनऊ रेडियो स्टेशन पर। यूँ देख चुके थे अलीगढ़ में भी, दुबले पतले, धान-पान, तुर्की टोपी पहने हुए, मानो महात्मा गाँधी बूढ़े हो चुके हैं मगर अब तक शर्मीली तबीयत है। अपनी साहित्यिक सेवाओं का अहसास ही नहीं, ग़ुरूर घमण्ड तो दूसरी चीज़ है। अपने सामने के अदबी बच्चों का भी इस अंदाज़ से आदर करते हैं, मानो आप ख़ुद तो कुछ है ही नहीं, जो कुछ हैं, यह नई पौध के बरखुरदाराने-अदब (साहित्य के अपरिपक्व लोग) हैं।

'...मैं यह पंक्तियाँ लिख ही चुका था, सज्जाद हैदर यलदरम की अंतिम यात्रा की ख़बर भी सुन ली। कहानीकार स्वयं कहानी बन गया। इन्नालिल्लाहि व इन्ना इलैहि राजेऊन।'

'हमारे[2] मौजूदा शोरे-रस्ता-ख़ेज़ (हमारे वर्तमान परेशानियों भरे ज़माने के शोर) में सज्जाद हैदर की वफ़ात (मौत) का सानेहा (दुःखद घटना) कुछ दब कर रह गया। इसे महसूस किया तो सिर्फ़ उन्हीं लोगों ने जिनके लिए उनकी मौत एक निजी सदमा थी। यह ताज्जुब की बात नहीं, क्योंकि उन्होंने जो कुछ लिखा उस पर कोई नारा नहीं चिपकाया जा सकता लेकिन यह घटना कि उनकी मौत पर इतनी ख़ामोशी रही, दुःखदायी ज़रूर है।'

'उर्दू साहित्य पर उनका प्रभाव बहुत अधिक था। बड़ी शोख़ी और आनन्द के साथ उन्होंने उर्दू भाषा और साहित्य के बूढ़े चेहरे को जवानी और तरोताज़गी बख़्शी। हालाँकि उनके तजुर्बे की बेबाकी को अब लगभग भुला दिया गया है लेकिन रंग रूप की बहुत सी लताफ़तें, जो उन्होंने उर्दू में पैदा कीं अभी बाक़ी हैं...।'

1. अल्लाह शाह बुख़ारी पतरस। बाक़ी मज़मून देखिए, अध्याय तीन, 'प्रेमचन्द से पहले।'
2. शौकत थानवी 'शीशमहल'।

ओल्ड क्यूरोसिटी शॉप और पिलग्रिम्ज़ प्रोग्रेस

चेहलुम तक घर में मेहमानों का हुजूम रहा फिर रफ़्ता-रफ़्ता सन्नाटा छा गया। सिर्फ़ नज़दीकी रिश्तेदार और दोस्त मौजूद रहे। मुंशी फ़ैयाज़ अली एडवोकेट, ड्राइंग रूम में अब्बाजान के क़ानूनी काग़ज़ात सामने फैलाए लिखा पढ़ी में मसरूफ़ रहते। अब्बाजान गणित में कमज़ोर थे लेकिन शेयर मार्कीट और स्टाक एक्सचेंज की बहुत सूझबूझ रखते थे।

एक लाख छत्तीस हज़ार की मालियत के शेयर, जिनमें से चार्टर्ड बैंक ऑफ़ इण्डिया, आस्ट्रेलया एण्ड चाइना, शिप्स गेट लंदन के काग़ज़ात से मालूम हुआ कि कई दक्षिण अफ़्रीका और बर्मा की खदानों के थे और इत्तिला मिली कि मृत्यु से छह सात दिन पहले कलकत्ता के शेयर ब्रोकरज़ मुंशीजी एण्ड कम्पनी ने अब्बाजान के पास चौरंगी की एक इमारत रहन (गिरवीं) रखी थी लेकिन जिस तारीख़ को मुसव्वदों पर दस्तख़त करने वाले थे, उससे दो दिन पहले अल्लाह मियाँ का बुलावा आ गया।

मुंशी फ़ैयाज़ अली ने कहा, मुंशीजी एण्ड कम्पनी पर दावा किया जा सकता है लेकिन उसमें बेहद ख़र्च और दर्दे सरी है। ख़ुद शेयर्ज़ और 'आशियाना' के पैतृक सम्पत्ति सर्टिफिकेट की कोर्ट फ़ीस काफ़ी भारी थी, जो नक़द में मौजूद न था। जज सईद जाफ़री बेचारे ने जो अब्बाजान के इन्तिक़ाल के दिन से भाई को तरह-तरह के कम ख़र्च करने के मशवरे दे रहे थे, यह सलाह दी कि यह कोठी छोड़कर कम किराये के मकान में शिफ़्ट हो जाओ और नौकरी तलाश करो।

पैकिंग शुरू कराने से पहले चन्दा मुमानी ख़ामोशी से कमरे-कमरे घूमती फिरीं, इस जाने पहचाने घर के सामान से बेशुमार यादें वाबस्ता थीं। खाने के कमरे के खाड़ी वाले दरीचे में स्टैंड पर वही चिलमची रखी थी, जो इसी स्टैंड पर विभिन्न शहरों के कमरों में रखी रही थी। लम्बी मेज़ जो ग़ाज़ीपुर के लम्बे

चौड़े ड्राइंग रूम में पूरी बिछती थी, उसके दोनों गुम्बदनुमा सिरे अलग करके दीवारों से लगा दिये गये थे। विक्टोरियन साइड बोर्डस की सफ़ेद लेस मसूरी की बिल व्यू से चली आ रही थी।

ईरानी और अंगोरा क़ालीन विभिन्न विदेशी पर्यटनों की यादगार थे; इनके अलावा तुर्की छोटे-छोटे गिलास, यूरोपियन निक नेक, बीच वाली नक़्शीन मेज़ पर चान्दी का दरख़्त जिसमें चाँदी की बाल्टियाँ सी लटकी हुई थीं, कश्मीरी केक स्टैंड, बिरंजी स्टूल पर लरज़ता बिरंजी नट, बड़े-बड़े कुण्डों वाले बिरंजी घड़ों में पोशीदा पाम के गमले, चान्दी के फ्रेमों में सजी हुई रिश्तेदारों की तसवीरों का जंगल, आतिशदान के कारचोबी मखमली ग़िलाफ़, अंडमान द्वीप समूह के समुद्री नमक के बड़े-बड़े समुद्री फूल, सीप और घोंघे।

जाड़ों में भारी मोटे रेशमी और गर्मियों में जाली के पर्दे दरीचों और दरवाज़ों पर लगाए जाते थे; मई का महीना आ गया। उस साल सर्दियों के मौसम के पर्दे तब्दील करने के बजाए उतारकर तह कर दिये गये।

अभी यही तय नहीं हुआ था कि हम लोग कहाँ रहेंगे। अम्मा मिनट मिनट पर विरोधाभासी फ़ैसले करती थीं। भाईजान जिनकी ज़िन्दगी के बाईस साल मुकम्मल ब्रफ़िक्री और ऐशो इशरत में गुज़रे थे, बिल्कुल भौंचक्के थे।

अब्बाजान जितने किफ़ायत शिआर (मितव्ययी) थे अम्मा उतनी ही शाह ख़र्च वाक़े हुई थीं। दावतें, पार्टियाँ करना, पहाड़ों पर 'सीज़न' गुज़ारना रिश्तेदारों, दोस्तों और उनकी औलादों की शादियों पर भारी जोड़े मय एक अदद जड़ाऊ ज़ेवर तोहफ़े में देना वग़ैरह उनके प्रिय कार्य थे। लड़कपन से फ़ैशन लीडर रही थीं। नये स्टाइल का ग़रारा डिज़ाइन करके चलन में किया।

खद्दरपोशी के दौर में खादी की साड़ियों पर नित नये डिज़ाइन छपवाया करती थीं। उनके एक विलायती टी सेट पर जैसी सब्ज़ बुन्दकियाँ पड़ी हुई थीं, आशियाना में एक टी पार्टी पर पहनने के लिए सफ़ेद जॉर्जट की साड़ी पर उसी नमूने की हरी बुन्दकियाँ छपवाईं। सारी ज़िन्दगी एक वक़्त का खाना ख़ुद नहीं पकाया था। मुझे भी बावर्ची ख़ाने में जाने की मनाही थी

कि धुएँ से आँखें ख़राब हो जाएँगी। मेरी ड्यूटी सिर्फ़ इतनी थी कि बैरे की निगरानी में डिनर्ज़ के अवसरों पर कलफ़दार नेपकिंस के विभिन्न नमूने बनाकर गिलासों में उड़सूँ और काग़ज़ के पोंगे से पुडिंग पर आइसिंग करूँ।

अम्मा हालाँकि बेहतरीन हाउसवाइफ़ और मुकम्मल होस्टेस थीं। घर का सारा सामान ख़ुद बड़े शौक से बनवाया और ख़रीदा था, जिसे वह अलीगढ़, लखनऊ, हरदोई, ग़ाज़ीपुर, देहरादून, इटावा, एहतियात से लिए लिए फिरी थीं। एक-एक चीज़ सेंत कर रखती थीं। कारचोब और कलाबत्तू की डवाइल्ज़, कश्मीरी चीनी हाउस होल्ड लीनेन, दीमक लगे चीनी लबादे और तुर्की फ़रग़ल और दूसरा अल्लम-ग़ल्लम अलमारियों में अटाटूट ठुँसा हुआ था।

अब्बाजान की बेशक़ीमत तुर्की, फ़ारसी अंग्रेज़ी उर्दू किताबों के अंबार जस्ते के टबों में उँडेले गये और उन्हें बैलगाड़ियों पर लादकर मामू इब्राहीम ख़ाँ के यहाँ लालकुर्ती रवाना किया गया। बैलगाड़ियों के जाने के बाद पिछले बरामदे के एक कोने में मुझे किताबें पड़ी नज़र आईं, जो टबों में डाले जाने से रह गयी थीं।

सलामबो, ताईस, चौगान हस्ती, ख़्वाब हस्ती, ज़ालिम मोहब्बत, मख़्ज़न और तहज़ीबे-निसवाँ के कुछ फ़ाइल, टोनो बंगे, ग्रे वुल्फ़, टाइम ब्राउंज़, स्कूल डेज़, प्रिस्टर जान, केट्रियोना, फ़ाउस्ट, ओल्ड क्योरोसिटी शॉप, पिलग्रिम्ज़ प्रोग्रेस।

क़ालीनों दरियों और हाउस होल्ड लीनेन के गट्ठर बाँधे गये। चीनी के बर्तन पैक हुए, स्टीमर ट्रंकों में तस्वीरें और सजावट की चीज़ें बन्द की गयीं। फ़र्नीचर बेचने के लिए पिछले बरामदे से लगे लम्बे चौड़े चबूतरे पर निकालकर रखा गया।

ओल्ड क्योरोसिटी शॉप।

इसी अफ़रातफ़री में बहुत से महत्वपूर्ण काग़ज़ात और शोकपत्रों के पुलिन्दे कहीं खोये गये या नष्ट हुए। उन सोलह किताबों के साथ ज़र्द रंग के काग़ज़ पर लिखा हुआ एक ताज़ियती ख़त (शोक पत्र) बाक़ी रह गया।

देहरादून

12 जून 1943 ई.

मोहतरम ज़ीशान जवाँ बख़्त व शुजा ख़सलत सब एडिटर 'पायनियर' ज़ाद इनायतहू।

कल इत्तिफ़ाक़न मौलवी इनायतुल्लाह साहब से मालूम हुआ कि हज़रत आली सिफ़ात व पाक तीनत जनाब रजिस्ट्रार साहब यानी बुज़ुर्गवार जमीए मुसलमानाने हिन्द व अलक़ाबे पुर ज़ोर यलदरम मारूफ़ इस दुनिया-ए-फ़ानी से कूच कर गये, तोशा बुज़ुर्ग आमाल व सनद बैतुल्लाह शरीफ़ जैसा आपको याद हो उनके अज़्मे हज पर स्टेशन देहरादून में आक़ाए मोहम्मद उमर ख़ाँ वग़ैरह ने रुख़सत किया था, दारुल आख़िरत को वासिल हुए[1]।

ऐ दिल चै शुद कि अज़ जिगर फ़ुग़ाँ नमी कशी
आहे बयादे शाहे शहीदाँ नमी कशी।

(ऐ दिल तुझे क्या हो गया है कि तू जिगर काट के नहीं रो रहा है और शाहे शहीदाँ की याद में आहें नहीं भर रहा है।)

वल्लाह ऐ जवाने-बा-इक़बाल मोहतरम व अजीज़ (सम्बोधन के सम्मानजनक शब्द) सब एडिटर साहब यह काग़ज़े ज़र्द (केसरिया रंग का काग़ज़) महज़ सबूते-रंगे ज़र्द अपने ग़म की वजह का (अपने संताप को सिद्ध करता है) है। ख़ुदावन्दे आलम मरहूम व मग़फ़ूर को आक़िबत (परलोक) में जैसा कि दुनिया में सुर्ख़रू रखा महफ़ूज रखे।

रंगे ज़र्दे आशिक़ाँ व चेहरा गुलगूने यार
हर दो रा यकजा कुनीं राना ब ज़ेबा मी शवद

(आशिक़ों का उड़ा रंग दोस्त का फूल सा रंग अगर इकट्ठा कर लिया जाए तो और ज़्यादा जवान और खूबसूरत हो जाता है।)

हंगामों भरी दुनिया में इस वजह से इंसान रोते हुए पैदा होता है। फिर उसके नक़्शो-निगार से परिचित होकर क़हक़हे लगाता है और उस हाय-हाय

1. अर्थात देहान्त हो गया।

को जो क़ुदरत ने शुरू में सुपुर्द किया है, भूल जाता है। इसीलिए मुसलमान अपनी याददाश्त में दूसरी क़ौमों से ऊँचे तौर तरीक़े का माना गया है। पहाड़ी लोगों की ज़बान में शे'र को जो अक़्ल का ख़ज़ाना है, कपाल कहते हैं और हमारा लफ़्ज़ काबुल इससे बहुत कुछ मिलता जुलता है।

यही वजह थी कि अमानुल्लाह ग़ाज़ी ने अपने बल से यूरोप के नक़्शे को एशिया वालों को माक़ूल समझाया और ख़ुदादाद मुमलिकते अफ़ग़ानिस्तान के नाम को मुस्तक़िल और हमेशा की अज़ादी दी। यह रूहानियत और नाम ज़िन्दगी से पुर (भरा) है।

ख़ुदावन्द करीम सज्जाद साहब को अपने पास साया-ए-रहमत में रखे और आपको और वालिदा मोहतरमा, बहन को हिम्मत दे।

नियाज़ मन्द

हाजी अब्दुल क़ुददूस अफ़ग़ान

इसके अलावा 8 अक्तूबर 41 ई. का अरबी लिपि में लिखा हुआ, किसी तुर्क का ख़त हैट रैक की दराज़ में से निकला।

हुज़ूर आली दीनहू। सआदतौ फ़रदा तुम सज्जाद हैदर बक येलदेरेम हज़रतैनह ...जने क्या लिखा था।

एक जुलाई को नम्बर 21 फ़ैज़ाबाद रोड से 'काशाना' में हम लोग शिफ़्ट हुए, जो नज़दीक राय बिहारी लाल रोड पर एक बेहद छोटी सी कॉटेज थी। सुबह मुँह अँधेरे दीवार के नीचे डॉक्टर वहीद मिर्ज़ा के बाग़ में परिन्दे चहचहाते डॉक्टर वहीद मिर्ज़ा की बीवी बबिया बाजी और बहन क़ुर्रातुल ऐन जो लम्बे समय से 'तहजीबे निसवाँ में मज़मून लिखा करती थीं, दोनों का इन्तिक़ाल हो चुका था।

बबिया बाजी सुलताना ख़ाला और चचा रज़ाउल्लाह की लड़की थीं। कुछ दूर पर डॉक्टर अब्दुर्रहमान का मकान था, जिन्होंने मेरे पान में कीलें खा जाने का इलाज किया था। डॉक्टर रहमान की भांजी नसीमा से, जिनके वालिद आग़ा मोहम्मद जान रावलपिण्डी के नामी बैरिस्टर थे, अम्मा ने फ़ैज़ाबाद छावनी वाले मेजर वहाजुद्दीन अहमद मिर्ज़ा की शादी तय करवाई थी। 10 अप्रैल की शाम

मैंने मिर्ज़ा मामू की शादी में पहनने के लिए अब्बाजान से फिरोज़े के सेट की फ़रमाइश की थी। शादी मई के महीने में हुई। अब मिर्ज़ा मामू और नसीमा मुमानी रोज़ाना शाम को अम्मा के पास छावनी से आया करते। छावनी से हसनैन मामू, चन्दा मुमानी, इब्राहीम मामू, अख़्तर मुमानी बिला नाग़ा (लगातार) राय बिहारी रोड आते रहते।

भाई, जो हर साल मसूरी जाकर बालरूम डांस, रोलर स्केटिंग और शहसवारी में गर्मियों का मौसम गुज़ारते थे और अंग्रेज़ को थप्पड़ लगाकर इम्पीरियल सर्विस छोड़ आए थे, अब्बाजान की मृत्यु की सुबह से एकाएक उनका दिल बदल गया था। अब वह नज़दीक ही पुलिस लाइंस की मस्जिद में जाकर जमाअत से पाँचों वक़्त की नमाज़ पढ़ते थे और नौकरी की तलाश में मसरूफ़ थे। चूँकि अब्बाजान की तरह हद दर्जा ग़ैरतमंद थे, अब्बाजान के किसी पदाधिकारी दोस्त से सिफ़ारिश हासिल नहीं की।

राजा साहब महमूदाबाद से मिलने नहीं गये। आल इण्डिया रेडियो नई दिल्ली के सेंट्रल न्यूज़ आर्गेनाइज़ेशन में अंग्रेज़ी न्यूज़ कास्टर की जगह का इश्तिहार अख़बार में देखकर दरख़्वास्त भेजी और इंटरव्यू के लिए बुलाए गये। देहरादून से इत्तिला आई कि 22 अक्तूबर के दिन चचा इनायतुल्लाह देहलवी भी दुनिया से रुख़सत हुए।

उस सुबह अमेरिकन बूढ़ी मिस विलियम्स की क्लास में शाके केन्डडा की 'प्ले रीडिंग' की जा रही थी। अपना पार्ट पढ़ते पढ़ते मैं दरवाज़े की तरफ़ चली गयी। बाहर नज़र पड़ी तो देखा अमीर ख़ाँ फाटक में दाख़िल हो रहे हैं।

क्लास के बाद बाहर गयी, वह एक पाम के दरख़्त के नीचे घास पर गुमसुम बैठे थे। खड़े होकर कहा, 'बेगम साहब के पास बाबा का तार आया है, दिल्ली से।'

मैंने उनसे लेकर तार पढ़ा, 'नौकरी मिल गयी। बीबी का दाख़िला इन्द्रप्रस्थ कॉलेज में कर दिया है, फ़ौरन भेज दीजिए।'

पिलग्रिम्ज़ प्रोग्रेस।

11
अध्याय

बाईस ख़्वाजा की चौखट

अक्तूबर की तेज़ धूप में ताँगा नम्बर-4, पार्क साइड नार्थ, करौलबाग़ के फाटक में दाख़िल हुआ। हसनैन मामू के ख़ानाज़ाद मुलाज़िम छुटवा ने जो लखनऊ से पहुँचाने आए थे, सामान उतारकर बरामदे की सीढ़ियों पर रखा। चचा मुश्ताक़ अहमद ज़ाहिदी आराम कुर्सी पर बैठे थे। फ़ौरन उठकर द्वार में आए, चची आँसू बहाती अन्दर से निकलीं। शीशा जैसी झलकती रंगत, नाक में हीरे की बड़ी सी लौंग। सफ़ेद मलमल की साड़ी।

चची, जो बुलन्दशहर के एक पुराने विद्यामित्र मुग़ल खानदान से सम्बन्ध रखती थीं, इस उम्र में भी बेहद हसीन थीं। भाई आसिफ़ ज़ाहिदी काला कोट पहनकर उसी वक़्त कोर्ट जा रहे थे। थोड़ी देर में भाई दोपहर की ख़बरें पढ़कर साइकिल पर ब्रॉडकास्टिंग हाउस से लौटे। आसिफ़ भाई की कश्मीरी दुल्हन ने खाना निकलवाया।

चचा ज़ाहिदी कौशिक बेचकर कुछ समय पहले ही इस लम्बे चौड़े आधुनिक फ़्लैट में शिफ़्ट हुए थे। एक कमरे में उनकी बहुमूल्य लायब्रेरी थी।

चचा सम्भवत- 35 ई. तक सादिक़ एजिरटन कॉलेज बहावलपुर के प्रिंसिपल रहे थे। अंग्रेज़ी साहित्य और इतिहास के उस्ताद थे और राजनीतिक तौर पर नेशनलिज़्म के समर्थक थे। दिन भर उनके पास यार दोस्तों की भीड़ लगी रहती। ख़ानबहादुर बुनियाद हुसैन, चचा सलजोक़ी, फ़सीहुद्दीन अहमद, ख़्वाजा मोहम्मद सफ़ी, ज़हीर शम्सी और दूसरे दिल्ली वाले। पार्क की दूसरी तरफ़ भाई नूरुद्दीन अहमद की नई कोठी में डॉक्टर सलीमुज़्ज़माँ सिद्दीक़ी किरायेदार थे। चचा के पड़ोस से कर्नल फ़ैज़ अहमद फ़ैज़ हाल में कहीं और जा चुके थे।

चची के कमरे में तख़्त पर दाग़ के दामाद नवाब सिराजुद्दीन अहमद ख़ाँ 'साइल देहलवी' आकर गुड्डे जैसे बैठ जाते, गोरा रंग, सफ़ेद चौकोर टोपी, हाथ में डंडा। लुहारू खानदान के दूसरे लोग आते रहते।

चचा ने इतिहास और अर्थशास्त्र लेने का मशवरा दिया। कॉलेज की लारी सुबह-सुबह आकर फाटक पर हार्न बजाती। इन्द्रप्रस्थ कॉलेज बहुत दूर अलीपुर रोड पर स्थित था। अम्मा की एक सहेली लाडो रानी ज़ुत्शी की बेटी जनक कुमारी ज़ुत्शी अंग्रेज़ी विभाग में लेक्चरर थीं। इंग्लिश लिट्रेचर के साथ एक पर्चा उर्दू या हिन्दी का अनिवार्य था। उर्दू पण्डित त्रिभुवन नाथ 'ज़ार' पढ़ाते थे, जो प्राचीन शैली के एक मेहरबान बुज़ुर्ग और मौलवी साहब कहलाते थे। दो तीन सिख लड़कियों ने भी उर्दू ले रखी थी।

कॉलेज में साम्प्रदायिकता बिल्कुल नहीं थी और मुसलमान लड़कियों की अच्छी ख़ासी तादाद थी। बड़े उच्च स्तर का और अच्छा कॉलेज था मगर ईज़ा बेला थोबरन कॉलेज के बहुत बाद खुल रहा था। इंद्रप्रस्थ की लड़कियों पर ईज़ा बेला थोबरन कॉलेज का बहुत रौब था; मुझे देखकर आपस में कानाफूसी करतीं, 'आई.टी. से आई है' मानो आक्सफ़ोर्ड से आई है।

क्लास में बराबर की डेस्क पर एक सब्ज़ आँखों वाली दुबली पतली लड़की मुँह लटकाए चुपचाप बैठी रहती थी। दाख़िले के तीसरे दिन अचानक मुझसे अपना परिचय कराया, 'मैं कनेर्ड से आई हूँ, तुम आई.टी. छोड़कर इस पत्री पाठशाला में क्यों आ गयीं?'

'फ़ादर की डेथ हो गयी।' मैंनें उस कॉलेज की प्रचलित भाषा में जवाब दिया। 'हम लोगों को दिल्ली आना पड़ा। ब्रदर को यहाँ सर्विस मिल गई है।'

'मुझे भी मजबूरन आना पड़ा, वालिद साहब क़िब्ला का लाहौर से तबादला हो गया।'

मैंने उसे चौंक कर देखा।

उस अहले-ज़बान (भाषामयी) महिला का नाम शान्त लता बहादुर था। दिल्ली के एक प्राचीन माथुर कायस्थ घराने की सुपुत्री। पूर्वज राजा रघुनाथ राय औरंगज़ेब के दीवान और पड़दादा मुंशी जीवनलाल ग़दर के वक़्त रेज़ीडेन्सी के मीर मुंशी थे। सारा बहादुर ख़ानदान अलीपुर रोड से लगी सिविल लाइंस में रहता था।

नवम्बर के आख़िर में अम्मा लखनऊ से आ गयीं। चचा ज़ाहिदी के यहाँ शोक जताने के लिए आने वालों का ताँता बन्ध गया। दिल्ली में अम्मी जमी थीं; कूचा चेलान में सुलताना ख़ाला, चचा रज़ाउल्लाह और प्रोफ़ेसर मिर्ज़ा मोहम्मद सईद। गली क़ासिम जान में अब्बाजान के दोस्त कर्नल ज़ेड. अहमद मरहूम का परिवार।

दारियागंज में चचा इनामुलहक़ मरहूम की बीवी, चची तौक़ीर, उनके अलावा मौलाना राज़िकुल ख़ैरी, शाहिद अहमद देहलवी, आग़ा शाइर क़िज़िलबाश मरहूम की औलाद, सब पुरानी दिल्ली के अन्दर अपने-अपने घरों में होंकी डोरी बैठे थे।

चचा ज़ाहिदी की बेटी हुस्ना बाजी दिल्ली रेडियो की लोकप्रिय 'बाजी' और सहाब क़िज़िलबाश सर्वप्रिय एनाउंसर थीं। किसी को मालूम न था कि सिर्फ़ साढ़े तीन बरस बाद सूरज सवा नेज़े[1] पर आने वाला है।

शाइस्ता इकरामुल्लाह और चौधरी ज़फ़रुल्लाह ख़ाँ नई दिल्ली में रहते थे। चौधरी साहब वायसराय की एक्ज़ीक्यूटिव कौंसिल के सदस्य थे; उनकी कोठी के आफ़िस रूम में मेज़ के पीछे दुनिया का नक़्शा आवेज़ाँ (लटका) था, उसके नीचे बैठे चौधरी साहब काम में मसरूफ़ रहते थे। उस वक़्त उन्हें मालूम न था कि बहुत जल्द वह ख़ुद एक नये देश के विदेश मंत्री की हैसियत से ग्लोबल पालिटिक्स में अहम रोल अदा करेंगे।

बद्र मुमानी, यानी लेडी ज़फ़रुल्लाह अफ़ज़ल ख़ालू मरहूम के जवाँमर्ग दोस्त शमशाद हुसैन की ख़ूबसूरत बेटी अपने नामवर शौहर से उम्र में बहुत छोटी थी; चूड़ीदार पायजामा पहने तेज़ सुर्ख़ लिप्सटिक लगाये अंग्रेज़ी बोलती हुई सख़्त पर्दे में रहती थीं। वह अम्मा से बार-बार कहतीं, 'बाजीजान, अल्लाह आप सब का नेक इन्तिज़ाम करे, अल्लाह नेक इन्तिज़ाम करे।'

---

1. मुस्लिमों में मान्यता है कि क़यामत (प्रलय) के दिन जब मनुष्यों का हिसाब किताब होगा तो उस दिन सूरज लोगों के सिरों के बहुत नज़दीक आ जाएगा। (अर्थात् मुसीबत की घड़ी क़रीब आने वाली है)

अम्मा ने चौधरी साहब से कहा कि गुरदासपुर वाली कोठी मीर क़ायम अली के लम्बे खिंचते मुक़दमे के सिलसिले में कुछ करें। एक दिन उनका पर्चा क़रौलबाग़ आया।

बिसमिल्लाहिर्रहमानिर्रहीम
नम्बर - 8, पार्क रोड, नई दिल्ली
28 नवम्बर 1943 ई.

मोहतरमा बाजीजान!

अस्स्लाम अलैकुम व रहमतुल्लाह!

मैंने मिर्ज़ा अब्दुल हक़ साहब एडवोकेट गुरदासपुर के नाम ख़त लिखा। उनका जवाब आपकी इत्तिला के लिए सेवा में प्रस्तुत है। वह लिखते हैं आप ख़ुशी से इस आजिज़ के (उनके ख़ुद के) नाम मुख़्तारनामा भिजवा दीजिए। मैं इंशाअल्लाह सारा काम कर दूँगा। लेकिन ज़्यादा बेहतर यह होगा कि आप ख़ुद भी कुछ दिन के लिए गुरदासपुर तशरीफ़ ले जाएँ।

बच्चों को दुआ।
ख़ाकसार
ज़फरुल्लाह ख़ाँ

अम्मा ने फ़ौरन गुरदासपुर का इरादा किया। चची ज़ाहिदी बोलीं 'भाभी चलिए हजरत निज़ामुद्दीन साहब चल कर मन्नत मान आएँ अल्लाह आपको मुक़दमे में कामयाब करें। दिल्ली बाईस ख़्वाजा की चौखट है, यहाँ आपकी सब परेशानियाँ दूर हो जाएँगी, इंशाअल्लाह।'

अम्मा ने कहा, 'भाभी मैं तो क़ब्रपरस्ती करती नहीं। आप जाकर कलावे बाँधिए। मैं ख़्वाजा बानो से मिल लूँगी।' अम्मा और चची के दरमियान क़ब्रों की ज़ियारत के सिलसिले में हमेशा एक दूसरे से नोक-झोंक रहती थी।

ख़्वाजा हसन निज़ामी और उनकी बीवी ख़्वाजा बानो अब्बाजान और अम्मा के पुराने दोस्तों में से थे। दूसरी सुबह हम सब निजामुद्दीन औलिया पहुँचे।

फ़रग़ल पहने ख़्वाजा हसन निज़ामी चान्दनी के फ़र्श पर गाव तकिये के सहारे जलवा-अफ़रोज (शोभायमान) थे, कंधों पर काकुलें छिटकी हुई थीं। क़रीब ही फ़र्श पर टेलीफ़ोन रखा हुआ था। हमारी मौजूदगी में दो तीन बार वाइसरेगल लॉज से फ़ोन आया।

ख़्वाजा साहब ने मुझसे पूछा, 'यहाँ स्कूल में दाखिल हो गयी हो?' मैंने कहा, 'कॉलेज में बी.ए. में दाख़िला लिया है।'

ताज्जुब से फ़रमाया, 'अरे इतनी जल्दी बी.ए. में पहुँच गयीं।'

जंग की वजह से दिल्ली में मकानों का अकाल था। चचा ज़ाहिदी के घर के नज़दीक खजूर रोड पर चार कमरों और दो बरामदों का एक ग्राउंड फ़्लोर फ़्लैट मुश्किल से दस्तयाब हुआ। गुरदासपुर से लौटकर अम्मा ने अपने कथनानुसार 'काम चलाऊ' सस्ता फ़र्नीचर ख़रीदा और चचा के यहाँ से क़ुरैशी मंज़िल शिफ़्ट हो गये।

मोहर्रम माह का दसवाँ उजाड़ दिन बिताने हम लोग चचा रज़ा अली के यहाँ चले गये, जो अपने बेटे हमज़ा अली के साथ नई दिल्ली में रहते थे। उनकी पंजाबी बहू धूप में बैठी अंगीठी पर खिचड़ा घोंट रही थीं। चचा ड्रेसिंग गाऊन पहने आराम कुर्सी पर बैठे थे। क़रीब फ़र्श पर आमालनामे (कर्मों के लेखेजोखे) की सुर्ख़ जिल्दों का अंबार रखा था, जो शायद उसी रोज़ प्रेस से आया था।

खजूर रोड अजब वीरान सी सड़क थी, जिस पर हर वक़्त धूल उड़ती रहती। क़ुरैशी मंज़िल के पीछे मोहल्ला था। रमज़ान के महीने की सर्द रातों में पिछले पहर पिछवाड़े की गली में दो फ़क़ीर बड़ी मधुर आवाज़ में सहरी के लिए पुकारते गुज़रते। वक़्ते बरकत है ऐ रोज़ेदारो, उठो, होशियार हो सहरी खा लो। वफ़ादार अमीर ख़ाँ जो अम्मा के साथ लखनऊ से आ गये थे, फ़ौरन बावर्चीख़ाने में जाकर हिन्दुस्तानी स्टाइल का चूल्हा सुलगाते।

लाहौर से हर दूसरे तीसरे महीने भाई हमीद अली आते रहते। एक दिन हकीम यूसुफ़ हसन लाहौर से तशरीफ़ लाए, अम्मा से कहा, 'नेरंगे ख़याल की

हालत ख़स्ता हो चुकी है, कोशिश में हूँ कि फिर उसी आबो-ताब (शान) से निकले।' अचानक मुझे सम्बोधित किया, 'अब क़लम आपके हाथ में आया है; आप नेरंगे ख़याल' में लिखना शुरू कीजिए।'

मैंने निहायत इतमीनान और आत्मविश्वास से जवाब दिया, 'बहुत अच्छा ज़रूर लिखेंगे।' आख़िर फूल और बनात और तहज़ीबे निसवाँ में लिख रहे थे कि नहीं। बड़ों के रिसालों में भी लिख लेंगे, कौन से कमाल की बात है; और लखनऊ रेडियो के बच्चों और औरतों के प्रोग्राम के लिए इतने सारे स्किट, जो लिखे थे वह अलग।

कुछ दिन एक व्यंगात्मक स्किट 'एक शाम' लिखकर चचा ज़ाहिदी को दिखाया; उन्होंने बेहद पसंद किया, मगर कहने लगे अपने नाम से छपवाऊँगी तो किसी को यक़ीन न आएगा कि ईं कद्र (आप) ने लिखा है। पहले फ़र्ज़ी नाम से लिखो। चचा ने 'लाला रुख़' के फ़र्ज़ी नाम से वह मज़मून 'अदीब' के एडिटर फ़सीहुद्दीन अहमद को दे दिया। वह बग़ैर किसी रद्दो-बदल के प्रकाशित हो गया। उसके बाद एक अफ़साना 'इरादे' अपने नाम से अदीब को भेजा; इस पर बीस रुपये का इनाम मिला। चचा ने कहा, बस अब तुम बाक़ायदा अफ़साना-निगार (कहानीकार) बन गयीं।

अब मैंने कहानियाँ लिख लिख कर चचा को दिखाए बग़ैर 'साक़ी', 'हुमायूँ' और 'अदबे-लतीफ़' में भेजीं, ज्यों की त्यों छप गयीं। शाहिद अहमद देहलवी ने जो नये लिखने वालों की बे-इंतिहा हिम्मत-अफ़ज़ाई करते थे, इदारिये (सम्पादकीय) में तारीफ़ की। फ़टाफ़ट अफ़साने छपने लगे, एक भी कहीं से वापस न आया जो ज़रा हौसला-शिकनी होती।

प्रगतिशील और वामपंथी राजनीति का दौर था। एक बार प्रकाश पंडित एडिटर शाहराह का ख़त आया, 'मोहतरमा रफ़ीक़ा (यह कामरेड का अनुवाद था) आपका फ़ुलाँ अफ़साना जो अदबे लतीफ़ में छपा हालाँकि बोरज़वाइयत (मध्यम वर्गीयता) लिए हुए है मगर अच्छा है। शाहराह के लिए कुछ भेजिए।'

मैंने चचा ज़ाहिदी से पूछा, 'बोरज़्वाइयत क्या चीज़ होती है?'

चचा ने कहा, 'वह भी होती है एक चीज़ लेकिन तुम फ़िक्र न करो। जिस तरह तुम्हारा दिल चाहे उस तरह लिखती जाओ।'

अच्छो बेगम जिन्होंने अलीगढ़ से फ़र्स्ट डीविज़न और तीसरी पोज़ीशन में हाईस्कूल किया था, लेडी इर्विन कॉलेज दिल्ली में दो साल गुज़ार कर बी.ए. के लिए अलीगढ़ वापस जा चुकी थीं। उनसे बड़ी बहन आपा ज़हरा लेडी इर्विन में पढ़ रही थीं। अच्छो, पारे, रम्मी, अलीगढ़ से आए दिन दिल्ली आते रहते थे। अब्बाजान की एक चचाज़ाद बहन की बेटी आपा नफ़ीसा और उनके नहटौरी पति विदेशी मामलों के विभाग के सैयद इताअत हुसैन नई दिल्ली में रहते थे।

चचा नसीर और चची वहीदा टोंक में थे। चचा वहीद अपनी आख़िरी पोस्टिंग सहारनपुर से रिटायर होकर अलीगढ़ आ गये थे। (जहाँ सईद भाई का बहादुराबाद से तबादला हो चुका था) और क़ैसर क़िला में सईद भाई आपा अज़रा के साथ रहते थे।

दिसम्बर 44 ई. में जब हम लोग अलीगढ़ गये, चचा वहीद हमारे क़ैसर विला पहुँचने पर बरामदे में आकर ख़ामोश खड़े रहे, फिर कुछ देर बातें करने के बाद अपने कमरे में वापस जाकर पलंग के किनारे बैठ गये। थोड़ी-थोड़ी देर बाद 'अल्लाहो अकबर', 'अल्लाहो अकबर' कह उठते।

छोटी चचीजान ने अम्मा से कहा, 'भाभी आपके देवर हमेशा के कम सुख़न (कम बोलने वाले) हैं लेकिन भाईजान के जाने के बाद से ये हाल हो गया है कि बहुत ही कम बोलते हैं। देख-देख कर दिल हौलता है।'

हर तरफ़ उदासी थी। मुरादाबाद में मुनव्वर मुमानी सफ़ेद दुपट्टा ओढ़े आँगन में बैठी थीं। आले मुस्तफ़ा मामू का चेहलुम हो चुका था। अटारी में आले ज़हरा नानी इकलौते छोटे भाई की मौत के ग़म में झुकी-झुकी फ़र्शी पाँयचे उड़से आँगन में इधर-उधर चल फिर रही थीं। जहाँ से चलते वक़्त जब मुँह अँधेरे बहली क़िले के फाटक से बाहर निकली, मामू इब्राहीम हुसैन के हिन्दू मैनेजर

लालाजी, जो अम्मा और मुनव्वर मुमानी को बूबू कहते थे, डंडा संभालकर आगे बैठे रहे। तारों की छाँव में बहली छन-छन करती नज़दीक के सम्भवतः सिरसी स्टेशन रवाना हुई। अन्दर मुनव्वर मुमानी और अम्मा दुलाइयों में लिपटी बैठी थीं ओर कच्ची सड़क की रेत सितारों की रौशनी में झिलमिला रही थी। और दोनों तरफ़ गन्ने के खेतों पर धुँधलका तैर रहा था।

दिल्ली वापस आकर मैंने एक कहानी 'सितारों से आगे' शीर्षक से लिखी (जो 'अदबे लतीफ़' में छपी)

मुरादाबाद से लखनऊ जहाँ अम्मा उत्तराधिकार के प्रमाण पत्र के सिलसिले में गयी थीं, लखनऊ वहीं था मगर कुछ अलग सा था।

ख़ामोशी से भाई की शादी हुई, सफ़ेद रंगत भूरे बालों वाली सोलह वर्षीय बेहद बुद्धिमान और स्वीट आसिमा बेगम ज़िला बाराबंकी की रहने वाली थीं। उनके वालिद औरंगाबाद दकन में वकील थे।

कुछ समय पहले माँ-बाप का इंतिक़ाल हो चुका था। अपने ख़ालू चौधरी नेमतुल्लाह के यहाँ लखनऊ में रहती थीं। जब वह लखनऊ से रुख़सत होकर क़ुरैशी मंज़िल खजूर रोड क़रौल बाग़ दिल्ली आईं, अमीर ख़ाँ ने आँखों में आँसू भरकर चची ज़ाहिदी से कहा, 'साहब इतने दिन ही और जी लिए होते मरने से आठ रोज पहले बड़े अरमान से कह रहे थे, बाबा की बारात में चाँदी की इक्यावन मटकियाँ लेकर जावेंगे।'

डेमी पैराडाइज़

अप्रैल की नींद में मदमाती सुगंध फैलाती दोपहर। आशियाने में लीची और आम की फ़स्ल समयानुसार पक चुकी थी। बड़े-बड़े पग्गड़ बाँधे तहबंद-पोश लम्बे क़द के खटीक गीली ज़मीन पर खाट बिछाये हुक़्क़ा गुड़गुड़ाते हैं। पुष्पाच्छादित बनावटी टीले के उधर एक एज़ल औंधा पड़ा है। उस पर बैठी ज़मरुदी (हरे रंग की) चिड़िया मुसलसल गाये जा रही हैं। इतनी नन्हीं सी जान में ऐसी ताक़तवर फ़लक-शिगाफ़ (गगन भेदी) आवाज़ न जाने कहाँ से आ जाती है।

वह एज़ल एक नौजवान इटालियन अफ़सर का है, जिसे तीन साथियों के साथ सरकार ने आशियाने में कुछ दिन नज़रबन्द रखा था। अजब दिल-चले लोग थे। तस्वीरें बनाते और ओपेरा गाते थे; तभी तो हार गये।

आशियाने से कुछ फ़ासले पर नाभा हाउस के अहाते में ट्रक खड़े हैं और आर्मी कान्ट्रैक्टर ख़्वाजा ग़ुलाम मोहम्मद हाज़िर के बड़े बेटे ख़्वाजा मज़हरुल क़य्यूम अपनी निगरानी में क्लेमन टाउन के इटालियन युद्धबन्दियों के मैस के वास्ते अनाज आदि लदवा रहे हैं।

मुमानी मुस्लिम लीग के महिलाओं के जलसे की अध्यक्षता के लिए बुर्क़ा ओढ़कर कार में सवार हो रही हैं। परेड ग्राउंड पर प्लेडियम सिनेमा में वार टाम इंग्लैण्ड के सम्बन्ध में 'डेमी पैराडाइज़' नामी फ़िल्म का मैटिनी शो हो रहा है। और देहरादून हमेशा की तरह अर्धस्वर्ग है।

हाज़िर मामू ने अपने रेलवे रेफ्रेशमेंट रूम्स और दूसरे कारोबार के अलावा 39 ई. से फ़ौजी ठेके ले रखे थे। मुमानी बताती थीं कि जब बहुत समय पहले उनके कमउम्र पति ने सियालकोट से देहरादून आकर कनफ़ेक्शनरी की छोटी सी दुकान आरम्भ की और पहली बार सवा तेरह आने का लाभ हुआ तो ख़ुशी के मारे दोनों मयाँ बीबी को रात भर नींद न आई थी। उन दोनों की सादगी और दीनदारी में आज तक बिल्कुल फ़र्क़ न आया था।

मुमानी और तीनों बहुएँ सख़्त पर्दे में रहती थीं। हाज़िर मामू फ्रेंच कट दाढ़ी दखते थे। कुलाह (तुर्रदार) पगड़ी, लम्बा कोट और शलवार पहने पुराने स्ट ाइल के फ़रिश्तों जैसे आचरण के पंजाबी बुज़ुर्ग थे और लड़कपन में इक़बाल की टुकड़ी में रह चुके थे।

बसंत की उस रौशन दोपहर में जुमा पढ़कर लौटने के बाद खाने की लम्बी मेज़ पर उन्होंने अम्मा से कहा, 'भैन जंग ख़त्म होने वाली है। मालूम होता है हिन्दुस्तान जल्दी आज़ाद हो जाएगा। अंग्रेज़ों ने मसूरी, देहरादून की जायदादें बेचना शुरू कर दी हैं। एलेक्जेंड्रा पैलेस होटल भी बिक रहा है, सोचता हूँ रहने के लिए ख़रीद लूँ। तुम शाम को जाकर अपनी भाभी को दिखा लाओ।'

अँधेरा पड़े अम्मा की अगुवाई में बुर्क़ापोश मुमानी और बहुएं टहलती हुई डालनवाला म्युनिसिपल रोड पहुँचीं और एक बहुत बड़े बाग़ के अन्दर खड़े इंग्लिश कंट्री हाउस शैली के 'यूरोपियन ओनली' होटल को मुलाहिज़ा किया जो अब ख़ाली पड़ा था।

अगले जुमे को हम लोग एलेक्ज़न्ड्रा पैलेस शिफ़्ट हुए। अम्मा क़ुरआन शरीफ़ और मज़हर भाई की दुलहन पानी की सुराही लेकर मुख्य द्वार से बाल रूम में दाख़िल हुईं।

'इस जगह' हाज़िर मामू के सियालकोटी मुंशी जी ने कहा, 'सत्तर अस्सी बरस तक लहवलअब, फ़स्क़ो-फ़जूर (खेल तमाशा, बदकारी आदि) होता रहा है। इसे अच्छी तरह पाक साफ़ करवाना चाहिए।' दूसरे दिन बाल रूम को ख़ूब धो-धा कर उसमें ज़नाना मीलाद शरीफ़ करवाया गया।

'यह एक बड़ी सांकेतिक घटना है, मेरे ख़याल में' हाज़िर मामू के छोटे लड़के तौफ़ीक़ रिफ़अत ने गम्भीर आवाज़ में मुझसे कहा और एक बे विन्डो में जाकर फ़ौरन एक अदद नज़्म अंग्रेज़ी में लिखने में मशग़ूल हो गया।

कुछ दिन बाद अम्मा ने मुरादाबाद के लिए सामान बाँधा, जहाँ हसनैन मामू (जिनका पूर्वी मोर्चे से दो बार ख़त डिस्पैच में आ चुका था) रुख़सत पर आने वाले थे।

हसनैन मामू का मकान जिसे अम्मा 'चची की अटारी' कहती थीं, उन दोनों चचेरी बहनों के परदादा मीर क़ायम अली की कोठी के बिल्कुल सामने एक नीची सी टीकरी पर स्थित था। यह पुराना ख़स्ता हाल मकान हसनैन मामू के ससुर और उनकी माँ आले ज़हरा नानी के चचा के बेटे नवाब सैयद इब्राहीम हुसैन ख़ाँ की मिलकियत था; और आले ज़हरा नानी ने 1913 ई. में विधवा होने के बाद से सारी उम्र इसमें काट दी थी।

अम्मा के छोटे चचा ज़हूर हसनैन मरहूम ने अम्मा को अपनी बेटी बनाया था। आले ज़हरा बेगम अम्मा की सेकण्ड कज़न भी थीं। आज भी अंदाज़ा होता था कि जवानी में, जबकि उनकी माँग उजड़ी किस क़दर हसीन रही होंगी। वह हमेशा घुड़सवाँ फ़र्शी पायजामा पहनती थीं। फ़ारसी, कशीदाकारी खाना पकाने की माहिर, साँप के काटे की आमिल[1] और चिकित्सा और अंग्रेज़ी भाषा की ज्ञानी एक आदरणीय खुले विचारों वाली बीबी थीं, जो मुरादाबाद से बाहर अम्मा के पास देहरादून या लखनऊ या किसी पहाड़ पर जातीं तो पर्दा नहीं करती थीं।

अटारी में अम्मा हमेशा दूसरी मंज़िल के उस हवादार कमरे में ठहरती थीं, जिसके दरीचे और शहनशीं (छोटी सी अंगनाई) कोठी मीर क़ायम अली और मस्जिद रुस्तम ख़ाँ के रुख़ पर खुलते थे। सामने गवर्नमेंट इन्टर कॉलेज के फाटक पर भोंपू लगा था, जिसमें आल इण्डिया रेडियो से ख़बरें ब्रॉडकास्ट की जाती थीं। दोपहर के वक़्त जब कभी भाई की आवाज़ आती, मोहल्ले में ग़ुल मच जाता 'छब्बू मियाँ बोल रहे हैं।'

शायद बर्लिन की आख़िरी लड़ाई लड़ी जा रही थी। जिस दिन नौ बजे रात की ख़बरें चिंताजनक और सनसनीखेज़ होतीं, चौराहे पर स्ट्रीट लैम्प के नीचे लोगों की भीड़ लग जाती। साधारण ख़बरों पर भीड़ कम होती। उसके बाद लोग लैम्प की ज़र्द रौशनी में एक-एक करके अपने-अपने घरों की तरफ़ जाते नज़र आते।

1. मंत्र जानने वाली।

दोपहर को भोंपू पर दिल्ली रेडियो से फ़िल्मी रिकॉर्ड बजते। न जाने किधर आज मेरी नाव चली रे' और 'मेरा बुलबुल सो रहा है शोरो-ग़ुल न मचा।' कोठी मीर क़ायम अली (या नज़्र बाजी की कोठी) से लगी हुई दुकानों की क़ितार थी, जो मीर क़ायम अली बनवा गये थे। ये दुकानें और इनके ऊपर के कमरे हसनैन मामू के हिस्से में आए थे। उन कमरों में रईस अमरोहवी किराये पर रहते थे।

अटारी के नज़दीक एक और नीची टीकरी पर अम्मा के नाना मीर मेहदी अली (नानी अशरफ़जहाँ मरहूमा के पति) की बनवाई हुई मस्जिद और मकान था, जिसमें कुछ रिश्तेदार पुराने जिन्नों सहित रहते थे। उससे लगा हुआ नवाब सैयद इब्राहीम हुसैन ख़ाँ का दूसरा बड़ा मकान था, जिसमें उनकी बड़ी बेटी मुनव्वर जहाँ बेगम रहती थीं, जिनके शौहर सैयद आले मुस्तफ़ा का जो नानी आले ज़हरा के छोटे भाई थे, पिछले साल इन्तिक़ाल हुआ था।

मुनव्वर मुमानी भी अपनी ननद आले ज़हरा की तरह बहुत बुद्धिमान थीं और शिक्षित महिला थीं। अगर उनको पढ़ाया लिखाया जाता तो जाने क्या-क्या कर सकती थीं। टीकरी की पछीत, चौक सादात लाँकड़ी में मीर क़ायम अली के बहनोई और कज़न मीर मुनव्वर अली के पोतों यानी लड्डन और अल्लन मामू का बहुत बड़ा परिवार रहता था। ख़ैर मक़सद यह कि 1845 ई. से लेकर 1945 ई. तक मोहल्ला मुग़लपुरा अव्वल में उन्नीस बीस ही का फ़र्क़ था।

बूटीदार आबेरवाँ का सफ़ेद दुपट्टा ओढ़े आले ज़हरा नानी रंगीन पीढ़ी पर बैठकर नक़्शीन सीनियों में डौंगे चुनवातीं। चीनी के गोल प्यालों में से फूलदार लम्बूतरे चमचों के ज़रीये 'सालना' निकाला जाता (जो गोल प्याले और लम्बूतरे चमचे आज़रबाईजान से लेकर चीन तक में इस्तेमाल होते हैं और जिन्हें मुग़लों ने यहाँ प्रचलित किया था और जो अब सिर्फ़ चीनी रेस्टोरेंटों में नज़र आते हैं।)

फूलदार चीनी की रकाबियों में खाना खाने के बाद मुरादाबादी कटोरों में पानी पीकर अल्लाह का शुक्र अदा किया जाता। बच्चों को हुक्म था, जन्नत में झाड़ू देकर

उठो[1] वर्ना रिज़्क़ (खाने) की बेअदबी होगी; उसके बाद असील (नौकरानी) फ़ारसी शे'रों से सजा हुआ ज़र्द रंग का फ़र्रुख़ाबादी दस्तरख़्वान 'बढ़ाती।'

'मुसलमान लुट गये थे मगर टें न गई।' अटारी के सायबान में मसीता मामू ने मुझे लड्डन, अल्लन मामू के वालिद ख़ानबहादुर डिप्टी असग़र अली मरहूम का मशहूर क़िस्सा सुनाते हुए कहा, 'फ़िरंगी की नौकरी न करने के। चचा असग़र अली गवर्नमेंट हाईस्कूल की नवीं जमाअत में पढ़ रहे थे। भौंरे में पले इकलौते बेटे मदरसा जाएँ और घर आ जाएँ, बाज़ार तक जाने की इज़्ाज़त न थी।

'ग़दर के बाद कलेक्टर लाँकड़ी वालों से दोस्ती बढ़ाना चाहता था। एक दिन उसका पेशकार चचा असग़र अली को बहला फुसलाकर किसी बहाने स्कूल से अपने साथ बंगले पर ले गया। इधर उनको घर पहुँचने में देर हुई; सब समझे किसी दुश्मन ने अपहरण कर लिया। लाँकड़ी के योद्धा तलवारें सूँत मकानों से निकले; क़ाज़ी की इमली तक पहुँचे थे कि सामने से कलेक्टर की चौंकड़ी आती दिखलाई दी, मियाँ असग़र अली साथ, कलेक्टर ने लाँकड़ी वालों को बहुत समझाया बुझाया, मीर क़ायम अली का उदाहरण पेश किया। चचा को सोलह रुपये महीने पर नायब तहसीलदार मुक़र्रर किया। चचा ने जब पेंशन ली ज़िला बस्ती के कलेक्टर थे।'

'टें तो सात फ़ाकों के बाद भी नहीं गयी।' अम्मा ने दालान में बैठे-बैठे ऊँची आवाज़ में कहा, 'बहरे नईम की बीवी ने कल लौंडिया का पैग़ाम लौटा दिया। लड़का दिल्ली में खाता पीता बिज़नेस मैन है मगर वह डिप्टन दादी को बतला गयीं कि लड़के की जाति में खबेल है और बिसाती है। मुनव्वर बेगम ज़रा संुबुल को भेजकर मालूम करवाओ। ख़ैर से जाने-जहाँ चची आगरे से आ गयीं कि नईं। शाम को डिप्टन दादी के यहाँ जाऊँगी।'

जाने-जहाँ बड़ा ख़ूबसूरत नाम था और लड्डन, अल्लन मामू की वालिदा डिप्टन दादी कहलाती थीं।

'ऐ फूफी ...संुबुल नज़र आएँ तो भेजूँ।'

1. खाने की प्लेट को साफ़ करके उठना अर्थात अन्न को बर्बाद न करना मुहावरे में प्रयोग होता है।

मुनव्वर मुमानी ने नई असील के मुताल्लिक़ बावर्ची ख़ाने की दहलीज़ से जवाब दिया।' बुन्दू की जुर्वा कहाँ से यह बवाल सिहड़ लाई। सुबह से मरियम रोज़ा रखे कोलकी में बैठी हैं।'

'डायन की झस।' अम्मा ने विचार प्रकट किया।

'कित्ता समझाया कल चली जय्यो सिरसी।' मुनव्वर मुमानी बोलीं

'बन्दया रग।' अम्मा ने फ़ैसला सादिर किया।

हमीद हसन मामू हाथ में मुस्लिम लीग का उर्दू अख़बार लिए दाख़िल हुए। वह और मीता मामू दालान में जा बैठे। आले ज़हरा नानी कतरनों की बुक़ची खटोले पर फैलाए लिफ़ाफ़ेनुमा बटुआ सी कर अब उस पर लचका टाँक रही थीं।

'नज़्र की लौंडिया कहाँ है?' इब्राहीम मामू ने जो महमूदपुर से आए हुए थे, ज़ीना (सीढ़ियाँ) उतरते हुए आवाज़ दी और दालान में आकर तख़्त पर बैठ गये।' आओ बी नजोई, कहाँ फिरती रही हो, लोर-लोर।' उन्होंने मुझे पुकारा। 'भाई मुक़दमेबाज़ी में खुख (ख़ाली) हो गये, धरती उड़ गयी लेकिन।' अम्मा ने फिर कहना शुरू किया।

'लौंडा खरा रिज़वी है, मैं जानता हूँ।' मीता मामू बोले।

'नज़्र बेगम ख़ुदा के वास्ते बहरे नईम को तुम ही समझाओ, उन्होंने तो अल्लाह बख़्शे भाई आग़ा मीर को मात कर दिया।'

अजी कहाँ वह, कहाँ ये लबड़ धूँ धूँ! हमीद हसन मामू ऐनक उतारकर अख़बार तह करते हुए बोले।

'अल्लाह बख़्शे भाई आग़ा मीर' एक ऐसी अफ़सानवी हस्ती थे जिनकी चर्चा अक्सर होती थी और जिनकी नाज़ुक मिज़ाजी और उच्च विचारों के क़िस्से उदाहरणस्वरूप पेश किये जाते थे।

लेकिन इब्राहीम मामू ने आग़ा मीर व बहरे नईम के तुलनात्मक विश्लेषण को नज़र-अंदाज़ करके मुझसे पूछा, 'अंग्रेज़ी तो पढ़ गयीं पकाना रींधना भी

सीखा? बी सुंबुल पे शैख़ सद्दू सवार हैं; हमारे लिए ज़रा लौकी का हलवा तो पका लाओ।'

'जी' मैंने सहम कर कहा।

'बहरे नईम के बाग़ के सम्बन्ध में कलेक्टर बन्दे रसूल से ख़ुद मियाँ आले हसनैन ने बात की थी, मगर उस वक़्त उन पर म्युनिसिपल बोर्ड की चेयरमैनी का जिन्न सवार था।' हमीद हसन मामू बोले।

अल्लाह आले हसनैन को ख़ैरियत से वापस ले आए! अम्मा ने कहा।

'आमीन!' आले ज़हरा नानी बोलीं।

'जब पापा चीन और बर्मा गये थे भाई आग़ा मीर कहा करते थे।' अम्मा ने कहना शुरू किया।

"बी नजोई! मुतंजन पकाना आता है?" अगर नहीं आता तो अब सीखो।" इब्राहीम मामू ने दोबारा फ़रमाया।

जी, बहुत अच्छा।' उनका ध्यान पाक कला ग्रहण करने की तरफ़ से हटाने के लिए मैंने फ़ौरन पूछा, 'ये भाई आग़ा मीर सचमुच के कोई साहब थे?'

इब्राहीम मामू पेचवान का कश लगाते-लगाते चौंके 'बिल्कुल थे, तुम्हारी अम्मा के सगे मामूज़ाद भाई थे। मीर मेहदी अली के भतीजे।'

'आपने देखा था उन्हें?'

'क़तई देखा था, मुझसे बहुत छोटे थे ग़रीब। आख़िरी बार जब मिले, ताड़ वाले महल में रहें थे, दरिया किनारे।'

'ताड़ वाला महल? नहीं, शुरू से बताइए।' मैं क़िस्सा सुनने के लिए मुस्तैद हो बैठी।

'अजी ये पुल के पास जहाज़ी मकान नईं है। मीता मामू बोले। मीर नजफ़ अली वालों का।'

'मीर नजफ़ अली कम्पनी बहादुर की लोकल फ़ोर्स में रिसालदार थे।'

नवाब इब्राहीम हुसैन ख़ाँ ने इस अंदाज़ से कहा, मानो कम्पनी बहादुर आज की बात थी। 'उनके बेटे थे सैयद हुसैन अली। वह कम्पनी की बंगाल केवलरी थर्ड रेजिमेंट में रिसालदार मैजर थे, सुन्नी ख़ानदान था, अरे मियाँ छुट्टू ख़ाँ।'

छुटवा लपके हुए आए और पेचवान ताज़ा करने ले गये। 'हूँ, तो सैयद हुसैन अली के दो लड़के थे, अली हुसैन और औलाद हुसैन; जब ग़दर पड़ा।'

'मामू ग़दर में आप कितने बड़े थे?'

'हम पैदा नहीं हुए थे। भाईजान मरहूम दस बरस के थे। तो जब ग़दर पड़ा एक बेचारे शहज़ादे मिर्ज़ा अली बेग लालक़िले से भागकर यहाँ आए सिर छिपाने। छोटी बहन साथ थीं, उनसे सैयद अली हुसैन की शादी हो गयी। कानपुर में उमराव बेगम के इंतिकाल के बाद मीर क़ायम अली पंजाब चले गये थे। दूसरी शादी उन्होंने अली हुसैन' औलाद हुसैन की बहन से की। सन् सत्तावन के बाद मीर क़ायम अली ने कई तबाह हाल रिश्तेदारों को पंजाब बुलाकर रोज़गार से लगवा दिया। औलाद हुसैन को भी बुलवा भेजा; ई.ए.सी. करा दिया। औलाद हुसैन खानबहादुर भी हुए; डेरा इस्माईल ख़ाँ में इन्तिक़ाल हुआ 1881 ई. में।'

'लेकिन आग़ा मीर?' मैंने फिर याद दिलाया

'अब यूँ समझ लो।' इब्राहीम मामू ने पहलू बदलकर इतमीनान से बात जारी रखी। 'मीर मेहदी अली के तीन बेटे थे, तफ़ज़्ज़ुल अली, फ़ज़्ल अली और नबी अली। दो लड़कियाँ, मुर्तज़ाई और तुम्हारी नानी मुस्तफ़ाई। अकबरी फूफी मीर फ़ज़ल अली से ब्याही गयीं। वह तुम्हारे ख़ालू मीर अफ़ज़ल अली के बावा थे। नबी अली की शादी ताड़ वाले महल में हुई, मीर क़ायम अली की नवासी से, उनके लड़के थे आग़ा मीर।'

'आग़ा मीर की शादी उन्हीं मुग़ल शहज़ादी की पोती से हुई थी।' आले ज़हरा नानी ने दाँत से धागा तोड़ते हुए बताया।

'आपने देखी थीं, वह मुग़ल शहज़ादी?' मैंने बड़ी उत्सुकता से पूछा। 'कैसी लगती थीं?'

'बहुत धुँधली सी याद हैं, गोरी भक, भोली सी बीबी थीं।'

मीता मामू बोले, 'अल्लाह बख़्शे भाई आग़ा मीर तानाशाह द्वितीय थे। एक दफ़े हमारे साथ शिकार के लिए चले लखीमपुर खीरी, रास्ते में।'

'मैंने कहा आले ज़हरा आपा, आ जाऊँ?' ज़ीने की ड्योढ़ी में से आवाज़ आई। भैंसिया वाले भाई हुसैन जान फ़ौजी कप्तान की वर्दी पहने हुए लंगड़ाते हुए दाख़िल हुए। बर्मा के मोर्चे पर टाँग में गोली लग गयी थी। एक बर्मी पत्नी साथ लाए थे।

उन अनोखे मस्त पात्र आग़ा मीर का क़िस्सा अधूरा रह गया। लेकिन ध्यान से देखा जाता तो मुरादाबादी, महमूदपुरी ननिहाल के काफ़ी लोग मस्त थे। नहटौर दधियाल के विपरीत जिसके औरत मर्द बेहद संतुलित, गम्भीर, उच्च शिक्षित मेहनती कर्मयोगी और Puritan थे। और ये सब आमतौर से एक से एक ज़िन्दा दिल, भावुक, कलरफुल, तुनकमिज़ाज, आरामपसंद, और अन्दरूनी तौर पर सैयद बड़े की आलस्यपूर्ण रोमान्टिक दुनिया के वासी।

घोसीपुरा ज़िला आज़मगढ़ में चमत्कार हो गया। एक 'अलम' (मोहर्रम के झण्डे) में जनाब अब्बास की शबीहे-मुबारक (छवि) किसी को नज़र आई और खून की बूँदें टपकीं। मुगलपुरा से बीबियाँ झुण्ड की झुण्ड ज़ियारत (दर्शन) के लिए आज़मगढ़ चली जा रही थीं। एक सुहानी सुबह अम्मा के एक नौ उम्र ननिहाली रिश्तेदार और वैज्ञानिक अली मेहदी नक़वी (जो दिल्ली यूनिवर्सिटी में पी.एच.डी. कर रहे थे) अटारी की अंगनाई में झिलंगा खाट पर नीमदराज़ (आधे लेटे हुए) ठंडी हवा खा रहे थे। उन्होंने अम्मा को इत्तिला दी, 'बाजी, सुना है कल छम्मन भाई के यहाँ भी चमत्कार हो गया।'

ज़ीने पर आहट हुई और अम्मा के एक और रिश्तेदार मुर्तज़ा भाई अन्दर दाख़िल हुए। सैयद मुर्तज़ा हुसैन मैकश मुरादाबादी लम्बे-लम्बे पटे

रखते थे और जासूसी नाविल लिखकर एक फ़र्ज़ी नाम से छपवाते थे। उन्होंने आते के साथ ही खबर सुनाई, 'आले ज़हरा आपा बब्बन भाई के यहाँ भी मोजज़ा (चमत्कार) हो गया।'

अम्मा ने दालान में से हस्बे-आदत डपट कर जवाब दिया, 'धरा था मोजज़ा! मैं जब जानूँ जो मेरे यहाँ के अलमों में भी हो जाएँ मोजज़े (चमत्कार)। चन्दा बेगम, निकालो अपने ददिया ससुर का सन्दूक़।'

चन्दा मुमानी ने दुपट्टे से सिर ढाँप, बा अदब परछती पर से वह पुराना बक्सा उतरवाया जिसमें मीर मासूम अली लखनवी के तर्बरुकात (प्रसाद) महफ़ूज (सुरक्षित) थे।

नीम से छनती धूप में सैहन के तख़्त पर अलम पटके सजा दिये गये। 'ज़रा चान्दना छोड़कर बैठना' चन्दा मुमानी ने मुझसे कहा। फिर वह और उनकी दोनों बहनें, मुनव्वर मुमानी और शाहजहाँ अलमों को ध्यान से देखने लगीं। इतने में शाहजहाँ की ननद रईसा आँगन में दाख़िल हुई। तख़्त के किनारे बैठकर उसने भी अलमों पर नज़रें जमा दीं। आँगन में बड़ा आशाप्रद सन्नाटा छाया हुआ था। कुछ पल के पश्चात् रईसा ने दबे शब्दों में कहा, 'मुनव्वर बाजी, मुझे तो कुछ नुकीली सी चीज़ दिख रही है। ज़ुल-जनाह[1] के कान तो नईं हैं?'

पल ही पल में मोहल्ले में उड़ गयी, आले ज़हरा आपा के यहाँ मोजज़ा हो गया।

'लाइए हम भी देखें।' मैंने रईसा से कहा, और आँखें फाड़ कर पंजे को मुलाहिज़ा किया। कुछ नज़र न आया। सैयद रज़ा अली के हमज़ुल्फ़ (साढ़ू) पेशकार साहब के घर की खिड़की अटारी के अँधियारे रसोई में खुलती थी। पलक झपकते ही पेशकार साहब की बीवी मोखा उलाँघ 'हुसैन! हुसैन! करती आईं। मैंने दोबारा कहा, 'हमें तो कुछ भी नहीं।' बी पड़ोसन ने बात काटी, 'ए हटो! तुम सुन्नी की लौंडिया तुम्हें दीखेगा। लाओ सबसे पहले मैं ज़ियारत (दर्शन) कर लूँ।'

1. हज़रत इमाम हुसैन का घोड़ा जिस पर कर्बला के युद्ध में सवार थे।

अम्मा और आले ज़हरा नानी दालान में चुपकी बैठीं ये दृश्य देख रही थीं। फ़ौरन से पहले उन्होंने अलम पटके संदूक़ में रखवा परछती पर वापस पहुँचवा दिये।

लेकिन असली मोजज़ा उस मोहल्ले में यह हुआ था कि अल्लन मामू के कथनानुसार जिस लड़के ने चौक सादात लाँकड़ी के कुँए का पानी पिया उसने मैट्रिक से आगे पढ़कर न दिया। वहाँ की आधा दर्जन लड़कियाँ बी.ए. कर रही थीं या कर चुकी थीं।

अल्लन मामू की भाँजियाँ लड्डो फूफी की लड़कियाँ ज़हरा, अज़रा, मुतहरा आई.टी. कॉलेज और लोरेटो कॉन्वेंट लखनऊ से गिटपिट करती आती थीं और नौबत यहाँ तक पहुँची थी कि लड्डन मामू ने (जो सन् 41 ई. में ईरान पर बर्तानवी अधिकार के बाद से तेहरान के ब्रिटिश इण्डियन कौंसिलख़ाने में शारदी आफ़िसर थे) अपनी लड़की सलोया को जो तेहरान में अर्धयूरोपियन जीवन व्यतीत कर रही थीं, कुछ महीने के लिए विशेष रूप से मुरादाबाद भेजा था कि अपनी सभ्यता से अपरिचित न रह जाए। इन दिनों वह अपने बेहद दक़ियानूसी ताया अब्बा सैयद अनवर अली नक़वी की निगरानी में पर्दे में बैठी धार्मिक शिक्षा ग्रहण करने में व्यस्त थीं।

नवाब सैयद इब्राहीम हुसैन ख़ाँ के एक दामाद सैयद शाह अली ने फ़क़ीरी ले ली थी। काकुलें (बाल) छटकाए रामगंगा के किनारे बाक़ायदा झोंपड़ी डाल कर रहते थे। जब उनको इत्तिला पहुँची कि मैं और सलोया मुरादाबाद आए हुए हैं, वह अपने तपवन से पैदल ख़ासतौर पर हम दोनों से मिलने तशरीफ़ लाए। और इस ख़याल से कि शायद हम लोग उर्दू बोलना भूल चुके हैं, 'हाउ डू यू डू मिस ऐनी' 'हाउ डू यू डू मिस सलोया!' कहकर हाथ मिलाया और लगातार अंग्रेज़ी में बात करते रहे। ये सब बड़े सीधे सादे जन्नती लोग थे।

शहर से बाहर सम्भल रोड पर एक बहुत बड़ी पुरानी कोठी में शाहिद भाई और कुलसूम भाभी (एम.एल.ए.) परिवार समेत रहते थे। शाहिद भाई की (जो शम्सुल उलमा मौलवी मुमताज़ अली मरहूम और मेरठ के क़ाज़ी ख़ानदान

के नज़दीकी रिश्तेदार थे) अलीगढ़ में शिक्षा गहण करने के ज़माने में आँखों की रौशनी ख़त्म हो गयी थी। उसी हालत में उन्होंने बी.ए. और क़ानून पास किया था और मुरादाबाद में वकालत करते थे। शाहिद भाई और कुलसूम भाभी दोनों बेहद स्वीट थे।

उनके घर से कुछ फ़ासले पर आइस फ़ैक्टरी थी, जिसमें हरिजन मज़दूर काम करते थे, जो सर्दी से ठिठरे हुए शाम को कारख़ाने से निकलते थे। चन्दा मुमानी अगर कहना चाहतीं कि फुलाँ (अमुक) बददिमाग़ या मग़रूर हो गया है तो उसके बजाय कहा करतीं, 'ए हे, वह तो बर्फ़ख़ाने के चमार की तरह अकड़ गये हैं।'

'अड्डे के आशिक़ बंगाली की तरह यू.पी. का मुसलमान लफ़्फ़ाज़ी और गप्प का उस्ताद था। दिल्ली, लखनऊ, बरेली, रामपुर, आगरा, मुरादाबाद वग़ैरह इस कॉटेज इंडस्टी के महत्वपूर्ण केंद्र थे। हमारे यहाँ शाह बड़े की यह महफ़िल आम तौर से अल्लन मामू के पिता डिप्टी असग़र अली के तहख़ाने में आयोजित होती थी। अल्लन मामू हमेशा की तरह गर्मियों की छुट्टियों में जूनागढ़ से आ चुके थे। दोपहर को तहखाने के अन्दर क़ितार (पंक्तियों) में बिछी बान की चारपाइयों पर छिड़काव किया जाता। बिजली का पंखा चलता रहता। एक तरफ़ लाँकड़ी के आम बाल्टी में भर कर रख दिये जाते और महफ़िल में बैठने वाले दूर की कौड़ी लाते।

एक शाम मीता मामू ने इत्तिला दी '...भाई आले हसनैन बर्मा स्टार हो गये।'

'कैसे स्टार?' फट्टन मामू ने नीम ग़ुनूदगी (अर्धनिद्रावस्था) से चौंक कर पूछा।

'बर्मा स्टार एक तमग़ा होता है, सुना है जनरल माउन्ट बेटन ने कह दिया है, मुरादाबाद आकर ख़ुद तमग़ा लगाऊँगा।'

'और मेरे भाई' अल्लन मामू ने करवट बदलकर गम्भीरता से दरयाफ़्त किया; 'उसने हिटलर को देख लिया तो...?'

उस वक़्त शहर में पक्की अफ़वाह गर्म थी, अमाँ हिटलर ने ख़ुदकुशी काँ की, भेस बदल कर मुरादाबाद आ गया है। दीवान के बाज़ार में रह रिया है।

ग़दर 57 ई. के दिनों में मुरादाबाद में उड़ गयी थी कि एक पहुँचा हुआ फ़क़ीर ईरान से एक लाख ग़ाज़ी लेकर दिल्ली दाख़िल हुआ है। उनकी करामत से अंग्रेज़ों की तोपें पानी हो जाती हैं और बाग़ी फ़ौज मलिका विक्टोरिया को गिरफ़्तार करने क़ुस्तनतुनिया के रास्ते लन्दन रवाना हो चुकी है।

और क़िला महमूदपुर की आख़िरी झलक : संगे सुर्ख़ (लाल पत्थर) के महल के अन्दर सद्र दालान में एक खुर्रा पलंग रोज़ की तरह आधा दर के अन्दर आधा बाहर। उस पर हैदर मुमानी हस्बे-मामूल (यथानुसार) नंगे सिर बैठी हैं। दुपट्टा एक तरफ़ रखा है; उनको लेटने की आदत नहीं; सारा सारा दिन गाव तकिये के सहारे के बग़ैर इसी तरह सीधी बैठी रहती हैं। सामने संदूक़चा रखा है। जागीर और महलों के प्रबंधन में व्यस्त। बार-बार लाला ड्योढ़ी पर बुलवाए जाते हैं। दालानों और आँगनों में बहुओं, बेटियों, उनकी औलादों, ख़वासों, मरासनों और कहारनों की चहल-पहल। बाहर दीवानख़ाने के फाटक पर दोपहर की नौबत बजी। पीछे के वीरान अहाते में फाँसीघर (जो लम्बे समय से बन्द पड़ा है) उससे लगा हुआ चूने से भरा कुआँ, तुर्की हम्माम, बारूदख़ाना, हाथीख़ाना, दमदमा, तेज़ धूप में सनसनाते रहते हैं।

मामू इब्राहीम हुसैन अम्मा को महमूदपुर से मुरादाबाद पहुँचाने आए जिस दिन हम दिल्ली वापस जा रहे थे। नियमानुसार अटारी के दरवाज़े से मोटर तक क़नात लगाई गयी। अंगरखा, चूड़ीदार पायजामा और दुपल्ली टोपी पहने, सफ़ेद नुकीली मूँछों और तहक्कुमाना (हुक्मरानों जैसी) शान वाले इब्राहीम मामू ने अपनी निगरानी में सामान लदवाना शुरू किया। छुटवा एक ग़िलाफ़पोश सितार संभाले ज़ीने से उतरे; इब्राहीम मामू ने उन्हें चौंक कर देखा और पूछा, 'यह किस का है?'

छुटवा ने सहम कर दबी ज़बान से कहा, 'ऐनी बी का।'

'हूँ' उन्होंने सहसा क्रोध में आकर ज़ोर का हुँकारा भरा। चेहरा दुःख और क्रोध से लाल हो गया। 'नज़्र की लौण्डिया अब सारंगी भी बजाती है।' उन्होंने आहिस्ता से कहा और चुपके हो रहे। नवाब सैयद इब्राहीम ख़ाँ, उसी बरस हमारी मुरादाबाद से रवानगी के दो महीने बाद, 85 वर्ष की आयु में अपने बुज़ुर्गों से जा मिले।

शाह बलूत के साये

प्रिंसिपल मुश्ताक़ अहमद ज़ाहिदी की बड़ी बहू बिल्क़ीस नूरुद्दीन ...असल नाम बर्था (उर्फ़ बेली) अंग्रेज़ महिला थीं। लंदन से ग्रिटन कॉलेज कैम्ब्रिज, हिस्ट्री पढ़ने गयी थीं। वहाँ सेण्ट कैथरीन कॉलेज में एक ख़ूबसूरत हिन्दुस्तानी छात्र नूरुद्दीन अहमद से मुलाक़ात हुई। शादी करके दिल्ली आ गयीं। शौहर के साथ नहर सआदत ख़ाँ पर रहती थीं।

डॉक्टर ज़ाकिर हुसैन का कहना था, इन तमाम यूरोपियन महिलाओं में जिन्होंने हिन्दुस्तानियों से शादियाँ की थीं, बिल्क़ीस एक ही महिला थीं जिन्होंने एक हिन्दुस्तानी भाषा पर इतना कमांड हासिल कर लिया था। बेली भाभी क़िला-ए-मोअल्ला की भाषा[1] बोलती थीं और विभिन्न वर्ग के लोगों से उनके मुहावरे में बातचीत किया करती थीं। बड़ी ही हास्य प्रकृति की नेक दिल और मोहब्बत करने वाली महिला थीं। हाज़िर-जवाबी में भी अद्वितीय थीं। लड़की अमीना 'क्वीन मेरी' में पढ़ती थी और चित्र बनाती थी और तौर तरीक़े कहते थे कि बड़ी होकर बहुत बड़ी चित्रकार बनेगी।

मैं और अमीना मिलकर चचा ज़ाहिदी के साथ विभिन्न विषयों पर बातें किया करते थे और भविष्य के बारे में ऊल जलूल प्लान बनाते थे।

'बस हम लोग स्विट्ज़रलैण्ड में एक 'शातू' खरीद लेंगे।' एक दिन अमीना ने चचा को आगाह किया। 'उसमें रहा करेंगे।'

'हम किताबें लिखेंगे, और अमीना तस्वीरें बनाएगी।' मैंने इरशाद किया।

'और खाओगी कहाँ से?' चचा ने पूछा।

'हमारी किताबें और तस्वीरें बिकेंगी जो धड़ाधड़।'

'पित्ता मारना सीखो। इस दुनिया में से ख़ैरियत से गुज़र जाना ही बड़ी चीज़ है। अभी से पित्ता मारो।'

1. दिल्ली की वह भाषा जो क़िले में बोली जाती थी और उच्च श्रेणी की कहलाती है।

'तो आख़िर हम करें क्या?' मैंने उलझ कर दरयाफ़्त किया।

'तुम्हारे बावा को ...' चचा ज़ाहिदी ने कहा, 'अलीगढ़ से इश्क़ था, पहले तो वहाँ जाकर पढ़ो, उसके बाद देखा जायेगा।'

चचा नसीर टोंक में थे, चचा वहीद, सईद भाई के साथ बुलन्दशहर जा चुके थे लेकिन उनके अलावा अलीगढ़ में हस्बे-मामूल बहुत से नहटौरी रिश्तेदार अपनी औलाद की शिक्षा के सिलसिले में रह रहे थे। उनमें से एक (यथानुसार ख़ानबहादुर और रिटायर्ड डिप्टी कलेक्टर) चचा ज़मीर हैदर (जो अब्बाजान के मामूज़ाद भाई और मिज़ाज और शक्ल में अब्बाजान से मिलते जुलते थे) के यहाँ उतरकर दूसरे दिन यूनिवर्सिटी पहुँची। अंग्रेज़ी विभाग का अध्यक्ष एक लम्बे क़द का अंग्रेज़ था, जिसका नाम शायद प्रोफ़ेसर फ़िल्डिंग था। उसने कहा कि क्लास रूम में पार्टीशन लगाया जाएगा, उसके पीछे बैठकर पढ़ना होगा।

मैंने कहा, 'यह तो सख़्त मसख़रेपन की (हास्यपूर्ण) बात होगी।'

फ़िरंगी ने नर्मी से कहा, 'यह यहाँ का क़ानून है।'

'मेरे लिए यह एक अत्यन्त हास्यास्पद कल्पना है।'

फ़िरंगी ने कहा, 'मैं इस सिलसिले में तुम्हारी मदद नहीं कर सकता।'

मैंने कहा, 'कोई और तरकीब सोचिए।'

उसने कुछ देर सोचकर जवाब दिया; अच्छा तुम बुर्क़ा पहने-पहने दरवाज़े के बाहर जहाँ चपरासी बैठता है, वहाँ बैठकर लेक्चर सुनना।'

मैंने कहा, 'जनाब, शायद आप संजीदा (गम्भीर) नहीं हैं।'

फ़िरंगी ने कहा, 'माई डियर, मैं बिल्कुल संजीदा हूँ। यह मुस्लिम यूनिवर्सिटी का क़ानून है।'

मैंने घर आकर बेहद जोश के साथ चचा ज़मीर से कहा, 'कमाल है, आज से मुद्दतों पहले अम्मा ने अलीगढ़ आकर बुर्क़ा त्याग दिया था, और हम बुर्क़ा पहनेंगे? यह प्रतिबिम्बित प्रगति निहायत अफ़सोसनाक है।'

चचा ज़मीर हैदर मरहूम, अब्बाजान की तरह मुलायमियत से बात करते थे, कहने लगे, 'मगर यह तो सोचिए उस वक़्त सहशिक्षा का सवाल पैदा न हो सकता था। अब कम से कम लड़कियाँ यूनिवर्सिटी में पढ़ तो रही हैं। बीबी, मुसलमान क़ौम इसी तरह गिरते पड़ते जूँ की चाल तरक़्क़ी करेगी।'

चचा नसीर की तीनों बड़ी बेटियों अज़रा, हुमैरा, ज़हरा की शादियाँ हो चुकी थीं। सबसे छोटी अच्छो गर्ल्स कॉलेज होस्टल में रहती थी। मुस्लिम लीग और कम्यूनिस्ट पार्टी दोनों का अलीगढ़ में उन दिनों बहुत ज़ोर था। अच्छो ने कार्ल मार्क्स पर नज़्रे करम की थी। उस शाम वहीदया होस्टल के बरामदे में जहाँ लड़कियों के पलंग एक पंक्ति में बिछे थे, मैंने अच्छो से कहा, 'आपा अच्छो! इस क़दर घुटे हुए माहौल में आपने इतने बरस कैसे पढ़ा?'

कहने लगीं, 'इन्क़िलाब आने वाला है जल्द ही इस अपर मिडल क्लास प्रतिक्रियावादी समाज की समाप्ति हो जायेगी।'

हसीन महजबीं सलमा रशीद अहमद सिद्दीक़ी रेशमी ग़रारा सरसराती आकर दूसरे पलंग पर बैठीं और उन्होंने आने वाले इन्क़िलाब पर और रौशनी डाली। कुछ देर बाद वह उठकर अपने घर चली गयीं और अच्छो ने तक़रीर जारी रखी। वहीदया होस्टल के उस बरामदे में अच्छो ने रात भर मुझे कम्युनिज़्म के उसूलों से लाभान्वित कराया। आपकी इन्तिहाई आशावादी बातचीत से ऐसा मालूम हो रहा था कि अलीगढ़ का विद्यामंदिर ताशक़न्द यूनिवर्सिटी में तब्दील हो चुका है। यूनिवर्सिटी की मस्जिद से फ़ज्र की अज़ान हुई। मैंने पूछा, 'और मुस्लिम लीग का क्या होगा?'

कहने लगीं, 'पाकिस्तान जनता की माँग है।'

मैंने कहा, 'देखिये कम्युनिस्ट मुल्ला अज़ान दे रहा है।'

कहने लगी, 'चलो नमाज़ का वक़्त हो गया; यह यहाँ का क़ानून है।'

दिल्ली वापस जाते हुए ट्रेन में ख़्वाजा अब्दुल मजीद मिल गये जो आल इण्डिया मुस्लिम मजलिस क़ायम कर चुके थे या शायद करने वाले थे। रास्ते

भर उनसे बहस रही। क़रौलबाग़ पहुँचकर मैंने चचा ज़ाहिदी को रिपोर्ट दी। उन्होंने उदासी से कहा कि, 'बस तुमसे पित्ता न मारा गया।'

दिल्ली यूनिवर्सिटी में दाख़िले की तारीख़ निकल चुकी थी। अम्मा के कज़न अली मेहदी नक़वी ने, जो वहाँ डाक्ट्रेट कर रहे थे, वाइस चांसलर सर मौरिस ग्वायर से मुलाक़ात का वक़्त तय करवाया।

बड़े मियाँ ने मार्कस निकलवाए फ़र्स्ट क्लास में सिर्फ़ तीन नम्बर कम थे। दाख़िला कर लिया। अंग्रेज़ हिन्दुस्तान छोड़ने की तैयारी कर रहा था। ख़ुद इस बुड्ढे मौरिस ग्यावर की कुछ अर्सा पहले क़ौमी जद्दोजोहद के सिलसिले में लखनऊ यूनिवर्सिटी के लड़कों ने बड़ी गत बनायी थी। लेकिन अंग्रेज़ के सदाचार का क्या स्तर था! बुड्ढा तेज़ धूप में निकलकर अपनी कोठी के फाटक तक पहुँचाने आया। (आज़ादी के बाद हिन्दुस्तान व पाकिस्तान के ज़्यादातर देसी लोग 'बड़े आदमी' बनते ही चन्दा मुमानी के कहे अनुसार बर्फ़ख़ाने के चमार की तरह अकड़ने लगे।)

क़रौलबाग़ से रोज़ाना यूनिवर्सिटी पहुँचना मुश्किल साबित हुआ। इसके अलावा यूनिवर्सिटी ख़ुद काफ़ी बोरियत की जगह निकली। चचा ज़ाहिदी को इत्तिला दी; आसिफ़ भाई ख़ुश्की से बोले, 'अलीगढ़ और दिल्ली दो यूनिवर्सिटियाँ आपके मेयार (स्तर) से कम निकलीं। अब लखनऊ को मौक़ा देकर देख लीजिए।'

ये नवम्बर का महीना चल रहा था। लालकुर्ती लखनऊ पहुँचकर मामू इब्राहीम ख़ाँ के छोटे लड़के और बचपन के हमजोली इलयास ख़ाँ के साथ रजिस्ट्रार्स आफ़िस का रुख़ किया; मालूम हुआ दाख़िले कबके बन्द हो चुके हैं।

अचानक याद आया बीबा बाजी मरहूमा के मियाँ यानी ख़ाला सुलताना रज़ाउल्लाह के दामाद यहाँ पढ़ाते हैं। मैंने इलयास से कहा, 'चलो अरबिक डिपार्टमेंट ढूँढें।'

डॉक्टर वहीद मिर्ज़ा स्वीट ने कोशिश करके दाख़िला करवा दिया। लेकिन कैलाश होस्टल में जगहें भर चुकी थीं। डॉक्टर वहाजुद्दीन अहमद मिर्ज़ा की भाँजियाँ मेहर क़मर पुरानी सहेलियाँ ...कैलाश के पिछवाड़े एक कॉटेज में अपने माँ-बाप के साथ रहा करती थीं। क़मर जबीं यूनिवर्सिटी से एम.ए. कर चुकी थीं; उनके यहाँ ठहरकर यूनिवर्सिटी जाना शुरू किया।

पंद्रह बरस पहले लेडी कैलाश श्रीवास्तव के नाम पर आई.टी. कॉलेज के चौराहे के नज़दीक यूनिवर्सिटी रोड पर इंजीनियर हामिद अली की कोठी में एक होस्टल क़ायम किया गया था जिसमें हर साल सात-आठ लड़कियाँ एक हसीन कश्मीरी विधवा मिसेज़ वाँचू के संरक्षण में रहकर यूनिवर्सिटी में पढ़ा करती थीं; लड़कियों की संख्या बढ़ी।

कोठी के हरे भरे अहाते में दो मंज़िला इमारत का निर्माण किया गया, जिसमें चालीस छात्राएँ रह सकती थीं। कोठी के पीछे दो कमरे अब भी लड़कियों के लिए आरक्षित थे। जनवरी के महीने में मिसेज़ वाँचू ने बतलाया कि कोठी में एक जगह ख़ाली हो गयी है।

कोठी के उन कमरों में अनीस बाजी की लड़की रफ़ीया क़िदवाई उर्फ़ आज़ादी और ई. निडरे बिराजमान थीं। ई. निडरे जिसने आई.टी. से इन्टर किया था नैनीताल की नेक प्रकृति की बाग़ो-बहार लड़की थी, बहुत अच्छा गाती थी। टी-प्लान्टर माता-पिता की नयनज्योति (लाडली) थी। बेफ़िक्री से हर समय चहकती और गाती फिरती थी। हमारे बरामदे के सामने अहाते में शाह बलूत का जंगल खड़ा था।

नई इमारत में मास्टर साहब के बनारस स्कूल वाली अज़ीज़ बानो दाराब, अब्बाजान की एक सेकण्ड कज़न की बेटी शकीला, अलीगढ़ की आसिफ़ जलील और फ़िरोज़ जबीं के अलावा दस बारह मुसलमान लड़कियाँ और थीं, जो उस ज़माने के लिहाज़ से बहुत प्रशंसनीय बात थी।

शकीला और आसिफ़ एम.एस.सी. कर रही थीं। इतवार की एक सुबह ब्रेकफ़ास्ट की मेज़ पर उनकी एक तमिल सहपाठी ने बहुत गम्भीरता से हम

लोगों से पूछा, 'तुम मोहम्मडन लोग तो घर में पर्शियन बोलते हो ना?' मैंने उसी गम्भीरता से हाँ में सिर हिलाया। कुछ दूरी पर अण्डों की प्लेट रखी थी, दिमाग़ में अण्डे का फ़ारसी नाम बिल्कुल न आया लाशऊर (ज़हन) में कहीं 'यदे बैज़ा' छुपा हुआ था, उसका समतुल्य 'सगे-लैला' याद आ गया।

हड़बड़ा कर मैंने शकीला से कहा, 'ख़्वाहरम सगे वदा, सगे बदा।' (मेरी बहन कुत्ता दे, कुत्ता दे।) शकीला ने घबराकर जवाब दिया, 'नमी दानम, नमी दानम; शुमा चै ख़्वाही।' (मैं नहीं जानती तुम क्या चाहती हो।) कुछ देर तक इस तरह के फारसी संवादों के बाद आसिफ़ ने खड़े होकर बात ख़त्म की, 'सूए अताक़-ए-मन मी गोयम।' (मैं अपने कमरे की तरफ़ इशारा कर रहा हूँ।) यानी जाती हूँ।

तमिल लड़की हम लोगों की पर्शियन पर वाह वाह करती रात को बिरयानी उड़ाती रही।

बिरयानी की शाने-नज़ूल (बिरयानी आने की वजह) यह थी, होस्टल में हर पंद्रहवाड़े एक-एक लड़की बावर्चीख़ाने का इन्तिज़ाम करती थी। उन दिनों मेरी बारी थी और माँसाहारी और शाकाहारी दोनों तरह की लड़कियों को एक से एक बढ़िया खाने खिलवा रही थी। जब महीने के आख़िर में सबके सामान्य से दोगुने बिल बने, सुबह-सुबह रामलाल बैरे ने आकर आवाज़ दी, 'बाबा आपको मेम साहब बुलावत हैं।'

मिसेज़ वाँचू अपने दफ़्तर में पेरशान बैठी थीं, कहने लगीं, 'मैंने यह बिल अभी रोक लिए हैं। लड़कियाँ सामान्य से दोगुने बिल हरगिज़ नहीं देंगी। तुमने इतनी फुज़ूल ख़र्ची क्यों की?'

अर्ज़ किया, 'साल भर में दो हफ़्ते लड़कियों ने पेट भर के अच्छे खाने खा लिए तो क्या ग़ज़ब हो गया।'

एक कश्मीरी ब्राह्मण के रूप में मिसेज़ वाँचू ख़ुद अच्छी ख़ासी ख़ुराक वाली थीं, यह दृष्टिकोण समझती थीं लेकिन कहने लगीं, 'वह तो ठीक है मगर...।'

मैंने शाने-इस्तग़ना (बेपरवाई) से जवाब दिया। 'लड़कियों का सामान्य बिल भेज दीजिए, सबका सरप्लस रुपया मैं भर दूँगी।'

शकीला, आसिफ़, ई. निडरे, रफ़ीया, फिरोज़, अज़ीज बानो दाराब और प्रेमलता ग्रोवर ने चण्डूख़ाने की बाक़ी सदस्याओं को एक शाहबलूत के नीचे जमा किया। उन्होंने कहा फ़िक्र मत करो। अपने बिल हम ख़ुद अदा कर देंगे, लेकिन बाक़ियों के लिए क्या किया जाए।

मैंने मराक़बे (ध्यानमग्नता) से आँख खोलकर जवाब दिया, 'अल्लाह मियाँ फ़तूह (बहुतायत) का इन्तिज़ाम कर चुके हैं। साइकिलें निकालो हम सब अपनी-अपनी साईकिलों पर भागम भाग इम्पीरियल बैंक पहुँचे। कुल चार सौ रुपये का वह चैक जो 'सितारों से आगे' नामक संग्रह के पूर्ण अधिकार का दिल्ली से सादिक़ुल ख़ैरी ने कुछ दिन पहले भेजा था, कैश कराया। वापस आकर वाँछित राशि मिसेज़ वाँचू को पेश की। उन्होंने सिर हिलाकर अफ़सुर्दगी से कहा, 'अब मुझे मालूम हुआ कि मुसलमान क़ौम क्यों तबाह हुई, महज़ ज़बान के चटख़ारे की ख़ातिर।'

'यह हक़ीक़त तो सूर्य की तरह प्रकाशमान है।' शकीला ने जवाब दिया जब से तमिल लड़की ने इत्तिला दी थी कि हम लोग घर पर पर्शियन बोलते हैं, हम लोग निहायत साफ़ सुथरी भाषा इस्तेमाल कर रहे थे, हद यह है कि सहयोगस्वरूप ई. निडरे ने पागल को 'पाग़ल' और ज़िन्दगी को 'जिन्दग़ी' कहना शुरू कर दिया था।

बेपर्दा सहशिक्षा के बावजूद यूनिवर्सिटी का माहौल अलीगढ़ से ज़्यादा अलग न था; समाज में आज जैसी विसंगतियाँ न आई थीं। सारी हिन्दू मुसलमान ईसाई लड़कियाँ क्लास से सीधी लेडीज़ रूम में आकर बैठ जाती थीं जिसके दरवाज़ों पर दोहरी चिक़ें पड़ी थीं। अंग्रेज़ी एम.ए. में प्रेमतलता ग्रोवर और मैं सिर्फ़ दो लड़कियाँ पढ़ती थीं, जिन्होंने पूरे दो साल में सिर्फ़ दो एक सहपाठी लड़कों से कुछ वाक्यों से ज़्यादा बातचीत न की। न लड़के इसकी आशा करते थे। लड़कियों की सबसे बड़ी तफ़रीह यह थी, छलावे के रूप में हज़रतगंज जाकर

अंग्रेज़ी पिक्चर देख लें या क़ाफ़ी हाउस में अलग मेज़ों पर काफ़ी से शग़ल करें और वापस आ जाएँ। या हम तीन चार लड़कियाँ रेडियो स्टेशन जाकर प्रोग्राम ब्रॉडकास्ट कर आते थे।

हमारी क्लासें प्रोफ़ेसर सिद्धान्त अध्यक्ष अंग्रेज़ी विभाग, डॉक्टर राव, मिस्टर सी.जी. राय और एफ़.टी. राय, डॉक्टर जौहरी, मिस्टर नरेश चंद्र और मिस्टर रमेश मोहन लेते थे। मशहूर उर्दू आलोचक और साहित्यकार डॉक्टर मोहम्मद अहसन फ़ारूक़ी बी.ए. को अंग्रेज़ी पढ़ाते थे। एक बार एक लेक्चरर की ग़ैर हाज़िरी में फ़क़त एक दिन एक पीरियड लेने तशरीफ़ लाए थे।

प्रेमलता ग्रोवर और मैं अक्सर शाम को गोमती के किनारे आर्ट स्कूल जाते और प्रिंसिपल एल.एम. सेन से जापानी बंगाली वाश तकनीक सीखते। स्कूल में उस समय हम दो छात्राएँ थीं। वार्षिक प्रदर्शिनी में हमारी बनाई हुई तस्वीरें बड़ी शान से सजाई गयीं। दूसरे दिन मुझे कुछ ख़याल आया, मैंने एल. एम. सेन से कहा शायद मैं इंग्लिस्तान जाकर और ज़्यादा चित्रकारी सीखूँ। एक सर्टिफ़िकेट लिख दीजिए।

एल.एम. सेन ने जो एक साधू क़िस्म के टिपिकल बूढ़े बंगाली आर्टिस्ट थे फ़ौरन हम दोनों के लिए एक-एक सर्टिफ़िकेट लिखा। हम दोनों ख़ुशो-ख़ुर्रम कैलाश वापस आए। मैं अपने कमरे में जाकर जनरल स्टिम्स के मोक ट्रायल की तैयारी में मशग़ूल हो गयी। इतने में प्रेमलता अंदर आयीं और बोलीं, 'मैंने देखा नहीं, सेन दा ने तुम्हारे लिए क्या लिखा है।' मैंने बेख़याली से कहा, 'बहुत अच्छी-अच्छी बातें लिखी हैं; वह मेज़ पर लिखा है, पढ़ लो।'

प्रेम ने सर्टिफ़िकेट मुलाहिज़ा किया। लिखा था ...मेरी स्पेशल फ़ाइन आर्ट क्लास में सीखा, अच्छी तस्वीरें बनाती है, विचार शक्ति अत्यधिक है। हाथ में सफ़ाई और ड्राइंग में महारत ...अगर दिल लगाकर काम करे तो एक दिन अच्छी चित्रकार बन सकती है मगर तबीयत में जल्दबाज़ी।

प्रेम ने कहा, 'बस यही बात है, वह जो तुम बताती हो तुम्हारे दिल्ली वाले चाचा कहते हैं कि पित्ता मारो। हर काम दिल लगाकर करना चाहिए।'

'वक़्त बहुत कम है।' मैंने दार्शनिक गम्भीरता से इरशाद किया और बालों पर सफ़ेद पावडर छिड़कने में मसरूफ़ रही और मिसेज़ विजय लक्ष्मी पण्डित का भेस बदला। शाम को गंगा प्रसाद मेमोरियल हाल में यूनिवर्सिटी यूनियन की तरफ़ से जनरल स्टिम्स का मोक ट्रायल पेश किया जाने वाला था, जिसमें यूनिवर्सिटी के नामी वक्ता ज़फ़रुल इस्लाम, जनरल स्टिम्स और ख़ाकसार (अर्थात मैं) विजय लक्ष्मी पण्डित का रोल अदा करने वाले थे।

मोक ट्रायल के लिए हाल खचाखच भरा था। सबसे अगली पंक्ति में डॉक्टर रशीद जहाँ और महमूदउज़्ज़फ़र ख़ुश-ख़ुश बैठे थे। 'विजय लक्ष्मी पण्डित' की ज़ोरदार तक़रीर के फ़ौरन बाद अमृतबाज़ार पत्रिका की तरफ़ से एक गोल्ड मेडल एनाउंस किया गया। रशीदा आपा ट्रायल ख़त्म होते ही स्टेज पर आकर ख़ुशी से लिपट गयीं, भीड़ के धक्के खाते बाहर निकले राज़ भाई की बारात में जाने के लिए जहाँ इलियास कार लिए खड़े थे।

'आज हाजिया ताज याद आ गयीं।' इलियास ने कहा। हाजिया ताज अम्मा की एक पंजाबी सहेली थीं। बुर्क़ापोश गरजदार लीगी लीडर। लम्बी चौड़ी, फ़र्बे, बेइंतिहा ख़ुशमिज़ाज। एक बार लाहौर से हमारे यहाँ फ़ैज़ाबाद रोड तशरीफ़ लाई थीं। काँग्रेस के जलसे में गयीं, वापस आकर अम्मा से कहा 'बस स्टेज पर एक तरफ़ भाई करिश्मे दिखा रहा था, दूसरी तरफ़ बहन।' अम्मा बोलीं, 'आप बुर्क़े में रहकर उस करिश्मासाज़ी का क्या मुक़ाबला कर सकती हैं। पर्दा छोड़कर मैदान में आइए।' हाजिया ताज ने कहा, 'ए हे बहन, ख़ुदा न करे।'

जनाब साजिद अली ख़ाँ राज़ मुरादाबादी लखनऊ रेडियो में सेवारत थे और मामू इब्राहीम ख़ाँ के यहाँ लालकुर्ती में रहते थे। अल्लामा नियाज़ फ़तेहपुरी की ग्रेजुएट साली हुस्ना बेगम को रुख़सत करा के हम लोग छावनी लाए।

मामू इब्राहीम ख़ाँ और अख़्तर मुमानी के बेटे अकबर अय्यूब ख़ाँ की शादी दो साल पहले दिल्ली के एक पुराने ख़ानदान में हो चुकी थी। पलंग पर लेटी, इलियास के सेहरे अलापा करतीं। जनवाणी का सिलसिला एक ख़ाकी नेकर,

तोंद, सोला हैट और मक्खी मूँछ वाले बुज़ुर्ग चला रहे थे जो किसी दूसरे सूबे से आया करते थे जहाँ लड़की का अमीर कबीर परिवार रहता था। लड़की वाले दहेज़ में ब्यूक मोटर देने को कह रहे थे।

'हमें ब्यूक चाहिए न ब्यूक! लड़की नेक मिज़ाज हो।' अख़तर मुमानी कहतीं; सुनने में आया है लड़की 'आदमी का बच्चा' है और ब्यूक इसलिए दे रहे हैं कि उसकी 'उम्र ज़रा निकल गयी है।'

एक दिन, खाने के बाद इलयास की दादी जान ने कहा, 'एं कुछ तो 'फ़ी' होगी लड़की में जो उम्र निकल गयी। और अब मोटर साथ कर रहे हैं।'

'वह कहते हैं आप लोग जब चाहें जाकर लड़की देख लें।' अख़तर मुमानी बोलीं।

'चलिए हो आएँ।'

मैंने राय दी।

'हो आएँ फ़ौरन।' अय्यूब भाई ने सिर हिलाकर दोहराया ' एक हज़ार मील का नुस्ख़ा। क्या मोहनलालगंज जाना है?'

रवानगी के वक़्त इलयास ने मुझे और परवीन भाभी को एक तरफ़ ले जाकर बाज़ाब्ता क़सम खिलाई, 'सच सच बताइयेगा उसकी सूरत कैसी है।'

छोटी लाइन की अफ़सानवी ट्रेन में सेकण्ड क्लास रिज़र्व करके इब्राहीम मामू, अख़तर मुमानी, अय्यूब भाई, परवीन भाभी और सबसे छोटा भाई आग़ा इदरीस, अल्लाह मियाँ के पिछवाड़े (अर्थात् लम्बी यत्रा) पर रवाना हुए। जहाँ तक नज़र जाती थी सरसब्ज़ और शादाब घने जंगल और शिकारगाहें। प्रकृति तरोताज़ा और सुख समृद्ध और आज़ाद है। इंसान ग़मज़दा और मजबूर और विकल।

एक पड़ोसी राज्य के एक सुंसान रेलवे स्टेशन पर मक्खी मूँछ स्वागत के लिए मौजूद थे, उनके साथ तहसीलदाराना मूँछों वाले एक और साहब बेद

हाथ में लिए खड़े थे; दोनों दुःखी। हम लोगों को दो दक़ियानूसी खटारा मोटरों में भर कर सिविल लाइंस रवाना हुए।

एक काई से भरी दो मंजिला कोठी पर पहुँचे। सामने के कमरे में एक साहब फ़र्श पर सुस्ता रहे थे। दरी पर रखा बिजली का पंखा घूँ-घूँ कर रहा था; उनकी तितलीनुमा मूँछें हवा में लरज़ उठीं, मानो नाक में मुर्ग़ी का पर आधा इधर आधा उधर।

अन्दर सारा मकान सुनसान। एक बरामदे में माँ बेटी बेहतरीन मलमल की सफ़ेद साड़ी पहने पलंग पर बैठी थीं। सामने जंगी सैहन में दोनों खटियों पर सुर्ख़ मिर्चें सूख रही थीं।

निहायत पुरतकल्लुफ़ (शानदार) खाना खाने के बाद हवा खाने, मैं और परवीन भाभी पिछले बरामदे में जाकर खड़े हुए। जिसके आगे बहुत घना आम का बाग़ था। उस वक़्त वह बेचारी अचानक दिखाई दे गयी; वह दूसरी मंज़िल की एक खिड़की में चुपचाप खड़ी थी, खिड़की का आधा हिस्सा एक दरख़्त की ओट में था। ऐसे जालीदार सफ़ेद दरीचों में मौजूद उदास, इन्तिज़ार करती लड़कियों की एक रुख़ी (एक पक्षी) तस्वीरें मुग़ल-राजपूत चित्रकारों ने बनाई थीं। बेहद बारीक नाक नक़्शे, बड़ी-बड़ी, जुगर-जुगर करती आँखों वाली इस सींक सलाई लड़की ने हैरत और संयम से हमें देखा। हम उसे देखने गये थे।

वे फ़्यूडल लोग यू.पी. वालों से दस क़दम आगे निकले। 'पानदान का ख़र्च छह सौ रुपया महीना' की कड़ी शर्त पर पहुँच कर बात टूट गयी।

राज़ भाई के ब्याह के लिए उनकी दोनों छोटी बहनें घेर सईद ख़ाँ मुरादाबाद से लखनऊ गई थीं। दोनों ख़ूबसूरत पठानियाँ। सारे घर से उनका सख़्त पर्दा था। मुस्तक़िल एक कमरे में क़ैद में रहतीं। छोटी बहन सितारा जबीं बहुत ही ज़्यादा हसीन थीं। वह लोग मुरादाबाद वापस जा चुकी थीं; अख़्तर मुमानी ने एक दिन मुझसे कहा, 'राज़ से तुम कहो, सुना है उनके यहाँ रामपुर से बाहर शादी नहीं करते।'

शाम को महाशय खाने के बाद, गोल कमरे में सोफ़े पर आलती-पालती मारे बैठे, कविता विचार में ध्यान मग्न थे। ख़ासदान रखा था। मैंने विश्वसनीय शक्ल बनाकर सम्बोधित किया, 'राज़ भाई!'

'हूँ'

'राज़ भाई ...वह ...दर अस्ल।'

'हूँ ...हूँ ...ऊँ ...ऊँ ...हूँ।'

'राज़ भाई ...वह हमारा मतलब है...'

राज़ भाई ने दूसरी गिलौरी मुँह में रखी

'हमारे कहने का मतलब है...'

'अमाँ ख़ामोश रहो ज़रा। हूँ, हूँ, हूँ, हाँ भिन्नो! अब बताओ क्या बात है?'

सच तो यह है कि मुरादाबाद वालों का कोई जवाब नहीं।

इलयास और सितारा की शादी तय हो गयी। उस साल क्रिस्मस की छुट्टियों में अख़्तर मुमानी के यहाँ दिन भर ढोलक बजती। रात के धुंध भरे सन्नाटे में दूर से अंग्रेज़ी गीत सुनाई देते, 'दिस इज़ द आर्मी मिसेज़ जोंस' 'गिव मी फ़ाइव मिनट मोर।'

इब्राहीम मामू ने पुराने मकान से लगी नये स्टाइल की कोठी का निर्माण कर लिया था। पुराने घर का माहौल यथानुसार पुराने उर्दू नाविलों के मकानों वाला था। यह एक सीधा सादा ख़ुशदिल नेक आचरण वाला परिवार था और हम लोगों से सगे रिश्तेदारों की तरह मोहब्बत करते थे। खुशहाली और समृद्धि का जियो और जीने दो वाला सभ्य जीवन व्यतीत करते थे। जोन ऐसे लोग अब क्यों नहीं होते।

पुराने मकान के लाल कमरे में ग्रामोफ़ोन पर नूरजहाँ, ख़ुर्शीद, सहगल के रिकॉर्ड बजाए जाते। तुरप चाल की महफ़िल जमती। शाम को एक मुख़न्नस (किन्नर) सब्ज़ी फ़रोश झव्वा लेकर डयोढ़ी पर बड़ी अदा से आवाज़ लगाता। 'ए

बेगम साहब, हम जन्नत की चिरियाँ आई गयीं।' और परवीन भाभी, हुस्ना भाभी और मुमानी क़ालीन पर कपड़े फैलाकर ग़रारों की गोटें तराशतीं।

पत्रिका 'आलमगीर' लाहौर का शायद अफ़साना नम्बर निकलने वाला था। उसके एडिटर का ख़त लालकुर्ती पहुँचा। हालाते-ज़िन्दगी और सन पैदाइश (जन्म वर्ष) ताज़ा अफ़साने सहित इरसाल फरमाइये।[1] बड़ी चिन्ता हुई। हालाते-ज़िन्दगी क्या होते हैं। कुछ थे ही नहीं यह सवाल गोल किया, लेकिन यह सोचकर कि पाठकों पर सन् व वर्ष के पक्केपन का रौब पड़े कॉलेज के दाख़िले के बैक डेटेड सन् पैदायश और उससे एक वर्ष बैक डेट कर के लिख भेजा जो आज तक छप रहा है। उसके बाद होस्टल जाने की तैयारी की।

अप्रैल में आख़िरी पेपर करके लालकुर्ती जाने के लिए होस्टल से सामान बाँधा। शाम के वक़्त अख़्तर मुमानी कार लेकर कैलाश आईं, ई. निड ख़ुदा हाफ़िज कहने बाहर निकलीं। शाह बलूत के दरख़्तों में वीरान हवाएँ सनसना रही थीं।

'यह लोग फिर चलने लगीं।' ई. निड ने चारों तरफ़ देखकर उदासी से कहा।

तीसरे दिन अख़्तर मुमानी के भाई के साथ बुलंदशहर ...जहाँ 5 मार्च को छोटे चचाजान का इन्तिक़ाल हो चुका था।

---

1. रवाना कर दीजिए।

बू-ए-गुल और रंग-ए-गुल होते हैं हवा दोनों

छोटी चचीजान बरामदे में निकल आईं। उनके सफ़ेद बाल देखकर धक्का सा लगा। चचा वहीद के इन्तिक़ाल के बाद से उन्होंने ख़िज़ाब लगाना छोड़ दिया था। हमेशा की फ़ैशनेबल ख़ुशपोश हँसमुख छोटी चचीजान एक दम बुझकर रह गयीं।

दोनों बहुएँ आपा अज़रा और आपा तुफ़ैल (आतेल) ख़ानादारी में मसरूफ़ थीं। उनकी बच्चियाँ राना, तज़ीन, नसरीन, बाग़ में खेल रही थीं। अम्मा जो छोटे चचाजान की वफ़ात (मृत्यु) के तीसरे दिन दिल्ली से आ गयी थीं, हाई ब्लडप्रेशर में मुब्तला अपने कमरे में बिस्तर पर थीं।

तुम्हारे चचाजान मरहूम का प्रोग्राम था, तुम इम्तिहान से निपट जाओ तो तुम्हें बुलाएंगे कि यहाँ रहकर खाना पकाना सीखो।' छोटी चचीजान ने अफ़सुर्दगी से कहा।

दिन भर लू चलती, शम को कुर्सियाँ निकालकर हरियाली पर रखी जातीं। शाहजहाँपुर, उन्नाव, रायबरेली, सहारनपुर में छोटे चचाजान बाहर आकर सब्ज़े पर बैठा करते थे और रायबरेली में अँधेरा पड़े बाग़ के मोर झंकारते थे।

घरेलू शायरी का सिलसिला जारी था। फ़रवरी में आपा अज़रा ने अम्मा को दिल्ली में कविता के रूप में ख़त भेजा था।

'प्यारी बड़ी अम्मा...

यूँ तो कहने के लिए आपसे मैं दूर सही
मुझमें और आप में जो बअद[1] है मंज़ूर सही
यह भी सच है कि शबो-रोज़ रही हूँ मसरूफ़
रोज़ो शब आपकी ख़िदमत से भी माज़ूर[2] सही

---

1. दूरी।, 2. सेवा करने में लाचार।

मेरी बातों से भला आपको क्या दिलचस्पी
इस पे भी बातों में तूले शबे देजूर[1] सही
ब सफ़ाई दिले-मोमिन[2] ब ख़ुलूसे-शाइर[3]
दिल से तुम दूर नहीं आखों से गो[4] दूर सही

'ख़ाकसार अज़रा'

उनकी याद की ख़ैर रहे! नानी अशरफ़जहाँ मरहूमा अपने आपको 'बूढ़ी लपूसा' कहा करती थीं; जो उनका कहना था कि 'हल हल की लिप्सी का पूसा' से निकला है। अम्मा ने भी अपने आपको यही उपाधि दी थी। आपा अज़रा को जवाब में जो कविता के रूप में ख़त दिल्ली से लिखा, उसका एक शे'र था

'गो सिनो-साल[5] में है फ़र्क़ बहुत दोनों के
इस लपूसाई[6] में जज़बात से माज़ूर सही।

बड़ी अम्मा लपूसा

अब बुलन्दशहर में वह पलंग पर लेटी लेटी दोनों देवरों नसीर व वहीद के मर्सिये (शोक कविताएं) लिखने में मशग़ूल थीं।

पिछले वर्ष चचा नसीर टोंक से अब्बाजान की तरह स्वास्थ्य की ख़राबी के कारण समय से पहले ही रिटायर होकर अलीगढ़ जा रहे थे। जहाँ उन्होंने एक बड़ी कोठी बनवाई थी और उसका नाम ख़्याबाँ रखा था। अलीगढ़ जाते हुए छोटे भाई से मिलने के लिए बुलन्दशहर आए। अचानक बीमार पड़े और तीन मई 1946 ई. को संसार से विदा हुए।

...उन तीनों भाइयों की एक के बाद एक मौतों के बाद, वह पुरानी व्यवस्था अब ख़त्म होती नज़र आ रही थी। पुरानी मान्यताएँ, ऐशो-इशरत भरी ज़िन्दगियाँ फ़्यूडल बुनियादों पर खड़ा अफ़सर शाही समाज, जल्द ही विलुप्त

1. लम्बी अँधेरी रात।, 2. ईमानदारी से दिल की बात।, 3. शाइर की निश्छल बात।, 4. यद्यपि।, 5. उम्र।, 6. बुढ़ापा, कमज़ोरी।

होने वाला था। बुलन्दशहर क्लब में ब्रिटिश इण्डिया के आख़िरी सिविलियन ब्लेयर्ड खेलने में मसरूफ़ थे। ग़दर से पहले बने हुए क्लब में हेन्टी और फ़्लोरा एनी स्टील के उपन्यास अलमारियों में ताले में बन्द पड़े थे।

विक्टोरियन सोफ़ों पर बैठकर एम.बी. अहमद आई.सी.एस. डिस्ट्रिक्ट एण्ड सेशन जज, सईद भाई और ज़िले के दूसरे हिन्दू मुसलमान अफ़सर रोज़ाना शाम को असमंजस और ध्यान से शिमला बातचीत के सम्बन्ध में ताज़ा रेडियो बुलेटिन सुनते।

छोटी चचीजान ने क्लब जाना छोड़ दिया था। वह आमतौर से अम्मा के पास बैठी रहतीं। चची वहीदा और उन दोनों बीबियों ने बड़े अच्छे वक़्त देखे थे और उनका ज़माना गुज़र चुका था।

छोटे चचाजान मरहूम के कमरे में दो मसहरियाँ बिछी हुई थीं, दोनों पर बिस्तर और मच्छरदानियाँ उसी तरह लगी थीं। उसी कमरे में एक मसहरी पर चचा नसीर और दूसरी पर चचा वहीद का इन्तिक़ाल हुआ था। सिरहाने की मेज़ पर चचा वहीद के मेडिकल रिसाले और केस में बन्द ऐनक रखी थी। अलमारियों में मेडिकल किताबें चुनी हुई थीं। दीवार पर लार्ड विलंगडन के साथ उनकी तस्वीर लगी थी। चचा वहीद लार्ड विलंगडन के आनरेरी चिकित्सक रह चुके थे।

चचा वहीद कम घुलने-मिलने वाले, गंभीर प्रकृति के, मीटर ऑफ फ़ैक्ट इंसान थे। अम्मा उन्हें हमेशा ज़ाहिदे-ख़ुश्क कहकर छेड़ती थीं, आख़िरी बीमारी में सिविल सर्जन से अपनी बीमारी के बारे में बड़े इत्मीनान से विचार विमर्श करते रहे और मरने से एक दिन पहले छोटी चचीजान से कहा 'बेगम साहब तख़्ते और घड़े मंगवा रखिये। हमारा ख़्याल है, हम कल परसों तक चले जाएँगे।'

बुलन्दशहर के शहरे-ख़मोशाँ (क़ब्रिस्तान) में चमेली के झाड़ के नीचे पहलू ब पहलू (बराबर-बराबर) दो क़ब्रें।

सैयद नसीर हैदर मरहूम 1882 ई. - 1946 ई.

सैयद वहीदुद्दीन हैदर मरहूम 1884 ई. - 1947 ई.

क़ब्रों के आस पास ख़ुदरौ (स्वयं अंकुरित) फूल उग आए थे। दिन भर शाँय-शाँय करता झक्कड़ चलता। रात की ठंडी हवा में चमेली के फूल सितारों की तरह गिरते।

कुछ ऐसे सोये हैं, सोने वाले कि जागना हश्र (क़यामत) तक क़सम है।

'ख़ुदा की शान है, तीनों साहब में दो-दो बरस का फ़र्क़ और तीनों तिरेसठवें साल गये।' गुलदानों में ताज़ा फूल सजाते हुए पिछले बरामदों के फ़र्श पर उकड़ूँ बैठे, ख़ादिम हुसैन ने अफ़सोस के साथ इज़हारे-ख़याल किया।

माली फूलों की टोकरी लिए सीढ़ी पर खड़ा था। सईद भाई अपने मरहूम वालिद की आराम कुर्सी पर नीमदराज़ हिन्दुस्तान टाइम्स पढ़ रहे थे। रशीद भाई पान बना रहे थे और छोटी चचीजान पायनियर पढ़ने में व्यस्त थीं। अम्मा, चची वहीदा से जो अलीगढ़ से आ गई थीं, तख़्त पर गाव तकिये के सहारे बैठी बातें कर रही थीं। आपा अज़रा और 'आतेल' फूल चुन-चुन कर ख़ादिम हुसैन को देती जाती थीं।

ख़ादिम हुसैन ने जो 1937 ई. में छब्बू भाई और रशीद भाई के बारूदख़ाना लखनऊ वाले अस्थाई मकान के प्रबन्धक थे, इन दस बरस में दास्तान का एक और अध्याय ख़त्म होता देख लिया था। ग़ुलाम हुसैन, छुटवा, मुश्ताक़, जान मोहम्मद, मक़सूद, बशीर ख़ाँ, फ़क़ीरा, अमीर ख़ाँ, अब्दुर्रहमान, अमीरबख़्श ख़ादिम हुसैन, ये ग़रीब, धनहीन लोग, जिन्होंने मुद्दतें इन घरों की ख़िदमत में गुज़ार दीं जो, 'पाँचों उंगलियाँ एक जैसी नहीं होतीं' और 'जिसे जैसा चाहा, बना दिया; तेरी शान जल्ला जलालहू' पर विश्वास रखते थे। ये कहानी अपने दृष्टिकोण से जाने कैसी सुनाते।

और वक़्त और Familial Charisma... रणजीत ख़ाँ हेड कांस्टेबल हमें दादा जलालुद्दीन हैदर के क़िस्से सुनाते थे। सईद व रशीद भाई की औलाद

अमीरबख़्श और ख़ादिम हुसैन से अपने दादा डॉक्टर वहीदुद्दीन हैदर के क़िस्से सुन रही थी।

अमीरबख़्श बैरे जो शाहजहाँपुर में 'बाबा ओवलटीन' पुकारते फुर्ती से दौड़ते थे अब कमर खमीदा (कुबड़े) हो चुके थे और पेंशन पा रहे थे। चुपचाप गैलरी से निकलकर बरामदे में आ गये। मानो बग़दाद बास्तान की गलियों से एक परछाईं प्रकट हुई। आश्चर्य नगर का कुबड़ा, गुमसुम बूढ़ा, ऐन मैन 'फ़ादर टाइम।'

'अम्मी फाँसी क्या होती है?' तज़ीन ने कूदते हुए आतेल से पूछा 'मीर बख़्श कह रहे थे, जब किसी को फाँसी दी जाती थी, दादाजान वहाँ मौजूद रहते थे और घर आकर दो दिन खाना नहीं खाते थे।'

'एक क़िस्म की सज़ा होती है।'

'और अमीरबख़्श कह रहे थे। एक बहुत अमीर आदमी था, उसके लड़के ने किसी को मार डाला; तो उस अमीर आदमी ने दादाजान को एक लाख रुपया रिश्वत पेश की कि ग़लत डेथ सर्टिफ़िकेट लिख दें।'

'साहब बोले, गेट आउट, लाल पीले हो गये। कोठी से निकाल दिया।' अमीरबख़्श ने दर के पास खड़े-खड़े बात पूरी की।

डेथ सर्टिफ़िकेट क्या होता है?' तज़ीन ने सवाल किया।

'एक तरह का सर्टिफ़िकेट होता है।'

'और रिश्वत...?'

'रणजीत ख़ाँ एक लाख रुपया कितना होता है?' मैंने सवाल किया था।

रशीद भाई पानदान बन्द करके अंदर गये और कुछ पल बाद एक पीला किताबचा लिए बरामद हुए।

'यह एक बेहद स्वीट चीज़ है। आपा अज़रा ने मुझे बताया 'पन्दनामा (नसीहत नामा) सैयद जलालुद्दीन हैदर। बिरादरी में बाँटने के लिए उसे बाक़ायदा छपवाया गया था, दादाजान के इन्तिक़ाल के बाद।'

मैंने रशीद भाई से लेकर किताबचे के वरक़ (पृष्ठ) पलटे और ऊँची आवाज़ में इधर-उधर से पढ़ना शुरू किया। 'दीबाचा अज़ सैयद एजाज़ हैदर ...अकबर औलाद राक़िम (लेखक की बड़ी संतान) जो महकमा परिमट में इंस्पेक्टर है पिसर दोम (दूसरा बेटा) सैयद सज्जाद हैदर बी.ए., जो असिस्टेंट पोलिटिकल अफ़सर मोहम्मद याक़ूब ख़ाँ साबिक़ (पूर्व) अमीर अफ़ग़ानिस्तान हैं।'

'तीसरे बेटे सैयद नसीरुद्दीन हैदर, जो इस वक़्त मेडिकल कॉलेज लाहौर में शिक्षा प्राप्त कर हे हैं। ख़ुदा उन्हें कामयाब और ऊँचे पदों पर सुशोभित करे...' अचानक मैंने सिर उठाकर देखा; सफ़ेद जॉर्जट की साड़ियाँ पहने तीन बेगमें चुपचाप बैठी थीं।

मैंने आगे नज़र दौड़ाई।' मुजाहिद (कोशिश करने वाला) अपने आप में वह नहीं है, जो दुनिया की आज़मायशों को बर्दाश्त न करके मनज़वी (एकान्तवासी) हो जाए, बल्कि ... जिस ईमानदारी, मेहनत और शुद्धता से पुलिस में लोगों की भलाई की ज़िन्दगी ...जिस धनहीनता से आए थे, उसी धनहीनता से बनारस को अलविदा कहा ...लेकिन लाखों दुआओं की दौलत साथ ले गये ...जिस वक़्त यह मालूम हुआ कि पेंशन लेने वाले हैं, सारे शहर में खलबली ...रवानगी के वक़्त रेलवे स्टेशन पर हुजूम ...मरहूम शेख सा'दी के इस शे'र को -

कुजा ख़ुद शुक्र ई नेमत गुज़ारम
कि ज़ोरे-मर्दुम आज़ारी न दारम

(मैं अल्लाह का किस तरह शुक्र अदा करूँ कि मुझमें लोगों को सताने की शक्ति नहीं।)

इस तरह बनाकर पढ़ा करते थे ...मैल मर्दुम आज़ारी न दारम। कि ज़ोरे मर्दम आज़ारी था (लोगों को सताने की शक्ति थी) उसे कभी काम में न लाए ...यह नसीहतनामा उन्होंने अपने बेटों के लिए लिखा था।

दस्तूरुल-ए-अमल (नियमावली) ज़ इत्तिफ़ाक़-ए-मगसे मी शहद मी शवद पैदा (मक्खियों के मेल जोल से शहद पैदा होता है) हज़ार-हज़ार शुक्र का मक़ाम है, अल्लाह तआला की कृपा से, अब तुम मेरी मर्ज़ी के मुताबिक़ अपनी-अपनी शिक्षा

में कामयाब हुए जाते हो। ये बाक़ी मुराद भी अल्लाह पूरी करे। चूँकि अब तुम समझदार हो और अच्छाई, बुराई को जानने लगे हो, अपने-पराये को पहचानने की योग्यता हो गई है, बस जानना चाहिए कि जो काम और प्रबन्ध अपने सगे भाईयों से मिलजुल कर होगा वह बहुत अच्छा और मज़बूत होगा, जो काम व्यक्तिगतरूप से अपनी पसंद से किया जावेगा या ज़नमुरीद (स्त्रीभक्त) होकर औरतों के कहने पर किया जाता है चूँकि वह कमअक़्ल और स्वार्थी होती हैं, उसकी शुरुआत और अंजाम हमेशा बे अस्ल होता है ...इसलिए तुम्हारे कार्य-व्यवहार के लिए नियमावली नीचे लिखी धाराओं के अनुसार क्रमबद्ध करता हूँ।

तुम्हारी सआदतमंदी और नेक चलनी से मुझे अल्लाह की कृपा से पूर्ण आशा है ...एक-एक नक़्ल इसकी अपने पास रखो। उचित समय पर हमेशा इसको ज़रूर पढ़ लिया करो।

जब किसी भाई से घर के मामलों में आपस में तकरार और रंज (नाराज़गी) हो जाए, उसको बढ़ने न दो, क्योंकि छोटी-छोटी बातों में आपस में ग़म व ग़ुस्सा बढ़ जाता है और दिलों को ऐसा तोड़ता है जैसे क़ाँच को पत्थर। उस हालत में इस मेरे पर्चे को ज़रूर देख लिया करो ....

कवायद-ए-तामील तलब (कार्य-व्यवहार के नियम) -

1. सबसे पहले अपना विश्वास सुन्नी मुस्लिम धर्म पर दृढ़ता से रहकर नमाज़ व रोज़ा, ज़कात ...अंजाम बख़ैर होता है ...

2. श्रेणी अनुसार मर्द हो या औरत, सब में बड़े छोटे का अदब और लिहाज़ ...

3. हर एक, एक दूसरे भाई की औलाद को उसी मोहब्बत की नज़र से देखे जैसे अपनी औलाद को ...

4. औरतों के तअन-ओ-तशनी (तानों) को सुनने या बुरी-भली बातों पर बिल्कुल ध्यान न दिया जाए...

5. कभी औरतों को ऐसा दख़ल न दिया जाए, जिसमें वह एकता

और इन्तिज़ाम में रुकावट पैदा करें। और अपनी-अपनी औरतों पर रौब दाब रखा जाए और कुछ ऐसे अच्छे तरीक़े से उनका टाइम टेबल बनाया जाए कि सिवाय ज़रूरी कामों के और बातों में दख़लंदाज़ी का उन्हें मौक़ा ही न मिले। उनकी ख़ासियत है कि हड्डी से माँस अलग कर लेती हैं और फिर भी संतुष्ट नहीं होतीं।

6. कोई भाई, उच्च श्रेणी पर हो और सम्माननीय पद पर नौकर हो जाए, कभी दूसरे भाई की तरफ़ घृणा की भावना से न देखे, बराबर भातृप्रेमवश देखता रहे...

7. जो भाई प्रबन्धक और घर का बड़ा हो उसकी आज्ञा के पालन को आवश्यक समझा जाए; जहाँ तक हो सके आपस में दिल बुराई न हो ...अदालत में कभी न मामला रखना।

8. एक भाई का हमेशा घर पर रहना ज़रूरी है, जो मामलों का बन्दोबस्त अच्छी तरह करता रहे...

9. ज़ुल्म, ईर्ष्या, दुश्मनी, दंगा, अमानत में विश्वासघात, अक्खड़पन, सख़्ती से बात करने से, क्रोद्ध से बचे रहना। ज़्यादा-ज़्यादा अल्लाह व बस बाक़ी हवस।'

'जौली गुड ...लेकिन दादाजान इतने रीएक्शनरी थे, स्वीट औरतों के लिए ऐसे अफ़सोसनाक विचार...' मैंने किताबचा मेज़ पर रखकर कहा...

'मामूजान मरहूम अपने समय के नुमाइंदे थे।' चची वहीदा ने जवाब दिया 'और इन भाइयों को यह नसीहतनामा बार-बार पढ़ने की ज़रूरत ही नहीं पड़ी।'

'उस ज़माने में सारे रिफ़ार्मर भी इस भाग-दौड़ में लगे हुए थे कि औरतें लड़ झगड़ कर ख़ानदान तबाह न करें। अल्लामा राशिदुल ख़ैरी, अकबरी फूफी और सब।' अम्मा ने कहा।

'यानी स्त्री सुधार आँदोलन।' सईद भाई बोले।

'आधा बंगाली उर्दू फ़िक्शन इन्हीं अंगनाइयों और रिश्तों की दास्तान है। सास ननदें लोक गीतों की पुरानी वेलन हैं।' आपा अज़रा ने कहा।

'बीबी असल वजह जहालत थी।' अम्मा बोलीं।

'यानी एम.ए. पास औरतें नहीं लड़तीं!' मैंने इज़हारे-ख़याल किया।

'उस वक़्त अल्लामा राशिदुल ख़ैरी थे; अब माहिरे नफ़सियात (मनोवैज्ञानिक) आ गये हैं।' सईद भाई बोले।

'वजह जहालत थी और औरतों की आर्थिक मजबूरी और साँझा परिवार।' आतेल ने कहा।

'लेकिन आप लोगों के पास क्या नुस्खा-ए-कीमिया था?' मैंने तीनों बेगमों से पूछा।

'मोहब्बत।' चची वहीदा ने जवाब दिया।

'सुना है आलमे-बाला (परलोक) में...' मैंने कहा; फिर मैंने सोचकर इज़ाफ़ा किया...

'सिवाय अम्मा के आप सब एक दूसरे की और उन भाइयों की फर्स्ट कज़न भी तो थीं।'

'इससे क्या होता है। सगी बहनें आपस में लड़ती हैं।' चचीजान ने जवाब दिया।

'अच्छा तो आप लोगों की विक्टोरियन सभ्यता। अंग्रेज़ कभी जज़बात का इज़हार नहीं करता।' मैंने कहा।

'तुमने सब वजहें सोच लीं। एक ही का ख़याल नहीं आया। स्वार्थ और शरारती प्रवृत्ति नहीं थी।' चची वहीदा ने कहा, 'और उनकी तबीयतें नेक थीं।'

छोटी चचीजान ने मुझे मुख़ातब (सम्बोधित) किया, 'तुम फूफा जान को रीएक्शनरी कह रही हो। अंग्रेज़ों के यहाँ शादी के वक़्त बीवी किन शब्दों में प्रतिज्ञा करती है?' 'Honour and obey.'

ये लोग सब कामयाब रहे, हर तरह से, मैंने उन हैरत अंगेज़ महान महिलाओं पर नज़र डाल कर सोचा। 'शायद जीवन इतने जटिल नहीं थे।' मैंने ऊँचे स्वर में कहा।

'बड़े अब्बा (ताऊ) आदि के जीवन तो काफ़ी जटिल थे।' आपा अज़रा ने कहा, 'आख़ोंद इमामबख़्श की ज़िन्दगी अलबत्ता सीधी सादी रही होगी।'

'आख़ोंद इमाम-बख़्श की ज़िन्दगी...?' सईद भाई ने चौंककर दोहराया। चारों तरफ़ अशान्ति ...लूटमार, फ़ौजकशी...'

'अच्छा, उनसे पहले और उनसे पहले...?' मैंने सवाल किया।

'ज़िन्दगी किसी ज़माने में आसान नहीं रही। वर्ना इतने पैग़म्बर और औलिया न आते।' चची वहीदा ने जवाब दिया।

आपा अज़रा कहने लगीं, 'न मालूम असलियत क्या थी। किसी पिछले ज़माने को हम बाद के युग में बैठकर जज नहीं कर सकते...।'

'मगर नहटौरी ख़ानदान इस क़दर Puritan क्यों है?' मैंने पूछा।

'शाह वलीउल्लाह का प्रभाव...?' चची वहीदा ने जवाब दिया।

'लेकिन अम्मी जान इससे पहले हम मुग़ल मिलिट्री सोसायटी की पैदावार हैं।' आपा अज़रा बोलीं।

'मुझे मुग़ल मिलिट्री सोसायटी बहुत रोमान्टिक मालूम होती है, शाह वलीउल्लाह की तहरीक बोर थी।' मैंने फ़ैसला किया।

'जिस तरह मार्टिन लूथर के सुधार ने नये मिडिल क्लास के लिए एक प्रोटेस्टेंट

work ethic पैदा की...।'

'पुरानी फ़्यूडल मान्यताओं की जगह नई मिडिल क्लास मोरलिटी (Morality) ...दादेजान जलालुद्दीन हैदर शाह उसी के नुमाइंदे थे।' मैंने आपा अज़रा की बात काटी, 'यानी सरदार अमीरख़ाँ एक तरफ़ और शाह वलीउल्लाह और सर सैयद दूसरी तरफ़।'

'और बीच में मीर बन्दे अली और अहमद अली, जो दोनों दुनियाओं से सम्बंध रखते थे।' चची वहीदा ने कहा।

'लेकिन चीयान हमारे यहाँ अजब कन्फ़यूज़न है। जितना फ़ख़ बाग़ी अहमद अली पर किया जाता है, उतना ही उनके भाई रिसालदार नबीबख़्श पर कि वह लार्ड डलहौज़ी के नेटिव ए.डी.सी. थे।' मैंने कहा।

'हमारी सोसायटी के यह विरोधाभास आज तक मौजूद हैं। सारी क़ौम नेहरू ख़ानदान की अंग्रेज़ दुश्मनी पर गर्व करती है और इस बात पर भी कि वह हीथ्रो में ब्रिटिश लार्ड्स के साथ खेले कूदे।' सईद भाई ने जवाब दिया।

'हमारे यहाँ PATRIARCHAL सोसायटी की वैल्यूज़ मौजूद रहीं।' छोटी चचीजान ने कहा। जब हर तरफ़ सिविल वार्स हो रही थीं और सरदार अमीर ख़ाँ ने तबाही बुलाई; उसके बाद सारे कुनबे की ज़िम्मेदारी दादे बन्दे अली ने ही तो उठाई। ग़दर की ज़ब्ती के बाद, फूफा जलालुद्दीन हैदर बेचारे 19 साल की उम्र ही में नौकरी करने लगे कि छोटे भाइयों और चचाओं की औलादों को पाल-पोस सकें।

'अब गर्दी मच रही है। बेगम साहब अबकी बार कोई छत्रछाया सिरों पर मौजूद नहीं।' अमीरबख़्श ने जो ग्रैण्ड फ़ादर क्लाक की तरह खड़े ग़ौर से यह गुफ़्तगू सुन रहे थे, सादगी से कहा।

बाग़ में तेज़ हवा चल रही थी। गर्मियों के मौसम के पत्ते सब्ज़ों पर उड़ने लगे।

'सैयद हामिद और अहमद हुसैन क़िदवाई तशरीफ़ लाए हैं।' रशीद भाई ने दरवाज़े में आकर कहा। अम्मा, दोनों चच्चियाँ और सईद भाई अन्दर चले गये। मैंने अज़रा आपा से कहा, 'यह तो आपको मानना पड़ेगा, अब्बाजान वग़ैरह का ज़माना ख़तरनाक नहीं था। उन लोगों ने हमेशा सुख चैन ही देखा। अगर आप फ़ाक़े कर रहे हों...।'

'महरूमियाँ (अभाव) और मुसीबतें हमेशा अतिरिक्त होती हैं।' हमें क्या मालूम कौन कैसी मुतमइन (संतुष्ट) या ग़मगीन ज़िन्दगी गुज़ार कर गया है। यह सिर्फ़ वही जान सकता है। कोई दूसरा नहीं जान सकता।'

दर्शन शास्त्र अज़रा आपा का विषय रह चुका था। ज़िन्दगी क्यों? मौत क्यों? और अनंत ब्रह्माण्ड और अंतहीन आदि और अंत के बीच मनुष्य के जीवन का पानी के बुलबुले जैसा मामूली अंतराल ...बासठ तिरेसठ बरस ...या उससे भी कम। या उससे कुछ वर्ष ज़्यादा और यह सब शिक्षा व प्रशिक्षण, जद्दोजोहद, तजुर्बे, चिन्ताएँ, रंजो ग़म, नाकामियाँ, ख़ुशियाँ और अचानक मौत! यानी दुनिया के बनारस में खाली हाथ आए और ख़ाली हाथ गये और अपनी इच्छाओं के विरुद्ध लड़ने वाला योद्धा वह है...

ख़ादिम हुसैन फ़र्श पर बिखरे फूल और पत्तियाँ समेटने लगे। अमीरबख़्श कमर दोहरी किये अपने क्वार्टर की तरफ़ रवाना हो गये।

दोपहर हुई; खाने के कमरे में लंच का घण्टा बजा। खाने के बाद लोग अर्धअंधकारमय ख़सख़ानों में आराम करने चले गये। लोग बाहर चिलचिलाती धूप और लू में मेहनत मज़दूरी करते रहे। दूर सर्वेंट क्वार्टर्स की एक कोठरी से अमीरबख़्श की भौंचक्की आवाज़ बुलन्द हुई, तेरी शान जल्लाजलालहू।

फ़िरदौस-ए-गुमशुदा

जून के पहले हफ़ते में अम्मा का ब्लडप्रेशर बहुत ज़्यादा ऊँचा हो गया। डॉक्टर ने चलने फिरने को मना कर दिया, वह लेटी हुईं, जमीलुद्दीन आली से उनका कलामे-बलाग़त-निज़ाम (सुन्दर कविताएँ) सुना करतीं, जो उन दिनों बुलन्दशहर आए हुए थे। क़यामत की गर्मी पड़ रही थी। देहरादून पहुँचाने के लिए भाभी के बड़े भाई अय्यूब अहमद किरमानी (जो उसमानिया यूनिवर्सिटी से शिक्षा प्राप्त करने के बाद, दिल्ली के अख़बार; शायद 'अंजाम' में काम कर रहे थे) बुलन्दशहर आए।

सईद भाई जिन्होंने अपना घर बड़े ज़ौक़ शौक़ से सजा रखा था, स्टेशन ले जाने के लिए एक ट्रक मंगवाया और उसका भी इंटीरियर डेकोरेशन कर डाला, क़ालीन बिछाकर उस पर अम्मा के लेटने के लिए सोफ़ा रखा गया। साथ में और भी कुर्सियाँ, बीच की मेज़ और एक पाम का गमला। इस सजधज से ट्रक, रेलवे स्टेशन रवाना हुआ।

अलेक्जेन्ड्रा पैलेस देहरादून के गहरे सब्ज़बाग़ में शाम को बड़ी फ़रहत अंगेज़ (आनन्ददायक) नर्म ठंडक छा जाती। अक्सर सूर्यास्त के समय भाई मज़हर उल क़य्यूम के दोस्त कर्नल अय्यूब खाँ अपने अलसेशन कुत्ते के साथ टहलते हुए आते। ऊँचे-ऊँचे वृक्षों के नीचे बिछी बेद की सफ़ेद कुर्सियों पर सूरज की तिरछी सुर्ख़ नारंजी किरणें बिखरी होतीं। अन्दर मुमानी अपनी किसी बहू को आवाज़ देतीं, 'दुल्हन, कर्नल अय्यूब के लिए बाहर चाय भिजवा दो।'

अलेक्ज़ेन्ड्रा पैलेस में, जो पहले अंग्रेज़ों का रेज़िडेंशल क्लब था, दस बारह निहायत पिक्चरेसिक सूट ऑफ़ रूमज़ थे, जिनमें मामू मुमानी, उनके तीनों बड़े लड़के और बहुएँ रहती थीं, एक सूट अम्मा के लिए ख़ासतौर से ख़ाली पड़ा रहता था।

भाई दिल्ली से कुछ दिन के लिए अलेक्ज़ेन्ड्रा पैलेस आए। उन सूबों के, जहाँ पाकिस्तान बनने वाला था, कई मालदार हिन्दू और सिख कारोबारी

देहरादून और मसूरी में जायदादें ख़रीद रहे थे। एक दिन हाज़िर मामू ने भाई से कहा, 'सर शोभा सिंह ने आशियाने की क़ीमत एक लाख बीस हज़ार लगाई है; फ़ौरन बेच दो।'

भाई ने कहा, 'मामू कितनी ही अच्छी क़ीमत मिले, आशियाना बेचने को दिल नहीं चाहता।'

आशियाने का कुछ हिस्सा मरम्मत योग्य था, उसके लिए भाई ने कुल चार हज़ार रुपये का चेक हाउस एजेंट के हवाले किया और इतमीनान से दिल्ली वापस चले गये।

लेकिन 15 अगस्त के बाद शहर बिगड़ना शुरू हो गया। तबाह हाल शरणार्थियों के क़ाफ़िले झुण्ड के झुण्ड देहरादून पहुँच रहे थे। डालनवाला में मुसलमानों की कोठियाँ तेज़ी से ख़ाली होने लगीं। अक्सर शाम को जब पुराने चिकित्सक डॉक्टर हून अम्मा का ब्लडप्रेशर देखने अलेक्जेन्ड्रा पैलेस आते; अफ़सोस से ख़बर देते। 'सनाउल्लाह साहब भी चले गये, मुज़फ़्फ़र मोहम्मद ख़ाँ जाने वाले हैं। सिर्फ़ अभी मोहम्मद हसनैन साहब के यहाँ दाना नहीं आया।'

मोहम्मद हसनैन साहब ने, जिनके यहाँ बात-बात पर इस्तख़ारा[1] देखा जाता था, वतन छोड़ने का इरादा ही नहीं किया था। उनके वालिद ज़िल्ले हसनैन साहब मरहूम के यहाँ अम्मा जून 1912 ई. में कोहाट से आकर उतरी थीं। उनकी बड़ी भांजी सुआलेहा बेगम की शादी कर्नल बशीर हुसैन ज़ैदी के भतीजे सैयद तनवीर हुसैन से हुई थी।

छोटी आसिफ़ा बेगम की शादी 1937 ई. में अम्मा ने अल्लन मामू से करवाई थी। उनका आधा ख़ानदान पाकिस्तान चला गया। सारा देहरादून मुसलमानों से ख़ाली हो गया। मोहम्मद हसनैन साहब दिल मज़बूत कर, अपनी निजी मस्जिद में बैठे लम्बी-लम्बी नमाज़ें पढ़ते रहे। मोहर्रम में अकेले बैठकर मजलिसें पढ़ लेते।

---

1. एक दीनी अमल, जिसमें असमंजस की स्थिति होने पर अल्लाह की तरफ़ से कोई काम करने या न करने की ओर संकेत होता है।

सितम्बर के महीने में मेहरजबीं और मिनहाजुद्दीन अहमद लखनऊ से पाकिस्तान जाते हुए देहरादून आए। उनके साथ मैं मसूरी चली गयी। वहाँ अचानक दंगा शुरू हो गया। क़त्लो-ग़ारतगरी का बाज़ार गर्म हो गया। हम लोग भागम भाग नीचे उतरे। अलेक्ज़ेन्ड्रा पैलेस में भाई मज़हरुल क़य्यूम की निगरानी में तेज़ी के साथ पैकिंग की जा रही थी। हाज़िर मामू का ख़ानदान देहरादून को त्याग कर पुश्तैनी वतन सियालकोट जाने की तैयारी में व्यस्त था।

'भैन!' हाज़िर मामू ने चिन्ताजनक स्वर में अम्मा से कहा, 'हालात बेहद नाज़ुक हैं, न मालूम तुम लोगों को किस वक़्त पाकिस्तान जाना पड़ जाए। आशियाने में जो चीज़ें ताले में बन्द हैं, मेरे सामान के साथ सियालकोट भेज दो।'

अम्मा का ब्लडप्रेशर बेहतर हो चुका था। हल्की-हल्की बारिश हो रही थी। अम्मा छतरी लगाकर पैदल अन्दर रोड रवाना हुईं। आशियाना में डिस्ट्रिक्ट मैजिस्ट्रेट ने कुछ परेशान हाल शरणार्थी कुनबे ठहरा दिये थे।

अम्मा ने पिछले विंग के सिरे पर ताला लगे गोदाम खुलवाए, जिनमें 1937 ई. में लाहौर जाते वक़्त सामान बन्द कर गयी थीं और अब्बाजान की किताबों के संदूक़ और क़ालीन वग़ैरह लालकुर्ती लखनऊ से 40 ई. में लाकर रख दिये थे। किताबों के संदूक़ और दूसरा क़ीमती सामान ठेलों पर लदवाकर एलेक्जेन्ड्रा पैलेस भिजवाया, जो दूसरे दिन हाज़िर मामू के साज़ो-सामान के साथ मालगाड़ी की वैगनों पर लदने के लिए स्टेशन रवाना कर दिया गया।

उसी रात ख़बर गर्म हुई कि रियासत नाभा के सिख देहरादून पर हमला करने वाले हैं। अलेक्ज़ेन्ड्रा पैलेस में इसका बहुत एक्साइटमेंट रहा। बरसती बारिश में रात भर हाज़िर मामू के लड़कों ने बन्दूकें संभाल कर कोठी के चारों तरफ़ पहरा दिया। रात भर चाय और काफ़ी बनती रही।

रेडियो पर क़रौलबाग़, दिल्ली के दंगों की खौफ़नाक ख़बरें आ रही थीं।

एक दिन भाई की ट्रंककॉल आई कि भाभी और अमीर ख़ाँ को लखनऊ पहुँचाने जा रहे हैं। फ़ौरन लखनऊ पहुँचिए।

हाज़िर मामू ने मुंशीजी को ट्रेन में साथ लखनऊ भेजा। आख़िरी बार डालनवाला से निकले। देहरादून का मनमोहक दृश्य बारिश में सुनहरी धुन्ध में होले से इस तरह जज़्ब हो गया जैसे जापानी वाश तकनीक की वाटर कलर तस्वीर को पानी में भिगोते हैं।

ट्रेन पुष्पाच्छादित दून वैली से गुज़री; उस समय रात का घुप अँधेरा छाया हुआ था। सेकण्ड क्लास के ज़नाना डिब्बों में तीन अमेरिकन मिशनरी औरतें हमसफ़र थीं, जो मसूरी के किसी स्कूल में पढ़ाती थीं और लखनऊ जा रही थीं।

डोईवाला स्टेशन पर तीन मिनट के लिए गाड़ी रुकी। अचानक दंगाइयों का एक हुजूम 'शिकार' 'शिकार' के नारे लगाता खिड़कियाँ तोड़ने की कोशिश करने लगा। एक अमेरिकन औरत ने फ़ौरन मेरे ऊपर अपना लिहाफ़ फैलाया और ख़ुद उस पर चढ़ बैठी (वह एक बहुत लम्बी चौड़ी धर्मप्रचारक महिला थी।) और अम्मा से कहा कि दूसरे लिहाफ़ में छुप जाएँ।

उन्होंने जो, अशरफ़जहाँ बेगम की नातिन थीं, इत्मीनान से जवाब दिया, 'मैं नहीं डरती किसी से, आएँ तो अन्दर।' और फ़ौरन क़िस्सा सुनाना शुरू किया। किस तरह जब एक बार अकेली मुरादाबाद जा रही थीं, लेडीज़ कम्पार्टमेंट के ग़ुसलख़ाने में चोर छुपे मिले। बिल्कुल डरे बग़ैर ज़ंजीर खींचकर उनको पुलिस के हवाले किया।

वे यह क़िस्सा सुना रही थीं और बलवाई खिड़कियों के शीशों से मुँह चिपका कर अन्दर झाँक रहे थे। उनको तीन अमेरिकन बुढ़ियाँ नज़र आईं। अम्मा को शायद कोई पारसन समझे। अमेरिकन औरतों ने चिल्लाकर ज़ोर से डाँटा। दूसरे ही पल ट्रेन आगे बढ़ गयी।

कारवाँ सराय

मुर्दा और ज़िन्दा इंसान एक साथ रक़्साँ हैं। एक ही वक़्त है, एक ही जगह है और एक धूल भरा मौसम। फ़ैज़ाबाद रोड पर एक बूढ़ा ख़स्ताहाल शरणार्थी सरहदी पगड़ी बाँधे, सिर झुकाए सड़क के नल पर झुका ओक से पानी पी रहा था।

सामने इज़ा थोबरन कॉलेज के एक प्लेट, गिलास दरीचे के उधर लम्बे क़द की अमेरिकन मिशनरी बूढ़ी मिस विलियम्स ब्लैकबोर्ड के पास खड़ी नियमानुसार बाइबल क्लास ले रही थीं।

उसी किताब में एक जगह लिखा था, 'लौमड़ियों के भट्ट हैं और परिन्दों के घोंसले और इब्ने आदम (मनुष्य) के लिए सिर छुपाने की जगह नहीं।'

फ़ैज़ाबाद रोड से मुड़कर सरवरी इरफ़ानुल्लाह की कार बादशाह बाग़ में दाख़िल हुई। यूनिवर्सिटी का माहौल एकाएक बदल चुका था। नयी-नयी आयी सिन्धी पंजाबी निहायत स्मार्ट लड़कियाँ लेडीज़ रूम की चिक़ों के बाहर खड़ी हँस बोल रही थीं।

चौधरी मोहम्मद सुलतान की कोठी के सरसब्ज़ दालान को पानी दिया जा रहा था और बड़े-बड़े एलसेशन टहल रहे थे। उस लान पर बचपने में, मैं और फ़ातिमा ग़फ़्फ़ार आम के साये में बैठकर फूल अख़बार पढ़ा करते थे।

सरवरी इरफ़ानुल्लाह ने कार रोकी। बरामदे में क़ाज़ी अब्दुलग़फ़्फ़ार आराम कुर्सी पर ख़ामोश बैठे थे। 'क्या करती फिर रही हो?' उन्होंने मुझसे पूछा।

'शरणार्थियों के लिए चन्दा; बेगम इरफ़ानुल्लाह ने कमेटी बनाई है।' मैंने जवाब दिया। चचा अब्दुलग़फ़्फ़ार चुपचाप उठे।

'जो कुछ इस वक़्त मेरे पास है ले जाओ।' उन्होंने कहा, अन्दर गये, रक़्म लाकर बेगम इरफ़ानुल्लाह को दी और फिर चुपचाप बैठ गये। चचा अब्दुल ग़फ़्फ़ार को मैंने उस दिन आख़िरी बार देखा।

वज़ीर मंज़िल में बन्ने भाई ने मुझसे कहा। 'बीबी चील के घोंसले में माँस कहाँ, जो पास है लाए देता हूँ।' अन्दर गये, रक़म लाकर बेगम इरफ़ानुल्लाह के हवाले की।

कमिश्नर्स हाउस में अनीस बाजी के यहाँ सोगवारों (शोकाकुलों) का जमघट था। जब से उनके शौहर शफ़ी अहमद क़िदवाई की 7 अक्तूबर को मसूरी में शहादत की इत्तिला पहुँची थी, उनकी छोटी लड़की किश्वर को सकता सा हो गया था। वह चुपचाप सब आने जाने वालों को देख रही थी, उसके छोटे मामू अनवर जमाल क़िदवाई कुछ दिन पहले इण्डियन हाई कमीशन के पब्लिक रिलेशंस अफ़सर की हैसियत से लंदन जा चुके थे।

मुमानी शकुन्तला जाने की तैयारियों में मसरूफ़ थीं। देहरादून वाली शकुन्तला ने यूनिवर्सिटी से एम.ए.एल.एल.बी. करने के बाद 45 ई. में जमाल से शादी कर ली थी, जो उन दिनों लखनऊ में हिन्दुस्तान टाइम्स के नुमाइंदे थे।

शकुन्तला दिल्ली से लन्दन परवाज़ करने वाली थीं। जब हम उन्हें मूसा एयर फ़ील्ड पहुँचाने गये, आपा रशीदजहाँ भी साथ थीं। कहने लगीं, मैंने आजतक हवाई जहाज़ क़रीब से नहीं देखा। ठहरो, ज़रा देख आऊँ सफ़ेद ग़रारा पहने, घुँघराले बाल, तेज़-तेज़ चलती डेकोटा के नज़दीक पहुँचीं उसे देखा भाला और वापस आ गयीं। उस दिन रशीदा आपा को भी आख़िरी बार देखा।

लालकुर्ती में कूच की तैयारी की जा रही थी। राज़ भाई ढाका रेडियो स्टेशन जा चुके थे। हम लोग हस्सो बाजी के यहाँ जापलिंग रोड शिफ़्ट हो गये, जो साज़ोसामान अप्रैल 43 ई.में नम्बर 21, फ़ैज़ाबाद रोड से लालकुर्ती भिजवाया गया था, छावनी से हस्सो बाजी के घर रवाना किया गया।

हस्सो बाजी के यहाँ उनकी माँ लेडी वज़ीर हसन ने वज़ीर मंज़िल से फ़ोन किया, 'छब्बूजी की ख़ैरियत की इत्तिला मिली?'

'कराची पहुँच गये।' अम्मा ने जवाब दिया।

नम्बर 21, फ़ैज़ाबाद रोड पर अक्सर सुबह सवेरे अब्बाजान के कमरे से उनके गुनगुनाने की आवाज़ आती थी।

तेरे भी सनमख़ाने मेरे भी सनमख़ाने
दोनों के सनम ख़ाकी, दोनों के सनम फ़ानी

(तेरे भी बुतख़ाने मेरे भी बुतख़ाने, दोनों के बुत मिट्टी के दोनों के बुत नश्वर)

मैंने विभाजन की त्रासदी पर '...मेरे भी सनमख़ाने' शीर्षक से उपन्यास लिखना शुरू किया और इज़ाबेला थोबरन कॉलेज की प्रिंसिपल मिस सीरा चाकू के नाम अंग्रेज़ी लेक्चररशिप की दरख़्वास्त भेजी। एक दिन यूनिवर्सिटी में सिद्धान्त साहब से मिलने गयी। उन्होंने कहा तुमने मुझे सख़्त सदमा पहुँचाया। मेरा ख़याल था तुम फ़र्स्ट क्लास लाओगी। मैंने कहा, मैंने पढ़ा ही कब था। बाद में ख़याल आता है कि कूद फाँद कर जल्दी से हाई स्कूल कर लेने में एक नुक़सान यह हुआ कि एम.ए. में पहुँचकर साहित्य को समझने परखने की अक़्ल ही नहीं आई थी।

बहरहाल उस वक़्त सिद्धान्त साहब ने कहा, 'बी.एस.सी. फ़र्स्ट इयर को अंग्रेज़ी पढ़ाओगी?' मैंने कहा, 'जी हाँ, ज़रूर। डिपार्टमेंट से बाहर आई तो नोटिस बोर्ड पर लगी नये छात्रों की सूची में लड्डन मामू के बड़े लड़के सहीब का नाम देखा, बड़ा कनफ़्यूज़न का ज़माना था। किसी को कुछ मालूम न था, कौन कहाँ जाने वाला है। लड्डन मामू अभी तेहरान में थे।

हस्सो बाजी के पड़ोस में इन्द्रप्रस्थ कॉलेज दिल्ली वाली शान्तलता बहादुर रहती थी, जिसके पिताजी कुछ महीने पहले इनकम टैक्स कमिश्नर होकर लखनऊ आए थे। इतवार की एक शांत सुबह भाभी शांत, उसकी बहन आवम और मैं हज़रतजंगज में मटरगश्ती कर रहे थे। ज्यों ही काफ़ी हाउस से निकले, सामने परेशान सूरत अमीर ख़ाँ खड़े थे।

मौत-ज़िन्दगी के डिपार्टमेंट ने अजीब और अहम ख़बरें सुनाने की ड्यूटी उन बेचारे को सौंपी थी। 11 अप्रैल 43 ई. की रात के दो बजे अब्बाजान के

ड्रेसिंग रूम से निकलकर रोते हुए इत्तिला दी थी। 'साहब गुजर गये।' कुछ महीने बाद कॉलेज के फाटक पर खड़े नज़र आए थे। 'बाबा का तार आया है, दिल्ली बुलाया है।'

अब क़रीब आकर कहा, 'बाबा का तार आया है, आप लोगों को कराची बुलाया है।' फिर फूट-फूट कर रोना शुरू कर दिया।

दूसरे दिन कराची से एक और टेलीग्राम आया, ख़ुद लखनऊ आ रहे हैं।

आल इण्डिया रेडियो की नौकरी छोड़ने के बाद, भाई कुछ दिनों से दिल्ली के 'डॉन' अख़बार में काम कर रहे थे। पायनियर के पूर्व सम्पादक ब्रिगेडियर डेस्मंड यंग ने, जो उनकी अंग्रेज़ी पत्रकारिता का बहुत क़ायल था, कराची जा चुका था, वहाँ से तार देकर भाई को कराची बुलवाया। उस वक़्त तक पासपोर्ट वीज़ा का चक्कर शुरू नहीं हुआ था।

हम लोग अभी देहरादून में थे, जब भाभी को लखनऊ पहुँचाकर भाई हवाई जहाज़ से कराची रवाना हुए। वहाँ ब्रिगेडियर यंग ने डॉन में नौकरी का मशवरा दिया और कहा, इन हालात में औरतों का हिन्दुस्तान में अकेले रहना ख़तरनाक है। जाकर फ़ौरन ले आओ।

दिसम्बर के पहले हफ़्ते में भाई कराची से हवाई जहाज़ द्वारा दिल्ली और वहाँ से लखनऊ पहुँचे। कार्लटन होटल में भारत एयरवेज़ का दफ़्तर था, वहाँ से दिल्ली के टिकट ख़रीदे गये।

अमीर ख़ाँ ने रोते रोते कहा, 'बाबा, हमको जल्दी बुलवा लीजिएगा।' अम्मा ने उनको रज़िया आपा के यहाँ वज़ीर मंज़िल पहुँचवाया। बन्ने भाई भी पाकिस्तान जा चुके थे। (बाद में रज़िया आपा ने अमीर ख़ाँ के बारे में एक प्रभावशाली कहानी 'छतनार' शीर्षक से लिखी।)

हवाई सफ़र का पहला अवसर था लिहाज़ा बाज़ाब्ता हस्सो बाजी के यहाँ तराज़ू पर पैंतीस सेर वज़न के कपड़े तौले गये। अमौसी एयरफ़ील्ड पहुँचकर मालूम हुआ कि हवाई जहाज़ लगभग ख़ाली जा रहा था।

अम्मा और भाभी हवाई जहाज़ के सफ़र से बिल्कुल डरी हुई नहीं थीं। इत्मीनान से बैठी रहीं। एयरहोस्टेस लड़कियाँ अविष्कृत नहीं हुई थीं। दिल्ली के रास्ते में स्टीवर्ड ने चाय की कश्ती पेश की। अम्मा ने भाई से कहा, 'हवाई जहाज़ में स्पॉन्सर्ज़ ज़्यादा महंगी चाय व खाना देते होंगे; मत लो।'

पालम से कनाट प्लेस तक का रास्ता सुनसान और अँधेरा था। कनाट प्लेस भी वीरान और नीम तारीक (अर्ध अंधकारमय) पड़ा था।

नम्बर-6, किंग ऐडवर्ड रोड रफ़ी अहमद क़िदवाई की कोठी शरणार्थी मेहमानों से भरी बड़ी दुःख भरी रौशन कारवाँ सराय मालूम हो रही थी। हम लोग बाग़ के गेस्ट हाउस में ठहरे। 'अनीस बाजी ने मोटे-मोटे लिहाफ़ गद्दे पलंग पर लगवाए' अंगीठी जलवाई, मगर कड़ाके की डंठ पड़ रही थी और दिल्ली का अँधेरा और तबाही इन्तिहाई दहशतनाक थी।

दूसरे दिन भाई अपने एक पत्रकार दोस्त मिस्टर शर्मा के साथ नई दिल्ली घूम कर आए और कहने लगे नई दिल्ली वार टाइम यूरोप के किसी शहर की तरह वीरान और बर्बाद मालूम होता है।

शकुन्तला क़िदवाई की छोटी बहन विमला समाल के यहाँ पंडारा रोड पर उनकी सबसे बड़ी दीदी लाहौर से लुट लुटा, जान बचाकर पहुँची थीं। मृदुला साराभाई, अनीसा बाजी और उनकी लड़की किशवर रिफ़्यूजी कैम्पों में दिन रात काम में जुटी थीं। क़रौल बाग़ से चचा ज़ाहिदी ख़ानदान समेत पुराना क़िला और वहाँ से कराची जा चुके थे। भाई नूरुद्दीन अहमद बेली भाभी, अमीना और दोनों लड़कों फ़रीद अहमद और फ़िरोज़ अहमद ख़ाँ को लंदन पहुँचाने गये हुए थे।

तीसरे दिन रफ़ी अहमद क़िदवाई ने एक सरकारी डेकोटा में हम लोगों के लाहौर जाने का इन्तिज़ाम किया। उस हवाई जहाज़ में मृदुला साराभाई हिन्दू-सिख अपहृत औरतों की पुनः प्राप्ति के लिए पाकिस्तान जा रही थीं। यह डेकोटा भी लगभग ख़ाली था। इसमें सिवाय मृदुला साराभाई, तीन सरकारी अफ़सरों और हम लोगों के और कोई न था।

शाम का नारंगी समय था, जब जालंधर एयरफ़ील्ड पर उतरे। एयर फील्ड क्या थी; शरणार्थी और पलायन करने वालों को ले जाने वाले विमानों के लिए कुछ तम्बू लगे थे। एक बड़ा तम्बू लेडीज़ वेटिंग रूम का काम दे रहा था; उसके बराबर में ग़ुसलख़ाने की छोलदारी थी।

ड्यूटी अफ़सर ने हम सबके लिए चाय बनवाई। फिर सारे मुसाफ़िर बारी-बारी ग़ुसलख़ाने हो आए। मैं जो रोज़मर्रा की तरह बातों में हद से ज़्यादा मसरूफ़ थी, सबसे आख़िर में गई। लखनऊ से चलते वक़्त अम्मा ने सारा ज़ेवर एक स्कार्फ़ में बाँधकर, पोटली मेरे बैग में ठूँस दी थी।

ग़ुसलख़ाने का फ़र्नीचर देखकर मुझे एकाएक दौरों का पुराना ज़माना याद आ गया। गीली घास पर रखी चिलमची वाली मेज़ और फूलदार जग। पी.डब्लू.डी. रेगुलेशन का श्रृंगारमेज़। मगर उस वक़्त और इस वक़्त में क्या अजीबोग़रीब फ़र्क़ था। मैंने कंघी तलाश करने की जल्दी में सारा बैग श्रृंगारमेज़ पर उलट दिया।

बाहर से अम्मा ने पुकारा, 'चलो जल्दी' हवाई जहाज़ के इंजन ने गड़गड़ाना शुरू किया, फिर किसी ने आवाज़ दी। 'हरी अप, हरी अप, प्लीज़!'

हड़बड़ाकर अधखुला बैग उठाकर फ़र्राटे से बाहर निकली सब लोग विमान में बैठ चुके थे। स्टीवर्ड सीढ़ी पर खड़ा मुझे बुलाने के लिए ज़ोर-ज़ोर से हाथ हिला रहा था। मैंने सरपट भागना शुरू किया।

अपनी सीट पर बैठने के कुछ देर बाद मैंने बैग उठाया तो अचानक बहुत हल्का सा मालूम हुआ। गहनों की पोटली जालंधर एयर फ़ील्ड के ख़ेमे की श्रृंगार मेज़ पर रह गयी। मैंने डर के मारे किसी को नहीं बताया; चुपकी बैठी रही।

हवाई जहाज़ पूर्वी पंजाब के खेतों पर फैली सुनहरी मद्धम धूप में लाहौर की दिशा में परवाज़ करता रहा।

□□